O CINEMA DE MEUS OLHOS

O CINEMA DE MEUS OLHOS
1991
VINICIUS DE MORAES

ORGANIZAÇÃO,
INTRODUÇÃO E NOTAS
CARLOS AUGUSTO CALIL

3ª EDIÇÃO AMPLIADA

COLEÇÃO
VINICIUS DE MORAES
COORDENAÇÃO
EDITORIAL
EUCANAÃ FERRAZ

Companhia Das Letras

Copyright © 2015 by V. M. Cultural

Grafia atualizada segundo o Acordo Ortográfico da Língua Portuguesa de 1990, que entrou em vigor no Brasil em 2009.

Fotos de capa
Acima: Cinemateca Brasileira (SP).
Frame do filme *Limite* (1931).
Abaixo: DR/ Acervo V. M. Cultural
Pesquisa
Alex Viany
Vera Brandão
José Castello
Carlos Augusto Calil
Preparação
Alexandre Boide
Revisão
Carmen T. S. Costa
Jane Pessoa

Dados Internacionais de Catalogação na Publicação (CIP)
(Câmara Brasileira do Livro, SP, Brasil)

Moraes, Vinicius de, 1913-1980.
O cinema de meus olhos / Vinicius de Moraes; organização
Carlos Augusto Calil. — 3ª ed. ampl. — São Paulo :
Companhia das Letras, 2015.

ISBN 978-85-359-2665-1

1. Apreciação crítica — Cinema 2. Cinema 3. Moraes, Vinicius de,
1913-1980 — Crítica e interpretação I. Calil, Carlos Augusto, 1951-.
II. Título

15-10396   CDD-791.4375

Índices para catálogo sistemático:
1. Cinema : Apreciação crítica 791.4375
2. Filmes cinematográficos : Apreciação crítica 791.4375

[2015]
Todos os direitos desta edição
reservados à
EDITORA SCHWARCZ S.A.
Rua Bandeira Paulista, 702, cj. 32
04532-002 — São Paulo — SP
Telefone: (11) 3707 3500
Fax: (11) 3707 3501
www.companhiadasletras.com.br
www.blogdacompanhia.com.br

SUMÁRIO

tela em branco
Com sua permissão, Vinicius de Moraes..., por Carlos Augusto Calil 18

prefácio à terceira edição
O Cinema dos olhos da Poesia..., por Carlos Augusto Calil 29

O MUNDO É O CINEMA
O bom e o mau fã 47
Velhas coisas do cinema 48
O cinema e os intelectuais 50
Duas gerações de intelectuais 52
Que é cinema? 54
O sentido da palavra produtor 56
Considerações materiais 58
Do ator 59
Ritmo e poesia 62
Abstenção de cinema 64
Crônica de fim de ano 66

ALUCINAÇÃO DE FÍSICOS E POETAS
Definição de uma atitude crítica: cinema mudo e cinema falado 69
Carta ao físico Occhialini 71
Segunda carta ao físico Occhialini, caso ele ainda não tenha partido, ou outramente, a quem quer que sinta como ele 73
Resposta a um leitor de Belo Horizonte 75
Abrindo o debate sobre o silêncio em cinema 77
Vinicius de Moraes no pico da Bandeira, por Ribeiro Couto 81
Discutir o quê?, por Otávio de Faria 86
Uma carta anônima 87
Brinquedo quebrado, por Ribeiro Couto 90

O cinema vale ou não vale qualquer sacrifício?,
    por Plínio Sussekind Rocha 94
O debate está vivo 97
Entrevista com Joana d'Arc 99
Os estetas da tartaruga contra a evolução da técnica,
    por Ribeiro Couto 103
Notícia sobre a polêmica do Rio, por Paulo Emílio Sales Gomes 108
Dois poetas e um problema de estética, por Múcio Leão 122
Cinema silencioso é uma conquista futura 127
O Brasil já tem um Clube de Cinema! 130
Alucinação de físicos e poetas, por Ribeiro Couto 135
A realidade da vida, com seus rumores múltiplos, por Aníbal Machado 140
Esclarecendo, por Humberto Mauro 145
Em favor duma causa sem esperança, por Otto Maria Carpeaux 151

ORSON WELLES, CIDADÃO BRASILEIRO

Cidadão Kane, o filme-revolução 155
Rosebud 158
Orson Welles no Brasil 161
Traços da sua personalidade 162
Orson Welles em filmagem 165
Necessidade de dizer 167
Exibição de *Limite* 170
A propósito da crônica "Fracassou o filme de Orson Welles?" 173
O coração do mundo 176
O favor dos elfos 177

HOLLYWOOD É O DIABO

Hollywood impenetrável 181
Xarope duro de engolir 182
Dois contra uma cidade inteira 184
Uma noite no Rio 186
A carta, entre o cinema e a literatura 187
O mundo é um teatro 191
História de um beijo 193

Os homens da minha vida 194
Um amigo que poderia ser um pai 196
Esse King Vidor, quem poderá explicá-lo? 198
Vinicius em Pompeia 200
A morte de Buck Jones 201
A influência de Wyler 203
O mundo normal de Hawks 206
Pato patético 209
Salas cheias de espelhos 211
Os banquetes de Sam Wood 215
Em cada coração um pecado 217
Crítica inútil 219
Laços humanos 221
A mulher que não sabia amar 223
A greve em Hollywood 225
Não são muitas as *Sensações de 1945* 226
Serenata prateada 227
Nada de novo no front 229
O ódio é cego 230
Smorgasbord 232
O clamor humano 233
Nasci para bailar 235
Tarará-tchim-bum-bum-bum 236
Rastro sangrento 237
Rio Bravo 239
O netinho do papai 240
Rouxinol da Broadway 242
Jezebel 243
Hitchcock e *Pacto sinistro* 245
Mack Sennett: pai de Chaplin e avô do biquíni 247

ALGUMAS MULHERES, OUTRORA AMADAS...
Outros tempos 261
Mulher de cinema 266
Ser misterioso e desordenado 268

Presença carnal 269
Discussão curiosa 273
Brincando com Olivia e Paulette 276
Os amigos de Lupe Velez 279
A mulher e a Lua 280
Pobre Carole! 282
Amor de mosqueteiro 285
Carta aberta a Lena Horne 287
Fabulosa garotinha de cabelo para-brisa 289
Margozinha 290
A favorita dos deuses 291
Ver-te-ei outra vez? 293
Variações sobre Greer Garson 294
A vênus do ano 296
Uma mulher, outrora amada... 297
Silvana Mangano 300
Com sua permissão, Sir Laurence Olivier... 301
Pier Angeli 303
Provocação? Não, poeta Carlos! (é que outro valor mais alto se alevanta) 304

FITAS E FITEIROS
Fitas e fiteiros 309
Romance de circo 314
Todo mundo tem pena 315
Falta de assunto 318
O cinema e a mágica 320
Leslie Fenton, o ator mais independente do velho cinema 321
A mulher do dia 323
Revendo um velho álbum de artistas 325
O espião invisível 334
O pescoço de Rosalind 337
Grã-finaria grã-fina 338
Deliciosamente tua... Ah!... Me deixa... 339
O não senso e a falta de critério 341

Sansão Mature & Dalila Lamarr 343
Nem ninfa, nem nua 344
Pombo com arroz 345
Nós, os vagotônicos 347
Depois da tormenta 348
Variações em torno de um tema chatíssimo chamado Jane Powell 351
Cartas de fãs, mas não meus 353
Minha cara-metade 355
UH-UHUHUHUH-UHUHUHUH! 356
Três atores 359
Amor pagão 363

O MACABRO EM CINEMA
A propósito de *Os mortos falam*, com Boris Karloff,
e *A máscara de fogo*, com Peter Lorre 366
O fantasma de Frankenstein, com Lon Chaney Jr. 368
Sangue de pantera 369
Carta a Marta, com perdão da rima 374
A volta da Mulher Pantera 375
A dama e o monstro 378
Experiência em macabro 380
A coisa 383

BANHO DE CINEMA
48 horas!, de Cavalcanti 389
A inteligência plástica de Jacques Feyder 390
Três filmes europeus 392
Ivan, o terrível 404
A propósito de Flaherty 405
Fotografia que mata 407
A volta do *Terceiro homem* 408
Os onze grandes do cinema 410
Rashomon 411
A asa do arcanjo 412
Hiroshima, mon amour 413

TERRA DE CINEMA
Recordando o Chaplin Club 417
Crônicas para a história do cinema no Brasil 419
Os jornais de cinema 431
Ar geral de insatisfação 433
As novas possibilidades 434
Grandeza de Otelo 435
Moleque Tião 437
Um pouco do povo 440
Pela criação de um Cinema Brasileiro 441
Segura esta mulher 443
Deu terra? 445
Coisas que incomodam... 446
Terra é sempre terra 448
Gilberto Souto é um Pato Donald 452
Um homem do meu lado esquerdo 454
Maria da praia 456
Susana e o presidente 458
O comprador de fazendas 459
Barnabé, Oscarito e Grande Otelo 460
É um abacaxi, mas... 464

CARLITOS PERTENCE AO POVO
Lembrando Carlitos 467
Em busca do ouro 468
Luzes da cidade: o anjo da paz 472
Luzes da cidade: o perfeito cavalheiro 473
Luzes da cidade: o grande amoroso 475
Luzes da ribalta 477
Chaplin no Brasil... 478

índices
Dos textos 482
Das obras citadas 487
Onomástico 494

cronologia 504

créditos das imagens 509

O CINEMA
DE MEUS OLHOS

**TELA
EM BRANCO**

"Sou um apaixonado do Cinema. Só Deus sabe como gosto de uma boa fita, o prazer que me traz 'ver Cinema', discutir, ponderar, escrever, até fazer Cinema na imaginação."
A Manhã, 9 ago. 1941

"Vou ao cinema da mesma forma que ando, como, respiro e durmo. Tenho com a imagem cinematográfica uma velha familiaridade, que me assegura direitos inalienáveis."
Diretrizes, 3 set. 1945

"Ensinar o povo a ver, eis a função primordial de um crítico de filmes. Isso para começo de conversa. O grande público hoje em dia simplesmente vai ao cinema. Viciaram-no de tal modo, e por tanto tempo, em maus espetáculos — e por outro lado ir ao cinema tornou-se para ele uma tal cachaça —, que a coisa toda acabou dando um nó. Hollywood cospe nesse nó diariamente, para deixá-lo cada vez mais duro de desatar, que é como lhe convém."
Última Hora, 12 jun. 1951

COM SUA PERMISSÃO, VINICIUS DE MORAES...

*Vi, juro que vi, com o Cinema de meus olhos,
o panorama alucinante da Criação permanente...*
"Carta ao físico Occhialini", 1942

Vinicius de Moraes (1913-80), além de poeta e compositor, foi também crítico de cinema e cineasta.

Em agosto de 1941, assumia a coluna de cinema do jornal *A Manhã*, do Rio de Janeiro, na qual publicava uma crônica periódica sobre os filmes lançados no circuito comercial. Em sua primeira crônica de cinema, "Credo e alarme", escrita em tom solene, o poeta de "Variações sobre o tema da essência" proclamava sua fé religiosa nas virtudes do cinema, "arte muda, filha da Imagem, elemento original de poesia e plástica infinitas; meio de expressão total em seu poder transmissor e sua capacidade de emoção". Esse credo na transcendência do cinema evidenciou imediatamente a filiação estética de Vinicius ao grupo do Chaplin Club, que editara o tabloide *O Fan*, entre 1928 e 1930. Vinicius, desde o tempo de estudante de direito, ligara-se a Otávio de Faria, que o aproximou de Plínio Sussekind Rocha e de Almir Castro, os três principais animadores do primeiro cineclube brasileiro, criado para servir de trincheira na guerra contra o cinema falado. A homenagem a Chaplin era inevitável: o maior artista do século liderava o exército de resistência à vulgarização imposta ao cinema pelos *talkies*.

As palavras da crônica inaugural, que o próprio Vinicius consideraria dez anos depois "austeras, quase místicas",* praticamente repetiam a profissão de fé, manifestada por Otávio

* *Última Hora*, 12 jun. 1951.

de Faria em texto publicado n'*O Fan*: "Eu creio na imagem... Na imagem todo poderosa. Que constrói o movimento. Que cria o ritmo. Que revela a alma".* Vinicius, nesse período, escreve imagem e cinema com letras capitais. Sua inclinação para a poesia e o cinema sempre correspondeu a um poderoso sentimento de mística entrega, fundado no dogma da revelação do mistério da arte: "a poesia e o cinema revelam sem exprimir".**

A familiaridade de Vinicius com o cinema datava de 1936, quando substituiu Prudente de Moraes, neto, como representante do Ministério da Educação na Censura Cinematográfica. Em 1941, já casado, pai de uma menina, Vinicius precisava engordar o salário, e o convite para escrever em *A Manhã*, jornal que apoiava a ditadura do Estado Novo e era dirigido por Cassiano Ricardo, foi providencial. Vinicius passa para redator do Suplemento Literário e responsável pela coluna de cinema. A partir dela proporá uma cruzada pela educação estética dos leitores, com artigos de divulgação sobre as teorias do cinema — de roteiro (que ele, utilizando a palavra francesa, chamava "cenário"), de direção e de montagem. O repertório teórico de Vinicius era, no entanto, escasso; sua referência frequentemente recaía sobre a versão inglesa do livro *Técnica do filme*, de autoria do cineasta russo Vsevolod Pudovkin. Nele encontrava elementos objetivos para reafirmar sua preferência pelo cinema mudo e embasar sua deliberada má vontade contra os filmes correntes. Para elogiar o surpreendente *Cidadão Kane*, Vinicius irá afirmar que seu mérito estava em realizar, no falado, o ideal estético do silencioso!

A presença de Orson Welles no Rio, sob muitos aspectos estimulante para Vinicius, ajuda a condensar a atmosfera na qual ele iria deflagrar, em maio de 1942, o debate cinema si-

---

* "Eu creio na imagem...", *O Fan*, n. 6, set. 1929, p. 3.
** *Última Hora*, 12 set. 1951.

lencioso versus cinema falado. No início desse mês, Vinicius havia escrito duas "cartas" ao físico Giuseppe Occhialini, nas quais, com alta dose de lirismo, desenvolve sua ideia de protocinema. No dia 22, ele relata, em tom desolado, que no debate sobre cinema com Orson Welles, fora incompreendido quando afirmara que *Cidadão Kane* "no fundo era silencioso". Diante do protesto de Welles, Vinicius confessa: "já agora o problema se coloca sem alternativas para mim. [...] Sinto-me perfeitamente capaz de fazer Cinema, e não fosse provavelmente parar na cadeia por causa disso, juro como furtaria uma câmera para fazê-lo, para fazê-lo silenciosamente".*

A nota cômica apenas introduz o clima da perplexidade com que o debate foi recebido pela inteligência brasileira, convocada nominalmente por Vinicius a manifestar-se. Ele se manterá compenetrado em todo o desenrolar do debate, na esperança de que este ajude a "formar uma consciência cinematográfica no Brasil".** Mas os seus opositores não resistirão à zombaria, cientes do anacronismo de tal disputa, pois afinal o cinema falado havia se imposto de modo irreversível desde 1929 nos Estados Unidos, e, no Brasil, a partir de 1931.

Vinicius não se deixa abater, descobre insuspeitos aliados como Otto Maria Carpeaux, que havia trabalhado na indústria cinematográfica em Berlim na época do filme mudo, e parte para a defesa intransigente do cinema que fala pelas imagens. Esgrime argumentos, propõe experiências nas sessões de cinema que promove no Serviço de Divulgação da Prefeitura do Distrito Federal e, principalmente, agita o ambiente cultural em torno do debate. Vinicius polariza em torno dele a opinião de intelectuais e artistas de diversas origens e profissões.***

---

* *A Manhã*, 26 maio 1942.
** *A Manhã*, 7 jul. 1942.
*** A descrição da polêmica cinema sonoro versus cinema silencioso encontra-se em *A carga da brigada ligeira: intelectuais e crítica cinematográfica, 1941-1945*, ensaio inédito de José Inácio de Melo Souza, escrito para o doutorado em cinema da ECA/USP, 1995.

A repercussão amplia-se; cartas chegam de leitores de Minas e de Santa Catarina, Vinicius consegue a adesão de Madame Falconetti — a Joana d'Arc de Dreyer —, e a simpatia de Orson Welles. À procura de novos trunfos, Vinicius descobre por acaso, em exibição nos cinemas cariocas, o filme tcheco *Janosik* e faz dele o seu novo cavalo de batalha. Estimula Murilo Mendes a organizar excursões a um cinema de bairro para mostrar o novo título aos amigos e pede a cópia do filme ao distribuidor para exibi-lo em sessão especial aos debatedores.

Apesar da fragilidade na defesa de seus pontos de vista, Vinicius alcançara o status de "crítico federal". Vinte anos depois, se perguntará: "Não sei se hoje os demais confrades provincianos me dariam tanta bola".* Essa posição privilegiada fez dele um centro irradiador de opinião: quando *Janosik* foi exibido em São Paulo, no ano seguinte, seria recebido como grande filme pela crítica de Almeida Sales, francamente tributária da coluna de Vinicius.** Paulo Emílio Sales Gomes convidará Vinicius para a exibição do copião de seu único filme, um documentário sobre a Campanha da Borracha. Vinicius se esforça para elogiar o trabalho do amigo paulista, atribuindo ao fotógrafo a precariedade técnica das imagens captadas.***

A primeira fase da reflexão de Vinicius sobre o cinema dura até setembro de 1942. Nesse mês, sua colaboração desaparece misteriosamente do jornal para só retornar no início de outubro. Esse hiato nos permite supor que Vinicius tenha empreendido, no período, a viagem ao Norte-Nordeste, acompanhando o escritor americano Waldo Frank (1889-1967), a

---

*"*Hiroshima, mon amour*". In: *Para viver um grande amor*. São Paulo: Companhia das Letras, 1991, p. 213. Ver p. 415.
**Posição defendida em "Almeida Sales, crítico de cinema", ensaio inédito de José Inácio de Melo Souza, escrito para o doutorado em cinema da ECA/USP, 1995.
***Além de Vinicius, compareceram à sessão especial Plínio Sussekind Rocha e Rubem Braga. Cf. *A Manhã*, 25 mar. 1943. Ver p. 434.

quem se ligara por uma afeição filial. Segundo a cronologia da vida de Vinicius, elaborada sob sua supervisão para o volume da obra completa publicado pela Nova Aguilar, a "extensa viagem muda radicalmente sua visão política, tornando-o um antifascista convicto".

A influência de Waldo Frank é libertadora e profunda. Vinicius desce do altar, no qual celebrava a poesia do sublime, e se reconhece no mundo dos homens — e das mulheres —, onde caminha ao "encontro do cotidiano". Data dessa época, a notável "Balada do mangue", fruto do confronto doloroso do poeta com a vida miserável das "frágeis, desmilinguidas, orquídeas do despudor".

Os laços que ligam Vinicius ao cinema são muitos e duradouros. Escreverá de maneira regular, embora com interrupções, até 1953. De agosto de 1941 a fevereiro de 1944 manterá sua coluna em *A Manhã*, da qual será discretamente afastado por pressão dos distribuidores de filmes estrangeiros que ameaçaram retirar a publicidade dos lançamentos se o jornal mantivesse o cronista que debochava implacavelmente de Hollywood. Vinicius sempre se orgulhou de sua intransigência; mais tarde lembrará o episódio como o embate de Davi não contra Golias, mas contra o leão da Metro...* Apesar de apoiar o governo, *A Manhã* não escapava ao controle do DIP — Departamento de Imprensa e Propaganda, que exercia rigorosa censura na imprensa e, nas palavras de Vinicius, "dava-se ao luxo de estender sua túnica inconsútil fecho-dip até o modesto retângulo onde eu procurava equilibrar, num difícil malabarismo, a ética com a estética, as verdades fundamentais da Sétima Arte com o gosto do público".**

Em 1944, Vinicius publica algumas crônicas em *O Jornal*, onde dirige o Suplemento Literário, e uma resenha histórica

---

*"*Hiroshima, mon amour*", op. cit. Ver p. 415.
**"Cabeça de crônica", *Diário Carioca*, 19 abr. 1945.

sobre o cinema brasileiro em *Clima*.* No *Diário Carioca*, sua colaboração regular se inicia em abril de 1945 e é interrompida em julho, a julgar pelo material compilado. Em setembro do mesmo ano, transfere-se da crônica da cidade para a de cinema na revista *Diretrizes*, de tendência política de esquerda. Em março de 1946, é obrigado a abandoná-la para viajar a Los Angeles, onde assume o posto de vice-cônsul. Em 1949, participa com Alex Viany da fundação da efêmera revista *Filme*, na qual assina, no primeiro número, um artigo sobre três filmes europeus, de Rossellini, Malraux e Sjöberg.**

Com a volta ao Brasil, assume, em junho de 1951, a convite de Samuel Wainer, a coluna de cinema de *Última Hora*, onde permanece em intensa atividade até dezembro de 1952. O cinema já não é mais o prato exclusivo das crônicas que publica em 1953 no jornal *A Vanguarda*, dirigido por Joel Silveira. Os últimos arroubos datam do final dos anos 1950 quando Vinicius se vê compelido a sair em defesa de Marlene Dietrich contra a diatribe de Carlos Drummond de Andrade, que enaltece Greta Garbo em detrimento da presença no Rio da atriz de *O anjo azul*.*** Entre as últimas manifestações de Vinicius pelo cinema está uma crônica de encantamento por *Hiroshima, meu amor* e outra a propósito de *Um rei em Nova York*. Nesta, declara que depois de vinte anos de cinema diário, tomou "fartão". Agora que vê "de dentro" — referência ao seu envolvimento com a produção de *Orfeu do Carnaval* —, filme baseado na sua peça teatral *Orfeu da Conceição*, não vai mais ao cinema. Reconhece que há uma "pendenga" entre

---

* *Clima*, n. 13, ago. 1944. Ver p. 420.
** Ver p. 393.
*** Drummond publica "Provocação?" no *Correio da Manhã*, 16 jul. 1959. Vinicius rebate com "Provocação? Não, poeta Carlos!", *Última Hora*, 20 jul. 1959. Drummond retruca com "Ata", em 23 de julho, onde lamenta "que o grande poeta Vinicius de Moraes, pela primeira vez na vida, havia perpetrado um ato antipoético, desconhecendo ou menoscabando o mito Greta Garbo...". Vinicius ainda voltaria a falar de Marlene em 10 de agosto quando recorre ao apoio de Hemingway para afirmar que Marlene "só quer uma coisa no mundo: uma coisa tão simples e tão difícil. Ser mulher".

a sua personalidade de crítico e a de homem de cinema. E Vinicius já não é mais crítico...

Na verdade, Vinicius escreveu pouca crítica de cinema. Foi quase sempre um cronista que cumpriu, com maestria, a receita que aprendeu com os ingleses: "Ser leve, nunca vago; íntimo, nunca intimista; claro e preciso, nunca pessimista".*

O cinema de meus olhos, cujo título corresponde a uma expressão que Vinicius cunhou na "Carta ao físico Occhialini" é basicamente um livro de crônicas, com alguma crítica e uma ou outra reportagem e entrevista. Na crônica, o grande sensorial realiza plenamente o gênero, segundo uma sensibilidade lírica temperada com o riso.

Para purgar o ofício de ver tantas "filmasnices", Vinicius, muitas vezes, apelou para o humor. Não encontrando o que destacar no filme *Agonia de uma vida*,** lembra que ficara sob uma goteira durante toda a sessão e, como fizesse muito calor, elogia a goteira. Diante de um filme de aventuras do filho de Robin Hood,*** faz a paródia do que seria o comentário de um cronista juvenil que se perde em considerações sobre os pombos para encerrar com a lembrança escolar de Rocha Pombo, o autor de *No hospício*...

O caso mais rumoroso do alcance de seu humor deu-se no 3º Congresso Paulista de Escritores, ocorrido em julho de 1952. B. J. Duarte, crítico de cinema de *O Estado de S. Paulo*, apresentava uma tese contra a má tradução dos filmes oferecidos ao público e contra a má qualidade da crítica cinematográfica, que frequentemente praticava atentados à língua portuguesa. Sem mencionar o nome do autor, B. J. Duarte apresenta um exemplo de crítica que usa um "palavreado da mais incrível vulgaridade". Instado pelos presentes, passa a ler "UH-UHUHUHUH-UHUHUHUH!",**** em que Vinicius

---
* "O exercício da crônica", *A Vanguarda*, 1 set. 1953.
** *Última Hora*, 9 jan. 1952.
*** *Última Hora*, 28 jun. 1951.
**** *Última Hora*, 8 set. 1951. Ver p. 356.

imita, com graça, a língua tosca de Tarzan. A plateia cai na risada, absolvendo nosso herói; em seguida, Marques Rebelo, Oswald de Andrade, Antonio Candido, entre outros, saem em defesa de Vinicius.*

Embora tenha prometido fazer crítica, poucas vezes Vinicius a realiza, menos por falta de gosto que de disciplina.** As que escreveu sobre os filmes *A carta*, de William Wyler, *Pacto sinistro*, de Hitchcock, *Seis destinos*, de Duvivier, *Sangue de pantera*, de Jacques Tourneur, atestam uma capacidade notável de aliar erudição, especialmente literária, com fina observação, sem resvalar para o técnico ou o críptico. A presunção ou a pressa nos impediram de conhecer a crítica de Vinicius a *Ivan, o terrível* ou a *Em cada coração um pecado*, filmes que amou sinceramente. Muita vez, premido pela batalha quase diária de produzir um novo artigo, comete grave erro de avaliação. Como explicar o precoce obituário artístico de John Ford, datado de 1951, se o mestre do cinema viril ainda nos reservaria pelo menos mais três obras-primas: *Depois do vendaval* (1952), *Rastros de ódio* (1956) e *O homem que matou o facínora* (1962)? A imperiosa necessidade de contrapor-se à propaganda dos filmes pelas suas estrelas, atitude predominante no sistema de produção de estúdio, fazia Vinicius identificar o estilo de cada diretor, antecipando-se em um decênio à prática que viria a ser disseminada pela revista francesa *Cahiers du Cinéma*.

O Vinicius que desembarca no Rio em 1951, proveniente de Los Angeles, não esconde o desejo de fazer cinema no Brasil, na Vera Cruz ou na Maristela, as grandes companhias

---

*Segundo o depoimento de Décio de Almeida Prado e de Antonio Candido, presentes ao congresso.
**Paulo Emílio em "Notícia sobre a polêmica do Rio" afirma a respeito de Vinicius que "o seu forte não é explicar coisas. Ele não sabe pôr um argumento depois do outro, ligá-los, tirar uma conclusão. Vinicius é um homem eternamente grávido e que está eternamente dando à luz. [...] Vinicius está sempre sendo fecundado desordenadamente pelas coisas do mundo, pelas crianças, pelo cinema, pela guerra, pelos passarinhos". *Clima*, n. 10, jun. 1942. Ver p. 108.

produtoras da época. Gostaria de "escrever e dirigir", começando por documentários e passando depois à ficção.* Com a expulsão de Alberto Cavalcanti da Vera Cruz, passa a colaborar com ele no projeto do Instituto Nacional de Cinema, que pretendia dar uma resposta à altura ao problema da inviabilidade de fazer cinema no país.** Vinicius desde os tempos de *A Manhã* sempre dedicara particular atenção à produção nativa, mas a proximidade com a prática parece sugerir-lhe mais tolerância com os filmes nacionais ("É um abacaxi, mas..." é brasileiro).*** Diante do abuso cometido pelos exibidores e distribuidores de fitas estrangeiras, chega a cogitar que o povo poderia vir a fazer um quebra-quebra, em protesto contra o preço dos ingressos, a má qualidade dos filmes e de sua projeção.**** Angustiado pela sensação de fracasso iminente do projeto do INC, por falta de apoio no Congresso, Vinicius tem uma intuição formidável: o Brasil poderia passar da indústria do rádio para a de televisão, sem conhecer a do cinema.*****

A organização do presente volume foi largamente facilitada pelo trabalho prévio de Alex Viany. Cineasta, crítico, historiador do cinema e companheiro de Vinicius, Alex conhecia a preciosidade que se escondia neste material disperso que nem o próprio autor se dera ao trabalho de recolher. No início dos anos 1980, dedicou-se ao levantamento do conjunto da escrita de cinema de Vinicius, sob a rubrica geral "Vinicius de Moraes — homem de cinema". O projeto de Alex Viany era ambicioso: todas as crônicas seriam publicadas, sem exceção, e para tanto agrupou-as em segmentos que tanto podiam referir-se a um autor — King Vidor ou Raoul Walsh — como a um país, URSS ou México, ou

---

*Entrevista ao *Diário Carioca*, 18 mar. 1951.
***Última Hora*, 15 set., 7 nov. e 8 nov. 1951.
****Última Hora*, 28 dez. 1951. Ver p. 465.
*****Última Hora*, 28 fev. 1952.
******Última Hora*, 11 out. 1951. Ver p. 457.

mesmo a um tema específico, o debate mudo x falado, a guerra. Em 1985, o projeto foi abandonado por ter sido considerado inviável editorialmente.*

Balizado pelo trabalho anterior, o organizador de *O cinema de meus olhos* arriscou-se a cometer injustiças, omissões e falsos julgamentos na tarefa de selecionar e atribuir coerência ao material disforme e diluído, composto de mais de quinhentos recortes. Com o sentimento de fidelidade ao espírito do autor, o organizador não hesitou em traí-lo, trocando títulos, atualizando expressões com a perspectiva de facilitar seu entendimento (é o caso da substituição da palavra "cenário" por "roteiro"), cortando repetições, interpolando fragmentos, na certeza de que era preciso dar ao volume um caráter e uma estrutura.

Por seu intermédio, podemos acompanhar a trajetória de Vinicius que vai gradativamente assumindo seus atributos latentes: o senso de humor, estimulado e polido em sua passagem por Oxford em 1938; o apetite pelos prazeres orais que lhe permitirá, em muitos casos, elaborar uma metáfora gastronômica para um filme (*smorgasbord* para falar de *Sansão e Dalila*); a tentação da boêmia descrita com grande graça em "Abstenção de cinema"; a virilidade, entendida como meio de afirmação de um temperamento artístico; e, finalmente, a vocação "irremediável para a mulher",** responsável pelas mais saborosas e perfeitas crônicas que escreveu.

Ao "poeta malandro" e cineasta Vinicius de Moraes, vem, respeitosamente, pedir permissão, seu admirador.

CARLOS AUGUSTO CALIL

---

*A pesquisa empreendida por Alex Viany e Vera Brandão foi complementada por José Castelo, biógrafo de Vinicius. Reuniram-se mais de quinhentos recortes entre crônicas, críticas, reportagens e entrevistas sobre os mais diferentes assuntos. Recentemente a coleção de recortes de Saulo Pereira de Mello veio a se juntar ao conjunto. Esse material está depositado na Cinemateca Brasileira (SP) e na Fundação Casa de Rui Barbosa (RJ).
** *A Manhã*, 18 nov. 1942. Ver p. 325.

PREFÁCIO À TERCEIRA EDIÇÃO

O CINEMA DOS OLHOS DA POESIA
CARLOS AUGUSTO CALIL

> *Capital de poeta é água fria. Pode um indivíduo se sentir cineasta como quiser.*
> "Considerações materiais", 1941

A presente edição de *O cinema de meus olhos* amplia e complementa a primeira, lançada em 1991.

Numa linguagem que oscila entre o registro lírico e a anedota, Vinicius fala da grande paixão popular de seu tempo: o cinema.

Não sei se para alguém o cineminha da segunda-feira à noite tem a significação que tem para mim. Eta cineminha gostoso! Não importa o que haja de pau a fazer, amolações ou desencantos durante o dia, a noite compensa. Não importa também se o filme é ruim ou bom. Vale, isso sim, ir para casa mais cedo e jantar e pegar a sessão das oito [...]. Pouco importa o filme.*

Nesse sentido, atua igualmente como crítico de cultura.

São assuntos de sua coluna a falta de água nos bairros de Ipanema e Leblon (onde morava), a afetação da fala das jovens cariocas que frequentam as boates, a pobreza endêmica das crianças de Guandu, a graça de Fred Astaire "dificilmente transformável em palavras", o *jazz* norte-americano no filme *Sensações de 1945*, tudo o que acionasse a antena do poeta, a partir da experiência do cinema. Suas crônicas, manancial longe de se esgotar nesta coletânea, oferecem ao leitor a feliz combinação de sentimento lírico com observação do cotidiano,

---
* *A Manhã*, 23 nov. 1943. Ver p. 441.

pela voz do poeta que viveu intensamente o seu tempo e pôs intensidade e emoção em tudo o que escreveu.

O primeiro grande bloco a receber substancial reforço foi o da polêmica cinema silencioso versus cinema falado. O que era um solo na primeira edição, na voz rouca de Vinicius, tornou-se uma polifonia, com a inclusão dos depoimentos e contribuições de Ribeiro Couto, Otávio de Faria, Plínio Sussekind Rocha, Aníbal Machado, Otto Maria Carpeaux, Múcio Leão, Humberto Mauro e Paulo Emílio Sales Gomes.

Vinicius provocou a polêmica a partir de sua coluna no jornal *A Manhã*, em maio de 1942. Afirmava que "o Cinema, como a Música, exige o silêncio. [...] Mas na Música o silêncio não é a própria natureza da coisa em si, como no Cinema. Música é som. A natureza do Cinema é a imagem. Ora, a imagem é fundamentalmente silenciosa como meio de expressão".*

Ribeiro Couto reage imediatamente e traz o debate à razão prática, dando voz aos distribuidores de filmes estrangeiros: "Como vamos dar anúncios a um jornal cujo cronista considera que todos os nossos filmes são baboseiras?".** Ao comparar o cinema sonoro com o teatro contemporâneo, Ribeiro Couto mostra a atitude regressiva de Vinicius. O artigo "Vinicius de Moraes no pico da Bandeira" alude à "Carta de Manuel Bandeira", em que o criador de Pasárgada, além de considerar o cinema silencioso *victa causa*, teme que "acabaria envergonhado e pedindo perdão a você [Vinicius] de ter razão contra você. Porque você ama o cinema mudo como se ama uma mulher... muda".

Em apuros, Vinicius cede a palavra a Otávio de Faria, o seu guru cinematográfico, que se mostra de pouca valia. Este recusa-se a contra-argumentar, pois a superioridade do cinema silencioso é um axioma ("Discutir o quê?").***

---

* *A Manhã*, 27 maio 1942. Ver p. 77.
** *A Manhã*, 28 maio 1942. Ver p. 82.
*** *A Manhã*, 2 jun. 1942. Ver p. 86.

Plínio Sussekind Rocha, outro remanescente ilustre do Chaplin Club, vem em socorro de Vinicius: o cinema silencioso é arte superior, precisa ser valorizado para atrair o interesse das plateias cultas, como as que frequentam óperas de Wagner.* É o mote de que precisava Ribeiro Couto para fustigar os adversários: eram estetas aristocratas.

Uma carta anônima reclama que Vinicius

> coloca a discussão num nível metafísico só ao alcance de poucos iniciados. [...] Acho que você é artista demais, tem sensibilidade demais para ser um bom cronista de cinema. [...] Você não consegue falar da plateia; por isso, ai de quem se louvar na sua opinião para escolher o programa de cinema no sábado! Eu confesso que tomo o seu palpite sempre às avessas do meu gosto.**

"Eu sei que sou um 'mau cronista' de cinema", retruca Vinicius,

> mas minha função aqui não é só esta: a de fazer diariamente uma crônica para receber mensalmente um ordenado. É salvar um pouco dos últimos restos de bom gosto que há no público do Brasil. Passeie ele um sábado de tarde pela planície da Cinelândia que verá uma coisa: cada vestido, cada chapéu, cada bolsa, cada cafajestismo no andar, falar e vestir tem sua explicação numa única causa: o cinema falado, Hollywood. Que diabo!

A missão redentora de Vinicius resiste a qualquer argumento. Ribeiro Couto advoga em favor do público: com o sonoro, o cinema ganhou em espetáculo, "o cinema falado veio transformar a fundo os sistemas de gozo artístico de que dispúnhamos".***

---

* *A Manhã*, 5 jun. 1942. Ver p. 94.
** *A Manhã*, 4 jun. 1942. Ver p. 88.
*** *A Manhã*, 11 jun. 1942. Ver p. 106.

Vinicius, com seu moralismo estético, pensava, ainda que vagamente, em linguagem; Ribeiro Couto tinha em mente a naturalidade e a funcionalidade do meio, elevado em sua potência pelo atributo do som.

Paulo Emílio Sales Gomes, crítico de cinema em *Clima*, a revista dos jovens intelectuais de São Paulo, em longo artigo descreve metodicamente a evolução da polêmica, vista da província paulistana, e não disfarça o desconforto com os argumentos de Vinicius, que defende mal a causa dos discípulos do Chaplin Club.* Apesar de recrutado, Paulo Emílio não entra na polêmica no teatro de guerra, mas manda seus torpedos à distância. Aponta a maior fraqueza dos que defendem o cinema falado: nunca citam os filmes que sustentam sua opção. Já Vinicius e seus simpatizantes o faziam pensando concretamente em filmes de Chaplin, Murnau, Dreyer, Mário Peixoto. No início do seu artigo, Paulo Emílio narra a polêmica no campo internacional, no momento em que eclodiu, o que não havia ocorrido a Vinicius.

Com a vantagem insuperável do tempo histórico, o organizador não resiste à tentação de participar do debate e se pergunta por que os defensores do falado, com exceção de Aníbal Machado, não se valeram da tríade de filmes que consolidou a nova linguagem: *Aleluia* (*Hallelujah!*, 1929), de King Vidor, *O vampiro de Dusseldorf* (*M — Eine Stadt sucht einen Mörder*, 1931), de Fritz Lang, e *Scarface* (1932), de Howard Hawks e Richard Rosson. Os três já apresentavam estrutura elaborada em que o som não podia ser apartado da narrativa, com uso privilegiado da música. Em *Aleluia*, da origem do jazz clássico a partir da música religiosa dos negros americanos, em *M*, do tema de *Peer Gynt* (Grieg), assobiado por Peter Lorre e, em *Scarface*, do tema do sexteto de *Lucia di Lammermoor* (Donizetti), assobiado por Paul Muni. Jean-Luc Godard, quando exercia a crítica nos *Cahiers du*

*Ver p. 108.

Cinéma, considerou *Scarface* o melhor filme sonoro norte-americano. Pouco tempo depois de sua implantação, o cinema sonoro já ganhava estatura de grande arte, assobiando temas musicais populares.

Vinicius em sua catequese obtém permissão para usar a sala de projeções do Serviço de Divulgação da Prefeitura, onde "se for possível, exibir-se-ão filmes sonoros em silêncio, filmes silenciosos postos em sonoros"... Promove uma primeira sessão em que exibe *Variété* (1925), de Dupont, e *Casa de penhores* (*The Pawnshop*, 1916), de Chaplin, a uma plateia seletíssima, composta de escritores, professores, cineastas, intelectuais. A excitação mundana, a disputa entre os partidários da polêmica, o debate que se sucedeu, tudo levava a crer que estava relançado o Chaplin Club.

A polêmica no jornal prossegue com novos atores. Humberto Mauro, o cineasta de *Brasa dormida* (1928) e de *Ganga bruta* (1933), intervém: "A perfeita idealização do cinema será o Cinema Puro, estreme de qualquer aberração subsidiária, incapaz para a indústria, é evidente, mas o único que poderá satisfazer o cineasta fervoroso, possuidor de uma cultura cinematográfica perfeita". Ao que Ribeiro Couto investe:

> Não compreendo como em nosso tempo de socialização, de evolução de todas as técnicas em favor de um mais largo aproveitamento por parte das massas, a "indústria" seja sinônimo de inimiga da arte do prazer estético ou do bem-estar do espírito. Sem a "indústria" teríamos a máquina Singer, que resolveu o problema da costura doméstica num tempo mínimo? Teríamos o fonógrafo, que a todos os lares levou a música? Teríamos o cinema?[*]

Aníbal Machado, ele mesmo um escritor muito afeito ao cinema, contribui:

---

[*] *A Manhã*, 25 jun. 1942. Ver p. 137.

Na verdade, o cinema mudo não morreu propriamente: — cresceu, passou a falar. E como vem falando mal e demais, prejudicou-se bastante naquilo que lhe é mais peculiar: o movimento das imagens circulando em silêncio no mistério da luz. Mas a culpa aqui não é do som nem da palavra; é do mau emprego que deles se tem feito.*

Otto Maria Carpeaux, que ainda jovem trabalhara na incipiente indústria cinematográfica na Europa, lembra que nunca houve propriamente filme silencioso; eles eram acompanhados por trilhas sonoras, e que o diálogo na verdade substituiu o letreiro. Se o cinema poderia ter se estruturado como sonho, foi a indústria que lhe acentuou a força das palavras, para melhor controlá-lo.**

Leitores se manifestaram de diferentes pontos do país; um deles dirá a Vinicius que o debate é inútil, pois "até os nossos sonhos são falados". Em 1º de agosto, Vinicius encerra a polêmica, proclamando arbitrariamente a vitória do silencioso. Pretendia reunir o material escrito e publicar em livro, como obra coletiva, o que nunca realizou.

Outro bloco que recebeu reforço considerável nesta edição foi "Terra de cinema", consagrado ao cinema brasileiro. Acompanhamos o envolvimento gradativo de Vinicius, inicialmente como observador, até ver-se dentro dele. Passa a tomar partido, assume bandeiras da classe profissional, torna-se militante.

Em um artigo de fôlego, "Crônicas para a história do cinema no Brasil", de agosto de 1944, Vinicius afirma que o cinema brasileiro "ainda não tem uma História", "é assim como uma tosca crisálida ainda enlameada da seda do casulo"; para o poeta ainda não nasceu.

Recorda o entusiasmo com que o Chaplin Club saudou o

---

* *A Manhã*, 2 jul. 1942. Ver p. 141.
** *A Manhã*, 17 jul. 1942. Ver p. 151.

aparecimento de *Barro humano*, em 1929. "Positivamente alguma coisa andou para trás em matéria de Cinema no Brasil. Seria, por acaso, culpa do Cinema a que chamam falado?". Vinicius tinha razão, o surgimento inesperado do falado introduziu problemas técnicos e dramatúrgicos para os quais não estávamos preparados.

As informações históricas de que dispunha na época eram precárias e impressionistas. Suas crônicas então se detêm sobre as trajetórias individuais de Ademar Gonzaga, Humberto Mauro, Mário Peixoto, Edgar Brasil e Carmen Santos, com as quais revela alguma intimidade. Escreve com "esperanças de vê-los manobrando atrás do tripé, mas já agora protegidos pelo Estado".

Passa à evolução das instituições, a partir da centralização da censura até a criação do INCE — Instituto Nacional do Cinema Educativo, que havia acompanhado de perto. Chega então ao âmago do artigo: "um manifesto, quem sabe? poderia decidir o Estado a criar a Cinematografia Nacional, a exemplo de outros Estados que já o fizeram com os melhores resultados...". "E dizer que há homens que com um bom cameraman ao lado saberiam fazer Cinema! Eu conheço vários: Plínio Sussekind Rocha; Otávio de Faria; Aníbal Machado; isso sem falar nos diretores já mencionados. Eu próprio: quem sabe?...".*

Mesmo sem o Estado, que só atenderia à convocação anos mais tarde, em decorrência da falência da Vera Cruz, Vinicius envolveu-se com cinema, pensou seriamente em se tornar diretor e produtor, escreveu roteiros, que nunca filmou.

Sua participação em filmes concretos deu-se em dois casos: *Orfeu do Carnaval* (1959), de Marcel Camus, e *Garota de Ipanema* (1967), de Leon Hirszman, ao qual contribuiu como produtor e argumentista, na companhia de Leon Hirszman, Eduardo Coutinho e Glauber Rocha. Ambas experiências frustrantes.

---

*Ver p. 431.

Em maio de 1944, na mesma época em que escrevia para *Clima*, Vinicius publicava o artigo "Pela criação de um Cinema Brasileiro", com epígrafe de Rimbaud.* Partia da constatação da "inexistência de um Cinema no Brasil" e da "necessidade, consequentemente, de criá-lo". Num manifesto de 35 itens, afirma que o cinema é uma "arte ontológica das massas" e sua condição natural é visual, não narrativa. Como "as massas são apsicológicas", "a forma cinematográfica deve resolver o problema em outros termos que não psicológicos". Conclui: "daí a necessidade de se estudar e fazer cinema, auxiliados por uma crítica independente e construtiva no Brasil". Vinicius batalhava por uma escola de cinema, a solução para a indigência que verificava na produção corrente.

O que impressiona, no entanto, na atitude é a premissa da "inexistência de um Cinema no Brasil". Se não foi por desinformação, como já sabemos pelo artigo de *Clima*, então a questão é outra: o cinema que se praticava no Brasil tinha a inicial minúscula. A carta de Aníbal Machado, a propósito da polêmica silencioso versus falado, encerrava com uma exortação a Vinicius para que lutasse "pela criação do cinema brasileiro".**

A inteligência ignorou o cinema brasileiro durante décadas. O fenômeno popular da chanchada que atingiu o seu auge nos anos 1950 foi menosprezado, quando não combatido, por críticos, jornalistas, cineastas. Não correspondia ao Brasil idealizado por eles. "Para o povo carioca, para o povo brasileiro em geral, o cinema nacional é muito essa criatura amada que ele espera sempre ver chegar e que está sempre a dar-lhe grandes bolos."***

Vinicius, na sua coluna, com olhar compreensivo, pescava o que podia do precário cinema nacional, em cinejornais em

---

* *O Jornal*, 21 maio 1944. Ver p. 442.
** *A Manhã*, 2 jul. 1942. Ver p. 144.
*** *Última Hora*, 3 jul. 1951. Ver p. 449.

que o Brasil profundo irrompia inadvertidamente, na Amazônia ou em Guandu. Sobre um curta-metragem rodado no Nordeste, anota: "Aí está um assunto a pedir a mão de um Cavalcanti num documentário como ele os sabe fazer, ou num filme de ficção à base de uma das histórias existentes, tais as de Rachel de Queiroz ou Graciliano Ramos.*" Antecipou o filme *Vidas secas* em uma década.

Moleque Tião (1943), primeiro filme da produtora Atlântida, mereceu uma resenha severa de Vinicius. O filme é de Grande Otelo, o filme é Grande Otelo, o que revelava a fraqueza do conjunto roteiro/direção. "José Carlos Burle precisa ver e estudar muito cinema antes de se arriscar a uma nova empreitada. Sente ele um dom real para dirigir? Porque, se não for assim, não adianta ver nem estudar, nem fazer nada."**

Os filmes produzidos pela Vera Cruz em São Paulo mudam radicalmente o visual dos filmes brasileiros, que se tornam tecnicamente bem realizados, graças a um investimento considerável em equipamentos e mão de obra internacional. Ao abordar *Terra é sempre terra*, Vinicius repara que a "produção parece ter andado por aí na casa dos 3500 contos, e contou com alguns dos mais proficientes auxiliares trazidos por Cavalcanti da Inglaterra". Mas a dramaturgia é capenga e mal disfarça sua dependência da peça de teatro na qual foi baseada. O filme provoca no crítico "certo sentimento de orgulho, aliado a uma grande e indisfarçável esperança".***

Aposta renovada diante de O *comprador de fazendas*:

> não é um bom filme, mas é um filme brasileiro bastante razoável, e que enche de esperanças o nosso peito varonil. Eu acho que o papel é ir ver, prestigiando assim a produção nacional. O cinema brasileiro precisa de todo o crédito possível, e o crédito

---

* *Última Hora*, 26 jun. 1951. Ver p. 448.
** *A Manhã*, 23 set. 1943. Ver p. 439.
*** Ver p. 450.

do cinema brasileiro é o povo, o apoio popular. Sem isso, não se poderá fazer nada.*

Vinicius radicaliza na militância, arriscando a credibilidade. Na coluna "O roteiro do fã" recomenda *Garota mineira*, suspeita produção de 1951 creditada a um obscuro Leopold Somporn, que se fazia passar por João H. Leopoldo. As reações não tardaram: "É o pior abacaxi do mundo!" disse-lhe um amigo, ao que ele contesta: "É. Mas a coisa é que, se a gente se põe a espinafrar os filmes nacionais, é um massacre. [...] Trata-se de uma indústria incipiente, lutando com as maiores dificuldades, eivada de erros básicos, à mercê de um truste de distribuição e exibição...".**

A presente edição recebeu reforço considerável de crônicas, escolhidas por suas qualidades de escrita ou de intuição crítica.

"A morte de Buck Jones" inscreve-se na primeira categoria. Uma das mais belas crônicas poéticas que Vinicius escreveu, celebra "o herói de milhares de criaturas simples e de gosto humilde, meninos, caixeiros, operários, o povo bom que antigamente enchia a segunda classe dos cineminhas de bairros". A evocação do cowboy desaparecido num trágico incêndio em Boston ganha contornos dramáticos quando inconscientemente alude às chamas míticas do galope de seu corcel branco: "A aventura começava. Uma diligência perseguida por bandidos, com a mocinha dentro, e o cowboy soltava as rédeas do animal que engolia extensões num panejamento de crinas de lembrar uma chama". Metáfora apropriada para uma vítima do fogo.

A crônica dedicada a *Laços humanos* (*A Tree Grows in Brooklin*, 1945), de Elia Kazan, ilustra a segunda vertente, da intuição crítica. Vinicius diz com acerto sobre o diretor: "sua bossa parece ser o teatro", faz cinema "por derivação". Mas o

---
*Ver p. 461.
**Ver p. 465.

tempero saboroso é fornecido pelo comentário pessoal. "As relações de pai e filho são adoráveis, mas para senti-las bem é preciso ser pai primeiro. De maneira que aconselho veementemente a todos arranjarem uma filha, antes de ir ver o filme."*
Susana de Moraes, primeira filha de Vinicius, nascera em 1940 e participava desde menina da mania dele por cinema. Ela seria atriz e diretora.

O "mulherófilo incondicional" comparece em algumas crônicas, ora incorporadas ao livro. A propósito de Ginger Rogers em A *mulher que não sabia amar* (*Lady in the Dark*, 1944), Vinicius recomenda que

> não deixem de, neste trecho, reparar-lhe nas pernas, que são das mais perfeitas que já apareceram. É pena que a carinha de Ginger já esteja dando os primeiros sinais de tempo vivido. Quem sabe seria interessante virá-la de cabeça para baixo, de ora em diante, cada vez que ela tenha que mostrar a cara. Porque, se como Manuel Bandeira já disse, uma cara pode parecer com uma perna, nesse caso Ginger poderia perfeitamente ter as pernas na cara. Ou será que eu estou dizendo alguma tolice?

Sorte de Vinicius que o feminismo ainda não vingara.

Em *Casei-me com uma feiticeira* (*I Married a Witch*, 1942), o olho apurado do crítico identifica de imediato o desenho original da figura de Veronica Lake. Ao mesmo tempo que alongava sua silhueta de mulher *mignon*, um cacho comprido de cabelo loiro introduzia um jogo de esconde-esconde na face direita do rosto.

> Usando de Veronica Lake com uma graça que até hoje ninguém tinha compreendido tão bem na fabulosa garotinha de cabelo para-brisa — que eu acho absolutamente adorável com seus pequeninos cinismos, seus tão evidentes glamours, tão engraçadinhos (que a fazem toda hora se enfiar em enormes roupões de

---

*Diretrizes, 6 set. 1945. Ver p. 223.

homem, em vastíssimos pijamas e macacões dentro dos quais ela some completamente) —, René Clair conseguiu criar um espetáculo divertido.*

Com Carlos Drummond de Andrade, Vinicius trava a mais alta disputa pelo feminino idealizado. Ele perfila-se por Marlene Dietrich, então de passagem pelo Rio, e Drummond, pela Garbo icônica. O duelo é na verdade de poetas. Drummond ataca de Mallarmé e Vinicius retruca de Rimbaud. A opção de cada um já diz tudo: a Garbo de Drummond é imaterial, "tão querida ao longe", já a Marlene de Vinicius é carnal, possuidora de entranhas em que concebe a humanidade. Tudo conforme os respectivos temperamentos: Drummond reservado; Vinicius mais atirado, exposto.**

O longo período em que exerceu a crítica de cinema abarcou a aproximação de Vinicius da política de esquerda e do Partido Comunista. Esse aspecto não ficou ausente de seus textos. Em "A greve em Hollywood",*** Vinicius investe contra a "sórdida cidade, sórdida sim, pela exploração que exerce das fraquezas do público, embora permita o cultivo eventual de algumas belíssimas flores de arte e de vida". Os atores em greve eram liderados pelos colegas mais politizados: James Cagney, Edward G. Robinson, Ann Sheridan, que chegou a discursar nas assembleias de classe.

Outra pauta política envolveu o preconceito racial nos Estados Unidos, em filmes como *O ódio é cego* (*No Way Out*, 1950), de Joseph Mankiewicz. Vinicius reage à violência sem sentido do filme.

Acho mesmo que seria melhor não exibir tais filmes no Brasil, onde o preconceito existe em certas camadas — as piores, de

---

*Ver p. 289.
**Ver "Provocação? Não, poeta Carlos!", *Última Hora*, 20 jul. 1959. Ver p. 304.
***Ver p. 225.

resto sob o ponto de vista humano —, mas que está apenas engatinhando no racismo e onde o ódio não existe senão em parcelas diminutas.*

Comentando *O clamor humano* (*Home of the Brave*, 1949), de Mark Robson, Vinicius se pergunta por que um negro não revidara o murro que recebera de um branco. Em entrevista, o ator lhe garante que Hollywood jamais permitiria a um negro agredir um branco. O revide teria de ser feito por um branco, senão "o filme provavelmente não seria exibido no Sul".**

A resistência política e estética a Hollywood e ao que ele representava mantinha o crítico sempre alerta. *O netinho do papai* (*Father's Little Dividend*, 1951), de Vincente Minnelli, irritou Vinicius pela falsidade com que o tema da maternidade de Elizabeth Taylor foi tratado.

> Em primeiro lugar, é difícil saber em que lugar do seu corpo se localiza a criança, porque esse negócio de barriga mesmo que é bom, neca. Depois, a menininha age exatamente como se estivesse carregando no ventre o Tosão de Ouro, ou a Declaração da Independência, em vez de uma criança em estado fetal.***

Já diante de *Serenata prateada* (*Penny Serenade*, 1941), de George Stevens, Vinicius resiste de início, mas ao fim capitula:

> Eu não sou duro. Confesso que quando a luz acendeu, fingia ler distraidamente meu programa, mas na verdade porque andava chorando, sei lá, talvez porque sou pai também. Isso sempre irrita um pouco. Do lado de fora descompus intimamente Irene Dunne e Cary Grant por não se terem conservado na sua leviandade habitual de comediante. Ai do crítico! Tinha gostado

---

*Ver p. 231.
**Ver p. 234.
***Ver pp. 241-2.

do filme, apesar do seu pieguismo. Tinha-lhe sentido a humanidade à flor da pele, sim, mas humana.*

Entre os expedientes mais utilizados pelo crítico na sua conversa com o leitor estão a anedota, a confissão, o relato da história vivida, que também serve de afirmação de autoridade por quem detém a chave do discurso.

> Hollywood é o diabo. É o diabo porque Doris Day era o tipo da garota saudável, de sofisticação difícil, com um ar limpo, louro e sardento de espiga de milho, portadora de milhões de dentes e pernas, de olhar tão transparente como um raio de sol matutino.
> Um dia, na porta do Consulado do Brasil em Los Angeles, o cantor patrício Dick Farney me apresentou ligeiramente a Doris Day. Achei-a um amor mesmo no duro. Mas ontem, ao ver o novo musical da Warner *Rouxinol da Broadway* [*Lullaby of Broadway*, 1951] não a achei mais o mesmo amor de antes. Doris Day está caindo no chavão hollywoodiano da afetação da sinceridade. Está "dorisdayzando" Doris Day um pouco demais. [...]**

Desde a publicação da primeira edição sabíamos que Vinicius tinha uma queda por *Sangue de pantera* (*Cat People*, 1942), de Jacques Torneur e Val Lewton. A segunda crítica que dedicou ao filme vem confirmar a alta inspiração que o filme suscitava no poeta-crítico. Com a ajuda do Diavolo de asas metálicas, que irrompe inesperadamente ao seu lado, Vinicius revisita o filme tão estimado — uma obra-prima — e só então se dá conta da construção formal concebida entre os planos horizontal (dos humanos) e vertical (dos seres extraordinários), formando uma cruz. Da verticalidade emana a jaula virtual que emoldura a mulher pantera, sempre envolta em

*Ver p. 228.
**Ver p. 242.

negro, que se opõe ao branco dos ambientes da vida "normal".
O gênero gótico em estado puro.*

A presente edição criou uma nova seção, "Banho de cinema", destinada a abrigar os textos dedicados ao cinema estrangeiro, não norte-americano. O crítico procurava novas espécies nativas no ambiente ecológico dominado pela monocultura.

Garimpando nos cinemas poeiras do Rio, nos festivais internacionais que frequentou, nas cidades que visitava em missão diplomática, Vinicius coligiu um repertório de filmes que permitiu a ele estabelecer um contraponto ao cinema escapista de Hollywood, que nunca dispensava a diversão do público.

Descobriu assim um modesto filme inglês de guerra de Alberto Cavalcanti — 48 horas! (*Went the Day Well?*, 1942) — cuja economia de recursos apurou a eficácia da mensagem antigermânica, elaborada em conjunto com Graham Greene. Em *Identidade desconhecida* (*Une Femme disparaît*, 1944), de Jacques Feyder, o crítico se compraz com o virtuosismo plástico, "pura delícia para a inteligência".

Em *O menino e o elefante* (*Elephant Boy*, 1937), filme que Robert Flaherty iniciou, inspirado na história de Rudyard Kipling, Vinicius destaca a dança dos elefantes, numa obra que transmite "verdade e poesia". "A esse homem — que parece dizer em cada imagem: 'vive!' — nunca a vida pareceu feia".**

O poeta cede lugar ao crítico num artigo de fôlego, "Três filmes europeus", publicado em 1949 na revista *Filme*,*** que Vinicius fundara com Alex Viany. *Roma, cidade aberta*, o grande fenômeno cinematográfico do imediato pós-guerra, recebe de Vinicius o selo da autenticidade e simplicidade, e sua intuição permite-lhe vislumbrar influência mesmo em Hollywood. Mal sabia ele que a influência se estenderia além da Nouvelle Vague.

*Ver p. 370.
**Ver p. 407
***Ver p. 393.

Vinicius tenta resistir, mas admite que *A esperança* (*L'Espoir*, 1945), de André Malraux, é "uma grande obra de cinema". A emoção antifascista permanece intacta nesse filme do ministro de De Gaulle.

Os homens são alonzos, migueis, juans, e não contrafações do homem do povo. Há força em suas cataduras, em seus silêncios e suas palavras asperamente ejaculadas. Há beleza em suas barbas e seus maus dentes. Há tradição em suas rugas e destino em seus olhos ariscos.

A tortura de um desejo (*Hets*, 1944) de Alf Sjöberg, premiado em Cannes, revelava uma jovem atriz — Mai Zetterling — precocemente madura no papel do insondável feminino, mas a novidade que viria para ficar estava atrás da tela.

O roteiro, de Ingmar Bergman, sofre de certa descontinuidade, que a mim, que sou bastante contra o abuso de continuidade em cinema, me pareceu de ótimo resultado. Não resta dúvida que os cineastas europeus estão dando um banho de cinema em Hollywood.

A informalidade e a disponibilidade, grandes amigas do crítico-poeta, oferecem a oportunidade de escalar uma seleção de cineastas, para ilustrar a conversa de Danuza Leão. O técnico Vinicius monta assim a sua equipe: no gol Chaplin, o maior defensor do cinema silencioso, os beques são Griffith e Stroheim, duas colunas gregas do cinema silencioso, o meio de campo é todo materialista soviético com Eisenstein, Pudovkin e Dovjenko, e o ataque é composto de Flaherty, Gance, Vigo, Dreyer e King Vidor. A única surpresa do time de veteranos está no centroavante: apesar de morto em 1934, Vigo ainda era novidade em Paris, em 1951. Vigo é o cineasta-poeta que os críticos-poetas amam.*

*Ver p. 411

O fim da carreira de Vinicius como cronista de cinema coincide com a emergência do Japão, Akira Kurosawa e seu *Rashomon* (1950), consagrados nos festivais de Veneza e de Punta del Este. Ignorado pelos nossos comerciantes de cinema, segundo Vinicius o filme deveria ser aqui exibido para deleite da juventude dourada que forjava a sua gíria nas boates cariocas. "— E a japonesinha, hein? Você viu, que pinta? Você não acha que aquele chapeuzinho dela dará um negócio infernal para *cocktail*?". Arremata: "para a crítica seria o céu".*

O lançamento de *Hiroshima, mon amour*, de Alain Resnais, em 1959, provoca um impacto tremendo no mundo do cinema, ao qual Vinicius agora pertence, graças ao sucesso de *Orfeu do Carnaval*, que arrebatara a Palma de Ouro no Festival de Cannes de 1959, e nos Estados Unidos o Oscar e o Globo de Ouro de melhor filme estrangeiro em 1960. Embora não fosse mais crítico, Vinicius reconhece que então surgia "um estilo novo".

O poeta-cineasta perdera a inocência, já não podia mais dizer, como fazia em 1943, que o "cinema para mim (a arte posta de lado) é uma evasão formidável. Dificilmente uma fita, por pior que seja, não me interessa e repousa ...". Crítico severo ou cronista sentimental, Vinicius de Moraes viu o Cinema com os olhos da Poesia.

*Ver p. 413.

**O MUNDO
É O CINEMA**

O BOM E O MAU FÃ

Ser bom fã não é só gostar de ir ao cinema. (Cf.: O sertanejo é, antes de tudo, um forte.) É preciso também saber ir ao cinema. O sujeito, por exemplo, que senta muito longe da tela tem para mim o estigma do mau fã. A dignidade é sentar nas dez primeiras filas, variando a distância conforme o cinema a que se vai. No Metro, a boa fila é a quinta. Distância justa, a imagem bem no foco visual; perfeito. Já no São Luís gosto mais da terceira. São coisas. Agora: da décima fila para trás é positivamente indigno. Esses sujeitos então — a não ser em casos de força maior — que sentam lá nas cadeiras do fundo me dão sempre uma impressão suspeita de que vieram ali para fazer quinta-coluna. Há, desses, uns fabulosos. Primeiro, se instalam para acomodar a vista. Pouco a pouco vão saltando, tal salmões, ao sabor das tentativas escusas junto às nereidas solitárias, até as filas da frente. Aboletam-se por várias vezes ao lado de inúmeras senhoras. Agora, o grande traço do mau fã é falar no cinema. O indivíduo, ou indivídua, que fala durante a projeção merece a forca. E os há de variegadas espécies. Há os que leem alto os letreiros, e esses são a peste. Há os sonambúlicos, que murmuram contra o vilão, torcem pelo "mocinho", avisam o herói do perigo que o espreita, engrolam pequenas frases a propósito de determinadas atitudes da heroína. São fãs idióticos, menos cacetes, às vezes até gozados. No entanto, dentro do tipo em epígrafe, o mais irritante é o que chuchota histórias que nada têm a ver com o que se está passando ali. É uma especialidade de mulheres, que vão com amigas ao cinema, para fazer hora. "Porque dona fulaninha disse, patatá-patatá, nhé-nhé-nhé, au-au-au, ela está com um vestido, minha filha, um AMORR!" Aí a gente vira a cabeça para trás, olha a faladeira, pensa mal dela, pigarreia e volta à posição normal. O cacarejo se *smorza*, mas é por pouco tempo. Mulher tem uma facilidade fabulosa para passar por cima dessas coisas. É um animal de repetição. Se possui o mau hábito de não ter o dinheiro pronto na hora de saltar do ônibus, repeti-lo-á pelo resto da existência. É inútil. Trinta e duas pessoas com pressa que esperem. Outro mau fã de grande vulto é o que senta nas cadeiras da esquerda ou da direita, ficando de três quartos para a tela. São sujeitos que têm vocação para tabela. O chupador de caramelos é outro. É tchoc, tchoc, tchoc no ouvido da gente, como se estivesse andando na lama ou coisa parecida. O fã cuidadoso para desembrulhar balas também é um errado. O barulho do papel desembrulhado devagar é muito mais irritante que o de desembrulhar rapidamente e acabou-se a questão. E os casais enamorados, que desgraça! "Você gosta de mim?" "Gosto!" "Mas gosta mesmo?" "Mesmo!" "Muito?" "Muito!" "Mas jura?" "Juro, juro e juro, pronto, tá satisfeito?" Depois, dois suspiros fundos como os cariocas no último jogo com os paulistas (eu sou carioca, vejam lá!). E recomeça: "Mas você gosta mesmo?... Etc...".

A fauna é grande. Poderia citar muitos outros casos. Mas percebi, de repente, que nada disso tem a menor importância diante da lua que está no céu. Preciso apagar a luz, ficar quieto vendo a lua. Sou um bom fã de cinema, mas muito maior da lua. Hoje ela está cheia e ausente, imparticipante. Me perderei de tudo, olhando a lua.

1943

VELHAS COISAS DO CINEMA

Quem se lembra de uma fita chamada *El Dorado*, que só mais tarde soube tratar-se de um clássico da arte, exibida faz muito tempo no Central, hoje também Eldorado (onde se entrava com uns ingressos de carona e onde cantava a tanguista La Argentina), quem se lembra? No final havia um suicídio impressionante, a mulher enterrando um vasto punhal no seio, bem devagarinho, e o sangue que lhe espirrava no pescoço, no rosto, uma coisa horrível de ver, quem se lembra?

Lembro-me que passei uma noite de cão, com "cochemares" negregados, onde flutuava aquela mulher branca, os olhos nadando nas olheiras, o seio meio nu, as duas mãos apertadas no cabo do punhal, vou-te!

Eu tinha uns doze ou treze anos. Quem se lembra, então, de *Atrás da porta*, fita tão velha que nem sei onde a vi, com um sujeito que era esfolado vivo atrás de uma porta pelo velhíssimo Bosworth (se é que se escreve assim...). Falou-se tanto na crueza dessa cena! Mentiu-se tanto! Um tio meu contou-me (e eu me deixei ficar a ouvi-lo, porque coisa boa é uma boa mentira...) que eu não vira tudo, não, não pensasse... Que o capitão, depois de esfolar o sedutor, arrancava-lhe a pele às tiras, como quem descasca uma banana, mas que a censura tinha cortado... Falou-me mesmo em alguém a quem se teria assassinado, em Hollywood, para conseguir um maior realismo; ninguém se lembra?

E de *She*, com Betty Blythe, quem se lembra? A deusa, que também foi rainha de Sabá, aparecia de barriga de fora, e tinha o umbigo mais bonito que jamais se viu. Ao deixar de ser *she*, punha-se a rodar como um pião. E quem se lembrará de uma fita do Valentino com a formosa Dorothy Dalton (que o povo chamava "Dorotí Daltôn"), inidentificável para mim, e que se passava no polo, a bordo de um velho cargueiro prisioneiro dos gelos? Tenho na memória uma cena em que o par ficava fechado no interior do navio devido a uma avalanche, e havia então um negócio de falta de ar, ó *boy*, que deu dispneia em todo o cinema.

Por falar em falta de ar, quem se lembra da primeira fita de submarino, que, acho, chamava-se *Submarino* mesmo, com Bancroft, se não me engano, e que quase mata meu avô, então muito cardíaco, coitado, ao lhe narrar eu a cena da tripulação morrendo asfixiada no fundo do mar? E, já que Bancroft está em jogo, quem se lembra de *Docas de Nova York*, com Betty Compson e ele, ele quebrando a cara de todo mundo? Que grande fita! Direção de Sternberg... Mas isso não vem ao caso. Vem ao caso Evelyn Brent, ainda com Bancroft, em *Paixão e sangue*, lembram-se? Que mulher! Lembram-se da sua boca pintada em coração? Lembram-se da luta final com o velho Fred Kohler, um dos sujeitos mais fortes que já nasceram e cujo triste destino em cinema, fora alguns filmecos que dirigiu, era ser saco de pancada de mocinhos?

Mas briga de fato havia em *Ouro e maldição*, o imortal silencioso, naquela cena final dos dois homens no deserto, lembram-se? Saía-se do cinema com uma vontade assassina de esganar alguém, rapidamente, num canto de rua. Briga boa também era aquela de Pat O'Brien, já no falado, num filme da Universal de Edward Cahn, cujo nome me passa, maravilhosa como movimentação de câmera, lembram-se?

Quanta coisa! Fossem todas lembradas, e essa crônica inventaria uma dízima de palavras, de memórias, de pequenas coisas eternas. O beijo de Jannings em Lya de Putti, por exemplo, em *Variété*. Três rugas paralelas, perfeitamente paralelas, no pescoço de estátua de Brigitte Helm, ao se voltar para olhar seu amante, em *Atlantide*. Os pés de Raquel Torres, no *Deus branco*. O busto nu de Hedy Kiesler, hoje Lamarr, em *Êxtase*. A inesquecível cena de *Asphalt*, quando Dita Parlo, com um pulo de gata, monta na cintura do jovem polícia, e a máquina desce para só se ver seu pé nu, verdadeira presa, fincado na perneira brilhante...

Não terminarei essa crônica com o clássico "mais vale esquecer". Não, é preciso lembrar, lembrar sempre. Pois, se o Cinema continuar como está, só mesmo o legado de nossas lembranças alimentará qualquer futura história do Cinema. Porque se eu pegar algum dia minha filha dizendo: "Lembra-se do ...*E o vento levou*?, eu... eu sou bom pai, mas, numa hora dessas, eu não sei, não...

1942

O CINEMA E OS INTELECTUAIS

O cinema, arte essencial, sofre até hoje — e parece incrível — de uma situação equívoca ao lado de suas definitivas irmãs mais velhas. Guardam-se as pessoas de julgamentos abertos ante essa forma jovem, e a naturalidade com que entram num cinema e dele saem, como quem se desenfastia, é um índice da estupidez perigosa deste tempo ruim em que vivemos. Nada mais característico que esse desinteresse, ou melhor, essa inconsciência, esse comodismo, com que o mundo olha a beleza de uma imagem, o seu patético, a sua riqueza interior, tão rica que uma vez descoberta passa a ser como uma máquina de sonho, que se tem sempre presente no pensamento e que transforma e imobiliza cada instante vivido em Cinema, no melhor Cinema íntimo.

Outro dia eu estava pensando nisso. Machado de Assis nunca chegou a ver um filme de Carlitos! Imagine-se como Machado não amaria Chaplin e que grande cronista de Cinema não daria ali. Tenho certeza de que ninguém sentiria melhor o que há de pungente, de inocente, na personagem de *Em busca do ouro*; que a poucas pessoas emocionaria mais a imagem adorável de Carlitos esfaimado fazendo um ensopado eufórico dos próprios sapatos, e chupando *en gourmet* os pregos da sola com a delícia de quem manipula um espargo ao vinagrete.

Machado apreciaria um bom Cinema de outro modo que não Rui Barbosa, que foi um fã, mas um fã majestático, indo ao seu "Patezinho" como quem dá uma ilustre escapulida, entre dois notáveis pareceres, e como que em descanso de espírito, antes de uma vista às Ordenações. O Cinema nada deu ao Rui, nem Rui ao Cinema. Machado, sim, e eu garanto como teríamos hoje mais um excelente volume para acrescentar aos tantos da mísera e horrenda edição Jackson.

O intelectual — que burguês maior? — tem medo de se pronunciar sobre Cinema. Quando o faz, é como quem condescende, entre esforçado e cauteloso, pondo os seus ovos de ouro em ninhos de sutilezas. E a arte é tão simples e humana! Pode-se vê-la, livre e ardente, mesmo entre as munificências de que a circundaram os seus Mecenas de fancaria. Que erro do intelectual, de lhe soprar beijos assim de longe, quando ela precisa da ousadia dos machos que queiram ir fecundá-la no seu próprio chão, sem muitas palavras, com um infinito de imagens...

Lênin o soube, e o predisse, quando ordenou aos cineastas russos que se empenhassem a fundo na arte nascente, certo de que ela criaria um mundo novo para a doutrina por que se batia e que, como homem, queria ver dignificada. Mas entre o intelectual e Lênin vai o mar... 1941

DUAS GERAÇÕES DE INTELECTUAIS

Não será o interesse pelo Cinema como arte um sinal da profunda diferença que marca as duas gerações de intelectuais hoje existentes no Brasil?

Lembra-me que a coisa ocorreu-me a primeira vez quando, uma noite em Copacabana, conversava com Pedro Nava e Rodrigo M. F. de Andrade. Rodrigo falava sobre a sua geração, apontando-lhe os valores e os erros, com aquela precisão e clareza verbal que fazem dele o mais perfeito *tricheur* de todas as caças que lhe levam seus amigos mais sinceros. Porque nunca a nenhum de nós passou fazer nada de importante sem antes consultar Rodrigo e ouvi-lo a respeito. Manuel Bandeira disse dele, num poeminha onomástico que é uma joia, a coisa de mais verdadeiro e mais extremo, chamando-o "o amigo perfeito". Rodrigo é isso: o mais digno, fiel e fatal de todos os amigos.

Sua geração não é uma geração de visuais. No fundo são homens que se caceteiam com Cinema, que têm mais o que fazer, gente bastante desencantada e trancada em si mesmo, ou que — seres fundamentalmente líricos — só gostam de Cinema em termos de Poesia ou de Romance, coisa que revela melhor que nenhuma outra o desconhecimento essencial, o desinteresse desse grupo viril, áspero e velhaco de brasileiros pela arte da imagem em movimento.

É realmente curioso. Um por um, podemos passá-los todos, invariantemente. Meu primo Prudente de Moraes, neto, a quem sucedi na antiga Censura Cinematográfica, como representante do Ministério da Educação, não é um cinemático. Em Cinema, ama a Poesia, como em tudo. É o tipo do fã bissexto, como o poeta nele (apenas o poeta: que grande!). Imagine-se um fã que não entra num cinema porque Bette Davis causa-lhe um desagrado alérgico...

Rodrigo é outro que praticamente não vai a cinema. Nada há nele dessa fatalidade de fã que há num Otávio de Faria ou num Plínio Sussekind Rocha. Essa falta de necessidade do cineminha à noite, vamos encontrá-la também em Augusto Meyer ou em Carlos Drummond de Andrade. Seu interesse é fortuito como um eco de outros interesses. Não há neles vocação. São homens para dentro, parados sobre um cinema íntimo, sem mais paciência para essa espécie de extroversão que o Cinema pede. Serão, no máximo, poetas que vão ao Cinema. E têm essa marca do mau fã: são capazes de sair em meio a um filme, quem sabe de cochilar na cadeira?...

Ribeiro Couto foi, até certo ponto, uma revelação para mim, com o interesse manifestado nesse debate que passou.[*] Me parece, no entanto, que a qualidade do gosto de Ribeiro pelo Cinema é de pura evasão lírica. Quanto a meu amigo e médico Pedro Nava, este é um antivisual, um acinemático completo. Tudo em Nava é complexo poético. Ele gosta, nos filmes, justamente do que eles têm de menos Cinema, de mais anedótico, inteligente, rabelaisiano.

E assim por diante. Vejam o poeta e escultor Dante Milano: onde o Cinema naquele lirismo? Lúcio Costa, por exemplo: um artista completo, um homem cuja vida é uma força e um exemplo, ser digno e íntimo, a um tempo esquivo e fraterno. Que é do Cinema naquele visual? Portinari: outro. Um grande visual sem Cinema. Joaquim Cardoso, dos homens dessa geração, é talvez o que tem um conhecimento mais intuitivo

---

[*] Ver "Alucinação de físicos e poetas", p. 135 desta edição.

de arte. Cardoso conhece Cinema. O mestre Gilberto Freyre não é um cinemático de todo. Nem a escola do Recife não é cinemática tampouco. Nem os romancistas do Norte não são cinemáticos tampouco. Onde o Cinema num Graciliano, num José Lins, num Amando Fontes? Rachel de Queiroz é a única que vi se interessar por Cinema com um certo movimento de curiosidade pela arte em si: mas Rachel é da minha geração (palavra antipática, geração, mas não há outra).

Há, entre eles, dois ou três homens que realmente sentem e conhecem Cinema: Murilo Mendes e Aníbal Machado, especialmente, sobretudo o segundo que, esse, estuda e é bom fã. Aníbal Machado me parece a grande exceção.

Por isso, acho fatal que a Cinematografia brasileira, se deve haver uma, nasça dos intelectuais da geração de Otávio de Faria e não da de Alceu Amoroso Lima. Não creio que nenhum desses homens de que falei pudesse fazer um bom roteiro, construir direito uma continuidade ou dar ritmo cinematográfico a uma sucessão de imagens. Olhariam no olho da câmera com uma curiosidade *bonne enfant*, como quem quer ver a lua atrás de um periscópio. E isso vem muito da influência da época em que melhor viveram e criaram, da sua juventude boêmia e sem cinema, do seu regionalismo, do seu amor à forma, à discrição, à qualidade anedótica da palavra. Há essa separação profunda entre a geração deles e a minha. Mas isso não deixa lugar a nenhuma separação, pelo menos do meu lado. Sou grandemente ligado à afeição de tantos desses grandes irmãos mais velhos.　1942

QUE É CINEMA?

Deve haver quem fique ligeiramente louco quando me vê escrever, a propósito de um filme qualquer, que em tal pedaço assim, assim há "cinema", ou que determinado outro filme dele carece por completo.

É provável que pensem que eu sou uma besta, como se deu com meu amigo Joel Silveira, que antes de me conhecer me espinafrou na antiga *Diretrizes* porque eu reduzi, em nome do "cinema", uma patacoada francesa de sucesso fácil chamada *A mulher do padeiro*. Joel achou que eu tinha voltado da Inglaterra "de nariz sungado", sentindo mau cheiro em tudo. Mas no dia seguinte confraternizava comigo, em nome de uma crônica que eu fiz sobre Dorothy Lamour, qual cumpre informar, nada tem a ver com o "cinema". Em compensação...

Cinema, com aspas. É... é até normal que as pessoas se melindrem. Parece besta mesmo. Parece essa coisa de escrever palavras elevadas com maiúscula, de que tanto abusou a inteligência de direita. Mas não é, não. Quem me conhece sabe que eu sou um sujeito hoje em dia sem a menor besteira, e que, se eu ponho aspas numa palavra, é porque ali há coisa. Vou tentar explicar por quê.

O cinema é uma arte, como a poesia, o romance, a música, a escultura, a pintura ou arquitetura. Uma arte com um meio próprio de expressão, que é a imagem em movimento. Donde, condição preliminar para que haja cinema: a imagem deve mover-se.

Para a imagem mover-se, usam-se processos mecânicos de movimento, isto é, liga-se uma imagem a outra, mais outra, mais outra, até que delas nasça a ilusão do movimento, que é a realidade da arte. Disso se deduz que existem "várias" imagens dentro das imagens. A imagem parada tem uma arte própria, que é a fotografia, em que entram elementos de composição, o fator luz, o jogo dos acessórios etc. Agora, o cinema não é em absoluto isso. O cinema é, por assim dizer, a desagregação atômica da carga contida nas imagens por força do ritmo, desencadeado com a sua sucessão. As imagens movem-se num ritmo determinado conseguido mecanicamente pela montagem, isto é, o corte e a posterior ligação da película. É a ciência desse ritmo que faz declanchar o elemento "cinema", impossível de encontrar sempre que haja uma subserviência do movimento aos elementos acessórios da imagem, como por exemplo o som ou a palavra. Daí o cinema precisar restringir o uso do som e da palavra ao essencial (e isso não quer dizer que as pessoas não devam falar, ou os automóveis não devam fazer fom-fom, absolutamente, até pelo contrário) para que as imagens possam mover-se — o que acontece pouco com o moderno cinema, em que a ação cai frequentemente em ponto morto para deixar as personagens explicarem os próprios temperamentos. É aí que eu reclamo, e digo que não há "cinema", que há literatura, há teatro etc.; porquanto sendo a palavra o elemento dessas artes, o seu predomínio no movimento das imagens literatiza completamente a ação...

Não sei se me fiz entender. Ninguém poderá dizer, no entanto, que não tenha havido boa vontade... 1946

O SENTIDO DA PALAVRA PRODUTOR

Ainda outro dia um amigo meu me perguntava o que é que eu entendia por "produtor" de Cinema. A ele, o conceito geral lhe parecia vago; não se precisava até que ponto o produtor intervém no filme. Sugeriu-me uma crônica fundamentada. E realmente, pensando bem, o assunto merece uma. É que ele, além de movimentar o assunto, levanta ao mesmo tempo duas questões momentosas em Cinema: uma, a substituição do filme de arte cinematográfica pelo filme de arte... de ganhar dinheiro; a outra, a limitação progressiva da liberdade do diretor. Ambos os fenômenos vieram se processando, o primeiro como uma consequência do segundo, desde o advento do falado. Já no tempo do silencioso havia produtores que exploravam a queda que o público médio tem pelo grandiloquente e pelo sensacional. Mas nesse período de ouro do Cinema o bom diretor tinha, na maioria dos casos, a sua inteira liberdade. O produtor inteligente cultivava o bom diretor. Redundava-lhe em prestígio. Dava-lhe, livre de intromissões, o seu material artístico: a imagem muda, que o espectador nem sequer suspeitava viesse ainda a dizer tanta bobagem. E o espectador aceitava a imagem assim como ela era: autêntica no seu esforço para falar sem o auxílio da palavra.

De repente, a novidade. O público delirou. Al Jolson, todo pintado de preto, abria o peito. A América é maníaca de mágicas. Pouco importava que Chaplin pusesse as mãos na cabeça, gritasse que "nada que se faz à base de caras bonitas e de montagens suntuosas é arte cinematográfica", que "sua personagem era o homem", que "a voz no cinema era inútil, tão absurda como o fato de colorir uma estátua ou pôr palavras numa sinfonia de Beethoven", que "o cinema é uma arte pantomímica, e a palavra nada deixaria à imaginação", terminando com essa indagação perplexa: "nesse caso, por que não o teatro?".

Pouco importava. Al Jolson pusera-se a cantar, pusera-se mesmo — o topete! — a criticar publicamente Chaplin, fazendo uma espécie de boxe ridículo com a sombra. A leviandade de certos homens... Daqui a quinhentos anos, Al Jolson ainda não se terá libertado da ridicularia que fez... Enfim, não é isso que nos interessa aqui. Interessa mostrar que o "produtor", sentindo a fonte de renda fácil no entusiasmo com que o público recebeu o falado, pôs-se a explorá-lo na sua basbaquice.

Atualmente é essa (os casos em contrário são exceçõesíssimas à regra) a definição do produtor: o financiador, o capitalista da produção. Realmente o produtor — e ele já o foi tantas vezes, com um Erich Pommer, por exemplo — devia ser mais. Devia ser um alto mentor, mais que um simples comerciante. Devia reunir bons diretores, dar-lhes a independência necessária para criarem segundo as suas naturezas, reservando-se apenas o direito de controlar o "negócio", de zelar pelo capital empregado. Tal não sucede. O único fito hoje em dia é o do lucro. O produtor emprega cem para ganhar mil, na certa.

Procurarei entre os meus livros de Cinema uma definição mais conforme ao interesse manifestado pelo meu amigo. Esse trabalhinho de catação levou-me a umas linhas de Pudovkin, que aqui traduzo por se tratar da opinião de um técnico. Diz ele: "A palavra 'produtor' no mundo do filme é aplicável com propriedade somente ao homem de negócio, o organizador financeiro, o 'managing director' (não sei como traduzir) da matéria de produção; a força condutora mais que a orientação técnica por trás de uma dada produção". Produtor no sentido do teatro fez-se diretor nos filmes. Trata-se de terminologia americana de origem, se bem que hoje em dia seja ela usada universalmente. 1941

CONSIDERAÇÕES MATERIAIS

O ideal de fazer Cinema é um sonho que se paga caro. O material é dos mais custosos, e o Cinema, como a Pintura, e a Escultura, é uma arte substanciosa, visto que ela exige um aparato para se realizar. A Poesia, o Romance, a Arquitetura, a Música só pedem papel e lápis. Na ausência disso um pedaço de carvão serviria, e uma parede. Não será, por exemplo, a falta de papel e lápis que irá impedir Anchieta, no seu desterro voluntário, de escrever o seu poema em louvor da Virgem. A santa e branca areia, e uma varinha... Vá-se agora fazer Cinema com isso!

Na verdade essas artes substanciais têm seus pontos. Eu, pessoalmente, que funciono com papel e lápis, tenho uma inveja danada de pintor. É o meu fraco. Deve ser tão distraído, afora o que há de mais grave na arte, ficar misturando cores, fazendo cozinha artística, como eu via Portinari fazer... Não é à toa que tanto literato agora deu para pintar. Não é difícil sentir o processo psicológico que os leva a essa trabalhosa arte. De fato, quem sabe se, um dia, de tanta mistura de cores não vai sair um rosa de nova espécie, como aquele descoberto nos poentes por Prudente de Moraes, neto?

Qual o quê! Não sai, não... Mas a coisa não é boa só por isso. Há uma substância de ordem doméstica nessas artes, que prende o homem à sua casa, ao seu ateliê, ao seu barro, à sua tela, às suas latas de tinta. Só essa coisa de pôr avental para trabalhar, como fazem alguns, deve ser formidável. No fundo são artes científicas, que pedem um determinado conhecimento de ordem físico-química, médico-anatômica. Poesia é uma desgraça. Papel e lápis. Bloco, almaço, papel de embrulho, mas papel, sempre papel. E lápis, lápis que é preciso apontar com gilete, único "trabalho" material dessa arte de colher nuvens, como diz Cecília Meireles. Não, no fundo há uma injustiça com os poetas. O músico ainda tem seu piano. O arquiteto ainda tem a obra, cujo crescimento é preciso vigiar. O poeta só tem seu livro, em geral um magro volume com as páginas mais brancas do que pretas, que lhe dá uma saudade de derrubar árvores, lavrar campos, britar pedras.

Agora, os infortúnios têm suas vantagens. Cinema, por exemplo, custa um dinheiro surdo. Capital de poeta é água fria. Pode um indivíduo se sentir cineasta como quiser. Em lhe faltando o de cujus, nada feito, como se diz nesta terra. 1941

DO ATOR

O ator em cinema não é um indivíduo que representa, porque ele não é um indivíduo, e ele não representa, não.

Ao parafrasear assim o paradoxo famoso de Mallarmé sobre a bailarina, a qual *"n'est pas une femme qui dance, parce qu'elle n'est pas une femme, et elle ne dance pas"*,* ocorre-me a discussão que tive anteontem com um jovem e muito inteligente amigo meu sobre o problema da ação em cinema e em teatro. O ponto de vista dele era de que há atores em cinema, tanto quanto em teatro, de acordo com o conceito clássico de ator: indivíduo que personaliza outrem que não ele próprio e é capaz de transmitir as emoções da personagem que encarna para terceiros.

O meu ponto de vista era de que em cinema há o diretor, o qual cria artificialmente nos atores (chamemo-los assim…) de que dispõe condições mecânicas de ação. Em cinema ou

*"Não é uma mulher que dança, porque ela não é uma mulher e ela não dança não."

há grandes atores de teatro, os quais possuem através da experiência os requisitos necessários para agir em qualquer circunstância — um Werner Krauss, um Emil Jannings, um Raimu, um Jouvet, um Barrault, um Orson Welles, um Sam Jaffe, um Olivier, um Ralph Richardson: que por isso mesmo são fundamentalmente atores de teatro —, ou há "rostos", personalidades físicas que o diretor plasma circunstancialmente e de modo descontínuo de acordo com as injunções materiais do filme que executa. Um indivíduo em cinema pode começar morrendo — representando o ato de morrer — antes de sequer ter começado a viver, e isso porque as necessidades do set, do palco de filmagem, assim o impõem. Em cinema, desde que um determinado set — uma casa, um hospital, uma rua etc. — foi construído no estúdio, a economia obriga o diretor a filmar antes de mais nada as cenas que vão ter lugar naquele set. Assim, ele pode filmar o seu ator, no mesmo dia, batendo um papo com um amigo, brigando com a polícia, fazendo uma cena de amor, morrendo etc. — o que obriga seus atores a emoções mecânicas, conseguidas descontinuamente dentro da trama normal da ação.

A diretora Janice Loeb conseguiu uma das expressões mais dramáticas que já foi dado ver em cinema, no documentário americano *The Quiet One*, que ainda não foi exibido aqui, fazendo um menininho preto, seu ator principal, passar fome algum tempo, depois lhe oferecendo uma suculenta torta de maçã, e a retirando de suas mãos quando ele já pensava que era sua. As câmeras rodavam enquanto isso, e tudo o que Miss Loeb teve que fazer mais tarde foi cortar as seções do celuloide que lhe interessavam, colá-las e... vemos um menino abandonado que, morto de saudades da mãe, vai visitá-la na casa onde ela vive com outro homem. Ela lhe abre a porta e vê o rostinho faminto de carinho que olha para ela (o pedaço em que Janice Loeb oferece a torta de maçã). Depois vem a voz caceteada da mulher mandando no menino — e ao ouvir a voz neutra de sua mãe o semblante da criança se fecha, e suas pupilas se dilatam na treva de amor que o rodeia (o pedaço em que Miss Loeb, depois de oferecer o doce, o retira de ante os olhos gulosos do menino). Assim, conseguiu ela, artificialmente, uma das maiores expressões de amor e angústia que existem em qualquer arte interpretativa. Todo mundo diz, ao ver a cena: "Mas esse menino é um gênio!". Não. O menino dispunha apenas de uma carinha triste e sensível. A bossa é de Janice Loeb, que arrancou dessa cara exatamente as expressões que queria graças a um pouco de psicologia e uma simples torta de maçã.

Ação em teatro e cinema são coisas muito diversas. E aí está para prová-lo a decadência sempre crescente do cinema americano, desde que o *star system*, o sistema do estrelato, impôs-se comercialmente ao trabalho diretorial. Hoje em dia, e com muito poucas exceções, o diretor apenas coordena no palco de filmagem os múltiplos labores que resultam num filme: tudo lhe chega de antemão mastigado, e os atores, cuja fama traduz-se em cifras espantosas, são, mais que atores, susceptibilidades que nem sempre convém ferir. O espírito de equipe foi à garra.

O ator em teatro encarna a sua personagem de um modo geralmente contínuo no tempo, e sob o estímulo de uma plateia com que se comunica diretamente através de um veículo instantâneo — a linguagem. Em cinema o ator se comunica indiretamente, e descontinuamente, e sua linguagem não é essencial no processo de comunicação com o público. Ela pode ser dublada artificialmente, gravada numa fita sonora à parte, a qual é posteriormente sincronizada com a fita puramente cinematográfica. É verdade que hoje em dia a mobilidade dos microfones, que podem melhor acompanhar o ator em sua movimentação, vieram estreitar muito mais esses laços de comunicação entre o ator cinematográfico e o público. Mas o processo resta indireto, e mecânico, e é fundamentalmente diverso do tipo de comunicação no teatro.

E tenho dito.

1951

RITMO E POESIA
[...]

Existem duas teorias de roteiro: a do "ritmo" e a da "continuidade". A primeira se aproxima, por assim dizer, da poesia, do valor lírico da imagem. A segunda, por seu lado, tem no romance, na duração literária do romance, um melhor ponto de comparação. Esses dados elementares nos podem mostrar mais claramente a extensão desses dois modos de tratar o roteiro.

A teoria do ritmo busca o valor lírico da imagem, dizíamos. Realmente, se considerarmos a imagem em Cinema como a palavra em Poesia, temos nela um elemento permanentemente em busca de sua realização harmônica, do seu equilíbrio próprio em combinação com outras palavras ou imagens. Assim, com "O martelo", o poema de Manuel Bandeira, temos imagens em ritmo (ritmo poético e ritmo cinemático) para uma visualização que permita compreender mais praticamente o essencial dessa teoria.

O martelo*

As rodas rangem na curva dos trilhos	1. Tm:	Um bonde noturno, deserto, iluminado contra a noite
Inexoravelmente.	2. Tp:	O bonde avançando para a curva. A câmera desce para apanhar as rodas em sucessão inexorável.
Mas eu salvei do meu naufrágio	3. Tm:	O poeta imóvel no seu quarto. Tomada estática.

*Vinicius, em crônica publicada em agosto de 1941, assim define seu vocabulário técnico para a escrita do roteiro cinematográfico: Td: tomada distante, *long-shot*; Tm: tomada média, *medium-shot*; Tp: tomada próxima, *close-up*; e Fc: fusão com, fusão em.

Os elementos mais cotidianos.	4. Tm:	Ao reflexo de um anúncio luminoso o interior se aclara, mostrando a cotidianidade ambiente. Caráter do quarto.
	5. Tm:	O bonde fugindo na noite.
	6. Fc:	O rosto severo e antigo do poeta numa tomada próxima.
O meu quarto resume o passado de todas as casas que habitei.	7. Tm:	Novo reflexo luminoso. Sensação de passado nos móveis, nos objetos. Retratos. O crucifixo.
No meio da noite	8. Td:	A cidade noturna vista da janela do quarto do poeta. Sossego indizível. Imagem longa.
No cerne duro da cidade	9. Fc:	O rosto calmo do poeta numa tomada próxima.
Me sinto protegido.	10. Td:	A cidade noturna como na imagem 8.
	11. Tp:	O rosto do poeta. Luz do anúncio.
	12. Td:	A cidade. Vê-se o bonde longe, correndo no meio do sossego em torno.
	13. Tp:	O rosto do poeta.
	14. Tm:	Árvores noturnas, quietas.
Do jardim do convento	15. Tp:	O rosto quieto do poeta. Novo reflexo luminoso.
	16. Td:	O convento noturno.
Vem o pio da coruja	17. Tm:	O jardim do convento. O anúncio luminoso.

Doce como um arrulho de pomba.	18. Tp:	Uma coruja num galho, piando.
	19. Tm:	Um nicho externo, com a imagem de Nossa Senhora.
	20. Tp:	O rosto do poeta.
	21. Tp:	A coruja piando.
	22. Tp:	O rosto de Nossa Senhora.
	23. Tp:	O rosto do poeta.
	24. Tp:	A coruja dormindo.
	25. Tp:	Ângulo baixo do rosto de Nossa Senhora.
	26. Tp:	O rosto do poeta dormindo.
Sei que amanhã quando acordar	27. Td:	A cidade noturna.
	28. Fc:	A aurora. Primeiro albor
Ouvirei o martelo do ferreiro	29. Fc:	A aurora se abrindo.
	30. Fc:	O primeiro raio de sol.
Bater corajoso o seu cântico de certezas.	31. Fc:	O ferreiro pondo-se ao trabalho.
	32. Fc:	O rosto alegre do poeta despertando.
	33. Tp:	O martelo batendo, batendo.

Eis aí uma primeira noção de ritmo comparado. 1941

ABSTENÇÃO DE CINEMA

Ando cumprindo mal meus deveres de cronista. Não está certo, não, Vinicius de Moraes. O público lhe paga para escrever, e você, em vez, fica a andar de bicicleta com o Rubem Braga pelas praias do Leblon ou a roer a sua solidão nos bares de Copacabana, ingerindo chopes, além de tudo uma coisa que não pode fazer bem à sua colite. Você vai num mau caminho, meu rapaz. Você devia era entrar no cinema e ir ver Shirley Temple — mas como dói! Anteontem, passando em frente ao Rian, você teve mentalmente o seguinte comentário diante do cartaz: *Casei-me com um nazista*. "Quem mandou..." Nada disso está certo. Você é um rapaz de responsabilidade, com dois filhos, uma bela carreira na sua frente, talvez até com mais um ou dois livros a escrever. Você devia acordar mais cedo, olhar a aurora nascer, encher os pulmões da salsa brisa atlântica, fazer uma hora de ginástica, tomar um banho frio e escrever um poema sobre a eugenia. Mas, não. Há uma semana você não vai ao cinema. Olhe que você com essa sua abstenção pode ter feito mal a algum fiel leitor seu — esse desconhecido... — que, por incauto, e sem a sua rija orientação cinematográfica, se deixasse seduzir pela burrice dos cartazes, e... mais uma alma no inferno do cinema...

O médico em você se rebela contra essas surtidas dos monstros, Vinicius de Moraes. Ouve a voz que te conclama ao sereno e imparcial cumprimento do dever. Fecha os olhos, vai ao cinema. Ingere Shirley Temple e outras adolescências geniais como ingerias o teu óleo de rícino na infância, ministrado pela mão mussoliniana de tua tia. O público assim o quer. Deixa de hipocondrias. Sê cronista. Vence a sedução da máquina e o canto de sereia do Rubem Braga. Atira-te à confecção de pequenas joias de bom gosto cinematográfico, pipocando em conceitos do mais alto interesse artístico, e larga essa mania de querer andar sem mãos e quem sabe — ó sonho! — de costas para a frente, na bicicleta. Ainda domingo passado pagaste quarenta cruzeiros ao garagista. Estás louco, rapaz, com o quilo de carne a três cruzeiros e sessenta centavos?

Não está certo, não, Vinicius de Moraes. É preciso comer cenouras, tomar pelo menos meio litro de leite por dia — e não uma bagaceirazinha ou outra, está ouvindo? —, ir ao cinema e depois meditar uma boa crônica ante um chá com *waffle and maple* numa das cadeiras da Americana, entre senhoras abastadas — e não chope, está ouvindo?, que é uma coisa que encharca o estômago e não nutre nada...

(Mas, afinal de contas, esse negócio de cevada é ou não é batata?)

1943

CRÔNICA DE FIM DE ANO

Há uma tristeza nos fins de ano. Se nós a pudéssemos ver do alto, com uma grande câmera fantástica, que retrato da vida não daria! A recuperação de um tal sonho não nos custaria, a nós mesmos, toda a possibilidade de paz? Mais que a face da Terra enrugada de guerras, mais que o fogo ínfimo das batalhas minúsculas, salteando-se de florestas a savanas, de savanas a campos de neve, veríamos uma quietação periódica cheia de pressentimentos, suspensa desses países eleitos da mediocridade ou da pobreza, onde em casas e arranha-céus liliputianos se apertam numa ternura angustiada as pequenas e as grandes famílias, todas igualmente odiosas, todas igualmente vencidas pela astúcia dos sentimentos que sobrelevam o interesse de cada um, numa vaidade e num orgulho monstruosos de ser e estar.

Esse primeiro do ano a vir, ninguém realmente o quer, ninguém precisa dele. É ao passado que se dá a alma de cada um, ao passado que não passa, onde se foi amigo, amante e amado, onde se viu morrer alguém ou alguma esperança, onde se lutou, no esquecimento constante da grande tragédia do movimento humano, que a muito poucos oferece um caminho mais digno. E, no ponto de passar a linha do tempo, faz-se, cada um, um pouco herói, um pouco amigo, um pouco santo, oferecendo holocaustos ao deus do medo em louvor do tempo futuro.

Haverá nada de mais melancólico que esses homens bêbados na rua, essas famílias emocionadas, esses amores rápidos, esses olhares vagos em que não se confessam os temores, as dúvidas, as incompreensões? Que há de mais patético que essa coragem surda e prestes a vencer-se em lágrimas, desses homens que a celebração reúne, e que aos poucos explode em confissões, em determinações, em indeterminações; coragem sempre ao ponto de brigar com seu semelhante; de desejar--lhe a mulher; de lhe submeter a opinião; coragem só para ganhar, nunca para perder, nunca para aceitar, nunca para compreender...

Ainda outro dia eu via, numa sessão de cinema, um anúncio de boas-festas: "Venha passar alegremente o Ano-Bom assistindo ao novo filme... à meia-noite de 31 neste cinema!". Que coisa desoladora, ir alguém ao cinema num 31 de dezembro! E pensei no operador, encerrado na sua cabine, rodando o seu filme para uma multidão sem mulheres, aprisionado na sua cabine, no justo momento em que Old Father Time vira a sua ampulheta inundando o mundo de areia... E como esse pensamento me levou longe! Pensei nos prisioneiros, não os de guerra, mas os que o são por medo ou por fraqueza; nas pensões alegres, onde as mulheres se encerram para a vida; em todas as abandonadas do amor, as ludibriadas, as exasperadas, as loucas; pensei nos loucos nos hospícios, onde o silêncio deve gerar uma solidão de caos, cortada de alucinação, de percepções fulgurantes da vida; pensei também nos delicados, os que se deixam levar, oprimidos pela própria timidez, pela angústia de falar mais baixo. E pela primeira vez, sofrendo por essas coisas, não me envergonhei, nem amei a minha antiga frieza diante delas. Esse desperdício de angústia, onde irá ter?

1941

ALUCINAÇÃO
DE FÍSICOS E POETAS

DEFINIÇÃO DE UMA ATITUDE CRÍTICA: CINEMA MUDO E CINEMA FALADO

A intransigência da nossa atitude em relação ao Cinema falado não é em absoluto um requinte, como pensou Osório Borba, em artigo publicado recentemente, nem uma posição de originalidade crítica, como certamente muitos julgarão. Não se trata em absoluto de fazer bonito. A coisa em si é clara como água. Quero explicá-la aqui a todos esses amigos que, por desconhecimento ou desinteresse da arte de Chaplin, ou melhor, por simples e gratuita aceitação do falado, deram de ombros à transformação por que passou o Cinema, e que a meu ver tirou à imagem o melhor do seu sentido: o silêncio, o ritmo interior, o valor da expressão muda, a realidade íntima do símbolo, a modéstia dos letreiros, para substituí-los pela falação, pelo desperdício da voz humana inútil, pois a verdade em Cinema é a sugestão e não a explicação, e a personalidade da imagem e não a sua descaracterização.

Se partimos da ideia de que Cinema é arte, e não simples passatempo artístico, arte como a Música, a Arquitetura ou o Romance, não podemos fugir a essa atitude crítica. Vejam bem: ninguém de sério aceita a ópera como música pura, a não ser, talvez, num ou noutro trecho considerado isoladamente. Ninguém aceita como pintura essencial as experiências plásticas de muitos dos surrealistas, do próprio Picasso, nas suas montagens fotográficas, nas explicações do inconsciente através de outros elementos que não são pintura. Ninguém crê de coração num romance de propaganda, por mais bem-feito: posto em comparação com um romance de fato, sua falsidade reponta inelutável. Assim como todas as artes, grandes homens, como Wagner e Tolstói, até hoje carregam a cruz de um *Parsifal* ou de uma *Sonata a Kreutzer*. Em arte não é possível brilhar nem facilitar. Tem que ser aquela exatidão.

Por que haveria o Cinema de fugir a essa regra geral da arte: que ela tem que ser pura para ser justa? Não que todo o mundo precise ser um Mozart, nem um Giorgione, nem um

Le Corbusier, nem um Rimbaud, nem um Chaplin. Não se trate de gênios aqui. O gênio mesmo é um conceito que foge à naturalidade da vida humana, cuja maior consecução nos apareceu com o Cristo ou com seus grandes eleitos como são Francisco de Assis ou santa Teresa. Fique-se em Chopin, em Van Gogh, em Galsworthy, em Duvivier. Mas fique-se com a arte, cada um com a sua, e ninguém com a dos outros.

Essa unidade é fundamental. Não houve aquele que sobrasse de uma experiência de ambição. Pode ser no máximo interessante, mas no fundo o que se quer é ouvir boa música. Por isso, como eu acredito no Cinema, e dou grátis a qualquer um todos os elementos que fazem dele uma arte com suas características próprias e fundamentais; como eu acredito na imagem e na sua capacidade de falar por si própria; como eu acredito no diretor, que é o artista do Cinema, não posso aceitar que a imagem fale o que é para ser compreendido; que se elimine o símbolo para substituí-lo por uma piada oportuna; que se ouça o vento quando a simples visualização de uma árvore alucinada o restitui em toda a sua violência.

Não negamos a palavra para toda e qualquer experiência em Cinema. Seria ir contra a utilização do Cinema como meio de educação e de cultura, sem ir contra o documentário científico, a aula, a conferência, tudo, enfim, que futuramente encontrará no Cinema seu melhor veículo de propagação. Agora, no que toca à arte, façamos a nossa última e definitiva ressalva. O Cinema falado é artisticamente uma impostura. Não cabe. Só o aceitamos quando, pela qualidade de sua imagem, ele é intimamente mudo. Porque isso existe. Existiu em *Aleluia*, existiu em *No turbilhão da metrópole*, existiu em *Sem rumo*, existiu em *S.O.S. Iceberg*, existiu em muito filme falado. Letreiros acidentais teriam substituído perfeitamente a dialogação inútil.

Qualquer posição em contrário é insustentável. Revela, desde a base, ou um desconhecimento do Cinema enquanto arte, ou uma limitação do seu poder artístico, ou um desinteresse pelos seus problemas fundamentais, ou, o que é pior, uma leviandade na sua aceitação como fato cotidiano. De qualquer desses pontos de vista, uma posição em contrário não se mantém por muito tempo. A não ser que as pessoas creiam no que eu prefiro não crer. Mas não é para esses que quero me justificar. Desses Paganinis está cheio o mundo, nada há a fazer para convencê-los. Também, não interessa.

1941

CARTA AO FÍSICO OCCHIALINI*

A nossa conversa de outro dia, meu caro Occhialini, deixou-me, além da tensão intelectual provocada por suas colocações cinematográficas, numa grande angústia poética. É que você, homem da Física (e eu diria melhor: da metafísica, no sentido menos filosófico da palavra — se é que posso sobrepor assim duas ordens do mesmo conhecimento), vê as coisas num mundo do qual eu ando afastado, ai de mim, há muito tempo. Esse mundo "das origens", onde um dia, num poema, via a música como a essência de todas as coisas, como a sabedoria por excelência — espécie de vibração do caos primitivo ante a ideia da encarnação da matéria divina —, esse mundo, diria eu, que é o "seu mundo", que eu quisera fosse o meu mundo, causa-me um terror pânico. Nunca poderei me esquecer do nosso Marcelo Damy de Sousa Santos — nós dois num quarto em Londres, no dia justo em que o destino da guerra tomava forma em Munique, dia de extremo nervosismo e perplexidade para a Inglaterra —, falando-me sobre raios cósmicos, eu deitado na cama, ele passeando exaltado pelo quarto, num arrebatamento lírico que me pôs em face mesmo do mistério original da Criação. No céu, ouvia-se

---

*Giuseppe Occhialini era professor assistente de física da Faculdade de Filosofia da USP. Amigo de Paulo Emílio Sales Gomes e de Oswald de Andrade, que o considerava "culto" (cf. "Carta a Monteiro Lobato", em *Ponta de lança*), interessava-se por cinema, era leitor do *Gibi* e gostava de envolver-se em polêmicas.

o ruído dos aviões, invisíveis, guardando Londres contra a possibilidade de um bombardeio alemão. Mas isso tudo esqueceu-se, tornou-se o ruído confuso das máquinas da vida trabalhando no vazio originário as formas primeiras da harmonia, da ordem, do amor, da morte, da ressurreição. Vi, juro que vi, com o Cinema de meus olhos, o panorama alucinante da Criação permanente; ouvi o bombardeio dos raios cósmicos sobre a superfície da Terra, milagre de desenho animado anti*fantasia*, pois que vivia sem cor, sem som, sem voz, com o traço puro, mas onde as estrelas podiam muito bem ser galinhas brancas pondo os seus ovos luminosos sobre os campos do mundo.

Desde esse dia o Marcelo passou a ser uma superstição para mim. Tenho por ele, por esse menino tocado de gênio, uma verdadeira veneração. Nem sei se ele sabe disso; aliás, não importa. Mas, para o que eu quero lhe explicar, é muito importante. O Cinema é uma arte (digamos arte, mesmo a contragosto) essencial, nunca duvide disso. Ela existe à base de toda a realidade da imagem, imagem aqui considerada no seu sentido mais amplo. O Cinema são os olhos do primeiro homem em êxtase contínuo, em descoberta contínua de todas as imagens, da Imagem pura, que é a sua própria continuidade. Não sei se você me entende como eu quisera que você me entendesse. Pena é que não possa lhe dizer mais longamente, mais metodicamente, mais cientificamente, até chegar a um ponto de onde brotasse a luz. Paciência. Provisoriamente, dir-lhe-ei o seguinte: para mim, o Cinema, como a Música ou a Poesia, é um "estado", mais que uma arte. A nossa sede de formas deu-lhe um nome e criou-lhe uma técnica própria. Mas realmente ele existe em tudo, em tudo o que é sucessão e ritmo de imagens. O pensamento é essencialmente cinemático, sobretudo quando não "visualiza". Eu desconfio do pensamento ou da emoção que "visualiza". Desconfio de Debussy, desconfio de Wagner, desconfio de tudo que excita mais do que "se abandona". Chaplin não visualiza, veja você bem. Nem Bach, nem Shakespeare, nem Rilke. É preciso não ir buscar a essência do Cinema na pantomima apenas. Não: isso é uma síntese, mas não é toda a síntese. O burro que vai molemente pela rua com os olhos dirigidos pelas viseiras realiza um *écran* muito mais perfeito que o de todas as câmeras do mundo, as mais astuciosas, as mais simples.

Meu caro Occhialini, tudo isso está me saindo do lápis, diretamente para você. Muita gente vai me achar pedante, quem sabe você mesmo. Mas acredite que veio num fluxo só, nenhuma das formas que procurei para dizer-lhe essa coisa tão simples me agrada mais que a última, a do burro. Há nela o movimento, a sucessão, a espontaneidade, a luz, a visão, enfim. Animal introspectivo, o burro é o Cineasta por excelência. *Sans blague.** Você entende, não?

1942

SEGUNDA CARTA AO FÍSICO OCCHIALINI, CASO ELE AINDA NÃO TENHA PARTIDO, OU OUTRAMENTE, A QUEM QUER QUE SINTA COMO ELE

A sua colocação do cinema sonoro, Occhialini, não é que seja impura; quem conhecer você sabe, se tiver uma parcela de intuição, que você é um homem puro, fundamentalmente puro em suas colocações. Eu a acho, se você quiser (e você, grande físico, perdoe-me a impostura…), pouco… científica. Você aceita o sonoro em cinema como uma facilidade histórica, digamos assim, como uma fase no desenvolvimento normal de uma árvore em crescimento. Você acha o silêncio uma verdade que se usou, que deu o que tinha para dar, que cresceu até onde tinha que crescer e ali murchou, sendo preciso podar ou enxertar novos galhos, naquele momento da árvore vencida.

Eu compreendo o seu ponto de vista, e o aceito, na certeza esquiliana de que "tudo o que existe é justo e injusto, e nos

---

* Sem piada.

dois casos igualmente justificável". Somente o amoralismo do conceito, que é muito mais meu que seu, serve-me como uma arma contra você próprio, que vive, artisticamente, mais no seu verdadeiro (e eu digo verdadeiro) espírito. Eu não acredito nessa verdade com V grande, certo de que somos todos, homens, outras tantas verdades igualmente respeitáveis e sem solução catalisadora. Acho que você também não acredita muito nela, não? O que eu quero dizer, no entanto, é que o sonoro peca, em relação à imagem, por desajustamento ideal, isto é, que trata-se de um sistema dentado e não de bilhas, que trata-se de uma composição horizontal e não vertical. Falta--lhe, fundamentalmente, criação e equilíbrio. Talvez haja até uma vontade de perfeição no sonoro, maior, muito maior que no mudo, ou no silencioso, para ser mais exato. Realmente os estágios que você me mostrou tão lucidamente — os estágios dimensionais que vão do desenho primitivo no grafite até a escultura, aumentando a dificuldade, e consequentemente o progresso (não gosto da palavra, mas não encontro outra) da criação, a sua capacidade de se renovar — são perfeitos de lógica e de emoção. São uma verdade. Mas você se esquece de uma outra verdade: é de que a imagem tem intimamente som, sem ser preciso um microfone para captá-lo. A tempestade final em *Tempestade sobre a Ásia* de Pudovkin; ou a cena do marinheiro arrebentando o prato, em cólera (acho que é um prato... mas tanto faz), no *Encouraçado Potemkin* de Eisenstein, tem mais som que um verdadeiro tufão nas ilhas, ou que a esposa atrabiliária quebrando toda uma cristaleira por chegar-lhe o marido atrasado para o jantar. O som é uma experiência, brilhante, não há dúvida, num filme como *Aleluia*, como *Cidadão Kane*, como *Tempos modernos*, esporadicamente. Mas é uma ênfase, uma superfetação. O que é grande, na evolução da árvore, é que o seu crescimento não subentende nenhuma direção, nenhum caminho. A beleza da árvore é um milagre simples; sua harmonia e equilíbrio, uma expressão divina de naturalidade. O desenho não contém a ideia de pintura, nem a pintura a ideia de relevo, nem o relevo a ideia de escultura. São acontecimentos naturais de uma procura que, essa sim, vive à base de toda a grandeza artística. Mas a imagem contém o som, como a luz, como o movimento. Aliás, o movimento compreende tudo isso. Não há movimento nas trevas, nem som sem movimento. Portanto, meu caro, o que é a beleza na geração das artes, da música até a escultura, que é, como se diz, a música morta (eu sempre impliquei com essa ideia...), não é a verdade no Cinema, criando o cinema sonoro, o cinema falado, o cinema em cores, o cinema em relevo, o cinema olfativo, o cinema-escultura, ou não importa que futuras tentativas no campo da arte. É pura experimentação e pode ter um grande valor como tal. Não neguemos à arte o sucesso de si mesma, e a necessidade de inovar. Estou longe de crer que o cinema seja a última arte nesse mundo em que vivemos, ou a estratégia. Não. Mas o que eu digo é que do cinema não pode sair cinema sonoro. Poderá sair outra arte, não sei qual, mas nunca um outro cinema, que a imagem silenciosa já contém. Não chamemos ao cinema sonoro um estágio em progressão. Chamemo-lo um departamento do cinema em experiência. Não creio que possa nunca dar nada como *Luzes da cidade* ou como o *Encouraçado Potemkin*. Adeus, meu caro.   1942

RESPOSTA A UM LEITOR DE BELO HORIZONTE
Vou repetir sua dificuldade, meu caro Ruben Muller, em relação à minha frase sobre o cinema que "visualiza" e o Cinema que não visualiza. Diz você em sua carta: "Uma frase sua me pareceu imprecisa: 'O pensamento é essencialmente cinemático, sobretudo quando não visualiza'". E você confessa não saber em que sentido eu emprego esse "visualiza", declarando compreender a colocação somente em relação ao Cinema puro, achando-o errado desde que se coloque o problema de sucessão, do tempo, da continuidade de imagens.

Ora muito bem. Você deve ter notado que ao escrever esse

"visualiza" na frase acima eu carreguei-a de um determinado sentido, eu poderia quase dizer de uma astúcia verbal, para que melhor pudesse servir ao paradoxo aparente que determina. Mas não há nenhum paradoxo. A câmera do bom Cineasta serve à Vida antes de tudo. Ela passou a ver a própria Vida, compreende você, num *écran* que, pela sua forma geométrica mesma, bastante semelhante ao *écran* visual que temos todos no rosto, limitado ao norte pelo frontal, a leste e oeste pelos temporais e ao sul pelos maxilares superiores (perdoe a ossificação: o que eu quero mostrar é a cavidade ocular da caveira, bem mais simples...). O *écran* do bom cineasta funde-se com a Terra que o circunda, alarga-se numa nova dimensão, libertando singularmente o que a câmera captou. Veja Chaplin, o eterno Chaplin, por exemplo. Sua tomada é simples, o mais real possível, o mais natural possível. Chaplin espera pacientemente o "momento cinematográfico", isto é, o instante em que a imagem se faz Cinema, em que deixa de ser simples instrumento fotográfico para usá-la como unidade contínua. Waldo Frank conta em seu ensaio sobre o criador de *City Lights*, coisa que Orson Welles me confirmou, como Chaplin toma durante semanas a fio a mesma cena pacientemente, à espera que a imagem recolha toda a vida de que é capaz. Você vê, não há "visualização", nesse sentido de criar uma imagem visual da "tomada a fazer". Há uma perseguição da vida na imagem, a busca do seu instante cinemático. Você quando ouve Debussy fica logo (pelo menos comigo dá-se isso) com aquela tendência invencível para emprestar uma forma à música, torná-la cinematicamente contínua. Ora, isso é impuro, não de mim, mas da música, que se deve ter resolvido, no instante da sua criação, num plano de imagens visuais. Bach, por exemplo, nunca provoca isso, nem Beethoven, nem Mozart, nem César Franck, nem Stravinsky, para usar um moderno. Agora, vejo Tchaikóvski, vejo Liszt, vejo certas coisas de Brahms, certas coisas de Wagner, Ravel quase que inteiro etc... Não acha você?

Dá-se o mesmo num outro campo, com relação ao Cinema, eu diria: com relação a qualquer arte que não seja primordialmente plástica.

A natureza cinematográfica da imagem é fundamentalmente antivisual, nesse sentido em que não se vê a Vida quando se está vivendo verdadeiramente, isto é, amando, sofrendo, criando, trabalhando em algum trabalho interessante, planejando alguma coisa rica em emoções, não importa o quê.

Não sei se me faço entender. Preciso explicar a você que esta crônica é em geral feita ou na redação ou em casa, de manhã, rapidamente, porque estou afogado em outros serviços. Por um lado é bom, porque vou escrevendo o que vem espontaneamente ao pensamento. Mas por outro é mau, uma vez que não posso concentrar melhor ideias que são em si tão simples, perdendo-me sempre em frases que nascem de pontuações apressadas.

Mas você é inteligente. Isso é meio caminho andado. Repise o problema em sua cabeça com esses novos dados. Veja se eu não tenho razão. E deixe dessa história de Cinema puro, que essa coisa é muito vaga demais. A arte é a coisa mais impura que há, eu digo impura com caráter, compreende? E graças a Deus. Negócio de pureza absoluta é muito cacete, meu caro. É coisa de surrealista. Sejamos franciscanos, se você quiser. Mas puros, nesse sentido, pra quê?   1942

ABRINDO O DEBATE SOBRE O SILÊNCIO EM CINEMA

O Cinema, como a Música, exige o silêncio. Apenas, na Música o silêncio é um clima, embora a Música, no fundo, constitua um silêncio em vibração a distribuir-se harmonicamente, sem correspondência aparente de sons e sem solução de continuidade obrigatória.

Mas na Música o silêncio não é a própria natureza da coisa em si, como no Cinema. Música é som. A natureza do Cinema é a imagem. Ora, a imagem é fundamentalmente silenciosa como meio de expressão.

Não há Música sem silêncio, é certo. O som só se realiza perfeitamente num espaço silencioso e, se alguma aplicação lhe cabe no Cinema, o seu segredo está aqui. Mas no Cinema, em que o som tem cabimento, o silêncio, por um paradoxo vital à arte, é a realidade fundamental, muito mais fundamental que na Música, pois abstratamente poderá alguém ouvir Música em pleno fragor de uma batalha, mas não verá nunca Cinema se uma palavra que seja brotar da imagem para resolver por solução própria o mistério que pertence ao seu conteúdo emocional íntimo. A imagem se sensibiliza, retrai-se, e a palavra passa a dar imediatamente o tom. Porque o poder da palavra poderá não ser mais persuasivo que o da imagem, mas é certamente mais peremptório, e onde existir uma palavra e uma imagem aquela atingirá mais nitidamente o seu fim, mais violentamente. Eis por que o Cinema, arte da imagem, deve ser silencioso. E quando eu digo silencioso não abstraio de nenhum recurso da cinematografia: a música, o som ou a palavra. Porque o Cinema é um instante, uma intuição do instante, dificilmente uma continuidade.

Mas não quero colocar só vagueiras. Tudo isso pertence à minha noção de Cinema, de Cinema antes da Cinematografia, noção essa que não foi feita para convencer ninguém. Colocada a questão no plano de Cinematografia, que, em última análise, é o que "vemos", é preciso trazê-la mais para a terra, para que melhor se possa chegar a alguma solução. O Cinema é uma arte de indústria, tal como foi feito. Arte de grandes capitais empregados, que exige um aparato mecânico custosíssimo e um labor visual permanente para se realizar. Muito bem; durante vinte anos, digamos, essa arte foi silenciosa. Depois, conseguiu-se emprestar à imagem o som e a palavra, elementos de valorização incontestável, sobretudo o primeiro, não fossem empregados, como teriam fatalmente que ser, para os fins que pertencem precipuamente à imagem. O resultado foi lógico. Os primeiros vinte anos de Cinema caracterizaram-se por um valor artístico incontavelmente superior aos que se lhe seguiram. Havia então, inconscientemente, essas coisas simples chamadas de Ideal e Esforço, que trabalhavam os espíritos no sentido de sempre visualizar cinematograficamente seus argumentos, abstraindo de valores efêmeros como o som e a palavra, que, empregados em tempo certo, podem ser uma melhoria considerável, mas que, na essência da coisa, intimidam a imagem sempre que surgem para propor uma solução.

Estou mesmo chegando à conclusão de que o problema do Falado, de tão inane, não merece tanta palavra bonita. O Falado é, no final das contas, uma substituição do letreiro incômodo que o bom diretor do Silencioso procurava eliminar o mais possível não só por ser mais cinematográfico como para manchar menos a tela em que se moviam suas personagens: e até aí morreu o Neves, tudo dependendo da oportunidade ou não desse "letreiro oral", ponhamos assim. Ora, *ladies and gentlemen*, no Cinema Falado o emprego desse recurso nunca, jamais, em tempo algum foi oportuno, prejudicando sempre o valor expressivo da imagem. Eis por que sou pelo Cinema Silencioso, que se resolve sozinho sem dar confiança para ninguém. Aí o som apresenta aspectos mais interessantes, uma vez que pode ser "silêncio" em Cinema, pode ser usado como metáfora de silêncio, e eventualmente "aumentar a expressão potencial do conteúdo do filme", como tão bem colocou Pudovkin no seu *Film Technique*.

Mas isso é silêncio. Até hoje nunca passou de experiência (o silêncio puro tem consecuções magistrais, em vez...), e aquelas levadas a cabo pelos cineastas russos, as melhores sem dúvida, não positivam nenhuma conclusão. *Cidadão Kane*, de Orson Welles, tem dois ou três desses momentos, porque são justamente, não som, mas silêncio, isto é, imagem. O som é neles uma metáfora de silêncio. No entanto, aposto como havia uma solução absolutamente silenciosa ali...

Mas não deixemos círculos de fumo no ar. Compare-se, no duro, *Cidadão Kane* com *Encouraçado Potemkim*. Pobre

Cidadão Kane, com todas as suas brilhantes experiências sonoras! Não se tenha a menor dúvida: a imagem por si só resolve qualquer problema de Cinema, leia-se Cinema. Em Cinematografia, naturalmente que está muito bem fazer-se um *record** de ronco de avião para uma cena em que apareça um avião voando, mesmo porque isso evita ao espectador a afonia de pensar que o motor do aparelho não está trabalhando. O som é um grande recurso. O que está errado é usá-lo à maneira da vida, como na imagem visual da vida, porque uma coisa é Cinema, e outra, Cinematografia. Cinema é coisa que acontece. Cinematografia é coisa que se faz.

Cabem aqui todos os imponderáveis... aconteceu a alguém de, passando por uma rua transversal de bairro, em plena luz, entregar-se de repente a um acorde de piano ou a um estudo laborioso de violino, inexplicavelmente, e ser reconduzido pelo Silêncio que esses sons despertam à última solidão do mundo? Ou ouvir um grito "fazer o silêncio" em torno, um silêncio pressago, cheio de mistério dentro?

Por certo todo mundo já sentiu essa sensação de silêncio que o trote de um cavalo desperta no descampado, quando se volta de algum lugar onde se foi feliz; ou o silêncio da tarde, que no mato parece nascer dos ruídos dos bichinhos; esse silêncio dos trens apitando longe, dos roncos de navio no nevoeiro, das multidões em transe, das naves das igrejas, onde o menor ruído amplia o silêncio ao infinito.

É tão cotidiano! Nem chega a oferecer matéria para pensamento. A sensação está no papel, presente, as próprias palavras criam o silêncio. Ah, o silêncio daquele verso de Keats em *La Belle Dame sans merci*, que diz assim: "... *And no bird sings*".** E o silêncio dos grandes momentos da vida, dos grandes momentos do amor; o silêncio do Cristo orando no horto, o silêncio da música de Bach; o silêncio das ruas de

---
*Gravação.
**... E nenhum pássaro canta.

mulheres, onde tantos gritos, risos e assoadas se contrapontam criando um indizível silêncio... e o silêncio de Beethoven surdo, criando na sua surdez... e o silêncio da figura imortal de Carlitos...

É qualquer coisa assim o silêncio em Cinema: o mais íntimo, o mais permanente, o mais poderoso da imagem. Uma espécie de espaço essencial onde todos os seus elementos componentes vão milagrosamente se congregar, se dispor e se harmonizar em emoção e beleza. Coisa misteriosa essa de silêncio...

Não é possível não ser pelo silencioso. Ele é a dificuldade, o labor na arte do Cinema. O Falado é uma simplificação, no mau sentido da palavra, nunca uma síntese. Foi o que quis dizer no *entretien** sobre Cinema, em que disse tão pouco e tão mal. Àquela senhora que depois me procurou para verberar a minha atitude, silenciando o Cinema, e portanto impedindo tanta gente pobre de ver como foi a vida de Pasteur ou Zola, eu também respondo com esta crônica. Toda a liberdade ao documentário, à propaganda, à educação através do Cinema. Mas a arte, que seja silenciosa para ser grande e pura.

1942

VINICIUS DE MORAES NO PICO DA BANDEIRA
RIBEIRO COUTO

O fulgor de Vinicius de Moraes como cronista de cinema d'*A Manhã* tem sido uma alegria para todos os que trabalham nesta casa. Menos para a gerência. Com esse ar de menino quietinho de cabeça grande à Rui Barbosa, Vinicius iniciou na sua coluna tirânica uma nova era para os anunciantes cinematográficos: a era de rebelião e do desespero. Pode-se dizer que já hoje não se exibem senão filmes sonoros e falados; e Vinicius de Moraes é pelo silencioso. A gerência do jornal, por sua vez, aprecia os anúncios — no que tem muito bom gosto; mas os proprietários de cinema, com a lógica irretorquível do comér-

*Debate.

cio, objetam aos agentes de publicidade d'*A Manhã*: "Como vamos dar anúncios a um jornal cujo cronista considera que todos os nossos filmes são baboseiras?".

Na sua primeira crônica sobre o debate da Escola de Belas Artes, a do dia 22, Vinicius de Moraes escreveu: "A imagem é silenciosa. Não há duas saídas; o cinema falado é uma impostura. Se se quiser ser bonzinho, pode-se no máximo dizer que 'foi' uma experiência, às vezes interessante, porque de tão ruim, de tão viciado, de tão mercantilizado, nem existe mais. Quando afirmei a Orson Welles que seu filme, no fundo, é silencioso, e ele protestou, não me fiz claro. Não soube dizer o que fica dito aqui. Mas mesmo que ele pensasse que seu filme era falado, e que falado é que é bom, eu, sem deixar de admirá-lo pelo seu talento criador, subiria ao pico da Bandeira, onde vive em sua poesia o nosso Manuel, e sozinho bradaria aos céus que eu é que estava com a razão. Não pode ser de outro jeito".

Como se vê, os argumentos de Vinicius de Moraes são do gênero "menino teimoso": fazem pensar no "quero já" do menor imperial.

Na sua longa crônica de ontem, em que, de véspera, ele anunciou que ia enfim explicar "o que para ele quer dizer Silêncio em Cinema", Vinicius parece vago no tocante aos pontos fundamentais; as suas explicações são nebulosas. Subiu ao pico num dia de chuva. Ele próprio o reconhece, quando se penitencia: "Mas não quero colocar só vagueiras". Seu pensamento estético, em resumo, está nas primeiras linhas do artigo: "O Cinema, como a Música, exige o silêncio. Apenas, na Música o silêncio é um clima, embora a Música, no fundo, constitua um silêncio em vibração a distribuir-se, harmonicamente, sem correspondência aparente de sons e sem solução de continuidade obrigatória". (Não sei o que de tudo isto pensará o crítico musical d'*A Manhã*. A briga nesse ponto é com ele.) Continua: "Mas na Música o silêncio não é a própria natureza da coisa em si, como no Cinema".

Quer dizer, *mutatis mutandis*: "o silêncio é a própria natureza do Cinema em si". Porém isso, afinal de contas, se pode dizer de todas as outras artes, com exceção da música; todas elas têm como natureza fundamental o silêncio; o próprio teatro; não é só com as palavras, é frequentemente com o jogo da expressão silenciosa que um ator atinge o máximo de comunicabilidade. Enfim, prossegue a explicação: "Música é som. A natureza do Cinema é a imagem. Ora, a imagem é fundamentalmente silenciosa como meio de expressão".

Aqui, sim, estamos no ponto central do debate. Porém, o que Vinicius considera "resposta à questão" é a própria questão em si mesma, formulada e não resolvida. Com efeito: por que motivo a imagem cinematográfica tem de ser silenciosa? Uma vez que aos meios de comunicação visual ela possa ajuntar os meios de comunicação auditiva, por que delimitar o seu campo de ação estética? À tão arbitrária afirmação de que a "imagem é fundamentalmente silenciosa", outro teimoso pode retrucar, simplesmente, sem maiores cuidados de persuasão: "a imagem não é fundamentalmente silenciosa". Não seria desse jeito, porém, que chegaríamos a esclarecer um tema de arte e de criação. Vinicius de Moraes parece confundir a imagem "no cinema" com a imagem "na fotografia". Acabaríamos ficando na lanterna mágica.

Diga-se logo: o que queremos do cinema são "representações da vida total". Por isso, ainda mais "fundamental" do que a própria imagem é "o movimento da imagem". Foi esse "movimento" que deu "cinema", isto é, uma representação visual da vida por meio da fotografia contínua. Se para atingir o máximo de "comunicabilidade" nessa arte podemos acompanhar de som "certas imagens", como renunciar a um tal enriquecimento da expressão?

Não se trata de uma arte "plástica" especificamente, mas de uma arte complexa, que participa da natureza de "todas" as outras artes. E é nisso que está a sua originalidade. E a sua dificuldade. O espectador de cinema chega a "esquecer" que está "vendo", tão grande é a sua "identificação com a vida representada" pela "imagem em movimento". Do mesmo modo, esquece que se trata de uma superfície fotográfica inteiramente plana e projeta-se na perspectiva das imagens. Se o "som" pode contribuir para "completar a identificação do espectador", isto é, para despertar nele uma sensação ainda mais completa de "viver" com as "imagens em movimento", não se pode dizer que o som não pertence também ao cinema. Do contrário, estaríamos condenando, numa arte, "meios de expressão" que a tornam mais "comunicável" (que é o seu objetivo).

Também considero arbitrária a afirmação de Vinicius de Moraes quando diz que no cinema falado "a imagem se sensibiliza, retrai-se, e a palavra passa a dar imediatamente o tom". A mesma acusação se poderia fazer ao teatro em geral, sobretudo ao teatro montado à maneira moderna (cenários, deslocação de planos, luzes, ruídos etc.); nem o texto literário nem a mímica ou o jogo de interpretação dos atores "se sensibiliza" ou "retrai-se" com o acréscimo dos demais elementos de sugestão do real. Não se vai agora, como na antiga representação da tragédia grega, voltar ao raminho de árvore que se finge de floresta, pelo receio de "sensibilizar" a interpretação e o texto. Não vejo em que nem por que, no cinema, a imagem perca o seu valor estético e passe para segundo plano só porque é acompanhada de um som simultâneo. Uma vez que esse som lhe corresponda de modo natural (palavra ou ruído), a imagem "ganha" como elemento de comunicação, sem nada perder do seu específico valor de "imagem" pura.

Aliás, Vinicius de Moraes me parece contraditório linhas adiante, ao escrever: "Eis por que o Cinema, arte da imagem, deve ser silencioso. E quando eu digo silencioso não abstraio de nenhum recurso da cinematografia a música, o som ou a palavra". Afinal, Vinicius admite ou não admite o som? A esse trecho ele dá uma conclusão imprudente: "Porque o Cinema é um instante, é uma intuição do instante, dificilmente uma continuidade". Ora, o cinema é precisamente o contrário: uma continuidade. Sem a noção de "continuidade" não há cinema. Caímos na lanterna mágica e na fotografia.

Igualmente contraditório se mostra Vinicius quando, depois de referir ao fato de se ter tornado o Cinema uma "arte de indústria", escreve: "Muito bem; durante vinte anos, essa arte foi silenciosa. Depois, conseguiu-se emprestar à imagem o som e a palavra, elementos de valorização incontestável, não fossem empregados, como teriam fatalmente de ser, para os fins que pertencem precipuamente à imagem". Como se vê, Vinicius reconhece que o som e a palavra "valorizaram" a imagem; apenas lamenta que se fizesse de tais elementos de valorização um mau emprego. Mas, nesse ponto, Vinicius já pode descer do pico da Bandeira e conversar com a gente aqui embaixo, na planície da Cinelândia; pois estamos todos de acordo: tem havido muitos maus filmes em que o emprego do som e da palavra é prejudicial à imagem.

Na sua plataforma de ontem, Vinicius faz, finalmente, o elogio de várias situações silenciosas de pungente expressão (Cristo no horto, Beethoven surdo etc.), mas conclui — sempre as conclusões arbitrárias — com o mais categórico despotismo: "Não é possível não ser pelo silencioso". Que tem que ver tudo isso com a questão que se discute, ou antes, a questão a propósito da qual Vinicius convidou o povo cotidiano da planície para brigar com ele no pico? O fato de o "som" e a "palavra" pertencerem aos "meios de comunicabilidade estética" do cinema não exclui a força dos silêncios oportunos de um filme. (O mesmo silêncio temos às vezes no teatro falado; nem por isso Viriato Correia está clamando pelo reino exclusivo da pantomima.)

Dizer que "o Falado é uma simplificação, no mau sentido da palavra, nunca uma síntese", é também confundir os efeitos com a causa: os maus filmes falados não alteram a natureza da arte cinemática, que tentou sempre, desde a sua infância involuntariamente silenciosa, exprimir o máximo de "vida total" por meio das imagens; inclusive envolvendo o espectador nos ruídos da orquestra, conforme lembrou muito bem Orson Welles no *entretien* da Escola de Belas Artes (episódio que doravante chamaremos "A matança do inocente").

1942

DISCUTIR O QUÊ?

Trago hoje a público uma carta que recebi de Otávio de Faria a propósito do debate que ora se trava nesta coluna. Tal pronunciamento é da maior importância, tratando-se de quem se trata. Ninguém ignora que Otávio de Faria é um dos fundadores do Chaplin Club, cujo órgão oficial, a revista *O Fan*, é até hoje consultado por quem se interessa por cinema no Brasil. Ei-la:

> Vinicius: Não sei se você concordará comigo, mas eu estou sinceramente convencido que você errou abrindo (ou aceitando) esse debate sobre cinema mudo e cinema falado. Que você tem razão na questão em si, é evidente. (Nem isso pode ser posto em dúvida quando se discute a sério, quando se pretende encarar o cinema como uma arte.) Mas outra coisa é saber se é o momento de discutir o problema e se o problema comporta uma discussão nas bases estabelecidas.
>
> Os fatos em si, ninguém os desconhece (pelo menos as pessoas de boa-fé e as que têm uma vaga noção do que estão dizendo): o cinema vinha caminhando pela sua estrada real de nova grande arte, quando, lá pelos anos de 1929 e 1930, o mercantilismo dos produtores americanos esmagou-o sob o peso de uma gigantesca receita de bilheteria: o filme falado. O que foi feito do cinema, de lá para cá, quem não o sabe, quem não o viu? Comércio, miséria, tempo perdido. Pior até: envenenamento progressivo do gosto artístico do público. Uma série infindável de palhaçadas e tolices, toda essa avalanche de "produções" que você, nesses últimos tempos, aí dessa sua coluna, tão bem e tão impiedosamente veio diariamente metralhando. E os próprios filmes de interesse que apareceram nesse período — penso sobretudo

nas produções do cinema francês, de que cada dia sentimos maiores saudades — já não eram quase uma "chapa" entre nós a frase que a propósito deles pronunciávamos: "Parece até cinema silencioso"?... Você mesmo se enganou tão inacreditavelmente sobre aquela série de ângulos inúteis que foi exibida com o rumoroso nome de *Cidadão Kane*, não foi porque havia nele duas ou três cenas (aliás, notáveis...) de "cinema silencioso"?...

Portanto, discutir o quê? Fazer ato de saudosismo diante de pessoas que nem sequer sabem de que se está falando? Levar a sério os Franks Capras do Mercantilismo de Hollywood, discutir-lhes as hipotéticas intenções artísticas? Ou se apegar a três ou quatro exceções, a uns raros filmes de William Wyler, de um John Ford mesmo, e esgotar-se então na discussão das suas possibilidades futuras? Francamente, não compreendo como você pode se entusiasmar tanto por um trabalho tão ingrato. Por mim, já que você me chamou a campo, confesso que pretendo ficar apenas nesta declaração: não se discute cinema silencioso contra cinema falado. Quem não sentir que no primeiro uma nova arte ensaiava os seus primeiros passos decisivos e que, no segundo, ela apenas marcou passo, sem realizar o menor progresso como novo meio de expressão, esse, a meu ver, deve ir cuidar de outra coisa para a qual tenha mais inclinação — por exemplo: empenhar-se a fundo numa discussão sobre qual o melhor "ator": Robert Taylor ou Tyrone Power. Mas, que deixe o cinema como arte aos que nele acreditaram e hoje se limitam melancolicamente a pensar sobre quanto o espírito e a verdadeira arte padecem neste mundo desorientado em que vivemos.

— Otávio de Faria   1942

UMA CARTA ANÔNIMA

Chegou-me às mãos, entre outras, uma carta sobre o debate que ora se trava nesta coluna, e tão bem-intencionada que não me furto ao prazer de publicá-la, apesar do seu anonimato. É uma voz desinteressada, de modo que sinto-me na obrigação de revelá-la, porque representa uma atitude muito comum do público diante do cinema e mostra de certo modo o assombro que causa o levantar de uma questão estética tão comezinha como esta: isto é, a preguiça de pensar sobre cinema em termos de fã. Reza assim:

> Vinicius de Moraes: A "overture" do debate sobre o cinema silencioso e o cinema falado começa com uma nota alta demais. Não posso pegá-la no ar e continuar a ópera, senão cantando em falsete. Você devia deixar a gente mais à vontade perguntando assim: De que é que você gosta mais, do cinema falado ou do cinema silencioso? Por quê? Em lugar disso você, abrindo o debate, coloca a discussão num nível metafísico só ao alcance de poucos iniciados.
>
> De qualquer jeito vou meter minha colher de pau, só por espírito esportivo. Debate supõe discussão e discussão surge quando a gente tem opiniões opostas. Vamos por isso fazer de conta que eu estou em desacordo com você, sou partidário do cinema falado, aí está. Na verdade eu pouco entendo de cinema e não posso acompanhá-lo nos domínios da filosofia da arte. A verdadeira finalidade desta carta é a "melhor" com você; fazer você escrever mais para ter a satisfação de ler o que você escreve. Não sei se faço bem em revelar o truque — em todo caso é mais leal o jogo assim.
>
> Acho que você é artista demais, tem sensibilidade demais para ser um bom cronista de cinema. Pelo menos para ser um cronista "útil". Entenda pelo amor de Deus o que eu quero dizer: é alguma coisa assim como chamar um astrônomo famoso para ensinar tabuada na escola pública. Você não consegue falar da plateia; por isso, ai de quem se louvar na sua opinião para escolher o programa de cinema no sábado! Eu confesso que tomo o seu palpite sempre às avessas do meu gosto.
>
> O caso do cinema falado é um exemplo bem eloquente: você condena um notável aperfeiçoamento da arte cinematográfica por amor de uma tese bem abstrata. É verdade que você diz coisas muito bonitas sobre o silêncio, mas todo o barulho que faz

em torno dele não convence a gente de ouvi-lo... Essa espécie de trocadilho está positivamente sem graça, mas creia que eu estou escrevendo sem a menor preocupação de impressionar; escrevendo sem plano organizado, sem emenda, como essas conversas para encher tempo depois do almoço. Mas retomando o fio, Vinicius, confesso que fiquei escandalizado com a sua coragem de escrever que "os primeiros vinte anos de cinema caracterizaram-se por um valor artístico incontestavelmente superior aos que se lhe seguiram". Se por essa eu pudesse lhe dar um castigo, seria o de obrigá-lo a só assistir hoje os dramas da Pina Menichelli e os amores do Rudolph Valentino; você ali, sentadinho se "deliciando" com o cinema puro, com o "valor artístico superior" e nós cá do outro lado, já com pena, e pensando assim: coitado do Vinicius; só não desiste de teimoso...

Você quebra lanças pelo cinema mudo; entretanto, viu *Fantasia* e gostou (gostou?). Até "viu" e ouviu música: e que tal? Não se completam? Não concorda que vista e ouvido podem juntos transmitir muito melhor uma emoção estética? Entendi que você aceita os ruídos e exclui a palavra, o diálogo; mas por que, Vinicius? Onde é que o diálogo destrói ou perturba a imagem?

Aceitar o cinema apenas mudo é a mesma coisa que pleitear um teatro apenas falado: um teatro sem palco, sem gente — o teatro pelo rádio se você quiser.

E com isso aí vai minha colherada democrática na sua panelinha refinada. Faço ideia de como você há de achar impertinente e vulgar este intrometido, mas isso são contingências de um debate público.

O principal é que você não leve nada disso a sério, tome todas as palavras no melhor sentido e acredite que tudo é brincadeira sem malícia de um colega que o estima de verdade e o admira sinceramente. Veja lá se adivinha quem é...

Eu diria ao meu caro anônimo uma coisa: ele já está pensando sobre cinema ele próprio, o que nunca tinha feito antes. Eu sei que sou um "mau cronista" de cinema, mas minha função aqui não é só esta: a de fazer diariamente uma crônica para receber mensalmente um ordenado. É salvar um pouco dos últimos restos de bom gosto que há no público do Brasil. Passeie ele um sábado de tarde pela planície da Cinelândia que verá uma coisa: cada vestido, cada chapéu, cada bolsa, cada cafajestismo no andar, falar e vestir tem sua explicação numa única causa: o cinema falado, Hollywood. Que diabo! Nós não somos tão cegos assim! Nunca se viu mau gosto numa boa fita de cinema — eu digo boa, feita nos verdadeiros moldes da arte. O bom artista em geral tem um sentido total da vida. Defendendo o bom cinema, eu defendo tanta gente... 1942

BRINQUEDO QUEBRADO
RIBEIRO COUTO

À melancolia de que Vinicius de Moraes se queixou, por se haver sentido solitário no debate da Escola de Belas Artes, a respeito do cinema silencioso e do cinema falado, ele deve acrescentar mais uma: a de ver que os intelectuais e o grande público, pelo menos até agora, não se têm mostrado muito interessados. Vinicius lançou um desafio aos defensores do cinema falado; e só uma carta lhe chegou às mãos, aliás em favor do silencioso, mas uma carta que dizia em suma: "Não vale a pena discutir, só nós dois é que entendemos".

Por minha parte, vejo na indiferença dos intelectuais um sintoma desfavorável à tese de Vinicius (segundo a qual o cinema falado "é uma impostura"): e é que o assunto já está passado em julgado.

Desejar o regresso ao silêncio e acusar de impostura um enriquecimento de tal importância, o som e a voz humana, é demonstrar uma exagerada sensibilidade reacionária. Certos requintados terão sempre argumentos sutis para defender as suas preferências pelo silencioso, mas a questão que se discute, a questão de fundo, é que o som não é incompatível com a imagem.

Não quero aqui repetir argumentos do artigo de quinta-feira passada.

Batendo-se pela "estética do silêncio" e "atacando" o falado, Vinicius já demasiado se contradisse, pois a cada passo, nas suas alegações, admite o som e admite a voz humana. Também admite o falado "como experiência". Em que ficamos?

Ninguém nega que a imagem, em si própria, tenha força de expressão. Por outro lado, cinema sonoro não significa cinema barulhento. Não é cinema em que o som ou a voz humana toma parte somente porque é som ou voz e sim "porque" e "quando" ajunta à imagem um valor expressional.

Também um pintor não vai indistintamente encher a tela de cores: é preciso que o emprego de cada cor esteja em correspondência com a expressão desejada. Na música o mesmo: não são os sons, em desordem, que dão música — é a ordenação dos sons. Quando Vinicius se refere hostilmente ao som e à voz humana no cinema, considera apenas os maus filmes, isto é, as obras em que a nova técnica tem sido empregada abusivamente, "contra" as necessidades da expressão cinemática.

Numa das suas últimas crônicas, Vinicius de Moraes canta vitória. Diz que foi por acaso a uma conferência de Orson Welles; e que Orson Welles, descobrindo no auditório o solitário pró-silencioso da Escola de Belas Artes, voltou a tratar do caso, fazendo declarações contra o falado. Vinicius resume as palavras do *Cidadão Kane* nestes termos: "Ele (Orson Welles) acreditava no recurso do som e da palavra. Não se tratava de deixar correr fitas de celuloide num espaço sem som e sem música. Nem deixar pessoas abrindo a boca sem lhes ouvir a voz. Mas uma coisa era incontestável: que o silencioso era o melhor de um filme, quando a imagem fala por si própria, e que um filme silencioso estava portanto muito mais próximo da verdade em Cinema que um falado". E pôs-se então a lembrar as grandes realizações silenciosas.

Mas haverá quem possa negar, senão o apaixonado Vinicius, que Orson Welles, ao dizer o que aí fica, se manifestou de novo "muito mais" pelos defensores do falado do que pelos seus adversários? Não é evidente que Orson Welles justificou claramente as razões estéticas do som e da voz? Não repudiou a hipótese de continuarmos na nossa cadeira de espectadores, a contemplar o desfile de imagens de pessoas que falam e cuja voz nos é recusada?

No mesmo artigo, Vinicius prossegue, referindo-se a essa conferência de Orson Welles: "Foi pena eu estar praticamente sozinho lá. Não havia quase ninguém que cheirasse fumaça de cinema. Orson colocou o problema da extrema dificuldade, quase da impossibilidade do diálogo, da facilitação que ele representa empregado como o é no cinema falado. Ventilou a questão do teatro, em que o diálogo é um elemento de desvirtuação, pois que o teatro se resolve em sua essência na farsa (que é ação pura) e na tragédia (que é poesia pura), realizando assim um ponto que me parece vital para o meu ataque ao cinema falado: a teatralização do cinema que o falado encobre, e através do pior teatro; a palavra exprimindo em lugar de imagem; o vazio absoluto de ação, de movimento, de cinema em suma".

Não sei até que ponto será fiel o resumo que faz Vinicius das palavras de Orson Welles na tal conferência em que "não havia quase ninguém que cheirasse fumaça de cinema". Custa-me crer, porém, que Orson Welles considere o diálogo "um elemento de desvirtuação" do teatro, uma vez que sem diálogo não há teatro, há exclusivamente pantomima. Como se exprime a "poesia pura" da tragédia senão pelos diálogos? E não é tão grande a necessidade do diálogo que os gregos inventaram os "coros", que falam aos personagens da cena?

Ao dizer que "em cinema o silêncio é a natureza da imagem porque a imagem tem meios próprios de expressão que independem do som e da palavra", Vinicius reduz o cinema à fotografia. A "natureza da imagem", em cinema, é o seu "movimento".

A imagem foi silenciosa, até pouco tempo atrás, não porque o silêncio estivesse na obrigatória essência da nova arte, e sim porque se tratava do primeiro período de buscas e experiências da projeção luminosa; a aplicação do som e da palavra humana à imagem não empobreceu a arte do cinema: pelo contrário, enriqueceu-a; porque chega um momento em que o som desdobra a expressão da imagem, criando uma sensação de vida muito mais intensa e mais completa para o espectador. E, afinal de contas, o cinema é feito para o espectador — multidão inumerável — e não para alguns refinados. Também há quem prefira lira a uma orquestra sinfônica.

Ainda não se discutiu aqui a questão do "espetáculo" em cinema. Parece-me da maior importância. Se o som permite a aplicação de recursos artísticos que aumentam as possibilidades de prazer do "espetáculo", isto é, do contato entre o cinema e o público, não vejo como se possa, neste século, reduzir o cinema sonoro e falado à pantomima sistemática.

De resto, Vinicius de Moraes tem dado a impressão de que no tempo do silencioso só havia bons filmes. O seu saudosismo será sincero?

Os bons filmes silenciosos não eram mais abundantes que os bons filmes falados de hoje. Hoje, mesmo quando a fita é má, sempre se salva algum momento de prazer das duas horas que o espectador dedicou à tela: algum diálogo, alguma voz agradável, algum trecho de música. Se o "cinema" piorou (não é aliás a minha opinião), se os filmes de má construção e péssima realização são numerosos, o "espetáculo" é sempre menos aborrecido que no tempo dos maus filmes silenciosos — quando a única recompensa do "fã" era um bom violinista ou o langoroso perfil da pianista bonita. (Bom tempo, Vinicius! Havia namoro entre a primeira fila e a orquestra.)

Já o meu querido Vinicius se queixou do "amargo travo da solidão", quando Orson Welles não lhe deu razão na Escola de Belas Artes; e no seu último artigo insiste nessa posição de flor pensativa, quando escreve: "O debate permanece, com a minha melancolia". O que esse poeta está me parecendo é um menino que tinha um velocípede e a quem deram, quando ficou moço, um magnífico automóvel. Ao invés de tomar o volante e correr pelas estradas do mundo, revolve nas mãos saudosas o brinquedo em que outrora pedalava pelas calçadas do arrabalde.

Não chores o brinquedo quebrado, ó amor de criança! A máquina intensa e dinâmica, sobre quatro rodas poderosas, é a verdadeira; só ela pode dar as completas alegrias da idade viril.

1942

O CINEMA VALE OU NÃO VALE QUALQUER SACRIFÍCIO?

Plínio Sussekind Rocha é hoje um nome que fala por si. Entre as individualidades de um Mário Schenberg e um Marcelo Damy de Souza Santos, a de Plínio Sussekind Rocha vem naturalmente à baila quando se trata dos grandes físicos brasileiros do momento.

Sendo um dos fundadores do Chaplin Club, ninguém mais autorizado que Plínio Sussekind Rocha para falar em nome do bom Cinema. Seu pronunciamento é, naturalmente, pelo silencioso. A carta que hoje transcrevemos tem tanto mais valor quanto representa um real esforço. Plínio Sussekind Rocha é um dos maiores "moitas" do Brasil, como se poderá ver nele uma funda compreensão do problema tratado. Quanto à posse em que entra o sr. Guilherme de Almeida, não posso e não quero considerá-la senão como brincadeira de um físico sério. O Otávio e o Paulo Emílio, de que trata a carta, são, como o leitor já deve ter imaginado, o sr. Otávio de Faria e o sr. Paulo Emílio Sales Gomes, nomes de que essa crônica se tem valido constantemente.

> Vinicius. Seu apelo me criou um novo gênero de autodistração: o de imaginar argumentos que revelassem a superioridade do cinema silencioso à geração que está surgindo sem o ter conhecido. Com os que o viram e não o compreenderam, evidentemente não há nada a fazer.

Velho professor de Física, obrigado a ensinar esta ciência nas escolas da Prefeitura que não dispõem do menor laboratório, perguntei-me se não era possível aplicar aqui o mesmo método *ersatz** de substituir o ensino de fatos, que não podem prescindir da experimentação, pelo de fatos cotidianos que, bem observados, permitem desenvolver imaginação suficientemente científica.

Divertia-me mesmo o só contar, para isso, com Disney, com Welles, Sam Wood, Wyler e John Ford, quando vi, hoje, o Otávio querer contaminá-lo do desânimo que a vitória do "falado" trouxe a todos os que tiveram a ventura de assistir o "silencioso" dar os seus primeiros passos de grande arte.

No momento em que, você no Rio e Paulo Emílio em São Paulo, retomam tão magnificamente o lugar vazio de militante do "silencioso", é lamentável que Otávio, que era o melhor de todos nós no Chaplin Club, exprima com tanta melancolia o seu justo desencanto. Corro, pois, a lhe mandar aqui a minha solidariedade e o meu aplauso.

Mesmo que o debate estivesse de antemão condenado à esterilidade, que importância teria isso? Nenhuma atitude séria na vida pode levar em conta a sua probabilidade de triunfo. Chaplin não se recusou à luta de boxe em *City Lights*. Mas, consciente da sua falta de forças, não o fez sem experimentar todos os estratagemas que o pudessem favorecer na tremenda desigualdade. Até olhares doces lançou ao adversário, procurando lhe descobrir as fraquezas...

O importante é, pois, conhecer o verdadeiro adversário. E o do cinema não é o mercantilismo de Hollywood como pretende Otávio. Seria o mesmo que explicar a inexistência do nosso teatro pela existência das nossas companhias de revistas. O que não temos é público para um teatro menos chulo.

Mas temos um público para o Jouvet no Municipal. Será que Otávio acredita que todas as pessoas que lá vão percebem a di-

---

*Compensatório.

ferença entre Giraudoux e Joraci Camargo? Se não "ficasse bem" aparecer na plateia, a afluência seria a mesma? Lembre-se Otávio do público que ouve, fascinado, toda uma temporada de óperas italianas. Que mercantilismo *yankee* é culpado de não ouvirmos Wagner? Mas, se levam por acaso *Lohengrin*, o teatro fica cheio. Pois não "fica bem" mostrar que se prefere Wagner?

A coisa aliás é humana e está em todas as raças. Eu me lembro de ter vaiado com Paulo Emílio, nas Ursulines, uma *Broadway Melody* qualquer, que tinha o topete de levar simultaneamente com o *México** de Eisenstein. Pois a nossa vaia despertou uma verdadeira salva de palmas. É ou não é verdade que a afluência era grande porque "ficava bem" admirar Eisenstein?

Mais tarde, o gerente das Ursulines nos explicou que, sem o pedantismo da elite, a casa não subsistiria. Era preciso então divertir, de vez em quando, os frequentadores, com um *talkie* de sucesso... Só assim os outros podiam rever, como revíamos *O garoto, Lírio partido, Jeanne d'Arc, Intolerância, O último homem, Arsenal, A linha geral* etc. etc.

Portanto, Vinicius, continue sem esmorecer. Se a nossa elite suspeitar que o cinema silencioso é mais "fino" que o atual, talvez se decida a querer ver os grandes filmes. Talvez consiga até uma sala com os nossos dirigentes, como o Cercle [du Cinéma] de Paris conseguiu a sala do Museu do Homem. Talvez mesmo apareça quem obtenha nas nossas leis uma ressalva que permita ao Clube de São Paulo trazer os filmes que estão em Buenos Aires, sem pagar a mesma taxa que os filmes comerciais.

Essa é, a meu ver, uma política que pode ter sucesso e que você está mais habilitado que qualquer outro a dirigir, pois já suspeitaram que a sua poesia é maior que a do Guilherme de Almeida. E você sabe manter o sorriso indispensável para alcançar o que se quer. Sabe entremear as verdades, que tão luminosamente escreve sobre cinema, com algumas frases de gíria que tornam as suas crônicas "modernas", "deliciosas",

---

* *Que viva México!*

"saborosas" e "encantadoras". Certo você terá que ouvir ainda muitas vezes, sem sorrir, outros senhores proclamarem que "sem a noção de continuidade não há cinema". Mas, que diabo, o cinema vale ou não vale qualquer sacrifício?   1942

O DEBATE ESTÁ VIVO

A carta que ontem me enviou Plínio Sussekind Rocha veio dar um novo alento ao debate sobre Cinema que se trava nesta e em outras colunas da nossa cara *A Manhã*. Efetivamente, o pronunciamento de Otávio de Faria lançou até certo ponto água fria na fervura da discussão. Otávio não acreditou no debate, achou-o estéril, ele que é no entanto um dos mais fundamentais defensores do Silencioso entre nós. Ribeiro Couto, por outro lado, em artigo de anteontem a que chamou "Brinquedo quebrado", mostrou-se aqui e ali vagamente caceteado com a demora da questão, como quem diz "já passeio bastante com você, seu poeta; já brinquei muito com o meu automóvel novo. Agora passe lá para o seu velocípede, vamos…". E numa arrancada brilhante me deixou para trás pedalando no meu velho brinquedo, e ainda me jogando em cima uma terrível nuvem de poeira…

Imprudência de Ribeiro, imprudência! O assunto não está tão passado em julgado assim como ele pensa, não… "A indiferença dos intelectuais" pelo debate, segundo a sua expressão, vem de quebrar-se com esse aplauso espontâneo de um cientista de nome como Plínio Sussekind Rocha, que conhece Cinema como ninguém no Brasil e que produz dois ou três argumentos, francamente, achatantes. Ribeiro, no entusiasmo pelo que ele chamou "a sua máquina intensa e dinâmica sobre quatro rodas poderosas", esqueceu-se da falta de gasolina e, mais que de gasolina, de préstimo dos colegas volantes. Porque, afinal de contas, o Cinema Falado é uma máquina tão moderna e efetiva que ninguém vai dar importância a movimentos tão esquemáticos como o de um velocípede. É tão óbvio… Mas gasolina existe, é o diabo; de modo que eu no meu velocípede lá vou pegar Ribeiro na curva, afobado, maldizendo a essência vital à sua máquina agora imprestável, o seu lindo automóvel. Prestígio da fábula! Três velocípedes em movimento, e um possante Packard parado!...

O debate está vivo. Não vou responder com argumentos já batidos aos já batidos argumentos do último artigo de Ribeiro. No entanto, a propósito de Orson Welles, a cujas afirmações Ribeiro não deu fé, posso acrescentar esta frase, com a maior fidelidade, dita por aquele em sua palestra sobre Cinema de quarta-feira passada, como um fim de proposição: "Ainda agora, estou produzindo um filme silencioso...".* Ora, Orson Welles não é um inconsciente, nem um débil mental. Se ele disse isso, alguma razão deve ter...

Plínio Sussekind Rocha é que tem razão. "Mesmo que o debate estivesse de antemão condenado à esterilidade, que importância teria isso?" "O importante", acrescenta ele adiante, "é conhecer o verdadeiro adversário." O adversário não é propriamente o Cinema Falado. O Cinema Falado é a chamada "causa ganha". O que é preciso é esclarecer o público, abrir-lhe os olhos. Pouco importa o interesse e o divertimento do público. O público é uma criança, vai aonde o leva o cartaz mais espalhafatoso. Por isso eu admiro Orson Welles, que usa dos mesmos recursos que os adversários, faz grandes cartazes também, e arrasta todo mundo a ver seu Cinema, que é bom Cinema. Não é tempo de agirmos todos com a maior velhacaria, para vencer uma velhacaria das produtoras, que realmente existe, e é terrivelmente perniciosa?

Se o público de repente descobrir que o Cinema Silencioso é "mais fino", como diz Plínio, que o Falado, passa a ir ver Cinema Silencioso com um pé nas costas. O problema é bem este: arrumar uma sala de espetáculos, conseguir os filmes e

---

* Orson Welles realizava no Brasil "Four Men on a Raft", episódio silencioso do filme *It's All True*, que não pôde concluir, em vista da mudança de direção no estúdio RKO. O episódio foi editado pelo seu assistente, Richard Wilson, em 1993.

criar um ambiente. Há muita coisa a ser vista. O público, que é sensível, sairia de lá com um certo nojo de certas coisas do Falado. Isso seria um grande passo.

Só por essa razão não daria nunca o meu debate por encerrado, embora saiba perfeitamente que a maioria dos intelectuais do Brasil querem bem que o Cinema se dane, desde que ele esteja lá aberto para uma escapulida, quando não há outra coisa melhor a fazer. Eu, que vou ao Cinema quase diariamente, porque Cinema é pão da boca para mim, é que não posso deixar coisa tão importante aos meus olhos, e aos olhos de outros, assim a meio.

Não; hoje mesmo vou-me encontrar com a grande Falconetti, a imortal heroína de *Jeanne d'Arc*, o filme de Carl Dreyer, esse inigualável silencioso (o adjetivo é para a coleção que Manuel Bandeira está fazendo, esse desesperante silencioso...), vou-me encontrar com ela, dizia eu, e hei de trazer-lhe o pronunciamento a esta coluna. Não é preciso dizer que ela continua aberta a gregos e troianos... 1942

ENTREVISTA COM JOANA D'ARC

Quando Augusto Frederico Schmidt me disse que Mme. Falconetti se achava no Rio, eu cheguei a tatear por uma cadeira. Porque, no fundo, era como se eu tivesse ouvido qualquer coisa assim: "Você sabe quem está hospedada no Copacabana? Joana d'Arc em pessoa...".

De fato, para mim não há nenhuma diferença essencial. Para mim Joana d'Arc tem o rosto de Falconetti, a cabeça de Falconetti, os olhos de Falconetti. Li o livro de Delteil sem imagem definida da santa, pois só mais tarde veria o filme de Dreyer. Mas, já quando li a *plaquette* de Bernanos, emprestei à jovem Joana a imagem que Dreyer lhe deu. E na Inglaterra, assistindo à peça de Shaw, fiquei inteiramente perturbado com o desequilíbrio que me causou ver Joana encarnada em outra mulher que não Falconetti, tão inferior a Falconetti.

Senti imediatamente que era preciso vê-la, falar com ela. Trasanteontem, passando pelo Amarelinho, dei com Roberto Alvim Corrêa ingerindo filosoficamente esse mau chá que se serve nos cafés do Rio. Parei para duas palavras. E a conversa, girando em torno de Falconetti; fiquei por perto de uma hora. O nosso Corrêa tivera a sorte de vê-la interpretar *Phèdre*, em Paris, e disse-me a respeito, com grande admiração. Mas eu nada dei a Falconetti por causa disso. A imagem de Joana d'Arc me perseguia, naqueles monumentais fundos brancos. Nunca haveria outra.

Esperando-a, no salão do Copacabana, senti-me extraordinariamente confuso. Daqui a um instante, pensava eu olhando o elevador, aquela porta vai se abrir, e Joana d'Arc vai surgir dali, as mãos nas soleiras, a indumentária simples de combate, um cinturão rústico, umas botas de cano curto ajustando as calças coladas, a cabeça quase raspada, os olhos dolorosos, o rosto transportado... E os grandes detalhes silenciosos, lentos, do filme de Dreyer foram voltando, em sua plástica primitiva, como num poderoso mural.

Não foi assim, é claro. Falconetti surgiu, bem evidente, mas num elegante e simples vestido preto. Vinha acompanhada de seu filho. Reconheci-a imediatamente e de longe a cumprimentei. Ela dirigiu-se sorrindo para a minha mesa, inteiramente à vontade, vagamente surpresa com a minha mocidade, que as pessoas em geral veem maior do que realmente é. Estou beirando os trinta. O fato é que disse-lhe essas duas ou três coisas essenciais que despertam numa mulher uma impressão muito melhor da inteligência de um homem que não importa que títulos literários ou científicos. Falei-lhe do meu reconhecimento pela sua interpretação; de sua beleza inesquecível; e de como essa beleza se transportara integralmente para seu filho, aquele menino de onze anos que ali estava.

Não se passava meia hora e estávamos num táxi rumando à última conferência que Orson Welles dava, na cidade, sobre Teatro. Falconetti mostrara-se interessada em ouvir o que Orson Welles dizia sobre uma arte que lhe é tão familiar. Avisei-

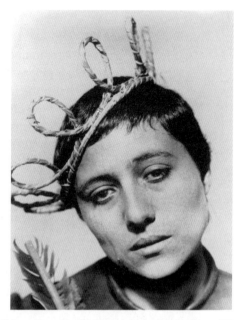

"Para mim, Joana d'Arc tem o rosto de Falconetti, a cabeça de Falconetti, os olhos de Falconetti."

-lhe que provavelmente só pegaríamos o finzinho, pois a hora já ia pelas sete e meia. Mas ela quis arriscar assim mesmo. E a boa sorte fê-la assistir, pelo que me disseram, à melhor parte da palestra: a parte interpretativa. Orson falava de Shakespeare, recitando trechos. Depois disputou-se com duas ou três pessoas da assistência, defendendo a primazia da linha do poeta em Teatro, num excelente confronto com Racine. Falconetti aplaudiu. Terminado o *entretien* apresentei o *Cidadão Kane* a Joana d'Arc, com grande surpresa daquele, que se mostrou por um instante emocionado. Foi, posso lhes garantir, um bom momento para mim. Falconetti sentiu a rápida e tensa mudança de expressão no rosto de Orson Welles quando lhe disse ao ouvido: "Chega aqui, é favor; quero apresentar você à Joana d'Arc de Dreyer, a Falconetti...". Via-a sinceramente desvanecida.

Fiquei para jantar com ela, quem não ficaria? E foi ao jantar que ela me contou sobre o filme, de como um dia lhe haviam batido à porta e entrara esse homem que se sentara a seu lado, conversara meia hora com ela e lhe dissera que nunca faria a sua Joana d'Arc com outra mulher, embora tivesse compromissos para um teste com a própria Pitoëff. E de como realmente a ocasião chegara, e Dreyer lhe falara do que ia ser o seu filme: o momento supremo de uma criatura, o quadro monumental de uma vida de mulher. Não amava especialmente Joana d'Arc. Queria, sim, revelar uma mulher. Para isso precisava de toda a sua atenção, de toda a sua dedicação, de sua renúncia absoluta. Fê-la chorar como experiência. E avisou-lhe que ela precisaria viver chorando, que não veria ninguém, que só trataria com ele, que precisaria da sua obediência absoluta...

"Sofri muito", disse Mme. Falconetti. "Foram cinco meses de tortura. Às vezes brigávamos. Perguntava-lhe: 'Mas, Monsieur Dreyer, se o senhor me deixasse um pouco de liberdade para a ação, eu poderia dar alguma coisa de mim mesma...'.

"Ele recusava-se formalmente. Obrigava-me à maior passividade. Filmava coberto por anteparos, para que ninguém me visse e nada me distraísse a atenção do que fazia. Acabada a cena, recolhia-me a uma casa de campo a que só ele tinha ingresso. Falava-me constantemente, incutindo-me a ideia da obra que queria realizar. Era-lhe uma ideia fixa.

"Não foi à toa que enlouqueceu. Está internado. No dia em que acedi a que me raspassem a cabeça, coisa que ele me pedia sempre, foi de uma extraordinária doçura comigo. Mas nunca o vi tão áspero como quando, desobedecendo a uma ordem expressa sua, dei uma fugida a ver a *Joana d'Arc* de Monsieur Shaw. Ele soube e correu atrás de mim. Censurou-me amargamente de querer destruir-lhe o trabalho. 'Agora', disse-me, 'vai sair a *Joana d'Arc* de Shaw, e não a minha!'

"Nunca mais quis fazer outro filme", suspirou ela. "Tive propostas para Hollywood, mas não as aceitei. Acabei o trabalho num estado de nervos inimaginável. Ao ver o filme a primeira vez, detestei-o. Não havia nada meu. Era tudo de Monsieur Dreyer. Cinema é isso, é o diretor. Engraçado", sorriu-se, "a grande crítica que se fez ao filme foi a sua falta de desenvolvimento, de progressão. Eu própria achei assim, vendo aquelas figuras em luz e sombra, paradas, lentas. Só mais tarde compreendi que não podia ser de outro modo, que tratava-se de uma visão, de um instante em Cinema."

Falamos sobre Cinema. Contei-lhe o desenvolvimento do debate que se trava nesta coluna e pedi-lhe um pronunciamento. Falconetti sorriu:

"Dizer que eu..." Mas seu alheamento durou pouco. Recobrou-se: "Sou pelo silêncio. Meu pronunciamento, não o creio de muito valor. Sou uma atriz de teatro. Mas, no que posso julgar, estou de acordo com o seu ponto de vista. O silêncio é o mais fundamental. Não é possível imaginar uma *Joana d'Arc* sonora ou falada, nem fazê-la melhor. Estou certa de que Monsieur Dreyer diria o mesmo no seu debate. Sabe de uma coisa, tudo o que é *décor** é pouco importante. O artista que usa disso como meio de expressão, esse não vai longe, já transigiu".

Mme. Falconetti disse mais. Disse coisas muito importantes sobre Cinema e Teatro, colocando-se sempre dentro de um recato perfeito no julgamento dessas artes. Batera palmas ao ouvir Orson Welles pronunciar que *"no actor can beat a good line"* (nenhum ator pode com uma boa linha). Isso me bastava. Ao me despedir dela apertei-lhe afetuosamente as mãos que Dreyer sujara de esterco para filmar. Seu rosto que nunca conheceu maquilagem em Cinema traduzia um agradecimento. Tive vontade de dizer-lhe como era belo e eterno na minha lembrança seu rosto de Joana d'Arc... 1942

OS ESTETAS DA TARTARUGA CONTRA A EVOLUÇÃO DA TÉCNICA
RIBEIRO COUTO

Certamente, as pessoas que têm o costume de ir ao cinema nunca tomarão muito interesse pela reabertura do debate sobre o mudo e o falado. Para elas, o assunto já passou em

---

*Cenário.

julgado. O som e a voz humana são agora indispensáveis à imagem. Ocorre até nas salas de espetáculo que, quando há um desarranjo na projeção sonora e o filme é exibido silencioso por uns instantes, explodem os protestos impacientes. O mudo, já hoje, não é estimado senão por alguns "estetas", assunto de grã-finagem.

Nem poderiam valer, contra o falado, as obras-primas que nos deu outrora o silencioso. Obras-primas houve sempre em todos os estágios de uma técnica em evolução. Por exemplo, a pena de pato. Foi uma obra-prima para os escritores, antes da invenção das penas de aço e, ultimamente, da máquina de escrever. Nem por isso os estetas quererão voltar à pena de pato ao escrever os seus poemas e os seus romances (território de ideias em que os admiro muito mais do que na "estética do cinema", porque nesse assunto eles me dão a impressão daqueles meninos tímidos que têm medo de chegar perto de moça grande em dia de festa em casa e vão esconder-se no quintal).

Os leitores conhecem o Museu dos Coches, de Lisboa? Poucos museus do mundo podem apresentar mais requintadas obras-primas, em matéria de transportes a tração animal. Ali se vê, por exemplo, a formosa carruagem de d. Filipe III de Espanha, que ele utilizava para as viagens entre Madri e Lisboa; quatro altas rodas, boas molas, eixo macio, janelinhas para olhar a paisagem e tomar ar; tudo da melhor madeira, do melhor couro e do melhor pano de estofar — o teto em baldaquino, os assentos, o recosto. As diligências reais tinham quase sempre um largo orifício redondo no banco de trás; espaço suficiente para colocar uma pequena bacia; Sua Majestade podia "lavar as mãos" durante o trajeto, sem precisar baixar do coche e procurar um córrego à beira da estrada. Ora, apesar de essas carruagens representarem, para o século XVIII, verdadeiras obras-primas de conforto e de técnica de transporte, não sei de ninguém que tivesse fundado o "dom Filipe III Clube" logo que as primeiras locomotivas, no século XIX, puseram nas mãos do homem o poder de atravessar com mais rapidez maiores distâncias. Aliás, foi um poeta, o grande lírico Lamartine, que defendeu no Parlamento francês a locomotiva; pois havia reacionários que a combatiam por diferentes razões: sua fumaça ia envenenar as cidades e os campos; sua velocidade era uma ameaça de morte para os passageiros do trem; e, aliás, seria fatal que ao atrito das rodas os trilhos se fundissem!...

O horror à evolução da técnica — quer dizer, a um rendimento muito mais largo da produção, para gozo de um número muito mais vasto de indivíduos — é um sentimento delicado, próprio de estetas sensíveis. Compreende-se. Trata-se, porém, de uma atitude mais ou menos *à rebours** dos interesses da sociedade humana, atitude de isolacionistas refinados; atitude do Des Esseintes, o herói de Huysmans, quando cravejava de esmeraldas e rubis a carapaça de uma tartaruga viva e fechava-se no salão em penumbra, vendo o bicho, incendiado de faiscações, deslizar pelos ricos tapetes macios.

Toda posição contrária aos progressos da técnica, quando esta pode pôr ao serviço da massa uma quantidade maior e mais acessível de comodidade, cultura e prazer artístico, é uma atitude daquele gênero: grã-finagem de estetas da tartaruga.

O cinema falado é o início de uma nova idade na educação das massas. Não somente ele encerra em si todas as possibilidades de criação estética do cinema silencioso (pois quem pode o mais pode o menos) como põe em nossas mãos o maior instrumento de "comunicação artística", e de "transmissibilidade de cultura" que jamais existiu. Como há trinta anos assistíamos à "infância do silencioso" (um silencioso *malgré lui*,** que procurava exprimir-se totalmente e ainda não possuía o elemento som), estamos hoje apenas na "infância do falado".

---
* Contrária.
** Involuntário.

Haverá maior prova da vantagem do som do que o desenho animado? A imagem silenciosa "poderia" bastar: no entanto, é pela combinação dos ruídos e das vozes que Walt Disney conseguiu essas maravilhas de expressão do seu fabulário, bichos que cantam, que choram, que riem, infundindo no espectador a sensação de presença de um mundo irreal e conhecido; e, no meio desse mundo, o formidável silêncio de uma criança — como naquela autêntica obra-prima do indiozinho que vai à caça, tem bom coração, não mata bichinho nenhum e é depois protegido pelos habitantes da floresta e das águas quando o urso aos urros o persegue.

O desenho animado, por si só, bastaria para justificar a riqueza da nova técnica na arte cinemática, uma vez que deu às artes plásticas (desenho, pintura, colorido, formas, relevos) o sentido do movimento e do som, permitindo a realização simultânea da pantomima, do bailado, do teatro, do canto, da música e das simples vozes do diálogo. As histórias de fadas e todas as manifestações do "maravilhoso" — que imenso campo de invenção, quando pensamos que, pelo cinema sonoro, todas essas coisas podem chegar aos olhos do espectador "também" com voz!

Porém, o aspecto mais importante do falado (se é que temos o direito de estabelecer graus de importância entre tantas manifestações de uma arte tão cheia de possibilidades igualmente importantíssimas) será o da cultura da multidão. Sem que em nenhum momento e em nenhuma das suas "aplicações" a imagem perca o seu valor propriamente cinemático, o cinema falado veio transformar a fundo os sistemas de gozo artístico de que dispúnhamos (os sistemas de "espetáculo") e, ao mesmo tempo, os sistemas de divulgação educacional. Basta recordar os seus efeitos na ordem pedagógica, na ordem social e na ordem política. Na primeira, o cinema falado se há de transformar num prolongamento vivo da universidade. Logo que os aparelhos de projeção fiquem ao alcance da massa (como já sucede com o gramofone e com o rádio), o estudante poderá ter, na parede do seu quarto, o professor falando e repetindo, quantas vezes for preciso, a demonstração de laboratório ou a lição da cátedra.

Na ordem social e na ordem política, é suficiente lembrar que já agora, pelos recursos do cinema falado, as campanhas em favor da higiene, da alimentação racional, do cumprimento dos deveres cívicos e de tanta coisa mais podem ser feitas simultaneamente em "todas" as parcelas do território de um país. Ainda pelo falado, uma nação pode estar em contato diário com os seus chefes; e não é outra lição do presidente Roosevelt, nos dias que correm; aquilo que só a voz (no rádio) não chega a sugerir ou que só a imagem (no cinema silencioso) também não chegaria a sugerir, o cinema falado consegue: voz e imagem ao mesmo tempo, voz humana e própria em coordenação com os movimentos da imagem, para levar a todo o povo, como que em pessoa, os conselhos da confiança e as palavras de fé. Já um chefe de Estado, nos dias de hoje, não é uma notícia de jornal; e muito menos um boato; é um homem vivo e presente, falando com a sua voz normal, em pessoa na sua imagem normal, do fundo de uma sala de espetáculo, no mais remoto rincão da pátria.

Eu sei que perderei o meu tempo em procurar convencer os estetas da tartaruga. Nem eles aceitarão jamais o argumento seguinte: que todas as manifestações de arte do cinema (e não só as estritamente educativas) podem agora, pelo falado, ser aproveitadas até pelos analfabetos. Não precisam saber ler. Uma vez que as vozes do falado sejam na sua língua, mesmo os analfabetos podem compreender as explicações de um filme documental ou científico, ou acompanhar as peripécias de uma história qualquer. E eu penso até que só a criação de um "cinema falado brasileiro" de produção intensa poderá permitir que ganhemos o tempo perdido em matéria de educação popular.

Porém, para que falar em educação das massas incultas diante dos estetas? Eles preferem interromper a evolução do cinema, fazendo-o retroagir à imagem muda, por motivos de finíssima e grã-finíssima sensibilidade pessoal; o que lhes importa é o delicado deslizar da tartaruga pelo salão a meia-luz, a fim de que seus privilegiados olhos de hipersensíveis gozem das esmeraldas, dos rubis e topázios do animal raro.   1942

NOTÍCIA SOBRE A POLÊMICA DO RIO
PAULO EMÍLIO SALES GOMES

Verdadeiramente, o debate cinema silencioso-cinema falado nunca se encerrou. Perdeu apenas o brilho de 1928, 29 e 30, conforme podemos sugerir com alguns rápidos traços exemplificadores, destacados do conjunto histórico do problema. Diante da vitória real dos *talkies*, os silenciosos que eram cineastas profissionais ou mudaram de tática, ou capitularam, ou então foram afastados das imagens. René Clair continuou sua obra em filmes em que o melhor de sua energia era usado para escamotear a voz humana imposta pelos financiadores do seu trabalho. King Vidor — depois de ter tido esperança de que o filme silencioso seguisse um caminho e o falado um outro, e a certeza de que os filmes-pantomimas seriam sempre os maiores, podendo além do mais aprender com os falados uma boa coisa: dispensar os letreiros — capitulou. Mas, ainda durante algum tempo, como naqueles jogos combinados de *catch-as-catch-can* em que, no entanto, há cinco minutos de luta séria, se reservava o direito de intrometer no meio dos filmes que dirigia alguns minutos de verdadeiro cinema. Murnau, ao terminar *Aurora*, declarou que, apesar de sua perfeição mecânica, o cinema falado faria da tela uma edição barata do palco. Em seguida fez *Tabu* e morreu, não tendo tido tempo de ou capitular completamente ou, quem sabe, continuar a luta durante mais alguns anos. Charles Chaplin, este lutou às claras e resistiu mais tempo. No apogeu do cinema musicado, falado, cantado, produziu uma das grandes obras-primas do cinema silencioso: *City Lights*. Uma cidadela dos silenciosos foi, até a derrota militar da França, o Cercle du Cinéma do Trocadéro,* onde a nova geração de cineastas franceses fechava um festival Charles Chaplin aos gritos de *"Vive le muet"*.**

A polêmica também continuava a existir no espírito das pessoas responsáveis e se manifestava no embaraço evidente dos grandes críticos de cinema, de um Moussinac por exemplo. Mesmo no rodapé de Guilherme de Almeida aparecia às vezes um certo remorso, aliás quase sempre descabido, como nas saudades daquele vulgar *Beau geste* silencioso. Modernamente os franceses, que tentaram tanta coisa, conseguiram uma série de filmes nos quais o que realmente importava não era nem aquela boa ou má literatura, tão apreciada, nem grandes atores como Jouvet e Raimu. Da URSS sabemos pouco. Mas, de vez em quando, deparamos com um *Alexander Niévski* ou um *Pinocchio*, de sete anos atrás. Ford faz quatro minutos de cinema silencioso em *The Long Voyage Home**** e agora, Orson Welles, vindo simultaneamente do teatro e de uma grande intimidade com as obras clássicas do silencioso, e dotado de um instinto profundo do grande cinema, faz reviver todo o debate com o grande equívoco que é *Citizen Kane*. Nada mais justo, pois, que a atual polêmica do Rio tenha surgido em torno da personalidade de Orson Welles.

Em fins de maio foi organizado na Escola de Belas Artes do Rio um *entretien* sobre cinema em homenagem a Orson Welles. E, graças à presença do agente provocador Vinicius de Moraes, discutiu-se, por uma vez, o que se devia discutir. Vinicius de Moraes, lutando contra a própria timidez e dificuldade

---

*O Cercle du Cinéma, cineclube animado por Henri Langlois e Georges Franju, é o embrião da Cinemateca Francesa. Foi fundado em 1935 e exibia exclusivamente filmes mudos.
**Viva o [cinema] mudo!
***Depois de escritas essas páginas, assistimos ao importante filme *How Green Was my Valley*, em que se nota da parte de John Ford uma irresistível atração pelo silencioso. Preston Sturges em seu desonesto *Contrastes humanos* também faz apelos ao silencioso. Vamos tomando nota porque tudo isso é importante. (N. A.)

de expressão verbal, conseguiu fazer com que o eixo da polêmica fosse o problema da validade do cinema falado como arte autêntica. O advogado dos *talkies* foi Ribeiro Couto, e meus espiões me telefonaram do Rio dizendo que, no momento e para a média do público presente, saiu-se com brilhantismo. O perverso Vinicius não desistiu, no entanto. Resolveu levar a coisa para sua coluninha de *A Manhã* e, afirmando que não sabia fazer discursos, mas que quem tinha razão era ele, convidou toda gente para uma tomada de posições por escrito. Eu, como responsável pela seção de cinema de *Clima*, fui convocado nominalmente.

Ora, eu creio que a questão fundamental em cinema é o problema silencioso-falado. Acho mesmo impossível uma pessoa estudar cinema sem meditar, de início, sobre este ponto. E, pessoalmente, penso nele há vários anos. Além disso, estou agora em férias, e tenho bastante tempo disponível. De maneira que me sinto cheio de responsabilidade. Vou retomar meu arsenal de razões e sentimentos. Vou reler meu Schwob, meu Moussinac, meu Pudovkin, meus livros todos, menos meu Poulaille, porque Aloísio Alencar Pinto, um grande pianista e um chapliniano ignorado, roubou e fugiu com ele para o Ceará. Vou me lembrar daquela noite em que Plínio Sussekind Rocha, com ares de quem não queria nada, me levou para ver *Outubro*, de Eisenstein, naquela sala abafadíssima, onde não havia lugar para nossas pernas e onde o único som era o rosnar dos cachorrinhos das francesas. Vou recordar aquela noite no Cercle em que vi, pela primeira vez, o *Joana d'Arc* de Dreyer e onde conheci Otávio de Faria. Vou rever Décio de Almeida Prado não conseguindo me levar a sério, enquanto eu lhe falava de *O último dos homens* de Murnau.[*] Vou me lembrar dos festivais Charlot por ocasião do cinquentenário de Charles Spencer Chaplin. Vou recordar até o dr. Altino Arantes dizendo que

---

[*] Paulo Emílio traduz literalmente o título do filme de Murnau, que foi exibido no Brasil como *A última gargalhada*.

"Carlitos é palhaçada". E vou reler mesmo a prosinha desfiada que Guilherme de Almeida produziu por ocasião do *Ditador*.* E, impulsionado não só pelo meu amor ao cinema, como também pelo meu dever em relação aos homens, vou tentar o meu depoimento para o próximo número de *Clima*. Por ora, vejamos o que aconteceu e o que está acontecendo no Rio.

Vinicius de Moraes abriu o debate em sua seção de cinema de *A Manhã*, dia 27 de maio. Pretendeu, então, explicar-nos o que pensava sobre o silêncio em cinema. Toda gente já sabe que ele é pelo silencioso. Mas Vinicius de Moraes é um professor medíocre. O seu forte não é explicar coisas. Ele não sabe pôr um argumento depois do outro, ligá-los, tirar uma conclusão. Vinicius é um homem eternamente grávido e que está eternamente dando à luz, Vinicius nasceu grávido e dando à luz. Vinicius está sempre fecundado desordenadamente pelas coisas do mundo, pelas crianças, pelo cinema, pela guerra, pelos passarinhos.

No começo, ainda tenta ensinar coisas, mas logo se perde, e é bom, porque só aí aprendemos coisas: "O Cinema, como a música, exige o silêncio. Apenas, na Música o silêncio é um clima, embora a Música, no fundo" etc. etc. etc. "Porque o poder da palavra poderá não ser mais persuasivo que o da imagem, mas é certamente mais peremptório, e onde existir uma palavra e uma imagem aquela atingirá mais nitidamente o seu

---

*Poeta e tradutor da corrente modernista, Guilherme de Almeida trazia o prestígio das letras para a crônica cinematográfica. Em seu artigo sobre *O grande ditador*, que Paulo Emílio chama apenas de *Ditador*, publicado em *O Estado de S. Paulo* (21 maio 1942), ele expõe sua erudição: "Assim, como a vida que se espreguiça ou contorce entre extremos (o nascimento e a morte; o riso e a lágrima; o sublime e o ridículo...), Carlitos é a própria melancolia da vida. É o humor: esse complexo feito de mansa aceitação ou total desilusão, sem qualquer depósito amargo (absinto ou fel, isto é, encanto ou desencanto, saudade ou remorso, esperança ou desespero...) no fundo ou na superfície. O humor: essa convicção serena e sábia do 'assim mesmo'; o mundo é assim mesmo, a vida é assim mesmo, os homens são assim mesmo, tudo é assim mesmo... O humor: o *fair play*, o espírito esportivo. Enfim, *a melancholy of mine own, compounded of many simples, extracted from many subjects* — essa mesma melancolia de Shakespeare, que era só dele, composta de muitas simplices e extraída de muitas coisas...".

fim, mais violentamente. Eis por que o Cinema, arte da imagem, deve ser silencioso. E quando eu digo silencioso não abstraio de nenhum recurso da cinematografia: a música, o som, ou a palavra. Porque o Cinema é um instante, dificilmente uma continuidade."

Mas tudo isso pertence à noção abstrata que tem Vinicius de Cinema — de cinema antes da cinematografia. Ele resolve colocar a questão no plano de cinematografia, que é, em última análise, o que "vemos". E faz uma reflexão importante. "O Falado é, no final das contas, uma substituição do letreiro incômodo que o bom diretor do silencioso procurava eliminar o mais possível." No fim do artigo, Vinicius de Moraes consegue dar integralmente o sentimento do que seja a conquista do silêncio para as artes humanas.

> ... aconteceu a alguém de, passando por uma rua transversal de bairro, em plena luz, entregar-se de repente a um acorde de piano ou a um estudo laborioso de violino, inexplicavelmente, e ser reconduzido pelo Silêncio que esses sons despertam à última solidão do mundo? Ou ouvir um grito "fazer o silêncio" em torno, um silêncio pressago, cheio de mistério dentro? [...]
> É qualquer coisa assim o silêncio em Cinema; o mais íntimo, o mais permanente, o mais poderoso da imagem. Uma espécie de espaço essencial onde todos os seus elementos componentes vão milagrosamente se congregar, se dispor e se harmonizar em emoção e beleza. Coisa misteriosa, essa de silêncio.

Está entendido? Está visto que esse silêncio, no qual queremos mergulhar a imagem, é um elemento arrancado da vida palpitante e cotidiana para ser usado em arte? Está claro que a posição silenciosa em cinema não é uma posição passiva de quem não quer som, mas sim ativa de quem quer conquistar o silêncio — o silêncio como um material inédito em arte, um silêncio que é muito mais do que a simples falta de ruídos e palavras?

Pois parece que nada disso se tornou claro. Ribeiro Couto escreveu em *A Manhã* de 28 de maio: "Na sua plataforma de ontem, Vinicius faz, finalmente, o elogio de várias situações silenciosas de pungente expressão (Cristo no horto, Beethoven surdo etc.), mas conclui — sempre as conclusões arbitrárias — com o mais categórico despotismo: Não é possível não ser pelo silêncio. Que tem que ver tudo isso com a questão que se discute?". Aliás, pouco antes, Ribeiro Couto, depois de resumir o pensamento de Vinicius na frase "O silêncio é a própria natureza do Cinema em si", acrescenta: "Porém isso, afinal de contas, se pode dizer de todas as outras artes, com exceção da música: todas elas têm como natureza fundamental o silêncio; o próprio teatro; não é só com as palavras, é frequentemente com o jogo da expressão silenciosa que um ator atinge o máximo de comunicabilidade". Nesse artigo mesmo, que se chama "Vinicius de Moraes no pico da Bandeira", aconteceram outras coisas. E mais tarde, então, em outros artigos de Ribeiro Couto aparecem mais coisas e de mais extrema gravidade.

Mas, continuemos com ordem.

Já podemos, em todo caso, entender alguns dos motivos do tom desanimado da carta que Otávio de Faria escreveu: "Os fatos em si, ninguém os desconhece (pelo menos as pessoas de boa-fé e as que têm uma vaga noção do que estão dizendo) [...] Portanto, discutir o quê? Fazer ato de saudosismo diante de pessoas que nem sequer sabem do que se está falando?". Para mim é perfeitamente insuportável, a propósito de um debate sobre cinema, citar de Otávio de Faria apenas essas frases melancólicas. No final desta notícia acrescentarei, como documentação para a polêmica, trechos do artigo "Eu creio na Imagem..." — publicado pelo fundador do Chaplin Club, no órgão dessa sociedade, *O Fan*.

Plínio Sussekind Rocha, outro fundador do Chaplin Club, também enviou uma carta. É pelo cinema silencioso, mas não quer discutir. Quer somente rever os filmes que tanto ama. Para isso, propõe uma política: atingir o esnobismo da elite. "Se a nossa 'elite' suspeitar que o cinema silencioso é mais 'fino' que o atual, talvez se decida a querer ver os grandes filmes. Talvez consiga até uma sala com os nossos dirigentes, como o Cercle de Paris conseguiu a sala do Museu do Homem. Talvez mesmo apareça quem obtenha das nossas leis uma ressalva que permita ao Clube de São Paulo trazer os filmes que estão em Buenos Aires sem pagar a mesma taxa que os filmes comerciais." Plínio Sussekind Rocha acrescenta: "Essa é, a meu ver, uma política que pode ter sucesso e que você está mais habilitado que qualquer outro a dirigir, pois já suspeitaram que a sua poesia é maior que a do Guilherme de Almeida."

Bem, eu acho descabido fazer-se um julgamento sobre a poesia de Guilherme de Almeida neste debate sobre cinema. Conheço pouco a poesia moderna de Guilherme de Almeida, mas estou disposto a defender o poeta lírico de *Nós* com o entusiasmo com que defendo as emoções de minha adolescência. Devemos falar de Guilherme de Almeida. Mas, neste debate, apenas como o crítico de cinema de mais prestígio em São Paulo. E não devemos e nem podemos nos interessar unicamente pela má qualidade de suas crônicas atuais. Porque o drama de Guilherme de Almeida é o drama do próprio cinema. Enquanto houve um bom cinema corrente, Guilherme de Almeida foi correntemente um bom crítico. Mas, aparentemente, o amor que Guilherme de Almeida tinha pela nova arte era de tal ordem que ele não hesitou em acompanhar o cinema em sua prostituição. As crônicas escritas agora por Guilherme de Almeida como crítico de cinema merecem a nossa violência porque ele é um homem que soube escrever coisas iguais a estas, a propósito da *Aldeia do pecado*, de Preobrajenskaia:

> Ordenada pela grande diretora, a câmera parece um instinto humano. Sente como um homem. E com simplicidade, sem artifícios de estúdio. Essa câmera tem cinco sentidos. Sabe ver, quan-

do analisa as almas pintadas nos rostos, ou quando acompanha aquela festa de São João, por exemplo, tão colorida e agitada, ou quando compõe grupos pictóricos, que parecem de um velho mestre flamengo, naqueles angustiosos e supersticiosos serões aldeões das mulheres sozinhas durante a guerra... A câmera sabe provar, quando descreve o jantar nupcial, cheio de bebida e fumaça... Sabe tocar quando cria os relevos atrevidos de certos planos, certos "ângulos" salientíssimos que dão a impressão tangível de figuras vistas por um estereoscópio... Sabe fotografar o cheiro dos celeiros e dos estábulos... Sabe ouvir ou dizer, sem auxílio de som mecânico, mas pela simples e pura cinematografia silenciosa, todas as vozes da terra: o hino dos ventos nos trigais, o rodopio das danças, o tropel das *troikas*, o alarido dos cortejos nupciais com carros floridos, sanfonas e cantos...*

O que eu desejaria ardentemente é que Guilherme de Almeida se lembrasse do que foi o cinema, se lembrasse de si mesmo, e prestasse depoimento sobre a polêmica do Rio.

Em pleno debate Vinicius de Moraes soube que Madame Falconetti, a Joana d'Arc de Dreyer, estava no Rio. Foi entrevistá-la, e as coisas que Madame Falconetti disse, se bem que a maior parte não esteja ligada com os pontos precisos da polêmica, são o momento mais importante. Porque podemos evocar o que era o trabalho de criação artística de um diretor de cinema dos bons tempos. E o criador sendo Dreyer e a criatura Joana d'Arc encarnada pela Falconetti!

[...] ela me contou sobre o filme, de como um dia lhe haviam batido à porta e entrara esse homem que se sentara a seu lado, conversara meia hora com ela e lhe dissera que nunca faria a sua Joana d'Arc com outra mulher, embora tivesse compromissos para um teste com a própria Pitoëff. E de que como real-

---

*Citado por Canuto Mendes de Almeida em *Cinema contra cinema*. São Paulo: Companhia Editora Nacional, 1932. (N. A.)

mente a ocasião chegara, e Dreyer lhe falara do que ia ser o seu filme — o momento supremo de uma criatura, o quadro monumental de uma vida de mulher. Não amava especialmente Joana d'Arc. Queria, sim, revelar uma mulher. Para isso precisava de toda a sua atenção, de toda a sua dedicação, de sua renúncia absoluta. Fê-la chorar como experiência. E avisou-lhe que ela precisaria viver chorando, que não veria ninguém, que só trataria com ele, que precisaria da sua obediência absoluta...
[...]
"Acabei o trabalho num estado de nervos inimaginável. Ao ver o filme a primeira vez, detestei-o. Não havia nada meu. Era tudo de Monsieur Dreyer. Cinema é isso, é o diretor. Engraçado, a grande crítica que se fez ao filme foi a sua falta de desenvolvimento, de progressão. Eu própria, então, achei assim, vendo aquelas figuras em luz e sombra, paradas. Só mais tarde compreendi que não podia ser de outro modo, que tratava-se de uma visão, de um instante em Cinema."

A uma pergunta de Vinicius de Moraes, Madame Falconetti ainda disse: "Sou pelo silêncio. Meu pronunciamento não o creio de muito valor. Sou uma atriz de teatro. Mas, no que posso julgar, estou de acordo com o seu ponto de vista. O silêncio é o mais fundamental. Não é possível imaginar uma *Joana d'Arc* sonora ou falada, nem fazê-la melhor".

Um dos leitores de *A Manhã* que é a favor dos *talkies* faz a Vinicius de Moraes uma pergunta que o deve ter preocupado: "Você quebra lanças pelo cinema mudo; entretanto, viu *Fantasia* e gostou (gostou?). Até 'viu' e ouviu música: e que tal? Não se completam? Não concorda que vista e ouvido podem juntos transmitir muito melhor uma emoção estética?". Por ocasião do debate sobre *Fantasia* e da publicação do número especial de *Clima*, o artigo de Vinicius de Moraes sobre o filme de Disney me deu bastante trabalho. Os fantasistas me citaram, frequentemente, a opinião autorizada e parcialmente favorável do crítico do Rio. No artigo que publicou sobre nosso número especial, Vinicius já reformou bastante sua primeira impressão. Além disso, há pouco tempo teve ocasião de me dizer que, decididamente, tinha visto mal *Fantasia* as primeiras vezes, em parte devido à perturbação sentimental causada pela presença de seu amigo Walt Disney no Rio. Mas que, depois de ver melhor o filme, não tinha dúvidas em se declarar contra *Fantasia*. Encerremos pois esse velho lado da questão.

Frederico Pohlman Primo, de Santa Catarina, crê "que nas artes, e muito mais no cinema, a perfeição está em aproximar-se o mais possível da realidade, da vida que vivemos cotidianamente". Por isso é pelo falado. A opinião do sr. Pohlman é importante porque é bastante corrente.

Pedro Enout, de Belo Horizonte, enviou um pronunciamento digno de atenção em que, polemizando com Ribeiro Couto, afirma:

A arte, a literatura têm justamente capacidade, cada uma no seu próprio campo e com os seus próprios meios materiais aparentemente precários e insuficientes, têm capacidade, dizíamos, para transmitir "representações da vida total" sem precisar recorrer "a representações totais da vida". A representação da vida não é mais ou menos total em relação ao *éclat** fortíssimo que deve projetar-se às vezes de matéria paupérrima e vai diretamente à alma do espectador... identificado assim à força. Daí não se segue um desprezo absoluto pela matéria e pela capacidade virtuosística do artista. Ao contrário, precisam ser cultivadas, pois através delas passará soberana e inteiramente a clareza de uma forma, o esplendor de uma verdade. Entretanto, este esplendor da verdade não resulta da maior ou menor veracidade da reprodução das coisas, nem da maior ou menor clareza e facilidade com que a obra em si apresenta os fatos, as ideias, as coisas, mas sim da capacidade do gênio artístico de fazer resplandecer na matéria um princípio de inteligibilidade. O som em cinema veio trazer a subversão

*Brilho, fulgor.

deste princípio fundamental em arte. O aprimoramento material abafou e suprimiu o elemento formal, tomando-lhe a função.

"[...] *ce qui ôte une gêne ôte une force, ce qui ôte une difficulté ôte une grandeur*" (*Art et Scolastique*, p. 88).* Assim se refere Maritain às conquistas da técnica empregada em arte. Acrescentamos, só o gênio artístico consegue ultrapassar as dificuldades e empecilhos sem nada perder de força e de grandeza. Boris de Scholoezer no seu livro sobre Stravinsky descreve-nos a luta desse grande músico para vencer não as dificuldades, mas as facilidades em matéria de ritmo provenientes da liberdade em arte, que foi a grande conquista do século passado, e conclui: "... *il n'y a de création que dans l'action de surmonter une résistance*".** Isso tudo é muito bom de se falar em relação às artes de elite, música, pintura, escultura, poesia etc., que só atingem o grande público se este subir a elas. São artes de tradição aristocrática (no bom sentido). O nosso cinema foi atingido em cheio pela democratização (no mau sentido). Isto é, a preocupação, que já vem desde Descartes, de tornar os acontecimentos intelectuais e artísticos acessíveis ao *man in the street**** não pela subida deste, mas pela descida e vulgarização daqueles valores. Assim, o cinema desceu do seu equilíbrio artístico para nivelar-se a todos os princípios populares, o mau gosto, a facilidade, a clareza a todo o custo, a falta de conteúdo dando a ilusão de profundidade, o parque de diversões, enfim. O cinema não procurou atingir o grande público no que ele tem de vital, nas suas profundas reservas, mas sim no superficial e no medíocre. O som foi a grande *trouvaille***** para conseguir-se tudo isto em grande escala. O cinema em si já estava atingido de mercantilização e transformado utilitariamente em distração, com um pouquinho de propaganda, pedagogia etc., para o burguês que precisa encher o dia de domingo ou a noite de

---

* "[...] o que suprime uma angústia suprime uma força, o que suprime uma dificuldade suprime uma grandeza."
** "[...] só há criação no ato de superar uma resistência."
*** O homem das ruas.
**** O grande achado.

sábado. O *falado* aumentou a atração, diminuiu as dificuldades do artista, nivelou tudo numa brilhante mediocridade. O cinema é uma arte no exílio. Todas as artes têm seus assassinos, mas continuam vivendo no seu clima próprio, com seus cultores, independentemente daqueles. Já criaram um *habitus*, podem ser compreendidas porque têm campo onde lançar suas mensagens sem precisar descer a facilidades. O cinema não teve tempo nem oportunidade para criar no público o seu próprio *habitus*. Não pôde ainda criar um público de cineastas que possam compreender a linguagem aparentemente obscura do cineasta artista; assim como o Poeta transmite ao poeta que há em cada um de nós a sua mensagem, obscura aos olhos do antipoeta, encontrando ressonância nos que têm antenas capazes de captá-la. (Ai do poeta porém se tentar esclarecê-la, como ai daquele que julgar que basta ser obscuro para ser poeta.) A poesia, a pintura, a música têm os seus falsos poetas, falsos pintores, falsos músicos, e são artes que dão prejuízo... O pobre do cinema é uma arte que dá grandes lucros, quase só possui falsos cineastas. No mundo moderno não há lugar para coisas inúteis, e a parte secundariamente útil de cada coisa é exaltada e passa a dominá-la inteiramente. O que se tem visto até agora é a exploração das utilidades do cinema, inclusive a sua capacidade de dar dinheiro, sem outra preocupação. O cinema muito terá que lutar para chegar ao que deve ser. Mas temos fé no cinema. Ele viverá misturado ao falso cinema até criar uma mentalidade cinematográfica que use dos seus próprios meios, sem precisar fazer concessões ao público, atingindo o homem no que ele tem de eterno e existencial, elevando-o a sua altura de arte da qual não pode descer. Isso não se fará sem muito esforço, muita luta. O problema silencioso versus falado resolve-se facilmente à luz (obscura por minha culpa) dos conceitos que acima ficaram. O som é um bem em si, mas bem muito relativo no cinema. Na arte da imagem em movimento, o falado não pode ter eloquência. Aí está o princípio geral. Os problemas de cada momento não nos caberá aqui resolver. Mas sim ao cineasta no momento de executar a obra. Temos a impressão, seguindo Vinicius de Moraes, de que há sempre uma solução silenciosa. Que dá trabalho, dá, que exige gênio, exige, que não agradará de saída o grande público, viciado como está, também estamos certos. Mas é cinema, é o que se quer. A solução equilibrada não pode ter porém tabu pelo som. Trata-se de um recurso secundário como outro qualquer que pode ser usado, apesar de muita gente ver grandes contradições nisto.

Manuel Bandeira escreveu um bilhete para chamar Otávio de Faria e Plínio Sussekind Rocha de "enfezadíssimos" e para dizer que às vezes tem vontade de assinalar, nos escritos dos silenciosos, certos pontos fracos, certas brechas. Infelizmente, não o fez e saiu-se dizendo: "Porque você ama o cinema mudo como se ama uma mulher... muda. E isto é lindo, Vinicius, é positivamente lindo!". É pena, para o falado, que Manuel Bandeira não se pronuncie decididamente. Com a sensibilidade que tem, é possível que encontrasse algumas considerações de mais efeito.

Ribeiro Couto continua, no debate escrito, a ser o principal advogado dos *talkies*. Seus dois primeiros artigos e o bilhete enviado a Vinicius de Moraes sobre o pronunciamento de Otávio de Faria contribuíram para dar mais animação ao debate. Mas, dia 11 de junho de 1942 aconteceu algo estranho. Ribeiro Couto publicou um artigo chamado "Os estetas da tartaruga e a evolução da técnica". Antes de mais nada, quero reproduzir, aqui, o começo do artigo:

> Certamente, as pessoas que têm o costume de ir ao cinema nunca tomarão muito interesse pela reabertura do debate sobre o mudo e o falado. Para elas, o assunto já passou em julgado. O som e a voz humana são agora indispensáveis à imagem. Ocorre, até, nas salas de espetáculo, que quando há um desarranjo na projeção sonora e o filme é exibido silencioso por uns instantes, explodem os protestos impacientes. O mudo, já hoje, não é estimado senão por alguns "estetas", assunto de grã-finagem.

Nem poderiam valer, contra o falado, as obras-primas que nos deu outrora o silencioso. Obras-primas houve sempre em todos os estágios de uma técnica em evolução. Por exemplo, a pena de pato. Foi uma obra-prima para os escritores, antes da invenção das penas de aço e, ultimamente, da máquina de escrever. Nem por isso os estetas quererão voltar à pena de pato ao escrever os seus poemas e os seus romances.

Bem, esse artigo provocou um verdadeiro estupor nos meios paulistas interessados pela polêmica do Rio. E, segundo me informaram os espiões, em novos telefonemas, o espanto no Rio também não foi pequeno. Ora, eu não posso, sem faltar às regras do *fair play*, me deter num artigo como esse. Prefiro me dirigir, daqui da revista, a Ribeiro Couto e dizer-lhe lealmente: compreendo muito bem o que aconteceu. Quem de nós, no entusiasmo duma discussão, ainda não soltou asneiras incríveis? É uma coisa que acontece, sobretudo quando a gente fala de assuntos sobre os quais está pensando pela primeira vez. Seu artigo foi naturalmente escrito às pressas. Provavelmente não foi nem relido. Eu lhe peço, Ribeiro Couto, que escreva um novo artigo dizendo que você não pensa aquilo que escreveu, que foi engano, que foi pressa, que evidentemente você sabe que tudo aquilo é besteira. Porque do contrário é impossível continuar uma discussão séria. Seu artigo é surpreendente demais, é um quase irresistível convite à pândega.

Um amigo que está aqui ao meu lado, lendo o que escrevo, me perguntou, surpreso: — Mas você quer que o Ribeiro Couto se declare publicamente uma besta?

Como resposta eu tirei da estante *Baianinha e outras histórias*[*] e lhe emprestei. É claro que não se trata disso. Mas o tal artigo foi escrito, e a coisa não pode continuar assim.

Uma última observação para finalizar esta notícia. É curioso notar que nos artigos dos falados nunca há citações

---

[*] Livro de Ribeiro Couto.

de filmes, diferentemente do que acontece com os dos silenciosos. Em seus três artigos, Ribeiro Couto só cita um desenho animado sem importância e os jornais cinematográficos em que aparece o presidente Roosevelt fazendo discursos... Temos a impressão nítida de que os silenciosos, Vinicius de Moraes principalmente, escrevem sempre pensando em filmes, e que os falados, principalmente Ribeiro Couto, escrevem sempre sem pensar em nada.

A polêmica do Rio continua. As pessoas que se interessarem poderão procurar uma coleção de *A Manhã* desde o dia 27 de maio até agora na filial da *A Noite*, no primeiro andar do antigo Mappin na praça do Patriarca.

1942

DOIS POETAS E UM PROBLEMA DE ESTÉTICA
MÚCIO LEÃO

Esse diálogo que, em torno do cinema silencioso e do cinema falado, vêm travando, nas colunas de *A Manhã*, Vinicius de Moraes e Ribeiro Couto, sugeriu-me um trabalho talvez interessante. O de verificar, na obra dos dois poetas, qual o reflexo que até agora tem apresentado a arte do cinema. E o resultado de tal pesquisa me parece instrutivo, porque mostra que as posições opostas em que hoje se colocam Vinicius de Moraes e Ribeiro Couto refletem pensamentos bem anteriores, e correspondem às tendências mais íntimas e profundas desses dois espíritos.

Veja-se, em primeiro lugar, Vinicius de Moraes. Ele é o campeão destemido da mais audaciosa das teses — a tese da superioridade do cinema silencioso. Para demonstrá-la, escreve páginas admiráveis, de um grande sabor poético, cheias da lógica mais entranhavelmente absurda; e em todo o seu pensamento o que sentimos dominar é aquele mesmo mistério, aquela mesma névoa, que constituem o encanto do estranho cantor de *Ariana, a mulher*. E é tal o sabor das páginas que ele escreve, em defesa de seu ponto de vista, que, mesmo quando ficamos em completo desacordo com a sua tese, ficaremos infalivelmente de acordo com a sua poesia.

Mas da análise dos trabalhos anteriores de Vinicius de Moraes o que pudemos concluir é o seguinte: é que ele é, de há muito, o inimigo número 1 do cinema. Não quero como provas as suas crônicas de crítico cinematográfico de *A Manhã*, nas quais transparece, quase dia por dia, a mais profunda aversão contra o cinema terra a terra, o cinema que é exibido todas as tardes, o cinema que não seja a criação superior de algum gênio poético, musical e filosófico perdido em Hollywood. Quero, sim, como provas, os reflexos que em seus poemas tem tido a arte cinematográfica. Esses reflexos são dois — e ambos negativos, e cheios de pessimismo. O primeiro está no livro de estreia de Vinicius de Moraes. O poeta ainda não tinha vinte anos, eu creio, e sua poesia já era perfeitamente hermética, como o é hoje. No poema intitulado "Desde sempre", toma ele como motivo uma sessão de cinema. "Na minha frente, no cinema escuro e silencioso..." E nos conta o que vê na tela, e que é um drama de amor. Mas observa que atrás de sua cadeira se encontra um par de namorados amorosos, e esses namorados, enquanto o filme corre na tela, trocam carícias ardentes. O poeta sente-se angustiado, e compreende que não pode mais prestar atenção ao drama da tela, seduzido como está pela comédia ridícula e falsa que se desenrola ao seu lado. Para fugir a essa obsessão, muda de lugar. É inútil, porém: sua imaginação não pode mais fugir ao idílio do casal, e isso tudo lhe penetra a alma de uma tristeza infinita, como se para ele tudo tivesse morrido...

Isso ocorria em 1933, no *Caminho para a distância*. Cinco anos depois, ao publicar os *Novos poemas*, a atitude do poeta é ainda a mesma. Num dia de particular *spleen*,* "sentindo-se como um mendigo", ele encomenda um quilo de papel almaço na venda e se recolhe ao quarto, para fazer uma poesia.

---

*Melancolia dos poetas românticos.

Expressa, então, os votos mais espontâneos de sua alma: que Amélia lhe prepare um refresco bem gelado... que ninguém corra em casa... ninguém fale alto... que não o chamem ao telefone para ninguém... etc. etc. Em meio a esse poema ótimo, encontramos este voto, que o poeta dirige à sua mãe: "Fala com o Presidente para fecharem todos os cinemas/ Não aguento mais ser censor". Eis aí. E essa atitude de Vinicius contra o cinema se explica. Fora ele nomeado, em janeiro de 1936, censor de cinema. Seu emprego o forçava a assistir todos os dias, desde as dez horas até o meio-dia, a filmes e mais filmes, filmes de todas as procedências, até mesmo os catastróficos filmes brasileiros. Era natural que um pobre-diabo de poeta lírico, que se via assim forçado a perder grande parte do seu dia e tão esplêndidas horas de sua mocidade em escuras salinhas de experiência cinematográfica, olhando os filmes às vezes mais imbecis que a cabeça de um imbecil qualquer inventasse — era natural que um tal poeta acabasse por não suportar mais cinema de nenhuma espécie. Sobretudo se, como já vimos, ele já trazia, desde antes da data da nomeação para o sinistro emprego, uma evidente tendência contra o cinema...

Daí o ponto de vista atual de Vinicius de Moraes. Ele diz hoje que é contrário ao cinema falado, e partidário do cinema silencioso. Em meu entender, porém, o que ele é, é um inimigo público e declarado do cinema, de qualquer cinema. Seu apregoado amor ao cinema mudo é um simples momento de sua raiva. Quando tiver conseguido destruir de uma vez o cinema falado, e só existir no mundo o cinema silencioso, ele empreenderá outra campanha: a campanha contra o cinema silencioso e em favor da lanterna mágica. Mais tarde, quem sabe? Talvez consiga destruir até a lanterna mágica. Ah! poetas, irmãos de Vinicius, nesse dia a vida se terá tornado um paraíso, terá voltado à terra a idade de ouro, e os homens de novo poderão ser felizes no lirismo, na ausência total de qualquer cinema!

Se essa é a atitude anterior — a atitude poética — de Vinicius de Moraes com referência ao cinema, qual será, com referência ao cinema, a atitude anterior de Ribeiro Couto? É, sem dúvida, a atitude diametralmente oposta à de Vinicius. O poeta de *Jardim das confidências*, o contista de "Baianinha", o romancista de *Prima Belinha*, é um homem que está sempre, e de todas as formas, em comunicação com os outros homens. Não conheço, entre os meus companheiros de geração, ninguém que tenha tanto o sentimento de solidariedade com os outros, de compreensão para os outros, de ternura e de amor pelo que é dos outros, quanto Ribeiro Couto. E isso principalmente quando se trata de gente desconhecida, de pessoas que ele nunca viu, de povos e gentes que ele apenas adivinha. Sua vocação essencial seria para anjo da guarda — mas a de um anjo da guarda múltiplo, a quem Deus não confiasse a defesa de uma pessoa só, e sim a de vastas multidões. (Que maravilha, Ribeiro Couto, você transformado em anjo, podendo andar, por exemplo, nos atrozes dias de hoje, sem correr nenhum risco sobre os campos devastados da sua querida Holanda, da sua querida Bélgica, da sua querida França, e podendo levar consigo para regiões de alta luz as almas dignas desse invejável prêmio, e podendo, sem ser pressentido, advertir a todos os vivos contra os perigos germânicos que se aproximassem...).

Mas Ribeiro Couto não é anjo, é apenas homem. E isso explica que ele não possa distribuir pelos seus companheiros de planeta as imensas vantagens que sonharia dar-lhes. E isso explica, também, que ele procure distribuir, pelos seus amigos e, da mesma forma, pelos que não conhece, todos os benefícios que estão à altura da sua mão. Dá-lhes seus versos deliciosos, suas deliciosas páginas de prosa. E, como o benefício mais fácil e mais eficaz, prescreve a todo o mundo a frequentação do cinema. Lá está a prova, no seu *Um homem na multidão*, no poema intitulado "Cinema de arrabalde". O poeta celebra nesses versos, com todo o seu lirismo, o cinemazinho suburbano. Lá estão, todas as noites, as famílias burguesas, com os meninos de colo que choramingam e os chefões importantes que dão ordens. Lá vêm todos — e em primeiro lugar o senhor subchefe da Terceira Repartição de Águas, com a senhora e as filhas. E o que sentimos nesse poema é a enorme ternura do poeta pelo cinemazinho, a sua vontade de que cada noite ninguém falte às exibições dos filmes prometidos; e em seus versos como que sentimos o apelo mudo que faz o poeta a toda a gente para que nunca jamais deixe de frequentar o excelente salão de diversões.

Aí está, pois, marcada nitidamente, e desde muitos anos, a diferença das posições desses dois poetas com referência ao problema cinematográfico. Vinicius de Moraes — todo introspectivo, todo rilkeano, todo mistério, todo Mallarmé — é, no íntimo, e por mais que frequente os cinemas, por mais que declare que se diverte assistindo às exibições dos filmes, um adversário do cinema — do cinema que é uma arte de superfície criada para as grandes multidões. Ribeiro Couto — poeta que vive intensamente para o ar livre e para a luz livre, espírito todo de comunicação com o mundo exterior — é e nem pode deixar de ser um grande amigo, um campeão do cinema.

Creio que a rápida excursão que fiz pelos poemas dos dois autores desse diálogo nos ajudará a melhor compreender a atitude atual de um e de outro.

Este artigo, que se destina apenas a dar indicações sumárias sobre os pontos de vista anteriormente mantidos por Vinicius de Moraes e Ribeiro Couto com relação ao cinema, não comporta nenhuma explanação acerca da minha maneira pessoal de encarar o problema em debate. Entretanto, se alguém demasiadamente curioso insistisse por saber qual o meu ponto de vista na discussão, eu creio que lhe responderia somente o que respondi ontem a um amigo com quem ia conversando num ônibus:

— Quando o espectador for surdo, não me parece que haja nenhum inconveniente em que o filme seja falado. 1942

CINEMA SILENCIOSO É UMA CONQUISTA FUTURA

Muitos me têm dito, no decorrer desse debate que começa realmente a fazer-se público com o pronunciamento de vários leitores dos estados, que eu estou me batendo por uma causa vencida. Que uma regressão ao silêncio é absolutamente impraticável e que o público não suportaria mais ver um filme sem som e sem palavras.

Eu quero frisar bem o quanto é gratuita essa afirmação. Em primeiro lugar, não se trata em absoluto de nenhuma volta a um Cinema que já existiu, já deu seus frutos, já pertence ao passado. Trata-se de prosseguir — com a verdade que esse Cinema legou à História da Arte e com os aperfeiçoamentos alcançados em matéria de filmagem — fazendo esse Cinema, só isso. Naturalmente que nenhum espectador gostaria mais de ver Rudolph Valentino gesticulando diante de Pola Negri, as narinas frementes, arrebatado, e a deusa se entregar bruscamente, como quem dança um tango. Se é essa a imagem que o espectador guarda do Cinema Silencioso, ele precisa aprender tudo de novo, como o bê-á-bá. É claro que tem de repudiar um Cinema que não conhece, que o faz rir quando lhe acontece ver uma reprise, que lhe parece atrasado, fora de moda. Cinema Silencioso não é nada disso. Já agora é uma conquista futura. Do que se trata neste momento é de mostrar, por assim dizer fisicamente, os valores eternos da Arte muda, e a sua superioridade sobre os de qualquer outro Cinema, sobre não importa que recurso de invenção técnica superposta à margem. Nesse caso não haverá saída para ninguém: e isso, livre a todo o mundo de ver quantos filmes musicados queira, e de gostar muito. Eu sou 100% fã de Artie Shaw e Bing Crosby. Não perco um filme desses grandes intérpretes. Acho a clarineta de Artie Shaw um ponto cardeal no jazz americano. Quero colocar de uma vez por todas que estamos falando aqui da Arte do Cinema, e só dela. Ribeiro Couto, no seu artigo da tartaruga cravejada de esmeraldas, me saiu com um lero-lero danado sobre progresso da técnica, educação das massas, transmissibilidade de cultura, cultura da multidão, sistemas de divulgação educacional etc. Que é que nada disso tem a ver com a arte do Cinema, com o problema estético em questão? Façam-se quantos documentários, jornais, tapetes mágicos de Fitzgerald, quantos filmes culturais quiserem. São, esses problemas educacionais, de grande interesse sem dúvida, e da maior utilidade: mas o caso aqui é outro. Discute-se se a arte do Cinema deve ser silenciosa ou sonora, fundamentalmente. Todas as artes têm a sua aplicação, digamos, "falada". Agora, ninguém vai dizer que, na consideração da arte, esses problemas influam. Jornalismo existe, fruto das artes literárias. Cartaz existe, fruto do desenho e da pintura. São aplicações evidentes, meu Deus, necessárias e tão lógicas que seria absurdo discuti-las. Tudo isso pode ser feito à maneira de arte; é claro, e tanto melhor. Bom gosto é sempre bom gosto. Agora, quando se discute a arte do Romance, considera-se uma técnica determinada, a técnica própria à arte do Romance: que nada tem a ver com os progressos da técnica de que fala Ribeiro Couto.

O Cinema Silencioso tem uma técnica própria: uma técnica silenciosa. Não precisamos citar aqui nomes de teóricos e articulistas como Canudo, Fancourt, Eisenstein, Chaplin, Pudovkin, Abel Gance, Moussinac, Delluc, Cocteau, Schwob, Cavalcanti, Otávio de Faria, Dullac, Murnau, King Vidor, alguns dos quais, poucos, transigiram: para provar escolarmente que essa técnica existe, é essencial à arte, e que o elemento som é tentativa, facilidade, didatismo.

Deixemos o debate no terreno mais importante. O silêncio na arte é um poder transmissor maior que não importa que som ou que palavra. Múcio Leão defende Ribeiro Couto como campeão do Cinema urbano, o Cineminha de subúrbio ao qual já fui tantas vezes, nos bons tempos, atrás de *O circo*, de Chaplin, e outras fitas perdidas de vista. Saiba ele que esse Cineminha do Meyer e de Cascadura, esse bom e ingênuo Cineminha carioca da extinta Praça Onze, tão magistralmente cantada por meu amigo Grande Otelo, é a coisa mais silenciosa que há. Ninguém pesca uma palavra de inglês ali. Vai mesmo é pelos letreiros. Mas, enfim, isso não tem importância. Defender a causa carioca para cima de "moá", que sou carioca da Gávea, e em nome do Cinema Falado, ó desgraça, ó ruína, ó Múcio, meu caro Múcio, como você se enganou! Você sabe que o gigantesco Noel Rosa, esse renascentista do samba carioca, defendendo uma vez o espírito do samba — que a sedução radiofônica, a influência do cinema, o sucesso nos cassinos e tanta coisa mais de que é melhor não falar — já vinha deteriorando, cantou isto que vai aqui:

O Cinema Falado
É o grande culpado
Da transformação...

Sabia você? O lirismo suburbano, meu caro Múcio, que se executa nos Cines-Subúrbios, é silencioso! São parezinhos de namorados que vão para lá sem saber inglês, só para ver figura mexendo, Norma Shearer andando, James Cagney metendo o braço, Bob Hope lutando com o macaco. Que diabo, eu sou carioquíssimo, meu querido Múcio! Você nem imagina como um bom carioca se avexa num cinema elegante, com toda a plateia "falada" rindo muito cultamente das boas e sutis "bolas" cinematizadas de Noël Coward ou Bernard Shaw...

Mas eu fui indo, fui indo, e já ia me esquecendo do principal. Tenho uma grande nova a anunciar. O Serviço de Divulgação da Prefeitura, num generoso, espontâneo gesto de interesse pelos problemas que esse debate vem ventilando, houve por bem oferecer a sala de exibição de que dispõe, com aparelhagem completa para filmes silenciosos e sonoros, sita à rua Evaristo da Veiga, 95, para sessões em que se possa "sobre o campo" ver e discutir bom Cinema. Isso, na verdade, é uma grande vitória, nesta época intolerável de cinema ruim. Ainda esta semana, se possível, far-se-á a primeira exibição.

Trata-se de filmes velhos, imperfeitos muitos, é claro. A cinematografia hoje evoluiu fotograficamente, mas a essência da arte estará muitas vezes lá. É isso que importa ver. Tudo está ainda por combinar, mas se for possível exibir-se-ão filmes sonoros em silêncio, filmes silenciosos postos em sonoros, não importa o quê, desde que auxilie a esclarecer um público que, no princípio, terá que ser reduzido, pois a sala só conta com 110 lugares. Mas, como bem me acentuava Plínio Sussekind Rocha, no outro dia, a estética do Cinema ainda está a léguas da massa, que mal pensa em Cinema em termos de arte, e em matéria de silencioso, então, já se esqueceu inteiramente de que ele um dia existiu. Trata-se de ensinar as elites primeiro, porque o que esse debate revela é que elas nunca jamais pensaram que atrás de uma coisa tão cotidiana houvesse uma estética, sendo uma arte. Mais tarde a coisa se estenderá, naturalmente.

1942

O BRASIL JÁ TEM UM CLUBE DE CINEMA!

Realizou-se sábado, na sala de cinema do Serviço de Divulgação da Prefeitura, à rua Evaristo da Veiga, 95 (fundos), a primeira reunião para exibição de filmes e debate sobre Cinema Silencioso e Sonoro. Para mim, para tantos, foi uma grande vitória. Pude ter lá, na melhor camaradagem, escritores, homens de Cinema, físicos, matemáticos, educadores e jornalistas no que há de mais representativo no Brasil. A pequena e simpática salinha se foi enchendo, desde as oito e meia da noite, da presença de todos esses amigos que lá foram ter, muitos espontaneamente, atirados pela curiosidade que o debate tem levantado.

Ali se ouviam entre os acordes das melhores valsas de Nazareth, com que o Serviço de Divulgação "silenciou" o ambiente (o velho Cinema Avenida dos bons tempos, lembram-se?), o riso curto e seco de Manuel Bandeira misturado à gargalhada gostosa de Carmen Santos. Otto Maria Carpeaux, esse excelente e "silencioso" crítico, sentava-se ao lado do grande e "falado" Occhialini, o físico. Os óculos de Prudente de Moraes, neto, e os de Sérgio Buarque de Holanda trocavam-se impressões com certeza da mais alta importância. Aníbal Machado repontava subitamente de vários lugares diferentes, tanto de junto do talentoso cinegrafista Rui Santos, tanto de junto de suas duas encantadoras filhas, como da minha semiembriaguez. Plínio Sussekind Rocha — Plínio, o antigo, o fiel Plínio, rocha do silêncio em Cinema — equilibrava o ambiente com uma vertical perfeita. Carlos Chagas Filho, outro grande físico presente, considerava o folheto mimeografado que o Serviço de Divulgação fez distribuir e onde jazia uma sinopse do debate, bem como os itens para um teste de som. Dante Milano, o poeta, empertigava-se na sua cadeira atento, risonho, rápido nos movimentos de cabeça.

Fez-se naturalmente, sem o menor espírito preconcebido, uma separação de alas, não absoluta, é claro; tanto assim que se poderiam ver o cineasta Mário Peixoto, criador de *Limite*, cuja exibição para o próximo sábado estou providenciando, bem como o poeta Almeida Sales, um silencioso fundamental, na ala onde o poeta e meu grande oponente Ribeiro Couto sonorizava, falava e o montava. Sebastião Pinto de Alvarenga, um dos maiores "juramentados" do Cinema — um silencioso que só abre a boca para falar de Cinema —, viera com um rolo de celuloide, uma comédia para futura projeção. Bendito espírito de cooperação! É isso que é preciso para manter essas sessões em pé.

Esses excelentes homens de Cinema que se chamam Ademar Gonzaga e Humberto Mauro vieram também dar um cunho de objetividade ao nosso sarau. José Sanz parecia um ponto de exclamação no suspenso da sala. Dizia: "Isso são criançadas do Vinicius!". Um ponto de exclamação tem que ser falado, é evidente.

Grande noite, sem dúvida, feita mais agradável ainda com a presença de tantas mulheres de espírito como a fotógrafa

Germaine Krull, as sras. Carlos Chagas, Sérgio Buarque de Holanda, Otto Maria Carpeaux, Clodoaldo Moraes, Robert W. Thomas, Adriano Bandeira, para só citar as que notei, e a minha também, essa caríssima sra. Vinicius de Moraes, que com certeza foi lá para me ver brilhar. E como brilhei eu! Me senti até popular. Gente simpática que eu não conhecia me chamava pelo prenome. Bendito Cinema!

Lamentei sinceramente a ausência forçada do professor Maciel Pinheiro, chefe do Serviço de Divulgação e a quem realmente devemos tudo. Ele teria, melhor que eu, feito as honras da casa. A palavra oral me é sempre — e eu digo isso sem o menor intuito de parecer silencioso — muito difícil. Enfim, improvisei como pude. O pessoal técnico, sob a direção do cinegrafista Alceu Pinheiro, esteve soberbo. Tudo correu sem as falhas usuais a esse gênero de exibições, feitas com filmes antigos e gastos.

Naturalmente, é numa primeira reunião assim que se aprende como proceder nas seguintes. Houve um erro no cálculo do tempo. Manuel Bandeira, por exemplo, saiu antes do fim, cansado que se sentiu. E, quando paizinho Cururu se cansa, é sinal que alguma coisa ali esteve demais. Eu acho que foi o documentário *Quarenta anos de cinema*, muito longo e com a sonorização muito imperfeita. Da próxima vez far-se-á a coisa mais curta, de modo a sobrar mais tempo para as conversas de depois. E a propósito disso quero acentuar a necessidade de serem feitos os debates com a maior liberalidade, espírito de camaradagem e real precisão de falar, para evitar qualquer pronunciamento alheio ao debate, ou desperdício de tempo.

Variété, o filme de E. A. Dupont, foi uma surpresa, até para mim, que não o via faz seguramente uns quatro anos. É uma obra poderosa, uma antevisão genial do que o Cinema pode fazer como meio total de expressão. Plínio Sussekind Rocha, comentando depois comigo — e eu concordo inteiramente —, não achou que se tivesse desgastado com o tempo, como me afirmou Otávio de Faria. Fizemo-la exibir inteiramente silenciosa, praticamente sem letreiros, pois o projetor usado não podia dar letreiros parados. Havia um certo desajustamento de velocidade, mas essas coisas são inevitáveis pela dificuldade de obter as máquinas da época. A sala fervilhou de comentários durante a projeção, apesar dos psius insistentes das pessoas que se queriam concentrar sobre a imagem.

Seguiu-se a famosa comédia de Chaplin *Casa de penhores*. Atrás de mim, Prudente de Moraes, neto e Manuel Bandeira riam a bom rir. O ambiente se desopilou, umedeceu-se, bem dispôs-se como por encanto. Carlitos praticando a operação no despertador (uma síntese admirável de todos os gestos jamais feitos em cirurgia, desde a trepanação até a extração de dente) restituiu o Cinema ao seu silêncio mais essencial.

Foi uma grande noite, repito. A presença de tantos homens inteligentes prestigiou-a bastante para podermos exclamar aqui: o Brasil já tem um Clube de Cinema! Mantê-lo vivo é um trabalho de cooperação, criando um intercâmbio natural, informando, mandando filmes de boa qualidade artística e educativos. Eu faço o apelo aos leitores de todo o Brasil.

O Serviço de Divulgação da Prefeitura foi admirável. Tendo a sustentá-lo um órgão oficial de sua projeção, o nosso círculo se coloca automaticamente de centro das grandes realizações de cultura brasileira do momento. Centro de estudos que quer ser, que já é, tendo levado lá homens de significação internacional como Otto Maria Carpeaux, o físico Occhialini, o pintor Emeric Marcier, o novo Clube de Cinema, filho do velho Chaplin Club, que o Serviço de Divulgação da Prefeitura quis em tão boa hora proteger, marca com alegria a sua primeira etapa vencida.

Um teste de som foi feito depois, julgado pelo Serviço de Divulgação de grande importância na elucidação do problema estético em questão. Na sala às escuras eram irradiados determinados efeitos sonoros que os assistentes depois procuravam identificar, escrevendo a tradução num impresso distribuído.

Pretende o Serviço de Divulgação estabelecer uma base estatística, futuramente, através desse método. Outros testes serão preparados — e eu lembro aos cientistas e educadores presentes a oportunidade de suas sugestões para novos testes que julguem elucidativos — para auxiliar na compreensão dos dados essenciais do problema em jogo.

Os debates, devido ao adiantado da hora, foram curtos. Me vi em palpos de aranha. Todo mundo me punha questões. Quero responder apenas a uma, de Ribeiro Couto. Acentuando eu o caráter didático do som em Cinema, que pretende acrescentar à imagem um valor que lhe é imanente, ponderou Ribeiro Couto que a realidade em Cinema — dada, por exemplo, uma imagem de cachoeira — é a representação total dessa cachoeira, isto é, som e imagem em correspondência. Ribeiro, acabada a exibição de *Variété*, abanava a cabeça para o meu lado, apertando o nariz. Na hora não respondi bem, insistindo muito sobre o didatismo dessa relação evidente, que me parece tirar tudo à imaginação por assim dizer visual do espectador. Mas depois, conversando com Plínio Sussekind Rocha, ele me forneceu a resposta de um modo magistral. Só mesmo com a precipitação da hora ela me faltou. Ei-la aqui, e é tão simples! Quando se quer representar uma cachoeira (valor cinematográfico) representa-se tudo, "menos" essa cachoeira, compreendem? O CINEMA É JUSTAMENTE ESSE SUPERENTENDIMENTO DA COISA A REVELAR, EM TERMOS VISUAIS QUE A SUGEREM. *Variété* fornece um exemplo ainda imperfeito mais claro, com aquele assassinato. A coisa se executa num plano novo, uma dimensão nova em arte, pois não é dada didaticamente — (como no caso da cachoeira sonora, por exemplo, para mostrar a evidência de uma cachoeira) — isto é: paradamente, o que seria lanterna mágica, mas sim no momentum da sua sucessão — e é um axioma escolar em Física, pelo que me informou Plínio Sussekind Rocha, que na sucessão não há som; o silêncio é condição sem o qual não, violão. A não ser na sucessão elaborada no tímpano, o que é diferente: no caso o fenômeno é puramente auditivo, nada tem de visual, ou melhor, Kinemático.

Fico por aqui, com os melhores agradecimentos a todos os que compareceram à reunião e minhas desculpas aos que por acaso omiti desta crônica. Estou, confesso, vivendo um momento da mais pura alegria. Sábado que vem, se Deus quiser, haverá nova reunião, que confirmarei com boa antecedência. Neste meio-tempo o debate permanece aberto nessa coluna. 1942

ALUCINAÇÃO DE FÍSICOS E POETAS
RIBEIRO COUTO

Evidentemente, o debate sobre o cinema silencioso e o falado pode durar muitos anos, sem que os adversários da evolução se convençam de que estão na mesma atitude dos defensores da diligência contra o trem de ferro. As palavras que eles aplicam ao cinema não têm nenhum sentido útil, nem sequer um sentido claro; giram em torno de concepções arbitrárias, tais como "cinema puro", "verdadeiro cinema", "cinema clássico" etc. Ainda não mostraram em que se baseiam para menosprezar, como coisas impuras ou meramente acessórias, os ruídos naturais e a voz humana (conquistas inestimáveis de uma arte ainda em formação), como se porventura esses elementos sonoros fossem perturbadores, corruptores ou diminuidores da compreensão, da sugestão e do prazer estético. Até pouco tempo, e quiçá ainda hoje, havia também quem supusesse que os modernos elementos cenográficos — plásticos, sonoros, luminosos ou dinâmicos — tiravam do teatro a sua pureza. A "emoção teatral" devia vir da interpretação dos atores, sem se sobrecarregar de árvores, cantos de passarinhos, raios de sol artificiais, movimento de ondas, relâmpagos, fontes que correm, navios que ao longe desaparecem no mar. A "imaginação" dos espectadores tinha a ganhar com a ausência de cenografia. A tal ponto essa concepção antievolucionista da arte cênica é resistente em certos espíritos, que já lemos, no decurso do atual debate, que o próprio diálogo no teatro é um "elemento de desvirtuação", "pois que o teatro se resolve em sua essência na farsa, que é ação pura, e na tragédia, que é poesia pura". Ideias que Vinicius de Moraes atribui a Orson Welles, no artigo de 30 de maio, quando "teria dado uma das maiores patadas inconscientes da sua vida" se houvesse faltado à palestra do Instituto Brasil-Estados Unidos, em que Orson Welles parece ter dito essas coisas estranhíssimas e nebulosas.

Estamos em face de um simples problema de sensibilidade pessoal. Para alguns, como se vê, o "teatro puro" se resolve na farsa e na poesia. Todas as emoções que a cenografia moderna trouxe ao espectador, para oferecer-lhe o máximo de representação da vida, são "impurezas" e "imposturas". Diante do cinema, os estetas do Chaplin Club estão na mesma posição de sensibilidade. "Não gostam" do som; e porque "não gostam" acham que "a imagem não deve ter som" para ser cinema. Como me dizia há poucos dias o mestre Roquette-Pinto, é como se, depois da aplicação das cores à pintura, viessem pretender que a verdadeira arte é só o desenho.

Humberto Mauro escreve que no tempo do silencioso "a nossa imaginação trabalhava muito mais e isto em virtude de uma vibração nervosa muito mais forte. Tanto assim que se satisfazia com o que ela julgava existir". Ora, o trabalho da "imaginação" não fica prejudicado nem se empobrece com a adjunção do som à imagem cinemática, como no exemplo da cachoeira. Pelo contrário, meu caro Humberto Mauro! Quando "vemos" e "ouvimos" a cachoeira projetada na tela, a nossa imaginação desenvolve um trabalho mais intenso do que se simplesmente "víssemos"; a ilusão provocada por essa imagem da natureza é mais complexa e mais forte. Se projetada em silêncio, a cachoeira da tela será pouco mais que uma cachoeira de álbum de fotografias. No trabalho de criação de uma arte, o objetivo estético não é "fazer com que a imaginação das pessoas trabalhe" e sim "fazer com que o prazer das pessoas aumente". Do contrário, eu apresentaria uma tela pintada de negro, chamaria o público e explicaria: "Jardim noturno". Naturalmente, quer um Candido Portinari, grande pintor, que o sr. José Antunes Pinto, autor de paisagens em vários botequins do Engenho de Dentro, teria o direito de me perguntar: "Onde está o jardim noturno? Nessa escuridão? Não vemos nada!". E eu responderia, de acordo com a teoria de Humberto Mauro em cinema silencioso: "Pois é assim mesmo. O jardim está escondido na tinta preta. A imaginação dos senhores deve trabalhar!".

Há em tudo isso muita confusão talvez ainda mais do que muita teimosia e muita sensibilidade retrógrada. A palavra "indústria", por exemplo, aparece na pena dos estetas como inimiga da arte pura, Humberto Mauro escreve: "A perfeita idealização do cinema será o Cinema Puro, estreme de qualquer aberração subsidiária, incapaz para a indústria, é evidente, mas o único que poderá satisfazer o cineasta fervoroso, possuidor de uma cultura cinematográfica perfeita". Por que motivo Humberto Mauro não anda de túnica de algodão tecida pelos dedos de uma Penélope de Cataguases, em vez de usar essas miseráveis, essas industriais casimiras inglesas? Por que almoça e janta em pratos de louça, ínfimos produtos da industrialização, quando seria mais "puro" comer fervorosamente em potes marajoaras, feitos à mão, cozinhados a lenha, "estremes de aberrações subsidiárias", tais como a preparação da argila em horríveis máquinas de aço? Não compreendo como em nosso tempo de socialização, de evolução de todas as técnicas em favor de um mais largo aproveitamento por parte das massas, a "indústria" seja sinônimo de inimiga da arte do prazer estético ou do bem-estar do espírito. Sem a "indústria" teríamos a máquina Singer, que resolveu o problema da costura doméstica num tempo mínimo? Teríamos o fonógrafo, que a todos os lares levou a música? Teríamos o cinema? Também quando apareceu o cinema, nas suas primeiras realizações artísticas, os estetas puseram as mãos na cabeça:

era a "industrialização" do teatro. No entanto, o resultado de quarenta anos de cinema é este: graças ao cinema, as multidões do nosso tempo estão mais aptas a sentir e compreender o teatro. Todas as artes se encadeiam; o conhecimento de umas prepara o espírito para a mais fácil compreensão das outras. Por análogas razões, o elemento puramente "artístico" se confunde muitas vezes com o elemento "industrial", que não passa, noutros termos, do elemento de acessibilidade (e não forçosamente de corrupção ou desvirtuação).

Quando há pouco as orquestras de jazz principiaram a utilizar-se de instrumentos novos, "bárbaros", como o saxofone, os estetas também reagiram. A dignidade musical estava no piano, na flauta, no violino, no violoncelo, nos instrumentos "clássicos". Esqueciam-se, aliás, de que o piano já era a "indústria" do cravo. E que o cravo, a seu tempo, fora a "indústria" da harpa — a mecanização dos instrumentos de corda. Mas é assim que o mundo tem marchado. E, com ele, marcham as artes.

Não tenho agora espaço para comentar a sessão de sábado, 20 de junho, na sala de projeções do Serviço de Divisão Cultural da Prefeitura. Já Vinicius de Moraes escreveu, a propósito dela, a sua saborosíssima notícia de anteontem, com aquela graça que é tão sua, meio crônica viva, meio poesia difusa, meio mistério medieval, sempre se queixando de que não tem jeito para orador, mas se aproveitando disso para desforrar-se no bico de pena — e, então, desvairado, espalhando exclamações de triunfo, como se porventura a exibição de *Variété*, com Emil Jannings, não tivesse sido, como foi na realidade, uma lamentável cerimônia fúnebre. Ao que nós assistimos, ali... foi ao enterro do cinema silencioso.

Ninguém pode suportar mais esses filmes mudos que até o advento do falado foram considerados "obras-primas". Primeiro, porque temos a sensação de estar surdos; aflige-nos a ausência do som. Segundo, porque essas obras-primas de gesticulação pantomimal se tornaram ridículas (tal como, diz

Maria Clara Aníbal Machado, "se ela fosse ao banho de mar com saia-balão").

Contou-me o meu colega Edgar Fraga de Castro (o tipo do diplomata sonoro) que em Nova York, não sei se há quatro ou cinco anos, um proprietário de cinema exibia filmes mudos e dramáticos a título de "fábrica de gargalhadas". Ninguém era mais cômico, para esse público, do que o meigo Rudolph Valentino. Quando ele aparecia nas cenas de amor, a plateia não se podia conter. No entanto, ao tempo da criação dos seus filmes, Rudolph Valentino fazia chorar. Agora, só consegue provocar hilaridade. O espectador tem a sensação de que de muito longe está assistindo a um baile, através de um óculo de alcance: as pessoas se movem absurdamente, como sombras ridículas, sem som.

Durante a exibição de *Variété*, Humberto Mauro, José Sanz, eu e alguns mais tentamos comentar a projeção — pois, afinal de contas, estávamos ali "para isso", e não como quem vai a um cinema com a família. Tratava-se de um "debate", de um trabalho de exegese e de crítica. (Quanto a cinema, o sábado teria sido mais bem aproveitado em *Como era verde o meu vale*.) Não pudemos, e tivemos que renunciar à necropsia para a qual fôramos convidados. Enfim, depois da exibição, isto é, da fúnebre cerimônia, que por várias vezes arrancou risos, procuramos discutir o problema, ainda com as impressões frescas. Também não pudemos, porque já passava da meia-noite. Conseguimos, apenas, chamar a atenção de Vinicius de Moraes para o seguinte:

O que está em jogo é apenas isto: o som é incompatível com a emoção estética da imagem?

Foi quando eu dei o exemplo da cachoeira. Há incompatibilidade cinemática entre a imagem da cachoeira e o som das águas? Vinicius de Moraes respondeu: "Aí, o som é apenas didático". Entenderam?

Na sua crônica de terça-feira, diz o meu grande poeta que a verdadeira resposta não lhe acudiu, mas que lhe foi depois fornecida por um dos físicos presentes, Plínio Sussekind Rocha (Vinicius faz muita questão de acentuar a profissão dos "físicos", como se isso tivesse alguma coisa que ver com a exatidão dos raciocínios; que diabo, a gente pode não ser físico e pensar com clareza). Então, transmitindo a solução tardia do ilustre físico, escreve o meu alucinado Vinicius: "Ei-la aqui (a resposta) e ela é tão simples! Quando se quer representar uma cachoeira (valor cinematográfico) representa-se tudo, 'menos' essa cachoeira, compreendem?".

Alguém compreendeu?

O que eu compreendi é que esses obstinados defensores do silencioso estão nas nuvens. Pois a explicação continua: "O cinema é justamente esse superentendimento da coisa a revelar, em termos visuais que a sugerem".

Assim, para se representar uma cachoeira em cinema puro, cinema clássico, cinema verdadeiro etc., a cachoeira não aparece; fica superentendida!

Trata-se de cinema ou de magia? Eles acabarão me alucinando também, e um dia desses, quando eu der por mim, estarei no sertão da Bahia, onde apareceu uma árvore que faz milagres, e na qual os peregrinos em cortejo dependuram laços de fita, retratos e ex-votos. Amor à botânica não é, porque eu conheço.

Enquanto isso, os adeptos do silencioso vão deixando sem resposta, por inteira falta de argumentos sensatos, a questão única: em que e por que o cinema deve ficar na pantomima fotográfica, em vez de ser, como já é e será cada vez mais, a representação total da vida por meios gráficos, dinâmicos e sonoros?

1942

A REALIDADE DA VIDA, COM SEUS RUMORES MÚLTIPLOS

Trago hoje ao público um pronunciamento de grande importância: o de Aníbal Machado. Quero acentuá-lo porque Aníbal

Machado sempre foi um estudioso desse Cinema que Canudo classificou como a "Sétima Arte", já tendo mais de uma vez feito publicar suas opiniões em colocações interessantíssimas. Aníbal acredita no Sonoro. Isso faz dele um adversário. Não quero deixar de responder aos seus argumentos, muitos dos quais de peso, o que farei ainda esta semana.

Vinicius: Que acontecerá se chegarmos todos à convicção da supremacia do cinema silencioso? Nada. Continuaremos a ficar sem ele. Os produtores não se arriscarão; o público se recusará. Restará apenas a lembrança de um debate que você vem conduzindo com brilho em torno do cadáver do cinema mudo. Sobre o luminoso cadáver nos debruçamos os fãs de todos os tipos, cineastas, físicos e críticos, a ver se ainda é possível ressuscitar o morto, restabelecendo-o no silêncio originário.

Na verdade, o cinema mudo não morreu propriamente: — cresceu, passou a falar. E, como vem falando mal e demais, prejudicou-se bastante naquilo que lhe é mais peculiar: o movimento das imagens circulando em silêncio no mistério da luz. Mas a culpa aqui não é do som nem da palavra; é do mau emprego que deles se tem feito. É sabido que o som, quando utilizado no momento necessário (e à percepção poética do cineasta cabe escolher esse momento), não só dispensa uma sucessão inútil de imagens como às vezes alcança efeito expressivo mais poderoso do que o delas. Isso não ocorre sempre, é claro; basta, porém, que ocorra algumas vezes para que o som adquira o direito de associar-se para sempre, "mas não sempre", à película. Quantos filmes de primeira ordem já não utilizaram o som! *Quatro de infantaria, Aleluia, O caminho da vida, Senhoritas em uniforme, A ópera dos três vinténs, Of Mice and Men, Os cavaleiros de ferro*, os últimos de Chaplin, *Cidadão Kane*, e outros foram sonoros e, alguns, falados sem que deixassem de ser puro cinema.

É que tratado por verdadeiros cineastas, como os autores das obras citadas, não perdem esses filmes o seu valor cinemático essencial. E se as imagens retardam o ritmo de seu próprio movimento é para terem tempo de enriquecer-se de outros elementos que lhes aumentam o poder expressivo. Aí então a força da imagem é multiplicada pelo valor do som, o próprio som se enriquecendo do silêncio da imagem. Som cinematográfico.

No pé em que estamos, voltar ao cinema silencioso é impossível, meu caro Vinicius. Como é impossível voltar-se ao tílburi. Ninguém se esquecerá nunca da nova e penetrante poesia que se revelou na tela, quando do cinema mudo, na sua idade de ouro. Ninguém nega também a poesia do tílburi com toda a época que ele evoca. Mas quem será capaz de utilizá-lo depois do aparecimento do automóvel?

Em torno deste, como de tudo mais que a técnica põe a serviço do homem, formam-se também outros elementos poéticos, os quais, no fundo, são os mesmos que pareciam ter soçobrado com o último fiacre do tempo das heroínas de Machado de Assis.

Ainda há pouco, vendo *Variété* na oportuna demonstração de cinema silencioso que você promoveu, tive a prova disso. O tema do filme, plástico por excelência, é dos que melhor se acomodam na versão silenciosa. Pois, mesmo assim, tive a impressão (e creio que também a maioria dos espectadores) de que as imagens apareciam desencarnadas e corriam aflitas procurando alguma coisa, um companheiro: o som. Pareciam viúvas, Vinicius. Uma ou outra exclamação emitida com acento patético e verdade humana teriam poupado a Lya de Putti, a protagonista, aquele desperdício inútil de gestos à maneira de guinhol com que ela teve de expressar o seu horror em face do homicídio.

Não pode ser invocado o caso de Chaplin. O silêncio de Carlitos é elemento da própria substância do personagem. Seu jogo é de um solitário. Carlitos não conversa com a humanidade que o cerca e que é incapaz de compreendê-lo. Passa entre os homens, atropelando-se, recebendo e dando pontapés, numa sucessão pungente de mal-entendidos entre a obstinação ingênua da criatura que sai pelas ruas à procura de pão e amor (apenas!), e a vida que lhe nega esses bens essenciais. E, além disso, sendo Chaplin o maior mímico de todos os tempos, é natural que a palavra tenha para ele menor préstimo do que um salva-vidas para um grande nadador. E Chaplin acabou entregando os pontos ao som.

O que se sente, Vinicius, é que o emprego acessório do som e da palavra dá mais espessura à linguagem do cinema; o drama visual se passa mais perto de nós, e o poético nos é trazido numa forma menos destilada, é verdade, porém mais densa da realidade da vida, com seus rumores múltiplos.

Como arte pura, o cinema seria hoje privilégio de reduzida casta de iniciados, como os poemas de Valéry.

O debate vem tomando um aspecto muito confuso e bizantino. É preciso não esquecer que o cinema se dirige de preferência para as multidões. Se estas recebem quase sempre torrentes de mediocridade, a causa é outra, não responsabilizemos o som.

Fugindo a qualquer digressão abstrata em que se compraz o nosso espírito diante de todo fenômeno novo que a ciência descobre nas relações da natureza, eu tentaria uma explicação para o apego de Vinicius e de outros "mudistas" de valor ao cinema silencioso, pois quer parecer-me que essa intransigência resulta do fervor com que gravamos na sensibilidade as inesquecíveis imagens do cinema mudo numa fase da vida, como a da adolescência, em que a absorção delas tem a força de uma comunhão mística para os crentes. Vinicius, que as recebeu em estado puro, recusa-se agora a aceitá-las já conspurcadas pelo som.

Mas acontece que se os "mudistas" não têm razão contra o cinema sonoro em si, têm-na com excesso contra o mau cinema falado que nos é servido nas salas de projeção.

Aqui agora, a questão é muito mais séria e complexa. Menos estética do que social e econômica. Cinema é arte industrial, e indústria não pode estar na mão dos poetas. Entre o cineasta e as plateias há a máquina, isto é, a fábrica. Quem manda nas fábricas são os seus donos capitalistas, e o que o capitalista quer é ganhar cada vez mais; no caso em apreço, obter maior lucro possível de bilheteria, o que raramente consegue com filmes de boa qualidade artística. Isso significa um conflito permanente entre o produtor e o verdadeiro cineasta, do qual o primeiro sai sempre vitorioso. Não culpemos também os cineastas. Vinicius sabe que os melhores foram forçados não a servir a sua arte, mas à ganância dos chefes de empresa. Qualquer filme é também expressão do regime social e econômico em que foi produzido. Já tive ocasião de citar numa conferência a desoladora opinião de Pabst sobre a elaboração de um filme em Hollywood. As grandes criações atuais do cinema ressentem-se de falta de unidade porque são feitas de colchas de retalho destinados, cada qual, a plateias diferentes, de reações diferentes.

Não se pode, todavia, afirmar que seja má toda a produção industrial de filmes. E que seja má porque é falada. Sem dúvida, a palavra na película veio facilitar a invasão da mediocridade. Entre um mau filme silencioso e o mau falado, é claro que o primeiro caceteia menos. Pelo menos não entram tolices pelo ouvido e a mesquinharia do mundo burguês fica mais disfarçada.

Que fazer, Vinicius, para levantar o nível atual do cinema e dar-lhe um destino segundo a importância de seu papel? Retirar-lhe a palavra é uma impossibilidade histórica. O que cumpre fazer é criticar, combater os filmes falsos, estimular no público o gosto e o sentido do verdadeiro cinema; despertar-lhe o espírito de intransigência, de forma a que este mesmo público possa também influir sobre os produtores, repelindo a mercadoria ordinária que lhe é impingida; proclamar e mostrar que o cinema, o mais poderoso instrumento de educação e cultura das multidões, pode também levá-las ao embrutecimento rápido e aos piores desvios. Ninguém está pedindo aos produtores que nos mandem sempre obras-primas. No cinema, mudo ou falado, como na literatura, como na música e nas artes plásticas, haverá sempre coisas horrendas. O que se quer é que nos deem maior número de bons filmes. Ou, pelo menos, menor número de maus. É fora de dúvida que você vem lutando por isso. E esperamos, principalmente, que lute pela criação do cinema brasileiro.

— Aníbal M. Machado

1942

ESCLARECENDO
HUMBERTO MAURO

Aconselha a Lógica que antes de tudo se defina o objeto que vai ser discutido. Outrotanto, alguns conceitos básicos e a existência de certos fatos, que deverão servir de apoio aos argumentos, devem ser aceitos unânime e pacificamente. Tornam-se indispensáveis inicialmente esses elementos, para que a discussão seja limitada, diminuam ao mínimo possível as causas de erros e raciocínios enganosos, e se compreendam com exatidão os pensamentos expendidos. O contrário disso é a discussão multiplicando-se em subdiscussão, a partir do próprio assunto central, a cujo respeito discrepam os polêmicos, que o encaram de várias maneiras: veem-se, assim, com frequência, a falar sozinhos, em solilóquios irreconciliáveis, compreendendo erroneamente proposições enunciadas com clareza e concorrendo todos para o caos comum. O desprezo a essas precauções, se bem que conhecidas e aprovadas, faz que não raro se tornem infrutíferos os debates e até se azedem, para gáudio das galerias.

Essas considerações, eu as fiz tendo o artigo "Alucinação de físicos e poetas", de autoria do brilhante a arguto acadêmico Ribeiro Couto, publicado em *A Manhã*, e no qual, dentre numerosos comentários tecidos em torno à tese "Cinema Puro", alguns me são honrosamente dirigidos, porém revelando uma compreensão unilateral das minhas palavras, no depoimento que me julguei também obrigado a produzir, naquele mesmo matutino, de 24 de junho último. Essa circunstância me compele a voltar ao tema, com a aquiescência benévola de Vinicius de Moraes e a paciência dos que me lerem, pois tornou-se necessário que eu repita o que disse, mas de outra forma, para que possa, talvez, ser entendido com mais fidelidade, a bem da matéria que se quer esclarecer, e que não me parece inútil. Fá-lo-ei obedecendo tanto quanto possível aos conselhos por mim referidos acima, uma vez que estou, como os demais, sujeito a esquecê-los.

Em primeiro lugar quero dizer que entendo por cinema puro, ou cinema fundamental, ou, ainda, cinema clássico, aquele cinema feito apenas com os elementos "sem os quais" não é possível fazer cinema. Assim como não pode haver escultura sem a massa conformada pelo homem; pintura sem cor; música sem combinação de sons; literatura e poesia sem a palavra oral ou escrita e teatro sem a presença física do homem e o diálogo, assim também não pode existir cinema sem a fotografia em movimento. Puro, porque estreme de concorrentes dispensáveis, a rigor; fundamental, porque é nesses meios de expressão, imprescindíveis, que se assenta a arte cinematográfica clássica, porque é modelo.

O subentendimento é, em última análise, o problema da forma. Artistas e escritores, em especial os estilistas, fizeram sempre alusão à "tortura da forma". Sabido que a expressão, por natureza, é insuficiente para revestir o sentimento e a ideia em toda a sua plenitude e profundeza, procura-se o meio expressivo que consiga provocar maior riqueza de associação, quer emotiva, quer intelectual. O cinema precisou superestimar o subentendimento, talvez por ser a fotografia uma reprodução servil do meio físico, e a arte, definida sob certo aspecto, é a interpretação da natureza através dos valores estéticos. Assim sendo, tornou-se imperioso, embora se afigure paradoxal, sugerir mais onde, exatamente, a forma se apresenta riquíssima, excetuada a terceira dimensão.

Explicadas deste modo duas noções essenciais ao desdobramento do que desejo arguir, deixo ressalvado, outrossim, que, para as pretensões modestas da minha opinião, os limites desta polêmica atingem até onde começa o campo infinito das cogitações dos teóricos da estética — físicas, metafísicas e filosóficas —, estudiosos e pesquisadores úteis, a quem devem caber as responsabilidades do transbordamento da discussão, realizada ainda que "nas nuvens", como reconhecia Anatole France.

Quando afirmei que não gosto de fala nos filmes aos quais se pode aplicar a técnica do verdadeiro cinema (e verdadeiro aqui tem o sentido de puro), logicamente ressalvei, porque gosto de fala nos filmes aos quais não se pode aplicar somente a técnica do verdadeiro cinema. Isso, no entanto, não me impedirá de achar que se possam fazer primores com o cinema puro, obra mais difícil, é claro, visto como é evidente ser mais fácil obter a variedade com muitos fatores do que com poucos. Daí, portanto, é que se conclui ser o cinema puro — numa perfeita idealização do cinema — "incapaz para a indústria", além do que, por demandar um concurso maior de valores artísticos elevados, foge, com mais probabilidade, ao alcance da média do critério estético da maioria. O fato de haver o cinema sonoro e falado substituído o silencioso não demonstra forçosamente que seja aquele superior a este, da mesma sorte que se pode pintar com uma só cor, tal como fez Gainsborough em sua obra-prima *The Blue Boy*. É muita vez na unidade, no homogêneo e na singeleza que se encontra o belo, quando não seja unicamente nesses atributos, como querem muitos. A superfície aparentemente pobre do *Fausto*, de Goethe, reflete vastidões do pensamento. A síntese é trabalhosa, favorável à análise. Por outro lado, a abundância e diversidade de recursos de expressão, em qualquer gênero de arte, servem, frequentes vezes, a dissimular a indigência subjetiva e o defeito formal, podendo ainda concorrer a impotência selecionadora para dominar esses recursos. Exemplificando, ao gosto de Ribeiro Couto, um sapato feito à mão, o bordado da ilha da Madeira são mais caros que esses mesmos artigos máquino-faturados. As "industriais casimiras inglesas" podem ocultar deformações; o chapéu, elegante, a calva luzidia, e os "pratos de louça", mesmo da mais fina, poderão conter terríveis indigestões.

No relativo ao subentendimento, obedece o cinema silencioso às leis gerais que regem o processo da emoção e do pensamento, pois esse processo — dispensável seria dizer — é o mesmo em face de qualquer espécie de provocação. Ora, o cinema teria, como as demais artes, o seu característico de provocá-lo, e esse modo, por conseguinte, não poderia e não pode fugir àquelas leis gerais. Sem querer entrar em qualquer sistemática, lembro, por exemplo, que não se pode raciocinar sentimental e intelectualmente sem que preexistam os dados da experiência. Igualmente, é mister um certo encadeamento de ideias para que haja coerência ou uma realidade determinada. Explicando melhor, todo drama tem a sua história, que poderá ser narrada mais ou menos explicitamente; no decorrer da narração, far-se-á uso do simbolismo, dele se tirando o rendimento desejado. E o símbolo — fértil em produzir o subentendimento — não pode ser utilizado à toa, mas vinculado ao corpo da narração. Se é verdade que o símbolo pode ter vida autônoma, não menos verdadeiro é que na hipótese aqui discutida pressupõe-se uma continuidade: o próprio Apocalipse tem a sua ordenação, sem embargo da aparente confusão misteriosa de suas alegorias.

A "tela pintada de negro", de Ribeiro Couto, faria subentender um jardim, tanto a Cândido Portinari quanto ao sr. José Antunes Pinto, se essa "tela" fosse "precedida", vamos dizer, de outra representando um jardineiro caminhando na direção da "tela pintada de negro" e, "seguinte" a esta, uma onde houvesse pintados, outra vez, o jardineiro e um casal de namorados em atitude de quem tivesse sido apanhado em flagrante de idílio. A "tela pintada de negro", portanto, numa relação natural, pode servir de estímulo à imaginação, uma vez que haja dados antecedentes e subsequentes a ela. Ninguém iria utilizá-la, e muito menos um diretor de cena, sozinha, como o quer Ribeiro Couto, a fortiori, a não ser que, sem prévio aviso, se deixasse o contemplador fazer um trabalho exaustivo de imaginação (agora por culpa de Ribeiro Couto e não minha), durante o qual a sua sagacidade talvez jamais desse com o jardim, mas atinasse com a treva da ignorância ou o luto pela falência da Arte.

Do exposto pode-se agora concluir que, confeccionado um filme silencioso, se a sua narrativa é compreensível e dá prazer, não tem cabimento desmerecê-lo sob a alegação de que seria preferível substituir pelo som e a fala a força de subentendimento nele empregada: efeitos iguais provenientes de causas diversas, nem por isso deixam de ser iguais.

Se o cinema tem a sua linguagem própria, e se as componentes dessa linguagem residem na fotografia em movimento, é recomendável e imperativo que se aperfeiçoe o silencioso antes de adicionar-lhe meios auxiliares, como o som e a fala. O aperfeiçoamento do primeiro importa em ensejar o emprego mais relevante do acessório onde ele se torne conveniente. Perder de vista essa norma resulta em desnaturar o cinema genuíno, como, aliás, ocorre em grande parte dos filmes falados, cuja ação vive de diálogo sobreposto a uma película meramente ilustrativa. E, se essa espécie de teatro cinematográfico encontra aceitação, não quer isto significar que só deva existir — relevem dizer — esse subgênero de cinema, por ser ele mais acessível ou rendoso. Ao contrário disso, e por isso, devem teimar em perseguir a perfeição os detentores da arte e dos seus segredos, que são os que a fazem viver. Isso, que a muitos tem parecido uma questiúncula bizantina, mesmo a intelectuais de responsabilidade, a mim se apresenta com aspecto de proveitosa utilidade, pois é irretorquível esta ponderação: aperfeiçoar o cinema silencioso corresponde aperfeiçoar o cinema sonoro e falado; e esta conclusão: — logo, devemos fomentar o incessante aperfeiçoamento do cinema silencioso.

Não procede o argumento de que, por serem ridículos os filmes mudos de outrora, deve estar relegada a segundo plano (e isso com visos de generosa concessão) a técnica silenciosa do cinema. Não procede primeiro porque, sem o uso razoável da sintaxe, do cinema fundamental, em nada beneficia à inteligência do filme o adicionamento sonoro, inclusive a palavra; segundo porque mesmo ao tempo do silencioso se tinha como excrescência o letreiro, sinal de fraqueza descritiva; terceiro porque, de lá para cá, houve progresso na técnica silenciosa e, finalmente, porque temos o direito de indagar se não é ao "hábito" do cinema atual que devemos muito da estranheza que nos causam os filmes antigos. Tudo isso, porém, não altera o meu ponto de vista, uma vez que não sou infenso ao cinema falado e muito menos ao sonoro, mas a qualquer gênero dele em que a arte inexista por ausência daquilo que lhe é fundamental.

Ingressando de novo no terreno objetivo e fazendo remissão à "cachoeira" de Ribeiro Couto, é oportuno explicar que o ruído de cachoeira é o mesmo, quer se trate de Niágara, de Paulo Afonso ou Iguaçu, pormenor importante esse para a elucidação do combinado "técnica silenciosa-som", visto que a fotografia sonora, no caso, forneceria apenas um motivo mais opulento de contemplação: quem vai determinar, na linguagem do cinema, o valor dramático desse trecho da natureza são "os olhos da objetiva", selecionando-lhe, psicologicamente, os motivos emocionais, que, se apondo àquela acústica "sempre uniforme", serão os mais variados em função das peculiaridades de cada cachoeira. Não se cogita de apurar se o som é compatível ou incompatível com a imagem cinematográfica, mas de demonstrar que a estrutura silenciosa prevalece com tal vigor que a própria sonoridade fica escravizada às exigências dessa estrutura, deixando, a cada passo, de ser autêntica, para corresponder à qualidade que a linguagem silenciosa criou. Pedindo autorização a Ribeiro Couto para utilizar mais uma vez a sua "cachoeira", pode-se substituir o seu ruído por — digamos — um coral de Villa-Lobos, se na hipótese o trabalho cinematográfico silencioso, pela sua apresentação artística superior, exigir em correspondência valor sonoro mais excelente.

É convencido de que esclareci melhor a minha opinião, que finalizo, cônscio de que a evolução do cinema, como arte, se deve acima de tudo ao contínuo progresso no campo da técnica silenciosa, fundamental, enriquecida, com o tempo, pelo gênio estudioso e o esforço tenaz de quantos por ela se tem interessado.

Esperamos que estes debates aproveitem ao Cinema Brasileiro, que precisa de todos.   1942

EM FAVOR DUMA CAUSA SEM ESPERANÇA

O pronunciamento que tomo a liberdade de hoje transcrever tem para mim uma grande significação: além de vir das mãos, diria melhor do coração, de Otto Maria Carpeaux — o crítico que veio iluminar tanto a vida intelectual do Brasil —, traz a palavra autorizada do técnico que já trabalhou com o material do filme e que vê a coisa, cientista tão bem como pensador que é, de um ângulo muito mais largo que nós outros, disputantes apaixonados. Aqui vai:

> Rio, 15 de julho de 1942
>
> Meu caro Vinicius, agradeço-lhe muito o convite à noite de ontem, que me sugeriu umas meditações com respeito ao assunto do filme mudo ou falado. As linhas seguintes não se destinam propriamente a ser publicadas; mas entende-se que você pode utilizá-las em qualquer sentido que lhe pareça útil. Na discussão entre os partidários do filme mudo e os partidários do filme falado, já precisei a minha atitude: em favor do mudo. Mas não me dissimulo a parte de saudosismo nessa decisão. Na época do filme mudo, eu estive durante anos em Berlim, trabalhando efetivamente na indústria cinematográfica, deixando-a exatamente por não querer colaborar ao "falado". Desde aquele tempo, não sou senão um espectador, como todos nós outros. Explicam-se por isso umas lágrimas. Mas, reunido deste modo certas experiências do especialista e outras do *amateur*, acredito ter o direito de achar nos nossos adversários um saudosismo igual: "saudosismo do futuro", confiando em perpétuos enriquecimentos da capacidade expressiva da arte, e da arte cinematográfica em particular. Conhecendo de perto as horríveis condições comerciais, às quais a produção cinematográfica está sujeita, acredito que as evoluções futuras não obedecerão abso-

lutamente a cogitações de ordem artística; talvez ao contrário. Afrontemos intrepidamente — e isto já não é pouca coisa — o que é. E logo desaparece um mal-entendido. Não existe uma alternativa entre filme mudo e filme falado. Não há duas espécies de filmes, mas três: o filme mudo e silencioso, o filme mudo e musicalmente acompanhado, e o filme com acompanhamento musical e falado. O que nós chamamos hoje "filme mudo" não era, em geral, silencioso; o filme mudo foi sempre representado com acompanhamento musical. Além disso, havia os títulos, as explicações escritas para tornar clara ao espectador o que Manuel Bandeira chamou a "anedota". Na vanguarda dos homens da profissão havia sempre uma tendência para reduzir ao mínimo possível esses "títulos", que nós sentimos como uma impureza. Pensamos em certas fitas de Chaplin (e poucas outras) que fizeram o máximo efeito com um mínimo de palavras escritas. Havia umas experiências magníficas nesse sentido — fitas de Lupu Pick, de René Clair, a *Jeanne d'Arc* de Dreyer. E chegaram até fitas sem palavras e sem música, fitas "puras" comparáveis à poesia pura. Quanto a esses experimentos, estou completamente da opinião de Manuel Bandeira, que lamentaria, com a perda da "anedota", a perda do fundo humano da arte. Não se pode esperar outra atitude do mais humano — e por isso maior — dos nossos poetas. E, desta vez, não lamento as influências comerciais que impediram a produção de tais fitas, inacessíveis ao grande público. Interveio a invenção — ou antes o aperfeiçoamento — do "falado", e houve alterações em dois sentidos diferentes. 1) Era então possível a sincronização exata das imagens e dos sons inarticulados (musicais ou não, enquanto convenientes para intensificar a expressão; ainda uma vez, Manuel Bandeira tem razão); lá, o "falado" não é falado, e sim mais bem-composto do que o "mudo" que não era mudo — e era um progresso. 2) Com a introdução dos diálogos falados, desapareceram aquelas tentativas de "purificação", e desapareceu também a tendência de suprimir, o mais possível, os "títulos", que se tornaram diálogos; superficialmente visto, parece um enriquecimento, porque assuntos mais complicados se tornaram aptos de serem filmados. Mas devo invocar as minhas experiências amargas. A elaboração artística duma fita está mais ou menos confiada a homens de mais ou menos gosto artístico; a escolha do assunto está nas mãos dos diretores comerciais, ávidos de encontrar o gosto do grande público. Daí explicam-se, ainda uma vez, umas lágrimas. Enfim, o filme falado tornou-se realmente teatro para chorar, e, às vezes, para rir. Mas já não o rir do mudo Chaplin.

Em resultado: a imagem cinematográfica parece muito compatível com o som musical, parece mesmo exigi-lo; mas parece opor-se à palavra escrita ou falada. Como explicar isso? O filme é realmente uma coisa fantástica: o sonho é o seu terreno mais próprio. Mas não apenas o sonho: há Chaplin e há os russos. O sonho, o humor realisticamente inverossímil e impossível, e a revolução; em suma, coisas sem rigor lógico, mesmo antilógicas. Ou antes: coisas com uma lógica especial, particular, como a música tem a sua lógica, que não é a lógica das palavras faladas. Com isso, a cinematografia enriqueceu a nossa expressividade artística. Mas devo repetir que a indústria cinematográfica — e indústria é — preferirá a lógica das palavras, que é ao mesmo tempo a lógica das cifras nos livros comerciais. E agora, meu caro Vinicius, podemos calmamente continuar na luta em favor duma causa sem esperança. Não há lutas mais nobres. Sou o seu devotado,

— Otto Maria Carpeaux

1942

**ORSON WELLES,
CIDADÃO BRASILEIRO**

CIDADÃO KANE, O FILME-REVOLUÇÃO

> *Não há artifício capaz de esconder, aos olhos da câmera, aquilo que existe ou não existe numa alma.*
> F. W. Murnau

É arbitrário o julgamento de um artista jovem pela sua primeira obra, sobretudo porque esse artista que se inicia vive quase sempre a experiência pródiga e desordenada da própria descoberta. Pode-se sentir, em geral, sua natureza e a qualidade do impulso que o leva a criar. Mas a definição da sua arte torna-se imprudente, se uma crítica não quer ficar nos limites da obra criada, como, me parece, deveria ser sempre que a ela se depara, além de uma forma em busca de se exprimir, uma natureza poderosamente marcada pelo privilégio de criação.

Tal não se dá com Orson Welles. Já se tem visto antes dessas exceções à regra que permanece, sem embargo, o caso verificável. Podem-se citar cem, mil exemplos, contra um só Flaubert ou um só Radiguet, que depositaram numa primeira obra o melhor de si mesmos, dentro daquele equilíbrio necessário às coisas perduráveis. Há casos especiais, como o de Proust. Aliás, em função de Welles, os exemplos não podiam ser mais mal escolhidos. Porque Welles não realizou com *Citizen Kane* uma obra de equilíbrio, no sentido em que *Madame Bovary* ou *Le Bal du comte d'Orgel* são obras de equilíbrio. Creio mesmo que Welles tenha, no ato de fazer o seu filme, mandado todo e qualquer equilíbrio estético *to the deuce*,* como é tão bom de dizer em inglês, e sem que isso implique incúria ou despreocupação sua em relação aos elementos cinematográficos, que tão magistralmente tratou.

Esse cineasta de 26 anos, que surge com uma imagem cujo poder lembra um King Vidor, dando à câmera um valor que, desde Murnau, nunca tínhamos visto tão bem ajustado à narração, com um senso de tomada que faz estreme-

---
* Ao diabo.

cer o pedestal de um Dupont, iluminando suas imagens com uma riqueza, uma novidade mesmo, só encontrável talvez num Sternberg, com uma grandeza de concepção, uma vitalidade, uma potencialidade cinematográfica que roça um Von Stroheim, solucionando seu complexo roteiro com uma naturalidade, uma liberdade, uma astúcia, poder-se-ia dizer que traz à ideia o melhor cinema russo; esse grande cineasta, que viveu uma vida tumultuosa e apaixonada, resolvendo suas dificuldades artísticas no cultivo de Shakespeare, estudando, montando e representando Shakespeare, que tem em Chaplin e Disney as duas figuras que mais ama e admira na América — é uma renovação, uma ressurreição, é uma revolução completa na moderna cinematografia. [...]

Não nos vamos dar ao luxo de procurar no filme os defeitos, poucos, que realmente tem, aqui e ali, mas que me parecem antes defeitos, ou melhor, qualidades negativas de Welles que de *Cidadão Kane*. O filme... É Welles. Sente-se o homem transbordando na emoção de todas as imagens, mergulhado na sua personagem a ponto de confundir-se com ela, de emprestar-lhe uma vida que, sente-se, é a vida do ator que a representa. Welles realiza essa unidade de roteiro, direção, ação e montagem de que falamos em crônica passada, e que encontrou na arte de Chaplin o mais perfeito equilíbrio dos seus componentes. Isso faz de Welles, depois de Chaplin, o homem mais importante, do ponto de vista da arte, no atual Cinema, e com ele o único que soube dar ao som um valor exclusivamente cinematográfico. Aí está um filme que, perdoem o paradoxo, realiza, sonoramente, o ideal da imagem muda. O som, para valer como Cinema, deve ser um elemento virtual da imagem, como a luz ou o movimento. Welles se sai dessa dificuldade de um modo admirável, resolvendo o problema, várias vezes, no decorrer do filme, justo como o próprio Pudovkin o resolveu para si, no seu *Film Technique*, e não sem uma certa angústia, quando fere a questão da valorização do som na imagem que a arte fez muda para o Cinema.

Isso não é, infelizmente, a regra geral no filme. Welles carregou-o de diálogos desnecessários para marcar-lhe melhor o caráter panfletário que, evidentemente, tem. Mas, de qualquer forma, representa um passo de sete léguas nesse país delicadíssimo do som. Notem o tantonar misterioso que há no fundo daquela série de imagens em fusão, em que se narra a carreira de Susan Alexander através de vários teatros americanos. Welles montou (nunca a palavra coube tão bem!) a melodia das óperas com uma legítima dança guerreira africana, conseguindo um efeito "cinematográfico" de som, realmente devastador. Notem a música da ópera diluidíssima na imagem na cena de tentativa de suicídio de Susy. Notem o som de buzina quando o "boss Lellys" fecha a porta da casa de Susy, vindo de ter a sua altercação com Kane. Notem os gritos histéricos de mulher e a "montagem sonora" (que prazer em reunir essas palavras no verdadeiro espírito do Cinema!) da tenda, no piquenique...

Welles é positivamente magistral. É impossível imaginar o que esse homem não será capaz de fazer em Cinema. Não lhe faltam defeitos, repito. Mas não interessa mostrá-los aqui, de tal modo eles se diluem na grandeza real do todo. Às vezes há um excesso de "brio", talvez condenável, que Welles poderia resolver mais simplesmente e com mais Cinema. Sua técnica é, francamente, a da valorização da câmera, sem o exagero a que Murnau levou a teoria. O que me parece é que Welles não quis, ou antes, não se preocupou em criar uma genuína obra de arte. Tentou-o muito mais, e isso ele o conseguiu à maravilha, revelar com imagens a crueza de uma vida, emprestando-lhe um sentido que, muitas vezes, ultrapassa o âmbito do Cinema. E, nesse caso, concordamos francamente com sua técnica de narração.

Sua imagem é portentosa. Welles caracteriza e descaracteriza quem ele bem quer no momento que quer e com o simples recurso do claro-escuro. Só ilumina as emoções que vêm do íntimo, como se a luz lhes brotasse natural. E nunca abusa do material perigosamente plástico que tem nas mãos. Seus backgrounds são admiráveis como composição, e por esse lado, ninguém, nem mesmo um Feyder, o bate. Welles é uma revolução. Com seu *Cidadão Kane*, coloca-se, a meu ver, entre os cinco ou seis maiores cineastas do momento...

A parte por assim dizer cabotina de Welles não é cabotinismo. Welles vê muito de fora para dentro. Trata-se, não o esqueçamos, de um americano. Há, ao mesmo tempo que uma grande frieza aparente no seu modo de aceitar a vida como ela é, uma força que o eleva muito acima da cotidianidade e do aparato com que vive. Ele o explicou, aliás, e nós não podemos deixar de concordar com ele, aceite-se ou não o seu ponto de vista; diz o seguinte: "não sou um artista comercializado, nem quero fazer arte comercializada; por outro lado, preciso de dinheiro para criá-la; qual é o meu papel? explorar uma fraqueza do meu país, o seu gosto de mágicas e de exibição, do que foge ao respeito humano; é assim que anuncio os meus filmes comigo mesmo; apareço em *parties* com a perna encanada; monto um *Macbeth* só com artistas negros; faço a loucura que me passa pela cabeça; com isso interesso o público em mim; com o interesse do público por mim, faço a minha arte...".

É esse o seu modo, que é que se vai fazer? Não é, evidentemente, *comme il faut*,* mas não deixa de ter a sua ética. E desde que Welles — seja como for — continue a dirigir cinema como dirigiu em *Citizen Kane*, por meu lado pode fazer todas as mágicas que quiser, andar nas mãos, virar pantana, irradiar até o Apocalipse, que eu estou com ele, para o que der e o que vier.

1941

ROSEBUD

Citizen Kane está acabando seus dias na cidade. Agora vão começar as mutilações nos cinemas de bairro, os desgas-

---
*Como deve ser.

tes do celuloide, e o filme logo entrará no seu processo de caquexia; daqui a seis ou sete meses, passando de trem lá pelo Engenho de Dentro, veremos com saudade o grande cartaz, com Welles agigantado, na sua camisa branca de punhos fechados, num muro de um pequeno cinema caiado de amarelo.

Destino engraçado, o dos filmes. Não ficam na estante, como os livros; nem na parede, como os quadros; nem nos discos, como a música. Ficam na lembrança, apenas. Será por isso, talvez, que nos deixam, alguns, tanta saudade. É que marcam melhor certas fases da vida, certos sentimentos, certas lutas; e, se os revemos assim, no muro de um cineminha de subúrbio, eles nos são restituídos de um modo particularmente intenso. Deu-se tantas vezes isso comigo. Nunca me pude esquecer de um cartaz velho de *A dama das camélias*, visto, uma madrugada, numa cidadezinha de Minas. Eu estava no trem e não foi senão um momento. Mas deu para me emocionar o resto da viagem e me perturbar umas férias inteiras, lembrando coisas boas...

Quanta gente não vai pensar em *rosebud*, daqui a dois ou três anos, vendo o filme de Welles num cinema qualquer, longínquo, do Brasil? Vai-se lembrar como o próprio Kane lembrava, com a mesma ternura, o que lhe trazia um instante melhor dessa vida que o poeta Manuel Bandeira viu mais comprida do que a restinga da Marambaia. *Rosebud*, a infância; *rosebud*, a pureza da neve; *rosebud*, uma sessão de cinema com a namorada, com a família, com os amigos, e as discussões posteriores sobre o que era, o que não era *rosebud* na vida de Kane, na vida de qualquer pessoa.

Quanta interpretação não saiu! Algumas tão ingênuas, algumas tão tolas, outras tão sutis, tão buriladas! *Rosebud* foi um dos maiores testes de inteligência e de sentimento do ano cinematográfico. *Rosebud* ficou sendo quase uma chave gnomônica; por outro lado deu margem a mais aventuras de compreensão que o "Soneto das vogais" de Rimbaud. Uns achavam que *rosebud* era o trenó, *tout à fait**, e esses poderiam ser classificados como "realistas"; outros achavam que *rosebud* era a lembrança da neve, a memória dos tempos de menino; e esses revelaram-se imediatamente "fatalistas". Para muitos *rosebud* não existia, era o mistério da personagem, a sua ligação com Deus — e esses eram positivamente os "metafísicos". Outros não sabiam o que queria dizer *rosebud*, e para esses o reino dos céus está garantido. E, nessa mesma categoria, adiantavam-se novos, de mau caráter, que não gostavam do filme todo só porque não entendiam *rosebud* ou achavam que *rosebud* era besteira, negócio de poesia, coisa sem cabimento. A estes dedicou Otávio de Faria longas páginas através de seus romances. Eles se chamam "Pedro Borges".

Contou-me alguém que até uma briga séria este "botão de rosa" célebre teria provocado. Alguns amigos estariam discutindo o sentido da palavra no filme, ponderando coisas, estabelecendo ligações. Um, mais infeliz no modo de se exprimir, a uma barbaridade qualquer dita por outro, retrucou com uma certa aspereza:

— Ora bolas! Parece mentira, você, que se diz inteligente, não ter compreendido o que quer dizer *rosebud*. Mas é tão simples...

O outro se abespinhou:

— Então o que é, seu sabe-tudo?

— É a mãe.

— O quê?

— É isso mesmo, é a mãe, está surdo?

— Repete se você é homem!

O outro achou esquisito o tom violento do amigo, mas repetiu. Um bofetão cantou. O rapaz ficou pálido com a brutalidade da agressão, sem compreender, mas tornou a repetir, já agora irado:

— Pois é a mãe mesmo! A do cidadão Kane, e agora a sua, está ouvindo?

---

*De fato.

E embolaram. E eis como uma interpretação, justa a seu modo, criou uma inimizade mesmo depois que se aclarou o incidente. Mas agora não vá o leitor se aproveitar da deixa para ofender a mãe de quem não goste, a troco de *rosebud*. Eu lavo as minhas mãos. Porque, se qualquer das personagens desta crônica tiver alguma semelhança com pessoa viva ou morta, será por pura coincidência... 1941

ORSON WELLES NO BRASIL

Orson Welles vem ao Brasil. Convenhamos que o fato se reveste da maior importância para os apaixonados do Cinema. Welles é sangue novo, sangue produzido espontaneamente da revolta de um organismo que não se quis deixar morrer e voltou a se vitaminar em bons frutos, de sumo ácido.

É preciso confiar em Welles. Tudo o que há de perigoso neste homem, na sua arte, na sua violência, na sua crítica, no seu desmando, é necessário à cultura de um novo cinema que nasce. O velho cinema, desvirtuado na sua técnica pela infiltração do mercantilismo, que a colocou a serviço de um patrimônio estúpido de sentimentos burgueses, azedou, sem embargo da boa massa do fundo que hoje já não alimenta senão a saudade de alguns fãs mais tolerantes.

Mas isso não satisfaz ninguém. O que é preciso é não ter saudade, mesmo saudosos, para que se empreste ao presente a energia da nossa confiança. Welles aí está, impuro, manchado de astúcia, de fraude muitas vezes, um aventureiro legítimo. Mas há nesse aventureiro um ideal tão grande, uma humanidade tão vasta, uma violência tão autêntica, que ao mundo não ferem as suas cabotinadas, as suas perfídias, as suas amoralidades. Welles vem para criar, assim o grita o seu *Cidadão Kane*, assim o afirma o interesse com que Chaplin o buscou, vem para chocar o preconceito da burguesia com o seu destabocamento, para escandalizar e entusiasmar, e para errar ele também na sua luta por um mundo genuíno. É o que revelam sua personagem irritantemente antiburguesa e a sua técnica vária, múltipla, igual à vida, como ela cheia de estados opostos, de harmonias e desarmonias, de contrastes chocantes, mas onde nascem, crescem e morrem, em sinceridade, sentimentos verdadeiros.

Ninguém anda mais em busca de arte, nem de crítica. De arte está o mundo cheio, dessa arte artística de contornos exatos e estética determinada, que se faz sem sofrimento e com uma simplicidade que se erigiu em criação, quando a simplicidade é o que devia ser, mas naturalmente, sem esforço. No entanto, o que se vê por aí é uma simplicidade de propósito, arrumada à custa de vaidade e de talento.

Isso nos traz o grande Orson Welles. Traz-nos uma natureza persuasiva, que não se vexa da própria sordidez e sabe se comprazer no espetáculo da grandeza e da miséria da vida. Esperemos que sua vinda ao Brasil nos deixe o que há de realmente permanente na sua força. 1941

TRAÇOS DA SUA PERSONALIDADE

Minha opinião de reportagens coletivas — em que pese a minha consciência de repórter — era a de uma grande superficialidade. Achava muito difícil as pessoas serem absolutamente como são diante de compromissos preexistentes. Na verdade, o homem mais natural do mundo deixa de ser ele mesmo na sociedade do seu melhor amigo.

Toda relação cria uma necessidade de agrado, quando não de conquista. Na sociedade dos homens de jornal, então, essa necessidade de conquista é muito mais forte. Os impulsos se escondem sob máscaras afáveis, e as coisas em geral aparecem num plano fútil, automático, às vezes mesmo desleal. Ao repórter interessa a sua reportagem; ao entrevistado, a sua carta de simpatia. Não há nenhum laço humano, nada que justifique essa coisa, em si absurda, de se confessar alguém em benefício de duas vaidades — a própria ao indivíduo que aceita o fato consumado da sua glória, e a alheia, a do repórter, que só considera essa glória de um ângulo unilateral: o da boa reportagem a escrever.

Orson Welles ontem, no Copacabana Palace, deu um golpe de morte nesse meu preconceito, ou pelo menos criou uma forte exceção à regra. Eu tinha esquecido que as pessoas pudessem ser naturais assim, fora do âmbito da sua vida privada. É mesmo assombroso que alguém possa nascer tão singelamente extrovertido, tão substancialmente inclinado a se mostrar em toda a sua integridade. Isso confere ao homem, imediatamente, uma dignidade que vincula outramente a relação prestes a se estabelecer. O repórter começa a fazer suas perguntas dentro de outro espírito, com outra seriedade, quase esquecido dos imperativos da sua profissão, que lhe impõem o dever de não se fazer sentir, mas sim ao seu jornal.

Grande homem, sem a menor dúvida — isso eu já o sabia como fã de *Cidadão Kane*. Mas pensava que pudesse haver um indivíduo em Welles que contivesse dentro de um invólucro cabotino de puro efeito externo o artista excelente que ele provou ser no seu primeiro filme.

Mas qual nada. Welles é um meninão, cheio de sonhos, e creio mesmo que até certo ponto inconsciente da própria importância no mundo em que vivemos. Chegou a afirmar que nada havia de original em *Cidadão Kane*, o que me parece um excesso de modéstia ou de ingenuidade, pois o que há de melhor em *Cidadão Kane* é justamente o sopro criador que atravessa todo o filme, mais importante que suas qualidades e seus defeitos essenciais. Sobretudo encantou-me a sua esperteza, a malícia que a espontaneidade lhe assegura, o dote de uma autocrítica bem-humorada, que lhe garante uma grande imunidade. Ele fará não importa o que, dirá o que lhe perguntarem sem estudo anterior. Deve haver nele uma grande experiência íntima e um grande lastro inconsciente para permitir-lhe tanta tranquilidade humana dentro de tanta paixão. Porque é um apaixonado — isso vê-se nos seus olhos, nas suas ideias, na multiplicidade dos problemas que o movem, na sensibilidade com que os aninha e os liberta.

Só tenho vontade de pegá-lo e levá-lo a ir comer um tutu com linguiça na casa da gente, apresentá-lo à família, ficar amigo dele. Esquece-se mesmo a grandeza da sua missão artística por isso que nele é mais humano — a sua natureza viva e moça fundamente votada à pureza.

Suas ideias sobre Cinema estão todas na linha dos grandes mestres. As suas considerações de ontem, ditas em tom ligeiro, procurando atender ao interesse de cada um, deixavam escapar aqui e ali os traços fundamentais de uma estética simples bem plantada sobre o solo doutrinário estável. Nada de poesias, nada de divagações dentro de uma arte real como o Cinema — uma funda consciência e certeza dos seus meios, todos cinematográficos. O modo como me respondeu ao problema que lhe pus, o som cinematográfico, foi o que o próprio Chaplin ou o próprio Pudovkin teriam escolhido — o som, elemento "silencioso" da imagem, servindo-a para aumentar-lhe a intensidade emocional e nunca para dar-lhe expressão. O problema da voz — quando lhe perguntei se achava possível levar Shakespeare ao Cinema —, definiu-o tão lapidarmente que, confesso, me emocionei. Para ele a figura humana não perde o seu sentido transportada do palco para a imagem, conserva-se em toda a sua riqueza de movimentos e de linhas. Mas não a voz. A voz pertence ao teatro como elemento "vivo" da ação. A transposição para a imagem descarna-o e modifica-lhe o valor essencial "carne e sangue". E recitou uma linha de Shakespeare, com a sua voz magnífica, num gesto largo que me trouxe intensamente a figura de Kane. O problema do *star system*, já ventilado por Chaplin e por Pudovkin, repetiu-o com a mesma grande compreensão da irrealidade do atual método de Hollywood. Citou o caso de Charles Laughton, grande ator estragado pelo fato de ser grande ator, em desequilíbrio constante com os argumentos que lhe dão. E anunciou — coisa que muito alegrou — que o seu novo filme, *The Magnificent Ambersons*, é uma obra mais diretorial, mais friamente cinematográfica que *Kane*. É que eu preciso ver Welles dirigir cinema, mais que dirigir Orson Welles, para uma aceitação irrestrita. *Cidadão Kane* é uma obra de extravasamento, às vezes fugindo às exigências artísticas do Cinema. Esse teste de direção para o simples, eu sempre o achei do maior interesse para o criador que evidentemente Welles é. Quanto ao mais, foram novidades que todos já devem saber. Seu novo filme, em que entra o Carnaval carioca — e eu quero ver o que vai sair dali para depois crer, pois trata-se do malfadado tecnicolor —, e em que ele deposita as maiores esperanças: seu entusiasmo pelo Brasil, onde ele quase nasceu; suas ideias sobre a interpretação negra, que ele julga tão boa como a branca, quiçá superior, pois se revela através de uma natureza mais pura, menos manchada, por isso que ele chama *the 19th century's romanticism*; seus broadcasts sobre o Brasil, para os Estados Unidos. E isso tudo faz o homem. 1942

ORSON WELLES EM FILMAGEM

Ontem fui à Cinédia, a convite de Orson Welles, para vê-lo um pouco em ação. Anteontem o havia encontrado em Copacabana, e, como sempre acontece quando o encontro, toda a minha admiração e simpatia por ele se renovaram. Discutimos, como também sempre acontece, numa roda onde se achavam entre outros amigos o pintor Misha e o escritor Aníbal Machado (escritor é a única palavra que cabe para Aníbal Machado, que se sente à vontade em qualquer gênero de prosa), e dessa discussão nasceu o convite. Apressei-me a ir, naturalmente. A verdade é que, em toda a minha longa vida de fã e estudioso de cinema, faltou-me essa experiência. Não a considero de máxima importância, uma vez que a filmagem é um processo muito mecânico demais, com um aparato muito fotográfico demais para interessar especialmente um leigo como eu. O melhor do interesse da filmagem reside no diretor, no seu modo de ver: e convenhamos que por mais que eu conheça Orson Welles não me é possível decifrar o que lhe vai na cabeçorra. Mas mesmo assim interessava. Eu queria vê-lo mover-se, vê-lo "ver", vê-lo tratar com os amadores que o servem, nesse momento.

Não me arrependi. Achei Orson Welles esplêndido. E que energia, que vitalidade, que ubiquidade há nesse grande brasileiro! Brasileiro, sim; Orson Welles começa a conhecer o Brasil, ou pelo menos um lado importante da alma do Brasil, melhor que muito sociólogo, que muito romancista, que muito crítico, que muito poeta brasileiro que anda por aí. Sua visão é às vezes crua, mas nunca peca por injustiça. E Orson Welles soube compreender como ninguém a importância do nosso caráter, dos nossos erros, dos nossos comodismos, das nossas qualidades por assim dizer negativas. A isso ele dá importância, à natureza coletiva que se começa a formar a bem dizer do nada, num impulso brasileiro, de criação autodidata, à luz das melhores e piores influências, e em verdade autônoma.

Orson Welles está de tal modo de posse do nosso Carnaval que Jaime Azevedo Rodrigues, que estava comigo, aconselhou-o a fazer uma palestra sobre todos os carioquismos, todas as "pintas", todos os ritmos, todos os instrumentos, e sobre tudo aquilo que esse garotão americano sabe. Olhando o estúdio em volta, disse-nos ele, uma hora, lá: "Amor aqui é mato". Rimo-nos, e eu perguntei a ele se já sabia que carência de alguma coisa aqui era "gasolina". Ele me olhou com desprezo. Para não me encabular diante dos presentes declarou-me que a piada já era velha...

Disse-me, inclusive, que a cuíca tinha sido introduzida em nosso conjunto instrumental popular através do cinema americano, coisa que me deixou de boca aberta, e que preciso perguntar amanhã a Mário de Andrade, que conhece essas coisas melhor que Orson Welles.

É um ótimo companheiro. Visse o leitor o modo como trata os seus atores, sempre brincando com eles, sempre os ajudando, nunca os pondo nervosos ou encabulados, e teria uma boa noção da dificuldade e da trabalheira que um filme dá a um diretor consciente. Orson Welles tomava ontem uma cena mínima, de um baile de Carnaval. Fê-la, no entanto, repetir várias vezes, e eu pude observá-lo bem, a meu lado, os olhos meio esbugalhados na atenção, até que gritou o seu *Cut!* com um ar satisfeito. A menina que representava tinha acertado, enfim. Tratava-se de dar dois passos para a frente e ficar com um arzinho ligeiramente enciumado, ligeiramente consternado. Só isso. E quanta canseira...

Conversou-se muito. Conversa que não daria para uma crônica, mas para muitas, algumas das quais nem sei se lógicas. Orson Welles está consciente da verdade do seu esforço, e disse-me que se o filme não sair bom a culpa não terá sido dele. Falar verdade, é difícil saber exatamente o que vai ser esse filme seu. Mas de qualquer modo será um documentário da maior importância sobre nossa verdadeira vida e nossos verdadeiros costumes, que eu acho não devem envergonhar ninguém. Não somos uma raça, e não nos devemos pejar disso. O nosso negro é um valor excelente, e de grande expressão. Não há razão para escondê-lo, criando-se a impressão de que temos um preconceito que não cabe na nossa natureza de povo americano. Devemos nos mostrar tal como somos, tal como fomos feitos. Porque, se alguma coisa de boa deve sair do Brasil, virá dessa consciência de nossa impureza e do nosso provincianismo. Há um destino a cumprir em cada povo. O Brasil se apronta para cumprir o seu. Mas que o faça sem couraças adamantinas, que não lhe vão bem no corpo mestiçado.

1942

NECESSIDADE DE DIZER

Minha estima por Orson Welles é hoje uma coisa que independe inteiramente do artista que ele é. Gostei dele, e pudesse tê-lo como amigo — coisa pela qual já fiz bastante — seria para mim, agora, uma grande e desvanecedora satisfação. Tenho usado recursos os mais astuciosos para vê-lo um pouco, poder apertar-lhe a mão, dar dois dedos de prosa com ele. *Cidadão Kane* já foi um motivo, na minha amizade por ele: agora, pensando bem,

Orson Welles para mim independe de seu filme. Agrada-me mais a criatura humana que, à medida, sinto crescer nele, na sua grande figura de moço sem idade — rapaz, homem e velho que ele é —, cheia de uma experiência tão diferente num americano, instrumento de uma causa tão importante como seja a da revelação da verdade. Nesse dizedor de verdades, a verdade existe substancialmente, como uma necessidade do pensamento, como o próprio pensamento, e seu processo de raciocínio tem a singeleza e a malícia dos pensamentos das crianças, acrescida de uma gravidade que só o trato com a palavra virtualmente poética dá. A palavra tem uma beleza de maçã mordida, na boca de Orson Welles. É enxuta de maneirismos, seca, ácida às vezes, mas nunca sem carne. E há nele uma necessidade tão grande de dizer, de explicar, de revelar um pouco de tudo o que a vida e a aventura lhe deram, a ele, participante ativo da vida e da aventura — através da compreensão elementar das forças mais vigorosas e revigorantes da Terra: a palavra, o som, a luz, o gesto, o movimento fecundador da massa, a própria massa —, que não se pode deixar de receber muito, ao ouvi-lo. Orson Welles tem o culto da massa, da matéria humana a que o espírito anima, e esse culto que tem marcado, com um caráter às vezes tão falso, o tempo em que vivemos encontra nele ordinando admirável. Orson Welles vive para a arte popular, para a fecundação da alma popular pelas forças mais vastas da criação. Tenho mesmo a impressão de que ele é um místico dessa ideia, um místico que não se peja de... mistificar, de engodar, de fazer um pouco de mágica para a mais completa obtenção dessa realidade.

Anteontem fui ouvi-lo na ABI. Não o via desde a reunião que Adalgisa Nery Fontes ofereceu-lhe na Escola de Belas Artes. Notei com satisfação que o buço ridículo com que o deixara havia se transformado num bigode. Achei-o mais queimado, mais bem-disposto. Contou-me rapidamente, antes de entrar para a sala de conferências, das suas saídas de jangada no Ceará, dos seus novos projetos. Achei-o também vagamente atarantado, sem saber bem o que tinha ido fazer ali. Não sabia absolutamente sobre o que ia falar. O título geral da palestra, "A paisagem brasileira e o cinema", não lhe sugeria nenhuma ideia. Rimos juntos da noção de conferência que nós formamos ali, na conversa, e pedi-lhe que, à falta de outro assunto, falasse sobre *Cidadão Kane*. O que sei é que se saiu à maravilha. A sua velha experiência de palco forneceu-lhe o equilíbrio natural para permanecer harmoniosamente de pé durante duas horas diante de uma sala cheia, andando e falando sem parar. O mundo de ideias em que vive emprestou-lhe a riqueza espontânea dos temas que movimentou, todos cotidianos, populares, cheios de ensinamentos experientes e de uma força verbal viva, convincente.

Quando, depois de passar dos assuntos gerais para as particularizações, se pôs à disposição da assistência para quaisquer perguntas que lhe quisessem fazer, o interesse dos temas não decaiu. Caiba adiantar aqui que muitas das ideias

Alex Viany, Orson Welles e Vinicius, provavelmente em Los Angeles, 1947.

que tenho sustentado nessa seção sobre o Cinema e a sua influência no mundo moderno, via-as iluminadas por uma nova determinação na boca desse americano de quem espero tanto, especialmente os seus ataques à estupidez de Hollywood e a degenerescência da produção comercializada.

Deus o conserve o maior tempo possível entre nós. Orson Welles parece ter sentido o Brasil e o caráter do povo brasileiro de uma maneira bem mais funda, bem mais rica que a maioria dos estrangeiros que tem vivido entre nós. Anteontem, ele positivamente deu lições sobre o Brasil a alguns brasileiros perfeitamente imbecis que se tinham dado a pena de ir ver como era o *Cidadão Kane*. E eu sinceramente peço, em nome do bom nome do Brasil, que não façam mais perguntas como aquela: "se ele poderia dizer alguma coisa sobre Dolores Del Río". Isso é cafajestismo. E, se temos algum interesse em nos livrar da pecha, injusta, me parece, de que somos um povo cafajeste, é preciso não se fazer mais dessas brincadeiras, por mais bem-intencionadas que sejam. Que tal um bom exame de consciência, por hoje?...

1942

EXIBIÇÃO DE *LIMITE*

A reunião efetuada anteontem não pôde, infelizmente, ser noticiada a tempo, porquanto — obra da minha obstinada teimosia em querer que Orson Welles visse *Limite* antes de voltar para os EUA — aconteceu como um milagre. Antes, tudo houvera contra. Domingo mesmo, quando andei amolando Deus e todo mundo em cata de uma cabine, sabendo que Orson Welles tinha a tarde livre (que o diga esse paciente e caro Assis Figueiredo), não houve jeito. Não consegui encontrar operador. Mas não desisti. Orson Welles, esse, desistiu de há muito: "*There's something about this film...*",* disse-me ele, elevando a voz naquela palavra, com um tom desanimado.

*Tem alguma coisa com esse filme...

No entanto, arranquei-lhe a promessa de me dar a noite de terça-feira, quando não fosse, para uma sessão com debate. Só para ele ver como era. E anteontem, após articulações com o Serviço de Divulgação, e com Mário Peixoto, a coisa conseguiu se arranjar. Em seu coquetel do Glória anunciei a Welles que veria *Limite*. Ele arregalou os olhos: "*Gosh! I hardly believe it*".*

Perdoem-me os não avisados, mas não pude telefonar senão para alguns amigos. É que eu estava doente, de cama, e foi um sacrifício — espontâneo, é claro — levantar-me e tomar todas essas providências. Enfim, às nove horas da noite a salinha do Serviço de Divulgação enchia-se com umas trinta pessoas, entre as quais Maria Rosa Oliver, a escritora argentina, diretora de *Sur*, que se acha entre nós, e que é uma das mulheres mais inteligentes que já encontrei; Mme. Falconetti, a inesquecível Joana d'Arc de Dreyer; Frederick Fuller, o grande cantor inglês, e sua senhora; Fernando la Guarda, o conselheiro da embaixada do México; Carlos Guinle e senhora; Otto Maria Carpeaux; o cinegrafista húngaro Fanto; e outros amigos cujo nome já tem ilustrado esta coluna, como fiéis frequentadores das minhas pequenas sessões.

Disse duas palavras sobre *Limite*, dado em homenagem especial a Orson Welles, que por essas horas deve estar na Argentina, acentuando dois ou três detalhes históricos da sua realização. Com a colaboração de Brutus Pedreira, que teve a bondade de se encarregar do roteiro musical do filme, e Edgar Brasil, o notável cameraman de *Limite*, a exibição transcorreu perfeita, graças à boa vontade do professor Maciel Pinheiro, que conseguiu arranjar dois projetores, a fim de que a continuidade do filme não sofresse nenhuma solução. [...]

O ambiente da sala esteve liso como uma superfície de lago. Desde as primeiras imagens, uma vez começada a projeção, coloquei-me ao lado de Orson Welles e o assisti ver o filme

---

*Nossa! Eu mal posso acreditar.

Vinicius com Carmen Santos e Mário Peixoto, atriz e diretor de *Limite*.

durante uns quinze minutos. Depois, levantei-me e andei passeando pela sala, sentando junto de um e de outro, na curiosidade de apreciar as reações de pessoas que, sei, veem cinema diversamente. E senti formar-se lentamente, como ao mergulhar de uma pedra, essa onda sucessiva de círculos concêntricos, alargando o interesse atmosférico do espetáculo. Depois eu próprio me perdi. *Limite* é um anfiguri que toca os limites da intuição perfeita. Há constantemente a incursão do Cinema na sucessão. O ritmo ora é largo, em grandes panejamentos, ora vertiginoso, sem a menor dispersão, com um mínimo de veículo na imagem. A imagem é a grande força presente, em ritmo interior e de sucessão, criando problemas permanentes na imaginação do espectador. Nunca se viu um filme tão carregado (e eu emprego o termo como ele é usado em eletricidade) de *meaning*, de expressão, de coisas para dizer, sem dizer nada, sem chegar nunca a revelar, deixando sempre tudo no *Limite* da inteligência com a sensibilidade, da loucura com a lógica, da poesia com a coisa em si. [...]

Posso assegurar que, uma vez as luzes acesas, senti a grande impressão que o filme tinha feito em todos. Orson Welles deu-me particularmente sua opinião, que foi a melhor. E pude ver-lhe a sinceridade do que dizia nos olhos. Carpeaux soprou-me ao ouvido: "Mas é poesia pura...". Maria Rosa Oliver não me escondeu sua admiração pela fotografia magnífica e pela grande pureza cinematográfica da sucessão. Frederick Fuller estava assombrado. Tinha visto um dos maiores filmes da História do Cinema. É preciso dizer mais para acentuar ao grande público a necessidade de se desculpar... publicamente do seu descaso em relação a *Limite* indo vê-lo como convém na grande exibição que breve vamos promover no Metro Passeio?

Não creio. Tenho certeza que o público brasileiro pode, se quiser, entender *Limite*. É uma questão de boa vontade e movimento para a arte. Arte silenciosa, é bom frisar... 1942

A PROPÓSITO DA CRÔNICA
"FRACASSOU O FILME DE ORSON WELLES?"

Chamou-me a atenção, há coisa de dias, uma crônica do meu ilustre colega de *A Noite*, Francisco de Assis Barbosa, em que havia menção de um telegrama no qual se faziam maus prognósticos sobre o *all American film* de Orson Welles, *Tudo é verdade*, título que ninguém sabe ao certo ainda se é verdadeiro ou não. O cronista cinematográfico de *A Noite* mostrava-se, ele que é um dos seres mais joviais da Terra, realmente penalizado, e com todíssima razão, pois não é brincadeira a gente ficar vendo um sujeito dormir seis meses em cima de uma tacada, estudando todos os truques do bilhar, inteiramente à vontade, fazendo como se estivesse em casa dele, e de repente declarar que lhe passou a vontade de jogar ou coisa semelhante.

Sobretudo que Orson Welles dedicou-se com amor a esse filme — posso testemunhá-lo quanto à parte brasileira da filmagem, a que por várias vezes assisti —, estudando, com minúcias que até não lhe ficam bem, toda a continuidade a tomar, reescrevendo os argumentos, remodelando os roteiros, ensaiando até a exaustão total. O pobre tem pés chatos. Uma vez encontrei-o de chambre, as pernas de fora, os pés gozando as delícias de uma bacia morna. Nunca vi expressão de bem-aventurança mais absoluta. Nossa conversa girou, essa tarde, quase exclusivamente sobre essa malsinada parte do corpo humano. Orson Welles falou-me sobre pés como lorde Jaques sobre a existência humana, na floresta de Arden, com o mesmo íntimo gozo, o mesmo sereno humor, o mesmo senso anatômico e a mesma profundidade da personagem de *As You Like It*. Nesse dia acreditei que um grande documentário pudesse sair daquela salada pan-americana.

Assim, assustou-me a crônica de Francisco de Assis Barbosa. Fiquei mesmo com vontade de escrever uma carta kerniana ao jovem demolidor de móveis, perguntando-lhe se ele era *a man or a mouse*,* se tudo aquilo era fita — ou fita mesmo, se podia ser ou estava difícil. Depois, fiquei me lembrando... Fora uma manhã de domingo. No dia anterior eu soubera que Orson Welles tinha chegado do Ceará, já brigado com a RKO; preocupado justamente com o destino do seu filme, dei um pulo ao seu hotel, em Copacabana, para saber em que pé andavam as coisas. Foi até engraçado, porque, avisado pela portaria, ele confundiu meu nome com um certo diretor argentino, Mora ou lá o que seja, e mandou dizer que não estava. Soube depois que a pessoa em questão aumentava-lhe a chatura dos pés, mas o que é certo é que por isso esperei-o mais de meia hora no hall. Quando desceu, tomou um susto ao ver-me, fez um grande espanto, riu-se muito da confusão (que eu espero fosse verdadeira...) e convidou-me para uma volta pela praia. Lá então soube dos detalhes do incidente. Mas, no que se refere ao filme, garantiu-me Orson Welles que estava quase pronto, precisando apenas de pequenas filmagens em estúdio, e que seria exibido, não houvesse sobre isso a menor dúvida. Disse-me mesmo que viria ao Brasil para o lançamento.

*Um homem ou um rato.

Orson Welles, seu assistente Richard Wilson e o fotógrafo George Fanto, na filmagem de *It's All True*, no Ceará (1942).

Vi Orson Welles exagerar muitas vezes, mas mentir, nunca. Entre outras coisas, declarou-me que a Rockefeller Foundation tinha interesses na produção, e a coisa não seria para a RKO a carne assada que eles estavam pensando, não. Que iria a Washington resolver aquela parada e possivelmente em agosto de 43 estaria de novo entre nós para assistir em primeira mão a *Tudo é verdade*.

E praza aos céus o seja. De qualquer modo são afirmações de um homem consciente, que tem lá suas loucuras, é fato, mas tem cumprido fielmente o que promete, a não ser, pelo que consta, promessas de casamento, prescrições médicas e encontros com hora marcada. Mas com isso ninguém tem nada a ver.

Transmito-as aqui a Francisco de Assis Barbosa e aos leitores interessados. Eu cá tenho um palpite que o tal telegrama é bem capaz de já ser propaganda do filme.

1942

O CORAÇÃO DO MUNDO

É sempre inesperada a maneira por que Orson Welles "diz" alguma coisa em cinema. Trata-se, no fundo, de um inventor em pesquisa, ou melhor, de um mágico. Às vezes tem-se a impressão de uma química de imagens, tão mutáveis são seus processos ao mesmo tempo que laboriosos. Seu *chiaroscuro** é uma espécie de substância atmosférica, de elemento líquido, talvez, onde ele deixa flutuar seus tipos magistrais. Sente-se o diretor por trás de todos aqueles passes como um Nostradamus que se diverte. Suas tomadas de distância são sempre embaçadas e os *décors*, nesse caso, sempre construídos em falsa perspectiva, para aumentar a impressão de afastamento. Monta duas sequências — uma de puro ritmo, filmada à maneira de um Ozep; e outra plástica, lenta, composta, jogando o acessório quase ao modo de um Pabst — como se fosse a coisa mais natural do mundo. Usa a natureza como um cineasta russo (incluo aqui, no conceito clássico de natureza, o aspecto exterior das coisas: uma fachada, por exemplo, tão bem como uma árvore) e os interiores como um expressionista alemão. Sua ciência musical leva-o a recorrer a todo instante à técnica da música para resolver situações de origem plástica: problemas de composição, com especialidade. Repare-se como Orson Welles joga seus planos, ou harmoniza o movimento da ação e do diálogo em cena. Não é "apenas" teatro, que sempre se mistura muito ao seu Cinema: é também sentido de organização musical. Orson Welles dirige como Stokowski rege. Nenhum dos dois é um grande criador no sentido mais ontológico da palavra; mas em ambos há funda participação no mistério da criação. Seus "arranjos" são grandes movimentos para um entendimento mais orgânico das artes. Com uma diferença: Stokowski já deu o que tinha que dar. Orson Welles ainda não fez trinta anos.

Soberba é um filme em que Orson Welles realmente existe como artista. Eu achava fundamental uma experiência

---

*Claro-escuro.

de pura direção para Orson Welles. Foi bom, assim. Caracterizaram-se seus defeitos e suas qualidades. Os defeitos, os principais, são um certo gosto de brilhar e uma certa falta de contenção. Mas essa falta de contenção é também uma de suas melhores qualidades. De repente, graças ao desatino, ele atinge coisas que positivamente ninguém atingiu em Cinema. A cena da morte de Isabel Amberson (Dolores Costello) está acima de qualquer elogio. A direção, em toda a sequência da festa, apesar de dois ou três exageros e "fitas" sem necessidade, é segura, usando de uma movimentação excelente, que, essa, é segredo de Orson Welles. Uma invenção.

Não tenho dúvida em dizer que Orson Welles é hoje o primeiro homem do cinema americano, com todos os seus abusos de câmera e de angulação. Uma imagem como a do velho major Amberson (Richard Bennett), ante aquela lareira invisível — um close-up enorme de rosto como um sol amarelo —, pensando na morte, é de uma força monumental. Talvez haja um certo mau gosto misturado, mas que importância tem! O rosto refletido de George Amberson (Tim Holt) na vidraça, ao sair o inimigo odiado, Eugene (Joseph Cotten), da casa onde sua mãe morria, é um instante poderoso de cinema na sucessão. *Soberba* tem muitos defeitos. Mas suas virtudes são tais que os tornam desimportantes. Orson Welles está longe da perfeição; mas às vezes chega a tocar com o dedo o coração do mundo.

1942

O FAVOR DOS ELFOS

Que imprevisível o caminho desse rapaz num mundo de vidro e de cimento armado! Às vezes eu sinto Orson Welles tão frágil, apesar do seu dinamismo e dos seus noventa quilos, que não sei se toda aquela tormentosa energia não é uma força precária, prestes a se desfazer, deixando-o, súbito, num vazio de celofane. Já o vi tão perturbado por coisas tão sem importância, que nem sei o que pensar... Hollywood se quiser pode esmagá-lo sem que ninguém saiba como. Orson Welles está muito acima de Hollywood, e a despreza, é certo; mas Orson Welles tem uma fraqueza que não se esconde; o medo de perder o favor dos elfos que suspendem o brilho do mundo; o medo de ser deixado só, agora que viu o sucesso de face. Orson Welles é muito sua personagem Charles Foster Kane.

E eu digo por quê. Pouco antes de sair do Rio, devido a um certo diz-que-diz, Orson Welles, que em sua qualidade de *queer bird** gozava da protetora amizade de toda uma *coterie guermantes* (*cosi è se vi pare*)** da nossa sociedade, viu-se na rua da amargura com os grã-finos. Fingiam que não o viam, alguns, cumprimentando-o outros de modo enfastiado, com mãos sem ossos. Um dia falou-me ele a respeito dessa bobagem, o olhar perdido numa grande perplexidade e consternação. Achei engraçado que um homem tão inteligente ligasse tanto a certas pessoas que formam o menos estimável círculo humano: pelo seu fechamento e desdém diante das outras castas; seu mole cotidiano de chás, jantares e bridges, de caridades de unhas bem pintadas. Essa sociedade, que eu conheço bem, a Orson Welles lisonjeava-o a sua prezada estima e distinta consideração. Em seu coquetel de despedida, no Glória, vi-o mal à vontade durante meia hora, a terrível meia hora em que se supôs, ó céus!, que os grã-finos fossem sabotar sua festinha, não comparecendo. Afinal surgiu na porta o primeiro Rose Descat,*** abrigando o primeiro irresistível sorriso do mais puro esmalte. Seguiram-se outros. Orson Welles criou vida nova. Recuperou-se inteiramente. Daí em diante passou a ser o que é: uma irresistível e maravilhosa vocação de ator. Tocou pandeiro, brincou com todo mundo, esteve na maior felicidade. Chaplin, ao que parece, é também assim. Vaidade, vaidade, vaidade. Dois grandes homens.

---

*Pássaro gótico.
**Um setor esnobe (assim é se lhe parece).
***Alusão aos chapéus femininos desenhados pela estilista francesa, símbolos da mais alta elegância.

A Orson Welles essa vaidade pode fazer um mal terrível. É um homem dentro do mundo, vivendo das suas grandes suspensões. Se merecer o desfavor de Hollywood, pouco poderá fazer, agora que já conheceu um sucesso poucas vezes igualado na História. Soube que já andou vendendo, depois da briga com a RKO, suas coisas, seu apartamento, suas edições autografadas de Edgar Poe e Mark Twain para poder se manter mais algum tempo na capital do cinema, terminando seus trabalhos de filmagem. Isso, sem salário! Daqui a pouco, a estupidez de Hollywood, cheia de suas extravagâncias, aplica-lhe o golpe de misericórdia...

1942

**HOLLYWOOD
É O DIABO**

HOLLYWOOD IMPENETRÁVEL

Sam Wood nunca foi um grande diretor, mas, quando o assunto o ajuda, sente-se nele um esforço para melhorar a direção. Evidentemente, ninguém consegue fazer de *Cartas do mesmo naipe*, filmeco exibido há pouco, nada de aproveitável. Hollywood, quando invade a fronteira mexicana, ou qualquer país sul-americano, torna-se absolutamente impenetrável. Há uma incapacidade fundamental em Hollywood para arrancar qualquer coisa boa de um caráter hispano-americano. Lançam-se mãos de cactos, *haciendas* coloniais, *lovely señoritas, masterful hidalgos, guapos caballeros*, que ao se despedirem gritam-se com uma originalidade de dar calafrios na espinha: "Adiós, amigo!". Dança-se o tempo todo, fandangos, rumbas, congas, sambas. Há sempre uma serenata de guitarra em que algum nostálgico *muchacho* canta uma "Paloma" qualquer sob um fatídico *balcony* enluarado. Tivesse o Cinema a desgraça de ser, além de falado, sensível ao olfato, e haveria cheiros de jasmim e de estrume fresco embriagando o ambiente. É tudo capitoso, pesado de langor e exaspero sexual, embora uma *señorita* nunca ceda ao seu bem-amado senão unida pelos sagrados laços do matrimônio. E no fim de tudo um pouco de swing para mostrar como se está a par do que vai por Hollywood.

A linha Havaí-México-Rio-Buenos Aires tem esse estranho parentesco banano-rítmico. Só nos resta esperar que um melhor conhecimento da vida ensine a Hollywood certas verdades da nossa civilização. Mas, voltando ao assunto, não se pode negar a Sam Wood uma certa boa vontade, como aconteceu agora com esse filme *O diabo e a mulher*, em exibição no Plaza, onde se podem passar agradavelmente duas horas inúteis, ouvindo o som crestado da voz de Jean Arthur, que é, sem dúvida, um dos maiores recursos de qualquer filme em que esteja. A comédia, que faz o impossível para ser humana, transcorre fácil, entre bons achados cômicos e uma filosofia social à Bernard Shaw. Ótima fotografia e alguns efeitos cênicos tomados com precisão. Há junto um bom desenho de Walt Disney, que por sinal está aqui, o que é uma notícia auspiciosa. E um jornal nacional muito ruim. Por que é a música dos nossos jornais tão mal gravada? Não há a menor razão para isso. E por que sempre tão em desacordo com a cena apresentada? E por que sempre estrangeira?

Cotação: pode ser visto.   1941

XAROPE DURO DE ENGOLIR

O homem que eu gostaria de ver criticar a família Hardy, numa hora de disponibilidade, naturalmente, seria André Gide. Gide encontraria para esse *cercle* extremamente feliz aquelas definições que só ele sabe ter para as coisas medíocres deste mundo, e que são a um tempo delicadas e arrasadoras. Não que a família Hardy pretenda ser aquela que Gide diz odiar, *"foyers clos, portes renfermées, possessions jalouses du bonheur".** Nem por sombra. A família Hardy é um manjar branco, um pastel de nata, um xarope de groselha, não tem gosto, não chega a oferecer nem matéria criticável, nem uma posição em contrário por onde se possa atacá-la.

O clima de satisfação que reina em torno desse grupo familiar molha o espectador mais refratário de um sorriso bom e cretino. Ontem, vendo-a viver, de uma das confortáveis cadeiras do Metro, olhei curiosamente em volta, num determinado momento. E vi, estampada em todas as fisionomias, uma alegria beócia, alvar e, no entanto, sincera. Fiquei seriamente pensando: será a família Hardy um ideal humano considerável, uma verdade a conquistar? Existirá no fundo dos homens o desejo de ter uma família Hardy, de se entregar à bem-aventurança de um tal falanstério?

E não eram só eles... eu também, o cronista também! Eu, que me pegava rindo aqui e ali, simpatizado com uma ou outra

---

*Lares fechados, portas trancadas, possessões ciumentas da felicidade.

atitude daquele monstro de integridade física e moral que é o juiz Hardy; reconhecendo as qualidades do caráter trêfego mas inatacável do jovem e encantador Andy Hardy; achando *mother* Hardy uma senhora digna dos maiores encômios; *auntie* Millie, se não me falha o nome, a solteirona de ar agradável de camelo, de uma modéstia e compreensão a toda prova; e tão prendadas e engraçadinhas as namoradinhas de Mickey Rooney!... verdadeiros mimos de espontaneidade despreconcebida.

Como se pode ser... ponhamos, imbecil! Pensando bem, a família Hardy é como a história da girafa: não existe. Positivamente não existe. Não há no mundo estômagos sem uma ainda que eventual dispepsia; nem fígados sem uma descarga ainda que bissexta de bile; nem corações que nunca tenham tido uma taquicardia. Tanta perfeição física causaria incômodo a um espartano. E no que toca o moral então! É a mistura mais perfeita de que já se teve notícia das três virtudes teologais com suas quatro irmãs cardeais. Os pecadilhos, tão de somenos, serão no máximo argumentos em reforço das nobres qualidades desta família edênica. Que familiaridade entre pai e filhos, que perfeita! Antigamente havia uma irmã... que fim terá levado? Mas... psiu! A família pode levar a pergunta a mal. Corações como aqueles sabem calar a própria dor, são discretíssimos, verdadeiras arcas santificadas para o sentimento... mas que diabo estou eu a dizer?!

O que impressiona é que isso é feito com dois grandes tipos de Cinema: Lewis Stone, esse esplêndido Lewis Stone que foi um dos melhores atores dos áureos tempos, sóbrio e verídico, e Mickey Rooney, que é uma revelação de espontaneidade, o Mickey cuja máscara espantosamente viva tivemos ocasião de apreciar em tantos filmes razoáveis, sem falar naquele grande *Sonho de uma noite de verão* que Max Reinhardt montou, à maneira de teatro, é verdade, mas com um vasto handicap à Poesia.

Aquelas duas senhoras é que positivamente... positivamente! Eu era capaz de abrir o gás se tivesse uma mãe assim. A cena deste filme em exibição agora, quando a tia professora reprova o sobrinho amado em nome da justiça, dá vontade de a gente entrar em estado de solilóquio de grandes frases como "*alea jacta est*", "*tu quoque, Brutus*", "*tout est perdu hormis l'honneur*",* e por aí afora.

Não, caríssimo *judge* Hardy, *rejeton* de Mark Twain; o senhor educou seus filhos muito bem demais; sua senhora é muito prendada demais; sua cunhada é muito prestativa demais; suas lições de moral são muito justas demais; suas infelicidades são muito domésticas demais; sua casa é muito simples demais; seu relógio trabalha muito bem demais para este brasileiro aqui. Se o senhor me permite um trocadilhozinho familiar — naturalmente que o senhor permite, não é, *judge* Hardy? —, eu diria que o senhor e mais sua excelentíssima família não são assim tão "*nasty to see... but rather... hardy to swallow*".**

E é essa a minha cotação do filme.

1941

DOIS CONTRA UMA CIDADE INTEIRA

Confesso a minha surpresa com este filme de Anatole Litvak, em que não fazia muita fé. Saí do cinema num estado desagradável de emoção, uma emoção que não se relacionava bem com o filme visto, mas com a vida moderna em geral, com os seus novos motivos, com a sua desfiguração, com o seu complexo de culpa, por assim dizer. Deu-me assim uma vontade de evasão, de estar longe, num sossego de mim mesmo, sem lutas para lutar, ausente de qualquer relação com este mundo sombrio em que vivemos.

A caminho de escrever esta crônica, no entanto, essa sensação transformou-se numa espécie de mal-estar crítico. Fiquei amolado por ter gostado da fita. Comecei a procurar-lhe desesperadamente os defeitos, as falhas evidentes, a irregularidade do roteiro e os deslizes da direção. Marquei-os todos,

---

* "A sorte está lançada", "Até tu, Brutus", "Tudo está perdido salvo a honra".
** "Ruim de ver, pior ainda, duro de engolir".

um por um, apenas dando a César o que era de César, certo de que no fim sobraria muito pouco da má vontade propositada em que me colocara contra tudo o que o filme tem de falsificação de valores essenciais, de infiltrações perigosas no sublime, de arbitrário, quer quanto à vida, quer quanto à arte.

Assim mesmo ficou matéria. Ficou uma certa franqueza do diretor em mostrar a nu as chagas de uma civilização, compondo um tanto confusamente, diga-se, todos os seus temas específicos numa espécie de sinfonia cinematográfica que tem, aliás, sua equivalente musical da película. O filme é como a sinfonia, essa sinfonia de Max Steiner, de caráter gershwiniano, que surge como o clímax emocional do todo,

James Cagney é o boxeador em *Dois contra uma cidade inteira* (*City for Conquest*), de Anatole Litvak.

num impacto de misérias e grandezas da grande cidade. Nela revela-se melhor o que há de falso e aparente nessa tentativa de revelação da vida que, sente-se, permanece intocada no mistério da sua aventura.

Não é um grande filme — é um bom filme, feito com valores efêmeros valendo como eternos. Por isso, ele nos magoa em tudo o que se quer de puro e de simples da vida. Essa qualidade, afora outras, de Cinema, que realmente existem, ele tem. Ele sacode os nossos nervos espezinhados pelo espetáculo da grande luta total e diária. Suas personagens — o *boxeur*, o músico, o gângster, o empresário, o dançarino e o filósofo da rua —, valores efêmeros da grande cidade, coexistem impressionantemente dentro de um mesmo sentimento: o da luta. Apenas, e essa é a nossa ressalva, a grande luta não está presente no filme.

1941

UMA NOITE NO RIO

Trata-se, quero supor, de um gesto simpático de Hollywood em relação a nós. A gente assiste aquela patacoada toda, vê efêmeras paisagens cariocas, fica furioso de saber como Carmen Miranda procede, e sai em branca nuvem.

O filme em si não vale nada. É uma velha, velhíssima história do cinema falado, que Chevalier já fez, e que tem sido milhares e milhares de vezes repisada. Carmen Miranda aparece como qualquer coisa de exótico, agreste, escarlate. Fala e faz mais trejeitos que um esquizofrênico sob um choque de cardiazol. Pensando bem, Carmen Miranda é um hindu, mais que uma brasileira. São turbantes coloridos, braços como serpentes, mãos como cabeças de najas.

É tão prodigioso, que Carmen Miranda não consegue apenas ser o hindu — consegue ser o hindu e a serpente, coisa que em matéria iogue é da mais alta importância.

O filme tem barões e baronesas, jogadores da Bolsa, de sobrecasaca e flor na lapela, e lá de repente, uma batucadinha ianque. É interessante ver os extras dançando um samba de cabaré bem ensaiadinho, no suntuoso palacete do barão de Duarte.

O filme tem músicas agradáveis com letras em português e inglês, inclusive uma boa canção plagiada de *Uma noite em Capri*, que fez furor em tempos e cujo nome não me passa agora, mas que deve ser qualquer coisa como "Moonlight Serenade" ou "A Night at Rio", porque Alice Faye diz isso cantando. Está longe de ser Cinema. E, como propaganda brasileira, *chacun sa vérité*...*

1941

A CARTA, ENTRE O CINEMA E A LITERATURA

Não sei bem precisar a razão por quê, mas toda a literatura de ficção que usa o ambiente como cenário mais que como simples meio para a movimentação das criaturas provoca em mim uma sensação qualquer de mal-estar, parecida com a que tive em Londres um dia, comendo pela primeira vez em Soho, num restaurante chinês. A comida podia ser ótima; na realidade ela "era" ótima. Mas qualquer coisa não casava bem ali, não sei se o orientalismo do lugar, a que se contrapunham violentamente grupos louros de ingleses em farra, não sei se um gordíssimo gato meio desmanchado numa cadeira, um *cockney* autêntico, refesteladão entre os ornatos pseudochineses do encosto de madeira. Havia dragões e gongos espalhados por toda parte. Tudo, China para inglês ver e... que Deus me perdoe — mas aquela carne que eu comera, juro que ouvi miar de gato no meu estômago. Não que fosse ruim, não. Apenas... inconfortável.

Esse gênero de exotismo me chega sempre, não sei por quê, com carta de naturalização. Talvez o defeito seja meu. Nunca fui muito à missa com Loti. Sempre achei que havia um pouco de máscara na pintura de Gauguin. E são ambos, sobretudo o segundo, grandes artistas. Assim com Farrère, esse já de me-

---

*"Cada um com a sua opinião".

nos classe. No próprio Gide, o exotismo de circunstância me soa falso. Acho uma transigência com o brilho esse impulso falso que há nos homens (falsos os impulsos, salvem-se os homens...) para a decoração dos sentimentos mais que para os sentimentos. Haverá novelista mais agradavelmente cacete do que Kipling? Não se tornará "literatura" tudo o que se desloca do plano do humano para o do sensorial? Pode haver coisa mais distante da Vida — e eu digo Vida — que o mistério? Por que (por outro lado, por que não?) Cingapura, Xangai, Sumatra, Taiti, Chinatown? Necessitam os homens das decorações de uma outra vida — a das sensações à flor da pele, a das sugestões, a das nostalgias — para revelar a própria tragédia?

O defeito deve ser meu, é evidente. De fato, por que não Cingapura para um caso de amor e de traição? Um escritor sincero como Somerset Maugham, sincero apesar de epidérmico, não se entregaria à toa, sem uma funda justificativa íntima, à fascinação do Extremo Oriente só pelo capricho de cobrir suas personagens com roupas brancas e chapéus de pano, e fazê-las dialogar suas tragédias em casas de bambu, na moleza das redes, abanando-se com ventarolas e ingerindo copos de uísque. No entanto, Somerset Maugham..., a meu ver, apenas aflora a vida nos seus livros. Romancista e contista que se lerá sempre de um trago, sobretudo o contista, faltam-lhe as fundas raízes que plantaram as criaturas de Defoe, Jane Austen, Emily Brontë, Dickens, Thomas Hardy, Samuel Butler, Galsworthy, Lawrence ou Dreiser no seu solo natural, vivendo num mundo genuíno as suas paixões e lutas, livres da sugestão dissolvente dos cenários exóticos. Defoe mesmo, ao jogar seu Robinson numa ilha deserta, estende até ela o domínio inglês para torná-la pátria, e cria-a à imagem e semelhança da Inglaterra. Os primeiros pensamentos do náufrago imortal serão para Deus e sua grande Ilha, como era da verdade do seu caráter.

Nada falta a Maugham, mas falta-lhe isso. É engraçado. Falta-lhe quase tudo. As suas paixões nunca se libertarão da ameaça constante do ambiente. São paixões à ocidental, sim, mas vivem sob a vigilância das paixões orientais. São, no fundo, categorias de paixões. Esse exotismo irá influir-lhe mesmo nas obras libertadas dos ambientes exóticos. Suas criaturas serão sempre tipos, suas paixões transformam-se em libido, tara, complexo, categoria freudiana de impulsos. O meio agindo sempre, por infiltração: como se, atrás de um biombo no inconsciente, surgisse de repente, punhal em riste, tal ou qual sentimento para dar a sua punhalada periódica na personagem.

Felizmente não fiz ontem a crítica de *A carta*, que William Wyler filmou sobre essa sua novela. Foi bom ter revisto a película, mais a frio. Anteontem, saindo do cinema tive a impressão de uma realização singular neste filme. Ontem achei o filme apenas considerável. Na crônica de amanhã estudarei os seus elementos cinematográficos, já que hoje me perdi nessa conversa fiada sobre Somerset Maugham.

William Wyler, fazendo de *A carta*, de Somerset Maugham, um bom filme, cinematograficamente falando, abre campo a uma discussão sobre um ponto da maior relevância na Arte: o da criação em cinema. Realmente, Wyler emprestando à câmera os recursos da sua técnica (uma boa técnica, diga-se...) comete, a meu ver, dois erros graves. Em primeiro lugar, faz uma obra de visualização, e apenas isso; em segundo, afirma o cinema ilustrativo, faz dele uma realidade, um verismo. Sua direção é sincera e caprichada, às vezes francamente boa. Isso é que complica ainda mais as coisas. É que eu, por exemplo, não posso admitir esse diretor que subordina o cinema a não importa que outra arte. Cinema é cinema, literatura é literatura, música é música. Pouco importa que se crie um roteiro de uma obra literária, como foi aqui o caso com o roteirista Howard Koch. O verdadeiro diretor é que não tem nada de se deixar influenciar pela matéria literária de onde vai nascer seu filme, sobretudo quando essa matéria tem a sedução do estilo de um Maugham. Suas imagens serão livres, serão criação sua,

Herbert Marshall e Bette Davis em *A carta* (*The Letter*), de William Wyler.

nunca ilustração a bico de pena do que leu. Wyler, que com *Morro dos ventos uivantes* conseguiu transportar o romantismo e a tragédia desse grande livro para o seu grande filme, mas à sua maneira, isto é, com os atributos do seu privilégio de diretor, deixa-se aqui vencer pelo estilo maughamiano. Fica uma obra "fotográfica", se se pode dizer assim. Wyler respeitou Maugham ao exagero. Respeitou-o a ponto de fazer do seu filme um mero trabalho de linotipia, subalterno, serviçal.

Ora, Wyler é um excelente diretor. Acho mesmo que tem, mais que Maugham, o dom da criação verídica, o dom da emoção pela arte. Aliás, podem-se ver, esquematicamente, neste filme, todos os seus recursos, de primeira: a discrição com que movimenta a câmera, a qualidade da sua tomada, a força que consegue com certos silêncios, certos quietismos, sem imobilizar a sua máquina. Não o tolhe a dialogação, o falado; Wyler trabalha com um material mudo, a imagem, dando aos elementos de intromissão como o som e a palavra um justo lugar numa justa medida. Possui um senso raro do claro-escuro, e sua continuidade é das mais notáveis no moderno cinema. Wyler não se importa muito de "parar" cinematograficamente, para perseguir, até o fim, a emoção de uma cena. E obriga seus atores a uma discrição necessária, a um *don't play* cujos grandes resultados aparecem sempre, no conjunto. A própria Bette Davis, que é uma atriz gasta pelo exagero com que empregou os próprios recursos, transforma-se em suas mãos. Wyler obriga-a a "não representar". O seu erro neste filme foi não ter se aprofundado na imagem, que ficou um mero decalque de *The Letter*. Wyler respeitou Maugham, não há dúvida, e isso o faz mais estimável. Mas, pergunto eu, sua obrigação não era antes para com o cinema do que para com Maugham?

O filme merece, por várias razões, uma visita. O fim, policial, é fraco. Mas há bons momentos como cinema — e, Deus nos valha!, o emprego do som é feito cinematograficamente. 1941

O MUNDO É UM TEATRO

O mundo é um teatro, no Metro. Imagina, leitor, escadas em profusão, escadas. Nessas escadas, subindo e descendo, imagina *girls* americanas pernaltas, enfeitadas do que a própria natureza madrasta não quis criar, plumagens, balões de borracha, folhagens tropicais, pompons, almofadas, baiacus, crescentes, minguantes, símbolos totêmicos sobre falsos tabus, vidrilhos, laçarotes, véus, caixas de fósforos, pontas de cigarro, cascas de queijo, não importa o quê. Mascara todas essas fisionomias de expressões idiotas, de sorrisos de circunstância em bocas mimosas à custa de muito esforço. Deixa-te levar assim, nesta toada, irás, quem sabe, produzir um verso qualquer desaforado, que irá insultar o teu parceiro da esquerda, romântico da segunda geração — parnasiano leitor! Verás escadas de Jacó — ó raios! — por onde, lentas, subirão "sozinhas". Mas nada te dará nenhuma ideia, nem esse propositadamente desavergonhado trocadilho, do que é essa *féerie*, esse bolo piramidal onde se disputam o chantilly e o marshmallow em luta branca pelo apetite suburbano das massas tamoias.

Fatalidade atroz que a mente esmaga! Gravatas e suspensórios de vidro, como vos compreendo agora! Dentaduras duplas que encontrastes o vosso cantor no meu amigo e poeta Carlos Drummond, como vos sinto! Hollywood, em que conta vos tenho! Ó Eugenia, e não Eugênia, capaz de criar uma adolescência torácica como Judy Garland, e transformar Kiesler

O mundo é um teatro (*Ziegfeld Girl*), de Robert Leonard, com Lana Turner, Hedy Lamarr e Judy Garland.

em Lamarr e Lamarr em batráquio! Ó produtora de um James Stewart, caniço mal pensado de uma noite de verão!

No entanto, se todo mundo tivesse o mesmo gosto, que seria da cor amarela? Lana Turner — um pêssego só num prato de frutas de cera — é pouco, é bem pouco para salvar uma refeição assim.

1941

HISTÓRIA DE UM BEIJO

Sem querer me passar um atestado de burrice, devo confessar que há neste mundo muita coisa que positivamente escapa à minha compreensão. Certas nuances, certas sutilezas do cinema americano, por exemplo, estão indiscutivelmente acima do meu entendimento. É em vão que me esforço por perceber essas intenções delicadas. Ainda ontem, assistindo a *Deliciosa aventura*, encrenquei com a história de um beijo. Não houve meio de entendê-lo. Pensei, perguntei a pessoas, mas a explicação que deram não me satisfez. Vejam lá vocês o que acham da coisa. Irene Dunne se encontra num trem com Preston Foster e se deixa beijar. Desse beijo nasce um amor violento, mas só por parte dela, infelizmente. A história continua, Irene acaba esquecendo Preston Foster para gostar de Robert Montgomery. Então, numa cena que pretende ser de grande efeito, ela resolve retribuir o beijo recebido no trem. Fiquei positivamente tonto. Que sentido oculto teria aquele beijo, espécie de sorriso de Gioconda, misterioso, surpreendente, indefinível? Nada entendo de beijos, mas quer me parecer que eles não poderão exprimir mais do que a ternura ou o amor, quando muito poderão despertar esse sentimento em quem não o possuía, como foi o caso no trem, ou fazê-lo desaparecer, se dado com brutalidade em pessoa por demais sensível. O que realmente é desconcertante é um beijo que exprima o não amor, a não ternura, exatamente o contrário do que pretende significar esse gesto tão curioso e tão antigo. Trata-se talvez de uma nova interpretação das possibilidades de expressão do corpo humano. Será talvez uma concepção ousada, um avanço de muitos anos sobre o atual modo de encarar as coisas. Por isso, talvez, eu não o tenha entendido, eu que prefiro ver no beijo uma coisa mais simples, um contato gostoso que a gente procura quando ama com o corpo ou com a alma.

Gregory La Cava dirigiu o filme. Em *Mundos íntimos*, com Charles Boyer e Joan Bennett, ele havia mostrado que, quando quer, é capaz de dirigir de modo bem razoável. Em *Deliciosa aventura*, porém, o que nos prova é uma grande capacidade de seguir a moda de Hollywood, seu convencionalismo, seu brilho oco, sua leviandade. As situações são forçadas, pouco naturais, com aquela pseudo-originalidade que redunda sempre na mais desoladora das banalidades. Eugene Thackrey, o roteirista do filme, compôs as imagens com a displicência de um varredor de ruas. Fico por aqui, nada de bom havendo a dizer de Irene Dunne, de Preston Foster ou de Montgomery...   1942

OS HOMENS DA MINHA VIDA

Este filme de Loretta Young traz à mente uma cena que se deve repetir frequentes vezes nos estúdios de Hollywood. Um dia, um diretor é chamado para uma conversa com os *big bosses* de uma produtora qualquer, não interessa o nome. O diretor senta-se, os chefões abancam-se, acendem-se os havanas, as primeiras rodelas espessas de fumo branco e cheiroso começam a evoluir sobre as calvas felizes. De repente um deles esfrega as mãos, bate na perna do diretor:

— Então, meu velho, como vão as coisas?

E antes mesmo que a resposta venha:

— Temos um trabalhinho excelente para você. *Something that really suits you. An argument, gosh, terrific; something to make big money with, what?**

---

*Algo que lhe cai bem. Uma história, nossa!, genial, para ganhar muito dinheiro, o que acha?

O diretor, que tem andado um pouco esquecido pela fábrica, exulta intimamente, faz o possível para manter-se calmo, mas não lhe saem dos olhos as letras brancas do seu nome na apresentação do filme. Depois, um cheque gordo... talvez nem tão gordo, mas, de qualquer modo, um cheque...

— Comecemos pelo princípio — diz ele com um ar falsamente artístico.

O produtor então conta. Conta de como em conversa com Mr. X, o conhecido roteirista, mostrara-lhe este um roteiro em que andava trabalhando, *something quite different*, nada de *ordinary stuff*, alguma coisa realmente romântica, sobre uma *ballet dancer*, com uma vida de fazer inveja a Isadora Duncan.

A testa franzida, e uma cara meio amargurada, o nosso prezado capitalista fala da necessidade de voltar ao *good old time*, em que se vivia num ambiente de *real romance*, e de fazer com que as pessoas esqueçam os horrores da guerra, através do espetáculo da dança, do amor do sonho, das tristezas antigas, do tempo que passa.

O diretor exulta. Isso, sim, era matéria para ele! Vêm-lhe à cabeça imediatamente várias artistas capazes de desempenhar papel tão delicadamente feminino. Lembra um nome: o de Lorettinha, por exemplo. Pondera-se. Pede-se café. Acendem-se novos charutos. Discute-se vivamente. A "arte" começa a penetrar nesses corações endurecidos pelo comércio dos filmes. Abrem-se gestos comovidos, limpam-se lágrimas furtivas atrás de olhinhos apertados, de tanto contar dinheiro.

— Loretta! Ela é divina! — dizem todos em coro.

Telefona-se para Loretta. Aqui o ambiente muda. Numa casa distante, Loretta passeia no seu jardim. Loretta entra, arruma flores, ajeita o cabelo em frente aos espelhos, sorrindo da própria beleza. Loretta é o maior amor do mundo. É tão bem-intencionada! Não há nenhum mal no coração de Loretta. Tudo é tão infantil nela, que ela pode mesmo (sua beleza à parte) chegar a se interessar por uma interpretação sincera, nas mãos de um bom diretor — e eu digo um Bom Diretor.

"Loretta Young é o maior amor do mundo."

Mas Loretta não sabe o que é um bom diretor. Todos os diretores são ótimos sujeitos, fazem-lhe tantas festas, mandam-lhe orquídeas... Loretta adora fazer filmes, representar em grande camaradagem com todo mundo.

Atendendo ao telefone ela exulta, dá gritinhos, chama o diretor de *darling*, diz que aquele vai ser o filme da vida dela. Isso tudo, naturalmente, é pura suposição minha, que também gosto de Loretta. E vai, surge, tempos depois, um filme chamado *Os homens da minha vida*, que é uma boa droga, e só vale para quem, como eu, acha Loretta um anjo.

E assim se escreve a história de um filme, em Hollywood.

1942

UM AMIGO QUE PODERIA SER UM PAI

Nada mais pródigo na vida que o encontro de certas criaturas privilegiadas, criaturas cujo destino parece ser o de renovar o mistério das coisas para os seres fatigados. Essas criaturas fazem valer o tempo perdido nas conversas inúteis, nas horas mornas e estéreis do trabalho burocrático, nos cinemas ruins, nas grandes dilações humanas do cotidiano. Encontrá-las é também um pouco privilégio, e saber aceitá-las é quase um milagre. São almas violentas e perturbadoras, que têm mesmo o culto da perturbação, por assim dizer.

Foi desse modo que Waldo Frank me apareceu, num instante seco da vida, todas as coisas bem-arrumadas, a receita e a despesa mais ou menos em ordem, algumas tristezas, poucas, algumas alegrias, poucas, e uma grande, uma absoluta ausência de poesia. Ao lhe ser apresentado por José Lins do Rego, no escritório de José Olympio, não senti que dois dias depois poderia chamar aquele homem, quase um velho, de meu amigo, um grande amigo, sem dúvida um amigo que poderia ser um pai.

Tudo foi, graças a Deus, pura circunstância nessa amizade rápida e simples, sem nenhuma raiz intelectual (no sentido desumano da palavra) — mas houve uma coisa que certamente ajudou-a a se formar; que foi, a bem dizer, o primeiro passo para a minha curiosidade sobre o homem, o artista cujo excelente ensaio sobre Charles Chaplin também um dia me acrescentou alguma coisa ao conhecimento de Carlitos. Não me lembro se foi José Lins do Rego ou Otávio Tarquínio de Souza que lhe perguntou se já tivera algum dos seus livros posto em cinema. A conversa viera a propósito de *Moby Dick*, o grande romance de Melville, cuja filmagem, há tempos, com John Barrymore, revelou bem a nu a irremediável incompetência e corrupção de Hollywood. Waldo Frank salientava justamente esse ponto quando ouviu a pergunta.

"Nunca deixei!", disse com um gesto desgostoso. "Hollywood é corrupta até a alma. Sei muito bem o que fariam com um livro meu. Não seria difícil ganhar dinheiro assim, mas não é o que eu quero, como escritor..."

Imediatamente senti o homem nessa resposta. É engraçado. Poderia parecer preciosismo ou, pior ainda, pura soberba. Mas o tom, a sinceridade que gritou nessas palavras, a irritação, o quase nojo, deixou-me completamente sossegado, e por assim dizer entregue, de pés e mãos atadas, àquele intransigente que ali estava, àquele ser solitário e paterno, com quem saí dali; a quem persegui durante dois dias; com quem conversei, bebi, sofri, me alegrei; com quem passeei por aí pela cidade, olhando as mulheres; com quem fui à igreja de São Jorge ver a romaria, e tanta coisa brasileira, tanta coisa boa a mais, ele sempre perguntando, eu respondendo, dizendo de tudo e de todos, explicando-lhe o temperamento dos amigos, de Manuel Bandeira, de Rodrigo, de Prudentinho, de Pedro Nava, de Lúcio Costa, de Oscar Niemeyer, de Carlos Leão, de tanta gente de primeira que tem aqui, escondida, discreta, com horror de brilhar... como ele próprio, Waldo Frank, grande Waldo Frank! E caiba-me aqui fazer uma pequena propaganda gratuita, da sua palestra, segunda-feira, às cinco horas, na ABI. Quem for meu amigo e não me aparecer lá, come toda a alfafa que houver nessa cidade de São Sebastião do Rio de Janeiro. Tenho dito! 1942

ESSE KING VIDOR, QUEM PODERÁ EXPLICÁ-LO?

Quem vê *Sol de outono*, assinado por King Vidor, não pode imaginar o que já foi esse diretor de filmes. Nos Estados Unidos, com exceção de D. W. Griffith — cuja posição de pioneiro coloca-o num plano à parte na História do Cinema —, nunca houve diretor, americano nato, que pudesse aspirar à honra de coçar o pé de King Vidor. Havia nele uma coisa rara e terrível que se chama espírito criador. Sua imagem, simples e direta, tinha, no entanto, uma profundidade, um poder, como só a de um Stroheim ou a de um Pabst, o Stroheim de *Greed* e o Pabst de *A caixa de Pandora*. Sua continuidade se articulava, dentro do roteiro, com um ritmo que ultrapassava tudo, um ritmo beethoveniano, a um tempo largo e fatal, revelando um sentimento doloroso do mundo, uma fatalidade para a criação. King Vidor era um fenômeno impressionante no cinema americano. Um fenômeno como Whitman na literatura. Seu vulto se agigantava cada vez mais, a cada novo filme. Com *No turbilhão da metrópole*, King Vidor criou para mim uma sombra cósmica em cinema. Atingiu o gênio. Colocou-se acima do cinema. Nesse momento ele foi, eu o senti, maior do que Chaplin, do que Griffith, do que Einsenstein, do que qualquer um. Não que *No turbilhão da metrópole* fosse seu maior filme, que, a meu ver, será sempre *A turba*. Mas *No turbilhão da metrópole* teve uma sequência, sobretudo um momento de esclarecimento tal que quem perdeu esse ensejo de compreender a importância do Cinema como arte, devido ao fenômeno da sua involução após o advento do falado, perdeu uma experiência definitiva na vida.

Foi o momento do crime. É difícil revisualizar exatamente as imagens. Eram um poderoso claro-escuro, substancial como em Rembrandt. Sylvia Sidney — adorável como nunca esteve — chega do trabalho, descendo as escadas de uma ponte de linha férrea, se não me engano, no meio da multidão. A Rua (a maiúscula vale como representativo da importância dessa rua pobre no filme, que no original chama-se *Street Scene*) mostra-se, através de um olhar melancólico seu, no antecrepúsculo. Beulah Bondi vem andando pela calçada — a velha intrigante e amarga, com seu ar resmunguento. Um guarda deixa-se estar, olhando as crianças que brincam, num ar de complacência policial. Esse instante de cotidianidade surge-nos agora como uma coisa monstruosa na sua suspensão, através do olhar machucado de Sylvia Sidney constatando do alto a vida de sua rua pobre.

De repente estilhaça-se o vidro de uma janela. É rápido como tudo. O movimento se suspende. O guarda olha para cima. Sylvia Sidney para. Beulah Bondi pressente o que vai acontecer e volta o rosto para a casa onde penetrou o inexprimível. Essas imagens são close-ups monumentais, vertiginosos. E então a câmera precipita-se como uma alucinada, varando espaços, e vai se plantar diante daquela janela misteriosa, como sequiosa de ver o que está acontecendo. E o conhecimento absoluto do pavor daquela mulher que está sendo assassinada é tão violento no espectador que não há aquele que não retenha um grito. Eu vi uma mulher, perto de mim, ter um estertor de angústia como se ela fosse a vítima. O esclarecimento é completo. O crime assume as proporções ontológicas que possui um Dostoiévski e mais ninguém. É um berro por imagens, um gesto brutal de morte por imagens. Toda a luta do homem com a mulher, a luta desapiedada, ele querendo estraçalhar, ela defender os restos de vida, vive naquela suspensão diabólica de uma câmera diante do buraco negro de uma janela. O conhecimento processa-se para lá da imagem, numa ordem nova, alta e definitiva em sua profundidade como a da música ou da poesia.

Esse King Vidor (quem poderá explicá-lo?) é o mesmo dessa nova produção *Sol de outono*, com Hedy Lamarr e Robert Young.

Quem poderá explicá-lo? Valha-nos, pelo que me disse Orson Welles, ser King Vidor, além de diretor de Cinema, uma grande pinta de tocador de violão. Quem toca violão merece sempre o meu respeito. 1942

VINICIUS EM POMPEIA

Eis aí um filme [*Os últimos dias de Pompeia*] feito com um bocado de papelão. Celotex ali é mato fechado. Enfim, eu não posso falar, não, que provenho de um cenário daqueles, quando, cortesão romano, amava Lígia, a escrava cristã, salva por Ursus das pontas do touro onde a tinha amarrado o romântico autor do *Quo vadis?*. Todas aquelas terminações em us deixam-me inteiramente à vontade. Poncius, Marcus, são como prolongamentos da minha infância, primos meus que nunca mais vira, e que reencontrar é a um tempo motivo de alegria e de encabulação. Já fui um grande ledor de romances de arena. Encontrava, menino curioso, mais apelo de sexo neles que nos próprios folhetins de porta de engraxate, de que tive uma boa coleção. Nesse tempo Flaubert era para mim o autor de *Salambô*. Havia uma encadernação vermelha, um romance que faria corar o escatólogo anônimo d'*A família Beltrão*, que me inutilizava todas as confissões de sábado. Segunda, eu ia à estante, atraído por aquele dorso escarlate, com caracteres dourados. Gladiadores, virgens louras, banquetes romanos, catacumbas cheias de escravos cristãos foragidos, tudo isso se exibe numa tela especial da minha memória. Achava mais que justo me chamarem pedantemente pelo meu prenome. Assim, como criticar, dentro de uma tão grande participação? A coisa é velha: neca de novidade. Por outro lado, inocente. É a história do gladiador que quer ter uma casa bonita em Pompeia, dito e feito como qualquer jogador de futebol aspira a um apartamento mobiliado em Copacabana. Para esse fim, vende ele sua alma a Poncius Pilatus, o mesmo que lavou as mãos, e no justo dia em que ele as lava, fugindo com suas mulas carregadas de ouro, cruza com o Cristo a caminho do Calvário. Mas o gladiador prefere defender seu ouro a defender o Cristo. Vai para Pompeia, onde se estabelece como chefe dos jogos de arena. Mas tem um filho que ama uma escrava cristã. O *revertere...* Por fim Pompeia é destruída em boas condições, desmantela-se todo o papelão, e Preston Foster, de saiote, se redime.   1942

A MORTE DE BUCK JONES

No céu, onde certamente encontrou lugar ao lado de Tom Mix na ala dos heróis, Buck Jones deve estar lembrando com saudade a sua bela jornada terrena, o grande cavaleiro. De repente apontava na colina enluarada, montando seu monumental cavalo branco e se deixava ficar um momento na solidão do descampado, vendo o agreste se estender.

A aventura começava. Uma diligência perseguida por bandidos, com a mocinha dentro, e o cowboy soltava as rédeas do animal que engolia extensões num panejamento de crinas de lembrar uma chama. Buck Jones amava as noites no oeste que aumentavam a sugestão de sua montada fremente em franjas de cetim brilhante e cujo galope elástico aproximava num instante as diferenças a vencer. Buck Jones encontrou enfim a morte, a sua morte, com quem brincou em todos os filmes, com uma coragem e displicência que traduzia, para lá da tela, o aventureiro, no grande sentido da palavra, em sua natureza mais orgânica. Sua constituição física, sentia-se, pedia os lances temerários, os jogos mortais, os riscos acrobáticos dos *round ups*,[*] em que cavaleiro e cavalo lutam em combate singular, numa luta de vontade, de potência, pelo seu livre equilíbrio no espaço.

No intérprete inesquecível de *Lazybones* e *The Desert's Price* podia-se caracterizar o lutador explodindo em energia muscular. Suas brigas nunca tiveram igual em cinema. Ia desentocar a canalha em seu covil das montanhas. Entrava inesperado, apontando o revólver de cabo de madrepérola, imperativo, o olhar sem negaças. Quando algum retardatário intimava-o pelas costas, obrigando-o a pingar a arma, Buck Jones sempre encontrava um jeito de se abaixar, fulminantemente rápido, e dar socos de envergonhar Flash Gordon. Tinha um soco duro e seco, uma verdadeira pedrada. E foi, a par talvez de Tim McCoy, o único cowboy de fato que soube também ser um bom amoroso. A seus romances não faltavam o enleio e encanto tímido dos namorados rústicos mas possessivos.

Buck Jones desobjetivou. Filho de Indiana, nasceu em 1889, morrendo, portanto, aos 53 anos. Seu último filme de que me recordo passou não faz muito tempo, um "em série", se não me engano. Era a mesma mocidade. Teve uma vida turbulenta como a personagem que encarnou na tela. Começou como garagista, mas a qualidade do seu temperamento arrastou-o à vida ambulante dos circos, onde se exibia em proezas de equitação. O ingresso nos westerns foi o justo co-

---

[*] Procedimento de arrebanhar o gado.

rolário desse perigoso mister. Buck Jones será sempre o herói de milhares de criaturas simples e de gosto humilde, meninos, caixeiros, operários, o povo bom que antigamente enchia a segunda classe dos cineminhas de bairros e ainda hoje urra de entusiasmo nas telas modestas dos cinemas de subúrbio. Era um ciclotímico másculo, de estatura neã, com uma boa cara e um corpo entroncado, a que não faltava uma certa elegância. Vestia-se com um grande apuro para um cowboy, com vastos chapelões brancos e sempre enluvado. Seu cavalo obedecia-lhe pelo assovio. Vinha de onde estivesse para salvar o dono. Com certeza foi isso que ocasionou a morte de Buck Jones. Provavelmente o cowboy, durante o pavoroso incêndio que destruiu o Cocoanut Grove,* procurou resgatar às chamas quantas "mocinhas" lhe fosse possível, sendo mais uma vez o que o destino sempre quis que fosse: um salvador de mulheres em pânico. Mas seu cavalo já morrera, não podia mais vir em seu auxílio. Com ele, teria sido diferente.

E o cavaleiro foi se unir ao seu cavalo. Agora estão no céu sem qualquer fantasia de inspiração, posso vê-los lado a lado — ele e Tom Mix, montados no seu "Tony", na ala dos heróis, à direita de Deus Pai, numa apoteose.

1942

A INFLUÊNCIA DE WYLER

Não conheço a peça de Herman Schumlin que Lillian Hellman adaptou ao cinema e que William Wyler executou em imagens [*Pérfida*]. Dela sei apenas que teve um grande sucesso nos Estados Unidos, o que afinal de contas quer dizer muito e não quer dizer nada. Tanto, porém, quanto é possível julgar uma obra literária através da sua realização no cinema, devo dizer que a peça me parece dotada de um grande equilíbrio, de uma grande harmonia.

---

*Incidente que destruiu a famosa boate Cocoanut Grove, em Boston, em 28 de novembro de 1942, matando 492 pessoas e ferindo centenas.

A pintura de existências dominadas por uma paixão exclusiva exige uma grande riqueza de nuances, se não quer ser simples caricatura. A figura de um homem governado por um só sentimento, e cujas ações estejam de um modo constante e direto revelando esse sentimento, se desenhará aos nossos olhos em contornos de uma grande nitidez, mas dificilmente poderá fecundar nossa imaginação, transformar-se em elemento vivo dentro dela, desdobrar-se em novos aspectos, frutos do nosso devaneio prolongando a criação do artista. Sem uma concentração de motivos, por outro lado, sem a eliminação do que há de fluido, de esporádico, de acidental na vida de cada um, a pintura do homem e do seu destino não toma corpo, não subsiste, perde-se ao vago, no indistinto, no mundo das coisas ainda não formadas. A arte do drama consiste, pois, nesse compromisso entre a nitidez de um contorno e a instabilidade da vida. E a pintura de uma personagem é tanto mais feliz quanto é mais forte o elemento de surpresa, de imprevisto que esconde a sua natureza por certa forma perfeitamente delimitada.

Não sei se na peça de Herman Schumlin esse compromisso foi observado. A ideia do drama, absorvente ao extremo, tende francamente a tirar das personagens a sua espontaneidade, o seu simples existir, independente da história que estão vivendo. Soube Herman Schumlin contrabalançar essa tendência com um sentimento concreto das personagens e das situações? A julgar sua peça através da realização de William Wyler, devemos pensar que sim. Confesso sem hesitações que, mais do que o resto, entusiasma-me no filme o traçado delicado das personagens, a discrição com que cada uma contribui para a armação geral do drama. A influência de Wyler, como sempre, faz-se sentir todo-poderosa. Nenhuma cena em que se não o sinta presente, orientando, exigindo, dando o melhor de si mesmo, numa procura incessante da verdade concreta de cada sequência. Seu instinto de artista evita naturalmente, sem esforço, os perigos que cada situação encerra, os momentos difíceis ou pouco oportunos. Tudo é aproveitado no filme, com essa economia de que só os bons artistas conhecem o segredo. As árvores, no começo, a placa de metal refletindo a imagem de Teresa Wright, a escada — essa escada que Julien Green reconhece existir em todos os seus romances —, não são meros objetos de descrição, são mais, são também veículos para o desenvolvimento do drama, do mesmo modo que a fisionomia matreira de Charles Bingle ou a expressão ansiosa, impotente de Herbert Marshall.

Os momentos reveladores do filme são preparados com um cuidado, sem favor nenhum, admirável. Na cena em que a mulher de Oscar começa a dizer que não gostaria de ver o filho casado com Alexandra, as pernas do marido são vistas todo o tempo, e a certeza de um castigo severo num momento em que as relações entre os dois ainda não estão bem definidas impõe-se ao espírito do espectador com um caráter de necessidade absoluta, muito antes de que se verifique realmente. Na cena em que Regina se deixa ficar sentada na poltrona em vez de ir correndo ao quarto apanhar o remédio, a surpresa do marido "é a nossa surpresa", sentimento de quem se sabia perto de um abismo, mas não chegara a medir-lhe a profundidade.

De muitas outras coisas eu gostaria ainda de falar para salientar o partido que William Wyler sabe tirar das situações: da cena de Alexandra no trem com o desconhecido, que termina com aquele simples levantar do chapéu. Da penúltima imagem, que surge também com um caráter absolutamente necessário e que, entretanto, em todo o filme só tem como antecedente uma frase dita por David. A cena no banheiro entre Oscar e o filho. E de muitas outras coisas, na verdade de cada cena desse filme que, apesar de ter sido tirado de uma peça de teatro e de carregar o peso de uma dialogação por vezes excessiva, está todo ele cheio de uma emoção que só o cinema pode dar.

Bette Davis, pela primeira vez, creio eu, desde que se tornou estrela, mantém-se em situação de perfeita igualdade com os demais artistas. Charles Bingle e Teresa Wright não podiam estar melhores. Os outros igualmente muito bons, me parecendo injustiça fazer entre eles qualquer distinção. É que todos estavam entregues a um guia seguro que, mais do que eles próprios, sabia os recursos de que podiam dispor, os resultados que poderiam esperar... 1942

O MUNDO NORMAL DE HAWKS

Howard Hawks, o velho diretor de *Paga para amar*, nunca chegou a ser um verdadeiro cineasta. O diabo com ele é isso. Força ele faz, às vezes: e quando faz força seus filmes ganham, em geral, uma qualidade dificilmente encontrável entre os melhores americanos. Tem um fundo sentido poético da imagem, a imagem considerada em si, no seu ritmo interior, na distribuição harmoniosa de seus elementos. Ao contrário de G. W. Pabst, que concentrava sempre um máximo de valor plástico no jogo cru de luz e sombra, ou de Jacques Feyder, que compunha sua imagem como um pintor, cada uma valendo por um quadro, em verdade colorido do exotismo de seus acessórios, Howard Hawks aproxima-se mais de um King Vidor, por exemplo, no modo como toma suas cenas, isto é, no momento em que o ambiente se difunde poeticamente e deixa de existir como coisa em si. É essa uma qualidade profundamente cinematográfica. Mas falta-lhe o grande resto, o que King Vidor possuía, a capacidade de ousar tudo nessa difícil poesia do cinema, a ponto de declanchar de repente um máximo de percepção cinematográfica, para lá do que a imagem revelava em termos puramente visuais. Quer dizer: King Vidor era um criador, muitas vezes; Howard Hawks é um bom diretor apenas, quando cisma.

Sargento York é um exemplo típico do que fica dito. Obra de talento cinematográfico, em seus dois terços, falta-lhe, no entanto, a quinta dimensão do cinema, esse vácuo na imagem que suga o espectador como um rodamoinho para depois dar-lhe, especialmente, uma experiência nova da realidade mostrada. Howard Hawks, por vezes, chega perto, aflora essa percepção; mas, sempre que o êxtase cinematográfico vem, ele retrai-se, tem medo. Seu mundo é mais normal. Para narrar a vida de um herói simples, homem do campo, procura imitá-lo com a câmera. Faz-se desprendido, sem intenções. Talvez seja essa realmente a verdade, no caso. Mas o que resulta é uma insatisfação. Alguma coisa ficou por dizer.

Nesses dois terços de que falei, o filme realmente vale a pena. Foi cuidadosamente trabalhado em sua sucessão, e o resultado que apresenta é, sem favor, notável. Tem mesmo alguns momentos intensos, como aquele em que Alvin York (Gary Cooper) descobre, em seu desespero, o eco do vale que lhe repete milagrosamente as palavras de desânimo e sobretudo o movimento do crime inconsumado que precede à invasão da Graça em sua alma possuída do diabo. É para mim o instante em que Howard Hawks mais próximo andou do cinema em sua vida, apesar de ter tentado estragá-lo com aquela imagem inútil da árvore fendida em dois pela primeira faísca elétrica que cai junto a Alvin York sem atingi-lo. O momento seguinte é perfeito. Deus descarrega seu raio sobre o homem que ia matar outro. Sua natureza, mais forte, liberta-o, e ele se salva completamente. Há um simbolismo rústico de grande beleza cinematográfica no modo de narrar. Libertado, Alvin York entra na igreja, que lhe ficava próxima, atraído pelos cantos religiosos do ofício, que se mudam, à sua chegada, num *spiritual* cheio de alegria. É uma bela cena.

A narrativa do feito do herói americano, embora filmada com o maior capricho, e contendo o interesse da aventura extraordinária que representou, é, como todas as cenas de guerra, a parte mais fraca do filme. Depois de *Les Croix de bois* e *All Quiet on the Western Front* é difícil fazer algo mais interessante com a guerra de 1914. Fica uma repetição sem interesse. A única curiosidade que pode representar é a de oferecer ao espectador um bom paralelo com a guerra mecânica atual. Que tremenda diferença! Imagine-se o chefe de um "comando" vendo um filme desses...

Gary Cooper em *Sargento York*, de Hawks.

As interpretações, todas seguras e algumas excelentes, como a de Gary Cooper (velho lobo do cinema) e sobretudo Margaret Wycherly, que faz a mãe de York, e para a qual quero chamar a atenção dos fãs porque breve Hollywood irá estragá-la irremediavelmente com a sua indistinção e falta de autocrítica. Uma velha notável. Dá-nos, com Agnes Moorehead (*Soberba*), um dos melhores papéis que temos visto nesses dois anos de cinema. Joan Leslie, na jovem amada de York, tem também um bom papel, auxiliado pela sua beleza singela de jovem flor do campo. O ambiente rural é excelente, com as dissidências entre os *hillbillies** do planalto e da

---

* Caipiras.

baixada e os pequenos bares e vendas, centros de conversa do lugarejo. Há umas cenas de botequim bem boas, inclusive como desenho, sobretudo aquela da bebedeira de Gary Cooper, Ward Bond e o filho de Will Rogers, cujo nome agora me escapa, quando aparece a mulher gorda dançando ao fundo. O filme vale fartamente uma visita.   1943

PATO PATÉTICO

Walt Disney dá-nos, com esse *Vida de nazista*, o primeiro desenho do esquema de propaganda que se traçou no sentido de cooperar com o governo do seu país no esforço de guerra. Nenhuma personagem sua, melhor que o Pato Donald, poderia satirizar o tema da vida de um civil na Alemanha hitlerista, sob o controle mecânico dos bonecos cruz-gamados. Donald tem tudo para tornar, dentro da sua comicidade específica, qualquer aventura em que se veja envolvido uma coisa de fundo patético. Realmente, Donald é de todos os bichos disneianos o único que tem em si uma certa dose de patético. É um pobre pato aflito. Uma boa pessoa, aliás, esse pato, sempre levado pelos impulsos mais generosos, uma espécie de Carlitos do desenho animado, um Carlitos muito ianquizado, sim, nesse sentido em que a inocência de um é no outro ingenuidade, diríamos melhor, criancice. Não me lembro quem foi que me disse que achava Donald impróprio para menores de dez anos. Há uma certa verdade nessa afirmação. De fato, os quiproquós, as mal aventuras desse pato, às vezes angustiam a gente. A questão é que o coitado é o tipo do palmípede de boa-fé, caindo nas maiores esparrelas, otário como ele só. Surge sempre satisfeito, como Carlitos, cantarolando ou engrolando o seu resmungo — que tem qualquer coisa a ver com o do marinheiro Popeye —, para logo meter-se nas piores e ficar louco da vida, querendo quebrar a cara a todo mundo, bicho, coisa ou gente cuja malícia se diverte com o jeito tantã como se atira às mais graves empreitadas.

Los Angeles, 1948. Walt Disney recebe o cônsul do Brasil, Afonso de Almeida Portugal, acompanhado da mulher e do vice-cônsul, Vinicius de Moraes, para uma exibição da versão brasileira de *Bongo*.

       Nesse filme, Donald sonha um tenebroso pesadelo. É súdito nazista. Mais que isso, trabalha numa fábrica de bombas. Entre parênteses, acentuemos que Disney pilhou os melhores motivos e gags do desenho, da sequência inicial de *Tempos modernos*, de Chaplin. A vertiginosa operação de aparafusar a cápsula detentora na ponta de todas as bombas que passam sem parar sobre a corredeira mecânica, cada uma tendo ao lado um retrato de Hitler — de forma que os gestos contrários, de aparafusar e de levantar o braço em "*heil* Hitler", se desajustam no tempo e no espaço —, é copiada de uma das melhores invenções chaplinianas: a da câimbra histérica que possui Carlitos depois de trabalhar com a torquês, ininterruptamente, apertando as roscas inúteis nos parafusos desnecessários da gigantesca máquina inoperante. Carlitos, depois, não pode mais parar de repetir espasmodicamente o movimento. Donald, muito mais nervoso, explode num frenesi que põe tudo pelos ares.

O desempenho é bom, esplendidamente colorido. Vale a pena fazer uma visita ao Cineac Trianon, apesar dos complementos fracos que acompanham o pato assado.   1943

SALAS CHEIAS DE ESPELHOS
Não se pode dizer que Julien Duvivier seja sofisticado na construção de suas tramas em que se poderia sentir, talvez, um modo huxleiano de ser, um certo espírito de encruzilhada dirigindo o destino de personagens sempre em trânsito. Dou um crédito a Duvivier: o de penetrar mais a vida que o autor inglês, apesar de sua insistência em repetir a frase de música que descobriu para o seu famoso *Un Carnet de bal*. Uma coisa salva o diretor de *La Bandera* de ser um "moderno", no sentido em que Huxley o é: o seu amor das criaturas simples e o seu fundo sentido poético. Duvivier ama a vida que tem o poder sutil de congregar personagens efêmeras num organismo minúsculo como um carnê de baile. Para ele, é a vida que as aproxima assim, através do capricho de uma mulher triste e romântica. Porém, aqui, nesses *Tales of Manhattan* [*Seis destinos*], é uma casaca itinerante que, ao contrário, situa, em seu passar das mãos de uns para as de outros, vários destinos em instantes de conto. Porque são contos o que Duvivier narra com a câmera, sob o pretexto daquela casaca. O próprio e famoso *O capote*, de Gógol, poderia com jeito ser encaixado nessa suíte literária de casos. Daí eu achar que pela primeira vez Duvivier caiu em pecado de sofisticação. Uma mulher que deseja rever seus namorados antigos, cujos nomes encontra num velho caderninho de baile, é vida e é poesia. Uma casaca milagrosa que revela seis destinos em momentos especialíssimos da sua aventura humana pode ser literariamente bom: mas... é "literatura". Aquela

casaca fica ali um pouco como Pilatos no Credo. É que, no primeiro caso, há uma natureza se delineando através de uma experiência de sonho. Quase seis séculos antes o monumental Geoffrey Chaucer usava, pela primeira vez, eu creio, de um processo assim, criando uma peregrinação a Canterbury com o fim de gravar — através da personalidade de trinta peregrinos, escolhidos entre os milhares que estudara quando, morador de Greenwich, os via passar em demanda do santuário de Saint Thomas à Becket — a fisionomia da sociedade do seu tempo. Só na *Comédia humana* de Balzac, em *À la Recherche du temps perdu* de Proust ou em *Guerra e paz* de Tolstói se descortinarão panoramas de uma época com a dimensão daquele recriado por Chaucer nos poemas dos *Canterbury Tales*. E não me causaria estranheza se eu soubesse que Duvivier tomou o melhor de sua inspiração ao grande pai da poesia do Ocidente. Isso absolutamente sem querer dizer que se trate de uma cópia. Não. Duvivier não precisa copiar ninguém. Mas muitas vezes a própria criação induz o aproveitamento de velhos temas dentro de um novo tratamento. Será, talvez, o que se tenha dado aqui.

Porque o filme pretende muito, isso me parece claro. Pretende tanto quanto os *Canterbury Tales*, no que Duvivier deu prova de vaidade e ambição. É bem o espírito de uma época, dentro de uma determinada civilização, que se evapora desse "Manhattan cocktail". Mas, entre esses *tales* e aqueles, vai a distância e a altitude que vai entre Geoffrey Chaucer e Julien Duvivier.

O filme tem grandes qualidades, sem chegar, no entanto, à verdade cinematográfica dos da fase puramente francesa do diretor. Não consigo, no entanto, me refazer da sua desmedida ambição. Truque comercial? Mas não creio que fosse preciso tanto... Deve ter custado milhões, com aquele staff e aquele *cast*, entre os quais há muitos dos nomes mais caros de Hollywood. Basta dizer que só os escritores e roteiristas são dez, entre os quais alguns de grande evidência nos Estados Unidos, como Ben Hecht, Ferenc Molná, Donald Odgen Stewart,

Samuel Hoffenstein e Alan Campbell. O fotógrafo é o caríssimo, e eu o digo em termos de dólar, Joseph Walker, ASC. Pelo menos vinte atores de primeira linha, contando nomes como Charles Boyer, Ginger Rogers, Charles Laughton, Rita Hayworth, Henry Fonda, Edward G. Robinson, Paul Robeson, Roland Young, Elsa Lanchester, Victor Francen, George Sanders e outros. Pelo menos mais vinte, em *sub-plots* de evidência, todos gente conhecida: Gail Patrick, Eugene Pallette, Cesar Romero, Rochester, Thomas Mitchell, Ethel Waters, James Gleason e mais ainda. Deve ter havido uma crise de hipermetria na 20th Century Fox, e um súbito delírio de grandeza no Duvivier simplezinho de *La Belle Équipe*. Enfim, ninguém tem nada a ver com isso. Apenas nos reservamos o direito de apontar, em crônica próxima, onde estão os defeitos e as qualidades principais da produção. Vendo-a, veio-me uma ideia: a dessas salas muito ricas, cheias de espelhos que aprofundam ao infinito todas as imagens, mas sem resultado outro que criar uma sensação de esplendor efêmero. Não sei se me faço entender. É um pouco confuso, tudo...

Em minha última crônica, prometi apontar em *Tales of Manhattan* os principais defeitos e qualidades de que está salpicado o filme. Sua principal qualidade me parece ser a boa direção de Duvivier. É realmente uma boa direção, malgrado os pequenos roteiros, o mais das vezes arranjados literariamente: o que faz o filme "falar" todo o tempo. Apesar disso, Duvivier consegue bons momentos. Aponto à toa: o início do filme, sofisticadíssimo, mas dirigido com mão de mestre. Por duas ou três vezes, o episódio, vivido, aliás, com brio por Boyer, e com um extraordinário brilho físico por Rita Hayworth, aflora o cinema. A cena no pavilhão de caça é bonita, pelo menos como iluminação e arranjo dos acessórios. Eu chamaria esse episódio de uma pequena ópera cinematográfica. Duvivier consegue, inclusive, conter um pouco o fiteiríssimo Thomas Mitchell, o que não é pouco. Já no conto seguinte, a coisa cai em pleno *divertissement*. Visto como tal, vale: e o que não vale? Ginger Rogers é mesmo uma doçura, é inútil a gente querer bancar o crítico para cima dela. A cena é tão sofisticada que lembra o melhor Noël Coward, ai de nós! No entanto, nem Duvivier consegue nada com um muar da espécie de Cesar Romero. A grande virtude do filme está na historieta de Charles Laughton, que é um ator de classe, isso sem a menor dúvida. O tratamento do próprio ambiente melhora muito. O bar onde Laughton toca piano, logo no princípio, não sei se ninguém reparou, é muito bom como *décor* cinematográfico, e as expressões do ator são excelentes. Haverá quem as tome como "fita", mas não é assim que as vejo. Orson Welles me contou um dia como é que Laughton consegue atingir aquela "fuga" fisionômica que tem o raro poder de tornar patética qualquer situação em que se meta a personagem, seja ela cômica ou trágica. O processo é sutil e deve requerer um controle raro. Desde que entra a representar, Laughton abstrai-se nos pensamentos mais opostos ao que está realmente fazendo. Pondo Chopin em tempo de *boogie*, por exemplo, como faz aqui, Laughton estará imaginando uma escapada difícil num jogo de futebol, e com tal gana que consegue "torcer". Isso cria aquele infernal contraponto entre seu corpo desajustado, sua máscara flácida e sexual e seus olhos sempre a fugir num estrabismo entre louco, assassino e criança.

O diabo é que Laughton é um grande ator... de teatro. Mas sua cena é boa, não há como negar, e possui uma certa emoção pantomímica. A seguinte, de Edward Robinson, tem o defeito de prolongar muito a própria obviedade, sem embargo de ser muito bem interpretada pelo seu principal figurante. Robinson é outro caso curioso de ator de teatro. Tem um físico dramático e um olhar de uma impressionante penetração e doçura. Usa e abusa desses recursos, o que os vem gastando. Mas gosto daquele princípio de cena, bem jogado entre ele e *father* Joe, o notável ator característico James Gleason, comumente tão mal aproveitado; o desenrolar da conversa durante o jantar de comemoração é muito lugar-comum demais. Aliás, aquilo já foi feito não sei por quem, não me lembra onde. Teatro duzentos por cento: o que vale dizer, uma impecável interpretação de Edward Robinson.

O entreato do ladrão é fraco e inverossímil. Paul Renay sempre foi uma ponta fraca. E o final com os negros poderia ser esplêndido, não fosse pela intenção de criar um fecho de ouro para o filme, no que, me parece, houve propósito de Duvivier, em vista do caráter *tale* que quis dar a cada situação. Mas eu não topo fechos de ouro em arte. Curioso o trauma religioso que surge no povo, do aparecimento da casaca recheada de dinheiro, talvez um pouco exageradamente "negro americano" demais, mas que dá bem do caráter místico da desventurada raça do Sul. A aleluia final, muito apoteótica para o meu gosto, sobretudo quando se segue àquela excelente imagem do espantalho com que o filme acaba, poderia ser suprimida.

Eu diria do filme: uma experiência em sofisticação americana bem realizada por um grande diretor francês cheio de vontade de se fixar economicamente em Hollywood. 1943

OS BANQUETES DE SAM WOOD

O que vem distinguindo Sam Wood entre os diretores de Hollywood, mesmo os melhores como Orson Welles, William Wyler ou Lewis Milestone, é o seu sentido ontológico do cinema dentro de quadros visuais perfeitamente americanos. Orson Welles prometeu essa mesma promessa ao realizar seu *Citizen Kane*, mas já em *The Magnificent Ambersons* e *Journey into Fear* deixava-se levar por um certo psicologismo maneiroso, em que se misturavam coisas já vistas a ineditismos cinematográficos surpreendentes, criando na cabeça do espectador uma certa confusão, e que não bastavam para afirmar-lhe criticamente a obra de cineasta. Sam Wood é herdeiro direto da câmera de King Vidor. Seu cinema realiza-se num plano mais alto e num tom mais alto que o de qualquer outro diretor atualmente em ação. E não é que tenha sido sempre assim. A sua potencialidade criadora veio se afirmando à medida, apontando primeiro em sequências isoladas, em simples cenas; depois se foi fazendo conhecimento espacial, até atingir o clima épico em que vive agora. O movimento final de *Cartas do mesmo naipe*, por exemplo, que coisa assombrosa — porquanto o corpo do filme não predissesse o seu extraordinário aparecimento. Já em *The Pride of the Yankees* era mais o todo que contava a narração pesada da epopeia, a exegese superior da vida de um herói americano com todos os caracteres do homem *average*.* Isso, em Sam Wood, é criação autêntica. Não há diretor mais corajoso nem mais fundamentalmente popular, e eu o digo no maior sentido, nesse em que a obra de arte melhor se universaliza, capaz de emocionar qualquer tipo humano sem diferenças de cor, classes ou privilégios. Grande cineasta, na verdade, detentor desse dom raro de só se preocupar com o fundamental, e desse legítimo sentido da arte do cinema, que é o de tomar sempre como ponto de partida a massa, o conjunto orgânico dos seres humanos — plasma flutuante e apaixonado que intervém na criação do verdadeiro artista sempre que este se defronta com a fisionomia informe dessa coisa indizível que se chama o povo. Por isso, é preciso que ninguém se preocupe além de um certo limite com os desajustamentos, a frouxidão dos veículos formais e a burocracia cinematográfica desleixada que se encontram em todos os seus filmes. Há, neles, uma qualidade essencial que supera de muito todas as imperfeições que possam apresentar como argumento, roteiro, unidade aparente. Neles, o tratamento cinematográfico é que é alto, a visão da coisa a narrar. Sam Wood dá aos seus espectadores soberbas paneladas, cozidos completos, grandes feijoadas, com sobremesas brutas de abacaxi, manga, melancia, tudo a descascar, tudo substancial, nada de tigelinhas de grapefruit, nada de fatias, nada de rodelinhas de melão em cima de uma noção de presunto. Com esse poder de intuir das grandes realidades, transfigura os piores ato-

---

*Homem médio.

res, problema ao qual, do que se pode inferir, não parece dar muita atenção. Só mesmo Sam Wood seria capaz de trabalhar com um bicho de queijo da marca de Robert Cummings, ou com uma cara de boneca de louça como Ann Sheridan. No entanto, a história os sublima, e o diretor lança-os na vida com a naturalidade com que tomaria um copo d'água. É formidável.

Em cada coração um pecado, tradução em cinco palavras do título de um livro fraco, *King's Row*, é sem dúvida o maior filme do ano. Pesado, se quiserem, lento, desigual. Não é um soneto, nem uma balada, nem uma natureza-morta. É um filme de cinema imperfeito, mas com a cabeça metida no infinito. Aconselho muito a todos que o vejam e revejam, se possível. Em crônica próxima pretendo comentar-lhe os elementos cinematográficos, em função da continuidade propriamente dita.

1943

EM CADA CORAÇÃO UM PECADO

Sam Wood, Deus lhe acrescente, veio, em meio a tanto filme ruim, fechar o ano cinematográfico com chave de ouro. Eu sei que tenho escrito pouco sobre o que anda por aí, mas não pense o leitor que me tenha abstido por malandragem ou jejum de cinema. Vi os abacaxis um por um, e só não os descasquei como devia porque... sei lá, por cansaço, por tédio de inventar descomposturas, inutilidade de andar batendo com um dedo só, laboriosamente, nas mesmas teclas da minha brava máquina portátil contra a máquina fixa da estupidez de Hollywood. Em alguns dos filmes havia uma coisa ou outra, em *The Keeper of the Flame*, por exemplo, de George Cukor, com Katharine Hepburn. Mas o diretor falseou o sentido da influência orson-wellesiana que os caminhos da história lhe apontaram, e produziu uma obra falha, inconvincente e artisticamente errada em todo o final. Dela ficou apenas a incomparável beleza de Katharine Hepburn, uma grande atriz posta a perder por essa mesma estupidez de que falávamos acima. *Chetniks!* foi uma droga, e uma droga tomada fora de tempo, pois o enredo vem mostrar o

Ann Sheridan e Ronald Reagan ("um dos melhores atores de 1943") em *Em cada coração um pecado* (*King's Row*), de Sam Wood.

início das atividades do general tcheco Michaelovitch, de quem se diz hoje em dia abertamente trabalhar não de guerrilheiro, mas francamente de bandido... *Fugitivos do inferno*, com Errol Flynn, seria uma aventura realmente emocionante, se já não estivéssemos tão blasés de lê-las mais emocionantes ainda no *Gibi*. O filme de Deanna Durbin, com o pobre Joseph Cotten (pra que você ficou cismado de que é mocinho, para quê, Joseph Cotten?), é formidocorropiotranssuperripipilmente chato e nhenhenhém. Pabst andou reprisado em seus piores filmes. *Shanghai* é uma outra besteirada contra o divórcio, que tive ocasião de ver em Paris, se me permitem. Nesse filme — como esquecê-lo? — havia um hino cantado por meninas de colégio que começava assim: "Li-co-de-pa..." etc. As sílabas em questão não eram absolutamente nem anúncio de dentifrício, nem método de curar gagueira, nem nada. Eram — vejam só! — as primeiras sílabas do nome da tal associação colegial salvacionista: *"Ligue contre le divorce des parents"*. Chué! Por todos esses motivos, não houve mesmo nada a fazer, nem dizer, nem escrever. Mas não há ação sem reação, embora no caso os reacionários estejam no primeiro grupo. Sam Wood veio e deu com um gigantesco martelo uma boa traulitada na cabeça de todos os diretores míopes da Califórnia. Mas só agora vejo que não há mais espaço para escrever a crônica que prometi no cabeçalho. Não faz mal, fica para amanhã. Que diabo, a gente de vez em quando precisa extravasar um pouco do mau humor. Parece até aquela história do Aporelly, no velho suplemento português do seu jornal humorístico, por ocasião da chegada do aviador Sarmento de Beires. Aporeli mostrava um desenho da entrada da Guanabara. Embaixo, os seguintes dizeres: "O avião de Sarmento de Beires, quando ainda se não lhe bia...".

1943

CRÍTICA INÚTIL

Não é dizer que seja má vontade, leitor amigo. Pelo contrário, tens sido nesta coluna qualquer coisa assim como o boneco que Disney criou para fazer a consciência de Pinóquio. Até hoje pago os meus cinemas por tua causa, quando era tão fácil arranjar entrada de carona; e, nessa como em outras, mostras que tens frequentemente sido mais amigo da onça do que meu. Uso do que posso para te distrair o espírito; mesmo quando o filme criticado não pede mais que um qualificativo insultuoso para a sua caracterização; invento, escrevo grandes leros, tudo para que não te envenenes com a estupidez do cinema que se exibe. Se aparece qualquer coisa de bom, meu Deus, escrevo laudas cantando loas, a ponto de fazer o desespero de meu caro amigo Barros Vidal, secretário da casa, cuja luta por espaço vital assume às vezes tons patéticos.

Sempre no meu coração (*Always in my Heart*),
o filme que Jo Graham dirigiu para a Warner, em 1942.

Não é má vontade, leitor, meu semelhante, meu irmão. Mas que se pode fazer diante de Gloria Warren cantando há 105 dias "Sempre no meu coração"? La-la-ri...la-ri...la-rão... a melodia endêmica, que me dá suores frios, me faz ver azul na minha frente; que me afastou por uma semana da vitrola do café vermelhinho me trancando em casa, presa de "cochemares" negros; que eu proibi expressamente às empregadas de minha casa de cantar; a melodia que eu detesto, ó leitor que a alimentas com os teus cinco cruzeiros e cinquenta...

Serão reprises? Eu já não sei mais nada. Sexta e sábado vaguei em busca de uma maneira de cumprir do melhor modo o meu dever. *Na noite do passado... Sempre no meu coração...* A *dama das camélias... Casablanca... Sempre no meu coração... Adeus, meu amor... Sempre no meu coração... Sempre no meu coração... Sempre no meu coração...* "Sim, minha querida amiga, estarás sempre no meu coração... Teus olhos felinos têm carícias fraternas, nas pupilas... És jovem, pequena, súbita e paciente... E quando algum dia eu me for, oh! guarda no mais fundo da tua lembrança a memória do nosso primeiro encontro... Porque estarás, agora como para a eternidade, na alegria como no sofrimento... (entra o violino): SEM-PRE-NO--MEUCOOO-RAÇÃÃÃOOO..."

Há Abbott & Costello, vivóó! Fui vê-los segunda-feira, no Astória. Evidentemente, leitor doméstico, deves ir também rir das piadas, que estás farto de conhecer. Eu por mim não via filme novo há tanto tempo, que até me diverti. Entrementes, recolhe as tuas energias, que *Em busca do ouro* de Chaplin vem por aí, e isso, sim, vai ser uma festa para este cronista. O mínimo que te posso dizer é que é genial. Mas se eu fosse tu, leitor de onde quer que sejas, homem do povo, não toleraria preços especiais para ver Carlitos. Carlitos pertence ao povo, é o teu herói. Nem que fosse preciso fazer uma grande safarrascada, leitor comodista.

1943

LAÇOS HUMANOS

É curioso como o diretor Elia Kazan lembra em muitas coisas Orson Welles. A comparação vai parecer estranha a muitos, mas a verdade é que ambos, respeitadas as diferenças, é claro, são fundamentalmente grandes homens de teatro, capazes de fazer cinema por derivação. A coisa é menos perceptível em Welles, porque dono de uma inteligência privilegiadíssima e formidavelmente adaptável (tenho a impressão de que Welles gostaria de ser assim uma espécie de homem "universal", ao mesmo tempo grande líder político que soubesse montar peças fabulosas, escrever um livro genial, e enquanto isso fazer cinema, sendo que no intervalo das filmagens pintaria pequenas obras-primas, recebendo também telefonadas das mais fabulosas mulheres). Elia Kazan, o talentoso responsável por *A Tree Grows in Brooklyn*, parece possuir, em ponto menor, essa mesma versatilidade, com relação ao cinema. Porque o elemento "teatro" está o tempo todo presente no filme, e é manejado com uma tal inteligência que frequentemente se confunde com cinema. Mas, se se pensar bem, vê-se que não é. Reparem os que ainda não viram a fita, e os que viram procurem se lembrar, como muito da sua emoção é tirada da palavra oral, da ciência do diálogo, ou da tirada, ou da inflexão de voz. O próprio cenário (refiro-me aqui à "continuidade escrita" sobre a qual se filma o roteiro das imagens, para falar mais claro ainda, que em linguagem cinematográfica se chama "cenário") parece ter sido feito sob uma orientação teatral. As cenas em ambiente estático são muitas, ficando a ação, às vezes, parada um tempão para deixar as personagens resolverem seus conflitos pela palavra oral. Ora, isso outra coisa não é senão um recurso eminentemente literário que arrastou, por conveniência do comercialismo hollywoodiano, o cinema para a perigosa aventura do "falado", contra a qual já se sente hoje, felizmente, uma reação. A verdade é que, sendo a imagem o núcleo do cinema, que é a arte da imagem em movimento, o certo é procurar resolver as situações, tanto quanto possível, com os recursos próprios à imagem, isto é, à interioridade da ação, reforçada pelos elementos inerentes à imagem, segundo uma técnica e um ritmo determinados, capazes de dar vida artística à sucessão de imagens, que cria o movimento. Para isso não é necessário que as pessoas não digam as coisas: mas, sempre que a imagem puder, falar pelas pessoas; esse é o caminho do cinema, porque a verdade é que, quando uma imagem fala por si, a palavra oral, mesmo subsistente, se desmoraliza diante do poder maior do cinema. Basta lembrar a cena final de *Por quem os sinos dobram*, terrivelmente falada, e que, no entanto, atinge a uma das maiores altitudes cinematográficas já vistas, pela força com que são jogadas as imagens que a compõem.

Laços humanos revela uma extraordinária atriz na menina Peggy Ann Garner. Dorothy McGuire, já nossa conhecida em *Claudia*, é, pelo que se pode julgar até agora, uma boa atriz de teatro. Sua figura elementar e patética ainda resta por explorar, nas mãos de um diretor "de cinema". O filme é cheio de emoção e arranca lágrimas com a maior facilidade. Os conflitos humanos, apesar de serem resolvidos à maneira de teatro, são do melhor teatro; vale muito a pena ver, sem nunca esquecer essas observações que aqui vão. O velho James Dunn, e a nossa velha, querida Joan Blondell aparecem em papéis consideráveis. As relações de pai e filho são adoráveis, mas para senti-las bem é preciso ser pai primeiro. De maneira que aconselho veementemente a todos arranjarem uma filha, antes de ir ver o filme. Há uma cena esplêndida como ação teatral: a da explosão de sentimento de Dorothy McGuire, na hora do parto querendo reconquistar o amor da menina. Grande força. Quem sabe o diretor Kazan, se seguir tratando com material cinematográfico, acaba por ser um cineasta. Mas eu duvido. Sua bossa parece ser o teatro.   1945

A MULHER QUE NÃO SABIA AMAR

Aí vai a história de uma moça (Ginger Rogers) que não sabia amar (Warner Baxter, Ray Milland e Jon Hall, este último um que apanhou uma surra recentemente do chefe de orquestra Tommy Dorsey), e que além disso não acreditava em Freud. A experiência, em tecnicolor, prova-lhe que Freud é que tinha razão, através dos testes de um psiquiatra que debulha a alma da moça e vai buscar em sua infância a origem de todos os seus complexos de abstenção: um amor exagerado ao pai, uma admiração por uma linda mãe vaidosa que não ligava muito para ela, um vestido azul que mais tarde sai dançando, uma canção de meninice. Todos esses complexos fizeram da moça um diretor de revista de modas, não uma diretora, um verdadeiro diretor, com maneiras masculinas, eficiência masculina, mania de mando e um grande aborrecimento, no fundo, daquilo tudo. De modo que a moça sonha muito com tudo o que não é. Tem umas espécies de alucinações, de um grande mau gosto, aliás, em que aparecem colunas iluminadas, flores que põem fumaça por entre as pétalas, casamentos estrambóticos, ânsias freudianas de arrebatamento até as nuvens, danças lúdicas, o diabo a quatro. Depois de cada um desses sonhos a moça vai ver o psiquiatra, que a põe a falar e vai colhendo impressões. O resultado é o seguinte: um filme meio enredo, meio comédia musicada (os sonhos fornecem essa parte) e uma constatação positiva: Ginger Rogers estava, com perdão da palavra, precisando de homem. Dos três que a circundavam, um era Warner Baxter; e o leitor compreende perfeitamente que Warner Baxter não é páreo para Ginger Rogers, noivo já meio velho, além de tudo com uma mulher de quem ele precisa se divorciar para casar com Ginger Rogers... tudo isso vai gastando a menina sentimentalmente. O outro era Jon Hall, que faz um artista de cinema adorado por tudo quanto é mulher, mas no fundo estava querendo mesmo era pegar Ginger Rogers para ela tomar conta dos negócios dele, o tipo do macho de abelha. O terceiro que foi aquele a quem Ginger deu a mão, Ray Milland, empregado dela na tal magazine, e que implicava terrivelmente com ela por causa do jeitão masculino que tinha, e que não se podia submeter a ser mandado por aquela uva, queria mandar nela, e muito. Tudo isso com muita sofisticação hollywood-freudiana, muita fumacinha no chão durante os sonhos, muita cor parecida com cor de bala de chupar, Ginger afinal compreende que o homem para ela era mesmo Ray Milland, e tudo acaba num invejável beijo dado por este, naquela.

Muito bem. Mitchell Leisen dirige, Nunnally Johnson cenariza.* Há um sonho em que aparece um circo fantástico que

---

*Engano de Vinicius. *Lady in the Dark* (1944) teve roteiro de Frances Goodrich e Albert Hackett, baseado na peça de Moss Hart, com música de Kurt Weill e letras de Ira Gershwin.

é a melhor coisa da fita. Há naquilo um senso de cor e uma movimentação que dá, de fato, certa margem à imaginação. Há sobretudo Ginger, que canta um blues razoável sobre a moça que não podia *make up her mind*. Não deixem de, neste trecho, reparar-lhe nas pernas, que são das mais perfeitas que já apareceram. É pena que a carinha de Ginger já esteja dando os primeiros sinais de tempo vivido. Quem sabe seria interessante virá-la de cabeça para baixo, de ora em diante, cada vez que ela tenha que mostrar a cara. Porque, se como Manuel Bandeira já disse, uma cara pode parecer com uma perna, nesse caso Ginger poderia perfeitamente ter as pernas na cara. Ou será que eu estou dizendo alguma tolice? 1945

A GREVE EM HOLLYWOOD

A greve em Hollywood vem, mais nitidamente agora, colocar a Meca do cinema perfeitamente em face dos problemas do seu tempo. Imagino o pânico que não deve reinar entre os grandes magnatas da indústria do filme com a adesão dos astros politicamente mais esclarecidos como James Cagney, Edward G. Robinson, Cary Grant, Ida Lupino, Ann Sheridan, Walter Pidgeon e outros. Têm todos, como se sabe, tendências para a esquerda, sendo alguns deles, como James Cagney e Edward G. Robinson, considerados verdadeiros amigos do Partido Comunista americano, tendo, entre outros méritos, colaborado enormemente com o prestígio do seu nome, na campanha pró-Roosevelt, quando das últimas eleições.

Os jornais informam que a Associação dos Atores da Tela, poderoso órgão de classe, notificou seus 8 mil associados que não transpusessem os portões dos estúdios para trabalhar. Na discussão havida, consta que Ann Sheridan e James Cagney deitaram o verbo aos trabalhadores em greve, sendo delirantemente ovacionados.

Hollywood não é, pois, como muitos pensam, uma máquina capitalista bem ajustada em todos os parafusos. Não;

há alguns que estão soltos e ameaçam pular fora, alguns de "capital" importância para o bom funcionamento do grande aparato mecânico. Mesmo reconhecendo o perigo das greves neste difícil momento de preparação da paz, greves que podem também servir aos desígnios obscurantistas da reação, não podemos deixar de constatar o simpático e excepcional significado de adesão dos artistas nomeados, o que de certo modo significa reconhecimento, por parte dos produtores, da existência de uma força avançada e vigilante dentro dos muros da sórdida cidade, sórdida sim, pela exploração que exerce das fraquezas do público, embora permita o cultivo eventual de algumas belíssimas flores de arte e de vida.

A existência de atores de esquerda na Babilônia do celuloide é uma garantia de que as causas das classes trabalhadoras não serão ali resolvidas pelos produtores, como quem diz água vai. São nomes de muita significação para que não se lhes dê importância aos quais se acrescentam os de Orson Welles, Bette Davis, George Raft, Charlie Chaplin, Groucho Marx, e outros que agora me escapam. Imaginem Ann Sheridan fazendo um comício, que espetáculo! É coisa de inflamar as mais frias massas da terra. Sim, porque precisa haver pelo menos uma Ann Sheridan para enfrentar uma reacionária como Ginger Rogers, por exemplo. Porque, não sei se sabem, ela andou trabalhando de bandido contra Roosevelt. Não era caso para umas palmadas?

1945

NÃO SÃO MUITAS AS *SENSAÇÕES DE 1945*
Sensações de 1945, produção da United Artists, com Eleanor Powell e Dennis O'Keefe é mais um musical, apenas sem atrativo. Ainda outro dia conversava eu com meu amigo de São Paulo, Batista da Costa — o homem que melhor conhece jazz —, e constatávamos com pesar como se vem descaracterizando cada vez mais a música americana "hot". Mesmo os melhores não estão fugindo às armadilhas do sucesso, fazendo todos

boquinha para o gosto fácil do público. Há naturalmente os intransigentes, os que lá nos Estados Unidos só executam e cultivam o mais puro "hot"; mas, infelizmente, não é o que nos mandou Hollywood. Hollywood nos manda Woody Herman, de teor sofisticado, com aquelas dissonâncias desonestas, e Cab Calloway, um chefe de orquestra de talento, mas que o sucesso deixou impossível de cabotinismo. Dos seus antigos "hai-de-hai-de-hai-de-hou" para sua última algaravia vocal vai muita concessão. Em todo caso, Cab Calloway é um espetáculo de energia musical negra, embora já bastante falsificada. Ele obriga o ouvinte a participar do seu atlético dispêndio de força como regente, e que, a bem julgar, resulta a sua velha bossa de *old-timers* ao show. Há uns números de circo consideráveis, sobretudo o de equinorista realmente esplêndido. O cavalo dançarino, na nossa opinião, dança muito melhor que Eleanor Powell, que continua a girar, mostrando a cada giro o seu *facies* de caixote de madeira em eternas meias pretas que não conseguem, ai dela, acrescentar-lhe nada.

A melhor coisa do celuloide é a mostra técnica dada pelos dois pianistas negros da orquestra de Calloway; uma mostra impura do ponto de vista do jazz, mas de grande virtuosismo. Não; Miss Powell é muito... Powell demais. É uma moça que roda muito demais, ri muito demais e tem uma expressão muito ferroviária demais para mim. Em todo caso, para quem gosta de animação, garotas bonitas, *jitterbug** etc., o filme serve.   1945

SERENATA PRATEADA
Eis aí uma fitinha bem apreciável. Entrando no cinema, confesso tê-lo feito sob a sensação do dever de cronista a cumprir: Irene Dunne mais Cary Grant, igual a *Serenata pratea-*

---

*Dança norte-americana muito popular no decênio de 1940, em que os dançarinos se permitem grande liberdade de movimentos. É uma precursora do rock, surgido na década seguinte. O nome da dança deriva de uma canção de Cab Calloway, "Jitter Bug", lançada em 1934.

da; o resultado, me parecia desencorajador. E é impossível não pensar assim. Viciaram de tal modo Irene Dunne e Cary Grant num gênero de comédias tão tolo, tão vazio de qualquer sentido, que a gente não pode deixar de se fechar dentro de uma desconfiança antecipada, vendo junto esses dois astros num filme com um título tão melosamente decorativo.

Não sei se houve quem, como eu, tivesse saído um pouco irritado por se ter comovido com a fita. É que ela sofre disso que Jaime Ovalle classificou na sua gnomonia como "mozarlismo",* sendo que aqui esse mozarlismo é francamente "lacrimejante", isto é, se entrega ao que há de mais gratuitamente sensível na natureza humana, num abandono um pouco mole demais, um pouco choramingas demais. Se o espectador não é duro, deita a sua lágrima trêmula sobre o sentimento dessa história exasperadamente fiel, exasperantemente igual à vida. Eu não sou duro. Confesso que, quando a luz acendeu, fingia ler distraidamente meu programa, mas na verdade porque andava chorando, sei lá, talvez porque sou pai também. Isso sempre irrita um pouco. Do lado de fora, descompus intimamente Irene Dunne e Cary Grant por não se terem conservado na sua leviandade habitual de comediante. Ai do crítico! Tinha gostado do filme, apesar do seu pieguismo. Tinha-lhe sentido a humanidade à flor da pele, sim, mas humana.

George Stevens, seu produtor e diretor, não quis absolutamente brilhar, a não ser em dois ou três momentos mais fracos, o que já é uma grande coisa. A narração é ingênua, simples, sem grandes pretensões, como tudo aliás na história, que procura muito conservar-se à altura das personagens,

---

*Segundo Humberto Werneck, autor de *O santo sujo: a vida de Jayme Ovalle* (São Paulo: Cosac e Naify, 2008), a teoria de Ovalle, apanhada em mesa de café, foi batizada por Manuel Bandeira e se chama Nova Gnomonia. Divide os seres humanos em cinco categorias: Exército do Pará (ou simplesmente "parás"), dantas, mozarlescos, kernianos e onésimos. Vinicius estendeu a Nova Gnomonia a coisas e seres inanimados (uísque, telefone, serenata em Ouro Preto, suicídio em Paquetá, matéria plástica etc.).

duas criaturas sem grandes ambições, vivendo uma vida plácida de gostos e sentimentos. Nisso o diretor, francamente, foi feliz. A dosagem de Cinema é homeopática, mas, por isso mesmo, agradável, pois mantém em surdina todos os valores humanos e cinematográficos em jogo, e intencionalmente, como pede a própria narrativa.

O filme tem alguns defeitos bem do cinema americano. Aquele terremoto inútil, por exemplo, que poderia ter sido substituído por um tombo de uma escada ou qualquer coisa no gênero. Fica até parecendo que o diretor resolveu mandar Cary Grant para o Japão só para fazer aquele terremoto de celotex, que deve ter custado bom dinheiro. Outra coisa é o exagero um pouco de mau gosto nas cenas com o bebê, logo que o casal o leva para casa. Aquilo tem muito pastelão demais. Teria ficado mais verossímil com um pouco mais de discrição. Em compensação, há cenas deliciosas, como a da representação na escola, em que a menininha faz de eco e passa no fundo do presepe segurando a nuvenzinha e a estrela do pastor. 1945

NADA DE NOVO NO FRONT

Volta hoje às telas cariocas um dos mais notáveis filmes americanos do pós-silencioso. Trata-se da adaptação cinematográfica do famoso livro de Erich Maria Remarque, *Nada de novo na frente ocidental*, que narrava os horrores da guerra, vividos por um grupo de soldados alemães, de 1914 a 1918. Dirigido por Lewis Milestone, diretor dos mais consideráveis sob todos os aspectos que há em Hollywood, tive ocasião de rever o filme quando de minha estada no mais famoso subúrbio do mundo — pois urbanisticamente é o que Hollywood é, com relação a Los Angeles.

Aliás, de outros pontos de vista também. Enfim, voltando ao assunto, *Nada de novo no front* é um filme de grande atualidade, apesar de, sob um ponto de vista exclusivamente artístico, não resistir ao tempo. Vi-o em Nova York, e depois mais duas vezes em Los Angeles em exibições de cineclubes locais. Não é possível deixar de sentir as marcas da necrose nele operada pela passagem dos anos. Não estamos aqui diante de nenhuma *Paixão de Joana d'Arc*, de Carl Dreyer, nenhum *Nanook* ou *Homem de Aran* de Flaherty, nenhum *Ouro e maldição* de Erich von Stroheim ou nenhum *Encouraçado Potemkin* de Eisenstein. É uma obra menor, que não supera as deficiências técnicas do tempo, que não supera mesmo certos vícios do *star system*, o sistema do estrelato imposto ao mundo pelo cinema de Hollywood — apesar de contar com bons atores como foram Lew Ayres e Louis Wolheim, este já desobjetivado. Cumpre vê-la, no entanto, porque essas deficiências são compensadas por uma reatualização do tema oculto na ação — de que a guerra é uma monstruosidade, e de que ela destrói não apenas o homem e o que ele faz: destrói também a poesia do homem e o sentimento de beleza e de harmonia que lhe dão equilíbrio e dignidade dentro da natureza.

A mão de Lew Ayres que se crispa, morta, quando prestes a tocar a frágil borboleta pousada junto a sua trincheira, é a um tempo um cinepoema e um libelo, pois revela em sua imensa tristeza uma verdade natural de que a vida é simples e bela, e há que lutar para que ela se realize em sua simplicidade e beleza, a coberto da mira certa e traiçoeira dos gênios da vingança e do ressentimento.

1951

O ÓDIO É CEGO

Ao criar o último filme sobre o problema da relação de negros e brancos nos Estados Unidos — o último de uma série que se tem caracterizado pela recusa sistemática a enfrentar a questão de cara —, o diretor Joseph Mankiewicz dá mais uma vez prova de sua falta de critério como artista e do seu chauvinismo como ser humano. Escudado em uma pretensa coragem e honestidade de atitude, o que ele faz na realidade é dar mais

uma facada pelas costas no povo negro norte-americano, depois de colocá-lo no beco sem saída em que o situa no filme.
  O que resulta da produção é, no final das contas, um gosto por violência que chega a embrulhar o estômago. As fobias são mostradas sem que se explique porque existem, as raízes do problema não são de todo estudadas, e os porquês flutuam sem solução dentro dos enquadramentos. O conflito aparece com uma qualidade de insânia que, se existe, como na realidade existe, não é bastante para qualificá-lo. A verdade é muito outra — e, agora que revi o filme, sua falsidade me repugna, ainda mais que a dos outros celuloides aparecidos ultimamente sobre a mesma questão. Confesso que acho mais desculpável a covardia evidente de um *Home of the Brave* — que ainda não foi exibido aqui, de *Pinky* (*O que a carne herda*) ou de um *Lost Boundaries* (*Fronteiras perdidas*), nos quais os interesses comerciais pendentes mascaram as soluções definitivas, pois o sul-americano é um bom mercado para Hollywood — que a coragem sádica de *O ódio é cego*, que esmurra o problema com boxe de ferro, mais pelo gosto de ver-lhe correr o sangue que para tentar disciplíná-lo. O que se dá é que o filme presta um desserviço, em lugar de elucidar, uma vez que o seu texto fornece epígrafes frequentes ao racismo, sobretudo ao racismo antinegro, tão a gosto dos idiotas que sobem financeiramente na sociedade. Acho mesmo que seria melhor não exibir tais filmes no Brasil, onde o preconceito existe em certas camadas — as piores, de resto sob o ponto de vista humano —, mas que está apenas engatinhando no racismo, e onde o ódio não existe senão em parcelas diminutas.
  Aliás, o preto e branco das imagens de Mankiewicz está longe de ser um veículo ideal para interpretar o conflito americano de pretos e brancos. Diretor esperto, antes que inteligente, Mankiewicz, como todos os espertos, está a cada instante às portas de se estrepar todo. Ele é habitual nisso, que sabe fazer as plateias se sentirem mais agudas e como gratas

de participarem da sua confiança momentânea. Mas, no fundo, o que Mankiewicz é, é um mau patrão. Abertas as luzes, ele se despede com mau modo, como a colocá-las em seu devido lugar, deixando-as de coração apertado e com um gosto de náusea na boca proveniente de não saberem o porquê da violência, do sangue, do impasse e do ódio entre irmãos. 1951

SMORGASBORD

O *smorgasbord* é uma espécie de hors-d'oeuvre ou antepasto mamútico, de mastigo quase tão complexo como a palavra, do qual participam não só os ingredientes usuais, quais sejam fatias de presunto, salada de batata com molho de maionese, anchova, sardinha, azeitonas recheadas etc., até as gelatinas de peixe, corações de alcachofra, feijão à moda de Boston, caviar, queijo roquefort amassado, pirão de castanhas, frutas secas, o diabo — tudo o que se possa imaginar em matéria de coisinha apetecente. Fica geralmente colocado sobre uma mesa imensa numa legião de pratos e travessas comprimidos entre plantas exóticas, enquanto as pessoas à volta, todas possuídas dessa polida animosidade que existe entre os que se servem de pé e os que andam de elevador, se atravancam para alcançar o caviar luzidio ou o untuoso patê.

É frequente ouvir frases como esta, em geral ditas por senhoras: "Será que ela pensa que é dona de toda a mesa?". Até cadeirada pode sair em torno de uma mesa de *smorgasbord*. É comida demais para tão curta vida, e desperta uma gula artificial nos circunstantes. Em geral ninguém come muito, devido à pletora. A mim, por exemplo, me dá uma completa gastura.

Duas vezes na minha vida tive que enfrentar mesas de *smorgasbord* no estrangeiro. A verdade é que sou um homem de simples comer, podendo perfeitamente cumprir meu tempo no feijão com arroz, bife, batata frita e um ovo quente a um canto do prato. Naturalmente, um tutuzinho à mineira de vez em quando, com uma linguicinha bem-feitinha, ou um torresminho todo crespinho não caem mal. Sabem como é, não é: também não pode ser toda a vida o mesmo prato. Um homem precisa variar de comida. A pessoa necessita até de pratos estupefaciantes como as estupendas sirizadas que levam horas, as grandes feijoadas, com uma laranjinha bem azeda para cortar, e uma cachacinha para já ir resolvendo a parada, ou um cozido desses que levam bastante paio e bastante banana, ou uma boa peixada regada com bom azeite e um vinhozinho verde do lado — ah, meu Deus! —, ou uma *bouillabaisse* com todo o mar dentro, e de quando em quando um vatapá feito com muito camarão seco e um pirãozinho de fubá de arroz friinho, que é para misturar bem na boca com o quente da pimentinha que se vai pondo, ou um caruru que também é boa comida, havendo-se antes entrado numa meia dúzia de acarajés para forrar o estômago...

Mas eu tinha qualquer coisa para falar que já não me lembro... Ah, já sei. Era a propósito de *Sansão e Dalila*. Eu me lembrei de *Sansão e Dalila*, depois me lembrei de *smorgasbord*.

O que eu queria dizer, em resumo, é que *Sansão e Dalila* é uma verdadeira *smorgasbord*. Bom apetite, pois. 1951

O CLAMOR HUMANO

Quando, há coisa de ano e pouco, entrevistei em Hollywood o jovem ator negro James Edwards — personagem principal do filme *Home of the Brave*, ora em exibição sob o título *O clamor humano* —, ele, de início, esquivou-se a uma série de meias perguntas que lhe fiz, sem querer avançar demais o sinal, sobre o problema racial em sua pátria. Não queria evidentemente se comprometer. Eu já estava começando a entregar os pontos quando me ocorreu perguntar-lhe (e o fiz quase brutalmente, à queima-roupa):

— Por que razão não lhe deixaram esmurrar de volta aquele soldado branco que há no filme e que o agride a socos? Por que foi que a reação veio de seu amigo, o outro soldado branco, e não do senhor mesmo? Francamente, se alguém me desse na cara, eu ia pelo menos procurar dar de volta...

Ele ficou mudo por alguns momentos, mas senti a sua emoção ante a minha pergunta. Seu lábio inferior tremeu um pouco, e o rosto se lhe endureceu, os zigomas contraídos.

— Eles nunca me deixariam fazer isso — respondeu surdamente, pondo uma ênfase de raiva no primeiro pronome. O filme provavelmente não seria exibido no Sul, que é um grande mercado. — Não vê que eles não deixariam nunca um negro agredir um branco em Hollywood...

Era tudo o que eu queria saber. Lembro-me de ter saído de sua pequena agência teatral, um negócio que administra em Western Avenue, em plena zona negra de Los Angeles, de coração meio apertado, achando a vida ruim, os homens maus e tudo antipático à minha volta.

O mais incrível é que haja quem diga que foram quebradas as barreiras em Hollywood com relação ao emprego de atores negros em papéis dignos. Papéis dignos? Chama-se então dignidade negar a um homem o direito de se defender justamente de uma agressão? Chama-se dignidade dar esse direito tão somente a um outro homem da mesma cor de pele do agressor? Chama-se dignidade fazer desse negro um caso psíquico para justificar o seu trauma ignóbil — em outras palavras, para inculcar no espectador uma ideia genérica de passividade no povo de que ele é o único representante no filme?

Não. Mark Robson pode ser um bom diretor quanto quiser — ele aliás já foi melhor, em filmezinhos menos pretensiosos que *O invencível* ou este próprio, filmes como *A volta do sangue de pantera*[*] e aquele ótimo em que Richard Dix faz o capitão louco de um navio, e cujo nome em português agora me falta, acho que era *O navio fantasma*[**] ou qualquer coisa

---

[*] Mark Robson não dirigiu *A volta do sangue de pantera*, tampouco Jacques Tourneur. Vinicius queria referir-se a *The Curse of the Cat People* (*A maldição do sangue de pantera*, 1944), dirigido por Gunther von Fritsch e Robert Wise.
[**] *The Ghost Ship*, lançado com o título de *O fantasma dos mares*.

assim. A verdade é que pactuar com uma tal atitude de seus patrões significa aceitar também ideia tão monstruosa como a da inferioridade racial significa em última instância falta de humanidade e burrice, burrice mesmo na raça.   1951

NASCI PARA BAILAR

Dirigido por Norman Z. McLeod (o Z por Zebra), esta fitinha da Paramount seria o fim — ou melhor o "phyn", como diz uma amiga minha para caracterizar o limite da ruindade — não fosse por Fred Astaire. Astaire é mesmo uma coisa louca e ao lado dele até uma sílfide pesaria como um elefante. Sua graça é dificilmente transformável em palavras, mas de Astaire eu diria, parafraseando Mallarmé, que ele não é um homem que dança, porque ele não é um homem, e não dança, não. Astaire simplesmente se movimenta. Ele é uma coisa dançante, ponto parágrafo.

Sua comparsa, a frenética Betty Hutton, que Hollywood vem paulatinamente monstrificando, pula, faz caretas e canta, como de costume, as velhas rotinas em que se está estereotipando. Seu em-bom-ponto físico não a ajuda muito quando se trata de seguir a dança contrapontada de Astaire, que é a sua maior contribuição à dança no cinema, pois seus imitadores são legião, tanto homens como mulheres. Enfim, ele transpira pela gaita, o que é um fato recomendável nesta hora de sinecuras.

Astaire, como é sabido, é um operário infatigável da sua arte. Todos os bailados que cria são meticulosamente planejados, e o grande dançarino, mesmo durante o tempo de filmagem, não para um segundo, sempre procurando corrigir os menores defeitos que sinta nos movimentos, sempre procurando melhorar cada vez mais. Trata-se de um perfeccionista em toda a extensão da palavra. Para mim é um prazer vê-lo volitar, exercer a sua incrível inteligência de movimentos sobre novos temas. Nesta bestidade de filme em que se meteu, como sempre, os solos que executa são o melhor que há para ver: e note-se que poucos dançarinos há mais modestos, mais generosos para com suas companheiras. Astaire é extremamente cupincha, e sempre foi assim, desde Ginger Rogers até Betty Hutton, agora. Mas eu sustento que sua melhor comparsa foi Vera Allen.

Podem ver a fita, por Astaire. O resto, joguem bem sabem onde.

1951

TARARÁ-TCHIM-BUM-BUM-BUM

A tauromaquia é uma arte que não me apraz. Tive a oportunidade de assistir a uma novilhada na grande praça de Cidade do México, e nunca o meu vago-simpático reagiu tanto como nessa corrida, sangrenta do colorido espetacular da multidão e da linfa grossa dos touros a se misturar com areia do picadeiro. Suei nas mãos, me levantei duas vezes para ir lá dentro e acabei pedindo para sair, nauseado com o massacre. A beleza do espetáculo me impressionou de um modo feio, e eu no terceiro novilho estava torcendo pelo animal mais que pelo homem que elegantemente o defrontava. Sentimento que também não recomenda.

E não seja porque tenha hemofobia. Fui um contumaz assistidor de operações, já me tendo sido dado também prestar assistência a seres humanos feitos em postas. A verdade é que, apesar da incontestável coragem requerida dos toureiros, uma tourada é no fundo um esporte pouco esportivo para com o touro. O animal, que luta por instinto, é por demais engodado pela malícia dos homens que o cercam. Na realidade, quando ele recebe, ou dá, o golpe de misericórdia, já é um ser perplexo, colocado num beco sem saída. As farpas dos bandarilheiros enfraqueceram-no a ponto de, frequentemente, mal poder se ter nas pernas. A única coisa que o mantém é a sua enorme combatividade, mas pode-se sentir a tristeza maciça que tem de ter de lutar contra o irremediável. A coisa que mais me impressionou nesta corrida a que assisti foi ver um touro novo juntar as últimas forças que lhe restavam e se levantar para lutar, com a espada do toureiro enterrada até o punho. Ficou ele cabeceando, à procura do inimigo, tremendo, todo mole das juntas, e a baba de sangue a lhe escorrer da boca. A multidão aplaudiu-o emocionada, e foi assim que ele caiu para sempre num derradeiro horrível mugido.

Não. Eu confesso sinceramente preferir as touradas humanas, sobretudo aquelas em que intervém o elemento feminino, e se processam com lâminas de olhares antes que com o aço das espadas. Esse filme *Paixão de toureiro*, produção de John Wayne, direção de Budd Boetticher (que, parece, já foi toureador) e interpretação de Robert Stack, Joy Page e Gilbert Roland, é bastante bem-feito do ponto de vista tauromáquico para que eu não o recomende aos amantes de produções limpas e da arte a um tempo sutil e brutal de Manolete. 1951

RASTRO SANGRENTO

A violência física tem sido um dos pratos que Hollywood prepara com maior esmero para as plateias do mundo. Consciente de que para escapar à realidade e seus problemas magnos — o que significaria fugir ao espírito de lucros extraordinários — era preciso recorrer ao sensacionalismo e mesmo ao trauma, Hollywood criou uma série de padrões capazes de chocar as assistências menos prevenidas, como a própria plateia americana, composta em sua grande maioria de gente jovem e, portanto, mais indefesa. Outra não tem sido a causa da queda da frequência adulta ao filme americano dentro dos Estados Unidos. Mas a triste verdade é que, apesar dessa queda, a mocidade do mundo inteiro prestigia o soco na cara, a tortura física, a tensão violenta das cenas de crime, o tiroteio e espancamento de mulheres.

Para estimular esse apetite, foi criada uma rede enorme de publicações que funcionam à maneira de hors-d'oeuvre com relação às *entrées* cinematográficas que vêm depois. Temos então o *comic book* — a história em quadrinhos —, em que os socos adquirem a força de projéteis, as armas são superarmas, os heróis super-homens, e as heroínas superboas, de peitorais superlativos e vestidos colantes a mostrar todas as intimidades mais apetecentes do corpo feminino — V-8s ultramarcados, pernas à mostra até onde é permitido —, tudo insinuando, querendo dizer, libidificando.

Um sem-número de filmes tem sido feitos dentro dessa categorização. Durante um certo tempo, se um filme de cowboy não tivesse, em meio às lutas corporais, vários pontapés na cara, os produtores ficavam preocupadíssimos com as suas possibilidades financeiras. O regime de meter a mão nas mulheres, gloriosamente inaugurado por Clark Gable e logo a seguir retomado por James Cagney — que esfregou violentamente uma grapefruit no nariz de Mae Clarke em *Contra o império do crime* (aliás um bom filme) —, seria retomado com grande garbo por Humphrey Bogart, que estapeava na cara o elemento feminino de seus filmes com uma placidez de fazer inveja a um massagista.

De vez em quando, surge dentro do tipo um filme razoável, ou mesmo bom. Eu não chamaria este *Rastro sangrento* de grande filme, mas é indubitavelmente um filme para lá de razoável. O comando de Rudolph Maté — que depois de uma gloriosa carreira como cinegrafista passou a dirigir com mão bastante segura — empresta-lhe essa qualidade que, malgrado o vazio do conteúdo, sem dúvida a película possui.

Maté — responsável pela fotografia dessa obra-prima do cinema silencioso que foi *A paixão de Joana d'Arc*, inesquecivelmente interpretada por Mme. Falconetti — soube também dirigir seus atores de modo hábil. William Holden, que a meu ver teve a melhor interpretação de *O crepúsculo dos deuses*, dá mais uma boa mostra do que é capaz quando bem dirigido. O trabalho de Lyle Bettger, no gângster que sequestra Jan Sterling, é muito bom. Barry Fitzgerald repete o seu velho detetive irlandês com os modismos de sempre, que se vão estereotipando, mas nos quais não falta uma certa bossa.

O filme é tenso, áspero, chocante. Union Station, a grande estação ferroviária de Nova York, tem o papel principal dessa película sórdida, desumana e fria — a um tempo condenável e admirável pela frieza com que mostra um dos mais hediondos crimes — o *kidnapping*, o sequestro de crianças com o fito de lucro. A fotografia, *et pour cause*,* é de primeira.

Maté terá ainda que andar um bocado para ser um diretor da altura do cameraman que foi, mas se continuar assim irá longe. O papel é ir ver o filme e ter os pesadelos noturnos correspondentes.

1951

RIO BRAVO

Adeus, John Ford, velho irlandês áspero de fundos sulcos no rosto macerado. Adeus, desbravador de petróleos horizontes, macho insigne do cinema, fabricante de heróis displicentes sempre a conquistar glória com um sorriso de descrença. Adeus, intratável diretor de homens intratáveis, conquistador de terras inóspitas, violador de cordilheiras, guerreiro duro e incansável a perseguir o inimigo até o fim, a tocaiá-lo para o cara a cara, sem meias medidas. Acabastes, John Ford, acabastes, depois de um glorioso passado de lutas — transformado agora num ancião perplexo e gasto, a repetir-se no eco de velhos temas orgânicos, ora esvaziados de matéria.

Passastes, John Ford. Vossa contribuição ao cinema — que vem de uma possante linha de cineastas, de D. W. Griffith, através de King Vidor, Milestone e Sam Wood — permanecerá como uma das mais autênticas, pelo poder de nos dar vida, de ar livre, de realidade, no entanto, poética, que trouxe à arte da imagem em movimento. *No tempo das diligências*, *A longa viagem de volta* são expoentes de virilidade cinematográfica, obras masculinas bafejadas por um intenso sopro lírico, que revelam essa verdade simples da vida: de que ela é a realidade em termos de poesia máscula, sem efeminamentos e sem sofisticação.

Adeus, John Ford. Eu vos digo adeus com o maior respeito

---

*Como não podia deixar de ser.

e a mais funda admiração. Eu gostaria que tivésseis morrido antes de vos mumificardes, como vos mumificastes. Eu, sinceramente, vos preferiria morto a místico, morto a ancião valetudinário de vosso próprio e grande estilo — estilo amplo e lúcido, com que alargastes os horizontes do cinema, com que alargastes os meus próprios horizontes e os do povo, que vos compreendeu e vos amou nos vossos grandes filmes. 1951

O NETINHO DO PAPAI

Uma das coisas que nunca consegui entender é esse fato de que Hollywood, sempre às voltas com concursos, certames e reuniões, para a escolha do "melhor", da "miss", do "ás", do "craque" (creio que no fundo um pouco para se convencer de que é mesmo a melhor e mais bem-dotada colônia do mundo), ainda não se lembrou de instituir um "Oscar" como prêmio ao diretor que conseguisse reunir a maior quantidade de cretinice no menor espaço de tempo, num hino de louvor à mediocridade, ao lugar-comum, à chatice mais chata que é possível conceber a imaginação humana. Seria certamente concorridíssimo e muito disputado o prêmio, pois Hollywood não se contenta em ser cretina. Faz questão de apregoá-lo ao resto do mundo e convencer-se de que o negócio é esse mesmo, nada de gente "diferente" (sim, porque, se você não achar graça nas burrices dos filmes, é considerado "diferente", o que é uma polida maneira de lhe chamar de doido, de elemento indesejável e outros elogios no gênero).

A única coisa que se tornaria necessária seria dar o verdadeiro nome às coisas, por exemplo: em vez de chamarmos o prêmio de "Oscar à Burrice", chamaríamos de "Oscar ao Bom Senso". Filme de gente "bem", em ambiente "bem", comendo coisas "bem", amando-se "bem" e vivendo "bem" pelo filme afora. A dificuldade estaria só em escolher qual o merecedor do título, pois nessa especialidade há verdadeiros mestres em Hollywood, que se aperfeiçoam cada vez mais no intuito de apresentar a chatice humana no seu estado mais puro e genuíno. Indiscutivelmente, um dos sérios concorrentes ao prêmio seria esse filme de Spencer Tracy, Joan Bennett e Elizabeth Taylor, que consegue atingir um alto grau de estupidez sem muito esforço, dispensando com dignidade o uso de pernas, *pin-up girls*, xeiques, luxos asiáticos etc. que se constituem elemento preciosíssimo na confecção de "abacaxis" — isso sem falar no seu mais valioso auxiliar, que é o tecnicolor.

Pois *O netinho do papai* é uma superação de tudo isso. Consegue ser chato sozinho, gratuitamente, espontaneamente.

As personagens passeiam pelo filme dizendo frases sempre sensatas e fazendo coisas que todo mundo faz (todo o mundo em Hollywood, é claro). Spencer Tracy, com a sua cara de sola do pé, está atingindo o auge do canastronismo. Elizabeth Taylor, linda e insípida, sempre vestida de boneca, sempre de organdi estufado até mesmo durante as sequências em que aparece grávida — e sempre titubeando antes de falar para mostrar que é boa menina —, tem invariavelmente seus diálogos interrompidos por choros convulsos, corridinhas de *jeune fille** e inocências correlatas: apesar de mostrar bastante esses belos ornamentos naturais que as mulheres carregam por vezes garbosamente na região torácica.

Eu, palavra de honra, já vi muito bicho e muita gente ter filho. Já vi uma gata ter filhos, e a bichinha agiu com a maior dignidade — desincumbiu-se sozinha de sua árdua missão, cortou o cordão umbilical de seus filhotes, lavou-os bem lavados com a própria língua e depois dormiu com grande tranquilidade e consciência do dever cumprido. Já vi também uma mulher pobre ter um filho, em meio à maior miséria, e já vi até gente chamada "bem-nascida" sofrer partos com uma bravura digna de toda a consideração. Mas com Elizabeth Taylor o negócio parece ser diferente. Em primeiro lugar, é difícil saber em que lugar do seu corpo se localiza a criança, porque esse negócio de

*Mocinha.

barriga mesmo que é bom, neca. Depois, a menininha age exatamente como se estivesse carregando no ventre o Tosão de Ouro, ou a Declaração da Independência, em vez de uma criança em estado fetal. O negócio não convence de modo algum, fica de uma tal falsidade, de um tão grande cretinismo que eu — e que me caia a casa se estou mentindo — saí do cinema com um gosto amargo na boca: um típico derrame de bílis, fruto de engolir a minha raiva impotente de ter que ver, por dever do ofício, tanta porcaria como esta.

1951

*ROUXINOL DA BROADWAY**

Hollywood é o diabo. É o diabo porque Doris Day era o tipo da garota saudável, de sofisticação difícil, com um ar limpo, louro e sardento de espiga de milho, portadora de milhões de dentes e pernas, de olhar tão transparente como um raio de sol matutino. Além de tudo isso, capaz de cantar com uma voz pequena, mas cheia de *humour*, o tipo usual "branco" de balada popular americana Tin-Pan-Alley. Enfim, um encanto completo. Chegou mesmo a surpreender muita gente dando uma interpretação sentida num filme sobre a vida do trompetista branco, estilo Chicago, Bix Beiderbecke, chamada em inglês *Young Man with a Horn*.

Um dia, na porta do consulado do Brasil em Los Angeles, o cantor patrício Dick Farney me apresentou ligeiramente a Doris Day. Achei-a um amor mesmo no duro. Mas ontem, ao ver o novo musical da Warner, *Rouxinol da Broadway*, não a achei mais o mesmo amor de antes. Doris Day está caindo no chavão hollywoodiano da afetação da sinceridade. Está "dorisdayzando" Doris Day um pouco demais. De vez em quando cruza as mãos por trás, empina o papinho e se deixa ficar num ar de menininha que já não lhe cabe. E faz beicinho. Ora já se viu...

Por que faz Hollywood dessas coisas, me digam? Por que tanta falta de imaginação numa colônia que conta, provavel-

---

*Por engano do jornal, esta crônica saiu creditada a Marques Rebelo.

mente, com o maior capital de talento do planeta, que tem tudo à sua disposição, que é só apitar e ter? Eu lhes digo por quê. Hollywood está crente de que todo mundo é besta. Está crente mesmo na raça. E a verdade é que, de tanto crer, está mesmo bestificando meio mundo. Hollywood pega o mesmo pessoal de *Tea for Two*, que no Brasil se chamou *No, No Nanette*, e à base de uma nova canção, aliás antiquérrima, faz a salada musical mais insossa dos últimos tempos.

O filme conta que a comicidade caprina do velho S. Z. Sakall, de quem se diz que, como esforço de guerra, deixava as garotas lhe puxarem as bochechas à porta das cantinas de entretenimento dos soldados em Hollywood. Gene Nelson, o dançarino da película, tem a petulância de dizer a uma menininha que lhe vem pedir um autógrafo no filme, e que o acha "o maior dançarino do mundo", a seguinte frase: — "É a sua opinião e a minha contra Fred Astaire". A falar verdade, Gene Nelson não merece nem coçar os pés de Astaire. Seu estilo é manjadíssimo. Muitos furos acima dele está, por exemplo, Gene Kelly, que, este sim, merece coçar os pés de Astaire.

Gladys George faz uma velha "respeitosa" de vaudeville americano à Sophie Tucker. E o faz, apesar da boa antiga voz que tem, de maneira sacarinosa, lacrimejante, sentimentalona, chatíssima. Enfim, pensando bem, pensando bem, é tudo uma reverendíssima mercadoria de quinta ordem. 1951

*JEZEBEL**

O momento mais alto do velho filme de William Wyler ora em exibição, *Jezebel*, é a sequência do baile. O trabalho de direção é impecável, e Wyler conseguiu grandes interpretações de Bette Davis e Henry Fonda — sobretudo deste último. A tensão de sua cólera é quase que fisicamente palpável, e o movimento

---

*Esta crônica teve por título "Jezebel II", pois sucedia a "Jezebel", publicada em 8 jan. 1952, que não foi aproveitada neste volume.

todo deixa um mal-estar insopitável no espectador. Bette Davis poucas vezes esteve melhor, e até George Brent, um ator medíocre e com uma fachada pouco convincente, consegue, nas mãos do diretor de *A carta*, parecer muito melhor do que na realidade é.

Já se tem levantado contra essa cena a objeção de que ela não é verdadeira para com a vida. Não sei. Parece-me que, de fato, na vida as coisas seriam um pouco diferentes, e o peso dos preconceitos então vigentes atuaria de maneira menos sádica. Mas a arte é apenas um espelho da vida, não a própria vida. A mim a cena me parece construída com grande arte, donde o seu poder de convicção. O passeio de Henry Fonda com Bette Davis pelo braço — esse agônico passeio pela sala de baile com uma mulher supostamente virgem e que enfrenta a sociedade dentro de um vestido cuja cor não era sinal de virgindade — faz o espectador suar nas mãos. Todos os preconceitos masculinos e femininos cultivados ao longo de muitos séculos de burguesia como que encontram nessa cena o seu retrato. E a grande coisa é que ela se executa, em sua maior parte, dentro de um grande silêncio, esse "silêncio cinematográfico" pelo qual me bato, e a que os sons e as trocas casuais de palavras não perturbam — pelo contrário! —, acrescentam em poder.

A máscara de Henry Fonda, na sequência a que me refiro, será um dia considerada um clássico de expressão interpretativa. Ele carrega sua noiva pelo braço como se carregasse uma morta — qualquer coisa assim como o episódio de dona Inês de Castro — e para ligeiramente diante de todos os homens, o olhar carregado de desespero e desafio, como quem diz: — "E então?... Ou ela é acatada, ou é a morte de um de nós dois...". E ninguém ousa desrespeitar a sua sagrada cólera de homem, e seu desespero disposto a tudo.

Jezebel como filme tem uns poucos defeitos e uns poucos chavões. Mas a cena de que falo vale todo um filme. É uma obra-prima de direção.

1952

HITCHCOCK E *PACTO SINISTRO*

Umas poucas atrapalhações com papéis de viagem deixaram-me preso por mais dois dias, o que me dá esta boa oportunidade de comentar um excelente filme em cartaz, que ninguém deve perder: *Pacto sinistro* (*Stranger on a Train*), direção de Alfred Hitchcock. Posso dizer sem medo de errar que, com sua nova reafirmação, Hitchcock não só volta às boas fontes de sua inspiração cinematográfica, abandonando experiências do gênero *Under Capricorn* e umas poucas outras, como positivamente se ultrapassa, entrando no limitado e rarefeito espaço dos grandes diretores de cinema de todos os tempos.

O filme é uma pura maravilha de direção e conhecimento. Pena é que só me seja possível vê-lo uma vez, de partida que estou para Punta del Este. Porque trata-se de uma película que daria uma série de crônicas nas quais pudessem ser analisados para o fã vários setores da produção. Já que não vou poder me estender muito, limitar-me-ei a estudar o estilo do filme, do ponto de vista do diretor. Pois mestre Hitchcock positivamente se acabou de dirigir bem — bem como nos tempos de *39 degraus*, *O homem que sabia demais*, *Sabotage* e mesmo, em menor escala, *Correspondente estrangeiro*; bem, isto é melhor ainda. Em *Pacto sinistro*, Hitchcock põe a língua de fora para o Carol Reed de *O terceiro homem*. A comparação entre os dois filmes é, sob todos os pontos de vista, desvantajosa para *O terceiro homem*, descontada toda a soberba interpretação de Orson Welles neste último. O celulóide de Reed é muito construído demais, muito virtuosístico demais. O de Hitchcock fica um passo além do virtuosismo — que possui, mas que não ressalta da construção. Consegue ele, de certo modo, o que Mallarmé consegue em poesia — ficando o Carol Reed de *O terceiro homem*, com relação a ele, mais ou menos na posição subsidiária de um Paul Valéry, por exemplo.

A beleza do processo artístico de Hitchcock resulta disso que, aparentemente, as tramas que ele engendra pouco mais querem resolver problemas contrapontuais de ação. De posse de um fio geral de ação, cria ele o que se poderia chamar de "labirinto simultâneo", paralelismo descontínuo — uma espécie de gongorismo de um barroco simples, apesar da aparente complicação que revela. O crime de motivação estranha é em geral o elemento do qual parte para criar esse complexo sistema de movimentos entrecruzados, dentro dos quais os seres só não se tocam por milagres de circunstância. De um simples entrechoque de pés de dois homens que se sentam um em frente do outro num trem, e que dá a um deles a ideia de um crime, que muito tem do mundo de Kafka, resulta esse movimento fugado ao qual, como notas de música, os seres envolvidos ocasionalmente se incorporam, e do qual partem e para o qual revertem sob a fatalidade do inesperado que os impulsiona. Mas isso não significaria muito, e cairia no virtuosismo carolreediano, se Hitchcock não se aproveitasse do processo para dar grandes mergulhos na personalidade humana, para, em duas ou três imagens, pô-la a nu ao fazê-la defrontar-se com uma situação determinada, da qual não é causa senão circunstancial.

Isso o torna o maior mestre do moderno "suspense" em qualquer arte narrativa. Só Kafka conseguiu ser tão sutil e tão dramático, com tanta complexa simplicidade. E possuidor, como é, de uma grande ciência cinematográfica — que se revela na limpeza, instantaneidade de comunicação, bom gosto absoluto, qualidade dos diálogos, da fotografia, do corte, da edição geral do filme —, nada falta ao cineasta anglo--americano para que dele se diga que é ímpar em seu estilo e em sua arte.

Dirigindo com mão de pluma — a mão de ferro da inteligência — os seus atores, Hitchcock obtém deles desempenhos perfeitos. Estão todos igualmente bons dentro da maior ou menor dificuldade de seus papéis. Para mim os melhores são, sem dúvida, Ruth Roman e Robert Walker; mas mesmo Farley Granger, para mim um ator de menor porte, dá um excelente trabalho. Hitchcock pôs sua filha Patricia numa boa ponta, como a irmã de Ruth Roman, e, como em geral faz, assinou o filme com a sua presença pessoal. Num dado momento, logo no princípio do filme, quando Farley Granger desce do trem, há um homem gordo que sobe, sobraçando um violoncelo ou um contrabaixo — não estou bem lembrado. Trata-se, meus caros, de Alfred Hitchcock em toda a sua glória.

1952

MACK SENNETT: PAI DE CHAPLIN E AVÔ DO BIQUÍNI

Cannes propiciou este ano aos jornalistas e críticos presentes ao seu Festival do Filme não poucas oportunidades de se avistarem com figuras cinematográficas representativas. Mas nenhuma como a que lhes foi dada na tarde de 6 de maio, quando, no Palais du Festival, um septuagenário sentou-se diante de um semicírculo de gente atenta e começou a contar histórias que, na sua boca, são como se a própria história falasse.

Sentados, alguns, em carteiras, como colegiais aprendendo as lições de um mestre; outros de pé, a tomar nota das palavras que um intérprete ia à medida traduzindo, lá estavam os maiores críticos e estudiosos de cinema da França: Georges Sadoul, Henri Langlois, Claude Mauriac (filho de François) — sem falar em não poucos diretores de nomeada, entre os quais Jacques Becker, Yves Allegret e Carlo Rini. Na primeira fila Georges Sadoul — cuja obra de historiador vai se fazendo cada dia mais vasta e importante — não tirava os olhos da fisionomia ingênua, alerta e sorridente daquele que foi, indubitavelmente (e com o devido respeito a Max Linder), o pai da comédia cinematográfica, seu "primitivo" mais importante, além do maior descobridor de talentos de que já houve notícia na história do cinema: o velho Mack Sennett.

Mack Sennett, 1926.

Pouco antes, numa cerimônia simples que se seguiu à exibição de algumas de suas mais famosas comédias, Orson Welles apresentara Mack Sennett ao público do festival. E, apesar do pessimismo das palavras deste outro grande americano (que denunciou a chamada sétima arte como um negócio, e passou-lhe um sumário atestado de óbito), a figura que surgiu no palco, em seguida ao largo gesto dramático de apresentação de Orson Welles, denunciava um otimismo, um gosto de viver e um prazer de estar ali tão grande que desanuviaram imediatamente o ambiente de vago mal-estar deixado pelo necrológio de Welles. Bernard Shaw não se teria saído melhor da enrascada e, estivesse ele ali entre a assistência, por certo sua gargalhada diabólica se teria feito ouvir quando Mack Sennett, no meio do palco, deu um súbito pulinho à maneira da comédia antiga antes mesmo de abrir a boca para dizer muito obrigado.

SÓ DOLORES DEL RÍO GANHOU UM BEIJO

Sennett respondeu à apresentação de Welles em poucas palavras, declarando publicamente sua grande dívida à farsa francesa primitiva dos Pathé Frères, na qual se tinha inspirado para criar as suas famosas "chaves", ou seja, as correrias e perseguições desenfreadas que existem em seus filmes, e os não menos famosos *cops* de Keystone, isto é, os policiais bigodudos sempre às voltas com o herói da história. Aliás, quando seu intérprete ao microfone disse (num evidente erro de tradução) que Mr. Sennett se declarara um grande fã da comédia francesa primitiva, a qual tinha "imitado", o velho ator e diretor retificou com justa veemência — imitado, não! Fora influenciado, e muito, pela farsa francesa, mas não se considerava em absoluto um imitador.

Pouco depois entravam, cada uma com um buquê de rosas que iam sendo entregues a Mack Sennett, as maiores atrizes francesas e estrangeiras presentes ao festival. Dolores Del Río, que chegou por último, foi a única que ganhou na face um beijo do grande fazedor de comédia. No meio de tanta mulher linda — Carla Del Poggio, Micheline Presle, Yvonne De Carlo, Dolores Del Río e outras mais —, o velho Mack Sennett só fazia sorrir, babando de gosto. Um enxame de fotógrafos se precipitou e ficou por ali vagalumeando durante alguns instantes. Depois o teatro esvaziou.

AS TORTAS DE CREME NÃO SÃO PARA COMER

Mack Sennett iniciou sua entrevista à imprensa estrangeira pondo-se à inteira disposição dos jornalistas e críticos para qualquer coisa que lhe quisessem perguntar. Ficaria ali a noite toda se fosse necessário. Os jornalistas riram e todo mundo pôs-se a querer ainda mais bem àquele homem célebre, pelo seu jeitão simples e pela sua cordialidade.

Alguém sugeriu que ele contasse o nascimento da *custard pie*. A *custard pie*, que se poderia traduzir sumariamente por torta de creme, constitui uma das grandes descobertas de Mack Sennett como recurso cômico. Não se tratava naturalmente de comer a torta, mas de jogá-la à cara das pessoas com a possível violência. Faziam-se cenas inteiras com os atores e extras a se mimosearem mutuamente com torta de creme e, quanto mais vasta e cremosa a torta, de maneira a lambuzar bem o objetivo, mais graça o público achava. Era considerado hilariante o gesto de limpar os olhos, vagarosamente e com raiva contida, da massa de creme que os tapava.

O velho Mack Sennett deu a sua clássica risadinha de lembrança. Claro! Contaria a história da torta de creme... Fora assim: naqueles tempos, quando a câmera começava a rodar, era preciso tocar a filmagem para a frente, pois era frequente o enguiço das máquinas; cada minuto se tornava precioso. Estavam um dia filmando uma comédia com Ben Turpin, o famoso cômico vesgo, e Turpin por azar estava no auge da falta de graça, com a cara desconsolada a aparecer da abertura de uma porta. Por ali à volta achavam-se também Mabel Normand e

Slim Summerville, conhecidos atores dos tempos mudos e também descobertos por Sennett. Faziam o que os americanos chamam de *horseplay*, isto é, gracinhas mútuas de se perseguirem e se baterem, e essa coisa toda. A brincadeira não atrapalhava a filmagem de vez que o cinema era silencioso, de modo que Normand e Slim prosseguiram nas suas molecagens enquanto o diretor desesperado gritava para Turpin: *"Make me laugh!"* (Faça-me rir). Foi quando Mabel pegou uma torta de creme que se achava por ali e varejou-a em cima de Slim Summerville, o qual desviou a tempo. A torta pegou em cheio na cara de Ben Turpin, e todo o pessoal do palco de filmagem caiu na gargalhada, ante a expressão do ator a se limpar do creme que lhe empastava a fisionomia. Mack Sennett pulou. A coisa era aquela! Aquilo daria um ótimo recurso cômico! Estava descoberta a torta de creme.

— Mas há que haver motivação! — disse Sennett, esmurrando a mesa. — Da maneira como eles fazem hoje em dia na televisão, sem preparação e sem motivo, é uma besteira. A motivação é importantíssima!

AVÔ DO BIQUÍNI

— Sabem que eu sou avô do biquíni? — indagou Mack Sennett aos jornalistas. — Se quiserem, eu conto a história.

Sua boa disposição era evidente. Todo mundo fez que sim.

— Nos começos do cinema não era muito fácil colocar material de publicidade nos jornais, fotografias, essa coisa — iniciou ele. — Havia prioridade jornalística para muitas outras matérias antes do cinema. Eu não sabia o que fazer. Até que um dia...

E ele contou como vira certa vez uma garota num tribunal a mostrar as pernas para impressionar os jurados. Saíra uma fotografia dela assim, na primeira página, enquanto outras coisas muito mais importantes eram relegadas para as páginas de dentro.

— Foi daí que eu criei as minhas *bathing beauties*, as minhas belas banhistas. Arrumei, imaginei uma roupa de banho

As *bathing beauties*.

que lhes mostrasse as pernas e nunca mais tive qualquer dificuldade em colocar matéria minha nos jornais. Assim é que todo mundo que veste maiô de banho hoje em dia, deve-o a mim. Eu sou o pai do maiô de banho. E portanto avô do biquíni! — terminou Mack Sennett com uma gostosa gargalhada que contagiou toda a sala.

DESCOBRIDOR DE CHAPLIN
Mack Sennett, era evidente, esperava pela grande pergunta da tarde. E de repente ela veio. Chaplin. Como é que ele tinha encontrado Chaplin? — descoberta tão importante quanto a do fogo, da escada, da roda ou mesmo da energia atômica.

O rosto de Sennett abriu-se. Era o seu maior trunfo. A figura do homenzinho de chapéu-coco pôs-se de súbito a passear pela sala com seu passinho mecânico de passarinho, sua bengalinha de vime, suas chancas e seu fraque roto. Georges Sadoul chegou-se para a frente, na sua carteira de colegial. Todos os lápis e canetas puseram-se em posição de sentido.

— Eu tinha um ator chamado Floyd Sterling que me era indispensável — começou Sennett, passando rudemente a mão no rosto vermelho e quase sem rugas. — Ele era o chefe dos *cops* da Keystone, o maior dos meus policiais cômicos. Ganhava 250 dólares por semana. Seu contrato estava por expirar, e eu sabia que Sterling queria deixar o estúdio logo em seguida. Propus-lhe um aumento para 750 dólares se ele ficasse. Ele não quis ficar, embora me dissesse que se sentia muito orgulhoso com a proposta.

Enfim, isso vinha ao caso exatamente para provar a necessidade em que Sennett estava de um novo comediante que pudesse substituir Sterling à altura. Foi quando lembrou-se de que, indo um dia com a sua principal atriz e então namorada Mabel Normand a um teatro de vaudevile, em Nova York, vira esse pantomímico inglês que ali se achava trabalhando com uma trupe. Lembrava-se de ter dito a Mabel Normand que o rapaz daria para o cinema. Mas como localizá-lo? Afinal conseguiu. Um agente seu deu com o moço — Charles Chaplin era o seu nome — numa pequena cidade da Pensilvânia, chamada Oil City. Chaplin a princípio mostrou-se desinteressado quando lhe propuseram entrar para o cinema, com um contrato de 120 dólares por semana durante um ano: *"You mean the flickers?"* — perguntou ele, querendo referir-se às figuras que se moviam na tela. Mais tarde, sua trupe deslocou-se até Los Angeles. E assim foi, não tivesse Sterling recusado um contrato vantajosíssimo...

—... e é possível que o maior gênio cômico de todos os tempos nunca se houvesse revelado — arrematou Sennett com o exagero de vaidade próprio a todo grande descobridor.

BOO-BOO-BOO-BOO...
— Minha vida tem tido altos e baixos em matéria de descobertas — disse Sennett depois. — Uma vez, num estúdio, tudo me parecia errado naquele dia!, eu vi um rapaz esforçando-se para cantar uma canção. Aquilo me pareceu tão ruim que me cheguei a ele e disse: "Não é assim não, menino... Ponha mais sentimento nisso... É assim que você deve fazer...".

E Sennett repetiu para nós, jornalistas, uns quatro grunhidos estranhos que acabaram por fazer todos rirem, inclusive ele próprio.

— Nunca mais hei de esquecer aquele olhar frio que brotou daqueles olhos muito ingênuos e azuis — ajuntou Sennett, balançando a cabeça. — Nunca mais. Só mais tarde vim a saber que aquele a quem eu tinha querido ensinar a cantar era, nada mais, nada menos, que Bing Crosby. Imaginem eu querendo ensinar Bing Crosby a cantar.

MILHÕES DE DÓLARES PELA JANELA
— Outra vez — continuou Sennett —, e essa foi pior ainda!, eu vi no estúdio um rapaz com um ar de quem não fazia nada, bestando para lá e para cá.

Sennett parou, antegozando o efeito do que ia dizer. Depois contou de como tinha chamado alguém e perguntado quem era aquele cara tão sem graça vagabundeando por ali enquanto os outros trabalhavam. E lhe disseram. Tratava-se de um jovem pretendente a comediante, com um salário de cinquenta dólares por semana... "Despeçam! Ponham-no na rua! Não quero gente assim por aqui!"

Sennett nos olhou meticulosamente, coçando a cabeça branca com um ar gaiato.

— Eu posso dizer que atirei milhões pela janela nesse dia. Milhões. E aqui está um que foi advogado desses milhões para provar que eu não estou mentindo — estrugiu ele, apontando para um homem elegantemente vestido que, sentado a um canto, ria a mais não poder. — O homem que eu despedi chamava-se Harold Lloyd! Sim, senhores: Harold Lloyd!

Harold Lloyd.

UMA GAROTA DE NOME GLORIA

Enquanto o intérprete ia traduzindo para o francês a última história contada, pus-me a observar Sennett com a mais viva atenção, como a querer gravar-lhe a expressão para sempre. E nunca mais hei de me esquecer dela — pois ao homem não creio que vá ver jamais. Uma expressão bem americana — aparentemente a de um velho homem de negócios, mas com algo melhor que isso: uma extroversão mais pura, uma candidez menos agressiva, uma familiaridade mais competente. Sua cabeça é completamente branca, com cabelos finos de um teor suave que qualquer aragem agita. Seu rosto é vermelho, rosto de quem gosta de comer bem, beber bem e viver bem melhor ainda. Mas há, por outro lado, no olhar do homem uma compostura, uma segurança que dignificam esse rosto comum. Um bom velho, está se vendo, capaz de criar de dentro de uma grande saúde íntima, com um evidente gosto por uma boa gargalhada e um bom bate-papo. Um legítimo *old-times*, com todas as características do americano de há cinquenta anos, contemporâneo de Ziegfield, Teddy Roosevelt, Edison, Mencken e Sophie Tucker.

Quando o tradutor parou, já Sennett estava seco para contar outra.

— Vocês viram aquela garota que trabalha numa das minhas comédias exibida há pouco? Aquela de olhos grandes e nariz pontudinho? Pois bem: um dia eu estava no meu escritório conversando com Wallace Beery, que era um dos meus melhores atores, quando ela chegou para me pedir emprego no cinema. Olhei para ela e achei que ela valia a pena. Tinha uma carinha de anjo. Resolvi contratá-la, e enquanto conversávamos nem me lembrei de Wally (Wallace Beery), que, sentado à minha mesa de trabalho, estava quieto nos escutando falar. Depois a menina saiu e Wally também. Mandei que ela voltasse no dia seguinte. Às nove horas do dia seguinte lá estava eu no meu escritório e nada da garota. Às dez, nada. Às dez e meia, nada. Afinal, às onze, ela. "Sim, senhora!", zanguei-me

Gloria Swanson também vai casar-se em *A oitava esposa de Barba-Azul*, fita dirigida por Sam Wood, em 1923.

eu, "assim é que quer trabalhar para mim, hein? Assim é que quer entrar para o cinema?" "Desculpe-me muitíssimo, Mister Sennett", disse ela. "Mas é que eu fui me casar com aquele senhor que estava aqui, Mister Wallace Beery." — Sennett balançou a cabeça. — Já viram só... Tinha casado com Wally em menos de 24 horas de conhecimento... Depois tornou-se uma grande atriz dos tempos silenciosos, vocês se devem lembrar dela em *Sunset Boulevard*, Gloria Swanson... Começou comigo a 65 dólares por semana. Dois anos depois trabalhava para a Paramount por 25 mil...

O ANEL QUE TU ME DESTE
Alguém lembrou discretamente seu velho romance com a inesquecível Mabel Normand. O olhar de Sennett se adoçou por um segundo, na lembrança, depois ele falou:
— Ah! Mabel... Mabel era formidável! É verdade que houve um romance entre nós. Estivemos praticamente noivos. Mas eu nunca me casei. Eu não! Pois bem: para mostrar o caráter de Mabel, certo dia eu fui almoçar com ela num restaurante barato, em Nova York. Nesses tempos que falo eu ainda fazia as coisas pelo barato. No meio da história tirei do bolso um anel de 2,50 dólares que comprara de presente para ela. Mabel ficou radiante. Só faltou chorar. Nunca mulher nenhuma ficou mais contente com uma joia do que Mabel nesse dia... — Seus olhos se apertaram com uma seca saudade. — Muito bem: alguns anos depois, Mabel famosa, eu bastante próspero, levei-a a um restaurante muito caro também em Nova York no dia de seus anos. Enquanto comíamos, tirei do bolso um anel de diamante que me custara bastante dinheiro. Mabel agradeceu, pôs o anel no dedo e mirou-o como se se tratasse de um cristal ordinário. Nunca vi mulher mais indiferente do que Mabel, nessa ocasião.

TAL COMO A ETERNIDADE O FIXOU NELE PRÓPRIO
Para mim era o bastante. Os outros jornalistas ainda lhe perguntavam coisas, mas para mim era o bastante. Deixei-o assim, numa postura suave, perdido na lembrança da antiga namorada: a que com ele participara de tantas correrias, de tantos tombos, de tanta aventura, linda quando o cinema mudo começava a falar. Dei-lhe as costas e saí ouvindo-lhe ainda fragmentos de palavras. O velho Mack Sennett — namorado de Mabel Normand — descobridor de Carlitos, patrão de W. C. Fields (cujo camarim de ator era um eterno bar), inventor inesgotável de riso, astrônomo máximo dos céus do cinema, glória legítima da comédia mundial.   1952

Mabel Normand é Mickey em *Dodging a Million*, de Mack Sennett.

**ALGUMAS MULHERES,
OUTRORA AMADAS...**

OUTROS TEMPOS

Houve um tempo no Cinema americano em que Lilian Gish, esse lírio partido da juventude de nós todos, era a nossa mais doce namorada. Amava-se Lilian Gish, "como se ama um passarinho morto". Tinha-se Mary Pickford em grande ternura, mas o beijo no retrato era para Lilian Gish. Podia-se enciumá-la um pouco com Norma Talmadge ou Alice Terry, esquecê-la um segundo por Gloria Swanson ou Dorothy Dalton; podia-se mesmo enganá-la com Barbara La Marr ou Betty Compson. O coração, no entanto, pertencia à suave heroína da *Letra escarlate*...

Quanto tempo não faz isso! Por essa época ocupávamos, na imaginação das nossas primeiras namoradas de verdade, o lugar que de direito pertencia a Charles Ray, Wallace Reid e Thomas Meighan. Depois Valentino desceu como o Leviatã. Açambarcou tudo para ele. Pola Negri, Nita Naldi, mulheres com N nos nomes, de cabelos e olhos negros, que beijavam de costas para se ver o *sheik* cravar-lhes nas espáduas a manopla possessiva. Nessa época a gente também se divertia com as melhores comédias de Mack Sennett e suas banhistas, com Harold Lloyd e Bebe Daniels brigando às taponas, com o esplêndido Buster Keaton, com as séries de Pearl White e Ruth Roland. Chaplin e Douglas ainda não eram para nós os inovadores que consideraríamos mais tarde. A feiura de William Farnum e William "Sousa" Hart era-lhes um padrão de glória. Feios, dizia-se, mas fortes; William Hart colhia o lenço de sua dama sem se mover da sela. Quando se encolerizava, apertava os olhos, trazia os revólveres à altura do rosto e não perdia bala. Barthelmess era o Davi caçula do Cinema. E Theodore Roberts; e Mary Carr — ô velhinha pau! — e Ernest Torrence, o terrível Ernest Torrence, sem dúvida o maior bandido da tela, antes de ser são Pedro...

Aparecia gente nova, mas o Cinema era sempre Cinema. Rod La Rocque, Charles Farrel, Ramon Novarro, Lon Chaney, Ronald Colman, Mae Murray, Norma Shearer, Greta Garbo e

Lillian Gish, o "Lírio partido", de Griffith.

Norma Talmadge.

Pola Negri, "mulher de cabelos e olhos negros", era estrela da Paramount.

Página ao lado: Rudolph Valentino "desceu como um Leviatã" sobre Vilma Ba
em *O filho do xeique*, de 19

Pearl White, estrela da Pathé.

Nita Naldi, "mulher com N no nome".

William S. Hart "quando se encolerizava apertava os olhos, trazia o revólver à altura do rosto e não perdia bala".

Norma Shearer é a heroína de *O príncipe estudante*, com Ramon Novarro, filme dirigido por Ernst Lubitsch para a Metro, em 1927.

tantos. Faziam-se grandes filmes com uma grande simplicidade. Havia uma ternura, uma modéstia no silencioso claro-escuro das cenas, uma singeleza nos diálogos acidentais, uma saudade nas valsas do pianista do bairro, que nunca mais as poderemos esquecer. Uma chamava-se "Judex". Eu amava as minhas atrizes ao som de "Judex". Era um amar sem conta.

Que diferença para agora! Vejam o que fizeram da pobre Joan Crawford, que foi aquela grande delícia de *Garotas modernas*. Hoje a gente não pode amar uma mulher assim: se compromete. Quem é que pode mais gostar de Norma Shearer, com aqueles penteados e aqueles vestidos! E, no entanto, Norma Shearer foi a heroína inesquecível do *Príncipe estudante*.

Não eram atores: eram tipos humanos simples, movendo-se com naturalidade diante da câmera, sem Adrian para vesti-los nem agentes de publicidade escandalosos para endeusá-los. Perderam-se irremediavelmente para as nossas afeições íntimas. Venderam-se à facilidade de um exibicionismo tolo, de uma malícia vulgar; entregaram-se ao luxo, ao grã-finismo cênico, ao regime da piada fluente, ao *show off*, "babbittizaram-se", "noelcowardizaram-se", destruíram toda a beleza do silencioso, do lírico, do rítmico; fizeram do Cinema o espetáculo degradante que ele hoje nos apresenta, justamente a nós que acreditamos nele, que não queremos deixar de acreditar nele. 1941

MULHER DE CINEMA

Fúria no céu, extraído de uma novela de James Hilton (*Rage in Heaven*), poderia ter dado uma coisa excelente, não se tivesse o diretor descurado da sua parte mais importante: o Cinema. É um filme com pouco Cinema. O roteiro até que não é tão ruim; nada tem de especial, mas discorre sem os calombos usuais com que os roteiristas modernos de Hollywood configuram suas continuidades, estratificando às vezes uma imagem sem o menor interesse para deixar as personagens perorar à vontade e deitar todas as bolas de ouro que têm no pensamento.

W. S. Van Dyke II dirige como um literato mais que como um homem de Cinema. Seu pai, no entanto, sabia dirigir de verdade. Basta recordar o *Deus branco*, com o velho Monte Blue, logo no princípio do falado, filme cuja beleza é difícil esquecer. *Fúria no céu* tem, de qualquer modo, qualidades de discrição consideráveis, devidas mais aos atores que ao diretor, me parece.

Falta-lhe é profundidade cinematográfica. Não é possível tratar superficialmente um tema que pede, pelo seu peso específico, uma determinada pressão ambiente para manter-se estável. A concentração devia ser muito maior, a história prestava-se maravilhosamente a uma boa lição de Cinema. *A noite tudo encobre*, com que Robert Montgomery lançou seu novo tipo dramático (o criminoso degenerado, ou o paranoico, como é o caso neste filme), tem muito mais Cinema e muito mais conteúdo emocional. Não se pode, fazendo um

Ingrid Bergman tem "um impulso sincero para as coisas, uma iluminação íntima".

paralelo, deixar de considerar *A noite tudo encobre* de outra qualidade, embora Rosalind Russell, que, aliás, teve nele um bom trabalho, não mereça, como atriz e como mulher, nem sequer catar pulgas nos cachorros de Ingrid Bergman. Esta criatura, uma das coisas mais sérias do atual Cinema, é realmente um tipo excelente de mulher. À primeira vista pode não dizer nada; tem, assim, uma fisionomia bem lavada de escandinava, um ar asséptico de enfermeira bonita, um jeito de quem escala o monte Branco uma vez por semana só para ficar em forma. Aos poucos, no entanto, vai se revelando no seu rosto, no seu sorriso, no seu modo de olhar, na sua naturalidade de gestos, uma emoção, um impulso sincero para as coisas, uma iluminação íntima que a transformam. Tudo passa a existir fundamente nessa mulher de Cinema, que também deve ser uma grande mulher fora da tela. Ela nos traz algumas das melhores personagens de romance que já lemos. Ela é, na verdade, a personagem de um bom romance, perdida no mundo do Cinema.

Robert Montgomery tem um bom trabalho no filme, um pouco esforçado demais, talvez, mas realmente bom. George Sanders, o famoso "Santo", faz a terceira figura, com a discrição de sempre. Esse ator nunca errará em nenhuma atuação, mas também nunca fará nada de grande. Pertence a essa classe fisiologicamente exata, que age sempre muito bem, com a maior naturalidade, mas que nunca é capaz de, por exemplo, comer, artisticamente, carne com talher de peixe.

Oskar Homolka, que teve uma grande oportunidade em *Sabotage*, nunca mais fez nada que prestasse. Seu trabalho é de terceiríssima. Aliás, toda a explicação do princípio (Montgomery fugindo do sanatório em Paris) para justificar o fim (fraco como anticlímax e mal resolvido como solução do quiproquó judiciário) revela a falta essencial de um artista no novelista e no diretor. Aquilo é, francamente, um pouco demais, como vontade de criar um *good end*. O filme desanda como massa de bolo. No entanto, todo o *plot* central é muito bem levado, e às vezes mesmo rico em matéria. A ideia do suicídio, excelente como novidade, como clímax do estado mórbido de ciúme. Por isso, acho que o Metro merece uma visita.   1941

SER MISTERIOSO E DESORDENADO
Quem vê atualmente Hedy Lamarr, essa mulher linda mas inteiramente estupidificada pela fábrica para que trabalha, a Metro Goldwyn Mayer, que é, no momento, o símbolo vivo do mau cinema, espécie de espelho ricamente emoldurado, mas que reflete todas as imagens deformadas, quem vê essa Hedy Lamarr pode lá pensar que ela foi a Hedy Kiesler de *Êxtase*? A heroína de *Êxtase* era uma criatura soberba, cheia de vida, apaixonante, uma mulher de carne e sangue, livre, instintiva, vivendo o seu desempenho com uma riqueza poucas vezes alcançada em cinema. Não era apenas Gustav Machatý, o grande diretor, dispondo do seu tipo humano; era mais. Havia a mulher na heroína, ser misterioso e desorde-

nado, entregue aos impulsos da sua natureza num momento intensíssimo de arame.

Hoje lá está ela, uma boneca ridícula nas mãos de um diretor vendido, pois Clarence Brown sabe muito bem como é que se faz bom cinema. Nunca se viu filme mais tolo, mais abestalhado, que esse *Pede-se um marido*. Tudo nele é tapeação da mais barata, o argumento, o roteiro, a direção, a ação, os ambientes, a psicologia, o modo de resolver as situações, como quem diz: "Deixa o imbecil do público, que para ele qualquer coisa serve; vamos ganhar dinheiro com a sua vontade de passar o tempo"...

Eu não sei, já estaria na hora de se adotarem medidas mais severas coibindo essa exploração do público por parte das produtoras. Tudo é impingido, seja lá o que for. O público, já se sabe, vai mesmo ao cinema, de modo que... dane-se o público!

Eu não acho isso direito, não. Se certos filmes fossem proibidos como malsãos, como prejudiciais à educação do público, à sua educação artística, esse público, publicamente enganado pelas produtoras capitalizantes, começaria a ver mais claro, a perceber a chantagem e a exigir coisa melhor pelo seu dinheiro. Isso sem se tratar da criação de elites absurdas. Simplesmente do público, o operário, o funcionário público e o intelectual. Porque aqui não há distinções a fazer. Cada um perde igualmente o preço do seu cinema, que deveria ser Cinema e não imbecilidade, charlatanice e... tenho dito.

1941

PRESENÇA CARNAL

A Woman's Face (*Um rosto de mulher*), o novo filme da Metro, representa, por muitos aspectos, uma volta gloriosa de Joan Crawford. Que praza aos céus conservá-la assim por mais um tempo, é tudo que deseja o meu entusiasmo por essa mulher que a estreiteza e opacidade goldwyniana transformaram, até ontem, num manequim ridículo e espaventoso. Joan (não mais a minha antiga Joan de *Garotas modernas*; uma Joan amadurecida, mais bonita ainda talvez) tem o filme todo em suas mãos.

Sua presença é impressionante; é uma presença carnal, violenta, que ultrapassa a intenção da própria mulher se movendo no seu mundo fictício.

A história é muito bem levada até um certo ponto. Trata-se, é preciso dizer, de um Francis de Croisset, o que explica muita leviandade de ficção, muito efeitozinho fácil, e todo o mau gosto final. George Cukor é que fez, *malgré lui*, Cinema em muitos trechos da narrativa, Cinema esporádico, apontando casualmente aqui e ali, à revelia do diretor, como sempre acontece nos seus filmes. Cukor é, evidentemente, desses que ouvem o galo sem saber onde e por isso mesmo acertam à custa de tentar. A vaidade da sua câmera, flagrante, manifesta no modo como ele a faz mover inutilmente, não é, entretanto, de tão má qualidade que obstrua a vontade que esse Romain Rolland do Cinema tem de acertar. Por isso, ele acerta.

Não falta a esse filme boa imagem, nem intensidade dramática, nem brio na narração. Seu roteiro tem uma continuidade razoável, aproveitando bem os dados cinematográficos da ficção. É assim que ele introduz e movimenta as personagens com muita maestria, embora dentro de moldes obsoletos, como no início do filme (a criminosa e as testemunhas sendo apresentadas e caracterizadas na sala do julgamento) e como na transposição dos testemunhos para o plano de narração cinematográfica do que está sendo contado.

São grandes os defeitos do filme, sem falar na interpretação de muitos dos atores, de quinta ordem. Mas, apesar de tudo, a casualidade do bom cinema é um fenômeno impressionante a aparecer toda a hora nas cenas. Há coisas realmente magistrais, que lembram grandes movimentos silenciosos da velha arte muda. Lembrei-me, não sei por que, de tantos trechos isolados de outros filmes dos áureos tempos... O recurso do silêncio é mesmo empregado como um elemento cinematográfico de intensificação da emoção. Basta lembrar a hora em que Melvyn Douglas tira as bandagens do rosto de Joan Crawford, filmada silenciosamente. Há outras ocasiões.

Joan Crawford em *Um rosto de mulher*, de George Cukor, "tem o filme todo em suas mãos".

"A feiura de William Farnum era-lhe um padrão de glória."

O final é fraco, há uma invasão inesperada de Goldwyn & Mayer. A gente quase quer mal a Joan Crawford por ter ficado boazinha, estragando um filme que ia tão bem. Até a corrida de trenós, muito boa, a coisa vai à maravilha. Já a queda do boneco pela cachoeira é desnecessária, falsa. Na reconciliação final na sala do júri, então, o negócio desanda. Surgem piadas bem hollywoodianas, perorações de um gosto literário duvidoso, redenções francamente tolas. Joan Crawford dizendo: *"I want to belong to the human race; I want to belong!..."** faz nascer uma grande irritação póstuma contra a leviandade do diretor.

Não deixem de prestar uma homenagem silenciosa à figura de um dos membros da mesa dos juízes, um velho de cabeça leonina, que passa todo o filme calado, fazendo número entre os comparsas. Na última cena ele vai avisar Joan Crawford que os juízes a esperam para a decisão final. Diz então três ou quatro palavras como aquele músico que convidou

---

* "Eu quero pertencer ao gênero humano; eu quero!..."

toda a família para assistir a um concerto em que tudo o que fazia era tocar duas notas de fagote na última fase da peça.

Trata-se de William Farnum, uma velha e inesquecível figura do Cinema mudo. Nunca foi um grande ator, mas foi ator de alguns grandes filmes.

Não esqueçam.

1941

DISCUSSÃO CURIOSA

Escutei, outro dia, uma discussão curiosa. Dois grupos que poderíamos sumariamente chamar de "conservadores", a um, e de "radicais", a outro, batiam-se com a maior argúcia por uma noção de beleza, a da beleza feminina. A coisa nascera de uma asserção preliminar lançada por uma "radical", de que o corpo de Greta Garbo era lindo. Uma "conservadora" se levantou horrorizada, dizendo que não podia haver nada mais feio: "É uma mulher ossuda", afirmava, "com ombros de cabide, braços de chimpanzé e costas de baú. Como é possível achar bonito 'aquilo'?".

Uma aliada juntou-se às invectivas. Estabeleceu-se o maior charivari durante uns dez minutos, do qual brotou o seguinte dilema: ou Greta Garbo ou Paulette Goddard, cada uma representando no caso uma noção de beleza, a própria beleza, creio mesmo que toda uma estética.

Greta Garbo representava a beleza para a minha "radical". Dizia ela, a meu ver com bastante razão, que a beleza não pode ser uma noção, não pode ser mesmo uma forma, mas que isso é uma sensação a se desprender do que muitas vezes não é puro rigor estético. Afirmava o corpo da Vênus como a beleza, assim como os corpos de Greta Garbo ou Katharine Hepburn. O corpo de Paulette Goddard era o rigor estético, mas não era a beleza. Faltava-lhe inteligência na imobilidade ou gênio no movimento. Podia ser cientificamente perfeito, com todos os seus índices anatômicos exatos, seu grau de adiposidade medicamente em condições. Agora, Greta Garbo, com suas sabo-

"Greta Garbo é uma mulher-orquídea."

"Paulette Goddard deve ser mulher de lhe trazer pelo minguinho, de lhe falar as últimas, de lhe plantar bem plantado sem dizer água vai. Mulher com aquela inteireza, Deus nos defenda!"

neteiras claviculares, suas rótulas massudas e seus pés avantajados, era muito mais a beleza, porque tudo nela servia para harmonizar uma qualidade misteriosa do seu ser íntimo que a tornava inatacável. Paulette Goddard fora a beleza uma vez, nas mãos criadoras de Chaplin. Greta Garbo era sempre bela, acima de todos os diretores ruins que já a dirigiram. Com esse argumento fortíssimo a minha "radical" encerrou a discussão.

Quantos de nós, entre Greta Garbo e Paulette Goddard, ficariam com a primeira? Greta Garbo é uma mulher-sumidouro, sem a menor dúvida, uma mulher-orquídea, de condição fatal, e por isso mesmo que não é "uma beleza", mas a própria beleza, essa harmonia de valores físicos imantados espiritualmente num ser; um pé grande, valendo no caso mais que trinta perfeitíssimas *girls* de concurso; um movimento de cabeça destruindo o vampirismo capilar de todas as Ann Sheridan do mundo.

Como em toda a troca de argumentos, neste, cada um ficou com o seu, no final das contas, convencido da própria verdade. E como sempre acontece havia um "eclético" no meio. Esse ponderou, passada a refrega, que o papel era ficar com Greta Garbo, não deixando por isso de dar umas escapulidas para levar Paulette Goddard ao cinema, a ver *A dama das camélias*... 1941

BRINCANDO COM OLIVIA E PAULETTE

O maior interesse de *Porta de ouro*, o novo filme em exibição no São Luís, Carioca e Odeon, reside, sem dúvida, em suas duas intérpretes femininas, Olivia de Havilland e Paulette Goddard, sobretudo a última, que é uma das mulheres mais admiráveis que já nasceram. Olivia de Havilland é uma grande doçura, mas, ao lado de sua irmã Joan Fontaine, esvanece um pouco. Joan Fontaine é um anjo, uma psicose maníaco-depressiva com alternativas de euforia, uma ideia fixa, uma convalescença longa, uma coisa louca! Que venerável senhora, a mãe dessas duas pequenas, que grande cidadã americana! Mas, como ia dizendo, Olivia de Havilland perde um pouco, comparada com Joan Fontaine. Considerado em si, meu Deus, se ela morresse minha vida jamais seria um festim. Olivia de Havilland tem bem a sugestão oleosa do seu nome vegetal, é cheia e jovem como uma azeitona polpuda, e triste como uma oliveirazinha. Seus olhos e sua boca vivem num contraponto permanente, os olhos sempre implorando, assustadoramente, sempre esfomeados de carinho, e a boca sempre rindo para disfarçar a tristeza dos olhos.

Paulette Goddard é mais perfeita fisicamente, e deve ser muito mais inteligente. Muito mais antipática também. Paulette Goddard deve ser mulher de lhe trazer pelo minguinho, de lhe falar as últimas, de lhe plantar bem plantado sem dizer água vai. Mulher com aquela inteireza, Deus nos defenda! Paulette Goddard deve ter dado a Chaplin a *hell of a time*

"Olivia de Havilland é cheia e jovem como uma azeitona polpuda, e triste como uma oliveirazinha."

como se diz em bom inglês, porque aquilo é mulher de perseguir um homem até vê-lo na maior baixeza, fazê-lo fingir que está doente para não deixar ela ir às festas, ou então cair no álcool à toa, à toa; não; Olivia para casar, Paulette para namorar, ó céus, que grande combinação!

Uma fita com duas mulheres assim é uma grande fita. A gente pega e enterra Charles Boyer bem enterradinho, ele e os olhares dramáticos dele, ele e o *vieux jeu* dele, e fica brincando com Olivia de Havilland e Paulette Goddard durante quase duas horas. Vale a pena. Um pouquinho de imaginação, leitor amigo, e a felicidade perfeita está ali ao teu alcance, nessa época de cinema ruim. É preciso fazer o que se pode. Duas mulheres perfeitas: uma estática, outra dinâmica: que digo eu! — aerodinâmica — e a santa fantasia... Paulette se movendo desloca figuras geométricas tão novas, tão fulgurantes, desencadeia movimentos tão elementares que te oferece, se é que és geólogo, ou astrônomo, ou geômetra ou matemático, um campo infinito à observação puramente científica. Se és médico ou dentista, vai porque sairás de lá para escrever um tratado sobre a saúde, sobre o bom funcionamento glandular, sobre essa palavra tão misteriosa e tão bonita chamada hormônio — que eu não sei bem o que quer dizer, mas que seguramente leva em si uma carga fabulosa de poesia e música cósmicas —, sobre dentes, sobre gengivas, sobre tudo de saudável, de anormalmente normal num corpo de mulher.

Paulette Goddard é uma deusa, mas deusa mesmo, não a mulher parnasiana, helênica, em forma de urna e monologando cismas vernáculas. É deusa no sentido que lhe deu o cantor, um grande poeta de subúrbio, Oriel Lourival, autor da genial valsa "Rosa", que é uma das maiores declarações de amor de que se teve notícia, em prosa ou verso, na qual se fala na mulher "formada com ardor, da alma da mais linda flor, de mais ativo calor, que na vida é a preferida pelo beija-flor", e mais ainda "estátua magistral ou alma perenal do meu primeiro amor, sublime amor", e ainda mais "és mãe da Realeza". Não há maior quintessência. Paulette Goddard é esta deusa, mulher fina e grande dama cafajeste, que se move bem em qualquer plano da escada humana, sem nada de "divino", no sentido carioca da palavra, e quase sobre-humana, de tão abracadabrante.

Que dizer sobre um filme que tem duas mulheres assim, uma delas sobretudo: uma mulher que é a mulher de Chaplin, grande amigo de Rivera, e acima de tudo formosa qual se a própria mão divina...

Vão ver, é claro!

1942

Lupe Velez tinha muitos *screen friends* no Brasil.

OS AMIGOS DE LUPE VELEZ

Houve um tempo em que Lupe Velez era — ah, o demônio da semelhança das mulheres com as frutas! — livre e apetitosa como uma ameixa. Entre Raquel Torres, Dolores Del Río e ela, nós — nesse tempo estudantes de Direito — só não queríamos era ouvir falar nas duas primeiras. Íamos ali para o café do Areal, em frente à faculdade, e ficávamos fazendo inteligência sobre essas três grandes morenas do Cinema. Otávio de Faria liderava o grupo dos amigos de Lupe Velez. Havia bate-bocas sobre quem é que tinha mais sex appeal, mais isso e mais aquilo. Nosso maior argumento era o filme *O canto do lobo*, onde a exótica Mrs. Weissmuller atingiu o Himalaia da "bondade", se desmilinguindo de paixão feminina nos braços de Gary Cooper. Gary Cooper nunca há de saber as coisas que se disseram contra ele e excelentíssima senhora sua progenitora, pela oportunidade que lhe coube naquele filme. Nós o invejávamos com toda a violência de nossos corações estudantes de Direito. Ainda há pouco tempo estive revendo uma gaveta de coisas velhas, e dei com um antigo bloco de papel em cuja capa havia escrito em todas as páginas seguramente umas duzentas Lupe Velez, formando cruzes, acrósticos, o diabo. Era um amor impuro que era danado.

Depois, de apaixonada, Hollywood resolveu fazer Lupe Velez representar a temperamentosa ácida. A morena foi criando um coalho de chocolate frio, e se usando como uma toalha de salão de bilhar. Deu para dançar, fazer boquinhas à moda antiga (lembram-se das requintadíssimas boquinhas de Mae Murray e Colleen Moore?) e dançar à cafajeste. Deu uma péssima garota, porque isso ela sempre foi, só que não tinha a menor importância, porque ela era apaixonada de fato, aninhada, contra Gary Cooper — o cachorro! —, esquecida do tempo, perturbando-se e deixando o romancista da *Tragédia burguesa* com a unha no sabugo.

Que desastre. Decresceu-lhe por completo o coeficiente de vitaminas. De ameixa, passou a "abacaxi", de "abacaxi" a "carambola". "Carambola" é esse tipo de pequena azeda, com muita quilha, que estraga à toa. E ficou com a pele ruim, marcada de espinhas, gênero "morena-pé-de-moleque", como se diz por aí. Pobre Lupezinha! Está um caco. Por amor do que ela foi, desaconselho veementemente esse *Honolulu Lu*, para que sempre se guarde o retrato colossal da heroína do romance de Crane. É com pesar que falo todo esse mal dela. Ela, porém, também devia pensar na gente, desperdiçando todo aquele lirismo por ela, no melhor tempo da vida... Não está certo... Há tanta profissão digna para uma mulher vencer a velhice... Não adianta é saracotear assim, já sentindo o peso dos anos, na frente de carioca...

1942

A MULHER E A LUA

Merle Oberon é a única mulher que eu conheço que parece com a Lua. Isso sem cogitações abstratas, de ordem sensorial poética, porque a mulher e a Lua são, no plano da natureza

Merle Oberon é "a mulher mais telúrica da tela. Dá vontade de chamá-la de dona Lua".

cósmica, realmente semelhantes. São, ambas, criaturas paradas e misteriosas, determinando em seu estranho ciclo uma série de fenômenos inconscientes. A poesia tem usado e abusado dessa similitude.

Mas com Merle Oberon a coisa é mais positiva. A jovem atriz parece fisicamente com a Lua. Eu não me espantaria se a visse, de noite, iluminando com sua pele fosforescente uma superfície do céu, reclinada entre duas nuvens como um crescente, ou mostrando somente o rosto esférico, fugidio, como uma lua cheia. Essa matéria lunar, que Merle Oberon possui, a cor, a substância, a forma capitosa arredondada, como a desprender luz, fazem dela a mulher mais telúrica da tela.

É impossível não amá-la. Mesmo num filme desses, em que a usam da maneira mais errada possível, fica aquela sugestão a derramar os fluidos de uma paixão irrealizável. Merle Oberon ficará sempre em nossa memória como a tresloucada, fatal, patética Katharine de *O morro dos ventos uivantes* sobre o episódio do genial romance de Emily Brontë. Numa comédia como esse *Volta para mim*, o papel é esquecer o resto e concentrar sobre Merle Oberon. E o fato de trabalhar ela ao lado de Rita Hayworth, dona fabulosa, possuidora dos melhores bens femininos da Terra, mas indígena legítima do planeta, como que salienta mais ainda essa propriedade celeste que ela tem. Dá até vontade de fazer a gente versos bestas para ela, chamá-la de dona Lua, feito essas declamadoras cariocas em festa de caridade.

Penso num amigo meu, jovem musicólogo paulista, que deve estar fazendo sim com a cabeça ao ler esta crônica. Realmente, que dizer, senão proclamá-la, a ela cujos braços são os braços da Lua; cujos olhos, orientais e pesados de mistério, são os olhos da Lua; cujo pescoço é um cálice redondo, como o pescoço da Lua; cujo colo é uma flutuação de nuvens atravessadas por luas; cujo corpo é antigo, pequenino como um rodopio de valsa, uma valsa de lua, a valsa dos cavaleiros da Lua — lembram-se? — que diz assim:

C'est la valse brune
Des Chevaliers de la Lune...

Que é que adianta fazer crônica de Cinema quando há mulheres como Merle Oberon, como Katharine Hepburn, como Greta Garbo, como Elisabeth Bergner, sem falar nas mulatas patrícias, nas índias havaianas, nas *midinettes* de Paris, nas *school girls* inglesas, e o que existe de ignorado na costa do Pacífico, na ilha de Ceilão, na Austrália, por aí tudo?   1942

POBRE CAROLE!
Adorável imagem patética, a que nos deixou Carole Lombard antes de partir. Pobre Carole! Tanta claridade e beleza nela toda; tanta graça e fervor no seu rosto vagamente agoniado, que um riso branco, atônito, súbito, iluminava; aquela testa vasta, inteligente, permanentemente varrida de pensamentos,

Carole Lombard fazia a propaganda do esforço de guerra americano quando morreu num desastre de avião, em 1942.

de vida, espelho fiel de todo o íntimo gozo ou pena... Uma mulher de paixão, sem o menor cerebralismo, sem nada que não fosse a sua formosura presente, irresistível. Ontem, assistindo-a mover-se com seu doce corpo obediente ao movimento, corpo perfeito, substancioso e, no entanto, irreal, belo demais para vermes da terra (queimou-o o fogo em meio à neve), sofri por ela, que deve ter achado a morte tão inesperada, assim pânica e irrecorrível. Fiquei com os olhos molhados lembrando-a naquele momento de supremo desvario, em meio ao temporal, buscando ver através do vidro embaçado do avião, numa esperança de ave prisioneira que quer voar. Ela não deve ter entendido por que ela, justamente ela, deveria passar por aquela experiência sem sentido, atirada em vertigem aos abismos de um pavor lancinante, pura paralisia e trauma, puro espasmo, pura tensão de músculos, nervos ao paroxismo, até o piedoso espedaçamento final.

Difícil imaginar que uma mulher assim pudesse morrer. Muitas vezes eu me perdi dessa ideia, vendo Carole ao lado de figuras familiares, que a toda hora estão nos cartazes dos cinemas, o comediante Jack Benny; o cientista macabro Lionel Atwill; o psiquiatra alemão mal-intencionado Sig Ruman. Entre eles, Carole, agitando-se inteiramente à vontade, o rosto cheio de planos iluminados, o nariz afilado, levemente pinçado nas asas, a cabeleira loura estupenda, tudo se harmonizando para fazer dela uma mulher requintadamente fina e amorável, de uma aristocracia física absoluta, sem embargo de uma grande simplicidade. Carole Lombard viva, viva a ponto de esquecer a gente que ela morreu e aquela era a sua derradeira imagem. Viva de se a desejar, ela que o fogo consumiu.

Lubitsch redimiu-se. O velho diretor de tantas velhas obras-primas (*Paraíso proibido, O círculo do casamento, O príncipe estudante, Não matarás*) e que foi pouco a pouco cedendo ao comercialismo de Hollywood (que criou o slogan do *Lubitsch touch* — o toque de Lubitsch) deu nesse filme uma boa prova de caráter. Sem ser um grande filme, *Ser ou não ser* tem realmente muito da antiga prosódia lubitschiana, a displicência e a malícia que só o psicólogo finíssimo do *Círculo do casamento* obteve em cinema, e qualidade de humor inteiramente diversa da de René Clair, Abbadie d'Arrast, Pabst, Sam Wood, Feyder, Hitchcock, não importa que outro diretor considerável sob esse ponto de vista. Todo o caso de Carole com Robert Stack (o aviador polonês tenente Sobinsky) é tratado com uma graça como há muito tempo não víamos. O momento em que Jack Benny (o ator Josef Tura) começa o solilóquio do terceiro ato de *Hamlet*, o conhecido "to be or not to be" (que dá nome à película), fica como um dos melhores achados que temos tido em cinema. É de um sabor, como coisa maliciosa, digna de Lubitsch dos áureos tempos. A intriga se executa com um ar de naturalidade que lhe aumenta a graça bem artificial, no entanto, bem rebuscada, aliás, como deve ser.

Há excelentes gags, o tempo todo. A parte de comédia como que envolve o fundo humano e trágico que o filme quer ter, é ótima; Lubitsch serve-se da tensão nervosa das situações cruciais para dosar a melhor ironia. É engraçado o modo por que faz suceder a uma cena que explora o máximo de embaraço cômico de Jack Benny, como aquela em que ele finge ser o coronel alemão para enganar o espião inimigo — outra de boa intensidade dramática, realizada com cinema, como a da caça ao mencionado espião, dentro do teatro às escuras, com aquela morte em grande estilo, sobre o palco, magistralmente dirigida e representada pelo grupo. Não percam. Irão ver um filme que é uma esperança. Uma esperança de que Carole Lombard ainda esteja viva e uma esperança de que o velho Lubitsch tenha considerado uma "alta traição" o desserviço ao cinema que vinha realizando, e resolvido resgatar a sua culpa. 1942

AMOR DE MOSQUETEIRO

Em São Paulo, onde andei esses últimos nove dias, assisti, em companhia dos críticos bandeirantes Almeida Sales e Batista da Costa, ao filme de Jules Dassin, *Sua criada obrigada*, com argumento original para cinema. Fomos, nós Os Três Mosqueteiros da crítica de cinema, em boa camaradagem, agitando rapidamente questões, topando paradas, ao Metro da avenida São João, que se engalanou do que havia de mais lindo em mulheres paulistas, para receber nossa insolência. Sentamos, um por todos e todos por um, nas cadeiras da frente, como é do bom fã, e por uma hora e pouco amamos com o mesmo fervor a jovem e interrogativa Marsha Hunt, cuja figura faz o desespero dos geômetras, pois reúne o que há de mais perfeitamente curvilíneo ao docemente reto e ao languidamente sinuoso. Nem mesmo uns quarenta minutos de complementos cacetes nos tiraram de um bom humor que estremeceu apenas ante um *Tapete mágico* de Fitzpatrick. Até um curta horrendo sobre Damião, o Leproso, cuja extraordinária história viu-se vulgarizada por um péssimo ator, nós engolimos, na alegria de nos vermos pela primeira vez reunidos num cinema: Almeida Sales, o Athos da trinca, sério, inflexível, e de uma gravidade tão suave; Batista da Costa, o D'Artagnan frenético, querendo desembainhar a espada por dá-cá-aquela-palha; e este vosso astucioso criado, quem sabe um Aramis capaz de esquecer toda a ética crítica ante a forma de uma deliciosa Marsha Hunt, tão mais importante que a direção do novato Jules Dassin, que, aliás, promete, sem embargo da sua sofisticação que puxa ao velho Lubitsch; mas, se abstrairmos da sofisticação, o que resta do atual cinema americano?

Foi uma noite agradável. A continuidade discorreu sem tropicões, bem assoalhada e encerada, como é do estilo da Metro. O modo de apresentar a história, no princípio, muito bom, bom como o melhor Lubitsch. Às vezes, quedas fundas em poços de direção; mas, em compensação, momentos quase cinematográficos, como o da briga dos dois rivais no quarto de Marsha Hunt, com aqueles notáveis movimentos de máquina, Batista da Costa fez lembrar a possibilidade de filmagem com duas câmeras, o que é bem possível.

Marsha Hunt é um amor total, feita de uma mistura de papo-de-anjo, massa de suspiro, essência de alfazema, um pouquinho de canela, uma gota de beladona, bate bem... e manda!

1943

Lena Horne, "a esdrúxula", em *Tempestade de ritmos* [*Stormy Weather*], produção da Fox.

CARTA ABERTA A LENA HORNE

Em crônica de outro dia, eu tinha prometido escrever qualquer coisa só sobre você, Lena Horne, ou melhor, Lena, ou melhor, Leninha (você me permite que a chame assim?). Poderia escrever uma ode, uma elegia, um acróstico, um epitalâmio para você, Lena Horne, poderia dar pantana, andar sobre as mãos, dançar clássico, vociferar em logradouros públicos, tomar conta de toda a sua propaganda, Lena Horne, porque você não existe, mulata, de tão capitosa, de tão simpática — como você é simpática! —, de tão desmilinguintemente bonita que você é. Vou lhe escrever apenasmente uma carta, minha cara, porque a minha posição no quadro-negro da sociedade obriga a uma certa discrição, que, aqui entre nós, eu lhe direi que é fingida. Se eu pudesse, vivia fazendo seu retrato (ah, a desvantagem dos escritores! não têm modelo, não têm nada...) — feito meus amigos Candinho e Graciano vivem fazendo, retrato de moça bonita, porque, vai, vai ver mesmo, contando a matemática dos egípcios, a escultura dos gregos, e dobre com a filosofia ocidental, e ponha mais a Renascença italiana, e venha de lá toda a poesia em língua inglesa... não há nada como moça bonita.

Você é absurda, Lena Horne, é esdrúxula, é bem patinada como as Vênus dos jardins. Só de vê-la... estremeço, como se você tivesse eletricidade, que, aliás, você tem, se tem! Você e eu somos dois polos elétricos, duas partículas cósmicas, dois micróbios de malária se encontrando nos glóbulos vermelhos do amor. Você e eu somos uma grande atração misteriosa, e creio que, em vista disso, o papel seria nos encontrarmos rapidamente para um chá — que ideia! —, para um uísque ou dois ou três, num bar qualquer tranquilo, onde não haja perigo de entrar essa pessoa que não gostou do fato de Waldo Frank acentuar em seu livro as qualidades do homem negro brasileiro, e que pelo nome parece ser mulher, uma tal dona Povina Cavalcanti,[*] que eu não conheço e faço muito gosto em não conhecer. Lena Horne, você é pecado puro, e seja sempre assim. Enquanto Metro-Goldwyn-Mayer mantiverem seu contrato — Lena Horne! —, você terá para você garantidas todas as colunas que quiser menos a quinta, que essa ninguém faz contra você, ou só mesmo

---

[*] Carlos Povina Cavalcanti (1898-1974), jornalista, poeta e escritor alagoano, era cunhado de Jorge de Lima. Publicou *Volta à infância* (memórias), *Ausência de poesia* e duas biografias de poetas, a do parnasiano Hermes Fontes e a do próprio Jorge de Lima (*Vida e obra de Jorge de Lima*. Rio de Janeiro: Correio da Manhã, 1969).

passando por cima do meu cadáver. Sua carinha, que maravilha! Seu sorriso! Eu consigo ouvir seu sorriso!, Lena Horne. Nele há guizos, chocalhos, reco-recos, pandeiros, pistons, clarinetas e golpes de *boogie* em piano. Seu riso é carnaval, e sua ausência da tela, uma única e grande quarta-feira de cinzas. Com perdão da palavra, mas eu vos amo, sabe, Lena Horne.   1943

FABULOSA GAROTINHA DE CABELO PARA-BRISA
Casei-me com uma feiticeira é seguramente o melhor filme de René Clair nos Estados Unidos. Mas, como é pouco dizer isso, se considerarmos que René Clair foi só diretor de *Un Chapeau de paille d'Italie*, de *Le Million*, de *Sous les Toits de Paris*, de *The Ghost Goes West* e mesmo de *Dernier Milliardaire*! Em todo caso, comparado com o filme que fez para Marlene Dietrich, é animador. Usando de Veronica Lake com uma graça que até hoje ninguém tinha compreendido tão bem na fabulosa garotinha de cabelo para-brisa — que eu acho absolutamente adorável com seus pequeninos cinismos, seus tão evidentes glamours, tão engraçadinhos (que a fazem toda hora se enfiar em enormes roupões de homem, em vastíssimos pijamas e macacões dentro dos quais ela some completamente) —, René Clair conseguiu criar um espetáculo divertido. Quem é que disse que Veronica Lake não é um *amorrr*, como falam as meninas de Copacabana? E isso René Clair pegou muito bem, o arzinho de feiticeira que ela tem e que tão bem lhe faz assentar capuzes na cabeça e certas posições misteriosas em que ela se põe à toa: um jeito especial de ficar olhando as pessoas, como a examiná-las afetuosamente e a sua incontestável sabedoria em relação aos homens, sem falar, como diz a Bíblia, no que está por dentro. Não sei mesmo por que ninguém tinha pensado ainda em fazer Veronica Lake trabalhar numa *féerie*,[*] com uma varinha de condão na

---
[*] História de fadas.

mão e um grande cartucho branco sobre a cabeleira platinada. Trata-se de uma jovem fada, essa. E o filme vale também por certos instantes que lembram o velho *humour* do mestre de *Le Million*, como a cena do casamento de Fredric March, quando a todo o instante intervinham a cantora lírica a cantar "I Love You Truly". Ninguém perde nada em dar uma espiada no filme e para a carinha de Veronica Lake. 1944

MARGOZINHA

Quem reviu *Horizonte perdido*, o famoso Shangri-la que o romancista-barbante James Hilton emprestou ao filósofo de cordel Frank Capra, deve ter notado que a coisa mais linda do filme é Margo, a excelente atriz de *Os predestinados* e do recente *O homem-leopardo*. Menina mais triste nunca viram olhos humanos, com aquela vontade permanente de chorar que ela tem, aquela carinha maravilhosa de olhos súplices, aquela inteireza de pele lisa, bem esticada sobre uma estrutura mongólica de maxilares, aquela boca plena e dolorosa, ligeiramente caída nos cantos, e aquele olhar, meu Deus, aquele olhar que dá vontade de cair a gente de joelhos aos pés dela, convidar ela para morrer juntos em Paquetá, chamando ela de santa, de soror, de Margozinha. Margo é uma pura maravilha, e eu vos convido a todos para irdes amá-la em Shangri-la e a dardes uma surra em Frank Capra, que inventou de transformá-la numa velhinha, o degenerado.

Não me lembrava mais também, ainda a propósito desta fita, de como é bom o desempenho que nela tem Ronald Colman, o grande veterano da tela. Seu jogo fisionômico, na ocasião da conversa com o *father* Perrault — ó ancião cacete! —, é extraordinário. Aliás, toda a sequência do salvamento dos sitiados é muito boa, mesmo como cinema. Para falar verdade, tive uma boa surpresa com essa reprise. É seguramente o melhor filme de Capra, melhor que todos os *Mister-não-sei-quê--vão-não-sei-para-onde*, como ele gosta tanto de fazer. O diabo é que tudo quanto Capra faz parece *Country Club*, tem gosto de Exército da Salvação e de método Coué, lembra livro de divulgação científica de Alexis Carrel, cheira a biografia de Ludwig, qualquer coisa assim.* Pensando bem, presta não. Mas tem muita fuleiragem. Todo o processo de exibição de Shangri-la é positivamente conversa mole. Conversa para criança.

Num mundo como o que vivemos, Shangri-la soa quase como sanatório para vítimas do que os ingleses chamam *war casualties*. São muitas flores demais, e parecendo muito demais com flores de cera. Há um excesso de bucólico nas paisagens, e as paisagens saltitam com um certo exagero a sua alegria. Enfim, Shangri-la, isto é: uma coisa, como o padre Antônio Vieira, "que não há nem é".

As tempestades de neve são belíssimas. Uma das razões por que o filme vale. Porque, quanto ao mais, Shangri-lá e eu aqui...

1944

A FAVORITA DOS DEUSES

Quem é? É claro que é Dorothy Lamour. Não só dos deuses, mas das forças armadas americanas, e de muito paisano também que anda por aí, entre os quais modestamente me coloco. Por quê? Vai-se lá saber a razão dessas coisas... Pode--se dizer que seja uma grande atriz? Nunca. Trata-se de uma

---

*Vinicius refere-se às platitudes consagradas da época. O método Coué é o da autossugestão consciente, pelo qual o poder da imaginação seria capaz de afastar doenças e infortúnios. "Todo dia, e de todo modo, eu estou melhorando...", era o método que Émile Coué recomendava, como pensamento positivo. Alexis Carrel foi destacado biólogo e cirurgião francês, que descobriu um método revolucionário de sutura dos vasos sanguíneos e conseguiu evitar inúmeras amputações nos feridos da Primeira Grande Guerra. Era dado a escrever livros de divulgação científica como *O homem, esse desconhecido* (1935). Emil Ludwig foi o autor alemão de inúmeras biografias romanceadas de vultos históricos como Goethe, Bismarck, Wagner, Napoleão, Jesus Cristo e Bolívar. Nessas biografias, para carregar na humanização das personalidades, Ludwig dava mais ênfase ao elemento psicológico que ao histórico.

reconhecida beleza? De modo algum. Tem o nariz mais deliciosamente amassado da criação. A boca mais capitosamente desmanchada que uma morena pode ter. Está inclusive engordando um pouco, com certeza porque gosta muito de comer. Que se há de fazer, no entanto... Dorothy aparece, e a gente entrega os pontos. É uma coisa saudável que ela tem, não sei. Confesso a minha fraqueza diante dessa morocha fabulosa, que nada tem a ver com o cinema. Diante dela anula-se o meu senso crítico. Ela é quem dirige a fita, faz o roteiro, monta a película, distribui a produção. E força a confessar que é uma das mulheres mais burras que já nasceram. Tudo nela transpira uma santa, sólida burrice. Faz as coisas com um certo desajeitamento, uma certa preguiça, uma completa falta de critério. Mas a verdade é que é muito bom. Dorothy Lamour canta, e parece ter luar na garganta, e sua voz é como uma pétala de rosa crestada. Ela conquista a gente por círculos, por círculos cada vez mais envolventes. Sua figura geométrica é a espiral. Se eu a tivesse que comparar a alguma coisa no mundo animal a compararia a uma gata; no mundo vegetal a uma rosa. Se ela fosse fruta seria manga, se fosse legume seria pimentão. Se ela fosse coisa seria poltrona estofada, cômoda antiga, colchão Hollywood de molas. Se ela fosse instrumento seria viola talvez violão, quem sabe violoncelo, nunca violino. Se fosse livro seria livro encadernado a couro bem macio, nunca brochura, se fosse letra seria a letra *d*, que é de Dorothy, e reparem como parece com ela.

Dorothy Lamour tem direito a aparecer até em tecnicolor. Seu elemento são os lagos azuis para jogos aquáticos, as celebrações rituais em que ela dança em movimentos ofídicos entre bandejas de cocos, bananas, uvas e maçãs supercoloridas, vestida de sarongue estampado. Para Dorothy Lamour tudo, até o tecnicolor, é permitido, mas só para ela. Por isso, nem vale a pena criticar um filme seu, porque todo mundo vai mesmo. E, aqui entre nós, faz muito bem.

1945

VER-TE-EI OUTRA VEZ?

Não, não te verei outra vez, embora não sejas ruim de todo. Mas ficas num meio-termo morno, e nada deixas ao espectador senão uma vaga melancolia tipo Natal. Não te verei outra vez porque tinhas obrigação de ser muito melhor, trazendo como trazias a assinatura do diretor William Dieterle, e um bom ator como Joseph Cotten, sem falar neste amor de Ginger Rogers. Mas a principal razão pela qual não vou ver-te outra vez é porque enfeiaste Ginger Rogers, e isso eu não te posso perdoar. Posso te perdoar tudo, até aquele ataque de nervos de Joseph Cotten no quarto, quando procuraste inutilmente fazer cinema. Mas teres enfeiado a minha querida Ginger Rogers, que eu venho, eu e todo o mundo, namorando desde os tempos em que ela apareceu nas primeiras fitas com Fred Astaire, isso eu achei demais. Não se faz uma coisa dessas impunemente com uma namorada do mundo. Depois, deixar a menina tão triste e tão mal à vontade naquele papel nada feito para ela, isso também é uma razão a mais para não te ver outra vez. Ginger não foi feita para aquele ambiente. Ginger é uma flor de dança, nasceu para voejar, sapatear e rodar nos braços de Fred Astaire. Ginger nasceu para se enlanguescer ao som de melodias de Gershwin, para fazer olhares-de-varanda-ao-luar, para estar assim muito bem tomando um chá elegante, em tête-à-tête, e de repente uma valsa se insinua, e ela dobra a linda cabeça para o lado, deixando cair os pesados cabelos ruivos sobre o ombro, e sai num passo alígero, de corpo, alma e coração sofisticados, dançando para as multidões embevecidas ante tanta graça.

Não, não te verei outra vez. Não quer dizer que não sejas passável, mas Dieterle já fez muito melhor, é só se lembrar de *O homem que vendeu a alma*, e tanto Orson Welles como Hitchcock já dirigiram Joseph Cotten com outra mestria, como em *Cidadão Kane*, *Soberba* ou *Sombra de uma dúvida*, deste último. Depois, faz também aflição ver Shirley Temple tão grande com a mesma cara com que apareceu quando ainda andava nas fraldas. Dá uma impressão horrível que o tempo está andando depressa demais.

Depois, estás também um pouco demais cheio de boas intenções, o que te dá um certo jeito alvar. Boas intenções têm que ser dosadas com melhor arte. Não, não te verei outra vez, embora valhas uma visita, uma única visita. 1945

VARIAÇÕES SOBRE GREER GARSON

Greer Garson é uma linda criatura, indubitavelmente. Pude mais uma vez constatá-lo nesse *Mrs. Parkington*, dirigido por Tay Garnett: um filme sensaborão, mas iluminado pela curiosa presença da outrora excelente Mrs. Miniver. Mas Greer Garson repousa um pouco sobre o conceito "boa moça", que é uma forma um tanto alvar de ser. Todo mundo sabe o que quero dizer com isso. Não há quem já não tenha ouvido uma frase desse tipo: "Ah, fulana? é muito boa moça!". Em geral as pessoas que o dizem, se são mulheres, já foram "boas moças" também, ou têm arrependimento de não o ter sido. Para mim, o que estraga Greer Garson (culpa em parte da Metro) é a ênfase sobre essa qualidade negativa. Porque a verdade é que ser "boa moça" é uma coisa um tanto pau para uma verdadeira mulher, embora muito proveitosa, sobretudo porque o conceito não acrescenta nada, do ponto de vista moral. Tenho em que "boa moça" pode ser tanto a maior puritana como a pior das messalinas. Trata-se de uma máscara, uma máscara que certas mulheres sabem pôr, e que frequentemente se transforma numa segunda natureza para impressionar o sexo oposto, e com fins em geral matrimoniais. A "boa moça" fica logo muito simpática demais; procura agradar com um jeito modesto, como a enunciar prendas ocultas; nunca impõe a sua personalidade com medo de desagradar aos homens; faz sempre o jogo da passividade compreensiva, embora possa, eventualmente, ter o comando do casal: enfim, dá sempre a um homem a impressão de que "ela", sim, "ela" é capaz de

"Greer Garson gosta muito de ser 'boa moça'."

compreender-lhe o complexo masculino; "ela" que é "a companheira"; "ela" que é a sempre atenta, de cama e pucarinho — doceira, anfitriã e grande amorosa a um tempo. Confesso o meu desagrado e minha desconfiança diante desse tipo de mulher, porque acredito na mulher e no seu espantoso poder criador. Sinto mesmo que há, oculta na maioria das mulheres que adotam tal tipo, grandes pecadoras em potência, terríveis invejosas da vida [...]. Não se trata da regra geral, é claro, porque há "boas moças" por condição também que são, aliás, da mesma forma uma sensaboria.

Greer Garson gosta muito de ser "boa moça" e não das mais terríveis. Uma "boa moça" mais sobre o tipo caladamente compreensivo, docemente atento, auspicioso, profundamente consciente do estado matrimonial. É das tais que vibram muito na presença de seus homens, aplaudem-no em silêncio, em geral com um velado olhar amoroso ou um leve esgarçar das asinhas do nariz, um tipo que lembra um pouco, com perdão da palavra, a galinha choca, e que, acima de tudo, faz por dar a impressão de que compreende muito todos os anseios da alma masculina. Não. Greer Garson para mim adotou o caminho errado. É esse um tipo de mulher que cheira a camélias, uma forma de ser que lembra um pouco o balé clássico das corridinhas, sustos, ondulações de braços, êxtases na pontinha dos pés ante a aproximação do Fauno ou lá que diabo seja. Francamente, a Metro adotou com ela o caminho errado. Estragar assim uma beleza daquelas! Lanço do alto desta coluna o meu mais veemente protesto. 1945

A VÊNUS DO ANO
A Columbia faz saltar desta colorida caixa de surpresa uma legião de lindas bonecas sorridentes, na mostra mais impressionante de nudez dentro dos códigos de moral do Johnston Office,[*] que já me foi dado ver. A soma de todas essas figuras daria uma folhinha de liquidar com os famosos calendários de Varga. A ideia toda, de resto, tem sua principal fonte de inspiração nas Varga's Girls, e não me admiraria nada se o conhecido desenhista comercial processasse o estúdio, pelo menos para salvar a cara — a não ser que tenha havido entendimento prévio.

Joan Caufield, na pele da Petty Girl, tem amplas oportunidades de mostrar seus encantos físicos que são inúmeros, e que crescem de maneira surpreendente do pescoço para baixo. Apesar de bonita, o que a jovem atriz ainda tem de menos interessante é o rosto, que é meio emplastado, meio inexpressivo. Possui em compensação um corpo impecável, se não digo um paradoxo, e as pernas mais lindas a encontrar em qualquer parte do planeta.

[*] Eric Johnston era, à época, o todo-poderoso presidente da MPAA — Motion Picture Association of America —, que congregava todos os estúdios (*majors companies*) de produção e distribuição em Hollywood. Johnston foi atuante para organizar o boicote das empresas contra os "Hollywood 10", os dez profissionais suspeitos de atividades antiamericanas, por suposta ligação com o Partido Comunista. Nunca houve Johnston Office; Vinicius queria referir-se ao Hays Office, que exercia a censura interna em Hollywood.

A história dessa professorinha de universidade de província que acaba posando para um desenhista de publicidade, interpretado por Robert Cummings, repete um velho refrão que Hollywood volta a cantar de quando em quando. O tecnicolor, empregado para aumentar a guia visual do espectador, acrescenta um formidável elemento comercial a esta película que será, sem dúvida, um tremendo sucesso de bilheteria. Onde quer que haja adolescentes e velhos gagás (e creio que os há em toda parte, se não me falha a memória) a *Vênus moderna* terá plateias certas e ávidas. Não tenho mesmo dúvidas em afirmar que serão furtadas muitas dessas descamisadas, que a publicidade costuma afixar à entrada dos cinemas.

As canções de Arlen e Mercer nada trazem de novo aos nossos ouvidos, repetindo os padrões comuns, quadrados e fáceis, dos musicais de Hollywood. Se o amigo gosta de pernas, não deixe de ir vê-las e depois voltar pálido para casa, como diz o poeta Drummond:

Para que tanta perna, meu Deus, pergunta meu coração.
Porém meus olhos
não perguntam nada.   1951

UMA MULHER, OUTRORA AMADA...

Porque hoje eu estou de lua, e positivamente me recuso a fazer crítica da filmasnice que vi ontem, divagarei, divagarei, divagarei. Não tenho em absoluto ideia do que vai sair daqui, mas a pressão mecânica do dedo sobre o teclado da máquina por certo me arrancará uma crônica qualquer. Seria talvez o caso de contar-te, leitor vespertino, uma memória dos meus cinco anos de Hollywood, mas tu não só podes pensar que eu estou mentindo, como há um sem-número de gente que fica dizendo que eu estou é querendo me mostrar, fazer o farol, essa coisa.

Mas que se danem estes. Vou te contar, leitor, como foi que eu vi pela primeira vez uma mulher por quem tive uma incrível paixão cinematográfica na juventude. Quando eu andava aí pelos meus dezessete, era para o retrato dessa mulher, preso à parede do meu quarto, que eu olhava todas as noites antes de dormir. Tinha por ela um amor cego, irreprimível, absoluto. Via-lhe os filmes oito, dez vezes.

Ela era grande, loura, branca, e tinha um olhar recuado que nunca chegava totalmente, como um misterioso convite a ir ver de perto, bem de perto. Sua fala era grave e doce, e ela cantava umas canções com uma falta de voz que era a voz mais linda do mundo. Quando ela sofria, ou se surpreendia — porque ela nunca se aterrorizava... —, a íris dos seus olhos percorria o espaço branco agitadamente, mas tão vasto era esse espaço que dir-se-ia haver decorrido um século durante aquele movimento. Por ela fui, em sonhos, grande escultor, soldado da Legião Estrangeira, espião na Primeira Grande Guerra, príncipe hindu, milionário em férias de cabaré, embarcadiço, tudo. Tivemos encontros em Marrocos, Cingapura, onde ela veio ter em avião especial para casar comigo apesar dos protestos de minha mãe, que a achava meio vigarista. Mas ela casou comigo mesmo na raça, com flor de laranjeira e tudo, ali na igrejinha da rua Lopes Quintas, sendo a cerimônia oficiada, se não me engano, pelo então vigário de São João Batista, monsenhor Rosalvo da Costa Rego. Houve ponche e doces caseiros depois do enlace, mas eu acordei — mal haja a luz do dia! — antes que a noite caísse sobre o nosso grande amor.

Essa mulher, essa das pernas longilíneas e luminosas, chama-se, ou melhor, chamava-se Marlene Dietrich, e eu a vi há exatamente cinco anos, pela primeira vez. Depois deveria vê-la muitas outras vezes, mas nada como essa vez primeira.

Era noite, e eu estava sozinho e triste e resolvi ir ao Ciro's, um famoso *night club* de estrelas e astros que existe em Sunset Boulevard, no coração de Hollywood. Nele tocava uma orquestra de um pianista pífio chamado Carmen Cavallaro, que eu nunca tinha ouvido pessoalmente. Como estivesse

"Marlene Dietrich parecia haver absorvido toda a luz do mundo em sua face branca e em seus cabelos louros."

desacompanhado, fiquei sentado ao bar, num dos banquinhos altos, a traçar o meu uísque e a ver dançar à meia-luz tantas caras conhecidas da tela.

Foi quando ela entrou. De início, não a reconheci. Vinha em companhia de um velho, e passou longe de mim, diretamente para uma mesa reservada. Mas ouvi o comentário de um sujeito ao lado — Marlene... — e juro que meu coração bateu. Marlene... Levantei-me e fui espiá-la de perto. Era ela mesmo, leitor... Parecia haver absorvido toda a luz do mundo em sua face branca e em seus cabelos louros. Fiquei a olhá-la um sem-tempo, até que ela se virou e, dando comigo basbaque, teve uma sombra de sorriso.

Fui reto ao maître. Passei-lhe uma gaita gorda, e ele me providenciou uma mesinha reservada bem perto dela, onde me sentei e fiquei o resto da noite, a olhá-la com ar de quem não quer. De quem não quer... Quem não queria nada era ela, leitor. Não me olhou mais uma só vez. Não me deu a menor bola. Conversou muito lá com o velhinho dela e no máximo me oferecia o perfil, de onde nascia um halo, e a sombra misteriosa dos olhos de imensas pestanas. Nem me ligou. E casada comigo, leitor, casada comigo... 1951

SILVANA MANGANO

A opinião corrente é que *O lobo da montanha* não vale grande coisa. Mas Silvana Mangano vale. A jovem atriz italiana, com quem o Rio não simpatizou muito, é um verdadeiro pão da terra. Uma mulher como as pintavam esses grandes sensoriais que foram Giorgione, na Renascença, e Renoir, no impressionismo. Uma mulher como as esculpe Maillol, como as desenha Carlos Leão; como as descreviam Flaubert e Stendhal; como as poetizaram Camões, Whitman, Baudelaire. Seres moços e plenos, de formas pletóricas mas leves, belos braços roliços, rosto pesado e sensual, transpirando saúde e fecundidade.

Hoje em dia esse tipo de mulher, embora apreciado à larga pelos homens, caiu muito no conceito das mulheres, que preferem o tipo criado por Vertès, de onde saiu o modelo moderno das revistas de moda — a mulher sem formas, sem busto, pousada em hastes longas e elegantes, de rosto magro e olhos puxados —, sempre em poses sofisticadas, os pés colocados em ângulos de balé, as mãos em posições de dança tibetana. Esse é o gênero de mulher apreciada pelos brotinhos de hoje em dia. Nada de Vênus de Milo. O ideal são as terracotas de Tânagra, as esculturas africanas, a linha Modigliani.

Silvana Mangano acha evidentemente o contrário. A bela italiana exibe suas rotundidades com um gosto de dar gosto.

Silvana Mangano é um verdadeiro pão da terra.

Sua boca moça e fresca abre-se, no rosto maciço e irregular, num lindo sorriso de quem sabe estar dando as cartas. Sua desenvoltura física mostra bem que ela não dá muita bola ao tipo longilíneo. Silvana venceu ao dançar seu famoso *jitterbug* em *Arroz amargo* — um feito que muito deve ter surpreendido as *bobby-soxers* de todo o mundo, com certeza a pensá-la incapaz, nos seus sessenta quilos prováveis, de toda aquela graça e leveza.

1951

COM SUA PERMISSÃO, SIR LAURENCE OLIVIER...

Com sua permissão, Sir Laurence Olivier, mas sábado eu dei uma entrada no Metro Copacabana, à base do araque, para rever *A ponte de Waterloo*. Tinha visto o filme há muito tempo, meu caro Sir, e não sei por quê — ah, eu creio que com

Vivien Leigh, a sra. Laurence Olivier.

os anos aprendi a ver melhor a beleza das mulheres! —, não cheguei, então, a dar à sua nobre cônjuge a metade da atenção que ela merece.

Não se zangue, não. Estou lhe falando de coração aberto. Mas eu achei Lady Laurence Olivier uma coisa absolutamente estupefaciente. Confesso-lhe que, dela, a grande e profunda beleza não me encantou apenas os olhos — comoveu-me o coração e meio que me deixou triste. A beleza das mulheres quando é assim sublime, e se acresce de encanto, é de cortar o peito de um homem.

Desculpe a confiança, mas, se eu fosse o senhor, largava esse negócio de Sir, largava também esse negócio de ser de cinema e teatro (com mil perdões pelo trocadilho) e ficava em casa o tempo todo prostrado, adorando sua senhora. De novo lhe peço que não me leve a mal, pois não há em mim nem sombra de segundas intenções, mas, se eu fosse o senhor, não punha uma mulher daquelas para trabalhar. Não vê! Cada vez que ela me desse um sorriso infantil daqueles, um sorriso confiante e doce daqueles; cada vez que ela pusesse nos meus aqueles olhos enormes, aqueles enormes olhos inocentes, eternamente molhados de pureza e sóbrio conhecimento — eu... eu... eu... eu sei lá o que é que eu fazia. Eu dava pantana; eu entrava no Bolero e dançava um tango argentino com a primeira vigarista que me passasse; eu fazia três *entrechats* e quinze *pas-de-bourrée* em plena praia de Copacabana; eu ia a Caxias, andava de trem da Central, era capaz de suplantar o Ademir, fazia misérias, Sir Laurence Olivier, fazia misérias.

Aliás, quem sou eu para estar falando... Eu acredito piamente, Sir Laurence, que o senhor faça misérias. Porque eu, que não sou Sir nem nada — ah, eu faço. Também, hein, Sir Laurence... Ô peste de coisa danada de bonita que é mulher, hein, Sir Laurence...

1952

PIER ANGELI

Meu amigo Sérgio Figueiredo disse-me outro dia num bar — onde me achava possuído de um certo trauma lírico — que eu "estava muito Pier Angeli". Apesar de ainda não ter visto *Teresa*, havia na expressão uma tal carga de revelação espontânea que imediatamente a luz fez-se em mim, e comecei a me sentir deveras Pier Angeli. Acho até que encabulei um pouco.

Por quê? Quem é Pier Angeli? O que há nesse estranho e sereno nome de menina que transmite assim uma verdade em si; que, como a poesia e o cinema, revela sem exprimir? Qual o segredo da sua intrépida doçura, do seu misterioso poder de esclarecimento, da sua esquiva e triste realidade? Pier Angeli... Pier Angeli... Pier Angeli... Eu o poderia repetir indefinidamente, porque a sua repetição cria ecos lúcidos nas câmaras brancas e rarefeitas da poesia, traz a memória dos "anjos que se recordam" do verso de Rilke, arrasta subitamente para a solidão dos cais noturnos — cais noturnos com uma figura ausente de mulher longe, entre brumas, e uma lua alta, muito alta, parecendo "de pluma", como na expressão poética de Ungaretti.

E por que esse sentimento de batalha, de heroísmo antigo, nesse nome bem-amado de Pier Angeli — nesse nome coberto de armadura diamantina, em riste a espada fulgurante, à frente de seus impassíveis exércitos? Quem é Pier Angeli — digam-me quem é Pier Angeli! —, a menina que não vou conhecer, para que nunca um desaponto possa matar em mim a magia do seu tão categórico, e, no entanto, improvável, nome de mulher.

Não, eu não irei ver Pier Angeli — e eis que ao afirmá-lo já me vou pierangelificando de novo. E não apenas eu, também a tarde. Ao olhar agora pela janela verifiquei que a tarde está de um grande pierangelismo, e que o seu âmbar dulcificou maravilhosamente a fisionomia antes tensa dos homens que comigo trabalham. Praticarei, em vez, pierangelices. Telefonarei para Sérgio Figueiredo, para que venha comigo a um bar onde possamos falar livremente de Pier Angeli. Falar nela até que nada no mundo exista senão esse nome, e que ele nos anestesie de sonho — e se confunda com o nome das amadas, despojadas agora da matéria que as torna dolorosas; livre eu dos claustros labirínticos onde vagueia o amor na ausência, só e desatinado, com ciúme e com saudade, no desejo impossível de pierangelizar e ser pierangelizado.

1951

PROVOCAÇÃO? NÃO, POETA CARLOS!
(É QUE OUTRO VALOR MAIS ALTO SE ALEVANTA)

Nós, os fãs incondicionais de Marlene Dietrich, até que somos gente calma. Não sei se porque a Maravilhosa fica acima, tão acima de qualquer intriga, calúnia ou injúria grave, mas a verdade é que no geral damos de ombros a fuxicos, futricas e fofocas que possam, porventura, tentar conspurcar seu santo nome. Mas, quando um poeta da estatura de Carlos Drummond de Andrade parte para uma furba "provocação" numa maquiavélica crônica, a que deu como título esse mesmo substantivo entre aspas, seguido de capcioso ponto de interrogação,* não há como não fremir de horror ante a afronta e dar o brado de alerta, de modo a que as fiéis hostes marlenianas se aprestem para defender a Única contra as manobras cavilosas deste e, provavelmente, outros prosélitos de Greta Garbo (de um já vem citado o nome na referida crônica, e eu o aponto à execração pública: Marco Aurélio de Mattos!). Pois o que o poeta diz, ó marlenófilos, ou melhor, insinua, é que Marlene é tão inferior a Greta Garbo que não há sequer motivo de apreensão para os garbófilos do Brasil ante a vinda do Anjo Azul à nossa querida e desventurada cidade.

Apesar da minha velha e grande ternura pelo poeta, fui obrigado a ingerir dois tranquilizadores, de tal modo ferveu-me o sangue, em justa cólera. E pedi, imediatamente, autorização à minha bem-amada, uma vez que se tratava de escrever sobre outra mulher, para vir, de público, defender aquela que eu considero a Mais Fascinante Estrela de Cinema do *Demi-Siècle*. Coisa com que ela imediatamente concordou, em nome da verdade e da justiça.

É, poeta Carlos, não adianta. Não adianta a sua pseudobenevolência, que eu aqui traduzo como medo pânico diante do fato de que, em breves dias, deverá pisar a pista do Galeão, no esplendor de seus cinquenta anos, a Divina Alemã. E, que enquanto isso, a Fugidia Sueca, dos seus esconderijos da Côte d'Azur, estará roendo as unhas de despeito, ela cuja beleza não abalança mais ninguém a contratá-la, nem como garota-propaganda.

Não estou querendo, nem é do meu feitio, ser desprimoroso com uma mulher que, afinal, Greta Garbo o é. Mulher... na tela, quero dizer; pois, quando a conheci em Paris, em

---

* Ver "Provocação?", *Correio da Manhã*, 16 jul. 1959. (N.A.)

1952, num coquetel em casa de Mme. Schiaparelli* e disse-lhe da minha admiração (real, de resto...) por algumas grandes interpretações que teve (*A carne e o diabo, O beijo, A dama das camélias* e poucas mais), ela me olhou com um olhar de salmão defumado e, virando-se para um garção, que lhe apresentava numa bandeja uma estranha beberagem, sobre a qual flutuava uma pétala de rosa, sacudiu a cabeça e exigiu, em bom contralto: "Vodca!"; pedido esse que causou o maior rebuliço, pois tratava-se, a estranha beberagem, de uma especialidade de Mme. Schiaparelli, que teve de se virar para produzir a vodca requisitada.

Já Marlene Dietrich, poeta Carlos... Pode, se quiser, perguntar a meu amigo, o diplomata Jorge de Carvalho e Silva, o que nos aconteceu uma tarde em Paris, no barzinho François Ier, justo ali onde fica atualmente a butique da Maison Dior. Aconteceu, poeta Carlos, que estávamos os dois enxugando o nosso uisquinho, o bar vazio, quando entra, em companhia da gerente da dita casa, mancando de uma de suas inigualáveis pernas, Marlene em pessoa — Marlene, que se senta diante de nós, com o inocente despudor que lhe é característico, e dá, está bom, um show completo de canções, só para a gerente da Maison Dior, Jorge de Carvalho e Silva e este seu amigo aqui, está bom? Mande perguntar a Greta Garbo se ela senta diante de dois caras com as pernas a noventa graus, como se fosse a coisa mais natural do mundo, e ainda canta com aquela divina nasalidade de Marlene uma porção de canções só para eles. Mande, poeta Carlos...

E você ainda diz que "a presença de Marlene entre nós se inclui entre as coisas do cotidiano governado, com uma plausibilidade, uma duração, um rendimento imediato; são coisas factíveis e que se desenrolam à superfície do ser, não

---

*Elsa Schiaparelli (1890-1973), estilista italiana original e ousada, não se submetia ao bom gosto conservador e desenhava roupas e acessórios inesperados, de inspiração "surrealista", como um sapato sobre um chapéu feminino ou um botão de mão decepada.

o afetando nos alicerces"... Pecado, poeta! Aí está uma afirmação a pedir uma conferência de alta cúpula. Eu tremi nos meus alicerces na primeira vez em que vi Marlene Dietrich em Hollywood. Fiquei de joelho bambo. Ela me pareceu tão linda e misteriosa que, dir-se-ia, inatingível. E o bom disso tudo, poeta, é que ela é o auge da pessoa camarada. Hemingway, que não é qualquer toco de vela, considera-a a mulher mais extraordinária que já conheceu. Tirante a beleza.

E não me venha também, meu querido, de Mallarmé em cima, em defesa de sua deusa. Pois, se ela é aquele negócio todo de *"si chère de loin et proche et blanche"*,* eu pego o meu Rimbaud para lhe dizer sobre Marlene: "*ô Femme, monceau d'entrailles, pitié douce*", "*C'est toi qui pends à nous, porteuse de mamelles/ Nous te berçons, charmante et grave Passion*".**

E estamos conversados.

1959

---

*Primeiro verso do célebre soneto "Ô si chère de loin...", de Stéphane Mallarmé (1842-98). "Tão querida ao longe e próxima e alva".
**Versos do poema "Les Soeurs de charité" ("As irmãs de caridade"), de Arthur Rimbaud (1854-91). "Ó mulher, monte de entranhas, doce piedade/ [...] És tu que nos engendras, portadora de mamas/ Nós te acalentamos, encantadora e grave Paixão".

**FITAS
E FITEIROS**

FITAS E FITEIROS

Essa expressão "fazer fita" é de proveniência cinematográfica. O fato de se mostrar pública ou particularmente uma pessoa, por vaidade mais que por negócio, aos olhos de milhares de outras arrancou do povo a sabedoria desta forma. A fita é hoje a espécie brasileira do *show off*. Fiteiro é todo aquele que em pequenos jeitos ou modos de ser procura criar uma outra personalidade, na falta ou na pobreza da sua própria.

Há milhões de fiteiros e maneiras de fazer fita. Uma grande fiteira é, por exemplo, Marlene Dietrich, criadora de um tipo sui generis de fita, que facilmente passa por individualidade. Outra fiteira de raça é Veronica Lake, com aquele cabelo sobre os olhos e o jeitinho de ficar quieta, falando sempre no mesmo tom e revelando inesperadamente um temperamento fora de hora. Hollywood está cheio de fiteiríssimas criaturas. Cecil B. DeMille é o rei da fita. Outro fiteiro — esse de grande qualidade, porque tem a servi-lo um talento real — é Orson Welles. Preston Sturges, então, é a própria fita mascarada de diretor de cinema.

Homens são, em geral, mais fiteiros que mulheres. A mulher tem essencialmente uma vaidade que lhe é imanente: a vaidade física, e que perdoa uma porção de bobagens, como sola de sapato à Carmen Miranda, barriga de fora, beladona nos olhos, lápis na sobrancelha, e assim por diante. Mas homens, não. E como tem homem fiteiro! Vejam Clark Gable, com aquela máscara de machão: pode haver mais fiteiro? Outro fiteiro jeitoso que nem parece fiteiro é nosso prezado Spencer Tracy. Charlie Chaplin é um fiteiro de gênio, fiteiro na vida, porque na obra ele não tem nada de fiteiro não, a não ser em alguns momentos de *O grande ditador*.

Literato, intelectual, escritor, é a raça mais fiteira que há. Bate longe artista de cinema. Giraudoux não é um fiteiro toda a conta? O romancista inglês Charles Morgan, há outro mais mascarado? Pegue-se um D'Annunzio. Não é um monstro de fita? E as grandes mulheres então? Quem foi mais fiteira que Isadora Duncan? A condessa de Noailles: que fiteira magnífica!

Gente nobre ou gente rica com vistas à nobreza, essa cujo único remédio, por defeito de educação e por preguiça de se interessar, é mesmo cair no esnobismo mais desenfreado, tem também uma grande propensão para a fita. O diplomata à moda clássica — ainda há uns restos pelo mundo todo — é um fiteiro danado. Fica tão polido, tão elegante, tão não me toques, com medo de estragar o vinco das calças, incapaz de levantar a voz (que adquire imediatamente um tom aveludado e secreto), que é uma coisa louca. Meu querido amigo, o poeta Pedro Nava, é que me fez uma vez uma observação muito exata. Disse-me que, em geral, essa sorte de pessoas quer sublinhar tanta coisa na cortesia, na boa educação, nos bons modos, que chegam a adquirir muita vez — fato comum em apresentações, por exemplo — um sotaque levemente português, de tal modo se esforçam por persuadir com o encanto das palavras: "Minha amiga, p'rmita que lhe beije as mãos. Está encantadoira, hoje. E a senhora sua mãe, não veio? Qu' pena!".

Um dos maiores fiteiros que há entre nós, no momento, é o jornalista francês Jacques Ebstein (com *b*, não se esqueçam), sendo que a atual colônia de refugiados conta com alguns de truz, como o escritor Leopold Stern, que tem um livro chamado, nada mais, nada menos que *Rio de Janeiro... et moi*. Santa fita! E por falar em fita, uma das maiores que tenho visto ultimamente é esse cheque de mil contos dado de presente pelos amigos (serão monarquistas?) dos príncipes que vêm de se casar, unindo mais uma vez o Brasil a Portugal, num consórcio altamente simpático, perturbado apenas por esse gesto fiteiro de parada. Que diabo, mil contos para dois príncipes! Está certo que os três Reis Magos levassem ouro, incenso e mirra ao estábulo onde nasceu, na palha da manjedoura, entre animais humildes e na santa pobreza do carpinteiro José, esse que é para os cristãos o Rei do Mundo,

Veronica Lake "é fiteira de raça"!

"Vejam Clark Gable, com aquela máscara de machão: pode haver mais fiteiro?"
Na foto, Gable contracena com Joan Crawford.

Marlene Dietrich, "uma grande fiteira" com John Wayne em *A pecadora* (*Seven Sinners*), direção de Tay Garnett, 1940.

e para quase todos os homens o maior ser que já nasceu, pela perfeição de sua vida e grandeza de sua filosofia.

Mas darem os capitalistas ouro a um príncipe — mil contos — só pode ser fita. Mil contos são mil notas de um conto, 2 mil de 500 mil-réis. Fariam a felicidade de 2 mil mães pobres, nas nossas favelas, ou nos mocambos sórdidos do Recife ou onde quer haja essa pobreza abjeta de barracões imundos com criancinhas malnutridas, dormindo em terra batida. Naturalmente que não resolvia nada. Mas dava uma alegria muito maior a mil, 2 mil pessoas do que vai dar a Suas Altezas, afinal de contas gente de posses, a quem mil contos não vai fazer uma diferença tamanha. A fita desses generosos capitalistas doadores é para mim a única indesculpável. Antes a dos literatos. Antes, mil vezes antes a dos artistas de Cinema. 1942

ROMANCE DE CIRCO

Romance de circo é uma joça. Lá está ela no Odeon, leitor incauto, confiante na tua parvoíce. Sei que não deixarás de ir pelo que te digo, e no fundo fazes muito bem. Eu também sou um parvo encapado num cronista. Fui, e agora venho te pregar moral cinematográfica, como essa coisa de faz o que digo e não o que faço etc. e tal. Nada disso. Vai, leitor, se isso não te pesa no orçamento da casa. Pouco importa que te sintas um imbecil, depois, quando saíres, e lamentes as duas irreparavelmente perdidas horas em que, sentado, viste discorrer tanta idiotice, rotulada por Hal Roach, valha-te isso! As oportunidades cinematográficas para te sentires um imbecil são agora tão constantes que mais uma, menos uma, não te farão nenhum mal. Vai, e manda o cronista amolar o boi, que hoje, neste particular momento de caceteação de cinema e de tudo o mais, é também o que o cronista desejaria fazer.

De qualquer modo, a ética profissional manda que eu te dê a receita desse vomitório. Aí vai, arrancada da pior das faltas de vontade; um milionário americano (um mequetrefe novo, péssimo), na horinha de casar, finge um acesso de loucura para se ver livre da noiva-caça-dotes. Esta, por vingança, manda interná-lo num manicômio, de onde ele foge com a ajuda de um outro bola, Adolphe Menjou, coitado, que atingiu a última caquexia. Encontram Carole Landis (muito desbotada, muito sem graça...), que dirige uma espécie de parque de diversões ambulante. Daí acontece uma porção de peripécias de uma chatice infinita, com xerifes no meio, terminando por se dar o milionário a conhecer à moça desinteressada e comprando-lhe de presente um novo parque de diversões lindíssimo, com os nomes de ambos escritos na porta.

Adolphe Menjou, que já teve sua época de grande ator, tendo atuado num filme de Chaplin, está se desfazendo. A leviandade de certos velhos... Charles Butterworth, num papel pequeno, ainda é o melhor. O herói, francamente... Patsy Kelly tem uma ponta... *That's all, folks.* 1941

TODO MUNDO TEM PENA

A ideia de piedade é uma substância tão elástica que nunca encontraremos em duas criaturas a mesma piedade pela mesma razão. É assim que muitas vezes o que realmente dá pena, pela simples constatação da sua evidência, fá-la desmerecer. Todo mundo tem pena de um pobre de rua, mas é uma pena tão cotidiana que no fim de algum tempo resolve-se mandar essa pena às favas. Começa-se então a entrar no campo sutil de julgamentos do que é e do que não é lamentável nas criaturas. Julga-se conforme o espírito e a disposição da hora: uns têm pena do guri que pede um tostão para comprar um pão, outros são contra a ideia de uma criança mendigar; preferem dar, por exemplo, para ela comprar uma bala ou ir a um cinema. Alguns perguntam mesmo, com um ar judicial: "Mas é mesmo para comprar pão, menino? Se fosse para ir ao cinema, eu dava...".

Há os que só dão às velhas; há os que antipatizam com velhas; preferem dar a um que pede diretamente para a cachaça, achando que esse é o papel de um homem que se degrada a ponto de estender a mão: beber muito para esquecer. Essa diversidade de critérios influiu mesmo no modo de pedir. Os pobres representantes desse grande *cour des miracles** adaptaram-se muito à psicologia de quem dá. Uma roda de rapazes elegantes, o mendigo já sabe: é preciso uma certa ousadia, uma certa rudeza. Em geral rapazes elegantes não gostam de escândalo. Dão para se ver livres. Uma mulher sozinha, é só perseguir com jeito: as mulheres na rua não gostam de se sentir abertamente perseguidas. Um homem com a sua dama dará mais facilmente, e mais gordamente que desacompanhado. Aos velhos só velhos deveriam pedir. Gente moça, pensam eles, pode trabalhar. E assim por diante.

Que coisa relativa não é ter pena! Eu, por exemplo, tenho muito mais pena de uma dessas orquestrazinhas de café, lá no seu poleiro, fazendo uma força clássica para tocar certinho o seu minueto de Paderewski, que o terrível terremoto de não sei onde, no qual pereceram 30 mil pessoas.

Não se trata de um artifício de crônica. É pena mesmo de fato. Assim, em Cinema, mata-me de pena a figura patética de certos extras que vêm passo a passo, desde os mais remotos tempos da arte, dando tudo para ter a felicidade de aparecer, meu Deus, uma vezinha só em todo um filme, dizer uma gracinha, fazer uma reportagem com o sr. Charles Boyer, com o sr. Clark Gable, que partem para a Europa em missões da maior importância. Já não quero falar de um Reginald Denny, que não é propriamente um extra, é o "amigo do herói do filme", e que já tem comandado seus pelotões, apadrinhado duelos e mesmo duelado ele próprio. Não se trata também desses velhos que fazem "o pai da mocinha" ou então altos comerciantes em reuniões de negócios. Não é tampouco o "subgângster", nem o cômico acidental do filme (o grego dos espirros, o professor em roncos, o técnico em

* Pátio dos Milagres.

"Jack Mulhall ficava tão satisfeito de estar representando, tão cheio de si, tão garboso, que ganhava asas em ação."

bebedeiras, o gago das horas cruciais, e tantos outros). Não será nunca o verdadeiro extra, o passante de rua, o homem da multidão, que ajuda a criar uma atmosfera verídica na ação.

O extra de quem falo não tem a dignidade do xerife dos faroestes, nem a maldade dos seus bandidos. Não tem nada a não ser o seu entusiasmo. E é um entusiasmo tão espontâneo, tão verdadeiro, tão infantil, que me lembro ter saído uma vez do cinema, a meio da fita, só por pena de um extra desses. Seu nome é Jack Mulhall, se não me engano, e se é que se escreve assim. É uma das criaturas mais simpáticas da Terra. Nos tempos mudos chegou a fazer dois ou três galãs, coitado! O diabo foi o seu entusiasmo. Jack ficava tão satisfeito de estar representando, tão cheio de si, tão garboso, que ganhava asas em ação. Sua presteza para fazer as coisas, seu serviçalismo, seu arrebatamento quando beijava, sua tristeza quando sofria era *vieux jeu* demais para que os produtores não se apercebessem. Começaram a "soprá-lo". Jack se debatia, aparecia aqui e ali, com um sorriso (meu Pai do céu!) que estragava logo tudo, tão veemente, tão estimulante, tão certo de si. Empurravam Jack: sai, Jack!, mas, virava e mexia, lá vinha ele fazer festa na gente com o seu carão a que não faltava nada para fazê-lo um belo rapaz: nem uma basta cabeleira, nem uma excelente dentadura. Um espetáculo lamentável.

Outro dia ainda o vi, fazendo um alto dignitário, com um bigode e umas suíças que só vendo, cá estou eu!

Meu caro Jack, se eu tivesse algum poder nesta Terra, eu escrevia a Goldwyn & Mayer recomendando-o como galã para o próximo filme de Greta Garbo. Não sei se o choque não o mataria, Jack, mas palavra de honra como o haveria de fazer. Mas não há jeito. Sua situação não tem remédio. Se ao menos lhe arranjassem um bom emprego, qualquer coisa... Mas não adianta. O que lhe convém é mesmo o cinema, o que lhe falta é aparecer... Não sei. Sua posição me preocupa muito, Jack. É uma cruz que eu trago na minha vida de fã de Cinema. Cada vez que o vejo sinto tanta pena... Não devia dizer isso, não, mas é a pura verdade. Sua alegria, Jack, é uma marcha fúnebre que arrasto comigo desde menino. E é mesmo irremediável...

1941

FALTA DE ASSUNTO

Há um fenômeno de degenerescência tão epidérmico no atual cinema, que, partidarismo à parte, ninguém, nem o mais furibundo dos "talkistas",* o pode negar. Quero referir-me à falta de assunto em que andam as grandes produtoras, falta de assunto tão fatal que, uma vez surgido um tema de sucesso, um casal engraçado, uma quadrilha de meninos, um círculo familial característico, e os produtores o ordenham até vê-lo secar. Crianças-prodígios; pares que se encontram "numa tarde chuvosa"; uma gangue de menores delinquentes; casais de velhos rabugentos; qualquer coisa que tenha o seu instante de glória junto ao público que só quer passar o tempo — e essa coisa rende, rende, até esgotar a paciência de um santo.

* Partidários do cinema falado.

Foi assim com Shirley Temple; depois com tudo o mais. Fizeram-se séries de detetives. As primeiras, boas algumas, como as de Charlie Chan quando ainda vivia o excelente Warner Oland. Depois mudaram o detetive, persistiram, quiseram continuar a ganhar dinheiro com o assunto. Sets fáceis prestavam-se à maravilha para esse gênero de exploração. E ficou essa droga que é o Charlie Chan de agora. Criaram mesmo um Mr. Moto para orientalizar mais a tradição. Foi um desastre.

A jovem Shirley Temple só faltou dançar clássico. Esticaram a menininha até ela (que no princípio agradou tanto) tornar-se um dos maiores xaropes infantis já provados pelo século. Depois a srta. Claudette Colbert, que brilhava numa comédia chamada *Aconteceu naquela noite...* (título, aliás, bem ajustado à estupidez literária da época), lançou o tipo da moça moderna, estouvada e sagaz, jornalista às vezes, esposa quase sempre, às voltas com galãs metidos em encrencas políticas ou não, tudo debaixo de muito quiproquó, muita piada, muita emoção risonha. Esse gênero, positivamente, tornou-se cósmico. Apareceram mulheres-detetives, casais-detetives, William Powell, Myrna Loy, Melvyn Douglas, Joan Blondell, fazendo tipos da maior idiotice possível.

Os meninos de *Dead End*, que tiveram uma parte realmente soberba no filme, transformaram-se numa espécie de prato de ovos com petit-pois em refeição de emergência. Fizeram-nos fritos, cozidos, duros, pochés, em omelete, à moda nossa, de todos os jeitos possíveis. Esses "anjos da cara suja" tornaram-se um tratado de cacetação ambulante.

Haveria uma infinidade de exemplos a dar para mostrar ao público como se o engana claramente. Essa semana mesmo, há um. Lá está no Metro, e chama-se *O marido da solteira*. O indefectível Melvyn Douglas e a *everlasting* Myrna Loy. Ela com aquele mesmo arzinho levemente preocupado, tão buscadamente preocupado, e ele com aquela mesma simpatia quarentona. Uma pinoia.

1941

O CINEMA E A MÁGICA

Meu avô é a única pessoa que eu conheço que não acredita no cinema. Ficou com os calungas da Lanterna Mágica. E vá alguém convencê-lo de que aquilo tudo existe realmente, que Greta Garbo ou Carlitos são criaturas de carne e osso como qualquer um de nós; ele se abespinha! "Tolices, meu filho", me diz sempre. "Patacoadas de jornal. Aquilo tudo são bonecos. Pois então eu não vi, no meu tempo..."

Eu acho fabuloso. Às vezes converso com os seus noventa anos sobre essas coisas. Não tenho coragem de tentar convertê-lo realmente à existência do cinema. Nem sei se poderia. Meu avô é uma rocha. Seu pai, meu bisavô, morreu por teimoso. Cismou um dia de ir dormir a sesta em cima de um muro alto. Todo mundo o teria avisado: "Olhe que você tem o sono pesado e é capaz de cair!". Meu bisavô teria respondido: "Se eu cair isso é só da minha conta". Foi, dormiu, caiu e morreu. Bobagem querer convencer o filho de tal pai de que o cinema existe de fato...

Isso tudo me vem a propósito de Topper, que voltou com as suas aventuras. Como a mágica progrediu no cinema! Eu ainda me lembro do tempo em que o velho Francis Ford, fazendo um rei louco numa fita em série, via na palma das suas mãos dançar uma porção de bailarinas seminuas, pequeninas como as mulherzinhas-libélulas do *Quebra-Nozes* de Disney. Todo mundo achava fantástico. Cecil DeMille, esse faraó, assombrou também, uma vez, com uma visualização da estrada dos mortos em seu caminho para o julgamento final. O filme se chamava *Corpo e alma*, se não me falha a lembrança. E *O homem invisível*, de Wells, foi um tiro. Que campo! Topper surgiu. Fez-se comédia da morte. O fantasma ou o ser invisível substituiu o leão dos velhos pastelões, que surgia no quarto do criado preto, eriçando-lhe os cabelos na cabeça ou enrolando-lhe as calças perna acima, de pavor. Pensando bem, as coisas não se modificaram muito. Mudaram os truques, mas a bossa é a mesma.

O cinema simplesmente se escangalha. Como deixar de rir? O riso, no fundo, é o tédio da ordem e da lógica das coisas. A pessoa que não risse, que conseguisse ser o não riso, faria rir, por antítese. Foi o caso de Buster Keaton ou Harry Langdon. Não compreendo como as pessoas que riem e se divertem com o absurdo das situações cômicas não se comovam e não sintam a arte diante de uma pintura de Picasso, por exemplo, e vejam ali, mas diferentemente, o absurdo que compreendem num Topper ou num *clown* de circo. Tudo isso é parte de um mesmo sentimento em luta. É que as pessoas só querem se divertir, não pode ser outra coisa. Não entendo que ainda falte uma sensibilidade para a arte moderna, só porque ela é aparentemente absurda. Se as pessoas fossem com um espírito menos despreconcebido ver, digamos, a Exposição das Crianças Inglesas, sentiriam que o mesmo absurdo que amam nas fitas de Topper vive, transformado em beleza, nas telas magistrais desses meninos. No entanto, caçoam desse absurdo. Que pensar? Estará a razão com meu avô?   1941

LESLIE FENTON, O ATOR MAIS INDEPENDENTE DO VELHO CINEMA

Em crônica recente, na qual lembrava velhas coisas de cinema, faltou-me um nome importantíssimo do ponto de vista da arte independente, um nome que é uma bandeira para nós, maníacos do silencioso. Foi o de Leslie Fenton. Não sei se o leitor se recorda. Leslie Fenton era um rapagão alto, com grandes entradas (as suas primeiras fitas faladas tiraram-lhe os últimos cabelos: ficou um careca desagradável, muito moço e com uma enorme coroa no alto da cabeça) e tinha um tipo único no cinema: um mongoloide legítimo ao qual não faltava uma grande finura e inteligência de traços e expressões.

Leslie Fenton só aceitava papéis que se adaptassem perfeitamente ao seu tipo humano dramático — e nesse ponto sua concepção de ator se assemelha muito à de Orson Welles, pelo que me disse este... Só fazia "segundos", mas que grandes interpretações, sempre! Podia-se ir de olhos fechados a qualquer filme em que Leslie Fenton tivesse uma ponta, porque já se sabia que roubava todo o mérito do *cast* só para ele, isolando-se singularmente no meio dos melhores cartazes de Hollywood. Seu trabalho tinha uma discrição e uma rapidez de verso de Carlos Drummond de Andrade. Leslie Fenton deslizava entre figurões com movimentos esquemáticos de chim. A máscara seca, angulosa, de uma magreza máscula ajudava-o a se distinguir em qualquer plano da ação. Muitas vezes a gente estava vendo Edward Robinson trabalhar com Loretta Young, na frente da cena, mas o olho ficava mesmo era vigiando Leslie Fenton mais para trás, quase sempre imóvel, o rosto tenso, agudo, a testa viva, agitada pela emoção da hora.

Nunca o vi falhar. Nem nunca o vi aceitar um papel que não fosse feito para o seu tipo. Onde quer que entrasse um covarde, um covarde irremediável, ou um traidor, um traidor trágico, levado à traição pelos meios mais miseráveis, ou um irmão sórdido, cuja baixeza trouxesse consigo a desonra e o suicídio a um lar; onde quer entrasse um vendido, um sedutor bem crapuloso, um espião sem escrúpulos; onde quer houvesse uma parte assim dramática e difícil a representar, Leslie Fenton impunha a sua escolha. Só agia nessas condições. E nunca desmereceu um filme, tendo sempre elevado todas as produções medíocres em que entrou com o simples prestígio do seu nome desconcertante.

Imagino a raiva e a inveja em que Hollywood não o devia ter! Leslie Fenton nunca deu a menor importância ao estrelato, fazendo-se sempre pagar como estrela de primeira grandeza. Podia desaparecer durante meses, para de repente levar todo um grupo de fiéis a ver uma ponta sua num filme qualquer, uma ponta às vezes mínima, onde ele aparecia sempre para fazer a maior sujeira imaginável, e morrer tragicamente nas mãos de um chefe de gângsteres ou de um marido ludibriado ou de um pai louco de cólera. Mortes sempre horríveis, de grande intensidade, mortes de bicho acuado, de rato, sórdidas, feitas para tirar o sono do espectador por algumas noites.

Esse regime vil e angustiante, Leslie Fenton sempre o quis manter. A decadência do cinema marcou também o seu desaparecimento. Suponho que Leslie Fenton tenha se recusado a fazer algum *desperado*, ou algum galã, quem sabe? O que é certo é que manteve-se íntegro, absolutamente fiel à sua natureza de ator. Pertence virtualmente ao passado da arte. Lembrando-o nesta crônica, faço um pouco trabalho de historiador de cinema.

1942

A MULHER DO DIA

Sob a direção de George Stevens, coadjuvado por aquela bela equipe de nomes eternamente os mesmos: N. Shearer, Adrian etc. etc., a Metro apresenta uma nova produção desta semana: *A mulher do dia*. Muita sofisticação. Trata-se de uma mulher moderna. Katharine Hepburn, correspondente de um grande jornal de Nova York, que, pelas suas altas qualidades de jornalista aerodinâmica, consegue tornar-se uma espécie de Mme. Tabouis americana. Um *love affair* com um colega de redação, o cronista esportivo Spencer Tracy, traz para o campo dos objetivos os sérios problemas do casamento, criando um conflito entre os dois amorosos, pois Spencer Tracy quer a coisa de maneira tradicional, enquanto Katharine Hepburn só quer as vantagens de ter um marido moço. Vive às voltas com chamadas telefônicas de todo o mundo, desde o coronel Batista até o general Chiang Kai-shek; Spencer Tracy é só para as horas de folga.

Mas Spencer Tracy, apesar de sua natureza agitada e seu caráter tipicamente *average* americano, reage, resolve não ser mais Mr. Katharine Hepburn e bate asas do lar. Para que, seu! A moderna Catarina de Médicis, quando lhe vê fugir o pássaro, cai naquela prostração e aí, então, é que pensa na situação

Spencer Tracy e Katharine Hepburn em *A mulher do dia* (*Woman of the Year*), de George Stevens (1942).

da mulher em face do casamento, de como ela deve saber cozinhar, lavar, remendar, arrumar casa, sofrer e se alegrar ao lado do seu homem, enfim, a velha história da Amélia. Spencer Tracy queria uma mulher que de dia lhe lavasse a roupa, de noite lhe beijasse a boca, e assim eles fossem vivendo de amor. Katharine só queria o lado bom do samba. Não podia dar certo, é claro.

Mas ela se arrepende. Volta ao lar, vai ao livro de cozinha, frita uns ovos, e reconquista, à custa de lágrimas, o amor do seu Spencer Tracy, que está cada dia mais com uma cara de bolo solado. Abre muito o apetite da gente. Saindo de lá comi, com um gosto formidável, um bruto *waffle* na Americana... 1942

REVENDO UM VELHO ÁLBUM DE ARTISTAS
Fui, dias atrás, presenteado com um álbum de artistas de cinema, um velho álbum, arrumado por três meninas nessa época da vida em que tudo sublima na figura de um herói e uma heroína se beijando. Ninguém pode imaginar a delícia daquilo. Não se tratava de nada de luxo, esse caderno com capa de papelão e dorso verde. A riqueza ali eram três almas em flor debruçadas sobre um mundo de sonho, três mulherzinhas encantadas com o milagre da vida, unindo sobre o papel imagens toscamente recortadas de amorosos fortuitos. Que instinto não as norteava que as fazia casar rostos casais, imortalizando adolescências abraçadas, pares que a vida esqueceu, mas a memória ama, figuras tão doces à imaginação que basta revê-las para se iluminar a sombra e elas voltarem à tela branca da juventude! Meninas que eu conheci e amei mulheres, posso imaginá-las tão bem sobre o tapete de uma sala de visitas, as cabeleiras irmãs se tocando, tesoura em punho, o pires de cola ao lado, mergulhadas no trabalho grave de perpetuar a espécie mágica dos amorosos de cinema, fixando olhos sem tempo, corpos sem morte, carícias sem separação. Posso ouvir-lhes as vozes frescas, as risadas úmidas, as conversas secretas e sobretudo o silêncio povoado de encontros, já agora delas no papel das heroínas, com algum jovem deus igual àqueles, sem cor de cabelos ou olhos definida, vago e tranquilo como o fantasma de um êxtase recomposto de mil traços...

Não sei: revi-os com uma grande emoção. Voltaram-me a mim também esses dias tranquilos de Governador, dias melhores que anos, em que também eu, numa sala mais pobre, sem tapete, via também se unirem as cabeleiras de minhas irmãs entregues ao mesmo adorável mister. O mar manso da ilha chuava o dia inteiro na praia grossa do sumo das algas. Eu saía dali como o raio, varava areais, colhia cajus à passagem, assobiava o toque de rancho para meus amigos Mário e Quincas, que me pegavam na carreira. Íamos esperar a barca na ponte de Cocotá, mas não no flutuante como os passageiros. Teríamos vergonha. Nadávamos a enfrentá-la no seu elemento e quando ela, enorme, nos cobria, enganchávamos-nos no leme e entrávamos a reboque na escuridão do bojo de madeira do velho pontão. Depois, praticado o feito, abalávamos de novo, cada um para sua casa. Eu entrava pela janela, sabendo que ia assustar minhas irmãs perdidas em sua abstração de colecionadoras de artistas de cinema...

    Nada se perdeu de tudo isso. Abro hoje o velho álbum, como sempre. O papel amarelado, as fotografias azuladas, às vezes castanhas, os chapéus, os vestidos, as poses, nada se gastou. É um mundo diferente, bem certo menos trágico, mas muito mais persuasivo. Tudo nele é convite a viver e não a esperar. Existia o milagre, a arte, a emoção, o ator de cinema, mais importante que o colégio, o dever, o professor, não importa o quê de sério. Imagens de namorados de costas um para o outro no mesmo banco se dando as mãos, em poses que não se repetiram mais. Belezas sentadas sobre caixas de chapéu, abraçando os joelhos, os pés em ponta, fazendo uma boquinha para o beijo do menino enlevado. Figuras de morenas sonâmbulas, os braços para a frente, caminhando como passarinhos para as garras do vilão hipnotizador. Rainhas de Sabá, reis vagabundos, capitães audazes, banhistas em grupo, velhinhas emocionantes; como esquecer um tempo tão pródigo, tão cheio de naturalidade? A primeira página estampa uma policromia de Mary Pickford, de cachos ouro-ruivos, contemplando uma rosa nas mãos em concha...

    Essa imagem da primeira namorada da América — que hoje em dia nenhum americano veria sem aplicar-lhe a palavra *corny*, intraduzível, mas cuja definição pode se encontrar na inconsistência sentimental de certos estados ou gestos óbvios (fumar porque é bonito é *corny*; *corny* é também dizer para a visita: "Agora que já aprendeu o caminho...") — traz à lembrança tanta coisa extinta, que nem sei... Coisas que não têm nada a ver com cinema. O arranhado de arear facas, na cozinha, da casa de minha avó. Hoje em dia, com esses metais inoxidáveis, ninguém vê mais disso. Lembra-me também o tango rural *Caminito*, que inaugurou uma grande época argentina na juventude de quem quer que ande agora pela casa dos trinta. Não são, para mim, similitudes concomitantes, mas recordações que se interpenetram. Depois, voltando à crônica, penso no velho Douglas, o maior inventor do cinema, que o transformou em ação pura. Era como uma chama ágil a saltar do chão para a cortina, da cortina para a janela, da janela para o telhado, do telhado para a casa vizinha. Um espadachim cintilante, um puro dançarino. Revejo a fotografia em que se acham Mary, Chaplin, Griffith e ele, quando — momento da maior importância histórica para a arte — resolveram criar a United Artists e fazer o grande cinema que sonhavam... e que fizeram.

Agora vejo Charles Ray, o maior galã do tempo a par de Wallace Reid, em *Uma aventura em Paris*, com a menina Joan Crawford. Comparo-a com a moderna Joan Crawford, MGM. O cabelo rente na nuca, os olhos claros, tão cheios de vontade de viver, a boca perfeita, natural. A maquilagem emplastou aquilo tudo, os olhos se idiotizaram, a boca, borrada, se vulgarizou.

Wallace Reid! Houve quem se esquecesse de *Morrer sorrindo* com Elsie Ferguson? No apogeu de sua carreira de ator, cocainômano inveterado, desobjetivou de repente, quando menos se esperava. Foi quando a mulher dele fez uma fita chamada *Cocaína*, libelo tremendo contra o vício, que naquele tempo era uma espécie de Pervitin que o pessoal tomava quando as coisas não corriam bem. E a bela Agnes Ayres...

Agnes Ayres foi uma mulher que teve tudo para ser glamorosa. A natureza dera-lhe inclusive duas covinhas quando ria. Mas faltava-lhe justamente glamour. Acomodou-se no tipo de esposa calma e forte, para quem o marido andejo volta arrependido após a traição intermitente. Em *Amor e morte*, transe espírita de Cecil B. DeMille, ela aparecia, ectoplásmica, na longa rampa dos mortos a caminho do julgamento. E foi o amor de Valentino no *Sheik*, lembram-se?

Mary Pickford, "a primeira namorada da América"!

A página seguinte abre-se sobre uma grande figura do cinema: a dançarina Irene Castle, considerada a mulher mais elegante do seu tempo, cuja vida Ginger Rogers ainda há pouco se esforçou por retratar num bem fraco filme. Ao lado, Gloria Swanson, que glória! A Gloria Swanson de mil celuloides inesquecíveis, brejeira, misteriosa, trágica, ingênua, com seus olhos amendoados e seu nariz de ponta arrebitada, que só o temperamento da dona impediu de ser absolutamente grego. Mulher de 1920, que nós, crianças de trinta anos, não podemos deixar de lembrar com amor, porque já foi uma prima nossa ou uma visita que um dia esteve em nossa casa de meninos e que nos provocou uma paixão arrebatadora. A Gloria Swanson de *Macho ou fêmea* ou *De fidalga a escrava*, com a assustadiça e lacrimosa Lila Lee e dr. Thomas Meigham (nunca vi ninguém ter tanto essa beleza asséptica, pasteurizada, que em geral os médicos acabam adquirindo no exercício de sua profissão, como esse velho galã do silencioso). [...]

Elsie Ferguson, estrela da Paramount.

Charles Ray, o maior galã do seu tempo.

Wallace Reid e Bebe Daniels em *The Affairs of Anatol*, dirigido por Cecil B. DeMille, em 1921.

Mae Murray tinha "a boca mais boquinha possível".

Gloria Swanson, "mulher de 1920", "brejeira, misteriosa, trágica, ingênua, com seus olhos amendoados e seu nariz de ponta arrebitada".

Bert Lytell é o capitão Percy no filme *To Have and to Hold* (1922).

Mas como passa o tempo! A irmã Viola Dana (irmã de Shirley Mason) de short e tudo, um short estampado e uma caixa de bombons na mão! Trata-se de um escândalo. Viola remonta a um passado tão elástico que não consigo lembrar-lhe sequer um filme. Tenho dela uma ideia vaga fazendo a heroína de corsários e larápios elegantes tais como um Milton Sills — o primeiro *Gavião do mar!* — ou um Bert Lytell. Era uma morena de olhos claros, grandes, ingênua toda a conta. E agora, Jack Pickford, irmão de Mary, provavelmente brigado com o influente Douglas (que apesar do talento devia ser um pará danado) porque nunca conseguiu sair da fita em série. Um acrobata de primeira. Escrevendo esta frase ocorre-me de repente que bem pode ser esta a razão do fracasso de Jack Pickford: sabotagem de Douglas Fairbanks, que também foi um grande acrobata, mas nunca conseguiu dar os saltos, paradas ou cambotas espetaculares do cunhado. Logo abaixo — ó álbum de minha adolescência! — a imortal ZaSu Pitts, heroína de Stroheim, cujo patético em *Marcha nupcial* só tem igual talvez ao de Falconetti em *Joana d'Arc*, de Carl Dreyer. Depois fizeram dela uma eterna criada, com eternas mãos de pano. Aquelas mãos já exprimiram todo o horror de uma inelutável agonia de noite nupcial. Mas aqui está uma das maiores cacetes mudas: Constance Talmadge, o tipo da boa moça, alvar, estúpida como um ditado, cuja melhor qualidade ainda é ser a irmã de Norma Talmadge, que não foi uma grande atriz, mas fez filmes muito razoáveis, como a velha *Dama das camélias* — onde aparecia ao lado de Gilbert Roland, o falso John Gilbert — e que seria um ótimo espetáculo se posteriormente Greta Garbo não tivesse estado soberba no papel da grande tísica de Dumas Filho. Mas uma cacetada nunca vem sozinha: surge May Allison. May Allison em camisola de noite; os cabelos soltos, presos numa touca; May Allison em roupa de montaria; May Allison com um gato; um slogan vivo para anúncio de coca-cola.

Mais outra cacete: May MacAvoy. Lembro-me em *Ben-*

-*Hur* tão boazinha, mas tão apagada ao lado da cortesã Jacqueline Logan, que DeMille, naturalmente, fotografou afagando tigres entre piras acesas e fruteiras gigantescas, cheias de cachos de uvas, caindo em artística arrumação.

E ao voltar da página vemos a maior fascinação da tela: Mae Murray. Mae Murray transtornou a cabeça de todas as adolescentes do meu tempo. Elas saíam do cinema com um passinho de pés cruzados que era um risco constante de tropeçarem em si mesmas, os ombros levemente levantados, os olhos para cima e a boca mais boquinha possível *under the circumstances*. Conheci uma que chegava ao requinte de estar sempre com um caramelo na boca para facilitar aquele adorável chupo de lábios, ao qual ninguém resistia. Durante a conversa, a coisa tornava-se meio difícil; mas à menor pausa, ia-se ver, lá estava ela de boquinha armada, olhando as moscas, o maior amor do mundo!

Mae Murray foi *Fascinação*. Surgia de maiô perlado, o maiô mais provocante que já vestiu uma mulher. Fazia uma dança onde aparecia com enormes chifres, é impossível que todo mundo não se lembre logo. Mae Murray era uma técnica em roupões mal fechados; camisolas despencadas no ombro; sandálias de salto bem alto; despertares lânguidos, o edredom desmanchado, o fio ascendente da perna à mostra, a cabeleira loura, cujo corte fez furor, bem iluminada da luz matutina. Na *Viúva alegre* que o primitivo Lubitsch dirigia,* com uma graça poucas vezes alcançada em cinema, Mae Murray, ao lado do grande John Gilbert, matou por várias semanas meu coração de adolescente voltado de modo irremediável para a mulher. [...]   1942

---

*O engano de Vinicius lhe será cobrado imediatamente. Em 25 nov. 1942, na continuação da crônica "Revendo um velho álbum de artistas", Vinicius assim se refere ao episódio: "A primeira *Viúva alegre*, a grande, com Mae Murray e John Gilbert, era de Erich von Stroheim, é claro, nunca houve a menor dúvida! Mas Plínio Sussekind Rocha, que é matemático, telefonou-me para me passar um carão pelo meu engano. Montei num porco danado. Venho aqui fazer humildemente a minha *amande honorable*". No entanto, essa foi a única traição da memória de Vinicius neste artigo.

O ESPIÃO INVISÍVEL

A crônica ideal para esse filme seria um quadrado em branco, com o título tipografado em tinta invisível. Mas a época não está para tais desperdícios de papel nem de matéria, porquanto seja ilógico falar em matéria ao pôr em evidência um ser incorpóreo. Porque o celuloide vem retomar a tradição wellsiana de O homem invisível, fazendo Jon Hall desta vez o translúcido descendente de Claude Rains, que, este sim, ficou para o resto da vida com o estigma da invisibilidade, a ponto de lembrar o conhecido nonsense:

> *O once I saw upon a stair*
> *A little man who wasn't there;*
> *He wasn't there again today:*
> *How I wish he'd go away!*

Que quer dizer mais ou menos:

> *Eu vi em certa escadaria*
> *Um homem que lá não havia;*
> *Hoje, de novo, à mesma hora:*
> *Tomara que ele vá-se embora!*

Assim é Claude Rains. Quando surge, é sempre primando pela ausência. E Jon Hall parece que lhe vai direitinho nas pegadas. O diretor, aliás, revelou um grande talento de inibição nesta película. Os atores são expressivos como... um negativo de fotografia. Gloria Massey é uma mulher de cera, bem embrulhada em celofane. Seu trabalho é incolor, inodoro, insípido como deve ser o da amada de um abantesma. Peter Lorre, que já foi um excelente vampiro em Düsseldorf, faz um barão japonês absolutamente vacumático. De japonês só tem os olhos; perdão: pratica também um haraquiri. Por falar em japonês, uma coisa que sempre me preocupava, quando eu via um japonês ou um chinês, era a razão por que, sendo raças facilmente confundíveis, eu podia distinguir tão facilmente um do outro pelo simples instinto da antipatia do primeiro e da simpatia do segundo. Só depois percebi. É que o chinês tem uma cara centrífuga, enquanto a do japonês é centrípeta. A perspectiva fisionômica daquele abre-se para fora, enquanto a do último para dentro. Não é difícil de compreender, e é um bom método para pegar japonês na boa.

Mas voltando ao não filme: trata-se de uma ilusão completa. É tudo absolutamente vazio, transparente como o vidro, impalpável como, ai de nós, Rita Hayworth ou Dorothy Lamour. Uma lipotimia cinematográfica total. O espectador conserva-se na maior imunidade de cinema, trancado provisoriamente naquele mundo de opalina. A impersonalidade física do herói é completa. Vive um grande imponderável. Mas o não trabalho mais impressionante de todos é o do ator que faz de Heiser, ou que raio o seja, o adiposo e neurótico subchefe do Serviço Secreto, nem me lembro mais o verdadeiro nome dele. A sua ação, com vistas ao cacófato, é lamentável. Representa ele uma cena trágica (a da visita do espião invisível ao seu cárcere) que provoca na gente um riso branco, que ninguém ouve, mas incoercível. Eu cheguei em casa dando ainda gargalhadas inexistentes.

O filme tem uma coisa que sempre me diverte muito: uma importante conferência política em que se debate a ida do espião invisível para a Alemanha em missão secreta. Nessas cenas aparecem sempre uns velhotes muito bons, que balançam a cabeça — sim ou não — com um ar de grande ponderação. Imbele, mas intrépido, o nosso intérprete sai-se incólume da sua imperscrutável aventura. O espectador é que não o perde, volta ínscio, isto é, na mesma. O filme é puro éter, ou melhor, protóxido de azoto. Anestesia por gás hilariante.

1943

Rosalind Russell não é de todo desprovida de graça nem de espírito.
Mas o impulso para brilhar é nela uma coisa tão irresistível.

O PESCOÇO DE ROSALIND

A minha implicância com Rosalind Russell não é, como muita gente pensa, uma coisa gratuita. Tenho dúzias de razões para não simpatizar com a insossa atriz de *Adeus, meu amor*. Primeiro, porque ela é fiteira demais, e eu não gosto de mulher fiteira. Aliás, não é bem isso: eu não me importo absolutamente com um certo gênero de fita que mulher faz, e que eu acho muito engraçadinho, como, por exemplo: ficar com um ar de sofisticada ausência quando, numa roda, a gente não lhe está dando a devida atenção; ou então entrar em longas explicações do próprio temperamento nas ocasiões menos oportunas. Quando procedeis assim, mulheres, ficais às vezes verdadeiros amores. Mas a fita de Rosalind Russell é diferente. Sente-se que a criatura não é de todo desprovida de graça, nem de espírito. Mas o impulso para brilhar é nela uma coisa tão irresistível que, forçando-se por isso mesmo e muito de indústria a uma naturalidade que lhe é artifício, ela assume um ar melancólico de bicho antediluviano, transformando-se num dos "pescoços mais fracos" de Hollywood. Quero me explicar sobre esse sutil assunto de "pescoço fraco". A descoberta é de Aníbal Machado, e foi aperfeiçoada e completada por Pedro Nava. Hoje possui, para todo um grupo de escritores do Rio, foros de índice caracterológico. Viajante lírico de ônibus, observou o grande contista sabarense que o espetáculo humano que se antepunha, quando sentado nos últimos bancos do seu Ipanema-Castelo, desfigurava-se frequentemente com a intromissão miserável de alguma cabeça mal segura nos ombros por um "pescoço fraco". A sensação de miséria orgânica era irremediável. Tendões tristemente à mostra numa nuca de saboneteira: um prognatismo auricular violento, que fazia ressaltar inutilmente orelhas estúpidas; uma certa folga do pescoço dentro do colarinho, dando à infeliz cabeça uma paternice dinossáurica; tudo isso ajudou a trazer ao nervoso prosador de "A morte da porta-estandarte" a forma de um novo sistema de caracterização psicológica. Em breve o "pescoço fraco" era sensível não apenas fisicamente, mas também no plano moral.

Sujeitos de pescoço forte podiam estar, eventualmente, de "pescoço fraco", por que razões sentimentais só Deus sabe.

GRÃ-FINARIA GRÃ-FINA

Confesso que para mim foi uma boa surpresa este novo filme [*Nosso barco, nossa alma*] de Noël Coward, com quem não vou muito à missa. O autor de *Cavalcade* e *Design for Living* possui o gênero de sofisticação que menos me agrada: a simplezinha, como diria Jaime Ovalle, quer dizer, a requintada, rebuscada, retorcidamente simplezinha sofisticação. No seu campo, aliás, é um mestre, um verdadeiro chefe de escola. Homem de grande compreensão e de especial finura de espírito, com uma humanidade graciosa e cômoda, Noël Coward é o precursor direto de gente como Preston Sturges, Anatole Litvak, Garson Kanin e outros espécimes que formam hoje em dia o grupo de bilheteria mais inteligente de Hollywood. Neste filme escrito e dirigido por ele (a direção apenas compartilhada por David Lean), Noël Coward fez um grande esforço para ficar completamente sério. Se não o conseguiu, não foi culpa sua, mas de sua natureza naturalmente grã-fina, de uma grã-finaria tão grã-fina que chega a ser método de simplificação. Noël Coward é uma gentil prerrogativa do Império Britânico. Aceita o seu alto posto com a mesma tranquilidade e consciência com que aceita o do mais mal pago operário ou o do mais sórdido mendigo do mundo, como quem diz: "Meu caro amigo, essa é a vida; eu no lugar deles não me queixaria, *you know... One must not complain...*".* Sua grandeza está em amar a Inglaterra acima de si mesmo, coisa que no fundo é óbvia de qualquer inglês. A história desse destróier que nos mostra o filme é uma velha história do homem inglês, de qualquer homem inglês, para quem a Inglaterra é mesmo um navio que Deus na Mancha ancorou. Em qualquer lugar do mundo o *British subject* está na sua Inglaterra, e no destróier *Torrin* com muito mais razão. O que

---

*Você sabe... fica feio reclamar...

a história tem de mais belo é justamente a sua obviedade. Noël Coward cria no arcabouço dessa linda belonave a imagem da pátria, com suas três classes representadas, seu espírito peculiar de domesticidade, seu senso de humor, seu gênero característico de relação com o mundo feminino, sua tendência para não admitir a derrota, sua discrição e tudo o mais que faz o sal e a falta de sal da Albion típica. Nessa Inglaterra eterna, Noël Coward mostra com imagens que frequentemente são muito boas, sobretudo as de mar e as do destróier em ação, com suas extraordinárias linhas de canhões, a simplicidade com que se batem seus homens. É um filme másculo, sempre que a luta aparece, e o mar, sangue da Inglaterra. Mas quando intervêm os *plots* domésticos, a coisa baixa de tom e fica *pink*, isto é, rósea, mas sem fragrância de rosas. Sua melhor personagem é o navio, mas, se eu tivesse de escolher entre as outras, escolheria a do imediato Hardy (Bernard Miles), muito bom. É preciso ver o filme para julgar de todos esses elementos. 1943

DELICIOSAMENTE TUA... AH!... ME DEIXA...

Quem terá dado esse título a esse filme? Algum cronista social, ou um dos nossos delicados poetas gênero *"Toi et Moi"*? *Deliciosamente tua*, qual! Será que as pessoas não têm senso da dignidade da língua? Francamente... Mas, enfim, não estamos aqui para isso. Nosso mister é produzir uma crônica de cinema. Produzir: é bem a palavra, com relação a *Deliciosamente tua*. Tipo do filme para meninas em flor, com um eco qualquer em Delly, Ardel e Chantepleure.* Robert Young com a sua cara de pato e Laraine

---

*M. Delly, pseudônimo dos irmãos Frédéric Henri Petitjean de la Rosiére (1870-1949) e Jeanne Marie Henriette Petitjean de la Rosiére (1875-1947), escritores de romances açucarados para moças, com aspirações aristocráticas. Eram tão fantasiosos que beiravam os contos de fadas. Henri Ardel, pseudônimo de Berthe Palmyre Victorine Marie Abraham (1863-1938), escritora francesa de romances sentimentais para moças. Como era usual, escondia-se atrás de um pseudônimo masculino. Guy Chantepleure (1870-1951), pseudônimo de Jeanne-Caroline Violet, escritora francesa de livros para moças e crianças. No Brasil foi publicada entre os decênios de 1940 e 1960 na coleção Biblioteca de Moças, da Companhia Editora Nacional.

Day de eterno ar convalescente. Ele um aviador golpista, querendo de qualquer maneira. Ela uma moça americana comum, que se apaixona por ele, vai no golpe, depois reconhece o mau caráter do rapaz e se afasta mas... já aí ele estava pelo beicinho. O chamado *"revertere"*. Robert Young não é um mau ator, absolutamente. Sua velha experiência com filmes sempre lhe dá de se sair mais ou menos das situações. Mas Laraine Day, tadinha! É uma água de flor de laranja, um manjar branco, uma avitaminose E. Melhor fica ela de enfermeira como ao tempo dos filmes em companhia de Lew Ayres, da famigerada série do dr. Kildare. Os aventais brancos casam bem com seu tipo profundamente ascético. Em todo caso, pai Paulino tem olho! A mim me pareceu que Robert Young, com a sua cara de pato e tudo, andou despertando secretas centelhas na alma de filó da moça, porque, ou muito me engano, ou aqueles beijos não são apenas... beijos: são BEIJOS. Puxa! Tem uma hora lá que o rapaz pega ela que não sei como aquilo passou ao Hays Office.*
Tenho que aqueles dois andaram tendo o que se chama em inglês *"a good time"*. Aliás, não é da minha conta e, se o fizeram, fizeram muito bem. Mas nem isso dá interesse ao filme, que discorre com uma moleza de tarde vista através de janela de hotel de cidade do interior, se não é isso muita comparação demais para tão pouco.

    É das tais coisas. Não sei se desaconselhe ou aconselhe. Como cinema não tem nada. O interesse humano da história é nulo. Os atores não são especialmente atraentes. Para as pessoas dos bairros que têm água eu sinceramente desaconselho. Podem ficar em casa, que diabo!, dia que ver uma bica correr. Mas, para os moradores de Leblon e Ipanema, que

---

*Hays Office era o escritório que censurava os filmes em Hollywood. Todo roteiro tinha de ser previamente aprovado para evitar inconveniências políticas e, sobretudo, morais, segundo rígidos padrões conservadores. A cópia do filme era igualmente examinada. Beijos eram cronometrados, decotes, medidos, vilões tinham de ser castigados ao final. Censura interna dos produtores, instituída a partir do Motion Pictures Production Code para evitar a censura governamental, durou até os anos 1950, quando se tornou obsoleta e foi gradualmente sendo abandonada.

estão na mais absoluta seca há vinte dias, como eu e minha família, por exemplo, a esses eu aconselho veementemente. De qualquer modo é uma forma de passar duas horas fora de casa, longe da seca, longe das cozinhas sujas, nada mais interessante hoje, longe dos baldes de emergência... 1945

O NÃO SENSO E A FALTA DE CRITÉRIO

O não senso (fica melhor em inglês: *nonsense*) é uma forma de espírito que só serve quando inocente. Nada mais duro que a forma *nonsensical*, quando ela não corresponde a uma necessidade fundamental da natureza. Só quem conhece o *Complete Book of Nonsense*, de Lear, o admirável inglês cuja leitura é tão importante para a poesia, pode avaliar a qualidade do gênero, no qual há uma liberdade poucas vezes encontrável no que é criação do homem. Naturalmente que tem que ser muito espontâneo. Eu, por exemplo, tenho experimentado frequentemente, mas até hoje só consegui realizar de bom mesmo uma dúzia talvez de pequenos poemas de não senso. E isso graças antes à minha adorável e jovem amiga Maria Ethel, filha de Aníbal Machado — que me auxilia com a sua perfeita graça e inata sabedoria para o gênero. Contudo, é raro sair um bom. A forma, como a cultivou Lear, compõe-se de cinco versos: os dois primeiros de nove sílabas ("Ó desgraça, ó ruína, ó Tupã!"); o terceiro e o quarto de seis sílabas: cinco também serve e até quatro, mesmo porque, em língua portuguesa, fica muito mais fácil de arranjar que o de seis sílabas; e o último novamente de nove sílabas. Um exemplo feito por Tatau (Maria Ethel) e por mim:

> *Era um dia um sujeito maneta*
> *Que não tinha a perna direita*
> *Pois o homem coçava*
> *Com a mão que lhe faltava*
> *As perebas da perna perneta!*

Assim a coisa vai, dentro de uma grande e pura bobagem, que é o seu melhor sentido. As crianças são seres *nonsensical*, e tudo o que delas se aproxima. Em literatura brasileira, há, infelizmente, a mais triste falta de *nonsense*. Só meu ilustre amigo o Barão de Itararé consegue sair da lógica e cair no não senso. Individualmente também, tirante o nobre representante da Casa dos Itararé, só meu amigo o romancista Fernando Sabino é um ser com uma natureza *nonsensical*, que se revela não na sua literatura, mas no seu modo de ser, sobretudo no seu modo de se comunicar com o mundo exterior.

Em cinema o não senso tem dado grandes coisas, e entre as maiores está, é claro, a obra dos irmãos Marx. Recentemente apareceu um cômico, Danny Kaye, que tem uma grande e boa tendência para o não senso. Mas os imitadores têm todos fracassado. Os Três Patetas se apatetaram demais. Olsen e Johnson começaram bem, com *Pandemônio*, mas depois caíram na pior das contrafações. Mesma coisa com Abbott & Costello, que estão se transformando na pior das orchatas. Esse filme que estão levando no Rian e no Vitória é a melhor mostra do que digo. Uma sem-graceira de dar pena. No entanto, eles começaram bem. Eu, sinceramente, desaconselho *Os amigos da onça*: é perder tempo e dinheiro. O diretor Jean Yarbrough devia ficar bonzinho, no cantinho dele, que assim é que era direito. Podia até ganhar um chica-bon. Mas com *Os amigos da onça* ele francament não faz jus ao sorvete...

Isso, o não senso. A falta de critério está integral num filme da Metro, presentemente na Tijuca e em Copacabana. Chama-se *Paixão de outono*, e apresenta um calhordão novo chamado Philip Dorn, com a bela, passada, Mary Astor. Pobre Mary Astor!

Passem de largo. É pior que coca-cola. 1945

SANSÃO MATURE & DALILA LAMARR

Um dia, há uns dez anos, Orson Welles fez uma palestra sobre Hollywood no Instituto Brasil-Estados Unidos. Eu guardo dessa reunião duas impressões inesquecíveis: uma, a de ter apresentado o Cidadão Kane a Joana d'Arc — então de passagem no Rio sob o invólucro de Mme. Falconetti, sua imorredoura intérprete no filme de Carl Dreyer; a outra, a de ouvir Welles falar de Cecil B. DeMille, o megalômano diretor de tantos filmes de fundo sacroilíaco, entre os quais uma coisa atualmente em cartaz chamada *Sansão e Dalila*.

Orson Welles estava em plena forma. Com seu grande talento histriônico, em largos gestos e excelente mímica, mostrou ele à assistência como é que Cecil B. DeMille faz quando dirige um filme. Seus assistentes, colocados em lugares preestabelecidos à retaguarda, acompanhavam-no passo a passo em todas as evoluções no palco de filmagem, e com a maior reverência. Qualquer desobediência do método, e o infeliz é esmagado pela ira bíblica do criador dos banhos cinematográficos. É inútil dizer com que graça Orson Welles desenvolveu a história. O importante é que, ao fim da peroração, ele fez uma pausa, adoçou a voz e enunciou em tom medido: "O fantástico é que esse mesmo homem, esse pequeno rei de Hollywood, que tem tudo à sua disposição, nunca em sua vida fotografou um pé de filme que valesse absolutamente nada".

Fala-se muito no espetáculo demilleano, e de como ele conquista o grande público com os seus monumentais cenários. Eu tenho para mim que o grande público não é tão idiota quanto se pensa e que um dia será feita em Hollywood mesmo uma enorme fogueira das toneladas de celuloide gastas por Cecil B. DeMille — uma de se ver o reflexo no mundo inteiro.

Sansão e Dalila conta a história dos ditos em tecnicolor, como se suponha tenha acontecido. Hedy Lamarr está de sarongue bíblico, e mostra bastante seus encantos balzaquianos, enquanto Victor Mature faz força para encolher a barriga e dar a impressão de que é leve. Mas está um elefante de gordo. Ele luta com um leão, atira dardos, e liquida um exército com uma caveira de burro. Tenho que seria muito mais interessante se usasse a sua própria queixada.

DeMille deu cuidados especiais à cena final, quando o templo rui. Engraçado: o templo rui — não soou esquisito? Rui... Rui, ou rói? O tempo rói... Não: acho que é rui mesmo. Enfim, rui ou rói, aquela joça toda vem abaixo ante a pressão dos bíceps de Victor Mature. Levanta uma poeirada danada. Ô fitinha besta!

1951

NEM NINFA, NEM NUA

Existe gente que é basbaque e gente que não é basbaque. À primeira classe pertence essa adorável porção da humanidade que para diante de camelô na rua; fica no aeroporto à espera de Silvana Mangano ou Joan Fontaine; torce em fita de mocinho e avisa-o na tela de que o bandido está atrás da porta pronto para acertá-lo, e dorme na porta do Estádio Municipal para ver Ademir brilhar na "cancha". Essa gente em geral tem uma porção de cacoetes de fã. Entre os mais engraçados, está esse de "bancar o espelho" da coisa ou pessoa admirada. Não é incomum ver um verdadeiro fã ou basbaque articular silenciosamente com a boca as palavras que ouve do objeto de sua admiração, e mesmo manifestar facialmente, como se seu rosto fosse uma tela, todo o horror, toda a violência ou todo o cômico da história que ouve.

Anteontem, no Cinema Ipanema, eu me peguei sendo basbaque de uma fitinha que estão lá passando. Não sei como, de repente me apanhei com uma expressão alvar na face, um sorriso bocó que — poxa! — sei que não tenho. Fiquei danado, tanto mais quanto a fita que estava vendo era uma dessas idiotices completas — a história de uma menininha de pequena cidade americana que, vencendo milhões de preconceitos, acaba de maiô numa banheira posando para um pintor comercial. A menininha é Ann Blyth e o pintor, Mark Stevens. Trata-se de mais uma produção de Hollywood feita para as *bobby-soxers*, isto é, as garotas americanas de meia curta, calça de zuarte azul, mais arregaçada numa perna que na outra, e a camisa do irmão saindo para fora das calças.

É ou não é de irritar, um sujeito da minha idade — 37 para quem quiser saber — ficar de boca aberta diante de tanta bestidade? Vai ver que é por causa disso mesmo, da bestidade completa da coisa. Eu já reparei que o basbaque tem uma certa propensão para aumentar sua basbaquice na proporção direta da imbecilidade do que vê ou do que ouve. Tomarei cuidado, de ora em diante, senão qualquer hora aí estarei escutando uma frase assim: "Sabe quem eu vi ontem no cinema, de boca aberta feito um idiota? O Vinicius de Moraes, minha filha! Quem diria, hein!".

A ninfa nua cai completamente na minha classificação do NVV.* E depois, ninfa nua por quê? Pura publicidade. Pois a jovem Ann Blyth é mais parecida com um encantador filhote de avestruz do que com uma ninfa, e é uma das maiores fiteiras que já vi na minha vida. E, quanto a estar nua, ah, isso é que ela não está, não, que eu sei. Meninos, eu vi!

A ninfa nua parece um tratado em chavões de Hollywood. Tem quase todos, inclusive esse que sempre me diverte, da menininha que bebeu champanhe com o namorado na boate e depois vai dormir se achando uma doidinha completa, e antes de dormir pensa nele, fecha os olhos, suspira, se espreguiça languidamente, abraça o travesseiro e vai para o raio que a parta.

1951

POMBO COM ARROZ

Eu gosto de fita de gorila. Eu também gosto de fita que tem índio e de fita que tem pirata. Mais de tudo eu gosto de fita

---

*Não vá ver.

que tem leão na África e que a moça fica presa na caverna e o leão vem chegando.

Ontem eu via uma fita de duelo. Chiii! que fita mais bonita! Parecia até um bolo que se faz lá em casa e se chama bolo de noiva. Tinha todas as cores na fita, e o cabelo da moça era louro de se ver mesmo de fato. Eu gostei da fita porque o mocinho puxa a espada e sai cada duelo de a gente pular na cadeira.

Imagina que o mocinho é filho de Robin Hood, aquele que solta flecha e usa um gorrinho. O filho também solta flecha e usa um gorrinho e dá um beijo na moça bem bom. No começo assim, o filho e um outro homem correm um para o outro a cavalo, todo vestido de lata e com um pau comprido com uma lança na ponta.

O mocinho vara o outro com a lança dele, que até parece um ferro de abrir lata, e o homem fica lá no chão todo espetado. Aí a moça dá um lenço dela para o mocinho que eu acho que estava resfriado, porque depois ele devolve o lenço sujo e sai uma briga danada com a moça. Depois tem cada aventura, puxa, de até meter medo, os soldados ficam assim sacudindo a gente pobre e carregando os porcos deles, e quando estão maltratando eles caem assim, espetados por uma flecha, e o filho de Robin Hood vem chegando com sua trinca e salvando os pobres. O filho de Robin Hood é muito bom e eu gosto dele. Ele é amigo dos pobres. O rei é que era um homem mau que convida os outros para comer na casa dele e depois manda jogar flecha em todo mundo. Eu não entendi bem por que ele fez isso, mas parece que era por causa de um troço chamado Magna Carta, que todos queriam escrever uns para os outros. No fim quem escreve a carta mesmo é o rei.

Tem um padre na fita que dava com um cacete na cabeça dos soldados. Eu gostei do padre, ele era engraçado. Puxa, tem um duelo desgraçado no final de Robin com um outro cara, e o cara dá com a espada na cara de Robin, o descarado! Mas Robin é mais bacano e espeta a barriga do homem com um punhalzinho, bem feito. O homem fica em pé com um ar que está com dor na barriga e depois cai assim.

Eu gostei muito da fita e achei ela muito bonita e muito boazinha, porque os pobres saem ganhando e Robin casa com a moça. Eu aconselho a fita para todos os meninos porque ela é boa à beça. Eu também achei a moça bonita, mas com um peito meio chato. Eu gosto mais de moça que não tem o peito chato feito aquela moça chamada Jane Russell. A moça solta pombos na fita e dá um risinho. Tem um pombo que cai varado por uma flecha. Eu gosto de pombo com arroz, lá em casa às vezes tem, mas é às vezes. Tem um homem chamado Rocha Pombo que eu aprendi lá no colégio. Té logo.

1951

NÓS, OS VAGOTÔNICOS

Nós, os vagotônicos, de quando em vez precisamos de férias, porque senão se nos evapora a substância. Que os leitores me perdoem, a mim e a meu vago-simpático, por essa deserção provisória, preenchida, de resto, com grande linha por Jorge Vargas. Já estou de novo bem, obrigado. De volta a este retângulo, eu quero em primeiro lugar agradecer (não tenham medo que não vem discurso...) a todos os vagotônicos pela assistência moral, bons conselhos e receitas que me deram — especialmente a minha amiga Aracy de Almeida, rainha dos vago-simpáticos, e o meu amigo Fernando Lobo, que fez um samba lindíssimo sobre Noel, e que tem teorias próprias sobre a disfunção, as quais põe em prática com o maior gosto e proveito.

Aliás, por falar em vagotonia, eu descobri no decorrer dessa minha última crise que nós, os vagotônicos, formamos uma impressionante maçonaria. A solidariedade entre os membros da seita é admirável. Estive, nessa última semana, com vários grupos, e ao anunciar-lhes eu que me achava no "auge da vagotonia" (pois todo vagotônico que se preza não só tem o maior orgulho de sê-lo e demonstrá-lo, como sempre exagera ao máximo o seu estado), ganhava imediatamente a simpatia dos correligionários presentes, terminando por formarmos um bloco coeso contra os pobres mortais que têm o vago-simpático perfeito. Exemplo de uma conversa minha com Aracy:

— Como é, querida?, como vai essa vagotonia?
— Ah, meu filho, já nem sei mais... E você?
— No fundo do poço.
— Quer dizer que você não está aqui hoje?
— Ah, eu nem sei mais onde é que estou...

E assim por diante, tudo entrecortado por longos silêncios, durante os quais a pessoa cai do alto de arranha-céus bem devagarinho, é enterrada viva, despenca de elevador, some terra adentro por um buraco súbito que se vagotoniza, pois todo vagotônico sobe como um foguete, até as regiões siderais, se perde nas catacumbas de Roma, se afoga na banheira, porque uma paralisia repentina não permite que se feche a torneira, sobe e desce degraus inexistentes, fica quente, fica frio, fica quente de novo, se ruboriza, empalidece, cai numa deliquescência, ouve o coração bater na ponta do dedão do pé, sua nas mãos, tem a boca seca — enfim, a felicidade completa.

Não me queiram mal por essa digressão. O fenômeno é importante, pois ele pode influir na crônica, e eu a quero isenta. Aliás, essa semana cabe falar de vagotonia, pois vai entrar em cartaz essa grande vagotônica que é Bette Davis — e isso, meus amigos, vai ser uma delícia. Vai ser uma verdadeira delícia.

1951

DEPOIS DA TORMENTA

Bette Davis é indiscutivelmente uma grande atriz, mas eu sempre tive uma pinimba qualquer com ela, que se foi acentuando com os anos e os maus diretores que a tiroideana, sacroilíaca, psíquica "estrela" andou pegando de um bocado para cá. Nunca deixei, no entanto, de admirá-la quando, em performances notáveis como as que deu em *A carta* ou *Little Foxes*, que se não me engano passou aqui com o nome de *Vaidosa*,* ela, mais controlada, resolvia em tensão íntima a sua fabulosa naturalidade física de movimentação — coisa que, de resto, deu margem a que fosse um dos motivos prediletos dos imitadores de palco. Eu vi um famoso *impersonator* americano "bettedavizar" Bette Davis de um modo tão genial que, visse-o a atriz, creio que ela se sentiria como diante de um espelho.

Esses vícios de ação, Bette Davis em geral resolve-os com um bom diretor. William Wyler, que a andou dirigindo por uns tempos, ajustou-a formidavelmente ao seu estilo diretorial, discreto e tenso a um tempo — e agora eu vejo com agrado que Curtis Bernhardt compreendeu também com grande inteligência o problema que ela representa como atriz. Porque com Bette Davis é preciso cortar-lhe um pouco as asas, mas sem ferir fundamentalmente isso que constitui o seu gênio próprio — a sua dinâmica física.

Neste filme *Depois da tormenta*, Bette Davis dá mostras sobejas dessa dinâmica. Seu trabalho é vivo e ágil — tanto que achata completamente a interpretação dos demais atores, o que a deixa soberana em cena. Eu estou longe de concordar com alguns de meus colegas de crítica que *Depois da tormenta* seja um grande filme. Para mim é apenas um bom filme, que cumpre com dignidade a sua função e expõe o problema da separação conjugal sem mentir à vida. A história tem uma pungência especial que o diretor soube levar muito bem, pois ela não está "na cara da criança", para usar a expressão de uma amiga minha; isto é, não é obviamente evidente, situa-se num plano mais recuado, deixando à ação cinematográfica a incumbência de a ir desencadeando naturalmente.

Bette Davis fez, não há dúvida, uma grande *rentrée*, que muito provavelmente lhe valerá o Oscar para 1951. Apesar da

---

*Foi exibido com o título de *Pérfida*.

Bette Davis, "a tiroideana, sacroilíaca, psíquica estrela, é indiscutivelmente uma grande atriz".

maneira um pouco teatral com que Bernhardt narra a sua trama, certos recursos roubados ao teatro são de bom efeito, como as aberturas de cena cada vez que Bette Davis rememora o passado conjugal, em que o *décor* tem um valor de puro teatro. O processo do flashback, pelo qual eu tenho uma certa antipatia, é usado aqui de maneira inteligente. A fotografia é boa, e o som, esplêndido. A voz fabulosa de Bette Davis é às vezes trazida para planos mais próximos do que os reais com um resultado espantosamente feliz — o que constitui um excelente emprego cinematográfico de som. Porque esse negócio de som em cinema... É, mas eu não vou enveredar por esse caminho, não, porque uma vez já fiz isto e deu pano para mangas.

1951

VARIAÇÕES EM TORNO DE UM TEMA CHATÍSSIMO CHAMADO JANE POWELL

Ó jovem, loura, sorridente, cantante Jane Powell

Você pode ser muito bonitinha mas você é um bocado páuel

Sua cara parece um sabonete num banheiro de ladrilho

E você canta mais agudo do que bonde da Light na curva do trilho

Você tem todos os requisitos agrícolas exigidos de uma maçã

Mas eu confesso que prefiro deixar a fruta para o Ricardo Montalban

Como nesse musical da Metro em tecnicolor que mais parece um sanduíche americano

E onde você e ele dançam a meia-luz um tanguinho até bacano

Você me desculpe, Jane Powell, eu estar sendo deselegante com uma senhorita

Mas eu lhe confesso com sinceridade que a sua cara muito me irrita

Porque sua cara não é uma cara, é uma pastilha de vitamina

E você é, de um modo geral, uma chatíssima menina
Você dá cada agudo que se eu fosse diretor da Central do Brasil
Punha você para puxar uma composição ferrocarril
Mas como você prefere ser atriz é o caso de dizer paciência
Embora eu faça essa ponderação com uma certa impaciência
Eu se fosse sua mãe, coisa que graças a Deus não acontece, mesmo porque não sou fisiologicamente conformado para tal
Eu, depois de cada fita sua, punha você numa colônia correcional
Que é para você não andar aos berros por aí com essa sua fachada de maçaneta
Ou então punha você na lavoura manejando a picareta
Ou qualquer outro implemento bem pesado que lhe deixasse tão cansada
Que quando você abrisse a boca não saísse voz nem nada
Você é uma menininha esdrúxula e ligeiramente "morônica"
Mas a coisa com que eu não vou mesmo é com a sua cara supersônica
Você lembra alimento enlatado, abobrinha verde, André Kostelanetz
E eu lhe garanto que você não é a mulher que foi tirada do meu costelanetz
Você deve ter saído mesmo é da costela do Mario Lanza, ou adjacências
Porque do contrário você não viveria marretando assim as nossas consciências
Eu e Fred Astaire lhe votamos o mais profundo desdém
Porque você, Jane Powell, é o PHYN. Amém.

1951

Jane Powell, estrela da Metro.

CARTAS DE FÃS, MAS NÃO MEUS

Recebeu este cronista duas cartas de fãs cujo texto ele simplesmente não pode deixar de trazer à luz. São réplicas de um jovem e uma moça e obedeceram a impulsos idênticos, de resto muito louváveis: defender uma menininha soezmente atacada pelo responsável por este retângulo numa crônica em versos chamada "Variações em torno de um tema chatíssimo chamado Jane Powell". A primeira diz: "Meu caro V. de M. — Como leitor habitual da sessão de cinema de *Última Hora*, estranhei aqueles 'versos', no dia acima mencionado, por você assinados, e que têm como tema etc. etc.

"Ora, seu Moraes, não acha que foi muita inclemência de sua parte 'marretar' uma figurinha como essa? E o pobre Montalban? Será que quando de sua passagem pelo Rio ele lhe negou o autógrafo? Com franqueza, 'meu velho', e se o chamo de meu velho, tenho cá meus motivos, pois quem se refere a Fred Astaire com entusiasmo já deve estar dando volta aos cinquentões.

"Seu 'Venicius', esta sua pátria foi bem infeliz, pois a chatíssima Jane, como a trata, tem uma grande legião de fãs entre os brasileiros, principalmente pela sua juventude. Sem mais — Admirador etc."

Está tudo muito bem. A única coisa de que não gostei foi aquela "insinuação" a respeito do autógrafo do "Montalban", ouviu, "velhinho"? Eu, francamente, não saberia o que fazer com um autógrafo de Montalban, a não ser dar-lhe um destino "higiênico", se é que você "mora" no que estou querendo "dizer".

A outra cartinha é mais gostosa. Começa assim: "Ao sr. Cronista de *Última Hora* — Sr., tomo a liberdade de escrever a um cronista de 'meia-tigela', que não sabe apreciar o que é bom, como esse filme *Quando canta o coração*. O sr. fala muito mal dessa boa artista que é Jane Powell. Eu faço uma ideia, ela vendo um filme brasileiro como, por exemplo, *Cascalho*, que decepção ela teria, em? Fazendo-lhe uma pergunta: a sua cara é muito bonita? Porque, pelo que o sr. falou dela, deve ser uma maravilha a sua cara, em? Se o sr. tem irmãs, se são a quarta parte da beleza de Jane eu desejaria vê-las, elas devem ser umas gracinhas.

"Com essa sua crônica o sr. se torna um ignorante, se já não o é. Bem, sem ter mais assunto, faço-lhe um pedido que espero ser concedido: quero que o sr. publique esta carta, pois tenho a certeza de que existem muitos e muitos fãs de Jane que estão com vontade de dizer-lhe o que eu disse.

"Desde já peço-lhe que me desculpe se o ofendi demais, porque a minha intenção era defender essa artista. Porque as representantes do nosso cinema causam decepção a todos.

"Sem mais, me despeço pedindo-lhe que não se esqueça do meu pedido de uma fã de Jane e Ricardo. Etc. etc."

Minha querida fã de Jane, seu pedido será satisfeito. *Última Hora* honra-se de publicar a sua corajosa cartinha. Assim é que eu gosto de ver, as menininhas se defendendo mutuamente, com hintrepidez e hinteligência, em? Fazendo-lhe uma resposta, sobre se a minha cara hé bonita, hé muito bonita. Deixa a do Ricardo no chinelo, e a de Jane então nem se fala. A única coisa que a estraga um pouco é que eu tenho o nariz colocado logo abaixo da boca, e ao inverso do comum das pessoas. Isso é meio hincômodo, em? Porque quando chove forma pocinha nas fossas nasais. Mas tem a vantagem de eu manter sempre frescas as flores que uso na lapela, pois mal elas começam a murchar eu vou, pego e as espeto nos vasinhos do meu nariz, em? Não acha você muito mais hinteressante que a cara do Ricardo? Mesmo que a de Jane, do Fred, do Peter ou da Kitty?

Perdoe a esse cronista de "meia-tigela", que se tornou subitamente um ignorante, se já não o era. Mas eu continuo achando sua hamiguinha Jane chatíssima, CHATÍSSIMA! PAULÉRRIMA! CACETÍSSIMA, como diria o poeta Murilo Mendes. 1951

MINHA CARA-METADE
Dirigido por Lloyd Bacon, este novo tecnicolor de La Grable — como a chamam os publicistas de Hollywood — conta a história de estroina cinematográfico mais estereotipado de Hollywood, aliás um ator a que não falta graça e talento, Dan Dailey, casado no filme com uma *entertainer* do Exército durante a guerra. O casal acha-se separado em virtude de uma grande tendência para a miscigenação por parte do marido, e se reencontra casualmente numa das ilhas do Pacífico. Dan Dailey vê umas pernas e as reconhece imediatamente como de sua "cara-metade". O que diz muito por ele.

A minha impressão pessoal é de que qualquer marido pode e deve reconhecer as pernas de sua esposa, seja numa ilha do Pacífico, na boate Vogue ou na sala de espera do Ministério da Fazenda. O que ele não pode é pôr-se, ato contínuo, a dançar com ela como se nada tivesse acontecido, entregando-se paralelamente a atividades militares, tudo isso com o maior desplante do mundo. Betty Grable, que é uma mulherzinha com um fraco danado por maridos estroinas, briga e faz as pazes trezentas vezes, dá e recebe grandes beijos na linda cavidade bucal e, na linha da melhor arquitetura moderna, nada com os "pilotis" à mostra para gáudio geral dos circunstantes.

Pena que tudo isso somado resulte num filme irremediavelmente alvar. Não há um metro linear de celuloide que não seja bocó, toleirão, bobo-alegre. A beleza de Betty Grable, que sofre de excesso de saúde, não deixa nada à imaginação, o que é mau. A moça é muito "anúncio" demais, desses que se veem em todas as revistas americanas, e que dão à gente vontade de amar uma consumptivazinha ou outra mulher assim com um tiquinho de olheiras, uma enxaqueca de vez em quando, e bastante vagotonia.

Dan Dailey, um ator muito aproveitável, troca pernas ao longo da produção, com a sua irresponsabilidade tão pessoal. Bom dançarino, com uma longa prática de trabalho em vaudevile, Dan Dailey é, sem dúvida, a melhor coisa que há nesta salada musical da 20th Century. Temperamental, nervoso e sensível, o jovem ator americano andou recentemente tendo uns macaquinhos no sótão, e houve que interná-lo numa clínica de Arizona. Grande fã de bom jazz, como este cronista, eu me lembro de tê-lo visto frequentemente nas boates negras de Los Angeles, sempre que por lá andavam Louis Armstrong e outros próceres. E como traçava, a nossa amizade! Eu — ao contrário das más línguas, que andaram atribuindo a Betty Grable uma certa culpa inconsciente no estado de nervos de Dailey — prefiro pensar que tenha sido o álcool. Que diabo, há uma dignidade, uma linha de conduta num sujeito que adquire uma neurose alcoólica. Mas, francamente, eu nunca vi ninguém ficar doido por causa de suco de tomate.

1951

UH-UHUHUHUH-UHUHUHUH!

Eu amiga ver Tarzan Ritz. Amiga bonita. Tarzan mais bonito e forte que eu. Azar meu. Amiga mais bonita que Jane. Jane chata. Jane cara burra. Namorada mais inteligente que Jane.

O Tarzan Johnny Weissmuller, membro de honra dos salva-vid leva sua mulher, Lupe Velez, à praia de Santa Moni

Rainha preta linda. Eu Tarzan passava Jane para trás boas condições. Rainha preta uva. Toda hora Tarzan dá pulo. Macaca Chita faz macacada tempo todo. Chita melhor atriz fita longe. Comissário inglês cara cretino. Gostei bandido matou ele metralhadora. Eu gosto bandido fita americana. Chita rouba relógio comissário. Relógio toca musiquinha. Tarzan voa no cipó daqui a avenida Presidente Vargas. Tarzan bacano. Tarzan ama Jane. Besteira. Jane cara panqueca solada. Rainha preta sim. Boa boa.

Fita boba. Eu gostei. Amiga ao lado essa coisa. Fita muito pedaço roubado outras fitas África. Não tem briga de bicho. Pena. Tarzan luta planta carnívora. Índios lutam bem jiu-jítsu, *catch-as--catch-can*, capoeira, fazem qualquer negócio. Índio mau mascarado. Rainha preta também mascarada mas toda boa.

Weissmuller melhor. Maureen O'Sullivan antiga Jane muito melhor que nova. Weissmuller muito gordo. Eu também um pouco. Weissmuller muito velho fazer Tarzan. Weissmuller cara muito burra mas falava língua Tarzan espetáculo.

Tarzan cai cachoeira, atira faca certeira cabeça cobra mecânica, mata sete cada vez feito alfaiate contos carochinha. Tarzan vê Jane dormindo faz olho morno. Aí Tarzan! Jane empalamo completo. Jane devia ser mulher comissário inglês assassinado e rainha preta mulher Tarzan. Isso sim. Mulheres mal distribuídas.

Tarzan e Jane brincam jogos aquáticos pura patifaria. Chita assiste, tapa os olhos, ri sem-vergonhamente. Jacaré vem vindo. Tarzan joga água Jane. Jacaré vem vindo. Jane joga água Tarzan. Jacaré vem vindo. Tarzan diz com licença, com licença, com licença. Bola fraca.

Cada um deve levar sua Jane ver Tarzan. Tem rapto Sabinas no fim com pileque geral tribo inimiga. Muito sensual para brotos e macróbios.

Perfil amiga lindo escuro cinema.

1951

TRÊS ATORES

A reapresentação — feita muito de indústria pela Marca do Leão neste momento de agravos sociais — de sua superprodução *Maria Antonieta* dá margem a um comentário extracurricular que, tenho a certeza, vai me arrastar a novas discussões com meu amigo Sérgio Figueiredo, um homem doente por teatro e que coloca o ator, no rol das artes, num nicho especialíssimo. Porque este filme extremamente reacionário — que coloca sob uma luz desfavorável o povo que fez a Revolução Francesa, da qual nasceu a democracia americana primitiva como forma de governo —, se como espetáculo cinematográfico não vai além da nota cinco, tem, no entanto, a dar-lhe lustro a presença de alguns famosos atores de teatro e cinema; e destes quero falar de três: o primeiro, um grande ator, representativo do verdadeiro gênio histriônico, da vocação aliada à ciência, do temperamento criador interpretativo por excelência; o segundo, um ator não criador mas eficiente, um temperamental sem temperamento, um frustrado que conhece o seu métier; o terceiro, um ator irremediavelmente medíocre, sem criação, sem temperamento, sem nada. Quero me referir a John Barrymore, Joseph Schildkraut e Tyrone Power, respectivamente.

Vê-los trabalhar no mesmo filme é quase ter uma aula sobre o ator. É pena que não contracenem mais — e, se não me engano, apenas os dois primeiros e os dois últimos o fazem. Mas mesmo vendo-os funcionar isoladamente se pode ter uma noção do que é e do que não é um ator. São, todos três, homens de grande beleza física, elegância e graça de porte. No entanto, que abismo os separa quando se trata de agir, de interpretar um sentimento, de transmitir uma emoção! Barrymore vem de dentro, do fundo de sua natureza atormentada e sozinha. Sua tensão é permanente, e sente-se que ele não é apenas um grande ator, mas que deve ter sido também um grande homem a seu modo, um ser atento, violento e autêntico. Que a vida e o meio onde sempre viveu acabaram por vencê-lo, acabaram por murá-lo em sua própria sede de amor e absoluto — é coisa sabida por todos. Conta-se que Barrymore (que a gente não sabe como é irmão de Lionel e Ethel, e pai de Diana — esta, ao que consta, extremamente egoísta e culpada da solidão em que morreu, no auge do alcoolismo, o grande ator), ao sair uma noite de um teatro, depois de uma de suas espetaculares interpretações, sentiu-se tão sozinho e perdido que virou-se para o porteiro e perguntou a este se não lhe queria fazer companhia — ao que o porteiro humildemente se desculpou, dizendo que tinha de ir a uma festa em casa de um amigo. "Um amigo?", pôs-se Barrymore a gritar. "Um amigo? Você tem um amigo? Mas então, por favor, leve-me com você. Eu quero conhecer esta maravilha: um amigo!" E lá se foi ele com o porteiro, na maior exaltação, para mais uma noite de angústia e álcool, que foram dízima em sua vida.

Barrymore é um nobre ator no mais completo sentido da palavra. Sua presença dignifica a cena, cria uma atmosfera de arte, faz-se naturalmente respeitar. Já Joseph Schildkraut se debate em vão dentro de sua vã ciência e de sua falta de poder criador. Seu modo de agir é um ponto de vista todo técnico, impecável — mas falta-lhe uma coisa impossível de nomear aqui. Sua compostura histriônica é medida e desenhada como que a pantógrafo. Schildkraut é sabidamente um homem muito difícil de lidar, supersensível e com exageros temperamentais que o fazem pouco benquisto pelos mais simples de sua classe. Mas é um ator proficiente e que transmite corretamente o que dele é exigido. Transmite apenas, não comunica. Não comunica nem fecunda. Um ator impotente, que sofre de sua própria esterilidade.

E finalmente Tyrone Power. Que lástima! Uma verdadeira nulidade, incapaz sequer de transmitir, antes, pelo contrário. Sua presença em cena chega a criar um elemento de mal-estar, pois o seu esforço para agir é conspícuo como um esgar. E eu aposto como Tyrone Power no fundo desconfia disso, e

"Joseph Schildkraut é um ator impotente, que sofre de sua própria esterilidade."

"A interpretação de John Barrymore vem de dentro, do fundo de sua natureza atormentada e sozinha."

Tyrone Power ("que lástima!") abraça Norma Shearer em *Maria Antonieta*, filme da Metro de 1938.

que o que o mantém e "mascara" é a consciência que leva de que é um dos homens mais belos do mundo.

Três homens, três atores — a distância que os separa é imensa: mesmo entre Schildkraut e Tyrone Power. E aqui, finalmente, eu chego a um ponto importante a esclarecer, Tyrone Power poderia diminuir a distância que o separa de seus maiores se tivesse a dirigi-lo um grande diretor, um diretor maior que Van Dyke II. É claro que nenhum diretor poderia fazer Barrymore representar melhor, mas poderia, dentro de uma noção puramente mecanicista, obter de Tyrone Power um simulacro de interpretação, como aconteceu em *O beco das almas perdidas*, em que este mediocrérrimo ator deu, como "tipo", exatamente as expressões de que necessitava o diretor para criar o seu sórdido *Gik* de circo.

1951

AMOR PAGÃO

Em inglês, sereia chama-se *mermaid*. É mesmo o que se deve chamar à sra. Esther Williams nesta nova produção da Metro, em tecnicolor, intitulada *Amor pagão*. A sra. Esther Williams está uma *mermaid* completa na presente versão do velho filme de Ramon Novarro, quando foi lançada a famosa "Canção do amor pagão", com a qual os brotinhos de duas décadas atrás faziam seus contracantos em casa ou nas festinhas de bairro.

Neste atual *Amor pagão*, a Marca do Leão pega um de seus mais novos produtos — um homenzarrão de nome Howard Keel, que parece um Walter Pidgeon com a boca cheia de canjica de milho branco — e o leva a Taiti, herdeiro que é de plantação de copra. No Taiti acha-se também a sra. Esther Williams, sempre de sarongue, mas o que ela é mesmo é uma rica americana que adora paraísos tropicais.

A *mermaid* de Hollywood vive em constante chacrinha com os nativos, em grandes pantomimas aquáticas, nas quais se retorce mais que uma enguia. Enquanto isso o seu comparsa dedica-se a colher copra dos cocos da sua plantação. Um dos meios que o cantante herdeiro emprega, como mão de obra, é dar uma festa aos nativos, enchê-los de bebida e depois pôr tudo para trabalhar de graça — porque, segundo Tavae, seu capataz taitiano, seus pobres companheiros topam qualquer parada por uma farrinha.

Cada quinze minutos Howard Keel põe-se a cantar com uma voz que meu nobre amigo o Barão de Itararé classifica de "barítono abaixado", e que dá a impressão de estar ele com uma batata quente na boca. Sua casa, que tira fortemente ao Bambu Bar ali no Leme, acaba uma espécie de santuário ocidental, e todo o elemento autóctone nela vem depositar seus filhos, para que Howard Keel os crie. Ele, que no princípio detestava crianças, porque tinha sido professor em Springfield, Ohio ("Todas as crianças são diabinhos que usam atiradeiras...", diz o jovem mestre numa frase profundamente original), põe-se, ato contínuo, a educar as crianças com o maior entusiasmo, dando-lhes lições cantadas de etiqueta e outras matérias. Numa lição de desenho, diz ele cantando — e eu chamo a atenção de todos os pintores acadêmicos brasileiros, porque eles vão adorar o conceito — mais ou menos o seguinte: "Se o que quer é desenhar, você só tem que copiar o que vê...".

O verso no filme não é tão correto quanto o meu, mas a ideia é essa. E aqui eu faço uma chamada a Augusto Rodrigues, que com sua escolinha vem obtendo os resultados maravilhosos que se viu na recente exposição de pintura que organizou no Ministério da Educação: Não deixe, meu caro Augusto, nenhuma de suas crianças ir ver o filme!

O celuloide termina com Howard Keel tendo a visão da sra. Esther Williams nadando nas nuvens, e logo numa estranha ilha paradisíaca, saindo ela da terra entre uma mermeidarada infrene e procedendo a seguir a vários jogos aquáticos, que executa com o desembaraço costumeiro, graças aos seus três metros de braços e quatro de pernas. Logo depois entra uma festa com muita banana e outros frutos tropicais, e o pano cai qual este pagão aqui marchou com sete e setecentos — o que não deixa de dar uma certa raiva póstuma.

1951

**O MACABRO
EM CINEMA**

A PROPÓSITO DE *OS MORTOS FALAM*, COM BORIS KARLOFF, E *A MÁSCARA DE FOGO*, COM PETER LORRE

O macabro sempre foi, na arte, em especial na música e na literatura, um grande assunto para certas evasões mórbidas, certos impulsos patéticos do artista na sua ânsia de revelar o desconhecido. Foi, porém, o Cinema, a meio caminho entre a música e a literatura — nisto que ele pode ser tão bem uma música como uma literatura de imagens, ou mesmo ambas —, que, sem embargo, ofereceu o melhor campo à consecução do tenebroso. A possibilidade de ver, mais que ler ou ouvir, veio dilatar de muito as fronteiras do mundo onde Edgar Poe deu largas ao seu funambulesco patos matemático. Com Poe, mais que com Hoffmann, o fantástico teve o seu lugar à parte na literatura, e a exatidão neurótica com que o contista do "Black Cat" enredava no escuro as teias da sua fobia ficou sendo o sistema, a estética mesma do gênero. Seus seguidores, e foram todos, não fugiram aos símbolos, aos valores em que Poe sublimou o mistério: o corvo, a múmia, o vampiro, o robô, o gato preto, a casa sinistra, o navio-fantasma, e daí para os cemitérios noturnos, os enterrados vivos, os prisioneiros de catacumbas, e o mais. As ciências esotéricas e as ciências médicas firmaram um pacto de morte nessa peregrinação ao além-túmulo. A meia-noite era a hora; os espectros vinham das tumbas conversar com os estranhos cientistas às voltas com cadáveres, entre complicadas retortas, nos subterrâneos de alguma casa abandonada. O vento — esse técnico mudo dos ruídos misteriosos — batia janelas, estalava vigamentos, zumbia na copa dos pinheiros sepulcrais. Entre relâmpagos surgiam guarda-matas necrófilos; violadores de sepulturas; vampiros que arrancavam virgens, gritando lancinantemente, do branco recato de suas alcovas; tudo, enfim, para nos apavorar as noites, nos levar da banalidade da vida aos reinos desoladores da morte presente.

Nisto foi ditadora a escola dita expressionista alemã, que realizou algumas das mais belas produções do Cinema mudo. A Decla-Bioskop reunia os nomes de Robert Wiene, o notável empreendedor do *Caligari*, Cesar Klein, cujo cenário de *Genuine* infelizmente nunca vimos, culminando com Fritz Lang, cujo *Doutor Mabuse* marca um tento na história do Cinema. Werner Krauss e Conrad Veidt eram os atores macabros do momento. As fábricas criavam-se quase exclusivamente para o gênero. Murnau, o grande F. W. Murnau, teve o seu *Nosferatu*, em 1922, um dos maiores clássicos desse saudoso tempo da arte, realmente o primeiro Drácula do Cinema, realização excelente que tive oportunidade de rever há três anos e que em nada desmereceu a cotação em que a tinha. Paul Wegener, Von Gerlach, Henrik Galeen, Artur Robinson, o russo Konstantin Eggert, o francês Jean Epstein, deixaram seus nomes assinados em trabalhos que ficaram definitivamente para a filmoteca do futuro.

Mais tarde o gênero sofreu um desenvolvimento que por um lado lhe prejudicou a legenda. Introduziram-lhe variantes de aventura. Impuseram-lhe a predominância ao científico. Ainda assim ótimos filmes apareceram, fiéis ao espírito da escola, em que havia instantes do melhor Cinema. Em *O vampiro de Düsseldorf*, a realidade se unia ao macabro com uma força poucas vezes ultrapassada. O primeiro *Frankenstein*, com Karloff, teve uma das mais belas cenas que já vi em Cinema, quando o monstro, após confraternizar com a menininha, à beira do rio, põe-se a imitá-la, jogando folhas secas na água, para logo jogar a menininha dentro d'água também, como se ela também fosse uma folha. O processo de associação, poético e cinematográfico, realizou-o o diretor com uma beleza e uma felicidade raras.

Karloff, que fez *Frankenstein*, e Peter Lorre, que fez *O vampiro de Düsseldorf*, compareceram esta semana com dois filmes, todos dois visíveis, sendo que o de Peter Lorre tem Cinema. Dirigiu-o Robert Florey, tratando o tema com a delicadeza que lhe é habitual. A história não é o fundamental no filme. O que o faz às vezes belo é a sua estranheza, a qualidade eventual da sua imagem, em bom claro-escuro, e uma certa liberdade em relação ao falado, meu Deus!, que deixa a gente tão agradecido ao diretor. Aqui não se trata propriamente do macabro. Mas o filme tende fortemente ao gênero, para que o possamos incluir nesta crônica. Bom trabalho de Peter Lorre, que andava abaixo da crítica, excelente o de Evelyn Keyes, uma atrizinha como eu gosto, e parabéns à Columbia. George Stone aparece numa boa ponta, como o amigo de Peter Lorre. Não é a primeira, aliás. George Stone bem dirigido daria um tipo definitivo em Cinema. Nessa época goldwyniana, um filme assim é um bom exemplo. Mas ninguém se resolve a mostrar a face *behind the mask*...*

1941

O FANTASMA DE FRANKENSTEIN, COM LON CHANEY JR.

Em suas novas aventuras macabras, Frankenstein, que já foi Boris Karloff e agora passou a ser Lon Chaney Jr. (os produtores chamam-no Lon Chaney *tout court* em homenagem a seu famoso papá), passou a ter um beicinho manhoso e uma expressão bastante mais suave. Os quilos de pasta de maquilagem, as pálpebras artificiais, como cascas, o feitio da cabeça e o corte do cabelo, nada conseguiu esconder a fácies abobalhada de Lon Chaney Jr., o tipo do *big boy* atlético, de quem Lewis Milestone se serviu tão bem em *Carícia fatal* (*Of Mice and Men*), mas que, em si, é o tipo de esforço inútil para exprimir. Lon Chaney Jr. é dos tais que enrugam a testa para revelar não importa que sensação, desde o crime, a concupiscência, até a cólica de fígado.

Mas o que mais me impressiona neste filme não é Frankenstein propriamente. Fui grande fã do primeiro filme do gênero, no qual havia uma das cenas mais belas como Cinema

---

*Atrás da máscara.

que já tive ocasião de ver: a do afogamento da menininha; depois a coisa caiu no fabordão. O que me impressiona é a figura dos cientistas, especialmente o pai da moça. Nunca existiu ninguém tão compenetrado, tão alterado pelos altos problemas biológicos que o animam. Diabo!, fazer às vezes o papel de Deus deve mesmo emprestar uma certa sublimidade científica a um cirurgião. O irmão do criador de Frankenstein, segundo do nome, tem olheiras fundas, uma grande discrição e compunção no falar, uma notável dicção médica, uma precisão absoluta como operador. Transfere massa encefálica do crânio de um para o de outro, disseca, faz eletroterapia em ponto gigante, com enormes aparelhos cheios de válvulas que disparam cobrinhas elétricas, enfim, uma grande trapalhada.

Desta vez transfere-se cirurgicamente a personalidade de Bela Lugosi para Frankenstein, que fica, de repente, muito astucioso, com planos totalitários e acaba cometendo os piores desatinos. Morre?... Não se sabe... O castelo pega fogo no fim, caem-lhe em cima pesadas vigas do teto, o monstro é abatido. Mas não se engane o leitor. Reaparecerá das próprias cinzas, num filme a ser exibido dentro de seis meses, com o possível nome de *O cadáver de Frankenstein* ou *A ressurreição de Frankenstein* ou lá o que seja. Eu pego dinheiro com quem quiser...

1942

SANGUE DE PANTERA

Um grande filme é uma coisa de sensibilidade tão fácil que — força e persuasão da imagem visual — frequentemente vence o embrutecimento do público, provocado pelo hábito de ver mau cinema e pelo vício de aceitar tudo que lhe dão: ir ao cinema, tomar café, jantar, ir ao cinema... A assistência de *Sangue de pantera* não era grande, no dia em que eu fui assistir ao filme. Também não era pequena. Na saída havia no rosto de todos uma certa surpresa. Ninguém dizia, por exemplo: "Que bobagem essas fitas fantásticas de gente que vira bicho!" —

e outras frases que se costumam ouvir em fitas de Drácula, Frankenstein, Homem-Lobo, e as do gênero. Não. Havia respeito, havia impressão. Coisa simples, no fundo: arte. A arte que faz do banal, sublime; do lugar-comum, sabedoria; de um caso absurdo de licantropia, uma obra-prima de cinema, com a sugestão do real. Depois, ninguém "representava". Ninguém ali era Marlene Dietrich, nem Melvyn Douglas. Eram tipos diante da câmera. Simone Simon, que pode ser uma atrizinha insuportável nas mãos de um diretor medíocre, é uma das criaturas mais formidáveis que há quando pega um bom diretor, o Renoir da *Bête humaine* ou esse Jacques Tourneur, agora. Sua interpretação é de uma simplicidade e de uma sinceridade extraordinárias. O filme entra bem, com o maior desembaraço, e persegue o clímax onde quer que seja. Aponto à toa momentos esplêndidos: o de Simone Simon com seu namorado, na sala escura; o encontro com a outra *cat woman*, no restaurante; a cena da chave na jaula, quando incute na mente de Simone Simon a ideia de deixá-la aberta; a perseguição da "outra", na rua silenciosa, empolgante; a da piscina, em que se faz cinema como há muito tempo não víamos tão bem-feito; a do escritório de arquitetura — que iluminação magnífica — quando a pantera entra e põe-se a caçar o casal dentro da sala; a do trucidamento do psiquiatra e todo o final, culminando com a fuga da fera e a morte da jovem heroína. Tudo do melhor estilo, da melhor direção, com uma sucessão notável e um sentido de revelação formidável. Sob esse aspecto o filme é quase uma aventura mística. Amanhã voltarei ainda sobre ele, pois preciso muito lembrar-lhe certos detalhes que agora não me ocorrem, ou me ocorrem imperfeitos. O melhor é mesmo a RKO programá-lo novamente, para a gente poder revê-lo em paz. Tem tudo para se dar com ele uma aula completa de cinematografia viva.

A crença na licantropia (transformação de gente em bicho) é, eu estive sabendo, antiquíssima no mundo, e tem servido de base a todo um *lore*, especialmente entre os povos de origem nórdica e balcânica, onde, ao que parece, há superstição para

A interpretação de Simone Simon em *Sangue de pantera* (*Cat People*) "é de uma simplicidade e de uma sinceridade extraordinárias".

dar e vender ao resto do mundo. Lendas rústicas de aldeias onde crimes misteriosos eram cometidos por homens-ursos, lobos ou tigres eram comuns na Idade Média. Kafka escreveu uma impressionante novela sobre o tema, *A metamorfose*, e de vez em quando o gênero ressurge, com o seu perigoso, estranho fascínio. Apenas, matéria literariamente difícil, só muito raramente produz coisa que preste. No cinema, com exceção de dois ou três filmes de vampiro, que podemos englobar na espécie, tudo o que tem aparecido é orchata, e da pior. Em 1922, o grande F. W. Murnau dava o seu *Nosferatu*, que ficou um clássico do macabro. O primeiro Drácula era também um bom filme. Mas *Cat People* tem todas as palmas, indubitavelmente. No gênero, é o que há de melhor e, como cinema, é uma joia de direção, sem falar na misteriosa carga de revelação que traz, levando toda hora o espectador para lá do puramente humano e cinematográfico. Tem momentos do mais alto cinema, no sentido ontológico dessa palavra, tão comum que ligá-la assim a um termo de metafísica vai dar um certo mal-estar a muito fã — mas para mim, da mesma forma que a poesia ou música, o cinema é anterior à sua forma de expressão.

A Sérvia sempre foi considerada a pátria dos vampiros. Uma velha lenda, a do *vlokoslak*, ou pessoa que se transforma em animal ou vampiro, deu cor a essa história que Jacques Tourneur fez tão viva. Porque só sai do cinema com problemas de exatidão científica quem não tiver um grama de imaginação dentro de si. Quem pode duvidar, por exemplo, da consanguinidade terrível que faz Elizabeth Russell, a soberba "mulher-pantera" do restaurante, reconhecer em Simone Simon uma irmã, e chamar-lhe tal? Sua simples presença precipita a revelação. A inquietação vem, no espectador, muito antes de ela se levantar e se dirigir para a mesa onde se celebra o casamento de Simone Simon com Kent Smith, esse ator discreto, que até em *Os filhos de Hitler* conseguiu manter-se razoavelmente.

Tudo poder da imagem, e especialmente poder de direção. As transformações de Simone Simon em pantera executam-se na verdadeira dimensão cinematográfica, o plano invisível da imagem, criando uma sensação de presença muito mais forte que se se desse ante os olhos do espectador. Aquela rua escura onde batem os passos de Jane Randolph, seguidos de perto por outros passos que de súbito se transformam em silêncio, criam um vácuo de cinema no interior da imagem que suga o espectador até horrizá-lo completamente, com a sua carga tremenda de sugestão.

É realmente muito bom. A cena da piscina é das melhores que temos visto. Ao sentir aproximar-se o inexprimível, Jane

Randolph, que se prepara para o seu exercício de natação, sem fuga possível, atira-se à água, a massa transparente, incrivelmente plástica, que a protege num retângulo de luz. Em volta são tudo sombras suspensas, escurecendo as bordas e os corredores estreitos de ladrilho. Jacques Tourneur, para conseguir a impressão desejada, criou dois movimentos: um, do rosto de Jane Randolph, que se põe a girar dentro d'água, mantendo apenas a máscara, tensa de pavor, à tona; e outro, circular da câmera, que segue a fera invisível no escuro e se alterna em ritmo perfeito com o primeiro. É soberbo. Há muito tempo o cinema não atingia tom tão alto. E é de uma tal beleza o momento em que a luz se acende e se vê a figurinha adorável de Simone Simon dizendo para a outra "que não se assuste" que "é apenas ela que está ali", que nem sei como descrevê-lo. A ordem do horror, criada pela sucessão tensa de imagens, movimentadas num tempo matemático, areja-se de uma poderosa poesia. A revelação do milagre deve ser qualquer coisa assim, para quem dele se beneficia.

O clímax final é também de grande qualidade. A entrada da fera no escritório onde Kent Smith se acha trabalhando em companhia de sua namorada, a iluminação usada, tudo, é de uma singular beleza. O episódio posterior, do trucidamento de Tom Conway, o psiquiatra, com aquele beijo de morte, recebido pelos lábios inertes, fatais, de Simone Simon — que bem dirigido! A metamorfose final, tão delicada de tratamento, que um diretor fraco poria irremediavelmente a perder, é feita com uma desenvoltura que não dá a menor margem ao ridículo. Todas as interpretações excelentes. Lembro, por exemplo, as cenas de amor no filme, de uma graça e naturalidade perfeitas, inclusive aquela dificílima feita por Jane Randolph e Kent Smith. *Sangue de pantera* é por todos os motivos uma afirmação impressionante de que o cinema está vivo. E quem não ficar impressionado, vendo o filme, que me jogue a primeira pedra.

1943

CARTA A MARTA, COM PERDÃO DA RIMA

Jovem Marta (porque você é uma jovem possivelmente universitária, não é?), sua cartinha foi uma das melhores alegrias que tenho tido nesses últimos tempos. Desde o meu finado debate sobre cinema silencioso e sonoro que ninguém mais me escrevia: e naquele tempo eram cartas e cartas de todos os cantos do Brasil. Poderia também dar-se de ser você uma conhecida minha e estar fazendo essa brincadeira de me escrever com um nome suposto; mas graças a Deus eu sou um homem de imaginação. Para falar a verdade, Marta, eu creio que Marta seja você mesmo: menina de meia altura, castanha e talvez aluna da faculdade de Filosofia, mas com uma grande vocação para viver. Você me pergunta, jovem Marta, coisas que só o Apocalipse pode responder. Diz você: "Fui ver, seguindo o seu conselho, *Sangue de pantera*. Achei o filme notável no que ele tem de intensa sugestão pela imagem. Desejaria, entretanto, saber se entendi o sentido do filme: vi, naquela metamorfose da mulher em pantera, um símbolo — a deformação da personalidade em consequência da prática ou do desejo de praticar o mal. Será isso? Mas não consegui entender por que, tendo vontade de ser boa, de ser normal, a mulher-pantera não o conseguia. Por quê? E por que a morte do psiquiatra? Quererá aquilo significar a impossibilidade de conhecer o homem, de penetrar o recesso de sua consciência e, portanto, o fracasso certo de quem tal tentar? Explique-me essas coisas, que lhe ficarei ainda mais grata do que já sou". Você sabe que você é o maior amor do mundo, Marta? Achei sua carta tão engraçadinha, sabe, e tão séria! Você já está mesmo com todas essas coisas na cabeça, menininha? Aposto que você andou lendo Nietzsche ultimamente, não andou? Olhe aqui: eu acho que você compreendeu muito bem o sentido real do filme, o seu transcendentalismo. A questão "símbolo" que você coloca não me parece importante, sem embargo de ser muito justa e inteligente como interpretação.

Eu vejo o filme como uma coisa absolutamente fatal em seu mistério. Quando a mulher se transforma em pantera, não há para mim nenhum símbolo ali, porquanto possa na realidade haver mil. É a revelação da Besta Mística que ele me insinua, com uma sugestão apocalíptica. Note que eu não sou católico, nem penso muito nessas coisas. Mas o que eu vejo naquela metamorfose é a realidade viva da Besta Mística, gerada do aparecimento da Mulher vestida de Sol que trazia no ventre um filho homem: a Besta Mística assassina de cordeiros, vista sob a forma aproximada de um leopardo e que tinha uma das sete cabeças feridas de morte. Não lhe saberia explicar a coisa de outra maneira. A morte do psiquiatra? Aceito sua interpretação. São para mim duas faces da Fera. O psiquiatra participa da natureza da Pantera, como da Besta participava a segunda do Apocalipse, a de pequenos cornos de cordeiro, mas que falava como um dragão e que tinha o poder de exercitar o mal à grande, a que sobrevivera à ferida pela espada. Eis aí, Marta. Talvez lhe desaponte tanta vagueza num crítico. Mas só assim me parece importante a mensagem de fé que o filme traz: de que a Besta será vencida pelo sangue do Cordeiro. Mensagem tão especialmente grande para a hora que vivemos. Dê uma espiada no Apocalipse, e você verá. E, se você não tiver medo de penetrar o recesso de uma consciência de homem, me escreva outra cartinha dizendo se entendeu esta resposta. Mas que não me saia você uma mulher-pantera. Palavra de honra, só de pensar nisso fico todo arrepiado. Entrementes queira-me bem. Muito mais grato lhe sou eu. 1943

A VOLTA DA MULHER PANTERA

O meu amigo possui asas mecânicas, não sei como pode ser aquilo, que ele põe e tira conforme lhe dá na veneta e que frequentemente mete debaixo do braço quando passeia a pé com a gente. Às vezes estaca, deitando chamas rubras pela boca... e nessas horas sua sombra adquire dois pequenos cornos mefistofélicos, coisa estranha num ser angélico como ele. Será um mágico... será um privilegiado... tudo isso está por decifrar. Empunha sempre diante de si um ardente julgamento, tal um atlético tocheiro olímpico, e segue por essa vida esclarecendo ou queimando consciências e almas com a inflexibilidade do destino. Curioso é também misturarem-se à doçura ou violência de suas frases palavras que se assemelham muito ao italiano, como "capolavoro", "vá bene", "astrato" e outras que ficam a se equilibrar entre duas ou três línguas mais. Já faz tempo eu ia pela rua, quando meu amigo surgiu ao meu lado em meio a uma fumacinha. Felizmente não passava ninguém naquela hora, porque imagine-se a surpresa dos pacatos moradores de Ipanema se vissem aparecer, como só aparece o diabo, um homem com cara de Napoleão e ainda por cima com duas asinhas de alumínio pregadas nas costas... Perto do cinema Pirajá, ele me segredou: — "Você já viu Mulher Pantera, vá bene? Mas você reparou bem em todos os detalhes de composição deste capolavoro? Você reparou, por exemplo, que Simone Simon vive circundada de linhas verticais, como se estivesse sempre numa jaula; que a maioria dos acessórios usados para compor-lhe a figura na imagem são elementos verticais, em contraposição com as linhas curvas que predominam no mundo comum das outras personagens?".

Eu respondi que não e, palavras não eram ditas, meu amigo fez um gesto e eu me vi subitamente transportado para o interior daquele cinema, onde então se exibia o grande filme de Jacques Tourneur. Sentamo-nos bem na frente, para evitar o pânico dos frequentadores, se notassem que os olhos do meu amigo luziam no escuro, como os de Simone Simon. Passavam a cena do restaurante, quando se celebra o casamento de Simone Simon e Kent Smith. A máquina pega primeiro três formas negras, muito parecidas com cabeças totêmicas de bichos, talvez porcos ou javalis, que ressaltam no interior da grande vitrina do restaurante. É uma tomada estática. Depois a câmera recua com um movimento rápido e vê-se através do vidro a celebração dentro da casa. Meu amigo crispou-se na cadeira: — Horrível — disse ele. — Questo é horrível!

Depois acrescentou sem mais comentários:

— Questo é tchínema parato. Como tem no *Gibi*, vá bene? Horrível. O momento de maior horror do filme. Tchínema parato.

Depois Simone Simon sobe as escadas da sua extraordinária casa, que é qualquer coisa entre interior de igreja, selva intrincada e cripta tumular. Realmente, o gradil da escada, os frisos da parede, as sombras, tudo cria uma sensação vertical de jaula em torno da sua jovem figura. Se ela estaca, o diretor, através de qualquer elemento acessório, dela projeta uma sombra que é a sombra de um felino, com duas orelhas pontudas apontando, e a veste sempre de negro, o rosto patético, os olhos baixos, contrapontando com os valores brancos das outras criaturas normais: as expressões claras e medíocres, as camisas arregaçadas nas mangas, os vestidos de Jane Randolph, a iluminação diurna do escritório de engenharia, branco, tudo branco contra o negro da pantera, do quarto de Simone Simon, dos seus vestidos simples, do seu olhar e do seu amor sem caminhos. Uma beleza, e toda uma redescoberta do jogo dessas duas cores em cinema.

A haste metálica que surge no final, cravada nas costas de Simone Simon, numa sublimação de verticalidade, está também insinuada em vários elementos distribuídos ao longo do filme, desde a espada vingadora do rei João da Sérvia, na estatueta, até numa espécie de pira que se vê no patamar da escada da casa de Simone Simon. Os valores horizontais da pantera, a sua ágil ao mesmo tempo que dormente e silenciosa horizontalidade, surgem como que a formar cruz com as linhas verticais do mundo sobrenatural de Simone Simon — a cruz que se projeta na parede quando Kent Smith, caçado por ela, metamorfoseada em pantera, no escritório, pede em nome de Deus que ela o deixe em paz; e a outra cruz, a vertiginosa cruz final, formada pelo bote da pantera libertada da jaula contra o corpo ereto de Simone Simon postada diante dela.

Tudo isso o meu amigo me apontava, à medida. Muitas coisas eu já tinha visto, muitas eram novas para mim. Assistimos assim a duas sessões seguidas. Quando a fita acabou, saímos, na perturbação de tanta misteriosa beleza. Ele me disse:

— Questo é la ópera de toda una vita. É incrível, vá bene. É gótico puro, nada foi deixado por terminar. As estátuas, apesar de feitas para serem postas em nichos, têm atrás a mesma perfeição de acabamento que na face com que se apresentam. Incrível! Tanto belo!

E, assim dizendo, desapareceu numa fumacinha, fazendo-me um gesto de adeus. Peguei um bonde na volada, sentindo-me singularmente leve, numa predisposição para levitar, como o meu amigo. Mas na etapa final, a pé, da praça até em casa, tive medo, porque fazia frio, e a rua era deserta e silenciosa atrás de mim...

1943

A DAMA E O MONSTRO

Eu tenho por hábito não perder fita em que aparece o nome de Erich von Stroheim no cartaz. Fico sempre na esperança de que o veterano ator alemão ponha a mão na máquina, porque, não sei se sabem, trata-se também de um dos maiores diretores de toda a história do Cinema. Se alguém se lembra de *Ouro e maldição*, *Marcha nupcial*, *Lua de mel*, chega logo ao que eu quero dizer. Como sempre aconteceu, a intransigência do cineasta diante da verdade do seu cinema, a linguagem realista que usou para revelar certos terríveis ímpetos do coração humano, seu dar de ombros às convenções clássicas de tempo e metragem, acabaram por indispô-lo com Hollywood, a tal ponto que seu último filme — *Queen Kelly*, chamava-se —, tido como uma pura maravilha cinematográfica, foi barrado do comércio internacional. Tomava, creio, quatro ou cinco horas de projeção. Daí, teve o diretor de sujeitar-se, quem sabe para não ficar na pitimba, a emprestar seus talentos de ator característico a pequenas películas sem significação, em que, todavia, parecia-me às vezes sentir a influência discreta do grande diretor da ZaSu Pitts trágica de *Marcha nupcial*: uma estupenda criação.

Eu já tinha manjado *A dama e o monstro*, quando o filme esteve no Odeon. Não sei por que não tive tempo para vê-lo naquela semana. Anteontem, passando pelo Ipanema, lá estava ele, junto com uma fitinha de cowboy. E foi batata. Quero ser foguista em trem da Central se Stroheim não andou dando seus palpites ao diretor George Sherman, que assina a película. Que filme curioso! Uma movimentação de câmera como dificilmente se verá tão bem-feita, resolvendo as cenas com um senso de cinema que pressupõe o olho de um cineasta. Não creio que George Sherman fizesse aquilo sozinho. O filme dá, aliás, a impressão de ter sido produzido por acordo com a Republic. Deve ter sido ideia da sra. Vera Hruba Ralston, que para tal chamaria Stroheim, que por sua vez se teria lembrado do velho (digo velho no sentido de antigo) e excelente Richard Arlen: qualquer plano assim. A coisa tem uma pinta de produção independente.

A história é muito boa, e só decai para o final, com o impasse criado pelo caso criminal, que poderia ter sido mais bem resolvido. Olhe que filmes tirados de argumentos pseudocientíficos constituem dos maiores abacaxis da importação de Hollywood... Mas não este. O ambiente é magistralmente criado, e embora trate-se tudo de puro fantástico, o realismo das tomadas, o sentido dos close-ups, a sabedoria do preto e branco, a ciência na movimentação da câmera e no corte, a inteligência do roteiro, fazem dessa produção modesta um dos poucos filmes em que o curioso de cinema pode aprender certos fundamentos da sétima arte.

O cérebro de D. H. Donovan, que o cientista Franz Müller (Stroheim) conserva vivo depois da violenta morte do capitalista, é a fabulosa, principal personagem do filme. A massa encefálica conservada num meio eletrolítico acende, cada vez que nela se manifesta o fenômeno do pensamento, uma lâmpada (cujo papel é também importantíssimo no processo da emoção cinematográfica), movimentando um registrador que assinala mecanicamente todas as suas reações. A inteligibilidade dessas reações só chega, porém, mais tarde, quando, excitado quimicamente, o cérebro transmite por telepatia seus terríveis segredos ao cientista Patrick (Richard Arlen), que por pouco se torna joguete dos intuitos sinistros do seu mestre Franz Müller. O caso é que Müller tinha paixão pela sua auxiliar, a noiva de Patrick, Janice. E, ao sentir o domínio que o cérebro criminoso de Donovan começa a exercer sobre Patrick, arrastando-o à resolução de um caso criminal aparentemente insolúvel, e deixando-o à mercê de aventureiros sem o menor escrúpulo, em lugar de parar seu experimento, para salvar o jovem cientista, pelo contrário, prossegue com maior afã, vendo nele a solução para a sua paixão, através de um crime perfeito, cuja responsabilidade principal caberia à ação do cérebro sobre a vontade de Patrick.

O filme, como já disse, decai para o final. Mas é uma boa obra de cinematografia feita com grande inteligência e revelando o mistério por processos naturalistas, numa combinação cuja felicidade não há bem como explicar. Só vendo. E vejam mesmo. Está no Ipanema.

1946

EXPERIÊNCIA EM MACABRO

Pode-se dizer, dentro do maior rigor crítico, que o romancista Lúcio Cardoso é um mestre em suspense. Creio, no entanto, que sua experiência como cineasta caiu um pouco dentro da fórmula "o feitiço virou-se contra o feiticeiro". Seu filme *A mulher de longe* representou um tremendo revertério para o

Lúcio Cardoso abraça Maria Fernanda, atriz de seu filme *A mulher de longe* (1952), que ficou inacabado.

autor de *A luz no subsolo*, e ele me disse não querer nem ouvir falar mais em cinema.

Como é sabido, há cerca de dois anos o mais subjetivo dos mineiros atualmente objetivados em nossa Capital Federal cismou de realizar uma película em torno de uma história sua. Isso não deve espantar ninguém, de vez que Lúcio Cardoso é um dos nossos mais versáteis e inteligentes artistas. Ele meteu os peitos, e a coisa começou a tomar forma. Arrumou um produtor, arrumou uns artistas e tocou-se para um pântano de lixo por aí perto. Estão a ver que um pântano puro e simples não bastaria para o novelista de *Inácio*.

Lúcio Cardoso convocou todos os seus velhos fantasmas e pôs-se a filmar. Mas o cinema é uma arte que é também uma indústria. Tem uma cozinha ingrata que é danada. Poucas manifestações do pensamento humano precisam mais de gerência, de administração — e Lúcio Cardoso é o antiadministrador por excelência. Já de início o seu capitalista começou a ficar de cabelo em pé com as contas que lhe chegavam, mais ou menos assim:

    Um caixão de defunto................ Cr$
    200 velas..................................... Cr$
    15 velhinhas de preto................. Cr$
    Um cadáver a rigor..................... Cr$
    etc. etc.

Mas isso não é nada. Tendo que alojar todos esses objetos e seres mortuários, Lúcio Cardoso viu-se a braços com um problema que muito lhe deve ter acrescentado em cabelos brancos. As suas quinze velhinhas de preto, por exemplo, tiveram que ser todas enfiadas num barracão próximo ao tal pântano. O convívio de gente velha entre si é sabidamente uma coisa difícil, ainda mais tudo metido num barraco à maneira do camarim dos irmãos Marx em *Uma noite na ópera*. Uma noite, o romancista foi chamado às pressas. Uma das velhinhas tinha atirado um tijolo na cabeça de uma outra, o sangue corria, e a histeria e deliquescência eram gerais. Lúcio Cardoso — romancista, contista, poeta, dramaturgo, cineasta — teve agora que acrescentar novos méritos à multiplicidade de seu talento. Pôs-se a agir como médico dublê de diretor de hospício.

    Eu quase morri de rir ao ouvir de sua boca própria a história de sua experiência cinematográfica, ali em frente ao antigo Vermelhinho. E acho que ela vale um bom e detalhado artigo de Lúcio Cardoso, a ajuntar ao anedotário já abundante do cinema brasileiro.

1951

A COISA

Aos que não sabem o que é a Coisa, eu lhes direi: cuidado com ela! A Coisa anda por aí, e ela se mexe. Não é a Coisa coisa com que se brinque, e eu aconselho vivamente a todas as mães de família que ponham suas filhas cedo para dentro, porque a Coisa anda de noite pelas ruas e ataca as meninas sozinhas, ou mesmo acompanhadas de irmãos ou namorados. A Coisa não respeita o namorado de ninguém. A Coisa quer é movimento.

Dizem que a Coisa está agora nos cinemas do Rio, mas a coisa é bem outra. A Coisa está em toda a parte. A Coisa é ubíqua, surge onde menos se espera, com a sua fisionomia cega e alucinada. Porque a coisa espantosa é que a Coisa não tem olhos mas vê, não tem ouvidos mas ouve, não tem nariz mas cheira, não tem boca mas gosta, não tem dedos mas sente, não tem coração mas ama. Agora mesmo, neste momento, a Coisa pode estar atrás de ti, leitor incauto. Volta-te e, se deres com a Coisa, corre. Porque mesmo correndo podes estar certo que a Coisa está no teu encalço. Tua única segurança é te fechares hermeticamente, porque, se não te fechas, a Coisa entra.

A Coisa é louca. E geralmente invisível. Quando se materializa, pode assumir proporções gigantescas e, se te pega, ai de ti! E além do mais, a Coisa tem poderes hipnóticos. Se ela chega a te fascinar, nunca mais queres saber de outra coisa senão da Coisa. Ela passa a viver diante de teus olhos dia e noite, com a expressão fixa e os seus cabelos que dir-se-iam vegetais. E então estás perdido. A Coisa te deixa neurótico, te esquizofreniza, acaba te pondo no hospício. Porque não há nada mais psíquico que a Coisa.

E a Coisa não dorme! Além disso a Coisa tem uma fome insaciável, o que faz com que a Coisa precise constantemente de comida. Por isso, leitor, a chegada da Coisa a esta nossa São Sebastião do Rio de Janeiro, justamente num momento em que falta carne, falta pão, falta manteiga, e agora ameaça faltar eletricidade, é coisa das mais graves consequências.

Porque a Coisa é antropófaga, e a escuridão só lhe pode ser propícia às incursões.

Não faciliteis com a Coisa. Se a virdes, não atireis sobre ela, nem lanceis tampouco fogo à Coisa. Porque a Coisa é imortal, resta incólume, e cresce sobre vós com uma rapidez de tornado. Mais vale jogar um balde d'água sobre a Coisa, e esfriá-la momentaneamente — o que vos dará tempo de correr e ficar a coberto da Coisa —, que usar contra ela armas de qualquer natureza. Pois a Coisa, quando quer, não há nada que a detenha. Pois a Coisa não tem consciência.

A Coisa está aí, mães e pais de família! Hoje, antes de vos deitardes, espiai cuidadosamente atrás das portas, debaixo das camas e até mesmo nas gavetas — porque a Coisa sabe se fazer pequenina quando quer. Em verdade uma coisa vos digo: a Coisa tem poderes diabólicos, a Coisa sabe mágicas indizíveis, a Coisa é capaz de tudo quando a coisa fica preta.

Vós, ó belas que vos divertis nas boates elegantes e nos bares noturnos, se abrirdes vossa trousse para vos maquilardes e, em vez do vosso próprio rosto, derdes no espelho com a cara famélica da Coisa, ponde-vos a gritar incontinenti, porque deu a coisa em vós. Correi a vossos maridos, noivos ou namorados, e dizei-lhes francamente que a Coisa anda vos perseguindo, e talvez eles possam fazer alguma coisa por vós. E tende cuidado com o lugar onde sentais, porque a Coisa pode estar debaixo da mesa, e se derdes com o pé na Coisa ela grita e se levanta, e vos ataca. Porque a Coisa é feroz.

Cuidado com a Coisa! Atenção com a Coisa! A Coisa chegou!

Não, leitor, eu estava enganado quando, ontem, te anunciei que a Coisa tinha chegado. A coisa é outra. Fui ver *O monstro do Ártico* (*The Thing* — que em inglês quer dizer *A coisa*), e em vez da Coisa dou com um monstro botânico, produto de um planeta qualquer onde a evolução se proces-

Os cientistas planejam a armadilha para capturar *O monstro do Ártico* (*The Thing from Another World*) no filme de Howard Hawks.

sou num sentido vegetal, ao contrário do que aconteceu neste nosso desventurado mundo. Essa supercenoura, como o chama o jornalista do filme, desce em pleno Ártico dirigindo um disco voador, onde é encontrada em estado de congelamento — direitinho o que acontece com os legumes nessas geladeiras modernas — por um grupo de aviadores e cientistas americanos numa base polar. Daí por diante a Coisa faz misérias, porque tratava-se de um hematófago, ou seja, um comedor de sangue, e o racionamento devia andar brabo lá pelas alturas. Enfim, como comedores ou bebedores de sangue são coisas também comuns aqui na Terra, o fato não me impressionou particularmente. No reino animal o fenômeno é dos mais corriqueiros, sendo praticado fartamente por comedores de churrasco sangrento, tarados sexuais, vampiros de Düsseldorf e alhures, aborígenes africanos, nazistas e muitos políticos e capitalistas, desses que se dedicam laboriosamente a chupar o sangue do povo. Mesmo entre as aves não é incomum a desagradável prática.

Lembro-me de, certa vez, ter ficado parado no matadouro de Santa Cruz a ver os urubus se disputarem o lugar debaixo de uma calha ou corredeira de sangue do gado abatido. Ficavam os bichos de bico aberto para o ar, positivamente se empilecando da rubra linfa da vida bovina.

Mas no reino vegetal o negócio é bem mais estranho. Há, é claro, as famosas plantas carnívoras, que aparecem às vezes em fitas de Tarzan — mas eu nunca tinha ouvido falar de uma Coisa toda feita de fibra vegetal, com cabeça, tronco e membros como ensina a zoologia, capaz de largar um braço pelo caminho e esse braço crescer de novo feito rabo de lagartixa, e além do mais comer sangue. Puxa vida. É um bocado de atributo para um pepino humano. E os cientistas presentes consideram a Coisa francamente superior ao *Homo sapiens*, pois é ela detentora dos segredos da energia cósmica e da longevidade, podendo a um só tempo dirigir discos voadores pelos espaços interplanetários e derrubar a murros uma legião de valentes de Copacabana, dada a sua fabulosa força física.

Não é pouca coisa, não, pensando bem. O nosso prezado rabanete tranca-se numa estufa, a fim de estar não só no bem-bom (pois não se esqueçam que a história é polar) como por uma questão ecológica, um hábito social. Com certeza ficava a Coisa ali de papo com as mudas e os brotinhos e, sabe Deus, sendo tão avançada de ideias como era, as torpezas que não comentou com as plantinhas novas. Enfim, estou aqui no terreno da pura ponderação fugindo às bases científicas em que se processa o filme. O caso é que ninguém podia com a Coisa — e, se não fosse um grupo de aviadores americanos de Hollywood que estava ali, não sei, não... Qualquer outro povo teria fracassado. Porque a Coisa não era nada sopa. Bala de revólver mesmo que é bom, passava através da pelinha da Coisa feito grampo em cabelo de mulher. Fogo também não matava a Coisa — chamuscava apenas. O que se sabe é que, antes de o filme terminar, havia dois cientistas decapitados no interior da estufa e pendurados de cabeça para baixo feito boi em açougue, com o sangue convenientemente chupado pela Coisa. A Coisa não podendo continuar no pé em que estava, os aviadores — porque os cientistas, sendo que vários com sotaque estrangeiro, não queriam matar a Coisa, não, queriam conversar antes com ela e aprender coisas... —, os aviadores, dizia eu, resolvem eletrocutar a Coisa, com grande risco da própria vida, transformando-a provisoriamente num cozido (sem linguiça ou carne de qualquer espécie) e logo num montinho de cinzas vegetais! Assim, Hollywood salva mais uma vez a civilização da barbaridade supercientífica, e o aviador casa com a mocinha. Mas isso já é outra coisa.

Uma coisa sinceramente me deu pena. É que, não houvesse algum brasileiro presente à expedição, capaz de convencer os aviadores a pegar a Coisa viva, ou narcotizá-la e trazê-la para o Brasil, onde, com toda aquela quantidade de fibra vegetal, podia muito bem ser aproveitada pelo sr. Guilherme da Silveira na confecção de novos e lindos padrões de tecidos Bangu.

1951

**BANHO
DE CINEMA**

48 HORAS!, DE CAVALCANTI

O Cinema nem sempre está nos grandes cartazes. Frequentemente se esconde nos lugares mais inesperados, nos pequenos cinemas da zona norte, num filme que passou inexplicavelmente desapercebido e que poderá estar sendo exibido no Primor, no Nacional, no Guanabara, nos cineminhas de dois cruzeiros da avenida Mem de Sá, da avenida do Mangue, de Niterói. Por isso é preciso ter um certo olho para cartazes. Lembro-me de quando, há uns dois anos e pouco, em pleno fervilhar do meu debate sobre cinema, em que tive como principal oponente Ribeiro Couto, descobri, de passagem num ônibus, ali na praia de Botafogo, um cartaz estranho, diferente, com os seguintes dizeres: *Janosik*. De noite fui com Plínio Sussekind Rocha ver a fita, e foi aquele abafa. Anteontem também. Vinha eu vindo pela rua Copacabana quando, ao passar diante de um pequeno "poeira" que existe ali, chamado Americano, vi um cartaz com esse título *48 horas!*. Olhei o nome dos atores, ingleses todos, e embaixo o seguinte: Cavalcanti. Ora, Cavalcanti outro não é senão o diretor brasileiro há muito radicado em Londres, tendo vivido também em Paris, cidades onde sempre participou de todos os movimentos do cinema de vanguarda, e onde até hoje trabalha com a câmera, sendo considerado um dos maiores documentaristas vivos.* Qualquer livro sobre o cinema traz o seu nome. Pois tratava-se de Cavalcanti, de um filme de Cavalcanti, que por sinal é primo do nosso Di Cavalcanti. Às dez e vinte lá estava eu vendo as primeiras imagens penetradas daquela inimitável pátina europeia, apesar da cópia gasta e da projeção, completamente gaga. Sem ser um filme de primeira linha, *48 horas!* é um bom celuloide, com um entrecho

---

*Alberto Cavalcanti (1897-1982), cineasta brasileiro radicado na Inglaterra, que retornaria ao Brasil em 1949 e cuja atuação foi decisiva para implantar a Companhia Cinematográfica Vera Cruz.

razoável e desenvolvendo uma ação frequentemente emocionante. O tema "A Inglaterra não admite derrota" está o tempo todo presente, jogado com um acento sobre a discrição do heroísmo inglês, esportivo e íntimo na natureza do britânico. A história é curiosa: um grupo de paraquedistas assalta uma aldeia inglesa, "boches" uniformizados de "tommies",* e consegue dominar completamente, e o mais discretamente possível, a situação, apesar de haver uma tropa inglesa nas proximidades, o que de certo modo lhes facilita o trabalho. Todas as casas são ocupadas por um soldado nazista, que as controla militarmente e com a maior brutalidade. O filme e a história da resistência oferecida pelos moradores, gente pertencente a todas as classes, ao invasor, resistência total e constantemente castigada pela vigilância alemã. Mas a vitória final vem graças ao heroísmo de um menino e tudo acaba bem, com algumas mortes.

Apesar da pobreza com que foi o filme feito, Cavalcanti consegue bons efeitos de montagem, e dirige com grande simplicidade, a simplicidade de um documentarista, o que torna a história perfeitamente verossímil. A santa luz do sol, com a qual foi a película quase toda rodada, serve para aumentar também a naturalidade da sua direção. Trata-se de uma boa imitação da vida. E, no entanto, lá estava ela perdida no Cinema Americano...

1945

A INTELIGÊNCIA PLÁSTICA DE JACQUES FEYDER

Uma boa novidade desta semana foi o lançamento de um filme autenticamente francês, na Cinelândia: *Identidade desconhecida*, assinado por um nome como Jacques Feyder. Pode-se ter quanto quiser restrições com relação ao cinema de Feyder: e para esclarecimento do leitor eu lembro dois de

---

* "Boche": termo depreciativo para alemão; "tommy", afetivo para inglês.

seus filmes — *Quermesse heroica* e *Les Gens du voyage* —, ambos com Françoise Rosay. Eu, por mim, tenho algumas; por exemplo, tenho raiva da admiração que nutro pela sua inteligência plástica, seu fabuloso senso da imagem considerada em si, que o fazem o cineasta vivo mais próximo da pintura. De fato, Feyder trata a imagem como um pintor, trabalhando-a no sentido da composição e, poderíamos dizer, da "cor", com uma virtude de grandes mestres. Quem se lembra de *Quermesse heroica* sabe o que quero dizer. Acontece porém que isso não é cinema, e Feyder só consegue atingi-lo sempre que se liberta desse virtuosismo plástico em que se viciou para compor. A gente fica bobo com a beleza de cada cena, o equilíbrio da composição, o colorido dos acessórios e harmonia de sua distribuição; mas, num julgamento cinemático do que se vê, força é lamentar que Feyder não ponha na montagem o cuidado com que arruma a imagem isoladamente. Há no seu cinema uma desproporção entre o ritmo da sucessão e o ritmo interior das imagens, embora às vezes ele se liberte e ganhe em profundidade, como nesse *Identidade desconhecida*, nas cenas do delírio da professora, dentro do colégio vazio. A sequência está longe de ser perfeita (Feyder podia perfeitamente ter evitado as miragens que a professora vê, das alunas brincando e dançando por ali), mas assim mesmo a invasão do cinema é grande, e traz ao filme uma nova altitude.

Trata-se, aliás, de um celuloide de inegável qualidade, com o principal defeito, para mim, de ser mais um pretexto para a extraordinária versatilidade de Françoise Rosay como atriz que uma obra em que o diretor procurasse fazer cinema antes de tudo. É claro que Françoise Rosay é uma maravilha, uma atriz como se encontrará pouquíssimas, mas a intenção, no caso, prejudica a força total da película. A coisa fica com um ar de volume de contos, de contos muito bem contados, e, nesse particular, constitui uma pura delícia para a inteligência. Mas o verdadeiro cinema revela-se é no coração, e esse gênero de emoção que causa um filme como *Um punhado de bravos*, não se chega a realizar em *Identidade desconhecida*. A ação, também, tende frequentemente para um modo anticinematográfico, dando todas as chances ao ator e poucas ao cinema. Enfim, se julgo o filme com essa severidade é que, diante da produção comum, ele me agradou imenso, apesar de tudo. Há uma profunda beleza em várias cenas, quando a narrativa dos casos individuais se executa. A história da Tona, camponesa suíça, e depois a da italiana Flora, dá margem a alguns instantes muito bem aproveitados pela câmera. A parte, contudo, da professora, malgrado certos defeitos incompreensíveis num homem do bom gosto de Feyder, é a que considero mais importante, porque, feita com elementos do verdadeiro cinema, provoca por alguns minutos — em mim pelo menos provocou — o mistério da sua eclosão.

Aconselho a todos uma visita a esse filme que nos carrega por hora e meia para mundos imaginativos melhores que os propiciados pelo *Vale da decisão* ou *...E o vento levou*, com reticências e tudo.

1946

TRÊS FILMES EUROPEUS

Os mais importantes documentos cinematográficos contra o fascismo foram os revelados pelo olho da câmera dos cinegrafistas em missão na Europa. Nada nunca se aproximará, em intensidade dramática, da imagem dos esquálidos cadáveres de Belsen, Dachau e Buchenwald, estendidos em perspectiva nas fossas comuns dos campos de concentração alemães. Não foi à toa que o tribunal de Nuremberg usou o cinema como uma de suas principais peças de acusação no maior processo da História. É impossível esquecer a figura daqueles luminosos corpos esqueléticos, remanescentes das câmaras de tortura; como é impossível esquecer a figura das mulheres tchecas e austríacas saudando de braço levantado o invasor brutal, o rosto lavado em lágrimas; ou aquele cidadão de Paris, desfigurado de dor, vendo desfilar as bandeiras francesas em retirada; ou aquela mãe chinesa berçando o filhinho morto depois do bombardeio de Xangai.

Tais imagens são indeléveis. Um dos momentos mais altos do cinema está para mim numa cena que vi num noticiário cinematográfico americano. Aparecia de início o fabuloso estádio de Nuremberg, depois de conquistada a cidade. Tudo vazio, com o grande altar nazista ao fundo, encimado pela cruz gamada. A recomposição pela memória das grandes concentrações do partido era inelutável, com o *führer* caminhando lentamente entre as milícias a lhe subjugarem seus pavilhões. Mas, de súbito, vê-se aproximar, ao longe, um sargento americano, ladeado por dois soldados, tal como fazia Hitler; somente dessa vez os três homens desaparecem no corpo do altar por algum tempo para ressurgir depois, refazendo o caminho com o mesmo ar grave e marcial. Próximo à câmera, eles se voltam. E pouco mais tarde uma explosão sacode em pedações o símbolo famigerado, e onde existia a cruz gamada resta apenas o espaço imaculado e livre.

Isso é cinema, em seu mais alto sentido. Em questão de cinco minutos, o cinegrafista desenrolou aos olhos do público toda a pavorosa farsa do nazismo, toda a sua trágica pantomima, para culminar com o clímax vitorioso da explosão. Foi aquilo uma tremenda síntese da História, uma legítima peça de gênio, um momento raro da expressão humana; da mesma forma que é síntese magistral da natureza as sete palavras com que Raul Bopp narra o aparecimento da aurora no fecho do poema "Serapião", de seu novo livro *Poesias*, que me mandou de Zurique:

Deus mandou acender fogo
Céu incendiou-se
Madrugada

I

Roma, cidade aberta: o cinema, na mão de uns poucos privilegiados, pode às vezes aproximar-se de uma tal autenticidade. É o caso dos filmes que vou comentar aqui, os dois primeiros de caráter eminentemente político, o último mais sobre o psicológico, mas a que não falta uma incursão nos domínios sombrios da tirania patológica.

Vi pela primeira vez *Cidade aberta* em Nova York, onde já estava rodando havia meses. Vi e fiquei para a segunda sessão. No espaço de duas semanas, voltei ao cinema várias vezes mais. Em Hollywood, fui vê-lo novamente. E confesso que o poderia rever o resto de minha vida, tal é a qualidade de sua mensagem e a simplicidade com que é enunciada.

Em primeiro lugar, o filme de Roberto Rossellini, novo diretor italiano (com um ótimo roteiro musical de seu irmão Renzo Rossellini), cumpre a missão primacial de qualquer obra de arte que queira permanecer além de seu tempo: revelá-lo com a sua linguagem própria pelo uso de seus mais sentidos temas. *Cidade aberta* é uma história entre muitas do underground em Roma depois da ocupação da cidade pelos nazistas. É a história de um homem, cuja direção de luta e cuja obstinação obrigam a mover à sua volta uma série de valores humanos que o asilam em sua constante fuga e são arrastados a cooperar com ele em sua constante perseguição do fim que o move. A imagem do Revolucionário, excelentemente representado por um ex-jornalista, Marcello Pagliero, nos é dada aqui com uma discrição e justeza que toca as raias da perfeição. Junto a ele avultam algumas figuras de menor porte no plano da ação, mas todas de grande intensidade cinematográfica, como a de seu amigo, o tipógrafo Francesco, também um revolucionário, e sua mulher, a incomparável Anna Magnani, cujo trabalho, a meu ver, ganha por cabeça o da inglesa Celia Johnson, em *Desencanto*, situando-as como as duas maiores artistas de cinema nestes últimos tempos.

Do porte do Revolucionário, no filme, existe apenas a figura do Padre. Será mesmo, sob certos aspectos, a personagem melhor delineada em *Cidade aberta*, com a sua impressionante humanidade. Os dois homens tornam-se amigos, através da necessidade, e dessa amizade o diretor subtraiu habilmente qualquer especulação sobre materialismo dialético ou apologética, deixando ao Padre o mais completo livre-arbítrio e ao Revolucionário o mais completo determinismo, por assim dizer, nos caminhos da ação. O Revolucionário move-se sempre para a frente porque sente-se dirigido por uma força maior que ele, que o faz crer na remissão da miséria e na justiça social entre os homens. Seu ideal é amplo, mas as contingências do presente fazem seu movimento linear quase esquemático. Sua expressão é humana, mas dura; fala pouco, age sem hesitação. O fim que o leva é maior que ele, maior que todos os que o rodeiam: dele não podem participar nem o medo físico nem qualquer preocupação de ordem pessoal imediata, embora ambas existam nitidamente na doce contenção com que planeja e executa a sua parte. Arrisca a vida de todos com quem se põe em contato, mas isso não o detém. Sua expressão presente é a luta contra o fascismo. Sua ficha mostra que lutou na Espanha contra a Falange, como luta agora contra o fascista italiano e o invasor nazista, e como lutaria daqui a mil anos se fosse imortal. Mas sua voluntária discrição apaga-o mesmo diante da tortura física e da morte. Deixa-se torturar e morre sustentando até o fim uma segunda identidade, que o chefe local da Gestapo, em última instância, aproveita "para não criar um novo mártir".

Já o movimento do Padre é direito por linhas tortas, para usar da conhecida metáfora. A fé que o move impele-o ao socorro de seu semelhante, e ela é de qualidade bastante boa para dar-lhe pleno conhecimento de seu dever político. O Padre, na hora e meia de exibição da película, comete todos os pecados que se fazem necessários para que a verdade prevaleça sobre as forças do mal e da reação: falsifica passaportes e passa dinheiro falso, ministra o sacramento da extrema-unção em vão, e em seguida agride com uma caçarola o pretenso moribundo para que ele não fale quando os nazistas se aproximam. Contra toda a Igreja, dá sua própria interpretação aos santos textos, na defesa de um ateu materialista; mas ele o faz sem um segundo de hesitação, embora sinta-se a sua timidez diante de Deus. Ao sádico agente da Gestapo que lhe anuncia ter meios para fazer falar o Revolucionário, o Padre diz duas palavras brotadas do mais fundo da sua convicção, que ficarão como um dos mais altos movimentos de fé já vistos: *"Non parlerà!"*, diz ele; e o repete obstinadamente, como um menino teimoso. O Revolucionário não falará. Não trairá ninguém. Num último impulso de sua carne massacrada pela brutalidade dos carrascos, cuspirá sangue na cara do nazista quando este, inclinado sobre ele, procura ainda acordá-lo para a traição que a dor, quem sabe, lhe poderia arrancar do inconsciente.

Não me agrada a palavra realismo, para falar de *Cidade aberta*. Realismo dá sempre a impressão de uma superafetação da realidade, o que não é em absoluto o caso aqui. Rossellini começou a rodar seu filme poucos meses depois da liberação de Roma, e o fez com o material de que podia dispor, inclusive celuloide apreendido aos alemães. Isso em nada impediu a grande qualidade fotográfica que o filme tem, nem a singeleza extrema de sua expressão cinematográfica, que lhe dá às vezes um ar documental, de verdadeira reportagem. A sequência do cerco dos nazistas à casa de cômodos em que moram o tipógrafo Francesco e sua mulher, culminando com a prisão deste e a dramática morte de Anna Magnani, é de uma autenticidade de documentário. E dizer que Rossellini fez isso sob o bom céu de Deus, com amadores apanhados ao azar. Quando se pensa em todos os recursos de que dispõe Hollywood, dá simplesmente vontade de atirar sobre ela uma grande bomba de gases hilariantes.

O filme está, aliás, destinado a ter a maior influência sobre o atual cinema. Essa influência, sob muitos aspectos, já começa a se fazer sentir, na crescente desglamorização de atores e no uso de ambientes autênticos, que têm caracterizado algumas das últimas produções, sem dúvida razoáveis, de Hollywood. A lição de Rossellini traz, inclusive, a evidência de que é possível fazer cinema bom e barato — *Cidade aberta* custou aproximadamente 2 mil contos —, desde que se tenha esse amor essencial pelo que se está fazendo e a consequente paciência para lhe dar um bom acabamento, mesmo quando falte o verniz para lustrar.

Que milagre é esse, nos tempos que correm? Que milagre é esse de uma obra que não é cópia de nenhum modelo, não é um número na produção em massa; não vem acompanhada de nenhum slogan de propaganda; não leva nenhum cromo ou polimento de superfície; mas, pelo contrário, é feita com a nobre madeira do cinema, da qual se veem todos os veios?

Como sempre, a iniciativa de um homem, um Rossellini, capaz de espírito e determinação bastantes para convencer um grupo de boa vontade. Quando Rod E. Geiger, o ex-GI americano que trouxe o filme para a América, encontrou o novo diretor, já este tinha completado cerca de 25% do trabalho de filmagem, com os parcos recursos de que dispunha. Geiger entrou para a produção e ofereceu o lançamento de *Cidade aberta* nos Estados Unidos. Desde aí não houve *stop* ao sucesso da empreitada. O filme tem quebrado recordes, como no World de Nova York, que acusou por muito tempo uma entrada de novecentos dólares por dia, numa casa cuja renda é em média de seiscentos a setecentos dólares. No Esquire, em Hollywood, rodou um tempo ótimo, para um celuloide europeu. Assim tem sido em todas as cidades americanas, com exceção de Buffalo. Para Geiger, foi o começo de novas tentativas no mesmo gênero: ainda na Itália, à testa de uma nova companhia, produziu ele *Paisà*, também com Rossellini, um estudo cinematográfico das relações entre civis italianos e soldados americanos lá estacionados. A produção, como no caso de *Cidade aberta*, é falada em diferentes línguas, conforme os protagonistas. Alguns críticos que viram o filme colocam-no sem favor ao lado do primeiro.

Para Rossellini, de saída, já foi a cantada de sereia de Hollywood. Espero que ele saiba resistir, ou será possivelmente mais uma cruz a acrescentar no cemitério já grande de diretores estrangeiros na terra do quem-dá-mais.

E agora, uma palavra sobre os atores. Falei de Aldo Fabrizi, o extraordinário Padre da película. Fabrizi é considerado o maior comediante do teatro e do cinema italiano de hoje. Com sua atuação em *Cidade aberta*, passa, sem dúvida, à categoria de ator universal, de recursos dramáticos que o colocam ao lado dos famosos Emil Jannings, Werner Krauss, Fritz Kortner, John Barrymore, Charles Laughton, Laurence Olivier, Orson Welles, Harry Baur e Raimu. Marcello Pagliero, que faz o Revolucionário, tem um ótimo desempenho, favorecido por uma boa máscara, sóbria e de grande virilidade. Já o papel de Maria Michi, que faz a sua imprudente namorada, é bem mais difícil — e, para uma novata, devemos confessar que se saiu muito bem. Na sequência em que contracena com os dois homens, depois da morte de Anna Magnani, não há dúvida de que rouba o melhor da atenção para a sua patética imagem de mulher sem caminho.

Mas a grande revelação do filme é Anna Magnani. Não me lembro de desempenho feminino mais admirável, desde Lillian Gish ou Elisabeth Bergner. Sua beleza de madona italiana, seu físico farto, como um pão da terra, sua desenvoltura perfeita, o calor íntimo que transmite a tudo o que diz e faz, naquela voz meio sensual, meio cansada, situam-na num plano completamente à parte na produção. A ela deve o filme a maioria de seus melhores momentos.

II

L'Espoir, ou *Sierra de Teruel*: apesar de certos defeitos técnicos irremediáveis, oriundos sem dúvida das circunstâncias sob as quais André Malraux filmou a adaptação que fez de dois episódios de seu romance *L'Espoir*, o filme é uma grande obra de cinema. Dói-me ter que atestá-lo, agora que Malraux, levado pelo individualismo cego que o fez herói de algumas das aventuras mais perigosas do século, traiu a causa da revolução social pela posição de intelectual de confiança do reacionário De Gaulle. Preferiria muito que o filme fosse ruim, para passar-lhe ao largo. Mas trata-se de um grande filme. Porque o mais triste é saber que essa mesma obra que nos faz vibrar fibras insuspeitadas, que nos reassegura tanto em nossa posição de antifascistas, que nos faz execrar ainda mais definitivamente a figura alvar do Caudilho espanhol e a caterva que o rodeia, foi feita sem raízes verdadeiras na revolução, mais como uma aventura física e intelectual que como uma expressão verdadeira de luta.

De qualquer modo, aí está o filme, e o que mostra é muito bom, apesar daqueles defeitos técnicos. Filmou-o Malraux em Barcelona, em 1938, num dos três estúdios existentes na cidade, com aparelhagem moderna, mas meio desmantelada. Tinham, ele e o cinegrafista Louis Page, de mandar os rolos de celuloide para serem revelados na França, criando soluções de continuidade no processo da produção que muito devem ter dificultado a sua criação artística. Por vezes, passar-se-ia um mês antes que o copião pudesse voltar-lhes às mãos para nele trabalharem. Além do mais, o equipamento de som arrebentou-se em meio à filmagem, o que obrigou à regravação de todo o material sonoro. Uma quantidade de cenas foi filmada às pressas, entre os bombardeios constantes da cidade. Posteriormente, em janeiro de 1939, Malraux, temendo cair prisioneiro das tropas de Franco que se aproximavam da cidade, fugiu para a França, onde Darius Milhaud compôs o excelente roteiro musical que acompanha a película: de grande beleza, sobretudo no final. Mas a censura francesa, então sob a influência do pacto de Munique, proibiu a exibição do filme. Durante a ocupação alemã, esteve ele escondido, só se tendo completado o corte e a coordenação depois da França liberada. *L'Espoir* recebeu o prêmio francês Louis Delluc, equivalente ao da Academia de Hollywood.

Todas essas dificuldades aparecem no filme, é claro. Sem embargo, há momentos de grande cinema ao longo da sucessão. Sobretudo o que é belo na história é que foi feita com o povo que lutava, com a cara maravilhosa do povo, cuja determinação e ódio aos fascistas espanhóis se lhes parecem saltar das expressões cruas. *L'Espoir* é a história de um grupo de aviação, cuja missão é bombardear uma ponte estratégica na Sierra de Teruel, que é aliás o nome do filme em espanhol. Para tanto, teve o cinegrafista Page de criar uma instalação especial para a sua câmera no único bombardeiro de que dispunha no momento o Exército Republicano.

Mais uma vez, a câmera mostrou de que é capaz quando se trata de revelar simplesmente a ação. O que aparece dá realmente a impressão do que foi, diria melhor, *do que é*. Os homens são alonzos, migueis, juans, e não contrafações do homem do povo. Há força em suas cataduras, em seus silêncios e suas palavras asperamente ejaculadas. Há beleza em suas barbas e seus maus dentes. Há tradição em suas rugas e destino em seus olhos ariscos. A cena em que a população da cidade vem entregar à junta revolucionária os utensílios de que dispõe — latas, garrafões, penicos, tudo —, para a manufatura de bombas, é tremendamente efetiva. A revolta do povo se faz mais válida ainda quando se sabe da carência de armas com que lutava, e sua disposição se torna ainda mais uma coisa de grandeza.

E, depois, há a grande, fundamental solidão da Espanha eterna em meio a tudo, aos campos, aos seres, aos horizontes. Tudo isso foi revelado pela câmera, malgrado a imperfeição da fotografia. O desenvolvimento do *raid* é excelente, desde o seu árduo início, com os automóveis a iluminar o campo de decolagem, até o desastre, muito bem cortado por aquela incrível, silente, profundíssima imagem de amanhecer. Não há dúvida de que o talento de Malraux mais uma vez revelou-se, com a mesma agudeza de seu primeiro e, a meu ver, melhor romance, *La Condition humaine*.

O final é evidentemente inspirado no *Encouraçado Potemkin*, de Eisenstein. A sequência seria monótona, com a interminável fila de povo a acompanhar os corpos dos mortos e feridos que descem a montanha, se não fosse bela pela própria condição de monotonia que lhe é intrínseca.

Sem querer ou de propósito, *L'Espoir* constitui uma peça forte no julgamento do fascismo de que Malraux se fez agora aliado. Mostra a luta do povo espanhol numa de suas fases mais dramáticas, já próximo à derrota provisória — porque a luta não terminou, pelo contrário —, a sua rude, simples, instintiva guerra contra a tirania franquista. Que isso pese como chumbo na consciência de Malraux, até o fim de sua vida, é o meu mais ardente voto de sincero inimigo e admirador.

III

Tortura do desejo. Premiado no Festival Cinematográfico de Cannes como o melhor filme de 1946, o celuloide sueco *Hets* é um estudo lírico da adolescência, que de certo modo lembra o famoso *Senhoritas em uniforme*, de Leontine Sagan, com a belíssima Dorothea Wieck no papel principal. O filme tem, para mim, o mesmo fascínio de experiências literárias como *Les Faux Monnayeurs*, de André Gide, *Le Grand Meaulnes*, de Alain Fournier, ou certas coisas de Robert Francis em *La Chute de la maison de verre*. Tudo o que há de puro e ardente na adolescência parece se ter transmutado para a figura de Alf Kjellin, que tem o papel principal da película e que Hollywood, naturalmente, já contratou.*

A velha pátina da fotografia europeia, que o público americano tanto estranha e tão erroneamente confunde com falta de técnica, satura de autenticidade todas as imagens. O filme é a história de um estudante, Jan-Erik Widgren, cujo

---

*Em Hollywood, onde já está há dois anos, Kjellin teve o seu nome mudado para Christian Kelleen. (N.A.)

destino prende-se a uma patética jovem de nome Bertha (admiravelmente feita pela atriz Mai Zetterling, que J. Arthur Rank também já contratou para a Inglaterra). Ao encontrá-la, uma noite, bêbada na rua, não sabe o rapaz que a moça é física e moralmente vítima de um seu professor do colégio, a quem todos chamam Calígula, espécie de tirano cujo sadismo o leva a torturar tudo o que encontra de moço e de vivo, como compensação às próprias frustrações. Os jovens se apaixonam fundamente, até que o típico egoísmo masculino de Widgren o leva a abandonar a menina, ao lhe contar ela que uma noite, sub-repticiamente, o monstro havia voltado.

A cena entre os dois é cruel, ela sem ter o que dizer, totalmente desamparada, e o rapaz ferido em seu mundo de pureza e em seu amor adolescente. Arrancam-se um do outro. A tragédia segue-se inevitável. Um dia, desesperado, Widgren volta ao pequeno quarto pobre onde sua vida se iluminara, mas encontra a namorada morta e, a um canto, trêmulo de pavor, o odioso Calígula. O rapaz acusa-o, mas não fora ele. Bertha morrera de alcoolismo, possivelmente de dor. Calígula é solto pela polícia e torna às suas funções no colégio. Mas Widgren é expulso. Na acareação, em frente do diretor, o rapaz agride Calígula, num acesso de fúria. O final é carregado de tristeza, com a formatura dos colegas, que Widgren, de um canto de rua, vê saírem alegres pela chuva. A falta da jovem companheira; o contato direto com a miséria do mundo; o remorso de sua própria covardia; o sentimento da expulsão do colégio, tudo isso abre no coração do adolescente uma ferida que só se fecha depois de uma visita paternal que lhe faz o diretor, ao longo de uma noite de agonia e despojamento totais, quando tudo nele extravasa em desconsolo, em arrependimento, em lágrimas.

O filme termina com a chegada da manhã, que restitui ao mundo um Widgren ainda desolado, mas cuja face revela mais compreensão e experiência. A volta do rapaz para a cidade, vista do alto da colina onde se encontra, constitui uma imagem de grande pureza, que me traz outra não menos pura: a do final de *Cidade aberta*, quando os meninos voltam para Roma, que se vê ao longe, depois do fuzilamento do Padre. São ambas afirmativas, revelando, senão otimismo, pelo menos uma dura confiança no futuro e uma fé nos destinos do homem.

A história de *Hets* não apresenta nada de especialmente original. É um pedaço da vida de um adolescente em crise, quando todas as suas energias são experimentadas. O que, por um estranho paradoxo do tempo, é original em *Hets* é a simplicidade com que a história é narrada pela câmera, nas pegadas do bom cinema sueco de Sjöstrom e Stiller. Desde o grande close-up inicial, que permanece durante o correr dos letreiros, tudo no filme é dito com singeleza, com a singeleza essencial ao tema. Não há qualquer sofisticação, qualquer intenção de "fazer inteligência", qualquer vontade de brilhar. As cenas de amor entre Bertha e Widgren podem se contar entre as mais delicadas que já foram feitas. O tratamento da personagem de Calígula, o tarado professor, muito bem representado pelo ator Stig Järrel, é levado avante sem recursos desnecessários à angulação ou ao exagero de preto e branco, tão comuns nos filmes alemães expressionistas e pós-expressionistas do mesmo gênero. *Hets* diz tudo o que quer em poucas palavras, para não dizer imagens. A atuação das três figuras centrais é modelar, recomendando-se especialmente a da atriz Mai Zetterling; a direção de Alf Sjöberg, seguríssima; e a fotografia de Martin Bodin, como já disse, na melhor tradição europeia. O roteiro, de Ingmar Bergman, sofre de uma certa descontinuidade, que a mim, que sou bastante contra o abuso de continuidade em cinema, me pareceu de ótimo resultado. Não resta dúvida que os cineastas europeus estão dando um banho de cinema em Hollywood.

1949

IVAN, O TERRÍVEL

Quem ainda não viu *Ivan, o Terrível* quando de sua primeira rodagem nesta cidade não deve perdê-lo agora. O grande filme de Serguei Eisenstein estará na tela do São José por uma semana, e todos os estudiosos e curiosos do Cinema têm obrigação de lá estar pelo menos duas ou três vezes. Eu já vi a película oito vezes e pretendo revê-la tanto quanto possível durante esta reprise. Isso porque *Ivan* é um filme que ganha momentum cada vez que se o assiste. De início duro e lento, aos poucos abre novas perspectivas íntimas, podendo chegar, como chegou para mim, a um verdadeiro absurdo de comunicação — pejado, em cada imagem, de sentido social e humano, e estalando de qualidade artística.

Eu, sem modéstia, tenho sobre esse filme um conhecimento que duvido alguém com exceção do próprio Eisenstein tivesse. É para mim não só uma obra maior de cinematografia, como um poderoso estudo em profundidade de um homem e sua época. Como acentuou Eisenstein, não quis ele fazer "de um Ivan, o Terrível, um Ivan, o Bom". O que o interessou foi a movimentação histórica, o drama social que fez desse homem o eixo da unificação russa em torno de Moscou. E isso Eisenstein o conseguiu alargando extraordinariamente os planos do estilo histórico, dando-lhe um panejamento novo em cinema, levantando muros imensos para murais fabulosos, "deformando", segundo o conceito moderno, teatralizando os efeitos puramente mímicos, de modo a dilatar essas fases e essas ações até o tamanho do espaço histórico onde hoje se situam.

O filme, eu sei, tem grandes inimigos. O poeta e crítico de cinema James Agee — sem dúvida o maior crítico americano de cinema, desde a morte de Harry Potemkin — escreveu sobre ele em *The Nation*, já lá vão uns três anos, uma das críticas mais injustas que me foi dado ler. As injustiças emitidas por Agee — um homem profundamente inteligente, simpático — foram repetidas por muitos outros homens inteligentes, simpáticos e estimáveis, mas que não se querem dar ao trabalho de rever o filme e estudá-lo em sua importante simbologia, por se fiarem no julgamento "de instintos" que as suas peculiaridades nele provocaram. Mas isso não é fazer crítica nem aqui nem na casa do diabo. *Ivan* é um filme que ninguém poderá conhecer "de instinto", vendo-o uma só vez, ou mesmo duas. É preciso mergulhar neste mar estático de cinema e ir colher o protoplasma vivo na verdadeira profundidade em que prolifera. *Ivan* é todo um curso de cinematografia, é o ápice de uma vida dedicada ao estudo e à realização de cinema, uma obra de cultura social e artística feita por um homem que, em sua busca do mistério cinematográfico, não se ateve à simples pesquisa dos elementos gerais do cinema — estudou-o do ponto de vista da poesia, do teatro, das artes plásticas, da música; chegando à análise da grafia japonesa e chinesa como fenômeno de síntese; olhando com lente de aumento a mímica simbólica do teatro japonês; tentando artisticamente a correspondência anunciada pelo verso famoso de Baudelaire: "as cores, os perfumes e os sons se respondem".

Eu voltarei, passados alguns dias e dada ao público a oportunidade de ver e rever *Ivan*, a estudar o filme do ponto de vista da produção e dos setores da produção. Provisoriamente deixo aqui o meu entusiasmo irrestrito por essa obra magna de cinema, de quem Chaplin, o seu maior gênio, disse: "Essa é a maior das obras históricas já filmadas... Deixa para trás tudo o que já vimos em cinema".

1951

A PROPÓSITO DE FLAHERTY

Está em cartaz esta semana um filme, *O menino e o elefante*, assinado por dois diretores: Zoltan Korda e Robert Flaherty. Esqueçam o primeiro. O segundo é o que se pode chamar um gigante da cinematografia. Teve ele pouco a ver com a película — a não ser na famosa "dança dos elefantes", como ficou conhecida entre a gente do métier —, mas quem se lembra de filmes seus como *Nanook do Norte*, a história da luta pela vida de uma família de esquimós, ou *Homem de Aran*, a história dessa mesma luta na agreste e escura ilha da Irlanda, quem se lembra desses filmes sabe que não exagero ao chamá-lo assim.

Documentarista sem par, Flaherty, através do seu másculo realismo, fecundou como poucos a arte do cinema. Seu estilo simples e direto foi sempre um extraordinário transmissor de verdade e poesia — poesia sim!, essa que vive latente na matéria e na realidade mais que em qualquer outra coisa.

A esse homem — que parece dizer em cada imagem: "vive!" — nunca a vida pareceu feia. A mim, por exemplo, cada vez que saio de um filme seu, acrescenta-me ele em confiança e dura fé no homem e na beleza do seu breve destino. Tendo filmado *Nanook* meses a fio em pleno inverno nas regiões geladas — meses de horríveis privações, em que acompanhou em todos os transes esse que passaria a chamar "meu amigo Nanook" —, criou Flaherty uma obra de um poder cinematográfico tão grande que ela parece situar-se num nicho próprio na cinemateca da arte. A vida humilde desse esquimó heroico — que morreria de fome, ele e toda a sua família, no inverno seguinte ao da filmagem — inspira um tal otimismo, uma tal vontade de viver, uma tão grande força que por si só destrói todo o negativismo, todo o entreguismo, toda a deletéria filosofia a que se abandonou a inteligência ocidental.

O mesmo acontece com *Homem de Aran*. Nesse penedo dramático plantado no selvagem mar da Irlanda, filmou Flaherty a vida de seres mudos e fatalizados pelo amor à pedra nativa sobre a qual pacientam suas existências. O mar — o grande, o imenso mar de Aran —, mais mar que qualquer outro oceano, captou-o Flaherty em toda a sua dramaticidade, em toda a sua solene e solitária beleza. Ali, entre as pedras onde as mulheres deitam punhados de terra e onde plantam a batata que, além do pescado, constitui seu principal alimento, revelou Flaherty para os homens, de maneira eterna, a grandeza da vida, do amor ao solo, e a dignidade simples da luta.

Flaherty morreu. Morreu há pouco tempo, e pouco se disse dessa morte. Sua obra cinematográfica, só o desgaste constante do tempo poderá matá-la. É bela como a realidade em que sempre se inspirou para viver.

1951

FOTOGRAFIA QUE MATA

Em fins de 1949 eu, sabedor de que vários amigos meus achavam-se no México — e entre os mais provectos havia o pintor Di Cavalcanti, que eu não via desde muito —, arrumei uma carona de automóvel em Los Angeles e toquei-me para lá.

Foi uma viagem gloriosa, na qual tudo deu certo. Fiquei apaixonado pelo México e sua gente, e hoje, quando alguém me pergunta o que eu acho da terra, digo sem reservas: toda boa. Toda boa é ela, com seu ar embriagante, sua pátina índia, seu colorido, sua fatalidade, suas mulheres e sua escura poesia. Vinte dias passei eu na maior boêmia e despreocupação, passeando com Di, bebendo tequila com Di, conversando com Di até altas.

Depois sobreveio María Asúnsolo. María Asúnsolo é o mistério do México. Alta e estática, trata-se de um dos seres mais lindos que já me foi dado ver, a cabeça quase toda branca, branca ela própria, andando com um passo moço e felino, e sempre rodeada de silêncio.

María Asúnsolo foi a melhor amiga que Di Cavalcanti e eu fizemos no México. Um dia disse-lhe que gostaria muito de conhecer Gabriel Figueroa, o grande cinegrafista, mas disse assim meio por dizer — inclusive porque Figueroa estava ausente da cidade, em filmagem, rodando, se não me engano, esse mesmo *Do ódio nasce o amor* ora em exibição. Dois dias não eram passados, e María Asúnsolo nos telefona para que passássemos em sua casa. Quando chegamos, umas três horas mais tarde, lá estava Gabriel Figueroa muito bem embrulhadinho, de presente para mim.

O papo que tivemos foi esplêndido, tudo sobre cinema, e

sobretudo câmera. A coisa que me deixou mais curioso foi, no entanto, esse fato de Figueroa desmentir bastante com a câmera em ação as coisas que teoriza sobre ela. Fez ele, por exemplo, a apologia do ambiente autêntico na filmagem com um ardor que me levou a ponderar por que é que ele sempre sobrecarrega seus quadros de teor plástico — o que tira muito a autenticidade dos ambientes filmados.

Figueroa teve, a meu ver, duas grandes influências — e ambas más, porque esses dois homens que o influenciaram eram por demais pessoais em seus estilos: Eisenstein, que é, por assim dizer, o criador do cinema mexicano, e Gregg Toland, o grande cameraman falecido, responsável pela câmera em *Cidadão Kane*, *Vinhas da ira*, *A longa viagem de volta*, *No tempo das diligências* e outras tantas obras-mestras do cinema americano. Toland realmente ensinou a Figueroa o melhor do que ele sabe sobre câmera, e a prova é que eu ouvi o ás mexicano chamá-lo de *maestro*. Mas Figueroa absorveu "demais" dessas duas influências. O senso de composição, em Eisenstein — a quem o México maravilhou e que fez o seu filme mexicano com um verdadeiro sentido de descoberta —, e a perfeição técnica, em Toland, criaram em Figueroa um complexo plástico que seu amigo, o diretor Emilio Fernández, que sempre dirige seus filmes, não soube controlar. O resultado é que a fotografia nos filmes da dupla mata muito o cinema — o ritmo cinematográfico, sem o qual a arte não se move. 1951

A VOLTA DO *TERCEIRO HOMEM*

Quando eu vi *O terceiro homem* pela primeira vez — e esta é a quarta — já tinha lido a novela do romancista inglês Graham Greene, sobre a qual foi feito o filme. A novela é seca, nervosa e ágil, carregada de conflito, mas a tensão que o desenvolvimento esquemático e furbo da trama provoca provém sempre de algo que fica em suspenso — nunca diretamente do conflito ele mesmo. Neste particular situa-se Greene na terceira ponta do triângulo do moderno romance ocidental, sendo as outras duas ocupadas por Gide e Kafka — e excluindo aqui o romance social. Mas Greene não pratica, como Gide, psicologia pura, a psicologia pelo prazer da psicologia, na qual o paciente é mera cobaia de seu prazer de pô-lo a nu, mas não de curá-lo; nem como Kafka faz trepanações lá onde nenhum cirurgião se arriscaria, mas já aqui com o intuito de salvar o seu doente embora arriscando abreviar-lhe a vida. Greene não é nem tão lucidamente frio como Gide, nem tão santamente louco como Kafka. Ele é um meio-termo.

Radiografa os seres e lhes fornece os termos do conflito particular que os aflige, depois os larga de mão, certo de que ao expor-lhes o seu mal — ou o mal — os está pondo ato contínuo a caminho de um novo conflito que vai fatalmente nascer do conhecimento do primeiro. Pois para Greene o conflito é o homem, e o mal, o seu caminho natural. Mas por isso mesmo que ele é no fundo um ser moral, e, dos três romancistas citados, o mais ético; Greene, ao revelar o mal, deixa claro que o bem existe, por abstração. Donde podemos ponderar que, relativamente ao ser humano, Kafka e Greene são romancistas positivos, enquanto Gide é negativo. E outra não é a razão, num tão grande escritor como o último, da sua influência sempre deletéria.

Pode parecer estranho eu fazer todas essas considerações numa crônica de cinema, mas o caso é que, ao ver *O terceiro homem* desta última vez, senti a novela superar o filme, apesar do brilho deste e do esquecimento aparente daquela. De início tive a impressão de que o filme ampliara a novela; dera-lhe novas dimensões. Mas qual. A história é que "revela", não a sua visualização. O diálogo poderia ser somente escutado, de olhos fechados, e creio que a carga emocional estaria presente. Pretendo, aliás, fazer a experiência. São as palavras que insinuam o conflito, que o propõem — poucas vezes a expressão, a mímica, o gesto, a ação cinemática. Há, é claro, cenas inteiras que valem puramente como cinema, e estas são aquelas raras em que Greene descreve, para não dizer "escreve". Mas a experiência, de qualquer modo, só valeria para quem já tivesse lido a novela e visto o filme como uma espécie de prova dos noves da superioridade sobre a sua visualização cinematográfica.

Sim, positivamente Greene é um artista superior — muito maior do que Carol Reed é cineasta.   1951

OS ONZE GRANDES DO CINEMA

Outro dia, minha amiga Danuza Leão arregalou muito os seus grandes olhos azuis e me perguntou no seu jeito juvenil de falar quais eram para mim os onze maiores diretores de Cinema. Pertence ela a uma geração que viu Chaplin pela primeira vez agora, quando da exibição de *Luzes da cidade*. Fui para casa e comecei a pensar no assunto. A pergunta não deixa de ter seus lados difíceis, e não foi sem bastante cogitação que cheguei a arrumar o *scratch* abaixo. *Scratch* porque agora anda a mania de se resolver tudo em termos de futebol, e até um *scratch* de chatos já foi feito. Eis a resposta a Danuzinha:

Chaplin
Griffith — Stroheim
Eisenstein — Pudovkin — Dovjenko
Flaherty — Gance — Vigo — Dreyer — King Vidor

Desse supertime, quatro não poderão mais jogar, por se acharem devidamente falecidos: D. W. Griffith, Eisenstein, Robert Flaherty e Jean Vigo. A razão pela qual coloquei Chaplin ao gol deve ser, por essas horas, clara para minha amiga Danuza. Ela certamente terá visto *Luzes da cidade*, e se não viu o filme pode se considerar de relações formalmente cortadas comigo. Chaplin não é só o maior diretor de cinema de todos os tempos, como o único cineasta que conseguiu reunir as funções do métier nele mesmo.

A colocação de King Vidor como extrema direita é qualquer coisa assim como se pôr Leônidas num time ideal de futebol brasileiro — um pouco pelo respeito ao seu passado de grande jogador. King Vidor realmente caiu muito, mas filmes seus como *A turba*, *Aleluia* e *No turbilhão da metrópole* justificam, pela força do cinema que contém, a sua inclusão neste quadro de gigantes. King Vidor é, a meu ver, o menor deles, e não fosse por esse respeito eu o substituiria por reservas mais válidos como Hitchcock, Pabst, René Clair e pouco mais.

É pena que Danuza não tenha visto nenhum filme de todos esses grandes cineastas mencionados, e a única esperança para ela e a grande maioria dos jovens de sua geração de vê-los é a criação, que se cogita, da Cinemateca Brasileira — um dos departamentos a ser criado* (se o Congresso quiser).   1951

RASHOMON

O filme japonês *Rashomon*, que levantou o primeiro prêmio no Festival Cinematográfico de Veneza de 1951 — e que, de tão superior aos demais, nem pôde ser computada a premiação de Punta del Este —, bem merecia de um distribuidor inteligente uma operação que lhe permitisse um circuito no Brasil. Não creio que a exibição do filme neste país desse prejuízo — muito pelo contrário. Relativamente às plateias mais cultas, trata-se de uma barbada. Tanta gente ia se sentir inteligente vendo *Rashomon*, que, é até melhor não falar, posso ver de antemão, nas mesas das boates copacabanais, as nossas moças e rapazes "bem" a comentar interessadíssimos a cena da mediunidade, em que o samurai assassinado dá a sua versão do crime que constitui a história de *Rashomon*...

— Ih, minha filha, você não achou o bandido uma verdadeira uva? — É verdade, hein. Que dentes! Nunca pensei

---

*No Instituto Nacional do Cinema.

que japonês tivesse dentes tão bonitos... — E a japonesinha, hein? você viu, que pinta? Você não acha que aquele chapeuzinho dela dará um negócio infernal para *cocktail*?

— Infernal!!

Isso enquanto os rapazes, mais graves, comentariam a "fotografia", a "iluminação nas cenas da floresta", o "suspense" e outras coisas de que está o filme cheio. *Rashomon* iria enfim encher por uns poucos dias a cabeça vazia da nossa café-soçaite.

Quanto ao povo, só em São Paulo — sobretudo nas cidades do interior de forte concentração japonesa —, o filme seria um sucesso completo. Porque a verdade é que ele tem grandes elementos de popularidade, condicionada, naturalmente, à colocação de bons letreiros. De fato, um filme precisa ser muito bem-feito para mostrar quatro versões diferentes de um mesmo episódio no mesmo local, interpretado pelas mesmas personagens — e cada qual com um caráter inconfundível, que permite aos atores se renovarem completamente em suas interpretações.

Rashomon é um filme que tem tudo para vencer no Brasil. Para a crítica seria o céu. Moniz Vianna, Décio Vieira Otoni e Hugo Barcelos se esbaldariam, sem falar nesse vosso atento servidor. Seria dessas semanas gênero *Luzes da cidade*, em que o resto da produção fica meio entregue às baratas.

Eu, se fosse distribuidor, não perderia a oportunidade. Dizem por aí que direitos de distribuição nas Américas foi adquirido pela RKO. Não sei. Mas, seja por quem for, o negócio é arrumar umas tantas cópias e mandar para a cabeça. Porque dá lucro. Sem falar que é o tipo do filme que trabalha no sentido de melhorar o gosto das plateias. 1952

A ASA DO ARCANJO

Eu sei que se mostrarem jamais esta crônica a Rossellini ele é bem capaz de querer me quebrar a cara, mas não posso resistir à tentação de contar como vi Ingrid Bergman a primeira vez.

Havia em Hollywood Boulevard, na esquina com a rua Selma, se não me engano, uma banca de jornais e revistas que era das coisas mais completas que já vi no mundo, bastando dizer que até o nosso velho *Jornal do Commercio* ia bater por lá, sendo que eu, naquela saudade de prolongado exílio, lia-o cuidadosamente. Pois bem. Um dia eu estava folheando uma revista diante da banca quando ouço alguém ao meu lado dizer: *"Excuse me"*, ou seja, o nosso conhecido "Com licença". Tratava-se de uma voz feminina que não me soou estranha, e eu vi uma dona, que estirara o braço por cima de mim para apanhar uma revista colocada mais no alto. Foi aí que dei, a um palmo do meu rosto (e falarei com a unção e gravidade que o momento comporta), com uma axila de Ingrid Bergman (talvez até seja mais elegante dizer: a sua axa). Tratava-se da maior axila que já vi, em ser vivente de qualquer espécie, com seguramente uns dez centímetros de diâmetro, sem falar nas circunvizinhanças.

Fiquei, como é de esperar, meio siderado diante daquele Renoir — que digo!, diante daquele Picasso da fase azul —, mas ao me recobrar já se fora a valquíria, de *Vogue* em punho, de modo que mal lhe pude ver o rosto. Vi-lhe, além do já contado, as costas: umas boas costas de remador do Flamengo, embora bastante mais torneadas que as das nossas palamentas. Umas costas de arcanjo mesmo, no duro, com asa e tudo.

1953

HIROSHIMA, MON AMOUR

Não sei o que anda prendendo a exibição de *Hiroshima, mon amour*, essa obra-prima de cinema que tive a felicidade de ver três vezes nos meus três últimos dias de Montevidéu, um mês atrás. Trata-se não somente de um maravilhoso canto à paz, como um dos mais belos trabalhos de direção a que já me foi dado assistir, comparável a *Aurora*, de Murnau, *Cidadão Kane*, de Orson Welles, ou *Rashomon*, de Kurosawa.

Eu, desde que me meti com cinema, do ponto de vista da realização, perdi a paciência para vê-lo com a paixão dos meus tempos de crítico. Houve época em que entrava três sessões seguidas, partia para o jornal e descia a lenha. De dois, fui convidado discretamente a sair, pois as companhias começaram a negociar a sua publicidade em termos do meu afastamento. Tudo isso me deixava, é claro, na maior alegria, e eu me sentia assim uma espécie de Davi girando a sua funda, mais que contra um Golias, contra um leão, qual seja esse pobre leão da Metro.

Por isso foi para mim uma sensação quase estranha tirar um prazer tão grande, tão novo, de ver um filme. E vê-lo com o espírito de outros tempos, a partir do primeiro impacto: estudando-o nos seus mínimos detalhes dentro de cada particularidade da produção, lembro-me de ter visto *Luzes da cidade*, de Chaplin, mais de trinta vezes. Com *Cidadão Kane*, fiz um tal escarcéu que o filme, programado para uma semana apenas, ficou duas. *Sangue de pantera*, uma joia rara de cinema, dirigida por Jacques Tourneur, foi prato para um sem-número de críticas. Empenhei-me primeiro com Ribeiro Couto, depois com quem mais viesse, numa terrível polêmica de cinema mudo contra cinema falado que provocou pronunciamentos de todo o Brasil. É verdade que naquele tempo eu era um crítico "federal". Não sei se hoje os demais confrades provincianos me dariam tanta bola.

Voltando a *Hiroshima, mon amour*: o filme é de uma beleza sem par. Dirigido de um modo terso e com grande economia de meios, ele impõe de saída essa coisa cada vez mais rara em todas as artes: um estilo novo. Sua discrição é total, e por isso mesmo consegue Alain Resnais, seu diretor, fixar-lhe sob o alburno um cerne emocional compacto como uma bomba de átomos vivos prestes a romper-se. Mas não creio, infelizmente, que essa bomba se possa romper para qualquer um. Tive oportunidade de conversar sobre *Hiroshima*, em Montevidéu, com pessoas que têm o curso universitário e tudo o mais, e uma achou-o "lento"; a outra, "enigmático", e a terceira — o que é pior —, "cerebral". Acontece que o filme tem o tempo mais ajustado que há; é de uma clareza, como sói dizer, meridiana; e é o justo contrário de uma coisa cerebral. Ou então ainda existe quem confunda inteligência com cerebralismo.

Andaram me dizendo que o filme está sofrendo um boicote, justamente por isso que representa uma pequenina grande bomba pela paz, e mostra, em meio a uma das mais belas histórias de amor de que já houve registro, coisas que mais valera... esquecer. Não sei. A mim me parece um completo absurdo negar ao público, superalimentado de massas, gorduras e guloseimas enlatadas de fraco teor nutritivo, as ricas proteínas cinematográficas de que está cheio *Hiroshima, mon amour*. E depois, esse negócio de querer protelar a paz é bobagem e da grossa. Pois a verdade é que o seu espectro, nas cores ainda indecisas de um arco-íris que liga dois mundos, já se fez sentir depois do último grande dilúvio de fogo e cinzas. E como muito subitamente dizia Noé, e depois dele todos os nossos avós, quando surge o arco-íris é sinal de namorados na rua. 1960

**TERRA
DE CINEMA**

RECORDANDO O CHAPLIN CLUB

Conversando há pouco tempo com meu primo Prudente de Moraes, neto, perguntei-lhe se não sentia qualquer coisa que indicasse haver uma nova geração se formando para as letras do Brasil. Prudente considerou o problema, se recolheu e acabou dizendo que não sentia nada. Como eu também não estava muito certo, achei que era impressão minha e não pensei mais no caso.

Mas parece que há mesmo peixe na água e no justo lugar em que pesquei minha bota velha. O crítico Álvaro Lins resolveu pescar de fundo e trouxe à tona a revista *Clima*, que vem de aparecer em São Paulo por um grupo notável de rapazes, gente séria, querendo trabalhar direito e explicar as coisas bem explicadas.

Essa revista tem uma seção de cinema aos cuidados do sr. Paulo Emílio Sales Gomes. Muito bem. Não vou entrar aqui em considerações sobre o extenso, metafísico artigo com que o novo crítico paulista abre velas para sua longa viagem de ida.*

O que quero frisar, e isso em vermelho, é que o sr. Paulo Emílio fundou, junto com os srs. Décio de Almeida Prado, Lourival Gomes Machado e Cícero Cristiano de Souza, um Clube de Cinema, o que no Brasil representa uma ousadia. O Clube encontrou na revista um ótimo abrigo para as suas especulações teóricas e a aventura parece ir indo às maravilhas.

Tive, aliás, oportunidade de assistir à primeira sessão do Clube, em São Paulo, que transcorreu num ambiente agradável, exibindo-se o famoso *O gabinete do Dr. Caligari*, de Robert Wiene, com roteiro de Carl Mayer.

Lembro-me até haver fugido covardemente, esgueirando-me entre as cadeiras, ao ser concitado a dar minha opinião sobre o velho clássico. Hoje posso confessá-lo sem pejo: que Paulo Emílio me perdoe.

---

*Vinicius alude ao primeiro artigo de cinema de Paulo Emílio em *Clima* (São Paulo, n. 1, maio 1941), sobre o filme *The Long Voyage Home*, de John Ford. Nessa crítica, o seu autor introduziu novidades como apresentar a ficha técnica do filme e aprofundar a análise com os instrumentos da crítica literária.

Quero bater claro as minhas palmas à iniciativa dos rapazes de São Paulo, que é, sob todos os aspectos, interessantíssima. É justamente do que precisamos: a formação de uma cultura cinematográfica, a fim de que a arte não morra asfixiada pela mercantilização.

Mas essas palmas não se livram de um calo de pessimismo. O Chaplin Club, de Otávio de Faria, Plínio Sussekind Rocha, Almir Castro e outros — que foi, com o filme *Limite*, de Mário Peixoto, a única coisa séria que tivemos em matéria de cinema no Brasil —, se extinguiu por excesso de complacência. Começaram a abrir as comportas, foi entrando gente, entrando gente, acabou entrando cachorro.

Cachorro latiu, correu, começou a atrapalhar, quiseram botar cachorro para fora, se distraíram no pega-pega, quando viram estavam discutindo Rin-tin-tin, perguntando por que é que cachorro entra na igreja e charadas tais que tiveram que fechar a porta.

Não digo que o Clube de Cinema de São Paulo se asfixie nos ambientes excessivamente fechados ou nas alturas inacessíveis da Arte do Cinema. É preciso também difundir. Mas o que é mais preciso de tudo é não cair na teoria, na vagueza, no brilho, nas relações entre o Cinema e o Cosmos. Nada disso adianta. Adianta a exibição de bons filmes bem explicados a uma assistência interessada. Uma assistência interessada sai dali e interessa outras três assistências.

De qualquer modo, acho a ideia de entusiasmar. É bom ver o velho Chaplin Club tendo o seu primeiro filho. Aliás, por que não se faz a mesma coisa aqui no Rio, a sério? Seria preciso pensar nisso. Já uma vez aventurei a ideia ao ministro Capanema.* Mas... fazer com grande grade na porta. Borboleta só, não basta.

1941

---

*Gustavo Capanema (1900-85), ministro da Educação e Saúde de 1934 a 1945, em cuja gestão foi implantado o SPHAN (Serviço do Patrimônio Histórico e Artístico Nacional) e construído o edifício sede do ministério num projeto moderno de Le Corbusier, Oscar Niemeyer e Lúcio Costa.

CRÔNICAS PARA A HISTÓRIA DO CINEMA NO BRASIL

Se não fosse a aventura, que seria do Cinema Brasileiro?

Esse caráter de empresa individual que sempre marcou o nosso cinema torna-o a bem dizer inistoriável ainda, ou melhor, faz dele a história de poucos. E a isso chamamos crônica. Nascida entre sets, essa crônica deveria ser escrita por um dos seus andróginos, e não por um chupim como eu, que nunca as pude colher completas, por isso mesmo que elas são individuais, mais que fatos. Só poderei oferecer, assim, um incentivo à crônica futura, que, sei, se vai acumulando nas gavetas de um Ademar Gonzaga, de um Humberto Mauro, de um Pedro Lima, quem sabe de um Paulo Wanderley, homens com o carisma do Cinema Brasileiro, que ora se desesperam e mandam tudo às batatas, mas que, ouvindo o ranger de celuloide, se aprestam insensivelmente como ao soar de uma velha música de doce memória.

Não posso ser o historiador do Cinema Brasileiro. Primeiro, porque ele ainda não tem uma História; segundo, porque se a tivesse não seria eu a pessoa mais indicada para contá-la, já que a conheço imperfeitamente. O meu interesse atual pelo Cinema no Brasil é uma vontade de vê-lo surgir, mais que qualquer outra coisa. Cada palavra que me sinto dizendo ou escrevendo sobre ele é uma vontade de ajudá-lo de algum modo, antes que um cuidado pelo que já fez. E, se me ponho em contato com seus homens de real talento, é por esta razão de lucro grosseiro: esperanças de vê-los manobrando atrás do tripé, mas já agora protegidos pelo Estado, fazendo trabalho de operários numa obra em construção, contentes da vida, assoviando o seu "Danúbio Azul" de manhãzinha entre muros de celotex iluminados de refletores, aos gritos de: "câmera!", às ordens de: "corta!".

O meu conhecimento anedótico vem-me desse puro contato. Não quero também dizer que não sei nada. Sei uma coisa: que o Cinema Brasileiro é assim como uma tosca crisálida ainda enlameada da seda do casulo, e espero que a delicadeza da comparação não fira a rude orelha dos nossos pioneiros, pois ela não quer de todo ser poética, mas apenas situar biologicamente o Sol. Por enquanto o Sol andou escondido, ou antes, andou iluminando planos mais dianteiros, altos edifícios, asas de aeroplanos. Minha impressão é mesmo que o Sol não descobriu, ainda, a jovem borboleta na sua relva molhada, não a soube ainda capaz de voar, de transfigurar em pura dança uma natureza tão rica e tão desejosa de se dar. A evolução dessa borboleta vive em qualquer compêndio de História Natural, ou de Agricultura ou... de Cinema, por que não? Apenas, entre as etapas dessa evolução, imaginou-se uma indústria, a da seda, tão bem quanto a dos filmes. É a crônica da segunda que nos interessa fixar aqui.

Foi Raul Roulien quem disse, eu creio, que "Ademar Gonzaga é o Senhor dos Passos do Cinema Nacional". Realmente, Gonzaga foi o maior milagreiro da nossa pequena indústria cinematográfica. Gonzaga quis de fato criar uma indústria de filmes: por esse lado, ele tem todas as palmas. Não o seduziu apenas o ideal de movimentar imagens. Para isso era preciso uma base física por onde começar. Gonzaga fez a Cinédia e fez *Cinearte*, um estúdio e uma revista em que se pensou Cinema em bons termos de Cinema. *Barro humano* é filho de Gonzaga. *Barro humano* foi o primeiro movimento para a criação da Cinédia. Paulo Wanderley saiu de *Cinearte*. O crítico e o filme vêm-me à lembrança juntos em perfeita harmonia, pois aquele foi o roteirista deste, e que excelente roteirista! Apaguemos a luz um momento:

26 — *Long shot* — Um cruzamento de ruas: avenida Rio Branco com 7 de Setembro.
27 — *Middle shot* — O inspetor no seu posto muda o sinal.
28 — *Close up* — O sinaleiro.
29 — L.s. — No cruzamento das ruas muda a ordem do trânsito.
30 — L.s. — O mesmo que no número 29, visto de um ângulo mais próximo.

31 — *L.s.* Movimento de gente, a abertura do sinal.
32 — *M.s.* — O mesmo que no número 31, visto de um ângulo mais próximo.
33 — *L.s.* — Movimento de autos.
Dissolve em
34 — *M.s.* — Pés da multidão.
Dissolve em
35 — *Cl. u.* — Movimento de rodas de autos.
Dissolve em
36 — *M.s.* — Jornaleiro apregoando.
Dissolve em
37 — *Cl. u.* — Uma buzina.
Dissolve em
38 — *M.s.* — Veículos que param. Vê-se, em primeiro plano, a barata guiada por Mario Bueno... etc.

Assim trabalhava, em perfeita coordenação, um grupo de amadores, aí pelo ano de vinte e tantos. Que esperança não era esse Cinema Brasileiro, criado por um acaso feliz de amizade e inteligência, feito com sacrifício de todos, cada um dando a sua parte, iniciativa jovem, feliz e ousada, que sabia se orientar num profissional competente e corajoso como Paulo Benedetti; resolver problemas de câmera em conversas de homens como Gonzaga e Wanderley! *Barro humano* fica como a obra de maior entusiasmo feita no Cinema Brasileiro. É engraçado. Quem sabe a época, esse extraordinário ano de 1929 do Cinema — no qual em junho o Silêncio desaparecia em beleza, após filmes como *Marcha nupcial*, de Von Stroheim; *Moulin Rouge*, de E. A. Dupont; *O romance de Lena*, de Sternberg; *Solidão*, de Paul Fejos; *Joana d'Arc*, de Carl Dreyer; *O patriota*, de Ernst Lubitsch; *O amor de Jeanne Ney*, de Pabst; *As deliciosas mentiras de Nina Petrowna*, de Hanns Schwarz; para mergulhar-nos *"oh mammy"* de Al Jolson, nos *Broadway Melody* (onde há entretanto aquela inesquecível canção do *You Are Meant for Me* — mas bolas! isso não é Cinema) —, quem sabe a época, dizia eu, não foi, como as coisas boas, mais feliz pela rapidez com que passou?

Barro humano é em muitos aspectos a tentativa mais séria do Cinema Brasileiro. Realizado nos estúdios da Benedetti-Film, *Barro humano* surgiu com a generosa qualidade desse grande orientador técnico e amigo do Cinema Nacional que foi Paulo Benedetti. O filme fez a delícia do Chaplin Club, o notável "círculo" fundado por Otávio de Faria, Almir Castro, Plínio Sussekind Rocha e Cláudio Melo. Cito palavras d'*O Fan*, o órgão oficial do saudoso clubezinho que tanto Cinema me ensinou, e continua a ensinar, apesar de uma vida de curta duração. Diz assim:

> *Barro humano* não pode ser considerado somente como uma simples pedra fundamental da indústria cinematográfica brasileira... Para que insistir, pois, no valor da direção de Ademar Gonzaga, no valor do roteiro de Paulo Wanderley, no valor da técnica de Paulo Benedetti, no valor mais acentuado quanto menos suscetível de nomeada, da contribuição segura de Pedro Lima e Álvaro Rocha? E, a todos eles, os nossos agradecimentos mais sinceros. Agradecimentos pela realidade do orgulho com que nós dizemos hoje: *Barro humano* é nosso... *Barro humano* é do Brasil.

Isso diziam os intransigentes rapazes do Chaplin Club, que muita vez mofavam de bom celuloide estrangeiro... Não; positivamente alguma coisa andou para trás em matéria de Cinema no Brasil. Seria por acaso culpa do Cinema a que chamam falado?

Paulo Wanderley fazia crítica de Cinema em *Cinearte*, a velha revista de Gonzaga (eu digo a velha revista). Mário Vieira de Melo, que hoje é cônsul em Dublin — um brasileiro que poderia perfeitamente fazer bom Cinema —, colecionava todos os números por causa das crônicas de Wanderley. O crítico criava um estilo. Era um mestre para separar o que havia e o que não havia de Cinema num filme. Ninguém melhor que ele apontava os defeitos de um roteiro, os vazios de uma continuidade. Paulo Wanderley, também, nunca mais fez crítica de Cinema. Positivamente alguma coisa andou para trás em matéria de Cinema no Brasil. Seria, por acaso, culpa do Cinema a que chamam falado?

O que não me agrada em muitos deles são as razões que eles se dão. A frase é de Gide, mas, no caso, me serve. O Brasil é um país muito moço ainda para alimentar tantas suscetibilidades. Não se vê um movimento, um impulso, nada. Os estúdios vivem, é bem certo, mas vivem cada um sua vida de contemplação. Alimentam-se anualmente de dois ou três rolos de celuloide. Tornam-se casarões cada vez mais ascéticos, mais magros, mais próximos da exaustão. No entanto, uma reunião de esforços, um gesto de parada, um manifesto, quem sabe?, poderia decidir o Estado a criar a Cinematografia Nacional, a exemplo de outros Estados que já o fizeram com os melhores resultados... A coisa pode realmente se coordenar. Eu sei perfeitamente que Cinema é uma indústria, e uma indústria de grandes somas. Mas, bem orientada, é um emprego certo de capital. Um filme barato sai por uma média de duzentos contos. Feitos com um mínimo de sets, de luz artificial, de exagero de profissionais, com um máximo de trabalho, de ensaio, de colaboração, pode sair por cem a 150 contos, por aí. Um filme de 150 contos dá renda certa, se não quiser ser — o que é um luxo individual, evidentemente — um *Limite*, isto é, um grande filme para pequeno público. Mas, numa indústria efetivamente criada, poder-se-ia pagar mesmo o luxo de um Mário Peixoto... Cabe...

O primeiro filme brasileiro foi feito em 1903.[*]

Isso é História. Colho-a entre publicações de Humberto Mauro. Quarenta anos de Cinema! O nosso *The Great Train*

---

[*] Hoje em dia, considera-se o primeiro filme brasileiro o registro da entrada da baía da Guanabara, supostamente feito por Afonso Segreto, em junho de 1898. No entanto, não se tem notícia de sua exibição no Rio de Janeiro.

Robbery antecede um ano o seu irmão americano, considerado o primeiro filme com uma narrativa.*

Falar verdade, não sei de que se trata. Talvez seja essa coisa de Sombras Chinesas, ou Lanterna Mágica, quem sabe? Em 1903... A primeira demonstração pública do cinematógrafo teve lugar em Paris aos 22 de março de 1895, em seguida a uma conferência de M. Louis Lumière sobre a "indústria fotográfica". Nosso Cinema dava assim um primeiro grito oito anos depois do primeiro filme de celuloide exibido no mundo. O que era, onde passou, não poderia dizer. Andei consultando parentes velhos, porquanto sou dez anos mais moço que essa produção. Parece que na rua do Ouvidor havia uma loja tapada com cortinas, onde um homem de calças de xadrez justas nos tornozelos passeava agitado vendendo entradas e vociferando: "É a Inana! Vai começar a Inana!". Seria a Inana (nunca soube o significado dessa palavra) um cinematógrafo? Meninas combatiam a travesseiro, num dormitório, espalhando plumas por todos os lados... Talvez o nosso primeiro filme tenha alguma coisa a ver com a Inana...

Já sobre o primeiro programa apresentado publicamente no Rio, posso falar com segurança: foi dado no "Grande Cinematógrafo Parisiense — avenida Central, 179 — Proprietário S. R. Staffa. Maestro diretor da Orquestra, compositor Lestac. Sessões diárias nos dias úteis das seis horas da tarde até meia-noite e, nos domingos e feriados, da 1h30 até meia-noite. Programa de 9 a 14 de agosto de 1907. Primeira parte: *Uma viagem na Birmânia* etc. etc.".

Ninguém falaria bem sobre o Cinema no Brasil sem lembrar a figura de seu maior pioneiro: o mestre Roquette-Pinto. Desde 1910, o grande cronista da Rondônia utilizava projeções em suas conferências do Museu Nacional, quando foi ali criado um serviço de assistência ao ensino das Ciências Naturais e uma filmoteca especializada.

---

* *The Great Train Robbery* é de 1903.

Dois anos mais tarde, Roquette-Pinto abria caminho ao filme documentário brasileiro trazendo da Rondônia as primeiras películas sobre os índios nambiquaras, que foram projetadas em 1913 no salão de conferências da Biblioteca Nacional. Como em muitos outros pontos, o trabalho da Comissão Rondon, neste particular, foi admirável. Ainda hoje a documentação pela comissão constitui um patrimônio científico inestimável.

Nunca mais Roquette-Pinto abandonaria o trabalho de que se faz o mais completo orientador. O cinema educativo, embora lhe faltasse ainda uma legislação reguladora, passou a ser empregado como veículo de ensino, em vários pontos do Brasil, até que em 1928 o dr. Fernando de Azevedo, diretor do Departamento de Educação do Distrito Federal, sistematizava a sua utilização no plano de reorganização geral do ensino. Ainda neste ano o emprego da película "non flam. 16 mm" alargou muito o campo do cinema escolar.* Daí para a frente, o movimento tenderia a seguir seu curso normal de evolução. Em 1929, o professor Jonathas Serrano inaugurava-o oficialmente com a primeira Exposição Cinematográfica Educativa.

Por esse tempo a Censura cinematográfica era exercida pelos estados, que a regulavam policialmente, na cidade ou vila onde tivesse lugar a projeção. Em 1931, entretanto, a Associação Brasileira de Educação chamava a atenção do governo para problema tão grave. Os pontos principais da sua exposição de motivos resumiam-se em três: exercício da censura numa base cultural e não estritamente policial; uniformização do processo de exame dos filmes; nacionalização do serviço de censura.

---

*Película de acetato de celulose, não inflamável, em 16 mm. Dessa forma, evitava-se a película em suporte de nitrato de celulose altamente inflamável, de combustão inextinguível, fabricada na bitola profissional de 35 mm. Sua combustão espontânea, ou provocada por fagulhas elétricas, destruiu muitos cinemas e causou mortes de espectadores até os anos 1950.

Efetivamente, um ano depois, com o Decreto 21 240, de 4 de abril de 1932, era nacionalizado o Serviço de Censura. Esse decreto marca uma etapa da maior importância no desenvolvimento da Cinematografia no Brasil. Dando margem ao aparelhamento de inúmeros filmes nacionais; fomentando a indústria exibidora; facilitando a abertura de novas casas de exibição no território nacional, que em 1937 eram em número de 1638, a lei como marcou o início de uma nova era para o Cinema entre nós. Seu real aproveitamento agora depende apenas de mais uma medida do Estado, uma medida que reputo da maior importância: a criação de uma Escola de Cinema orientada por técnicos de primeira; qualquer coisa assim como um prolongamento da Universidade, onde realmente se aprenda a construir Cinema, desde os seus menores detalhes técnicos até os seus grandes problemas metafísicos e estéticos. Homens não nos faltam, que já pudessem ensinar História e teoria geral do Cinema; teoria e prática da continuidade (roteiro); teoria e prática de montagem; iluminação (um Edgar Brasil!) e tanta outra matéria que vem à cabeça assim, sem um estudo mais demorado... E, quando faltassem técnicos, mandar-se-ia buscar! Porque, no momento, não me parece possível criar a Cinematografia Brasileira de outro modo. Cinema, como a Música, é uma arte de um só, mas exige quase sempre a colaboração de muitos para poder se realizar completamente.

O Decreto 21 240, de 4 de abril de 1932, deu margem, entre outras coisas, à publicação, pelo Ministério de Educação, da *Revista Nacional de Educação*, que viveu dois anos e teve o mérito de ser distribuída gratuitamente, por todos os cantos do país.

Em 1933, era criada no Distrito Federal a Biblioteca Central de Educação, com uma Divisão de Cinema Educativo para distribuir filmes às escolas públicas do Rio de Janeiro. Ainda nesse ano o Código de Educação publicado em São Paulo adotava nova disposição relativa ao desenvolvimento do

Cinema escolar. Com a criação, em 1934, do Departamento de Propaganda e Difusão Cultural, no Ministério da Justiça, passava o Serviço de Censura a ser uma das atribuições daquele Departamento. Mas, apesar de todas as medidas de proteção e desenvolvimento, faltava uma organização especializada de cinema educativo, com finalidades determinadas. Foi atendendo a isso que o ministro Gustavo Capanema apresentou ao presidente Vargas uma exposição de motivos em que se cogitava um Instituto Nacional de Cinema Educativo, a título de ensaio, em caráter da comissão. Compreendendo a utilidade de um organismo da espécie, como divulgador de cultura, o presidente da República assinava a 10 de março de 1936 a necessária autorização que lhe dava funcionamento. Só havia um homem para a direção de tal empreendimento: o professor Roquette-Pinto, que foi naturalmente o escolhido.

Aqui quem fez a História não fui eu, foi Humberto Mauro, com quem Roquette-Pinto conta como o mais indispensável auxiliar e técnico. É claro que é fácil fazer História assim...

Num Cinema jovem de quarenta anos (entre nós, na verdade, jovem de quinze anos) não seria ousadia falar em clássicos?

No entanto, já os temos. É que os filmes ficam velhos cedo, sobretudo numa fase assim, puramente experimental.

Sem falar nos "primitivos" do grupo do Recife — a cidade que muito lutou para se afirmar na cinematografia nacional —, perdido na "longínqua" década de 1920 a 30, temos também o nosso *Paulo e Virgínia*, uma direção de Almeida Fleming. Não conheço o filme. Dizem-no bom. Mário Peixoto falou-me também de *Como elas querem*, um celulóide que consta na filmoteca do passado Cinema Brasileiro. Mas *Tesouro perdido*, o primeiro filme de Humberto Mauro, esse eu vi!* É um clássico, não haja dúvida. Todo o modo de construir, o trabalho com não atores, a ingenuidade da trama, o

---

* *Tesouro perdido* (1927) não é o primeiro filme de Humberto Mauro, que rodou antes *Na primavera da vida* (1926), do qual não sobraram mais que fotogramas.

esquematismo, fazem-no um legítimo primitivo do nosso Cinema. Aqui estamos em plena febre pioneira da Phebo Sul America Film, de Cataguases. Destino curioso o dessa cidade, espécie de Atenas mineira onde cresceram e vegetaram, artes autóctones e autodidatas, cidade dos "Verdes"* e da Phebo, cidade de onde saiu *Na primavera da vida*, *Brasa dormida*, *Sangue mineiro*, toda a primeira parte da obra de Humberto Mauro, a melhor na minha opinião.

Humberto Mauro assinou, ainda, *Favela dos meus amores*, *Cidade mulher* e *Argila*, feito recentemente. E isso sem falar em inúmeros documentários e pequenas metragens educativas que o diretor brasileiro vem realizando no seu Instituto de Cinema: com dois homens como Ademar Gonzaga e Humberto Mauro já se tem direito de falar em Crônica de Cinema no Brasil. São dois grandes trabalhadores a quem a nossa pequena produção de filmes deve serviços inestimáveis.

E não esqueçamos *Iracema*, o filme de Sérgio Uzum, produzido por Isaac Saindenberg. Os nomes não são brasileiros. Sérgio Uzum, no entanto, o melhor homem da película, é um russo inteiramente radicado ao Brasil. Mário Peixoto tem *Iracema* como uma pequena obra-prima. Vem de 1929, esse Ano da Graça do Cinema Brasileiro, que deu *Limite*, para só falar nele. *Iracema* foi feito pela Metrópole Filme, de São Paulo. Sérgio Uzum é um cameraman completo.

Edgar Brasil é um fluminense de cara triste, sombrio, um bom rosto para Cinema. Um grande homem de câmera; longe, o melhor que já se teve, tão bom quanto os melhores estrangeiros. Iniciou seu trabalho em *Brasa dormida*, o filme de Humberto Mauro. Depois fotografou *Sangue mineiro*, ainda do di-

---

*Grupo reunido em torno da revista *Verde*, do qual participavam Rosário Fusco, Guilhermino César, Henrique de Resende, Ascânio Lopes, Oswaldo Abritta, Francisco Ignacio Peixoto e outros. Circulou intermitentemente de 1927 a 1929. É de fato notável que Cataguases, pequena cidade da zona da mata mineira, abrigasse nos anos 1920 uma companhia produtora de cinema e uma revista modernista. No entanto, essas iniciativas não formavam um movimento, apenas conviviam no ambiente restrito do interior do país.

retor de Cataguases. Mais tarde foi aquela revelação de *Limite*, em que a câmera é às vezes inteligente como o diretor. As duas versões de *Onde a terra acaba* também são fotografia sua. A primeira, de Mário Peixoto, que tem o título original e, a meu ver, mais bonito, de "O sono sobre a areia", é para o realizador do filme o melhor trabalho de Edgar Brasil. A produção, infelizmente, não foi avante. Ficou um excelente fragmento.

Edgar Brasil tem outros trabalhos. Foi ele quem fotografou *Bonequinha de seda*, de Oduvaldo Viana e que tem foros de ser a maior bilheteria do Cinema Nacional, e *O jovem tataravô*, de Lulu de Barros.

Atualmente o vigoroso cameraman brasileiro filma *A Inconfidência Mineira*, a última produção de Carmen Santos, nos estúdios da Brasil Vita Filmes. Tive ocasião de ver duas ou três sequências da nova realização de Carmen Santos, e tenho certeza que, com um trabalho inteligente de corte, *A Inconfidência Mineira* será a grande obra dessa incansável trabalhadora do Cinema Brasileiro.* Não há bem como louvá-la. Carmen Santos tem tido parte em quase todos os filmes e em quase tudo o que já se fez ou se disse sobre Cinema no Brasil. Seu trabalho, nem sempre equilibrado, é no entanto obra de um esforço realmente ilustre pela nossa Cinematografia. Seu recorde é notável. Vinte e três anos de Cinema; a criação de um estúdio, a Brasil Vita Filmes; e interpretação em vários filmes como *Urutau*, de William Jansen; *A carne*, de Leo Marten; *Sangue mineiro*; *Favela dos meus amores*; *Cidade mulher* e *Argila*, todos de Humberto Mauro, além das duas versões de *Onde a terra acaba*, a primeira, inacabada, de Mário Peixoto e Edgar Brasil, e a segunda, de Otávio Mendes, sobre o romance *Senhora*, de José de Alencar. Mesmo em *Limite* Carmen Santos tem uma excelente ponta. Cinco ou seis imagens apenas. Ótimas.

O Cinema Brasileiro tem, em *Limite*, seu ponto culminante. É uma iniciativa individual, não há dúvida, mas isso

---

*Um incêndio fez desaparecer negativo e todas as cópias desse filme.

antes aumenta-lhe o valor, num meio naturalmente infenso às iniciativas dessa ordem. Mário Peixoto fez *Limite* tal como o pensou: Cinema puro, obra condenada a um fracasso certo junto ao grande público. Dinheiro sem volta.

É interessante a história desse carioca que fugiu cinco anos para a Europa, vivendo uma vida aventurosa, experimentando tudo, até ser "garçom de café", e que frequentou o estúdio de Elstree, onde operava Erich Pommer. Um dia, contou-me ele, como estivesse sentado em um banco do bulevar Montmartre, caiu-lhe sob os olhos essa capa de *Vu*, com uma mulher mostrando as mãos algemadas, que representa a cena inicial do seu filme. E *Limite* nasceu. No mesmo dia fez do filme um resumo, e em 1929, de volta ao Rio, escreveu-lhe a continuidade. Nos últimos seis meses desse mesmo ano, com Edgar Brasil como cameraman e Rui Costa como assistente, realizava todo o trabalho da filmagem, em Mangaratiba, executando uma das obras de maior importância na História das Artes do Brasil. *Limite* é Cinema puro. É o melhor que sobre ele pode ser dito.

Haveria tanta coisa mais a traçar. Sobretudo essa legenda do futuro, onde vejo possibilidades para um grande Cinema revelador de uma extraordinária natureza virginal. Mas prefiro ficar com o que já se fez. É pouquíssimo. Não importa. Já agora, com a obrigatoriedade dos jornais cinematográficos, e organismos, como o Serviço de Divulgação da Prefeitura, que conta com dois homens de Cinema, valores novos têm aparecido, como esse jovem Rui Santos, indiscutivelmente um cameraman de talento, que tem mostrado em alguns *shorts* os grandes recursos de que dispõe.

E dizer que há homens que com um bom cameraman ao lado saberiam fazer Cinema! Eu conheço vários: Plínio Sussekind Rocha; Otávio de Faria; Aníbal Machado; isso sem falar nos diretores já mencionados.

Eu próprio: quem sabe?...

1944

OS JORNAIS DE CINEMA

A melhoria considerável por que têm passado os jornais nacionais de cinema, de há três anos para cá, é uma coisa que vale todos os nossos aplausos. Os nossos cameramen estão francamente a caminho da boa fotografia. E o processo, me parece, é esse mesmo: procurar copiar o que de mais bem fotografado nos mandam os jornais estrangeiros. A imitação, sendo caprichada, é até um excelente processo para educar a vista. Aos poucos vai se deixando de imitar, na ambição de fixar traços próprios; e aí já se tem um melhor domínio da matéria, sem embargo das suas influências.

Há três anos era uma lástima. Lembro-me porque via esses jornais às arrobas, na cabine da DFB, durante o meu exercício como censor. Era tudo péssimo, da pior qualidade, salvando-se apenas coisas da Cinédia, uma ou outra. Os fotógrafos como que tinham a sedução das ruas sujas, dos pantanais, das caras feias, das casas modernas, das cidadezinhas mais desinteressantes. Nunca pude esquecer um que mostrava uma escola pública, aqui mesmo, pelo interior do Distrito [Federal], aí por Guandu ou onde seja. O fotógrafo aquele dia requintara: esperava pacientemente uma semana de chuvas fortes, tempo excelente para a miuçalha aproveitar e fazer a greve do banho. Quando estava tudo bem sujo, bem enlameado, bem alagado, o nosso prezado cinegrafista pusera sua câmera às costas e partira para a sua filmagem. Lá chegado, fez reunir a garotada (quase todos pretinhos, positivamente imundos, resfriadíssimos, o nariz correndo) em frente à tal escola (um barracão troncho de taipas, com uma demão de cal já toda descascada) e pôs-se a fazer sua reportagem. A "fessora", toda prosa, ia e vinha arrumando o grupo, batendo palmas, dando ordens, fazendo o pessoal marchar muito dentro do lameiro. E que alegria para eles! Metiam o dedão com vontade na terra encharcada, mostrando as cancelas da dentadura e enxugando o resfriado na manga da camisa mesmo... Nunca quis tanto bem aos nossos pretinhos como naquele dia. O jornal teve que ser barrado, naturalmente, mas juro que, se tivesse um aparelho de projeção, guardava-o para mim. O fotógrafo, tão pouco cinegrafista, tinha se revelado um poeta, *malgré lui*...

Outra vez, foi um jornal sobre uma cidadezinha qualquer do interior do estado do Rio. A cidadezinha dispunha de dois automóveis modernos. O fotógrafo dublê de diretor mandou que os carros se pusessem a girar pela cidade, para dar a impressão de que eram muitos. Disso resultou uma das coisas mais patéticas que já vi nesse nosso grande Brasil. A cada tomada de câmera, de repente lá vinham os automóveis, faziam curvas a grande velocidade, davam uma marcha ré sem que nem por que e desembestavam de novo por uma ruazinha qualquer plantada de uns pés de árvores pobrinhos. Ficava só aquela poeirada que cegava tudo, até o olho conivente da câmera. A cidadezinha do interior se "amostrava" para a capital. Uma grande delícia.

Nada disso, no entanto, deve passar, é claro. Deve-se mostrar o que há de melhor, de mais atual, de verdadeiramente *newsreel*. E os nossos cameramen de jornais o estão conseguindo, graças aos céus! Já se pode ver um extrato cinematográfico da semana sem se ficar encabulado. Às vezes ainda vem um legítimo "abacaxi" com fotografias absolutamente parvas. Mas, de qualquer modo, a fotografia melhorou 50%. Precisam os nossos fotógrafos é de saber separar, com cuidado, o "momento cinematográfico da tomada". Ele existe, em qualquer objeto, ou fisionomia, ou paisagem. Há sempre uma posição, uma luz, um gesto que é, cinematicamente, o bom. Não digo que se fique horas esperando, de câmera em punho, por esse momento. Mas, na hora de cortar as tiras do celuloide e montar o filme, que se usem só esses "momentos". Daí resultará um todo mais harmonioso, em que às qualidades da imagem se juntam as da boa reportagem. 1941

AR GERAL DE INSATISFAÇÃO

O nome de Paulo Emílio Sales Gomes não deve ser estranho aos leitores do Brasil. O jovem escritor paulista redigia na revista *Clima* a seção de cinema, e com um zelo raro num homem do seu temperamento. Paulo Emílio é um turbulento. Um caudilho, na feliz expressão de Moacir Werneck de Castro. Ainda recentemente, quando se começou a fazer essa onda de reconquista da Amazônia, Paulo Emílio largou seus pagos, fez uma mexida e arranjou de ir com um cinegrafista e uma câmera para filmar o movimento de investida e a arrancada final sobre o grande rio. Estive com ele, aqui no Rio, em vésperas de sua partida, sempre às voltas com seus sonhos, dentro daquele ar altivo de rapazinho heroico, que em tempo de revolução trepa no alto da barricada, dá um viva à pátria e cai trespassado pelas balas inimigas. Anteontem Plínio Sussekind Rocha me telefonou dizendo que já havia celuloide na costa, e seria feita uma exibição na sala do Serviço de Divulgação da Prefeitura (ai meu Deus, que saudade da Amélia!) do "copião", o material em bruto, ainda sem corte nem nada.

Fomos, e mesmo Rubem Braga, que é inimigo de cinema, foi! Parecia até sessãozinha do meu debate silencioso. Lá estavam físicos, matemáticos e literatos num total que não chegava a uma dúzia, mas, em compensação, que qualidade! E passavam a fita de Paulo Emílio. Quadro após quadro, foi passando a fita de Paulo Emílio. Quadro após quadro. A fita de Paulo Emílio foi passando. Quadro após quadro. Quando acabou de passar, havia um ar geral de insatisfação, menos em três pessoas, das quais eu era uma. Realmente o cinegrafista que deram a Paulo Emílio é pífio. Mas que importa um fotógrafo, no final das contas, quando uma real tomada de cinema cria a impressão de profundidade e de silêncio que Paulo Emílio conseguiu em tantas cenas filmadas? Com um Edgar Brasil, Paulo Emílio teria feito um grande filme da sua primeira aventura de direção. Quem sabe não está ainda em tempo de lhe mandarem outro homem de câmera, para pegar a chegada dos trabalhadores no Amazonas, que isso, sim, seria uma coisa de fazer água na boca a um Eisenstein?... 1943

AS NOVAS POSSIBILIDADES
Em sua entrevista coletiva da semana passada deu John Ford uma notícia alvissareira para todos os que, como eu, se interessam pelo desenvolvimento do cinema no Brasil. Disse ele que Gregg Toland, o grande cameraman americano, estava para chegar ao Rio, onde viria filmar sob a sua direção uma série de documentários sobre o nosso esforço de guerra. Isso é muito bom. Mas o melhor é que Gregg Toland vem disposto não apenas a filmar, mas a ensinar também. Dará, no intervalo de suas operações, um curso de técnica de filmagem, que não tenho dúvida será uma coisa esplêndida. Poucos homens de câmera podem encostar hoje em dia com Toland, sobretudo no que diz respeito à iluminação. A não ser um Rudolph Maté, um Struss, um Edgar Brasil, o magnífico cameraman de *Limite*, poucos homens conheço, dentro do métier, que não gostariam de aprender filmagem com Toland. O seu processo do *pan-focus* trouxe realmente alguma coisa de novo à técnica de tomar a imagem. O processo em si é uma coisa notável: com lentes especiais e uma iluminação de invenção sua, Gregg Toland consegue que todos os planos se tornem igualmente nítidos na imagem, embora diferentemente situados em relação à câmera. Isso cria aquela impressão de volume e profundidade que a imagem em *Cidadão Kane* tantas vezes dá.

Imagine-se a possibilidade de aprender a iluminar com um homem assim! Jorge de Castro, o nosso grande Jorginho, que é um ótimo fotógrafo, estava todo assanhado. Não é para menos. Já que não se aproveita oficialmente o conhecimento de um patrício nosso, como Edgar Brasil, que é um "moita" irremediável, aproveitamos de um estrangeiro ilustre! Três ou quatro homens com um conhecimento perfeito de iluminação — sobretudo de interiores, não me fartarei nunca de repetir! — fariam no Brasil um cinema de causar inveja a qualquer país. Porque temos grandes cineastas em potência, entre nós. Um já plenamente revelado — Mário Peixoto —, outros cuidando de outros assuntos: um Plínio Sussekind Rocha, um Otávio de Faria, que sabem escrever roteiros e dirigir espontaneamente, embora dentro de tendências cinematográficas opostas. Eu sou um que me candidato a fazer esse curso. Conhecer teoria de cinema não basta. É preciso conhecer a malícia da máquina e do aparato mecânico de que se cerca a arte. Aliás, eu preciso confessar uma coisa: esse negócio de fingir de funcionário do Estado está longe de ser a coisa de que eu gosto. Eu gostaria era de fazer cinema. Começar com pequenos curtas: sobre o Rio, sobre o edifício do Ministério da Educação, sobre as crianças cariocas, sobre coisas vitais da nossa terra como o negro, o samba, a mulher, a natureza, dentro de quadros novos, alguns irrevelados. Quanta beleza a se revelar por esse Brasil afora! Depois, metragens grandes. Eta coisa gostosa que ia ser! 1943

GRANDEZA DE OTELO

Tenho que Grande Otelo é o maior ator brasileiro do momento, incluindo gente de teatro, cinema, rádio e o que mais haja. O danado tem realmente uma bossa fantástica para representar — e o certo é que se trata de uma vocação no mais justo sentido da palavra, quanto haja vista o modo como Otelo tem progredido de dentro dos seus próprios recursos, organicamente, e bem para cima, como as árvores mais dignas. É certo que a experiência de cassinos, o trato com o público oblíquo e entediado dos *grill rooms* o devem ter ajudado muito a se defender sozinho das dificuldades e dos imprevistos cênicos, mas, por outro lado, que mal não lhe poderia isso ter feito! Em vez, não. Quando Orson Welles filmava as cenas de morro do seu filme brasileiro, tive oportunidade de conversar com ele sobre Grande Otelo. Orson Welles o achava

Grande Otelo em *Moleque Tião*, direção de José Carlos Burle, 1943.

não o maior ator brasileiro, mas o maior ator da América do Sul. Não o dizia gratuitamente, tampouco. Um dia me explicou longamente o temperamento artístico desse pretinho tão genuíno que nem os sofisticados sambas pseudopatrióticos, nem o contato diário com os piores cantores e autores de cassinos conseguiu estragar. Dizia-me haver nele um trágico de primeira qualidade e lamentava não poder exercitá-lo melhor nesse sentido.

No quadro das artes cênicas brasileiras, é efetivamente de admirar um caso como o de Grande Otelo. Ainda outro dia eu conversava com Aníbal Machado sobre o assunto. Aníbal é um dos poucos homens conscientes do estado em que vive o nosso palco e o nosso cinema, e anda empenhado até os olhos em ajudar o desenvolvimento do nosso teatro dentro de novas perspectivas. Falar verdade, não sei como é que ele vai se sair desta, mas eu gostaria de chamar a sua atenção como a dos nossos bons diretores e dirigentes para o caso de Otelo, que é um valor estupendo muitíssimo mal aproveitado.

Ainda não vi *Moleque Tião*, o filme que o Vitória no momento exibe e no qual Otelo tem o papel preponderante. Tenho certeza, de antemão, que o seu trabalho deve ser bom. Otelo tem essa naturalidade rara do grande ator, e o que me espanta é ser tão modesto. Trata-se de uma peça rara. Eu, pessoalmente, tenho com Otelo relações que não chegam a ser de amizade, mas confesso que muito me alegraria se soubesse que ele gostaria que fôssemos amigos. É uma pessoa especialmente rica como criatura humana, de um formidável patético e com uma extraordinária capacidade de ternura, que se esconde sob uma certa ironia e verve. Um "boa-praça", como diz Rubem Braga. Por falar em praça, como é possível deixar de querer-lhe bem, ele que deu, de parceria com Herivelto Martins, o grande e triste samba do Rio, cujas notas cantam como gemidos para o coração da cidade: "Vão acabar com a praça Onze...".

1943

MOLEQUE TIÃO

Fui ver este novo celuloide brasileiro, *Moleque Tião*, certo de que o trabalho de Grande Otelo seria bom, e na verdade, reunidos todos os elementos da produção, foi o que de melhor encontrei no filme. Em cinema, uma coisa destas está errada pela base. O ator não deveria nunca "fazer" o filme, sobrepondo-se a ele e surgindo no final das contas como o seu valor predominante. Resulta que, numa arte em que a imagem em movimento é a verdade fundamental, dentro de um regime de criação meticulosamente elaborado (nascendo de um argumento especificamente cinematográfico do qual possa surgir um roteiro que se aproxime o mais possível da tomada a fazer: tomada essa que só deve ser feita quando todos os seus componentes principais e acessórios tenham atingido o "momento" da sua unidade, de modo a formar uma sucessão autêntica sobre a qual se possa criar um trabalho de montagem vital para a consecução de um ritmo e para propiciar a incursão do mistério do cinema no composto orgânico das imagens), resulta, dizia eu com risco de morrer estrangulado pelos tentáculos desse período longo, que o ator, sobrepondo-se a ela e dominando-a com seus recursos naturais, além de criar um precedente perigoso, põe irremediavelmente a nu todas as fraquezas desses mesmos elementos de criação que não souberam ser fortes bastante para colocá-lo no seu lugar verdadeiro, despojando-o da sua qualidade de "ator" para absorvê-lo em sua qualidade de "tipo" humano. Grande Otelo aponta em *Moleque Tião* como uma poderosa cariátide barroca apontaria na parede de uma igrejinha suburbana. O filme é seu, do princípio até o fim, e não será graças a ninguém, não, porque a produção falha certamente quando entram em julgamento os seus valores cinematográficos. Não tenho nada a dizer contra o argumento, que me parece sério e do qual um bom filme poderia ser extraído, se o roteirista estivesse à altura da história com que trabalhou. Creio que Alinor Azevedo tem futuro no cinema brasileiro, se perseguir temas em que haja, latentes, instantes cinematográficos como há em *Moleque Tião*. Não se trata, evidentemente, de um argumento formidável, mas dentro do seu plano geral há um filme que não foi conseguido pelo diretor José Carlos Burle, de quem, me informaram, é esse o primeiro trabalho de direção. Falando-lhe com essa franqueza, não tenho em mira atacá-lo por isso, nem seria capaz.

    Pelo contrário, admirei o seu esforço para conseguir uma naturalidade menos teatral nos artistas; a sua honestidade em não procurar disfarçar os ambientes com grã-finarias inúteis. Mas sua direção é fraca, e José Carlos Burle precisa ver e estudar muito cinema antes de se arriscar a uma nova empreitada. Sente ele um dom real para dirigir? Porque, se não for assim, não adianta ver, nem estudar, nem fazer nada. Desse seu primeiro filme pouco há que dizer. Um momento aqui, outro ali. A cena da morte do pai de Zé Laranja não é ruim, mas fica quase despropositada como cinema dentro da frouxidão do resto. A perseguição de Tião também tem alguma coisa, uma certa vontade de desencantar o cinema do movimento. Certos momentos da vida de pensão chegam próximos à vida. Mas José Carlos Burle controlou mal o impulso irresistível que dona Sara Nobre tem para o teatro, a começar pela dicção e a acabar pela gesticulação. Lourdinha Bittencourt é aproveitável e tem uma boa carinha brasileira: com um riso delicioso. Mas maquiaram-na tão mal! Hebe Guimarães, a mesma coisa. A parte masculina, bem mais fraca. Sente-se, porém, que aquilo não é culpa de ninguém, a não ser do diretor, que afinal de contas é quem tem que arcar com as responsabilidades das produções. Em muitos é falta de jeito; em outros, falta de ensaio e de paciência na filmagem. Tenho a impressão de que se tratou de fazer uma fita e pô-la no mercado: o erro de sempre. Terá sido, sem dúvida, isso que fez da fotografia de Edgar Brasil um trabalho muito aquém de suas possibilidades. Edgar é um grande homem de câmera, mas, como todo artista, só trabalha bem num grande acordo íntimo com o que está fazendo. Haja vista *Limite*, de Mário Peixoto, em que sua máquina é quase tão esperta como o diretor. Em *Tião*, filmou sem amor.

Coisa imperdoável, no entanto, são os números de música empregados, e o modo como o são, numa total ausência de movimento e vida. Com exceção de uma ou duas peças, trata-se de uma música sem o menor interesse (gênero casino-turístico-patriótico, miseravelmente influenciada pelo tipo de orquestração americana), que se põe a celebrar, num ritmo entre samba e fox, as belezas naturais do Brasil desde o Oiapoque ao Chuí e vice-versa — música em má hora lançada no mercado interamericano por Carmen Miranda e Walt Disney, que dessa culpa nunca se lavarão, e graças aos maus ofícios do sr. Ary Barroso, que é um compositor de talento e sabe melhor que ninguém o que é e o que não é bom em matéria de música popular brasileira. Sim, desde a sua famigerada *Aquarela do Brasil*. Isso tudo está ajudando a matar a boa música popular entre nós, e eu aproveito a ocasião para contra tudo isso lançar o meu mais veemente protesto. Tirante essa reserva fundamental, só resta dizer "ânimo" à Atlântida. 1943

UM POUCO DO POVO
Não sei se para alguém o cineminha da segunda-feira à noite tem a significação que tem para mim. Eta cineminha gostoso! Não importa o que haja de pau a fazer, amolações ou desencantos durante o dia, a noite compensa. Não importa também se o filme é ruim ou bom. Vale, isso sim, ir para casa mais cedo, jantar e pegar a sessão das oito, coisa que em geral nunca acontece, pois chega-se sempre no meio dos suplementos, atrasados pela habitual caminhada a pé até o cinema. Aquilo já é mais que uma segunda natureza, é uma fidelidade constitucional: são duas sombras que se vão tornando clássicas nas ruas noturnas do Leblon, bairro tão em moda, literariamente, e que acaba de fazer grandes aquisições, com dois dos melhores meninos de *Diretrizes** e minha amiga Gabriela Mistral, cuja figura e cujo espírito dão-me sempre vontade de ver os Andes, de que ela é a mais perfeita imagem na América.

Pouco importa o filme. O importante é ir, de mãos dadas, descer a Campos de Carvalho, atravessar a ponte do jardim de Allah, pegar a Visconde de Pirajá e por duas horas se esquecer de tudo, no escuro sedativo do cinema. Quando o filme presta, é um sonho bom demais. Na segunda-feira passada, por exemplo, não prestava, que é o comum. Havia no entanto um *short* nacional, de Líbero Luxardo, sobre a visita do coronel Magalhães Barata aos povos e zonas de Marajó, que pagou perfeitamente a cacetada de ver o resto, que não era de brincadeira: Diana Barrymore, representando; uma orquestra russa de balalaicas, de amargar, tocando todos os velhos chavões brancos da música eslava de cabaré, os músicos

---

*Revista política de esquerda lançada em 1938, dirigida por Samuel Wainer e Maurício Goulart. Vinicius nela colaborou escrevendo sobre cinema em 1945 e 1946.

de dólman com alamares, os dançarinos de punhais entre os dentes, para lembrar os *"beaux vieux temps"*, em que o champanhe corria a rodo nos salões feéricos da Rússia tzarista.*

Eu conheci ligeiramente Líbero Luxardo em Belém do Pará. Uma vez ele apareceu no Grande Hotel para trazer-me um livro e trocamos duas palavras sobre cinema, isso no ano passado, um dia antes de eu subir a ver o grande Amazonas. E lá está a alma do rio, inteira no *short* que o cinegrafista patrício fez, o verdadeiro Amazonas das fazendolas de beira-rio e das povoações pernaltas dos encharcados. A naturalidade com que sua câmera tomou as cenas de ida e vinda da comitiva do coronel Barata, em lancha e barco, visitando Marajó e as circunvizinhanças; o partido que soube tirar das caras dos pescadores, dignos e atentos enquanto escutavam conversar o popular interventor, faz o seu trabalho uma das melhores coisas que já se produziu em matéria de complemento nacional. Aquilo é um pouco do povo do Brasil, o patético e autêntico povo das regiões assoladas do Norte, o verdadeiro caboclo da Amazônia, tão índio, vivendo da água e da lama do misterioso rio. Aquilo nos dá uma ternura simples e direta e um sentimento instantâneo de fraternidade. É o povo pobre, os que vivem na solidão sem remédio dos rios de malária, frugais como santos e, como eles, heroicos no seu martírio. Eu mando daqui o meu abraço a Líbero Luxardo. Sua câmera trabalhou bem, e por uma causa justa.

1943

PELA CRIAÇÃO DE UM CINEMA BRASILEIRO

> É tão simples quanto uma frase musical.
> ARTHUR RIMBAUD

1º — Inexistência de um Cinema no Brasil;
2º — Necessidade, consequentemente, de criá-lo;

---

*"Bons velhos tempos", alusão irônica aos tempos de opressão da monarquia russa.

3º — Donde, necessidade também de traçar-lhe os fundamentos estéticos;
4º — Utilidade de fazê-lo didaticamente;
5º — Porque a massa ignora completamente esses fundamentos;
6º — Portanto, eles "existem";
7º — De modo que eles devem ser levados à massa pelas chamadas "elites";
8º — Necessidade de ensinar às "elites" (v. 1º) o cinema como arte;
9º — A inteligência das "elites" já aceita a ideia de fundamentos estéticos na arte do cinema;
10º — Como arte, o Cinema tem logicamente uma estética;
11º — Toda a estética pressupõe uma filosofia;
12º — Assim sendo, o Cinema é anterior à sua forma de expressão: a cinematografia;
13º — Essa ideia o eleva à categoria de superentendimento;
14º — Essa ideia de superentendimento exige uma educação para chegar-se a ela;
15º — De modo que é o espectador que deve subir à arte, e não a arte descer ao espectador;
16º — Essa subida se faz por etapas de depuração;
17º — À medida que o espectador for chegando mais perto do cinema, mais perto chega o cinema do espectador;
18º — A massa é um conjunto de espectadores transportados para o plano da ação;
19º — Portanto o Cinema é uma arte das massas;
20º — As massas são fundamentalmente instintivas, apsicológicas;
21º — Portanto uma arte das massas precisa ser apsicológica, instintiva;
22º — Logo, o plano do cinema é ontológico;
23º — Portanto, o plano de ação em Cinema não é o da arte narrativa;
24º — De modo que todo Cinema preso à continuidade literária foge à sua natureza;
25º — Caindo no plano literário, a forma cinematográfica pede a continuidade;

26º — Pedindo a continuidade, pede a ação literária (a imagem não inventa por si só como a palavra);
27º — Pedindo a ação literária, pede a descrição e o diálogo;
28º — Pedindo o diálogo, pede o auxílio constante da palavra;
29º — Pedindo o auxílio da palavra, do diálogo, da narração literária, o cinema foge ao seu fim de arte ontológica das massas, buscando persuadir através do psicologismo;
30º — Ora, as massas são apsicológicas (v. 20º);
31º — De modo que a forma cinematográfica deve resolver o problema em outros termos que não psicológicos;
32º — Toda grande arte tem seus meios próprios de expressão;
33º — Esses meios são verificados experimentalmente através da história de cada arte;
34º — Existe uma História do Cinema;
35º — Essa ideia de uma arte ontológica como o Cinema verificada experimentalmente através de sua História deve dar às "elites" uma noção dos seus fundamentos estéticos; daí a necessidade de se estudar e fazer cinema, auxiliados por uma crítica independente e construtiva no Brasil. 1944

SEGURA ESTA MULHER

Mais um filme brasileiro, mais uma desilusão. Parece incrível que, mesmo em produções modestas como essa *Segura esta mulher*, da Atlântida, não se capriche a apresentação de um espetáculo tão simples. Dá-se ao show ares pretensamente populares, mas o que resulta é puro cafajestismo. Ora, o popular autêntico nunca foi cafajeste. Pode-se dizer mesmo que, quanto mais genuinamente popular, isto é, mais próximo da verdadeira alma do povo, menos rastaquera se tornam as coisas. Já aqui o predomínio da piada boçal, do modo cafajeste de ser e dizer, da malícia gênero teatro-revista, é completo, flagrante, iniludível. E é pena, porque atrás da câmera está um homem da qualidade de Edgar Brasil, e o *cast* inclui intérpretes da música popular brasileira da qualidade de uma Aracy de Almeida, de um Ciro Monteiro, de um Orlando Silva, de uma Emilinha Borba, sobretudo de um Grande Otelo, que eu considero o nosso melhor ator em qualquer terreno.

É tudo o demônio da pressa, o descaso com os detalhes da produção, a ideia que se generalizou de que se faz um musical com qualquer argumento, porque o dinheiro entra mesmo. Esse, por exemplo, é o tipo do argumento para uma revista de segunda classe. Cria-se um fio condutor, meio sem nexo, como pretexto para a apresentação de números individuais ou de pequenos grupos. E então aparecem os indefectíveis substitutos do Bando da Lua, que se chamam Quatro Ases e um Coringa, Anjos do Inferno, e não sei mais lá quantos, cuja função tem sido americanizar sistematicamente a música popular brasileira, criando-lhe vícios de execução e interpretação que podem fazer quanto quiser a delícia dos turistas de *grill room*, nacionais e estrangeiros, em estada mais ou menos longa neste país; mas que, do ponto de vista dessa música, é uma verdadeira calamidade.

Não vou, sinceramente, perder tempo em analisar, do ponto de vista do cinema, uma película tão medíocre, e ao mesmo tempo tão metida a sebo. Com exceção desses intérpretes de que falei, bons porque nasceram com a bossa para cantar, todo o resto é da pior qualidade. Marion é realmente uma esperança, mas está muito mal aproveitada, e sente-se nos seus naturais defeitos a falta de ensaio, a pressa para filmar e entregar o "abacaxi" ao público logo de uma vez. Mas tem ela uma figurinha deliciosa, e nas mãos de um bom homem de cinema poderia ir longe. Há uma senhora francesa a bordo que constitui um espetáculo lastimável. As piadas são as mais baratas. Até Alvarenga e Ranchinho, que de ordinário são engraçados, estão uma sensaboria. A melhor coisa do filme é mesmo Aracy de Almeida cantando. Como canta! Grande Otelo faz uma ponta fraca, sem oportunidades. Mesquitinha está perfeitamente sem graça. Orlando Silva, cantando com sua linda voz um negócio pau à beça, relembrando carnavais passados. Ciro Monteiro, com sua classe de sempre para o samba, dá um bom número.

É claro que esses excelentes intérpretes não têm culpa de serem usados assim, de um modo tão contraproducente. Eles nada entendem de cinema. Culpa têm a fábrica e o diretor, que, positivamente, podiam ambos lavar as mãos à parede.*

1946

DEU TERRA?

Não é por nada, não, mas acontece que estando eu num lotação, ou melhor, num micro-ônibus, ou melhor, num corre--corre, ou melhor, num morre-morre, e sendo a tarde amena e propícia ao pensar, pus-me a fazê-lo com grande desenvoltura. Pensamento vai, pensamento vem, de repente começaram a desfilar na tela da minha imaginação nomes de filmes brasileiros do passado e do presente. Lembrei-me dos tempos silenciosos e falados, e recordei várias películas confesso que não sem uma certa ternura. *Ganga bruta, Brasa dormida, Argila, Cascalho, Terra violenta, Barro humano, Flor do lodo, Terra é sempre terra* — todos esses nomes me ocorreram no trajeto fatídico do Leblon à avenida Presidente Vargas, em meio a desmaios de senhoras, imprecações de cavalheiros e distúrbios gerais de vago-simpático entre os condenados presentes.

Pouco a pouco a incidência desses títulos me fez ponderar. Pois não é que todos eles tinham qualquer coisa a ver com terra, ou produto de terra? Coisa engraçada esse complexo por assim dizer geológico dos nossos homens de cinema, de deitar terra em tudo ou quase tudo o que fazem. Por que será? Fiquei assuntando enquanto o lotação se encolhia como uma sanfona para passar entre um ônibus e um caminhão, o que conseguiu

---

*Expressão que se usava para se referir àqueles que faziam algo errado pensando estarem agindo corretamente.

galhardamente, embora à custa de cinco anos de minha vida e de um ataque cardíaco de um ancião sentado no último banco.

É terra que ta-parta — é ou não é? Mas está longe de ter explorado todas as possibilidades desse nome que é também o do planeta onde se desgastam nossas pobres vidas. Falta, por exemplo: *Minha terra não tem parreiras* — que daria um excelente título para um musical interpretado por minhas amigas Luz del Fuego e Elvira Pagã; *Minha terra tem parreiras*, ótima cinebiografia a fazer do famoso mestre acadêmico; *Sonho que aterra*, sobre, por exemplo, a batalha em torno do Instituto Nacional do Cinema, de Alberto Cavalcanti; *Terrorismo*, a propósito de cangaço político ultimamente em voga; *Terramicina*, em louvor da milagrosa droga; e mais: *Terremoto, Terrina, Inglaterra, Terraço*, e terras quantas haja, roxas, crescidas, caídas, de Siena, firmes, novas (em homenagem à raça canina), pretas e refratárias. Muita terra, muita terra, terrivelmente terra. Capaz de aterrar o quintalzinho d'água que ainda resta à nossa linda Guanabara.

1951

COISAS QUE INCOMODAM...

Vi ontem, no Palácio, um complemento nacional, *Coisas que incomodam...*, que, se deixa a desejar do ponto de vista estritamente técnico, revela no seu cinegrafista um bom senso de cinema e uma certa qualidade dramática que muito me impressionaram. Parabéns à Cinegráfica São Luiz pelo *short* em exibição naquele cinema, que uma plateia em geral moleque, como é o carioca, recebeu com um tenso silêncio cuja existência se podia palpar quase fisicamente. Trata-se de uma pequena metragem sobre a seca no Nordeste, especialmente no Ceará — e o cinegrafista, embora tivesse filmado meio à beça (me parece que não houve um roteiro, ou mesmo um planejamento prévio), quase consegue transmitir a realidade do flagelo que pesa sobre essa imensa e trágica região.

Certas imagens me lembraram, numa espécie de antítese, as

de Pare Lorentz no seu famoso documentário sobre o Mississippi, chamado *The River*.* As cenas que mostram os retirantes a caminho, em seu êxodo voluntário, a fugir da morte certa pela fome e pela sede nas planícies assoladas, são indicativas do potencial dramático do flagelo e de suas incríveis possibilidades cinemáticas, com vistas a ajudar a debelá-lo. Aí está um assunto a pedir a mão de um Cavalcanti num documentário como ele o sabe fazer, ou num filme de ficção à base de uma das histórias existentes, tais as de Rachel de Queiroz ou Graciliano Ramos.

A caatinga nordestina foge felizmente ao teor excessivamente plástico da paisagem, por exemplo, mexicana — que um cineasta de gênio como Eisenstein soube aproveitar maravilhosamente, mas que tem constituído um entrave, pelo perigoso e fácil fascínio que exerce, mesmo a um cinegrafista do talento de Gabriel Figueroa. O sertão brasileiro do Nordeste é baço e íntimo em sua mudez, sem planos evidentes, sofrendo de uma indistinção que é a sua melhor qualidade de um ponto de vista de filmagem. Eu o percorri uma vez, no interior de Pernambuco, e não me lembro de nada, dentro desta grande pátria, que mais e melhor me tivesse comunicado a sua silenciosa angústia social, o seu imenso drama — que de tão imenso a gente às vezes, na agitação desta doida capital, chega a esquecer ou perder de vista.

Parabéns, de novo, à Cinegráfica São Luiz e ao seu cinegrafista. Que a empresa prossiga nesse bom propósito de mostrar o Brasil aos brasileiros — um Brasil sem máscaras, tanto o bom como o ruim, e capaz de tocar, como este de que falei, o coração das plateias a quem o cromo, o luxo, o falso realismo, o gosto da violência e o pseudossocial de Hollywood vêm indiferentizando.

1951

---

*Pare Lorentz lançou o documentário *The River* em 1938, num esforço do governo de Franklin Delano Roosevelt em defender a construção da barragem no incontrolável rio Mississippi. Ela era necessária para protegê-lo da erosão do solo, e a população ribeirinha, das inundações que tornavam incertas a colheita do algodão.

TERRA É SEMPRE TERRA

Precedida de pouca publicidade — muito menos do que se poderia esperar, o que foi um erro —, chegou finalmente às telas cariocas a segunda produção da Vera Cruz, *Terra é sempre terra*, título tirado a um versículo do Eclesiastes. Via-a ontem no Rian, em meio a uma plateia que ria de vez em quando, e nas horas erradas, mais pelo fato de ouvir o nosso idioma falado no cinema (habituada que está, e por estranho que pareça, a escutar línguas estrangeiras, sobretudo a inglesa) que por nada de risível no filme, o qual, em absoluto, se presta a caçoadas. Muito pelo contrário. Trata-se de uma película séria, feita senão com talento, pelo menos com vontade de acertar, o que lhe empresta uma certa dignidade. E isso a plateia o compreendeu muito bem, sem embargo desse riso eventual, fruto do seu nervosismo com relação ao cinema brasileiro — nervosismo, de resto, afirmativo, que lembra esse que se tem quando se espera uma pessoa amada e a vê chegar, e tudo o que ela diz fica muito engraçado, inclusive as coisas tristes. Pois, para o povo carioca, para o povo brasileiro em geral, o cinema nacional é muito essa criatura amada que ele espera sempre ver chegar e que está sempre a dar-lhe grandes bolos.

Mas *Terra é sempre terra* não foi um bolo dado pelo cinema nacional no povo brasileiro. Pode-se dizer no máximo que, no caso, a criatura amada não chegou como se esperava, talvez menos bela do que se pensava que ela era — mas o fato é que chegou. A coisa a fazer agora é começar a corrigir-lhe os defeitos, modificar-lhe a maquiagem, torná-la mais simples e real, libertá-la do provincianismo que lhe resta — porque a criatura é aproveitável, dentro de um ponto de vista realista. Para princípio de conversa, não voltou analfabeta como era. Aprendeu a sua gramatiquinha, aprendeu até a dizer umas coisas bonitas.

Terra é sempre terra é a segunda produção de Cavalcanti para a Vera Cruz. Como é sabido, a companhia paulista afastou o grande diretor brasileiro do seu convívio quando este se achava em meio à sua terceira produção, *Ângela*, ainda por exibir. Não quero entrar aqui em considerações sobre as razões muito pouco éticas desse gesto da Vera Cruz, certo de que águas passadas não movem moinhos e de que Cavalcanti está muito acima das porcarias, das muitas porcarias que lhe têm feito e que lhe farão ainda os inimigos do cinema brasileiro. O que sei é que *Terra é sempre terra* foi meio empurrada por Cavalcanti como a segunda produção da empresa, em substituição a uma outra já planejada, mas que o diretor programado relutava em fazer. Daí certamente os defeitos sensíveis no seu roteiro de filmagem. Cavalcanti andou enxertando umas cenas (a do incêndio do canavial, a do banho, a dos ferreiros) para infundir vida ao roteiro — mas, pareça ou não um chavão, esse negócio de dizer que a pressa é inimiga da perfeição é batata mesmo.

A produção parece ter andado por aí na casa dos 3500 contos, e contou com alguns dos mais proficientes auxiliares trazidos por Cavalcanti da Inglaterra, como Chick Fowle, por exemplo, o iluminador, que vem trabalhando desde muito com o realizador do *Rien que les heures*. Também o operador, Bob Huke, é homem da confiança de Cavalcanti — e a prova disso está na maior qualidade do filme, que é a sua compostura técnica. Embora longe da perfeição, *Terra é sempre terra* representa tecnicamente um tal avanço que não há como não proclamá-lo aos quatro ventos. É uma produção limpa e, graças a Cavalcanti, isenta do tecnicismo de Hollywood. Servida por uma excelente partitura do maestro Guerra-Peixe, e por atores eficientes — sendo que Marisa Prado, uma grande promessa, além de uma cara maravilhosa —, o filme da Vera Cruz é um trabalho a que se assiste sem fadiga, com prazer às vezes, e em geral com um certo sentimento de orgulho, aliado a uma grande e indisfarçável esperança. Apenas um grau abaixo das melhores produções mexicanas, corre pau a pau com a média das fitas italianas e francesas que nos chegam. Eu a prefiro, por exemplo, a *Arroz amargo* e a todas as fitas argentinas que já vi.

Para mim, o maior defeito do filme está em não ter sido possível a Cavalcanti, então a braços com vários outros serviços dentro da Vera Cruz, dedicar-lhe mais do seu tempo. Sua responsabilidade como produtor vai pouco além dessas melhorias acrescentadas ao roteiro original, e a uma certa orientação geral de filmagem. Foi pena. Mas apesar de tudo o filme se mantém de pé. Merece ser visto e deve ser visto por todos os brasileiros, onde quer que vá parar. Dito isso, volto amanhã para uma análise mais fria de seus defeitos. Que me perdoem a equipe de produção e os atores nela empenhados — mas tal é o meu dever. Faço-o aliás com um sentido construtivo, na esperança de que minhas considerações estimulem, em vez de desencorajar, esses cuja obrigação é trabalhar melhor, sempre melhor, pelo cinema brasileiro.

Como obra de cinema, o principal defeito de *Terra é sempre terra* é a sua falta de "tempo cinematográfico"; o diretor Tom Payne terá que capinar muito nesse sentido, se quiser ser um bom diretor de filmes. Ele simplesmente não sabe o que é tempo em cinema. Falta-lhe dinamismo cinematográfico. Sua narrativa é marginal, executa-se quase sempre um passo atrás do verdadeiro "tempo" que a sucessão de imagens deveria ter. Daí uma certa impressão de falta de sangue nas veias do filme, e a sensação sempre presente de que as paixões e os conflitos com que joga a película sofrem de anemia e carecem de simpatia humana.

Nada é menos nítido em *Terra é sempre terra*, sob esse aspecto. As imagens prosseguem em sucessão, ora mais lenta, ora mais rápida — em geral a sucessão é lenta —, mas assim como uma página com muitas vírgulas e poucos pontos: sobretudo poucos pontos parágrafos. A truca de que dispõe a Vera Cruz foi usada com a maior parcimônia, pois os *fade in* e *fade out* — ou seja, o processo que faz as imagens imergirem ou submergirem gradativamente para estabelecer o início ou o fim de uma sequência — pouco contribuem no sentido de ajudar o espectador a viver a passagem do tempo. Tivesse o diretor orientado com segurança o seu editor — ou cortador: como queiram —, e o filme teria ganho um ritmo que o aproximaria mais da vida e das paixões que pretende narrar.

Em segundo lugar, falta-lhe ainda estilo. As sequências em que influiu a mão de Cavalcanti — a do incêndio no canavial, a dos ferreiros e do banho dos dois amantes —, esta última, sobretudo, ilustram bem o que quero dizer. Sente-se imediatamente a diferença de ritmo e de "tempo". A própria sequência do café, que se anuncia em grande forma, não a mantém por muito tempo. Enfim, como se trata de um diretor novo, não quero em absoluto que estas críticas pareçam injustas. Evidentemente ele tem muito que aprender, e creio que com aplicação e boa vontade aprenderá.

Tecnicamente, o filme, a não ser por uns poucos detalhes, é possivelmente a melhor coisa que já se fez no Brasil desde *Limite*, de Mário Peixoto. Em *Limite*, a técnica vive em obediência ao cinema manifestado, é intimamente conjugada com este, o que torna o filme uma obra superior de cinematografia. Tal não é o caso em *Terra é sempre terra*. Neste a técnica ressalta e se impõe acima dos outros elementos do filme. Daí resulta essa coisa meio chata de se sair do cinema dizendo: "Não, não é um grande filme, mas é muito bom do ponto de vista técnico...".

Do ponto de vista dos atores e da orientação que lhes foi dada, Tom Payne merece os maiores elogios. Ele soube dirigir seus atores com mão de mestre. O trabalho de Marisa Prado é excelente, muito bom, e pena ser tão curto o desempenho de Eliane Lage. Não dá realmente para pesar as possibilidades da jovem estrela brasileira — e eu, como não vi *Caiçara*, reservo-me o direito de julgar os verdadeiros méritos de sua linda personalidade em alguma futura produção da qual ela participe integralmente. Quanto aos homens, achei-os ambos bons. Abílio Pereira de Almeida, de cuja peça foi tirado o filme, parece com Louis Wolheim (ele que me perdoe...) — um Wolheim "dos ricos", mais bonito e mal disfarçando a sua pinta de paulista "bem". Mário Sérgio, para um jovem estreante, muito bom. Seu trabalho, posto que tímido, revela uma boa natureza de ator. Ele precisa apenas ter mais coragem de "agir" quando necessário, e perder o que lhe reste de timidez diante da câmera. Os outros coadjuvantes, em geral consideráveis. Ruth de Souza, a jovem atriz negra, é, sob muitos pontos de vista, a única atriz consciente de ser atriz que há no filme. Notei com satisfação a presença fortuita de meus amigos Albino Machado e Plínio Mendonça em pontas recomendáveis.

A pior coisa de *Terra é sempre terra* é o conteúdo. Conteúdo reacionário, apesar de umas poucas tiradas avançadas que o diálogo, em geral bom de Guilherme de Almeida, pingou aqui e ali. Reacionário nisso que preconiza o direito à terra pelos patrões, sem se lembrar de que todos nasceram iguais sob o sol e de que só o trabalho dá direito à terra. O filho natural que a mulher do capataz, interpretada por Marisa Prado, acaricia no ventre ao terminar o filme — filho do patrão, a quem ela amou e que abusou da sua condição de mulher de empregado — é quase o símbolo de uma reivindicação da alta burguesia, eivada de bastardos, com relação ao imenso latifúndio que ocupa por mero direito de sucessão: realmente com pouco trabalho, com pouca humanidade e com um grande desfastio elegante, que cheira a cadáver.

1951

GILBERTO SOUTO É UM PATO DONALD

Um dia, quando se escrever a história do cinema brasileiro, há de se dar a Gilberto Souto belo nicho, entre os seus melhores santos. Este carioca, que saiu do Brasil com 25 anos e chegou em Hollywood nos primórdios do cinema falado, fazia morrer de inveja a todos os que, como eu, nunca perdiam a leitura semanal de *Cinearte*, a excelente revista de Pimenta de Melo, dirigida por Ademar Gonzaga, e que revelou o primeiro grande crítico dublê de roteirista, Paulo Wanderley. Abria-se o semanário e lá estava sempre Gilberto Souto, naquele tempo um rapaz muito magro, de sorriso sempre à mostra ao lado dos maiores artistas da tela. A gente chegava a xingar o patife, que se debruçava gentilmente sobre absurdos de beleza como Jean Harlow, Carole Lombard, Joan Crawford e tantas outras — as duas primeiras aliás falecidas, tadinhas, ambas formosas qual se a própria mãe divina...

A primeira vez que eu vi Gilberto Souto, ele estava prestes a vir ao Brasil, para visitar a família e matar saudades. Fazia então dezesseis anos que esse pioneiro dos cronistas estrangeiros em Hollywood não punha o pé no torrão natal — e, no rápido bate-papo que tive com ele em minha casa, ele, modesto e simples como sempre sabe ser, eu 100% fã seu, confesso que fiquei numa bruta curiosidade para saber que é que ele iria achar do Brasil depois de tanto tempo.

Como se sabe, essa visita foi um verdadeiro estalo de Vieira. Gilberto Souto voltou um outro homem, emocionadíssimo com a pátria e possuído de uma das maiores dores de cotovelo que já me foi dado ver. Nossa amizade cresceu muito daí, e me foi de auxílio inestimável nos cinco longos anos de minha ausência. Juntávamo-nos, em geral, em minha casa, às vezes em casa de Carmen Miranda, ou de Aloysio de Oliveira, ou de José Carioca, e o principal motivo da nossa conversa era sempre o Brasil, como que para encurtar o tempo do regresso.

Desde essa ocasião, Gilberto Souto nem pestaneja quando seu amigo e chefe Walt Disney — em cujos estúdios ele tem o importante cargo de encarregado da publicidade para o estrangeiro — lhe pede para dar uma pernada até o Brasil e fazer uma dublagenzinha — como já aconteceu com *A gata borralheira*, e agora *Alice no País das Maravilhas*, que ele está terminando, com a ajuda de João de Barro, nos estúdios da Continental.

Gilberto Souto é um Pato Donald danado. Resmunga feito a peste. Homem ordenado e responsável como é, às vezes só falta arrancar os cabelos com a displicência, a impontualidade, a falta de método do pessoal, para trabalhar por aqui. Fica doido. Fica doido, mas a verdade é que adora. À socapa confessa que já não pode viver sem isso. Acha uma grande graça nas coisas, ao mesmo tempo que se desespera, adquire alergias. Admira tudo, perde o sono, dá passeios a Niterói e toma café sem parar.

Eu tive oportunidade de dar-lhe uma demão em suas duas últimas dublagens, traduzindo umas canções para o português e uma coisa e outra. Agora, prestes a voltar para os Estados Unidos — mas ele há de voltar! —, Gilberto Souto me confessa que já está adquirindo um verdadeiro medo aos gatos, como se fosse a todos os instantes ouvir o Cheshire Cat da imortal história de Lewis Carrol lhe dizer ao ouvido: — *Oh, não há nada a fazer... Todo o mundo aqui é louco mesmo.*

1951

UM HOMEM DO MEU LADO ESQUERDO

Embora nossa amizade date apenas de cinco meses — uma boa amizade, que me acrescenta e honra em muito —, eu conheço Alberto Cavalcanti desde que me conheço; de início através de seus filmes, vistos em muitas instâncias nos vários cineclubes de que fui sócio na Europa e nos Estados Unidos, e depois graças à minha correspondência com Marie Seton, a crítica inglesa, biógrafa de Eisenstein, que chegou a me descrever em cartas, com a maior minúcia, toda a tralha brasileira com que o diretor patrício mantinha o Brasil vivo no interior do seu apartamento em Londres. De tal modo que, quando fui vê-lo em São Paulo, em sua então casa no estúdio da Vera Cruz (isso antes da famosa ursada que lhe fez a companhia paulista), reconheci imediatamente vários dos objetos contados por essa nossa amiga comum.

O que mais me chamou a atenção, de saída, em Cavalcanti, quando tivemos o nosso primeiro papo, foi que o achei muito parecido com Clodoaldo Pereira da Silva Moraes — uma apoteose de homem recém-falecido, e que durante 36 anos teve a desdita de ser meu pai. Não há a menor fita ao dizer eu isso. Não quero para o meu pior inimigo um filho como eu. O fato é que reconheci em Cavalcanti o mesmo jeito de falar por cima dos óculos, a mesma discrição, o mesmo entusiasmo pela vida, a mesma grande e irreprimível generosidade, o mesmo gosto das coisas simples e orgânicas. Toda a minha dificuldade para fazer grandes, realmente grandes amigos — a quem eu peço não muitas qualidades, mas muitos estados e condições —, caíram quase de saída diante de Cavalcanti. A verdade é que ele já era muito meu do peito, através de seus filmes sempre tão carregados de realidade e humano — e ter fé nele foi questão apenas de meia hora. Ele falou, eu escutei; depois eu falei, ele escutou. Como eu sou um homem que fala muito pouco, eu gosto que me escutem quando eu falo.

Naquela tarde o mundo me pareceu melhor. Ali estava um homem *after my own heart*, como se diz em língua inglesa. Um do meu lado esquerdo.

A única coisa que por assim me chocou em Cavalcanti foi a qualidade de sua sinceridade. Eu estou em geral habituado a sujeitos muito malandros, embora a malandragem me pareça uma forma precária de afirmação individual. O malandro, cedo ou tarde, se estrepa. Os homens como Cavalcanti, fundamentalmente espontâneos, e de fundo ingênuo, são em geral capazes de passar para trás qualquer malandro em matéria de conhecimento intuitivo das situações. Cavalcanti viria prová-lo, pouco a pouco, ao longo de uma das mais impressionantes, e desconhecidas, batalhas que já me foi dado ver. São alguns aspectos dessa batalha — a batalha em torno do Instituto Nacional de Cinema — que pretendo trazer ao público nesses próximos dias. Ele, público e a administração do jornal que me perdoem com relação às crônicas dos filmes em cartaz. Eu sei que é minha obrigação trazer aos leitores a crítica diária do que vai pelas nossas telas. Mas o assunto é bastante importante para que eu me permita essa digressão casual.

1951

MARIA DA PRAIA
Ainda hoje, o jornalista Homero Homem me fazia uma observação que não carece de bom senso. Ao lhe contar eu as dificuldades gerais com que está lutando o projeto de criação do Instituto Nacional de Cinema e os últimos boatos nos arraiais cinematográficos, segundo os quais a capital hollywoodense está controlando um estúdio brasileiro "por baixo da mesa" — tudo isso obviamente provocado pelas notícias de um possível interesse do governo em proteger a indústria cinematográfica nacional —, ponderou-me ele que, diante da crise mundial do cinema, originada internacionalmente pela dilatação progressiva da área do dólar, e nos Estados Unidos pelo crescimento espetacular da televisão, podia se dar o caso de o Brasil passar em branca nuvem por esse fenômeno do século xx que se chama Cinema, e ter de pular para a televisão sem nunca haver conhecido o primeiro, como indústria e como arte.

Se tal coisa se desse — e cumpre ponderar que não se trata de um impossível —, era o caso de convocar todos os produtores nacionais e todos os trabalhadores da indústria e fazer um haraquiri coletivo, e público, diante de um aparelho qualquer de televisão, ou, para dar um cunho mais nacional ao suicídio, diante de um cinema do sr. Luís Severiano Ribeiro, representante insigne do truste de exibição, do qual se vale gordamente a produção de Hollywood.

Se isso acontecer — se o Brasil passar em branco pelo cinema, tendo apenas a seu crédito umas quatro ou cinco fitas dignas do nome, e isso por indiferença das autoridades competentes; se a mamata continuar e o projeto Cavalcanti* for relegado ao olvido; se o Congresso, ao ser ele apresentado, não compreender a sua urgência e importância, a sua angustiante importância!; se se se se se se se... —, então eu cobrirei minha cabeça de cinzas, ou me casarei com um aparelho de

*Projeto de criação do Instituto Nacional de Cinema.

televisão, ou desafiarei Hélio Gracie para uma luta de jiu-jítsu, ou me atirarei do Ministério da Educação e Saúde crente que sou passarinho, ou passearei de cuecas pela Cinelândia tocando um bandolim de brinquedo, ou sei lá mais o quê.

O que não é mais possível é o desperdício de um material técnico e humano de boa qualidade, como acontece nesse filme *Maria da praia*, exclusivamente devido à desorientação em que se acham os nossos homens de cinema. Aí está um filme que tem à frente um homem que foi um excelente crítico, um homem que entende de cinema como é o caso de Paulo Wanderley; que tem à câmera um bom fotógrafo, como é Rui Santos — apesar do seu instintivismo e da sua mania de medir a distância ótica a olho, desprezando fatores técnicos importantes: uma coisa que um Gregg Toland nunca deixava de fazer; que tem um ilustrador musical da qualidade de Cláudio Santoro; que tem à sua disposição um bom tipo cinematográfico — uma mulher bonita e aproveitável como Dinah Mezzomo; e uns rapazes fortes e saudáveis, todos capazes de, circunstancialmente, e sob bastante instrução e ensaio, agir convenientemente.

E, no entanto, um filme fraco, parado, obediente a uma técnica já superada — a do cinema silencioso —, de ação lenta, usando recursos falsos e retrógrados e repousando sobre uma história exangue. Um filme com belas fotografias, com belos tipos, com homens de boa vontade à testa da produção — mas desorientados, fazendo tudo sem planejamento, receando com problemas cuja solução depende exclusivamente de paciência e apetite...

É como dizia desalentadamente dom Manuel, ao ver chegar de suas ameias do castelo da Pena uma flotilha que pensava fosse a de Vasco da Gama e vai ver era uma flotilha de pesca que regressava ao Tejo... "Qu'pena!" (donde o nome do Castelo...)

1951

SUSANA E O PRESIDENTE

Dirigida por Ruggero Jacobbi, a nova produção da Maristela, *Susana e o presidente*, constitui uma fitinha, sob muitos aspectos, bastante apreciável. Em primeiro lugar, é um prazer dos deuses ver-se uma produção brasileira que revela planejamento prévio e um certo espírito de equipe. Isso é um fator essencial numa boa cinematografia. Em *Susana e o presidente*, apesar da vacuidade fundamental da comédia, existe realmente uma linha de produção, um desenvolvimento normal da história, uma estaca zero e um ponto de chegada, que o filme cumpre no seu tempo de projeção, coisa que dá, malgrado os vários defeitos de que está o celuloide carregado, uma harmonia indisfarçável ao todo.

Sem pretender ser um ás, Jacobbi dirigiu conscientemente o seu filme. Procurou fazer os atores trabalharem cinematograficamente e soube imprimir um cunho vivaz ao motivo. Temos aqui uma comédia que procura obedecer a certas regras de bom gosto — e o público, apesar de habituado à chanchada como está, reagiu à altura, rindo de bom coração das situações em que se envolviam os atuantes.

Deficiente do ponto vista da fotografia (não sei se defeito da cópia que estão exibindo no Metro Palácio), *Susana e o presidente* tem uma coisa rara num filme brasileiro: um trabalho de som agradável. Há defeitos evidentes na sincronização, e mesmo desníveis sonoros, que não sei se são devidos à aparelhagem do cinema (o que acho difícil, pois é das melhores que temos), ou a qualquer barbeiragem na banda sonora. Mas assim mesmo o trabalho é proficiente, e há que aplaudir a Maristela por isso.

Vera Nunes tem uma personalidade agradável, assim como Orlando Villar. Ambos cumprem suas partes sem esforço aparente, o que não acontece com algumas das moças da pensão — e isso é também uma coisa rara no cinema brasileiro. Jaime Barcelos, no *boy* da Companhia de Seguros, produz boa comédia, e eu era inteiramente favorável a que se desse mais oportunidades a esse rapaz de realizar-se dentro do seu tipo. O filme apresenta também uma montagem razoável, malgrado umas poucas mancadas, e discorre a sua história sem que o espectador se encabule na cadeira, como acontece tanto com nossos filmes. Eu sinceramente aconselho a todos que vão ver, pois há elementos reais de distração em *Susana e o presidente*.

1951

O COMPRADOR DE FAZENDAS

Adaptado livremente de um conto do saudoso Lobato, o novo filme da Maristela, *O comprador de fazendas*, vem comprovar a tese de que, a passo de cágado que seja, o cinema brasileiro está fazendo esforços reais no sentido de uma cinematografia. Vejam o som, por exemplo. Não é de primeiríssima, mas que progresso revela com relação ao que fazíamos anteriormente à formação das companhias paulistas de cinema. Apesar da dublagem, como de costume precária, o planejamento sonoro da película é realizado com bastante acuidade. A perspectiva sonora está, via de regra, em boa harmonia com a perspectiva visual dentro do enquadramento — e só isso é uma coisa que positivamente amolece um crítico. Até que enfim!

Vejam também a fotografia. É ou não é, tanto do ponto de vista da filmagem como do laboratório, digna de qualquer filme estrangeiro? Tonti é sabidamente um bom cinegrafista, e a prova aí está, para quem quiser ver com um mínimo de boa vontade — essa que deveria ser exigida de todos com relação ao presente momento do cinema brasileiro.

Para mim, o defeito maior do filme reside no roteiro e, em última instância, na direção de Alberto Pieralisi, que não soube, ou não quis, incutir-lhe maior mobilidade cinematográfica. O filme por vezes se arrasta, meu Deus, se arrasta, enquanto Procópio e Morineau fazem os maiores esforços para representar bem os papéis que lhe couberam. Pois a verdade é que as interpretações, se bem que cavadas, não são tampouco o melhor do filme. Procópio, bom como tipo, carrega consigo todos os vícios da velha escola, do aparte, de que é um dos lídimos representantes no Brasil. Mesmo quando não aparteia, Procópio no fundo está em cena aparteando. Mme. Morineau... é aquela coisa que nós sabemos, aquela boa vontade, aquela falta de bossa...

O comprador de fazendas não é um bom filme, mas é um filme brasileiro bastante razoável, e que enche de esperanças o nosso peito varonil. Eu acho que o papel é ir ver, prestigiando assim a produção nacional. O cinema brasileiro precisa de todo o crédito possível, e o crédito do cinema brasileiro é o povo, o apoio popular. Sem isso, não se poderá fazer nada.

1951

BARNABÉ, OSCARITO E GRANDE OTELO

Que *Barnabé, tu és meu* é um autêntico "abacaxi", disso não resta a menor dúvida. Mas não é um "abacaxi" azedo. O filme não é muito pior que, por exemplo, uma dessas comédias americanas usuais (a não ser, é claro, na estrutura técnica) e com um esforçozinho extra poderia ser equiparado a um filme de Totó, o cômico italiano. Eu tinha ouvido dizer horrores da película e, com efeito, muito do que se diz se justifica. Mas não totalmente. Há cenas inteiras francamente gozadas. Oscarito dá margens a boas gargalhadas; Grande Otelo está como sempre em forma, nas cenas em que aparece; Lewgoy, apesar do estereótipo a que estão submetendo desnecessariamente esse ator de inegáveis recursos, dá uma interpretação discreta de mais um gângster brasileiro *à la américaine*; Adelaide Chiozzo é uma garota graciosa e tem uma personalidade agradável — enfim...

O que mata é a história, manjadíssima, além da repetição de várias situações e piadas — algumas copiadas de filmes estrangeiros (como de *O filho do xeique*, por exemplo, não sei se acidentalmente ou mesmo à vera...), outras do próprio repertório dos atores em jogo. Oscarito é um caso típico. Para mim Oscarito é um cômico pelo menos tão bom quanto qualquer outro estrangeiro, com exceção dos grandes mestres. Mas Oscarito precisa arrumar urgentemente um *gag writer* para ele, um sujeito que lhe renove um pouco os tiques cômicos e sobretudo as piadas orais. Porque classe ele tem. Sua cara é ótima, móvel, expressiva, capaz de boa mímica, e seu corpo, esplêndido — e ele que me perdoe dizer isso, mas *honi soit qui mal y pense*. Eu sou um homem pai de filho etc., de modo que não há em mim nem sombra de segundas intenções. Eu digo esplêndido no mesmo sentido em que digo que o corpo de Chaplin é esplêndido para o gênero de cômico, meio acrobático, que ambos adotam. Aliás, são corpos bastante parecidos, com a mesma leveza e agilidade, e capazes de contorções e trejeitos que, em qualquer outro, poderiam dar a impressão de efeminamento.

Essa cara e esse corpo precisam de uma nova mímica, de novas bossas, de novos exercícios cômicos para dar tudo o que podem. Eu sinto na mímica de Oscarito uma espécie de ansiedade de dizer mais, de se extravasar em novas formas a que o cômico, talvez devido à sua reconhecida e natural modéstia e timidez, não ousa dar forma. Por isso, me parece muito que Oscarito deveria arrumar o mais cedo possível um "abre-latas" para ele, ou seja: um empresário ou agente cômico — um sujeito inteligente e amigo dele cuja função precípua fosse acompanhá-lo em todas as suas produções a fim de espicaçá-lo comicamente, de provocar-lhe o extravasamento das reservas de humor mímico.

A repetição, para um cômico de classe, das mesmas piadas e situações acaba fatalmente por cansá-lo, por fazê-lo desinteressar-se do seu trabalho. É esta uma responsabilidade que, mais que a ninguém, cabe ao próprio Oscarito — com quem, eu creio, poderia ser criado um tipo cômico brasileiro fabuloso, um tipo à altura de um Cantinflas.

O mesmo com Grande Otelo, de outra forma. Otelo, que eu acho um grande ator, parece ser um homem extremamente

Páginas seguintes: Grande Otelo e Oscarito em *Barnabé, tu és meu*, direção de José Carlos Burle, produção Atlântida, 1951.

difícil de trabalhar com ele, devido à sua boêmia. Pelo menos é o que eu ouço dizer. Eu acho sinceramente que Grande Otelo se faz um grande mal com isso, porque não há mais de cinco atores no Brasil com o seu talento e naturais possibilidades — cômicas e trágicas. Desperdiçar esses dotes é um absurdo. Vamos, seu Otelo — meta os peito, dê uma virada... 1952

É UM ABACAXI, MAS...
Um amigo meu, outro dia, ficou indignado com o fato de "O roteiro do fã"* deste jornal mandar prestigiar um filme como *Garota mineira*.

— É o pior abacaxi do mundo! — disse-me ele, apertando com o indicador os óculos contra o nariz, num gesto característico.

É. Mas a coisa é que, se a gente se põe a espinafrar os filmes nacionais, é um massacre. Não é possível, pelo menos por enquanto. Trata-se de uma indústria incipiente, lutando com as maiores dificuldades, eivada de erros básicos, à mercê de um truste de distribuição e exibição a que em nada interessa o progresso, em bases artísticas e econômicas estáveis, da cinematografia brasileira, uma vez que enche mesmo a burra é com o mercado de Hollywood, cuja pressão é imensa.

A verdade é que os filmes são geralmente ruins, e por vezes tão ruins que conhecidos vassouras cinematográficos já têm saído do cinema antes do fim. Mas acontece que, diante de todos esses fatores negativos, são filmes brasileiros, representativos de uma indústria infante que luta por se afirmar e competir. Têm direito ao seu lugar ao sol, ou melhor, à escuridão dos cinemas.

Daí a necessidade de prestigiar. O cinema nacional necessita do dinheiro do povo para se manter, para poder tocar

---

*Coluna de cinema do jornal *Última Hora*, de responsabilidade de Vinicius de Moraes e colegas de redação.

para a frente. O fato de haver maus filmes, feitos por maus diretores, não obriga menos o povo a este dever básico: de prestigiar primeiro o que é nosso. Da porcaria podem nascer flores. E o espírito de porco sistemático não auxilia em nada o progresso de coisa alguma. Os erros já foram estudados, o Congresso tem atualmente em mãos um relatório desses erros e um projeto que vai certamente ajudar a debelá-los.*

Um dever foi cumprido, por parte de especialistas, de colocar diante dos olhos do governo os males e as soluções. Mas, enquanto seu lobo não vem, não é possível ficar numa atitude meramente negativista. A produção precisa estar em marcha. Não da maneira preconizada pela lei recente, que, me parece, veio facilitar o exercício do mau filme, mas de uma maneira ou de outra, enquanto as medidas orgânicas não entram em vigor.

1951

---

*Projeto de criação do Instituto Nacional do Cinema, de autoria de uma comissão cujo presidente era Alberto Cavalcanti e da qual Vinicius de Moraes fazia parte. O projeto não foi votado no Senado na época por pressão dos envolvidos — produtores, distribuidores e exibidores —, em razão de ter conseguido desagradar a todos os setores.

**CARLITOS
PERTENCE AO POVO**

LEMBRANDO CARLITOS

Outro dia eu estava reparando num passarinho andando sobre um muro. Era uma coisa impagável. Que o digam Rodrigo M. F. de Andrade e Prudente de Moraes, neto, meu grande primo, com quem eu me achava. De repente dei com Rodrigo balançando a cabeça com um ar de constatação comiserada, e nos rimos os três do ridículo bichinho.

Poucas coisas vi tão cômicas. Caminhava aos saltos, bruscamente, com um ar consciencioso de quem está tomando todas as providências, fazendo tudo para as coisas correrem do melhor modo. Com uma mobilidade espantosa, mas que se podia perfeitamente decompor numa série de movimentos estacados, lá foi ele pelo muro afora, janota, feliz, sem perder por um segundo o seu chão de vista e que não deixou, com essa leviandade de ave, de beliscar inutilmente, decerto para fazer ver que tudo estava de ótima saúde e que este mundo é um mundo muito mais de passarinhos que de homens.

Aquilo lembrou-me Carlitos. Não foi a primeira vez, aliás, que um movimento súbito, um modo de andar, um instante genial de vida me lembra Carlitos. Uma vez foi minha garota, Susana, de pouco mais de um ano. Estava paradinha no meio da sala, e eis senão quando, solicitada por uma descoberta qualquer de ordem misteriosa, decerto um sentimento novo do mundo, ou uma palavra que lhe nasceu, pôs-se a andar com grande e tensa rapidez, monologando o seu fabuloso discurso silábico, com gestos descontrolados nos quais, evidentemente, procurava encaixar uma definição. Passeou agitada pra lá e pra cá, com uma ginga de boneco projetado vertiginosamente em cinema, não se tendo esquecido, por associação, de ir à estante mexer num livro sobre cachorros que adora folhear. Carlitos me veio como uma frase de música. Foi um instante divino.

Carlitos me veio também através de Otávio de Faria. Não se parecem especialmente esses dois seres tão caros ao meu coração, a não ser que são ambos pequenos e andam ambos com os pés marcando dez para as duas. Foram antes fulgurações de movimentos que num revelavam o outro, pois que há um no outro. Às vezes, ao encontro marcado, eu chegava tarde. Otávio esperava, eu podia vê-lo, parado, olhando cartazes de cinema ou não importa o quê. Do momento em que me via (não era sempre, repito, eram privilégios do instante...) marchava para mim como o próprio Carlitos não marcharia, com o mesmo esquematismo, a mesma pantomima, a mesma dureza na *souplesse*; perdoem o francês, como quem está provisoriamente contido num movimento que é preciso resolver para dar lugar à existência de um novo.

São, isso, sutilezas? Não sei; no meu caso é a minha maneira de sentir Carlitos no que há de afetuoso nas coisas e nas criaturas. Ele pode me aparecer assim, tantas vezes, como já tem aparecido, transformado em nuvem, passarinho, minha filha Susana, Otávio de Faria, tanta coisa que é, aparentemente, menos Carlitos que um fantoche, um palhaço de circo, um saltimbanco ou um malabarista, através dos quais nunca o senti muito intensamente. Não terá a criatura de Chaplin nascido mais da compreensão do movimento puro das crianças e dos pássaros ingleses — que frequentam igualmente as ruas pobres de Londres — que da sua experiência de vaudevile vivida na célebre trupe de Fred Kano?

1941

EM BUSCA DO OURO

Quando Chaplin imaginou *Em busca do ouro*, sobre a hecatombe da Sociedade Donner — que, em 1847, antes da grande corrida para o ouro da Califórnia, organizada em expedição, perdeu-se nas montanhas de neve do longínquo Oeste, encontrando um fim hediondo nas solidões geladas das Rochosas (basta dizer que, martirizados pela fome, os homens devoraram os guias índios que acorreram da colônia Sutter, no rio Sacramento, em seu auxílio, terminando por se liquidarem e comerem uns aos outros) —, saíra ele de uma experiência que deveria situá-lo definitivamente como trágico. Quero me referir ao seu único filme não cômico, *Uma mulher de Paris*, também conhecido como *A opinião pública*, realizado em 1923, e que no dizer do próprio Chaplin era "a obra mais importante" de sua carreira. Desde aí a figura de Carlitos penetra-se de uma humanidade muito mais vasta, e ao poeta que Chaplin sempre fora vem se unir o revolucionário no grande sentido da palavra. Sua mensagem se precisa em linhas mais nítidas e seu humorismo situa-se, ontologicamente, no plano mesmo da tragédia do homem. Com todos os elementos pacientemente descobertos num labor de treze anos de criação, Chaplin cria a sua visão do ser total de Carlitos e parte para a maior aventura artística que foi dado a este século conhecer.

Estreado em 1925, no Egypcian Theatre, de Hollywood, o filme foi considerado uma revolução. Só no argumento gastara Chaplin um ano inteiro de trabalho; para filmar-lhe os exteriores, parte com um enorme bando de vagabundos autênticos para as montanhas de Nevada. Apaixonando-se por Lita Grey (que pretendia elevar à altura de Edna Purviance, sua *leading lady* até então), Chaplin, que a reservara para o principal papel feminino de *Em busca do ouro*, desiste à última hora desse projeto, decidido a fazer com sua nova descoberta uma vida matrimonial fora do ambiente dos estúdios, e a substitui por Georgia Hale, a linda bailarina do *saloon* do filme. Pouco depois Lita Grey deveria arrastá-lo aos tribunais num dos pedidos de divórcio que maior sensação causou nos EUA, acionando-o em 1 milhão de dólares e fazendo confiscar sua fortuna, durante o processo, fato esse que determinou a interrupção da filmagem de *O circo*, sua produção seguinte.

Em busca do ouro tem, governando a maioria das figuras especificamente chaplinianas: o vagabundo, o gigante, a moça bonita por quem o vagabundo se apaixona e que lhe surge tão inacessível (desta vez, desta única vez, o vagabundo a consegue como prêmio da fortuna encontrada através de tantas peripécias), o bandido, que até certo ponto sugere o polícia de outros filmes seus, e a malícia das coisas inanimadas, a perseguir

sempre o seu ideal de um mundo melhor, dois grandes temas, a Ambição e a Fome, este já explorado anteriormente, mas apenas como elemento cômico em si. Ambição do ouro, que cria a imagem espantosa da interminável fila de vagabundos que se vê logo no início do filme, e aproxima e afasta as personagens em jogo com uma violência shakespeariana; e Fome, que lhes enlouquece a imaginação, a ponto de transformar Carlitos, aos olhos de seu amigo e companheiro de infortúnio, o gigante Mac Kay (o falecido Mack Swain), em autêntico galináceo caído do céu para um homem esfomeado. Esses temas, jogados com a amplitude com que Chaplin os joga, adquirem um significado nunca antes visto em sua obra.

O círculo da criação se alarga impressionantemente. Os valores cômicos passam à categoria de células de um organismo muito mais complexo e rico em sua totalidade. Carlitos luta contra as forças da tragédia desencadeadas, que o comprometem, ser inocente, com essa maldade fatal das coisas grandes. Também, ele nunca se queixa. Queixar-se-ão todas as outras personagens do filme, cuja luta à sua volta como que o faz girar à toa; mas suas reservas de ternura e paciência calam-lhe sempre a revolta dos momentos mais difíceis.

Em crônica futura pretendo analisar com mais cuidado o filme. Por agora quero apenas deixar clara a minha grande admiração por ele, aconselhando-o muito a todos, como arte, como lição de humanidade e como prova de labor na criação. Confesso que achei inteiramente idiota a ideia de Chaplin de fazer aquele comentário oral para o filme. Enfim, podia ser pior, podia ser um processo qualquer de dublagem que fizesse as personagens de fato dialogar. Como está, nem chove nem molha. Atrapalha, é claro, sobretudo por causa da péssima tradução que lhe arranjaram, às vezes de um cafajestismo de encabular a pessoa na cadeira. Mas podia ser pior. Confesso que, de todos os cinemas falados, um assim ainda é o que menos mal me faz.

1943

"Chaplin cria a sua visão do ser total de Carlitos e parte para a maior aventura artística que foi dado a este século conhecer."

LUZES DA CIDADE: O ANJO DA PAZ
Um dia, na cidade de Los Angeles, me foi dado ver uma coisa emocionante. Às primeiras imagens de guerra num jornal cinematográfico, o público que enchia o cinema começou a vaiar. Foi uma vaia estrondosa, que sufocou umas poucas palmas tímidas a saudar na tela a figura de um conquistador, e o estourar de bombas e morteiros nos campos de batalha.

O povo vaiava a guerra. Não aquela determinada guerra, de que participava com o seu sangue, mas a guerra em si, qualquer guerra, a sua existência entre os homens e a exaltação do espírito guerreiro. Naquele dia, o povo que enchia um cinema de Los Angeles vaiou a guerra e tudo o que ela representa de horror e atraso de vida. O povo execrou a guerra com toda a sua força coletiva, e não hesitou em manifestá-lo claramente, em apupos e assovios que se estenderam durante todo o decorrer das imagens na tela.

O que fazia o povo assim vaiar uma guerra pela qual estava pagando com o seu sangue? Que impulso o levava a clamar a violência que se desenrolava diante de seus olhos — ele já por demais habituado a tais imagens, encontráveis diariamente em todos os cinemas de sua cidade? O que fazia o povo vaiar assim a guerra era a presença de um anjo dentro desse cinema, a sua presença cotidiana. Porque aquele cinema vinha sendo, desde alguns dias, habitado pelo anjo da paz, e as multidões vinham vê-lo caminhar entre os homens, metido em sua estranha indumentária a que faltavam asas — mas um anjo, um legítimo anjo, com a bondade, a esperança e a coragem de um anjo, e sobretudo a sua mudez. Sim, porque é coisa sabida que um verdadeiro anjo não fala.

O Vagabundo voltara às telas, depois de muitos anos. Voltara com os mesmos pés espalhados, o mesmo fraque roto, o mesmo chapéu-coco sempre no alto, saudando cortesmente a todos, o mesmo medo à polícia, o mesmo entusiasmo pela vida, o mesmo eterno lirismo e o mesmo amor à mulher. Voltara o Homenzinho com o seu olhar batido, sua fome, seu patético, sua paciência para a luta, trazendo em sua pantomima uma mensagem simples de amor e perdão.

Sua presença por umas poucas semanas na cidade de Los Angeles amoleceu, no coração das plateias, o barro duro da vida com lágrimas de riso e de pranto. Todos se sentiram um pouco melhores, um pouco mais justificados, bastante mais certos de que a existência, e o mundo, não são feitos apenas de egoísmo, mal-entendidos, guerras e delações.

Agora o Vagabundo veio nos fazer uma visita. Que a sua presença, aliás pouco noticiada, entre nós, possa trazer ao coração dos homens desta cidade, a que a luta cotidiana, os sacrifícios impostos, a corrupção dos tempos, a desatenção e a indiferença gerais vêm também endurecendo — que ela possa trazer o calor das lágrimas que a sua emocionante figura e o seu emocionante caminho sabem melhor que nada neste mundo despertar e desatar.

1951

LUZES DA CIDADE: O PERFEITO CAVALHEIRO

O homem é um ser cheio de defeitos, e entre estes os menores não são os que têm a ver com a falta de cordialidade e cavalheirismo. Tampouco são tais defeitos humanos característica de classe. Acontece que, entre as classes privilegiadas, eles são bem mais encontradiços que entre os simples, em que uma relação generosa com a vida supre muitas vezes certas carências implícitas na falta de cultura e lustro. É mais fácil ao homem simples ser grosseiro no comer que no trato — e a recíproca é, infelizmente, verdadeira. A nossa chamada classe alta é useira e vezeira no destratar a pessoa humana, desde que esta não se configure aos padrões estabelecidos do que se considera "ser bem". "Ser bem" significa, para essa inoportuna casta, ser igual; ou melhor, ser como a tradição da casta exige: impessoalmente pessoal na elegância, casual na relação, vago no dizer, distante no sentir, e sempre afirmativo no não ser. Sua atitude falsamente protetora, sua arrogância para com os humildes, seu abstrato dar de ouvidos, sua — em última instância — paciência para se afirmar dentro da mais absoluta falta de afirmação, incutiram-lhe de tal modo essa displicência para com o alienígena da classe, que, com relação a este, o seu simples olhar ou falar constituem um insulto.

    Carlitos é o antigrã-fino. Sua adorável elegância parte de uma natureza especialmente bem-disposta para com o ser humano. Num mundo e numa sociedade que o ostracizam, esse imortal Vagabundo atinge o perfeitamente cordial. Carlitos ama o seu semelhante, e consegue ser cortês — sem ser nunca covarde — mesmo com quem o abotoa pela gola. Carlitos nunca agride, sempre se defende. Esse perfeito cavalheiro é incapaz de um gesto de indiferença ou de maldade. No auge da bebedeira, ao ver desenrolar-se diante dele uma dança de apache, seu sentimento é defender a apachinete dos sacolejões coreográficos que lhe dá seu comparsa. Ao soltar no chão a dádiva bem-amada de uma flor para ir socorrer um quase suicida, e uma vez passado o incidente, volta ele atrás no seu passinho de pinguim, "malgrado" a presença de um polícia — entidade muito temida —, para apanhar a flor largada no pó pelo seu movimento de auxílio. E esse cavalheirismo leva sempre a melhor sobre o seu instinto de conservação, pois Carlitos acaba por dar tudo o que tem no bolso à mulher amada — mesmo o último dinheirinho que esse instinto conseguira separar.

    Um tal gentleman se preocupa menos em andar do lado certo da rua do que em estar atento às necessidades reais da mulher amada. Incapaz de qualquer cafajestismo, ao ser expulso, pela manhã, de uma festa dada em sua honra, não se esquece de beijar a mão de uma das vigaristas que pernoitara na casa a quem, à sua saída, reconhece. Sua elegância vem de dentro — é um fruto de seu grande sentimento de comunicação com o mundo que o maltrata, mas que ele ama.

    Carlitos, o pária, que de um pedaço de fundilhos arrancados por uns moleques de rua aproveita e faz um lenço para o bolso do fraque em tiras — que grande, que genuíno, que perfeito cavalheiro!

1951

LUZES DA CIDADE: O GRANDE AMOROSO

Vós, cidadãos homens, representantes de um mundo a que governais e de uma civilização a que destes forma; homens de todas as classes e profissões, que fazeis governos e os derrubais, que criais culturas e as deitais por terra, que fabricais guerras e morreis nelas, que vindes crescendo e vos aprimorando — ser heroico a perseguir a Lua desde a treva das origens; vós, homens do tempo, criaturas solitárias incapazes de solidão, donos da criação e escravos de vós mesmos; vós, inventores do tédio e do ressentimento, portadores da verdade e da mentira absolutas, perseguidos da tristeza, de alegria precária e efêmera, sempre contingenciados pelo vosso limite a que, no entanto, não aceitais...

Vós que sufocais a mulher, que a mantendes com pulso de ferro no nível que gostais de chamar "a sua inferioridade física e intelectual"; vós que amais a mulher nas suas algemas, porque temeis a sua liberdade para amar; vós que, porque temeis a realidade da mulher, a desprezais e maltratais, e porque a desprezais recebeis em paga o artifício e a traição...

Vós, homens que não sabeis mais amar — ide ver amar Carlitos. É tal a sua devoção pela mulher amada que decerto isso vos tocará o coração. Seu abandono ao encanto da presença da amada é tão grande que, estou seguro, isso vos envergonhará da vossa reserva. Seu préstimo é tão válido sempre que se trata de proteger a mulher amada, que, não há dúvida, isso vos fará sentir pequenos em vossa indiferença e egoísmo.

Carlitos ama a mulher amada desde que a vê e, quando nota que ela não pode vê-lo, na escuridão de sua cegueira sem amargura, não a ama melhor porque seu amor tem um fundo de bondade. Carlitos a ama porque ela é uma mulher, um ser genuíno e belo, e talvez um pouco porque ela o cria, em sua treva, à imagem do que ele gostaria de ser. Ele vem, pé ante pé, sentar-se ao seu lado, e se perde em sua contemplação até que ela o acorde com um jato d'água na cara, provindo do vaso que lava. Seu amor é feito de sonho, sim; mas nunca perde contato com o real. A realidade está sempre presente para humanizar a exaltação e o sonho. Ele lhe compra flores com o último níquel que possui, leva-lhe presentes capazes de lhe minorar a necessidade — um pato depenado, umas frutas, uma couve-flor: mas não deixará tampouco que a realidade retire à vida o seu elemento de poesia — colocará a couve-flor à lapela, num gesto que revela não só o seu sentimento de elegância como o seu profundo senso de humor e a sua imensurável bondade. Ele procura distrair sempre a mulher amada da solidão em que a mergulha a sua cegueira. Ser fragílimo, vai lutar boxe para poder pagar-lhe o aluguel vencido, e o faz com um medo que é a maior coragem do mundo. Arrosta conscientemente a prisão para que ela possa ser operada dos olhos — e nos apresenta, ao sair do cárcere, uma imagem de si mesmo que é a própria estátua da miséria e do desconsolo.

No final, ao reencontrá-la já curada, dona de uma pequena loja de flores no eterno canto de rua do filme, passa pelo vexame de ser humilhado e ofendido à vista da mulher amada por uns garotos jornaleiros que sempre o perseguem. E, quando a vê, seu olhar traduz uma tal ternura, que aquilo toca o coração da jovem, e ela lhe oferece uma moeda e uma flor.

Ele aceita, de longe, com medo de tocar a mulher amada, a flor que ela lhe estende. Mas, ao depositar-lhe a moeda na mão, ela o reconhece pelo tato. "É você?...", diz ela no auge da piedade e sofrimento de quem vê todo o seu sonho de Cinderela ruir por terra.

O olhar final que Carlitos lhe dá — de amor, temor, esperança e humildade totais — não é apenas um dos maiores momentos da arte de todos os tempos: é também uma mensagem, de que a vida não termina ali, de que ela segue sempre seu doloroso curso, com o sonho e a realidade eternamente abraçados, a aumentar a perplexidade dos homens e a desafiá-los a descobrir a verdadeira fórmula da vida. 1951

LUZES DA RIBALTA
No meio de tanta luta, tanto duro a dar, tanta coisa a tratar ao mesmo tempo, tanto prazo a honrar, tanto festival a fazer, tanto poema a não deixar morrer; no meio de tantos golpes, contragolpes, Jânios, Jangos, tangolomangos; no meio de tantos entretantos, a espada e a parede, o dever e o tédio, o selo e a camélia; sob o signo de tanto câncer, em contato com tantos capricórnios, debaixo de tantas lantejoulas, golondrinas, laparotomias; perseguido pela face triste de tantos párias, pelo dedo em riste de tantos parás, pela atenção desvelada de tantos parentes; colocado entre parênteses, oculto por elipse, coberto de anacolutos, sob a pressão de tantas minutas e tão poucos minutos, com o coração transverberado de não obstantes, de sem embargos, de sobremaneiras; cansado de concretos e abstratos, transubstanciações e metempsicoses, delações e carismas; obrigado aos é-preciso, aos meu-caro, aos por-favor, aos Oh-por-quem-sois; empurrado para os canais competentes, os compartimentos estanques, as soluções de continuidade; psicado pela questão do encontro e do desencontro, do entendido e do mal-entendido, do lucro e do desdouro; e além disso, do natural louco, violento-delicado, envolto em música e mulher, capaz da mais fina finura, da mais firme finura, da mais alta finura; possuído do conceito deve-haver que mais valia não houvera; e depois sendo obrigado a não se deixar levar, a estar preparado, a resolver, a não parecer que, e ao mesmo tempo a parecer que, e depois ainda tendo que enfrentar o problema do prurido e da válvula, e do comentário... — ah, resta...

... Resta a possibilidade, em breve, de ir ver *Limelight* e dar diariamente a minha chorada de duas às quatro, esquecido por duas ou três semanas de que existe a letra M, a letra F e a letra V, e de que o mundo marcha inflexivelmente para a constelação de Órion.

1953

CHAPLIN NO BRASIL...

A notícia de que um grupo de capitalistas brasileiros estaria tentando trazer Charlie Chaplin para o Brasil, caso a Estátua da Liberdade lhe desse sinal vermelho à entrada do porto de Nova York, porquanto fantástica, criou em mim uma certa melancolia. Estava eu sem fazer nada, a tarde era abafante, tinha passado por mim um bando de mulheres feias, eu me sentia meio gordo, enfim: Chaplin se incorporou a uma paisagem triste e sem perspectivas.

Chaplin no Brasil... Imaginei a chegada do maior artista do século, na avenida Rio Branco apinhada de ponta a ponta, as carioquinhas a se precipitarem sobre o carro dele, a beijá-lo, a se disputarem os trapos de sua gravata e seu paletó, depois a inevitável intervenção da Polícia Especial, gritos, correrias, cabeças quebradas, quem sabe mesmo uma ou duas mortes em meio ao pânico criado.

Depois... Chaplin no Catete, Chaplin em Quitandinha, Chaplin no Vogue, recepção a Chaplin em casa do sr. e sra...? Quem? A quem caberia o privilégio da primeira recepção grã-fina? Que grande dama da sociedade brilharia primeiro nos braços do Homenzinho do Chapéu-Coco do baião?

Depois...

— Ih, você sabe, minha filha, ele pode ser um gênio, mas te disseram o que ele falou outro dia em casa daquela nossa amiga que não prima pela elegância? Nem te conto!

— Ih, foi? Mas que cafajeste!

— Pois é. Eu estou absolutamente disposta a esnobar ele. Eu acho que a gente deveria simplesmente começar a ignorar ele.

— E a mulher dele, você viu? É possível mais sem graça?

Depois... Chaplin na mão dos intelectuais. Recepção a Chaplin na ABI. Chaplin no "Maxim's".

— Você viu como ele só prestava atenção àquela bicha horrível?

— Uai. Pois você não sabia que ele era?

Depois... Chaplin almoçando no Bar Recreio, feijoada completa.

— Não, escuta aqui, velhinho; o homem passou completamente acabado. E além do mais, puxa, ele não deixa ninguém falar. Espera um pouco...

Chaplin no Grande Ponto.

— Eh, José, como é? Põe uma dose direita aí pro homem, seu!

— Alô, *Charlie old boy*!

— Não vou já, não, vou pegar uma carona do velho para Copacabana.

Chaplin no Bonfim.

— Dê dois ovos com presunto aí pro velho que está caindo pelas tabelas. Como é, velho, acorda, como é chato!

— Escuta, querida; você não pode arrumar alguma coisa para o velho Chaplin? Um programinha de rádio, qualquer coisa. É favor de amigo, porque eu não aguento mais o velho; palavra. É facada todo dia!

— Não vamos passar pelo Vermelhinho, não, porque a essa hora o velho Chaplin deve estar por lá, enterrado na batida. Aquele café dá uma sorte pra chato, puxa! Você se lembra do Bernanos? Não desgrudava...

Até que um dia, numa esquina carioca, um patético vagabundo surge entre a gente que passa apressada. É um vagabundo velho. Os olhos no fundo, os pulmões roídos de tuberculose. Há qualquer coisa nele que lembra um outro, o do final de um fabuloso filme que se chamava *Luzes da cidade*. Mas não deve ser o mesmo, pois não há nenhum jornaleiro para lhe atirar chumbinho, nenhuma florista bem-amada para lhe dar esmola de uma rosa.

Peste de história triste, gente. Até parece que eu não acredito no Brasil.

1952

ÍNDICES

NOTA NECESSÁRIA
Um livro como *O cinema de meus olhos*, constituído a partir de textos publicados na imprensa do Rio de Janeiro, num período que excede dez anos, demanda um rigoroso índice de textos. Este é tão mais necessário na medida em que o organizador, no processo de elaboração de uma estrutura para o volume, promoveu cortes, montagens, interpolações, eliminou repetições e, principalmente, substituiu muitos dos títulos das crônicas. Na ausência dos originais, e diante da evidência de que o editor de *A Manhã*, por exemplo, atribuía, com senso de oportunidade, o título da crônica de Vinicius atendendo a imperativos comerciais, buscou-se restaurá-lo, quando possível, ou reinventá-lo, segundo a matriz lírica do poeta ou seu humor.

O conjunto da produção jornalística de Vinicius dedicada ao cinema, com mais de quinhentos recortes, está organizado e acessível ao público na Cinemateca Brasileira, em São Paulo, e na Fundação Rui Barbosa, no Rio de Janeiro. No entanto, não constituem coleções idênticas.

C. A. Calil

ÍNDICE DOS TEXTOS

TELA EM BRANCO
1ª epígrafe: excerto de "Credo e alarme". *A Manhã*, 9 ago. 1941, 17
2ª epígrafe: excerto de "Da cidade para o cinema". *Diretrizes*, 3 set. 1945, 17
3ª epígrafe: excerto de "Tela em branco". *Última Hora*, 12 jun. 1951, 17

O MUNDO É O CINEMA
O bom e o mau fã: *A Manhã*, 25 fev. 1943, 47
Velhas coisas do cinema: *A Manhã*, 19 abr. 1942, 48
O cinema e os intelectuais: *A Manhã*, 14 dez. 1941, 50
Duas gerações de intelectuais: *A Manhã*, 13 ago. 1942, 52
Que é cinema?: *Diretrizes*, 28 fev. 1946, 54
O sentido da palavra produtor: *A Manhã*, 15 out. 1941, 56
Considerações materiais: *A Manhã*, 13 nov. 1941, 58
Do ator: *Última Hora*, 29 set. 1951, 59
Ritmo e poesia: *A Manhã*, 11 set. 1941. (parcial), 62
Abstenção de cinema: *A Manhã*, 21 fev. 1943, 64
Crônica de fim de ano: *A Manhã*, 31 dez. 1941. (parcial), 66

ALUCINAÇÃO DE FÍSICOS E POETAS
Definição de uma atitude crítica: cinema mudo e cinema falado: *A Manhã*, 13 set. 1941, 69
Carta ao físico Occhialini: *A Manhã*, 7 maio 1942, 71
Segunda carta ao físico Occhialini, caso ele ainda não tenha partido, ou outramente, a quem quer que sinta como ele: *A Manhã*, 8 maio 1942, 73
Resposta a um leitor de Belo Horizonte: *A Manhã*, 16 maio 1942, 75
Abrindo o debate sobre o silêncio em cinema: *A Manhã*, 27 maio 1942, 77
Vinicius de Moraes no pico da Bandeira (Ribeiro Couto): *A Manhã*, 28 maio 1942, 81
Discutir o quê?: com título diferente em *A Manhã*, 2 jun. 1942, 86
Uma carta anônima: com título diferente em *A Manhã*, 4 jun. 1942, 87
Brinquedo quebrado (Ribeiro Couto): *A Manhã*, 4 jun. 1942, 90
O cinema vale ou não vale qualquer sacrifício?: com título diferente em *A Manhã*, 5 jun. 1942, 94
O debate está vivo: com título diferente em *A Manhã*, 6 jun. 1942, 97
Entrevista com Joana d'Arc: com título diferente em *A Manhã*, 9 jun. 1942, 99
Os estetas da tartaruga contra a evolução da técnica (Ribeiro Couto): *A Manhã*, 11 jun. 1942, 103
Notícia sobre a polêmica do Rio (Paulo Emílio Sales Gomes): *Clima*, n. 10, jun. 1942, 108
Dois poetas e um problema de estética (Múcio Leão): *A Manhã*, 13 jun. 1942, 122
Cinema silencioso é uma conquista futura: com título diferente em *A Manhã*, 14 jun. 1942, 127
O Brasil já tem um Clube de Cinema!: com título diferente em *A Manhã*, 23 jun. 1942, 130
Alucinação de físicos e poetas

(Ribeiro Couto): *A Manhã*, 25 jun. 1942, 135
A realidade da vida, com seus rumores múltiplos: com título diferente em *A Manhã*, 2 jul. 1942, 140
Esclarecendo (Humberto Mauro): *A Manhã*, 10-11 jul. 1942, 145
Em favor duma causa sem esperança: com título diferente em *A Manhã*, 17 jul. 1942, 151

ORSON WELLES, CIDADÃO BRASILEIRO
Cidadão Kane, o filme-revolução: montagem das crônicas publicadas em *A Manhã*, 1-4 out. 1941, 155
Rosebud: *A Manhã*, 12 out. 1941, 158
Orson Welles no Brasil: *A Manhã*, 9 dez. 1941, 161
Traços da sua personalidade: *A Manhã*, 10 fev. 1942, 162
Orson Welles em filmagem: *A Manhã*, 30 abr. 1942, 165
Necessidade de dizer: com título diferente em *A Manhã*, 26 mar. 1942, 167
Exibição de *Limite*: montagem das crônicas publicadas em *A Manhã*, 30 jun.-1º jul. 1942, 170
A propósito da crônica "Fracassou o filme de Orson Welles?": *A Manhã*, 8 nov. 1942, 173
O coração do mundo: com título diferente em *A Manhã*, 16 dez. 1942, 176
O favor dos elfos: com título diferente em *A Manhã*, 17 dez. 1942, 177

HOLLYWOOD É O DIABO
Hollywood impenetrável: com título diferente em *A Manhã*, 19 ago. 1941, 181
Xarope duro de engolir: com título diferente em *A Manhã*, 9 set. 1941, 182
Dois contra uma cidade inteira: *A Manhã*, 18 set. 1941, 184
Uma noite no Rio: *A Manhã*, 1941, 186

A carta, entre o cinema e a literatura: corresponde a duas crônicas, com títulos diferentes, em *A Manhã*, 1º-2 nov. 1941, 187
O mundo é um teatro: *A Manhã*, 30 nov. 1941, 191
História de um beijo: com título diferente em *A Manhã*, 14 mar. 1942, 193
Os homens da minha vida: *A Manhã*, 28 mar. 1942, 194
Um amigo que poderia ser um pai: com título diferente em *A Manhã*, 26 abr. 1942, 196
Esse King Vidor, quem poderá explicá-lo?: com título diferente em *A Manhã*, 4 nov. 1942, 198
Vinicius em Pompeia: com título diferente em *A Manhã*, 6 nov. 1942, 200
A morte de Buck Jones: *A Manhã*, 3 dez. 1942, 201
A influência de Wyler: com título diferente em *A Manhã*, 7 mar. 1942, 203
O mundo normal de Hawks: com título diferente em *A Manhã*, 7 fev. 1943, 206
Pato patético: com título diferente em *A Manhã*, 5 maio 1943, 209
Salas cheias de espelhos: corresponde a duas crônicas, com títulos diferentes, em *A Manhã*, 9-11 jun. 1943, 211
Os banquetes de Sam Wood: com título diferente em *A Manhã*, 24 dez. 1943, 215
Em cada coração um pecado: *A Manhã*, 28 dez. 1943, 217
Crítica inútil: com título diferente em *A Manhã*, 15 set. 1943, 219
Laços humanos: *Diretrizes*, 6 set. 1945, 221
A mulher que não sabia amar: *Diretrizes*, 17 set. 1945, 223
A greve em Hollywood: *Diretrizes*, 17 out. 1945, 225

Não são muitas as *Sensações de 1945*: *Diretrizes*, 19 out. 1945, 226
Serenata prateada: *Diretrizes*, 21 out. 1945, 227
Nada de novo no front: *Última Hora*, 18 jun. 1951, 229
O ódio é cego: *Última Hora*, 23 jun. 1951, 230
Smorgasbord: *Última Hora*, 25 jun. 1951, 232
O clamor humano: *Última Hora*, 5 jul. 1951, 233
Nasci para bailar: *Última Hora*, 6 jul. 1951, 235
Tarará-tchim-bum-bum-bum: *Última Hora*, 4 ago. 1951, 236
Rastro sangrento: *Última Hora*, 22 ago. 1951, 237
Rio Bravo: *Última Hora*, 31 ago. 1951, 239
O netinho do papai: *Última Hora*, 25 set. 1951, 240
Rouxinol da Broadway: *Última Hora*, 29 dez. 1951, 242
Jezebel: *Última Hora*, 10 jan. 1952, 243
Hitchcock e Pacto sinistro: *Última Hora*, 16 jan. 1952, 245
Mack Sennett: pai de Chaplin e avô do biquíni: *Última Hora*, 9 jun. 1952, 247

ALGUMAS MULHERES, OUTRORA AMADAS...
Outros tempos: com título diferente em *A Manhã*, 17 ago. 1941, 261
Mulher de cinema: com título diferente em *A Manhã*, 7 out. 1941, 266
Ser misterioso e desordenado: com título diferente em *A Manhã*, 11 out. 1941, 268
Presença carnal: com título diferente em *A Manhã*, 19 nov. 1941, 269
Discussão curiosa: com título diferente em *A Manhã*, 23 nov. 1941, 273
Brincando com Olivia e Paulette: com título diferente em *A Manhã*, 8 abr. 1942, 276
Os amigos de Lupe Velez: com título diferente em *A Manhã*, 22 out. 1942, 279
A mulher e a Lua: com título diferente em *A Manhã*, 11 out. 1942, 280
Pobre Carole!: com título diferente em *A Manhã*, 1942, 282
Amor de mosqueteiro: com título diferente em *A Manhã*, 4 nov. 1943, 285
Carta aberta a Lena Horne: *A Manhã*, 17 dez. 1943, 287
Fabulosa garotinha de cabelo para-brisa: *A Manhã*, 25 jan. 1944, 289
Margozinha: com título diferente em *A Manhã*, 13 fev. 1944, 290
A favorita dos deuses: *Diretrizes*, 10 set. 1945, 291
Ver-te-ei outra vez?: *Diretrizes*, 5 set. 1945, 293
Variações sobre Greer Garson: *Diretrizes*, 9 out. 1945, 294
A vênus do ano: *Última Hora*, 25 jul. 1951, 296
Uma mulher, outrora amada...: *Última Hora*, 16 nov. 1951, 297
Silvana Mangano: *Última Hora*, 24 nov. 1951, 300
Com sua permissão, Sir Laurence Olivier...: *Última Hora*, 11 mar. 1952, 301
Pier Angeli: *Última Hora*, 12 set. 1951, 303
Provocação? Não, poeta Carlos! (é que outro valor mais alto se alevanta): *Última Hora*, 20 jul. 1959, 304

FITAS E FITEIROS
Fitas e fiteiros: *A Manhã*, 15 out. 1942, 309
Romance de circo: *A Manhã*, 8 nov. 1941, 314
Todo mundo tem pena: com título

diferente em *A Manhã*,
14 set. 1941, 315
Falta de assunto: *A Manhã*,
28 set. 1941, 318
O cinema e a mágica: *A Manhã*,
26 out. 1941, 320
Leslie Fenton, o ator mais
independente do velho cinema:
A Manhã, 24 abr. 1942, 321
A mulher do dia: *A Manhã*, 10 out.
1942, 323
Revendo um velho álbum de artistas:
A Manhã, 11 nov. 1942 e continuações
em 12 e 18 nov. 1942, 325
O espião invisível: *A Manhã*, 4 fev.
1943, 334
O pescoço de Rosalind: com
título diferente em *A Manhã*,
12 abr. 1943, 337
Grã-finaria grã-fina: com título
diferente em *A Manhã*, 3 out. 1943,
338
Deliciosamente tua... Ah!... Me deixa...:
Diretrizes, 23 out. 1945, 339
O não senso e a falta de critério:
Diretrizes, 27 out. 1945, 341
Sansão Mature & Dalila Lammar:
Última Hora, 13 jun. 1951, 343
Nem ninfa, nem nua: *Última Hora*,
21 jun. 1951, 344
Pombo com arroz: com título diferente
em *Última Hora*, 28 jun. 1951, 345
Nós, os vagotônicos: *Última Hora*,
14 ago. 1951, 347
Depois da tormenta: *Última Hora*,
18 ago. 1951, 348
Variações em torno de um tema
chatíssimo chamado Jane Powell:
Última Hora, 24 ago. 1951, 351
Cartas de fãs, mas não meus:
Última Hora, 18 set. 1951., 353
Minha cara-metade: *Última Hora*,
25 ago. 1951, 355
UH-UHUHUHUH-UHUHUHUH!:
Última Hora, 8 set. 1951, 356
Três atores: *Última Hora*, 23 out. 1951,
359
Amor pagão: *Última Hora*,
23 nov. 1951, 363

O MACABRO EM CINEMA
A propósito de *Os mortos falam*,
com Boris Karloff, e *A máscara
de fogo*, com Peter Lorre:
A Manhã, 12 set. 1941, 366
O fantasma de Frankenstein,
com Lon Chaney Jr.: *A Manhã*,
25 ago. 1942, 368
Sangue de pantera: *A Manhã*,
29 maio 1943 e continuação
em 3 jun. 1943, 369
Carta a Marta, com perdão da rima:
A Manhã, 25 jun. 1943, 374
A volta da Mulher Pantera: *A Manhã*,
12 nov. 1943, 375
A dama e o monstro: *Diretrizes*,
21 fev. 1946, 378
Experiência em macabro: *Última
Hora*, 7 jul. 1951, 380
A coisa: duas crônicas publicadas
em *Última Hora*, 13-14 nov. 1951,
383

BANHO DE CINEMA
48 horas!, de Cavalcanti: *Diretrizes*,
7 set. 1945, 389
A inteligência plástica de Jacques
Feyder: com título diferente em
Diretrizes, 14 fev. 1946, 390
Três filmes europeus: revista *Filme*,
n. 1, ago. 1949, 392
Ivan, o Terrível: *Última Hora*,
4 set. 1951, 404
A propósito de Flaherty: *Última Hora*,
19 set. 1951, 405
Fotografia que mata: com título
diferente em *Última Hora*,
26 set. 1951, 407
A volta do *Terceiro homem*:
Última Hora, 31 out. 1951, 408
Os onze grandes do cinema:
Última Hora, 10 nov. 1951, 410
Rashomon: *Última Hora*,
16 fev. 1952, 411

A asa do arcanjo: *A Vanguarda*,
22 ago. 1953, 412
Hiroshima, mon amour: s.i.f.,
jul. 1960, 413
Publicada em *Para viver um
grande amor: crônicas e poemas*.
São Paulo: Companhia das Letras,
1991.

TERRA DE CINEMA
Recordando o Chaplin Club:
A Manhã, 16 ago. 1941, 417
Crônicas para a história do cinema
no Brasil: *Clima*, n. 13, ago. 1944,
419
Os jornais de cinema: *A Manhã*,
10 out. 1941, 431
Ar geral de insatisfação: com título
diferente em *A Manhã*,
25 mar. 1943, 433
As novas possibilidades:
A Manhã, 16 maio 1943, 434
Grandeza de Otelo: com título
diferente em *A Manhã*,
19 set. 1943, 435
Moleque Tião: *A Manhã*,
23 set. 1943, 437
Um pouco do povo: com título
diferente em *A Manhã*,
30 nov. 1943, 440
Pela criação de um Cinema
Brasileiro: *O Jornal*, 21 maio
1944, 441
Segura esta mulher: *Diretrizes*,
27 fev. 1946, 443
Deu terra?: *Última Hora*, 15 jun. 1951,
445
Coisas que incomodam...: *Última
Hora*, 26 jun. 1951, 446
Terra é sempre terra: *Última Hora*,
3-4 jul. 1951, 448
Gilberto Souto é um Pato Donald:
com título diferente em *Última
Hora*, 20 jul. 1951, 452
Um homem do meu lado esquerdo:
com título diferente em *Última
Hora*, 27 jul. 1951, 454

Maria da praia: *Última Hora*,
11 out. 1951, 456
Susana e o presidente: *Última Hora*,
17 ago. 1951, 458
O comprador de fazendas: *Última
Hora*, 28 ago. 1951, 459
Barnabé, Oscarito e Grande Otelo:
Última Hora, 4 mar. 1952, 460
É um abacaxi, mas...: *Última Hora*,
28 dez. 1951, 464

CARLITOS PERTENCE AO POVO
Lembrando Carlitos: *A Manhã*,
11 nov. 1941, 467
Em busca do ouro: *A Manhã*,
14 out. 1943, 468
Luzes da cidade: o anjo da paz:
Última Hora, 4 dez. 1951, 472
Luzes da cidade: o perfeito
cavalheiro: *Última Hora*, 5 dez.
1951, 473
Luzes da cidade: o grande amoroso:
Última Hora, 7 dez. 1951, 475
Luzes da ribalta: *A Vanguarda*,
ago. de 1953, 477
Chaplin no Brasil...: com título
diferente em *Última Hora*,
4 nov. 1952, 478

ÍNDICE DAS OBRAS CITADAS

39 degraus, Os (*The Thirty-Nine Steps*), 245
48 horas! (*Went the Day Well?*), 43, 389
À la Recherche du temps perdu (Proust), 212
Aconteceu naquela noite (*It Happened One Night*), 319
Adeus, meu amor, 221, 337
Affairs of Anatol, The (*As aventuras de Anatólio*), 330
Agonia de uma vida (*Thunder on the Hill*), 24
Aldeia do pecado (*Baby ryazanskie*), 114
Aleluia (*Hallelujah!*), 32, 70, 74, 141, 411
Alexander Niévski (*Os cavaleiros de ferro*), 109, 141
Alice no País das Maravilhas (*Alice in Wonderland*), 453
All Quiet on the Western Front (*Nada de novo no front*), 207, 229
"Almeida Salles, crítico de cinema" (ensaio), 21n
Amigos-da-onça, Os, 342
Amor de Jeanne Ney, O (*Die Liebe der Jeanne Ney*), 421
Amor e morte, 327
Amor pagão (*Pagan Love Song*), 363
Ângela, 449
Anjo Azul, O (*Der blaue Engel*), 23
Argila, 428, 429, 445
Arroz amargo (*Riso amaro*), 301, 449
Arsenal, 96
As You Like It, 174
Asphalt, 50
"Ata" (crônica), 23n
Atlantide (*Atlântida*), 50
Atrás da porta, 49
Aurora (*Sunrise*), 108, 413

Aventura em Paris, Uma (*Reunion in France*), 327

Baianinha e outras histórias (Ribeiro Couto), 121, 125
Bal du Comte d'Orgel, Le, 155
"Balada do mangue" (poema), 22
Bandera, La (*A bandeira*), 211
Barnabé, tu és meu, 460, 462
Barro humano, 35, 420, 421, 422, 445
Beau Geste, 109
Beco das almas perdidas, O, 362
Beijo, O (*The Kiss*), 306
"Belle dame sans merci, La" (poema), 80
Belle Équipe, La (*Camaradas*), 213
Ben-Hur, 332
Bête humaine, La (*A besta humana*), 370
"Black Cat, The" (conto), 366
Blue Boy, The, 147
Bonequinha de seda, 429
Bongo, 210
Brasa dormida, 33, 428, 445
"Brinquedo quebrado" (crônica), 97

"Cabeça de crônica" (crônica), 22n
Caiçara, 451
Caixa de Pandora, A (*Die Büchse der Pandora*), 198
Caminho da vida, O (*Putyovka v zhizn*), 141
Caminho para a distância (Vinicius de Moraes), 123
"Canção do amor pagão" (canção), 363
Canterbury Tales (Chaucer), 212
Canto do lobo, O (*Wolf Song*), 279
Capote, O (Gógol), 211
Carícia fatal (*Of Mice and Men*), 141, 368

487

Carne e o diabo, A (*Flesh and the Devil*), 306
Carne, A, 429
Carnet de bal, Un (*Um carnet de baile*), 211
"Carta de Manuel Bandeira" (crônica), 30
Carta, A (*The Letter*), 25, 189, *190*, 191, 244, 349
Cartas do mesmo naipe (*Rangers of Fortune*), 181, 216
Casa de penhores (*The Pawnshop*), 33, 133
Casablanca, 221
Cascalho, 354, 445
Casei-me com um nazista (*The Man I Married*), 65
Casei-me com uma feiticeira (*I Married a Witch*), 39, 289
Cat People ver *Sangue de pantera*
Cavalcade, 338
Cavaleiros de ferro, Os ver *Alexander Niévski*
Chapeau de paille d'Italie, Un (*Um chapéu de palha da Itália*), 289
Chetniks, 217
Cidadão Kane (*Citizen Kane*), 19-20, 74, 79-80, 87, 91, 101, 109, 141, 155-6, 158, 161, 163, 165, 167, 169-70, 215, 293, 343, 408, 413-4, 434
Cidade aberta ver *Roma, cidade aberta* (*Roma città aperta*)
Cidade mulher, 428, 429
Cinearte (revista), 420, 422, 452
"Cinema de arrabalde" (poema), 125
Circo, O (*The Circus*), 128, 469
Círculo do casamento, O (*The Marriage Circle*), 284
Citizen Kane ver *Cidadão Kane*
City Lights ver *Luzes da cidade*
Clamor humano, O ver *Home of the Brave*
Claudia, 223
Clima (revista), 417, 433
Cocaína, 327
Coisas que incomodam..., 446
Comédia humana, A (Balzac), 212

Como elas querem, 427
Como era verde o meu vale ver *How Green Was My Valley*
Complete Book of Nonsense, The (Lear), 341
Comprador de fazendas, O, 37, 459, 460
Contos de Canterbury ver *Canterbury Tales* (Chaucer)
Contra o império do crime (*G Men*), 238
Contrastes humanos (*Sullivan's Travels*), 109n
Corpo e Alma (*Body and Soul*), 320
Correspondente estrangeiro (*Foreign Correspondent*), 245
"Credo e alarme" (crônica), 18
Crepúsculo dos deuses, O ver *Sunset Boulevard*
Croix de bois, Les, 207

Dama das Camélias, A (*Camille*), 159, 221, 276, 306
Dama e o monstro, A (*The Lady and the Monster*), 378, 379
De fidalga a escrava, 328
Dead End (*Beco sem saída*), 319
Deliciosa aventura (*Unfinished Business*), 193, 194
Deliciosamente tua (*Those Endearing Young Charms*), 339
Deliciosas mentiras de Nina Petrowna, As (*Die wunderbare Lüge der Nina Petrowna*), 421
Depois da tormenta (*Payment on Demand*), 348, 349
Depois do vendaval (*The Quiet Man*), 25
Dernier milliardaire (*O último milionário*), 289
Desencanto (*Brief Encounter*), 394
Desert's Price, The (*O preço do deserto*), 202
Design for Living (*Sócios no amor*), 338
Deus branco (*White Shadows in the South Seas*), 50, 266
Diabo e a mulher, O (*The Devil and Miss Jones*), 181
Diretrizes (revista), 440
Do ódio nasce o amor (*The Torch*), 407

Docas de Nova York (*The Docks of New York*), 49
Dodging a Million, 259
Dois contra a grande cidade (*City for Conquest*), 184, 185
Doutor Mabuse (referência a *Dr. Mabuse, der Spieler* ou *Das Testament des Dr. Mabuse*), 367

...E o vento levou (*Gone with the Wind*), 50, 392
El Dorado, 48
Em busca do ouro (*The Gold Rush*), 51, 221, 468, 469
Em cada coração um pecado (*King's Row*), 25, 217, 218
Encouraçado Potemkin, O (*Bronienosets Potemkin*), 74, 75, 79, 230, 401
Espião invisível, O (*The invisible agent*), 334
"Estetas da tartaruga contra a evolução da técnica, Os" (crônica), 103, 120
"Eu creio na Imagem..." (artigo), 113
"Exercício da crônica, O" (crônica), 24n
Êxtase (*Extase, Symphonie der Hebe*), 50, 268

Família Beltrão, A, 201
Fantasia, 89, 116, 117
Fantasma de Frankenstein, O (*The ghost of Frankenstein*), 368
Fantasma dos mares, O (*The Ghost Ship*), 234n
Fascinação (*Fascination*), 333
Fausto (Goethe), 147
Favela dos meus amores, 428, 429
Favorita dos deuses, A, 291
Filho do xeique, O (*The Son of the Sheik*), 262, 460
Filhos de Hitler, Os (*Hitler's Children*), 372
Film Technique (Pudóvkin), 19, 79, 156
Flor do lodo, 445
Frankenstein, 367
Fugitivos do inferno (*Desperate Journey*), 218
Fúria no céu (*Rage in heaven*), 266

Gabinete do dr. Caligari, O (*Das Kabinett des Dr. Caligari*), 417
Ganga bruta, 33, 445
Garota de Ipanema, 35
Garota mineira, 38, 464
Garotas modernas (*Our modern Maidens*), 265, 269
Garoto, O (*The Kid*), 96
Gata borralheira, A (*Cinderella*), 453
Gavião do mar, O, 332
Genuine, 367
Ghost Goes West, The (*Um fantasma camarada*), 289
Grande ditador, O (*The Great Dictator*), 111, 309
Great Train Robbery, The (*O grande roubo do trem*), 423
Greed ver *Ouro e maldição*
Guerra e paz (Tolstói), 212

Hamlet, 285
Hiroshima, meu amor (*Hiroshima, mon amour*), 23, 45, 413, 414, 415
Home of the Brave (*O clamor humano*), 41, 231, 233
Homem de Aran (*Man of Aran*), 230, 406
Homem invisível, O (*The Invisible Man*), 320, 334
Homem na multidão, Um (Ribeiro Couto), 125
Homem que matou o facínora, O (*The Man who Shot Liberty Valance*), 25
Homem que sabia demais, O (*The Man who Knew too Much*), 245
Homem que vendeu a alma, O (*All that Money Can Buy*), 293
Homem, esse desconhecido, O (Carrel), 291n
Homem-leopardo, O (*The Leopard Man*), 290
Homens da minha vida, Os (*The Men in her Life*), 194, 196
Honolulu Lu (*Honolulu Lu, Playmates*), 280

Horizonte perdido (*Lost Horizon*), 290
How Green Was My Valley (*Como era verde o meu vale*), 109n, 139

"I love you truly" (canção), 290
I Married a Witch ver *Casei-me com uma feiticeira*
Identidade desconhecida (*Une Femme disparaît*), 43, 390, 391, 392
Inácio (Cardoso), 381
Inconfidência Mineira, A, 429
Intolerância (*Intolerance*), 96
Invencível, O (*The Champion*), 234
Iracema, 428
It's All True (*É tudo verdade*), 98n, 173, 175
Ivan, o Terrível (*Ivan Groznii*), 25, 404

Janosik, 21, 389
Jardim das confidências (Ribeiro Couto), 125
Jezebel, 243, 244
"Jitter Bug" (canção), 227n
Joana d'Arc (*Saint Joan*), 21, 99, 100, 101, 102, 110, 115, 171, 332, 421
Journey into Fear (*Jornada de pavor*), 215
Jovem tataravô, O, 429
"Judex" (valsa), 265

Keeper of the Flame, The (*O fogo sagrado*), 217

L'espoir (*A esperança*), 44, 398, 399, 400, 401
Laços humanos (*A Tree Grows in Brooklyn*), 38, 222, 223
Lady in the Dark ver *Mulher que não sabia amar, A*
Lazybones (*O preguiçoso*), 202
Les Gens du voyage (*Povo errante*), 391
Letra escarlate, A (*The Scarlet Letter*), 261
Limelight ver *Luzes da ribalta*
Limite, 131, 170-3, 418, 423, 428-30, 434, 439, 451
Linha geral, A (*Old and New*), 96

Lírio partido, O (*Broken Blossoms*), 96, 262
Little foxes, The ver *Pérfida*
Lobo da montanha, O (*Il lupo della sila*), 300
Lohengrin (Wagner), 96
Longa viagem de volta, A (*The Long Voyage Home*), 239, 408, 417n
Lost Boundaries (*Fronteiras perdidas*), 231
Lua de mel (*The Honeymoon*), 378
Lucia di Lammermoor (Donizetti), 32
Luz no subsolo, A (Cardoso), 381
Luzes da cidade (*City Lights*), 75-6, 95, 108, 410, 412, 414, 472-3, 479
Luzes da ribalta (*Limelight*), 477

Macbeth, 158
Macho ou fêmea (*Male and Female*), 328
Madame Bovary, 155
Magnificent Ambersons, The (*Soberba*), 164, 176-7, 208, 215, 293
Marcha nupcial (*The Wedding March*), 332, 378, 379, 421
Maria Antonieta (*Marie Antoinette*), 359, 362
Maria da praia, 456, 457
Marido da solteira, O (*Third Finger, Left Hand*), 319
"Martelo, O" (poema), 62
Máscara de fogo, A (*The Face behind the Mask*), 366
Menino e o elefante, O (*Elephant Boy*), 43, 405
Metamorfose, A (Kafka), 371
Million, Le (*O milhão*), 289, 290
Minha cara metade (*Call Me Sister*), 355
Moby Dick, 197
Moleque Tião, 37, 436, 437, 438
Monstro do Ártico, O (*The Thing from Another World*), 384, 385
"Moonlight Serenade" (canção), 187
Morrer sorrindo, 327
Morro dos ventos uivantes, O (*Wuthering Heights*), 190, 281
"Morte da porta-estandarte, A" (conto), 337

Mortos falam, Os (*The Devil Commands*), 366
Moulin Rouge, 421
Mrs. Parkington (*Mrs. Parkington, a mulher inspiração*), 294
Mulher de longe, A, 380, *381*
Mulher de Paris, A ver *Opinião pública, A* ou *Uma mulher de Paris* (*A Woman of Paris*)
Mulher do dia, A (*The Woman of the Year*), 323, *324*
Mulher do padeiro, A (*La Femme du boulanger*), 55
Mulher que não sabia amar, A (*Lady in the Dark*), 39, 223
Mundo é um teatro, O (*Ziegfeld Girl*), 191, *192*
Mundos íntimos (*Private Worlds*), 194

Na noite do passado (*Random Harvest*), 220
Na primavera da vida, 428
Nada de novo na frente ocidental (Remarque), 229
Nada de novo no front ver *All Quiet on the Western Front*
Nanook of the North (*Nanook, o esquimó*), 230, 406
Não matarás (*Broken Lullaby*), 284
Nasci para bailar (*Let's Dance*), 235
Netinho do papai, O (*Father's Little Dividend*), 41, 240, 241
"Night at Rio, A" (canção), 187
Ninfa nua, A (*Katie did It*), 345
No hospício (Rocha Pombo), 24
No tempo das diligências (*Stagecoach*), 239, 408
No turbilhão da metrópole (*Street Scene*), 70, 199, 411
Noite em Capri, Uma, 187
Noite na ópera, Uma (*A Night at the Opera*), 382
Noite no Rio, Uma (*That Night in Rio*), 186
Noite tudo encobre, A (*Night Must Fall*), 266, 267
Nosferatu – Eine Symphonie des Grauens (*Nosferatu – Uma sinfonia do horror*), 367, 371
Nosso barco, nossa alma (*In Which We Serve*), 338
"Notícia sobre a polêmica do Rio" (artigo), 25
Novos poemas (Vinicius de Moraes), 123

"Ô si chère de loin..." (poema), 307
Ódio é cego, O (*No Way Out*), 40, 231
Of Mice and Men ver *Carícia fatal*
Oitava esposa de Barba-azul, A (*Bluebeard's Eighth Wife*), 257
Onde a terra acaba, 429
Ópera dos três vinténs, A (*Die Dreigroschenoper*), 141
Opinião pública, A ou *Uma mulher de Paris* (*A Woman of Paris*), 469
Orfeu da Conceição (peça teatral), 23
Orfeu do Carnaval, 23, 35, 45
Ouro e maldição (*Greed*), 50, 198, 230, 378
Outubro (*Oktyabr*), 110

Pacto sinistro (*Stranger on a Train*), 25, 245
Paga para amar (*Paid to Love*), 206
Paisà, 397
Paixão de Joana d'Arc, A (*La Passion de Jeanne d'Arc*), 230, 238
Paixão de outono (*Dodsworth*), 342
Paixão de toureiro (*The Bullfighter and the Lady*), 237
Paixão e sangue (*Underworld*), 49
Pandemônio (*Hellzapoppin*), 342
Para viver um grande amor: Crônicas e poemas (Vinicius de Moraes), 21n
Paraíso proibido (*Forbidden Paradise*), 284
Parsifal (Wagner), 69
Patriota, O (*The Patriot*), 421
Paulo e Virgínia, 427
Pecadora, A (*Seven Sinners*), 312
Pede-se um marido (*Come Live with Me*), 269
Peer Gynt (Grieg), 32

Pérfida (*The Little Foxes*), 203, 349n
Phèdre (*Fedra*), 100
Pinky (*O que a carne herda*), 231
Pinocchio, 109
Poesias (Bopp), 393
Ponta de lança (Andrade), 71n
Ponte de Waterloo, A (*Waterloo Bridge*), 301
Por quem os sinos dobram (*For Whom the Bell Tolls*), 222
Porta de ouro, A (*Hold Back the Dawn*), 276
Predestinados, Os (*Winterset*), 290
Pride of the Yankees, The (*Ídolo, amante e herói*), 216
Prima Belinha (Ribeiro Couto), 125
Príncipe estudante, O (*The Student Prince*), 265, 284
"Provocação? Não, poeta Carlos!" (crônica), 23n, 304
Punhado de bravos, Um (*Objective, Burma!*), 392

Quando canta o coração (*Spellbound*), 354
Quatro de infantaria (*Westfront*), 141
Que viva México! (*Da zdravstvuyet Meksika!*), 96n
Quebra-Nozes (*Nutcracker*, referência a *Fantasia*), 320
Queen Kelly (*Minha rainha*), 378
Quermesse heroica (*La Kermesse héroïque*), 391
Quiet One, The, 60
Quo Vadis?, 200

Rage in Heaven (Hilton), 266
Rashomon, 45, 411, 412, 413
Rastro sangrento (*Union Station*), 238
Rastros de ódio (*The Searchers*), 25
Rei em Nova York, Um (*A King in New York*), 23
Rien que les heures, 449
Rio Bravo (*Rio Grande*), 239
Rio de Janeiro... et moi (Stern), 310
River, The, 447
Roma, cidade aberta (*Roma città aperta*), 43, 394, 395, 396, 397, 398, 403
Romance de Circo (*Road Show*), 314
Romance de Lena, O (*The Case of Lena Smith*), 421
"Rosa" (valsa), 278
Rosto de mulher, Um ver *Woman's Face, A*
Rouxinol da Broadway (*Lullaby of Broadway*), 42, 242

S.O.S. Iceberg (*S.O.S. Eisberg*), 70
Sabotage (*O marido era o culpado*), 245, 268
Salambô (Flaubert), 201
Sangue de pantera (*Cat People*), 25, 42, 369, 371, 373, 374, 414
Sangue mineiro, 428, 429
Sansão e Dalila (*Samson and Delilah*), 27, 233, 343
Sargento York (*Sergeant York*), 206, 208
Scarface, 32, 33
Segura esta mulher, 443
Seis destinos (*Tales of Manhattan*), 25, 211
Sem rumo (*Destination Unknown*), 70
Sempre no meu coração (*Always in my heart*), 220, 221
Senhoritas em uniforme (*Mädchen in Uniform*), 141, 401
Sensações de 1945 (*Sensations of 1945*), 29, 226
Ser ou não ser (*To Be or Not to Be*), 284
"Serapião" (poema), 393
Serenata prateada (*Penny Serenade*), 41, 227
Shanghai (*Le Drame de Shangai*), 218
She, 49
Sheik, O ou Paixão de bárbaro (*The sheik*), 327
Soberba ver *The Magnificent Ambersons*
"Soeurs de charité, Les" (poema), 307
Sol de outono (*H. M. Pulham, Esq.*), 198, 200

Solidão (*Lonesome*), 421
Sombra de uma dúvida, A (*Shadow of a Doubt*), 293
Sonata a Kreutzer (Tolstói), 69
"Soneto das vogais" ("Voyelles", poema), 159
Sonho de uma noite de verão (*A Midsummer Night's Dream*), 183
Sous les toits de Paris (*Sob os tetos de Paris*), 289
Stranger on a Train ver *Pacto sinistro*
Street Scene ver *No turbilhão da metrópole*
Sua criada obrigada (*The Affairs of Martha*), 285
Submarino (talvez referência a *Submarine Patrol*), 49
Sunset Boulevard (*O crepúsculo dos deuses*), 238, 257, 298
Susana e o presidente, 458, 459

Tabu, 108
Tales of Manhattan ver *Seis destinos*
Tapete mágico, O, 286
Tea for Two (*No, No Nanette*), 243
Técnica do filme ver *Film Technique* (Pudóvkin)
"Tela em branco" (crônica), 18n
Tempestade de ritmos (*Stormy Weather*), 287
Tempestade sobre a Ásia (*Potomok Chingisjana*), 74
Tempos modernos (*Modern Times*), 74, 210
Terceiro homem, O (*The Third Man*), 245, 408, 409
Teresa, 303
Terra é sempre terra, 37, 445, 448, 449, 450, 451, 452
Terra violenta, 445
Tesouro perdido, 427
Thing from Another World, The ver *O monstro do Ártico*
To have and to hold, 331
Tortura de um desejo, A (*Hets*), 44
Tortura do desejo (*Hets*), 401
Tragédia burguesa (Faria), 280

"Três filmes europeus" (artigo), 23, 43n, 392
Tudo é verdade ver *It's All True*
Turba, A (*The Crowd*), 199, 411

Última gargalhada, A (*Der letzte Mann*), 110n
Último homem, O (*The Last Man*), 96
Últimos dias de Pompeia, Os (*The Last Days of Pompeii*), 200
Under Capricorn (*Sob o signo de capricórnio*), 245
Urutau, 429

Vale da decisão (*The Valley of Decision*), 392
Vampiro de Düsseldorf, O (*M — Eine Stadt sucht einen Mörder*), 32, 367
"Variações sobre o tema da essência" (poema), 18
Variété (*Variedades*), 33, 50, 132, 134, 138, 139, 142
Vênus de Milo (escultura), 300
Vênus moderna, 297
Verde (revista), 428
Ver-te-ei outra vez (*I'll Be Seeing You*), 293
Vida de nazista (*Der Führer's Face*), 209
Vinhas da ira (*The Grapes of Wrath*), 408
"Vinicius de Moraes no pico da Bandeira" (crônica), 30, 81, 113
Viúva alegre, A (*The Merry Widow*), 333
Volta para mim (*Affectionately Yours*), 282

Woman's Face, A (*Um rosto de mulher*), 269, 271

"You are meant for me" (canção), 421
Young Man with a Horn (*Êxito fugaz*), 242

ÍNDICE ONOMÁSTICO

Abbott, Budd, 221, 342
Ademir (Ademir de Menezes), 303, 344
Adrian (Adrian Adolph Greenberg), 265, 323
Agee, James, 404
Allegret, Yves, 247
Allen, Vera, 236
Allison, May, 332
Almeida Fleming, Francisco de, 427
Almeida Portugal, Afonso de, 210
Almeida Prado, Décio de, 25n, 110, 417
Almeida Sales, Francisco Luiz de, 21, 131, 285, 286
Almeida, Abílio Pereira de, 451
Almeida, Aracy de, 347, 444
Almeida, Canuto Mendes de, 115
Almeida, Guilherme de, 94, 96, 109, 111, 114, 115, 452
Alvarenga, 444
Alvarenga, Sebastião Pinto de, 131
Alvim Corrêa, Roberto, 100
Amoroso Lima, Alceu, 54
Anchieta, José de, padre, 58
Andrade, Mário de, 166
Andrade, Oswald de, 25, 71n
Andrade, Rodrigo M. F. de, 52, 467
Angeli, Pier, 303, 304
Anjos do Inferno, 444
Antunes Pinto, José, 137, 148
Aporelly (Aparicio Torelli), 219, 342, 363
Arantes, Altino, 110
Ardel, Henri, 339
Arlen, Richard, 297, 379, 380
Armstrong, Louis, 356
Arthur, Jean, 181
Assis Barbosa, Francisco de, 173, 174, 175
Assis Figueiredo, 170
Assis, Machado de, 51, 142
Astaire, Fred, 29, 235, 236, 243, 293, 352, 353

Astor, Mary, 342
Asúnsolo, María, 407
Austin, Jane, 188
Ayres, Agnes, 327
Ayres, Lew, 230, 340
Azevedo, Alinor, 438
Azevedo, Fernando de, 425

Bach, Johann Sebastian, 73, 76, 80
Bacon, Lloyd, 355
Balzac, Honoré de, 212
Bancroft, George, 49
Bandeira, Manuel, 30, 39, 52, 62, 82, 99, 120, 130, 132, 133, 152, 159, 198, 225, 228
Bando da Lua, 444
Banky, Vilma, 262
Barata, Magalhães, coronel, 440
Barbosa, Rui, 51, 81
Barcelos, Hugo, 412
Barcelos, Jaime, 458
Barrault, Jean-Louis, 60
Barros Vidal, 219
Barros, Lulu de, 429
Barroso, Ary, 439
Barrymore, Diana, 360, 440
Barrymore, Ethel, 360
Barrymore, John, 197, 359, 360, 361, 398
Barrymore, Lionel, 360
Barthelmess, Richard, 261
Batista da Costa, Eduardo, 226, 285, 286
Batista, Fulgêncio, 323
Baudelaire, Charles, 300, 405
Baur, Harry, 398
Baxter, Warner, 223, 224
Becker, Jacques, 247
Beery, Wallace ("Wally"), 256, 257
Beethoven, Ludwig van, 57, 76, 81, 85, 113
Beires, Sarmento de, 219
Benedetti, Paulo, 421, 422

Bennett, Joan, 194, 241
Bennett, Richard, 177
Benny, Jack, 284, 285
Bergman, Ingmar, 44, 403
Bergman, Ingrid, 267, 412, 413
Bergner, Elisabeth, 282, 398
Bernanos, Georges, 99, 479
Bernhardt, Curtis, 349, 351
Bettger, Lyle, 238
Bingle, Charles, 205
Bismarck, Otto von, 291n
Bittencourt, Lourdinha, 439
Blondell, Joan, 223, 319
Blue, Monte, 266
Blyth, Ann, 345
Blythe, Betty, 49
Bodin, Martin, 403
Boetticher, Budd, 237
Bogart, Humphrey, 238
Bolívar, Simon, 291n
Bonaparte, Napoleão, 291n, 376
Bond, Ward, 209
Bondi, Beulah, 199
Bopp, Raul, 393
Borba, Emilinha, 444
Borba, Osório, 69
Bosworth, Hobart, 49
Boyer, Charles, 194, 213, 277, 316
Braga, Rubem, 21n, 64, 65, 433, 437
Brahms, Johannes, 76
Brasil, Edgar, 35, 171, 426, 428, 429, 430, 433, 434, 439, 443
Brent, Evelyn, 49
Brent, George, 244
Brontë, Emily, 188, 281
Brown, Clarence, 269
Buarque de Holanda, Sérgio, 131, 132
Burle, José Carlos, 37, 436, 438, 439, 462
Butler, Samuel, 188
Butterworth, Charles, 315

Cagney, James, 40, 129, 185, 225, 238
Cahn, Edward, 50
Calloway, Cab, 227
Camargo, Joraci, 96
Camões, Luís de, 300

Campbell, Alan, 213
Camus, Marcel, 35
Candido, Antonio, 25
Cantinflas, 461
Canudo, Ricciotto, 128, 141
Capanema, Gustavo, 418, 427
Capra, Frank, 87, 290
Cardoso, Joaquim, 53
Cardoso, Lúcio, 380, 381, 382
Carlitos ver Chaplin, Charles
Carpeaux, Otto Maria, 20, 30, 34, 130, 132, 133, 151, 153, 171
Carr, Mary, 261
Carrel, Alexis, 291
Carrol, Lewis, 454
Castle, Irene, 328
Castro, Almir, 18, 418, 422
Castro, Edgar Fraga de, 139
Castro, Jorge de, 434
Castro, Moacir Werneck de, 433
Caufield, Joan, 296
Cavalcanti, Alberto, 26, 37, 43, 128, 389, 390, 446, 447, 448, 449, 450, 451, 454, 455, 465n
Cavalcanti, Carlos Povina, 288
Cavallaro, Carmen, 298
Chagas Filho, Carlos, 131
Chaney Jr., Lon, 368
Chaney, Lon, 261, 368
Chantepleure, Guy, 339
Chaplin, Charles, 18, 32-3, 44, 51, 57, 69, 70, 72, 76, 81, 95, 108-11, 128, 133, 141-3, 152, 153, 156, 161, 164, 178, 197, 199, 209-11, 221, 226, 247, 252-3, 258, 261, 275-6, 278, 309, 315, 320, 327, 405, 410, 414, 461, 467-9, 470, 471, 474-6, 478-9
Chaucer, Geoffrey, 212
Chevalier, Maurice, 186
Chiang Kai-shek, 323
Chiozzo, Adelaide, 460
Chopin, Frédéric, 70, 214
Clair, René, 40, 108, 152, 284, 289, 411
Clarke, Mae, 238
Cocteau, Jean, 128
Colbert, Claudette, 319
Colman, Ronald, 261, 290

Compson, Betty, 49, 261
Cooper, Gary, 207, *208*, 209, 279, 280
Correia, Viriato, 85
Costa, Lúcio, 53, 198, 418*n*
Costa, Rui, 430
Costello, Dolores, 177
Costello, Lou, 221, 342
Cotten, Joseph, 177, 218, 293
Coué, Emile, 291
Coutinho, Eduardo, 35
Couto, Ribeiro, 30-3, 53, 81, 90, 97, 103, 110, 113, 117, 120-2, 125-8, 131, 134, 135, 145, 147-8, 150, 389, 414
Coward, Noël, 129, 214, 338, 339
Crane, Stephen, 280
Crawford, Joan, 265, 269, 270, *271*, 272, *311*, 327, 453
Cristo *ver* Jesus Cristo
Croisset, Francis de, 270
Crosby, Bing, 127, 254
Cukor, George, 217, 270, *271*
Cummings, Robert, 217, 297

D'Annunzio, Gabriele, 309
D'Arrast, Abbadie, 284
Dailey, Dan, 355, 356
Dalton, Dorothy, 49, 261
Damião, o Leproso (Joseph de Veuster), 286
Damy, Marcelo *ver* Santos, Marcelo Damy de Souza
Dana, Viola, 332
Daniels, Bebe, 261, *330*
Dassin, Jules, 285, 286
Davis, Bette, 53, *190*, 191, 205, 226, 243, 244, 348, 349, *350*, 351
Day, Doris, 42, 242
Day, Laraine, 339, 340
De Carlo, Yvonne, 250
De Gaulle, Charles, 44, 399
Debussy, Claude, 72, 76
Defoe, Daniel, 188
Del Poggio, Carla, 250
Del Río, Dolores, 170, 249, 250, 279
Delluc, Louis, 128, 399
Delly, M., 339
Delteil, Joseph, 99

DeMille, Cecil B., 309, 320, 327, *330*, 343
Denny, Reginald, 316
Di Cavalcanti, Emiliano, 389, 407
Dickens, Charles, 188
Dieterle, William, 293
Dietrich, Marlene, 23, 40, 289, 298, *299*, 304, 306, 307, 309, *312*, 370
Disney, Walt, 95, 106, 116, 117, 156, 182, 209, *210*, 219, 320, 439, 453
Dorn, Philip, 342
Dorsey, Tommy, 223
Dostoiévski, Fiódor, 200
Douglas, Melvyn, 270, 319, 370
Dovjenko, Aleksandr, 44, 410
Dreiser, Theodore, 188
Dreyer, Carl Th., 21, 32, 44, 99-103, 110, 115, 116, 152, 171, 230, 332, 343, 410, 421
Drummond de Andrade, Carlos, 23, 40, 53, 192, 304, 322
Duarte, Benedito Junqueira, 24
Dumas Filho, Alexandre, 332
Duncan, Isadora, 195, 310
Dunn, James, 223
Dunne, Irene, 41, 193, 194, 227, 228
Dupont, Ewald Andreas, 33, 132, 156, 421
Durbin, Deanna, 218
Duvivier, Julien, 25, 70, 211, 212, 213, 214, 215

Ebstein, Jacques, 310
Edison, Thomas Alva, 256
Edwards, James, 233
Eggert, Konstantin, 367
Eisenstein, Serguei M., 44, 74, 96, 110, 128, 230, 401, 404, 408, 410, 434, 447, 454
Enout, Pedro, 117
Epstein, Jean, 367

Fabrizi, Aldo, 398
Fairbanks, Douglas, 332
Falconetti, Renée, 21, 99, 100, *101*, 102, 103, 115, 116, 171, 238, 332, 343
Fancourt, 128

Fanto, George, 171, 175
Faria, Otávio de, 18-9, 30, 35, 53-4, 86, 87, 94, 97, 110, 113, 120, 128, 133, 160, 279, 418, 422, 430, 435, 467, 468
Farney, Dick, 42, 242
Farnum, William, 261, 272, 273
Farrel, Charles, 261
Farrère, Claude, 187
Faye, Alice, 187
Fejos, Paul, 421
Fenton, Leslie, 321, 322, 323
Ferguson, Elsie, 327, *329*
Fernández, Emilio, 408
Ferreira, Procópio, 459
Feyder, Jacques, 43, 158, 206, 284, 390, 391, 392
Fields, W. C., 258
Figueiredo, Sérgio, 303, 304, 359
Figueroa, Gabriel, 407, 408, 447
Fitzgerald, Barry, 128, 238
Fitzpatrick, James A., 286
Flaherty, Robert, 43, 44, 230, 405, 406, 407, 410
Flaubert, Gustave, 155, 201, 300
Florey, Robert, 367
Flynn, Errol, 218
Fonda, Henry, 213, 243, 244
Fontaine, Joan, 276, 344
Fontes, Adalgisa Nery, 168
Fontes, Amando, 54
Ford, Francis, 320
Ford, John, 25, 87, 95, 109n, 239, 417n, 434
Foster, Preston, 193, 194, 201
Fowle, Chick, 449
France, Anatole, 146
Francen, Victor, 213
Francisco de Assis, são, 70
Franck, César, 76
Frank, Waldo, 21, 22, 76, 197, 198, 288
Freud, Sigmund, 223
Freyre, Gilberto, 54
Fuller, Frederick, 171, 173

Gable, Clark, 238, 309, *311*, 316
Galeen, Henrik, 367
Galsworthy, John, 70, 188

Gama, Vasco da, 457
Gance, Abel, 44, 128, 410
Garbo, Greta, 23, 261, 273, *274*, 275, 276, 282, 305, 306, 318, 320, 332
Garland, Judy, *192*
Garner, Peggy Ann, 223
Garnett, Tay, 294, *312*
Garson, Greer, 294, *295*, 296
Gauguin, Paul, 187
Geiger, Rod E., 397
George, Gladys, 243
Gerlach, Arthur von, 367
Gershwin, George, 293
Gershwin, Ira, 224n
Gide, André, 182, 188, 401, 409, 423
Gilbert, John, 332, 333
Giorgione, 69, 300
Giraudoux, Jean Hippolyte, 96, 309
Gish, Lilian, 261, *262*, 398
Gleason, James, 213, 214
Godard, Jean-Luc, 32
Goddard, Paulette, 273, 275, 276, 277, 278
Goethe, Johann Wolfgang, 147, 291n
Gógol, Nicolai, 211
Gomes, Paulo Emílio Sales, 21, 25, 30, 32, 71, 94, 95, 96, 108, 110, 111n, 417, 433
Gonzaga, Ademar, 35, 131, 419, 420, 422, 428, 452
Goodrich, Frances, 224n
Goulart, João (Jango), 477
Goulart, Maurício, 440n
Grable, Betty, 355, 356
Graciano, Clóvis, 288
Gracie, Hélio, 457
Graham, Jo, *220*
Grande Otelo, 37, 129, 435, *436*, 437, 444, 460, 461, *462*
Granger, Farley, 246, 247
Grant, Cary, 41, 225, 227, 228, 229
Green, Julien, 205
Greene, Graham, 43, 408
Grey, Lita, 469
Grieg, Edvard, 32
Griffith, David Wark, 44, 198, 199, 239, *262*, 327, 410

Guerra-Peixe, César, 449
Guimarães, Hebe, 439
Guinle, Carlos, 171

Hackett, Albert, 224n
Hale, Georgia, 469
Hall, Jon, 223, 224, 334
Hardy, Thomas, 188
Harlow, Jean, 453
Hart, Moss, 224n
Hart, William S., 261, 264
Havilland, Olivia de, 276, 277
Hawks, Howard, 32, 206, 207, 208, 385
Hayworth, Rita, 213, 282, 335
Hecht, Ben, 212
Hellman, Lillian, 203
Helm, Brigitte, 50
Hemingway, Ernest, 23n, 307
Hepburn, Katharine, 217, 273, 282, 323, 324
Herman, Woody, 227
Hilton, James, 266, 290
Hirszman, Leon, 35
Hitchcock, Alfred, 25, 245, 246, 247, 284, 293, 411
Hitchcock, Patricia, 247
Hitler, Adolf, 210, 393
Hoffenstein, Samuel, 213
Hoffmann, Ernst Theodor, 366
Holt, Tim, 177
Homem, Homero, 26, 456
Homolka, Oskar, 268
Hope, Bob, 129
Horne, Lena, 287, 288, 289
Huke, Bob, 449
Hunt, Marsha, 286
Hutton, Betty, 235, 236
Huxley, Aldous, 211

Itararé, Barão de ver Aporelly (Aparicio Torelli)

Jacobbi, Ruggero, 458
Jaffe, Sam, 60
Jango ver Goulart, João
Jannings, Emil, 60, 138, 398
Jansen, William, 429

Järrel, Stig, 403
Jesus Cristo, 70, 80, 85, 113, 201, 291n
João da Sérvia, rei, 377
Johnson, Celia, 394
Johnson, Nunnally, 224
Johnston, Eric, 296n
Jolson, Al, 57, 421
Jones, Buck, 38, 201, 202, 203
José Carioca (cantor), 453
Jouvet, Louis, 60, 95, 109

Kafka, Franz, 246, 371, 409
Kanin, Garson, 338
Karloff, Boris, 366, 367, 368
Kaye, Danny, 342
Kazan, Elia, 38, 221, 222
Keaton, Buster, 261, 321
Keats, John, 80
Keel, Howard, 363, 364
Kelly, Gene, 243
Kelly, Patsy, 315
Keyes, Evelyn, 368
Kiesler, Hedy ver Lamarr, Heddy
Kipling, Rudyard, 43, 188
Kjellin, Alf, 401
Klein, Cesar, 367
Koch, Howard, 189
Kohler, Fred, 50
Korda, Zoltan, 405
Kortner, Fritz, 398
Kostelanetz, André, 352
Krauss, Werner, 60, 367, 398
Krull, Germaine, 132
Kurosawa, Akira, 45, 413

La Argentina (cantora), 48
La Cava, Gregory, 194
La Guarda, Fernando, 171
La Marr, Barbara, 261
La Rocque, Rod, 261
Lage, Eliane, 451
Lake, Veronica, 39, 289, 290, 309, 311
Lamarr, Heddy, 50, 192, 268
Lamarr, Hedy, 192, 200, 268, 343
Lamour, Dorothy, 55, 291, 292, 335
Lanchester, Elsa, 213
Landis, Carole, 315

Lang, Fritz, 32, 367
Langdon, Harry, 321
Langlois, Henri, 109n, 247
Lanza, Mario, 352
Laughton, Charles, 164, 213, 214, 398
Lawrence, D. H., 188
Le Corbusier, 70, 418n
Lean, David, 338
Leão, Carlos, 198, 300
Leão, Danuza, 44, 410
Lear, Edward, 341
Lee, Lila, 328
Leigh, Vivien, 302
Leisen, Mitchell, 224
Lênin, Vladimir, 52
Leonard, Robert Z., 192
Leopoldo, João H., 38
Leslie, Joan, 208
Lewgoy, José, 460
Lewton, Val, 42
Lima, Pedro, 419, 422
Linder, Max, 247
Lins, Álvaro, 417
Liszt, Franz, 76
Litvak, Anatole, 184, 185, 338
Lloyd, Harold, 255, 261
Lobato, Monteiro, 459
Lobo, Fernando, 347
Loeb, Janice, 60, 61
Logan, Jacqueline, 333
Lombard, Carole, 282, 283, 284, 285, 453
Lorentz, Pare, 447
Lorre, Peter, 32, 334, 366, 367, 368
Loti, Pierre, 187
Lourival, Oriel, 278
Loy, Myrna, 319
Lubitsch, Ernst, 265, 284, 285, 286, 333, 421
Ludwig, Emil, 291
Lugosi, Bela, 369
Lumière, Louis, 424
Lupino, Ida, 225
Luxardo, Líbero, 440, 441
Luz del Fuego, 446
Lytell, Bert, 331, 332

Machado, Albino, 452
Machado, Aníbal, 20, 30, 32, 33, 35, 36, 54, 131, 140, 165, 337, 341, 430, 436
Machado, Lourival Gomes, 417
Machado, Maria Clara Aníbal, 139
Machado, Maria Ethel ("Tatau"), 341
Machatý, Gustav, 268
Magnani, Anna, 394, 396, 398
Maillol, Aristide, 300
Mallarmé, Stéphane, 40, 59, 126, 235, 245, 307
Malraux, André, 23, 44, 398, 399, 400, 401
Mangano, Silvana, 300, 301, 344
Mankiewicz, Joseph, 40, 230, 231, 232
Manolete (toureiro), 237
Manuel, dom (rei de Portugal), 457
March, Fredric, 290
Marcier, Emeric, 133
Margo (María Marguerita Guadelupe Boldao y Castilla), 290
Maria Fernanda, 381
Mário (amigo de infância de Vinicius), 325
Marion, 444
Marshall, Herbert, 190, 205
Marten, Leo, 429
Martins, Herivelto, 437
Marx, Groucho, 226
Marx, irmãos, 342, 382
Mason, Shirley, 332
Massey, Gloria, 334
Maté, Rudolph, 238, 239, 434
Mattos, Marco Aurélio de, 305
Mature, Victor, 343, 344
Maugham, Somerset, 188, 189, 190, 191
Mauriac, Claude, 247
Mauriac, François, 247
Mauro, Humberto, 30, 33, 35, 131, 136, 137, 139, 145, 419, 423, 427, 428, 429
Mayer, Carl, 417
McAvoy, May, 332
McCoy, Tim, 202
McGuire, Dorothy, 223
McLeod, Norman Z., 235
Médicis, Catarina de, 323
Meigham, Thomas, 328

Meireles, Cecília, 59
Melo, Cláudio, 422
Melo, Mário Vieira de, 422
Melo, Pimenta de, 452
Melville, Herman, 197
Mencken, Henry Louis, 256
Mendes, Murilo, 21, 54, 355
Mendes, Otávio, 429
Mendonça, Plínio, 452
Menichelli, Pina, 89
Menjou, Adolphe, 315
Mercer, Johnny, 297
Mesquitinha, 444
Meyer, Augusto, 53
Mezzomo, Dinah, 457
Michaelovitch, general, 218
Michi, Maria, 398
Milano, Dante, 53, 131
Miles, Bernard, 339
Milestone, Lewis, 215, 229, 239, 368
Milhaud, Darius, 399
Milland, Ray, 223, 224
Minnelli, Vincente, 41
Miranda, Carmen, 186, 309, 439, 453
Misha (pintor), 165
Mistral, Gabriela, 440
Mitchell, Thomas, 213
Mix, Tom, 201, 203
Modigliani, Amedeo, 300
Molnar, Ferenc, 212
Montalban, Ricardo, 351
Monteiro, Ciro, 444, 445
Montgomery, Robert, 193, 266, 268
Moore, Colleen, 280
Moorehead, Agnes, 208
Moraes, Clodoaldo Pereira da Silva, 132, 454
Moraes, Susana de, 39, 467, 468
Moraes, Vinicius de, 18-45, 62n, 64-5, 81-6, 88-94, 96, 109-13, 116-7, 120, 122-6, 131-2, 136, 138-45, 151, 153, *172*, *210*, 224, 228, 291, 333, 345, 417n, 440n, 464n, 465n
Morais, neto, Prudente de, 19, 53, 58, 131, 133, 417, 467
Morgan, Charles, 309
Morineau, Henriette, 459, 460

Moussinac, Léon, 109, 110, 128
Mozart, Wolfgang Amadeus, 69, 76
Mulhall, Jack, *317*
Muller, Ruben, 75
Muni, Paul, 32
Murnau, Friedrich Wilhelm, 32, 108, 110, 128, 155, 157, 367, 371, 413
Murray, Mae, 261, 280, *330*, 333

Naldi, Nita, 261, *264*
Napoleão *ver* Bonaparte, Napoleão
Nava, Pedro, 52, 53, 198, 310, 337
Nazareth, Ernesto, 130
Negri, Pola, 127, 261, *262*
Nelson, Gene, 243
Niemeyer, Oscar, 198, 418n
Nietzsche, Friedrich, 374
Noailles, condessa de, 310
Nobre, Sara, 439
Normand, Mabel, 250, 253, 258, *259*
Nostradamus, 176
Novarro, Ramon, 261, *265*, 363
Nunes, Vera, 458

O'Brien, Pat, 50
O'Keefe, Dennis, 226
O'Sullivan, Maureen, *357*, 358
Oberon, Merle, 280, 281, 282
Occhialini, Giuseppe, 20, 24, 71, 73, 131, 133
Oland, Warner, 319
Oliveira, Aloysio de, 453
Olivier, Laurence, 301, *302*, 303, 398
Olivier, Maria Rosa, 171, 173
Olsen, Ole, 342
Olympio, José, 197
Oscarito, 460, 461, *462*
Otoni, Décio Vieira, 412
Ovalle, Jaime, 228, 338
Ozep, Fiódor, 176

Pabst, Georg Wilhelm, 144, 176, 198, 206, 218, 284, 411, 421
Paderewski, Ignace, 316
Pagã, Elvira, 446
Page, Joy, 237
Page, Louis, 399

Pagliero, Marcello, 394, 398
Pallette, Eugene, 213
Parlo, Dita, 50
Pathé Frères, 249
Patrick, Gail, 213
Payne, Tom, 450, 451
Pedreira, Brutus, 171
Peixoto, Mário, 32, 35, 131, 171, *172*, 418, 423, 427-30, 435, 439, 451
Picasso, Pablo, 69, 321, 413
Pick, Lupu, 152
Pickford, Jack, 332
Pickford, Mary, 261, 326, *328*
Pidgeon, Walter, 225, 363
Pieralisi, Alberto, 459
Pilatos, 212
Pinheiro, Alceu, 132
Pinheiro, Maciel, 132, 171
Pinto, Aloísio Alencar, 110
Pitts, ZaSu, 332, 379
Poe, Edgar Allan, 179, 366
Pombo, José Francisco da Rocha, 24, 347
Pommer, Erich, 57, 430
Portinari, Candido ("Candinho"), 53, 58, 137, 148, 288
Potemkin, Harry, 404
Powell, Eleanor, 226, 227
Powell, Jane, 351, 352, *353*, 354
Powell, William, 319
Power, Tyrone, 87, 359, 360, *362*
Prado, Marisa, 449, 451, 452
Preobrajenskaia, Olga, 114
Presle, Micheline, 250
Primo, Frederico Pohlman, 117
Proust, Marcel, 155, 212
Pudóvkin, Vsevolod, 19, 44, 57, 74, 79, 110, 128, 156, 164, 410
Purviance, Edna, 469
Putti, Lya de, 50, 142

Quadros, Jânio, 477
Quatro Ases e um Coringa, 444
Queiroz, Rachel de, 37, 54, 447
Quincas (amigo de infância de Vinicius), 325

Racine, Jean Baptiste, 101
Raft, George, 226
Raimu, 60, 109, 398
Rains, Claude, 334
Ralston, Vera Hruba, 379
Ramos, Graciliano, 37, 54, 447
Ranchinho, 444
Randolph, Jane, 372, 373, 377
Ravel, Maurice, 76
Ray, Charles, 261, 327, *329*
Reagan, Ronald, *218*
Rebelo, Marques, 24, 242n
Reed, Carol, 245, 410
Rego, José Lins do, 54, 197
Rego, Rosalvo da Costa, 298
Reid, Wallace, 261, 327, 330
Reinhardt, Max, 183
Remarque, Erich Maria, 229
Rembrandt, 199
Renay, Paul, 215
Renoir, Jean, 370
Renoir, Pierre Auguste, 300, 413
Resnais, Alain, 45, 414
Ribeiro, Luís Severiano, 456
Ricardo, Cassiano, 19
Richardson, Ralph, 60
Rilke, Rainer Maria, 73, 303
Rimbaud, Arthur, 36, 40, 70, 159, 307, 441
Rini, Carlo, 247
Rivera, Diego, 278
Roach, Hal, 314
Roberts, Theodore, 261
Robeson, Paul, 213
Robinson, Edward G., 40, 213, 214, 215, 225, 322
Robson, Mark, 41, 234
Rocha, Glauber, 35
Rocha, Plínio Sussekind, 18, 21n, 30, 31, 35, 53, 94, 97-8, 110, 113-4, 120, 130-2, 134, 140, 333, 389, 418, 422, 430, 433, 435
Rochester, 213
Rodrigues, Augusto, 364
Rodrigues, Jaime Azevedo, 166
Rogers, Ginger, 39, 213, 214, 223, 224, 226, 236, 293, 328
Rogers, Will, 209

Roland, Gilbert, 237, 332
Roland, Ruth, 261
Rolland, Romain, 270
Roman, Ruth, 246, 247
Romero, Cesar, 213, 214
Rooney, Mickey, 183
Roosevelt, Franklin Delano, 107, 122, 225, 226, 447n
Roosevelt, Theodore ("Teddy"), 256
Roquette-Pinto, Edgar, 136, 424, 425, 427
Rosa, Noel, 129
Rosay, Françoise, 391
Rossellini, Renzo, 394
Rossellini, Roberto, 23, 394, 396, 397, 398, 412
Roulien, Raul, 420
Ruman, Sig, 284
Russell, Elizabeth, 372
Russell, Jane, 347
Russell, Rosalind, 267, *336*, 337

Sabino, Fernando, 342
Sadoul, Georges, 247, 253
Sagan, Leontine, 401
Sakall, S. Z., 243
Sanders, George, 213, 268
Santoro, Cláudio, 457
Santos, Carmen, 35, 130, *172*, 429
Santos, Marcelo Damy de Souza, 71, 94
Santos, Rui, 131, 430, 457
Sanz, José, 131, 139
Schenberg, Mário, 94
Schiaparelli, Elsa, 306
Schildkraut, Joseph, 359, 360, *361*, 362
Schmidt, Augusto Frederico, 99
Schumlin, Herman, 203, 204
Schwarz, Hanns, 421
Schwob, René, 110, 128
Segreto, Afonso, 423n
Sennett, Mack, 247, *248*, 249, 250, 251, 252, 258, *259*, 261
Sérgio, Mário, 452
Serrano, Jonathas, 425
Seton, Marie, 454
Shakespeare, William, 73, 101, 111n, 156, 164

Shaw, George Bernard, 99, 102, 127, 129, 181, 249
Shearer, Norma, 129, 261, *265*, 323, *362*
Sheridan, Ann, 40, 217, *218*, 225, 226, 275
Sherman, George, 379
Sidney, Sylvia, 199
Sills, Milton, 332
Silva, Orlando, 444
Silveira, Guilherme da, 387
Silveira, Joel, 23, 54
Simon, Simone, 370, *371*, 372, 373, 376, 377, 378
Sjöberg, Alf, 23, 44, 403
Sjöstrom, Victor, 403
Smith, Kent, 372, 373, 376, 377
Somporn, Leopold, 38
Souto, Gilberto, 452, 453, 454
Souza, Cícero Cristiano de, 417
Souza, José Inácio de Melo, 21n
Souza, Otávio Tarquínio de, 197
Souza, Ruth de, 452
Stack, Robert, 237, 285
Steiner, Max, 185
Stendhal (Henri Beyle), 300
Sterling, Floyd, 253
Sterling, Jan, 238
Stern, Leopold, 310
Sternberg, Josef von, 49, 156, 421
Stevens, George, 41, 228, 323, *324*
Stevens, Mark, 345
Stewart, Donald Odgen, 212
Stewart, James, 193
Stiller, Mauritz, 403
Stokowski, Leopold, 176
Stone, George, 368
Stone, Lewis, 183
Stravinsky, Igor, 76, 118
Stroheim, Erich von, 44, 156, 198, 230, 332, 333, 378, 379, 380, 410, 421
Struss, Karl, 434
Sturges, Preston, 109n, 309, 338
Summerville, Slim, 251
Swain, Mack, 471
Swanson, Gloria, 257, 261, 328, *331*

Tabouis, Geneviève, 323
Talmadge, Constance, 332
Talmadge, Norma, 261, *262*, 332
Taylor, Elizabeth, 41, 241
Taylor, Robert, 87
Tchaikóvski, Piotr Ilich, 76
Temple, Shirley, 65, 293, 319
Teresa, santa, 70
Terry, Alice, 261
Thackrey, Eugene, 194
Toland, Gregg, 408, 434, 457
Tolstói, Liev, 69, 212
Tonti, Aldo, 459
Torneur, Jacques, 42
Torrence, Ernest, 261
Torres, Raquel, 50, 279
Totó, 460
Tourneur, Jacques, 25, 370, 372, 373, 376, 414
Tracy, Spencer, 241, 309, 323, 324
Tucker, Sophie, 243, 256
Tura, Josef, 285
Turner, Lana, *192*, 193
Turpin, Ben, 250, 251
Twain, Mark, 179, 184

Ungaretti, Giuseppe, 304
Uzum, Sérgio, 428

Valentino, Rudolph, 49, 89, 127, 139, 261, *262*, 327
Valéry, Paul, 143, 245
Van Dyke II, Woodbridge S., 266, 362
Van Gogh, Vincent, 70
Vargas, Jorge, 347
Veidt, Conrad, 367
Velez, Lupe, 279, 280
Vertès, Marcel, 300
Viana, Oduvaldo, 429
Viany, Alex, 23, 26, 43, 169
Vidor, King, 26, 32, 44, 108, 128, 155, 198, 199, 200, 206, 215, 239, 410, 411
Vieira, Antônio, padre, 291
Vigo, Jean, 44, 410
Villar, Orlando, 458

Wagner, Richard, 31, 69, 72, 76, 96, 291*n*
Wainer, Samuel, 23, 440*n*
Walker, Joseph, 213
Walker, Robert, 246
Walsh, Raoul, 26
Wanderley, Paulo, 419, 420, 421, 422, 423, 453, 457
Warren, Gloria, 220
Waters, Ethel, 213
Wayne, John, 237, *312*
Wegener, Paul, 367
Weill, Kurt, 224*n*
Weissmuller, Johnny, 279, *357*, 358
Welles, Orson, 19-21, 60, 76, 79, 82, 86, 91-3, 98, 100-1, 103, 109, 136, 155, 161-3, 165, 166-71, 173-4, *175*, 176-7, 178-9, 200, 214-5, 221, 226, 245, 249, 293, 309, 321, 343, 398, 413, 435
Wells, H. G., 320, 334
Werneck, Humberto, 228*n*
White, Pearl, 261, *264*
Whitman, Walt, 199, 300
Wieck, Dorothea, 401
Wiene, Robert, 367, 417
Williams, Esther, 363, 364
Wilson, Richard, 98*n*, *175*
Wolheim, Louis, 230, 452
Wood, Sam, 95, 181, 215, 216, 217, *218*, 219, 239, *257*, 284
Wright, Teresa, 205
Wycherly, Margaret, 208
Wyler, William, 25, 87, 95, 189, 190, 191, 203, 204, 205, 215, 243, 349

Yarbrough, Jean, 342
Young, Loretta, 194, *196*, 322
Young, Robert, 200, 339, 340
Young, Roland, 213

Zetterling, Mai, 44, 402, 403
Ziegfield, Florenz, 256

CRONOLOGIA

1913 Nasce Vinicius de Moraes, em 19 de outubro, no bairro da Gávea, Rio de Janeiro, filho de Lydia Cruz de Moraes e Clodoaldo Pereira da Silva Moraes.

1916 A família muda-se para Botafogo, e Vinicius passa a residir com os avós paternos.

1922 Seus pais e os irmãos transferem-se para a ilha do Governador, onde Vinicius constantemente passa suas férias.

1924 Inicia o curso secundário no Colégio Santo Inácio, em Botafogo.

1928 Compõe, com Haroldo e Paulo Tapajós, respectivamente, os foxes "Loura ou morena" e "Canção da noite", gravados pelos Irmãos Tapajós em 1932.

1929 Bacharela-se em letras, no Santo Inácio. Sua família muda-se para a casa contígua àquela onde nasceu o poeta, na rua Lopes Quintas.

1930 Entra para a Faculdade de Direito da rua do Catete.

1933 Forma-se em direito e termina o Curso de Oficial de Reserva. Estimulado por Otávio de Faria, publica seu primeiro livro, *O caminho para a distância*, na Schmidt Editora.

1935 Publica *Forma e exegese*, com o qual ganha o Prêmio Felipe d'Oliveira.

1936 Publica, em separata, o poema *Ariana, a mulher*.

1938 Publica *Novos poemas*. É agraciado com a bolsa do Conselho Britânico para estudar língua e literatura inglesas na Universidade de Oxford (Magdalen College), para onde parte em agosto do mesmo ano. Trabalha como assistente do programa brasileiro da BBC.

1939 Casa-se, por procuração, com Beatriz Azevedo de Mello. Regressa da Inglaterra em fins do mesmo ano, devido à eclosão da Segunda Grande Guerra.

1940 Nasce sua primeira filha, Susana. Passa longa temporada em São Paulo.

1941 Começa a escrever críticas de cinema para o jornal *A Manhã* e colabora no "Suplemento Literário".

1942 Nasce seu filho, Pedro. Faz uma extensa viagem ao Nordeste do Brasil acompanhando o escritor americano Waldo Frank.

1943 Publica *Cinco elegias*. Ingressa, por concurso, na carreira diplomática.

1944 Dirige o "Suplemento Literário" d'*O Jornal*.

1946 Parte para Los Angeles, como vice-cônsul, em seu primeiro posto diplomático. Publica *Poemas, sonetos e baladas* (372 exemplares, com ilustrações de Carlos Leão).

1947 Estuda cinema com Orson Welles e Gregg Toland. Lança, com Alex Viany, a revista *Filme*.

1949 Publica *Pátria minha* (tiragem de cinquenta exemplares, em prensa manual, por João Cabral de Melo Neto, em Barcelona).

1950 Morre seu pai. Retorna ao Brasil.

1951 Casa-se com Lila Bôscoli. Colabora no jornal *Última Hora* como cronista diário e, posteriormente, como crítico de cinema.

1953 Nasce sua filha Georgiana. Colabora no tabloide semanário "Flan", de *Última Hora*. Edição francesa das *Cinq élégies*, nas edições Seghers. Escreve crônicas diárias para o jornal *A Vanguarda*. Segue para Paris como segundo-secretário da embaixada brasileira.

1954 Publica *Antologia poética*. A revista *Anhembi* edita sua peça *Orfeu da Conceição*, premiada no concurso de teatro do IV Centenário da cidade de São Paulo.

1955 Compõe, em Paris, uma série de canções de câmara com o maestro Claudio Santoro. Trabalha, para o produtor Sasha Gordine, no roteiro do filme *Orfeu negro*.

1956 Volta ao Brasil em gozo de licença-prêmio. Nasce sua terceira filha, Luciana. Colabora no quinzenário *Para Todos*. Trabalha na produção do filme *Orfeu negro*. Conhece Antonio Carlos Jobim e convida-o para fazer a música de *Orfeu da Conceição*, musical que estreia no Teatro Municipal do Rio de Janeiro. Retorna, no fim do ano, a seu posto diplomático em Paris.

1957 É transferido da embaixada em Paris para a delegação do Brasil junto à Unesco. No fim do ano é removido para Montevidéu, regressando, em trânsito, ao Brasil. Publica *Livro de sonetos*.

1958 Parte para Montevidéu. Casa-se com Maria Lúcia Proença. Sai o LP *Canção do amor demais*, de Elizeth Cardoso, com músicas suas em parceria com Tom Jobim.

1959 Publica *Novos poemas II*. *Orfeu negro* ganha a Palma de Ouro do Festival de Cannes e o Oscar de Melhor Filme Estrangeiro.

1960 Retorna à Secretaria do Estado das Relações Exteriores. Segunda edição (revista e aumentada) de *Antologia poética*. Edição popular da peça *Orfeu da Conceição*. É lançado *Recette de femme et autres poèmes*, tradução de Jean-Georges Rueff, pelas edições Seghers.

1961 Começa a compor com Carlos Lyra e Pixinguinha. É publicada *Orfeu negro*, com tradução italiana de P. A. Jannini, pela Nuova Academia Editrice.

1962 Começa a compor com Baden Powell. Compõe, com Carlos Lyra, as canções do musical *Pobre menina rica*. Em agosto, faz show com Tom Jobim e João Gilberto na boate Au Bon Gourmet. Na mesma boate, apresenta o espetáculo *Pobre menina rica*, com Carlos Lyra e Nara Leão. Compõe com Ary Barroso. Publica *Para viver um grande* *amor*, livro de crônicas e poemas. Grava, como cantor, disco com a atriz e cantora Odete Lara.

1963 Começa a compor com Edu Lobo. Casa-se com Nelita Abreu Rocha e parte para um posto em Paris, na delegação do Brasil junto à Unesco.

1964 Regressa de Paris e colabora com crônicas semanais para a revista *Fatos e Fotos*, assinando, paralelamente, crônicas sobre música popular para o *Diário Carioca*. Começa a compor com Francis Hime. Faz show (transformado em LP) com Dorival Caymmi e o Quarteto em Cy na boate carioca Zum Zum.

1965 Publica a peça *Cordélia e o peregrino*, em edição do Serviço de Documentação do Ministério da Educação e Cultura. Ganha o primeiro e o segundo lugares do I Festival de Música Popular Brasileira da TV Excelsior de São Paulo, com "Arrastão" (parceria com Edu Lobo) e "Valsa do amor que não vem" (parceria com Baden Powell). Trabalha com o diretor Leon Hirszman no roteiro do filme *Garota de Ipanema*. Volta à apresentação com Caymmi, na boate Zum Zum.

1966 São feitos documentários sobre o poeta pelas televisões americana, alemã, italiana e francesa, os dois últimos realizados pelos diretores Gianni Amico e Pierre Kast. Publica *Para uma menina com uma flor*. Faz parte do júri do Festival de Cannes.

1967 Publica a segunda edição (aumentada) do *Livro de sonetos*. Estreia o filme *Garota de Ipanema*.

1968 Falece sua mãe, em 25 de fevereiro. Publica *Obra poética*, organizada por Afrânio Coutinho, pela Companhia Aguilar Editora.

1969 É exonerado do Itamaraty. Casa-se com Cristina Gurjão.

1970 Casa-se com Gesse Gessy. Nasce sua filha Maria Gurjão. Início de sua parceria com Toquinho.

1971 Muda-se para a Bahia.
Viaja para a Itália.

1972 Retorna à Itália com
Toquinho, onde gravam o LP
Per vivere un grande amore.

1975 Excursiona pela Europa.
Grava, com Toquinho, dois discos
na Itália.

1976 Casa-se com Marta
Rodrigues Santamaria.

1977 Grava LP em Paris, com
Toquinho. Show com Tom,
Toquinho e Miúcha, no Canecão.

1978 Excursiona pela Europa com
Toquinho. Casa-se com Gilda de
Queirós Mattoso.

1980 Morre, na manhã
de 9 de julho, em sua casa,
na Gávea.

CRÉDITOS DAS IMAGENS

Todos os esforços foram feitos para determinar a origem das imagens deste livro. Nem sempre isso foi possível. Teremos prazer em creditar as fontes, caso se manifestem.

pp. 1, 169, 172 e 210: DR/ Acervo VM Cultural
pp. 101, 190, 192, 208, 220, 385 e 470: Everett Collection/ Fotoarena
p. 175: Chico Albuquerque
p. 185: Warner Bros/ The Kobal Collection/ AGB Photo
pp. 196, 353 e 361 (abaixo): Moviepix/ Getty Images
pp. 218, 336 e 357 (abaixo): Keystone-France/ Getty Images
pp. 248 e 328: Cinemateca do MAM-RJ
p. 252: Dr. Macro
pp. 255, 257, 259, 262 (à direita; abaixo), 263, 264 (acima), 265, 267, 271, 272, 274, 275, 277, 279, 281, 283, 287, 295, 299, 302, 311, 312, 317, 324, 329, 330, 331, 350, 371, 381, 436 e 462-3: Cinemateca Brasileira
p. 262 (acima): Hulton Archive/ Getty Images
p. 264 (abaixo): National Portrait Gallery, Smithsonian Institution/ Art Resource, NY
p. 301: The Bridgeman Art Library/ Keystone Brasil
pp. 361 (acima) e 362: Everett Collection/ Keystone Brasil

ESTA OBRA FOI COMPOSTA
EM FAIRFIELD POR ALEXANDRE
PIMENTAE IMPRESSA EM OFSETE
PELA GEOGRÁFICA SOBRE
PAPEL PÓLEN SOFT DA
SUZANO PAPEL E CELULOSE
PARA A EDITORA SCHWARCZ
EM DEZEMBRO DE 2015

A marca FSC® é a garantia de que a madeira utilizada na fabricação do papel deste livro provém de florestas que foram gerenciadas de maneira ambientalmente correta, socialmente justa e economicamente viável, além de outras fontes de origem controlada.